一树桃花开

陈枰 著

金城出版社
GOLD WALL PRESS

图书在版编目（CIP）数据

一树桃花开 / 陈枰著. —北京：金城
出版社，2016.11
ISBN 978-7-5155-1408-6

Ⅰ. ①一… Ⅱ. ①陈… Ⅲ. ①长篇小说—中国—当代
Ⅳ. ①I247.5

中国版本图书馆CIP数据核字（2016）第254073号

一树桃花开

作　　者　陈　枰
责任编辑　刘小晖
文字编辑　刘艺炜
开　　本　710毫米×1000毫米　1/16
印　　张　34
字　　数　579千字
版　　次　2017年9月第1版　2017年9月第1次印刷
印　　刷　三河市腾飞印务有限公司
书　　号　ISBN 978-7-5155-1408-6
定　　价　59.90元

出版发行　金城出版社北京市朝阳区利泽东二路3号　邮编：100102
发 行 部　（010）84254364
编 辑 部　（010）88637226
总 编 室　（010）64228516
网　　址　http://www.jccb.com.cn
电子邮箱　jinchengchuban@163.com
法律顾问　陈鹰律师事务所（010）64970501

1.

胡杨把旅行包放在火车车厢的行李架上。

盛开和胡杨在靠窗的位置上坐下，盛开从包里掏出来一个紫红色的绒布包放在茶几上。

胡杨："这是什么？"

盛开："这就是我跟你说过的那枚印章。"

胡杨打开那个绒布包露出来一个随形印章，她拿起来仔细端详了一番："这是巴林鸡血石。"

盛开："我一直以为是昌化鸡血石。"

胡杨："昌化鸡血石，血色鲜活浑厚，纯正无邪，但'地'稍差；巴林鸡血血色淡薄娇嫩，'地'细腻滋润，透明度好，结构紧密，受刀不崩。这是一块顶级的桃花冻鸡血石。按说好的鸡血石都不加雕琢，但是这块从这个心形图案中间破开了，不知道是遇到瑕还是绺？"

盛开："没瑕没绺，破开只为做两枚印章。"

胡杨："那一枚呢？"

盛开："我爸带走了，这一枚在我妈的抽屉里躺了二十多年，我拿出来废物利用，借这次出差的机会，让陕西的那位篆刻大师，在印章上刻上我的名字，写书法画国画的时候我也好显摆显摆。"

胡杨："我就不明白了，你哪来这么大的热情？"

盛开："只此一生，必须热情。"

她的目光突然被对面停着的一辆朝反方向开的火车吸引住了。

对面的车窗里清晰地映出一张男人的脸。

盛开的心瞬间停止了跳动，她的脸涨得通红。

胡杨诧异问："怎么了？"

开车的预备铃声响了。盛开突然站起来朝车门跑去。盛开刚刚跳上对面的那列火车的车厢。她乘坐的那列西行的火车徐徐开动了。胡杨隔着车门挥舞着手臂冲着盛开无声地叫喊着。

盛开站在车厢的连接处大口大口地喘息着往车厢里面看。

周逸伦坐在窗前目光忧郁地望着窗外，他身边的位置空着。

盛开对着洗手间外面的镜子整理着自己的仪容，

镜子里的盛开，面孔绯红两眼明亮。她深深地吸了一口气，抬腿刚要往车厢里面走。对面卫生间的门突然开了，覃媛从里面出来。盛开仿佛被敲了一闷棍，顿时愣在那里。覃媛没有看到她，低着头朝车厢里走去。

盛开脑袋里一片空白，傻呆呆地看着覃媛的背影。

覃媛走到周逸伦的身边坐下。她拉开提包，从里面掏出来消毒纸巾仔细地擦干净手。

覃媛："我都仔细问过了，除了身份证户口本以外，还得照一张近期的两人合影。"

周逸伦看着窗外没吭声。盛开如同五雷轰顶，她脸色煞白，鬼使神差地朝车厢里走去。

覃媛："领了结婚证还得赶紧回来办准生证，别都堆在最后才处理。"

周逸伦"嗯"了一声回过目光，他一眼看到了已经走到跟前的盛开。周逸伦吃惊地张大了嘴。

盛开在眼泪即将涌出来的瞬间，战士一样，昂首挺胸地从他们身边走过去。周逸伦泥塑一样呆坐在那里，覃媛觉察到不对，顺着他的目光，扭过头盯着盛开的背影看。周逸伦追上了盛开，盛开一个箭步跨下火车。盛开大踏步地在站台上走着。周逸伦跳下火车大声喊："盛开！盛开！"盛开越走越快，她撒腿跑起来。周逸伦在后面追她。覃媛站在车厢门口声嘶力竭地喊："周逸伦！"覃媛的叫声刹车制动一样控制了周逸伦的双腿，他站住脚转过身来。覃媛站在远处的车厢门前，楚楚可怜地看着他。

开车铃声响了。

周逸伦脚步沉重地回到车上。

列车徐徐开动，越开越快。

盛开和罗耀辉从不同的方向走到公交车站等车，他们俩中间隔着一对中年夫妻。

妻子唠唠叨叨："住一楼的最倒霉，下水道堵了，每次都是我花钱请人疏通，一次六十块钱。咱们这个单元六层楼，每层三户，三六一十八，我应该一户收他们五块钱……"

丈夫打断她的话："车来了！"

盛开和罗耀辉同时挤上公交车。

推推搡搡的乘车人把盛开挤到角落里，罗耀辉被挤进那对中年夫妻的中间。妻子没察觉身边站着的人，已经不是她的丈夫。

人潮又是一阵涌动，女人被挤得站立不稳，她一把抓住罗耀辉的胳膊。

罗耀辉吓了一跳扭头看她。

妻子没有察觉拉错了人，她的手很自然地插进罗耀辉的臂弯里："我妈说，晚上给咱们包饺子吃。"

丈夫听到老婆的话没有应声。

罗耀辉僵在那里不敢动。

妻子把手伸到罗耀辉的耳边，捏住他的耳垂，轻轻揉搓了两下："一说我妈，你就装聋作哑！"

罗耀辉惊得头一甩，脑袋撞在丈夫的太阳穴上。

两个男人同时"哎哟！"一声捂住了脑袋。

妻子发现她捏错了人，惊叫一声："妈呀！"她脸蛋涨成了大红萝卜，窜过来紧紧抱住丈夫的胳膊，拿眼睛瞟着罗耀辉。

丈夫抬手给了罗耀辉一个耳光："再他妈占便宜，老子打掉你满嘴牙！"

罗耀辉刚要辩解，丈夫一脚踹在罗耀辉的肚子上。

罗耀辉站立不稳，朝后面倒去。乘客们猝不及防，一个撞一个，多米诺骨牌一样惊叫着往后倒。

盛开紧紧搂着面前的扶手杆，唯恐他们把自己撞到。

丈夫揪住罗耀辉的衣襟把他从地上拖起来。

罗耀辉的手机从衣服口袋里掉在地上，他挣脱丈夫的手，趴在地上捡起来手机。

丈夫吼道："王八蛋，有种别往裆底下钻！"

盛开紧张地看着他们。

司机突然急刹车。

车上的人往前一冲，罗耀辉差点被扑倒。

一只薄薄的刀片在盛开背着的挎包上一划，两根手指伸进豁口处，娴熟地夹出来里面的钱包。

司机把脑袋伸出去骂横穿马路的行人："你不想活，别拿我当垫背的！"

两根手指又塞进包里，夹出来一个红色丝绒小口袋。

汽车在到站停下，乘客们拥挤着下车，相互之间毫不谦让。

罗耀辉和盛开被后面的人推着同时从车门里挤了出来。罗耀辉的左胳膊无意间插进了盛开右肩背着的挎包带中。

两个人一个往东，一个往西，走得很急。

盛开的挎包带子拽得她一个趔趄，差点跪在地上。盛开使劲把挎包拽回来，紧紧抱在怀里，她叫起来："干什么？你想干什么？"

罗耀辉急忙解释："我不是故意的。"

盛开一肚子气："你还想说在车上要流氓，也不是故意的呢！"

罗耀辉憋的一肚子的火，被她撞了出来，他一把抓住了她的挎包带子，把盛开拽回来。

罗耀辉脸红脖子粗地喊："谁要流氓了？谁要流氓了？"

盛开死命拽过来挎包带子，看到挎包上的拉锁好好地拉着，她搂着挎包，狠狠地瞪了罗耀辉一眼："谁被人掮了嘴巴子谁就是要流氓了。"

她撂下这句话走了。

罗耀辉气得满地打转，嘴里骂道："早上的那个梦太晦气，一出门就让我掉进屎坑子里了。"

罗耀辉皱着眉头骂骂咧咧地上了超市的台阶，化妆品广告牌子下面没有人。

他急忙拨通了手机："喂，你在哪儿呢？"

手机里女人的声音："第一次见面，你就让我在那儿空等了半个小时。"

罗耀辉："我不是故意的，堵车……"

女人的声音："你不是本市人？"

罗耀辉："我是本市人。"

女人的声音："那堵车就不是你应该找的理由。"

罗耀辉："下回我注意。"

女人的声音：“没有下次了。”

对方挂了电话。

罗耀辉看了一眼手表暗自骂道：“面都没见过就上课，这样的女人要不得。”

罗耀辉悠闲自得地边走边用手机拍街景。取景框里全是苗条漂亮的女人。盛开的身影突然闯进了镜头。她奔跑的速度让身后所有物体都变成了虚线。罗耀辉一怔。盛开一头撞在了他的身上。手机被撞飞了。行人仰头张望的脸在手机的触摸屏上一掠而过。罗耀辉摔倒在路边，盛开扑过来死死地抱住了罗耀辉的一条腿。盛开声嘶力竭地喊：“抓贼啊！抓贼啊！”

两个正在赶路的男青年互相看了一眼扑过来。后面几个人紧跟着蜂拥而上。罗耀辉被脸朝下死死地按在地上，两只胳膊被拽得险些脱了臼。

盛开和罗耀辉情绪激动地争辩着。警察在一旁平静地做着笔录。

盛开的挎包放在桌子上，挎包上被刀子割开了一条大口子。

警察：“你什么时候发现钱包不见了？”

盛开：“刚才掏钱买东西，发现挎包后面被人割开了一个大口子，钱包没了。”

警察：“你怎么认定是他偷的？”

盛开：“他拽过我的挎包。”

罗耀辉：“下车人多太挤，我的胳膊是无意间插到你的书包带子里的。你说钱包是我偷的，证据呢？没有证据你就是诬陷！

盛开：“你把我的钱包转移了！”

罗耀辉：“我连窝都没动，往哪转移？”

盛开说不上来，她盯着罗耀辉。

罗耀辉被她盯得身上一阵阵发冷。

警察问：“你的钱包里都有什么？”

盛开：“一张工商银行的银联卡，身份证，还有四千块钱现金。”

警察问：“卡上面有多少钱？”

盛开：“四万块。”

罗耀辉吃惊地看了她一眼。

警察问：“还丢了什么？”

盛开：“一块鸡血石。”

警察："什么样的？"

盛开让他看手机里的照片。

警察："价值多少？"

盛开："十万总有了。"

罗耀辉叫了出来："十万？！"

警察把记录放到他们俩跟前指着记录的下方说："在这个地方签上字。"

盛开一脸沮丧，耷拉着脑袋跟在罗耀辉身后走着。罗耀辉几次回头看她，她都没有察觉。罗耀辉拐弯了，她依旧低着脑袋往前走。罗耀辉不由地停下脚步转过身看着她。盛开差点被过往的车辆撞着。罗耀辉急忙跑过去拽了她一把，盛开看了他一眼，接着往前走。罗耀辉犹豫了一下，跟上她继续并排而行。

盛开："银行的人说，卡里的钱已经全被转走了。"

罗耀辉："你不该用身份证上的尾号做银行卡密码。"

盛开叹了一口气："人要是倒霉，喘口气都能被噎着。"

罗耀辉试探着问："你是136中毕业的吧？"

盛开站住脚吃惊地看着他："你怎么知道？"

罗耀辉："第一眼看到你，就觉得眼熟。刚才看你填表写你的名字，我忽然一下想起来了。我也是136中毕业的，咱俩同级不同班，我是四班的，我叫罗耀辉。"

盛开苦笑："毕业的时间太久，我想不起来了。"

罗耀辉："你负责你们班的宣传，你们教室板报上的画都是你画的。"

盛开的脸上露出了笑容。

罗耀辉："你们班的文艺厉害，我们班的体育厉害，四百米接力赛我跑第三棒。"

盛开："四班每次都拿四百米接力冠军。"

她打量了一下四周："咦？我怎么觉得这地方这么眼熟呢？咱俩是不是又绕回来了？"

罗耀辉："我又陪着你溜了一圈，这是第二次路过我家门口了。"

盛开尴尬："那你赶紧回去吧。"

罗耀辉："那我走了。"

盛开："好，再见！"

罗耀辉走了几步回头看。

盛开站在人行道上茫然地看着四周，不知道该何去何从。

罗耀辉心中不落忍又走回来：“要不要进我家来认个门？从这个胡同拐进去就是。”

盛开摇头：“太打搅了。”

罗耀辉：“嗨，你不也没别的事吗？老同学了，家里坐坐，喝杯茶，聊聊天挺好的。”

盛开不想回家，也不想一个人待着，她点点头：“好，那我去认个门。”

坐在自家门口晒太阳的大爷大妈们嘴里跟罗耀辉打着招呼，他们的眼睛都盯在盛开的身上。

大妈甲：“耀辉今天打扮得精神！”

大爷乙：“这么早就回来了？”

罗耀辉嘴里“嗯”“啊”着，紧走两步，推开了自己家的门。

盛开跟着他进了门。罗母正在院子晾晒刚洗完的衣服。罗耀辉进来叫了一声：“妈！”罗母看到儿子领了个女人回来吃了一惊。她警惕地看着盛开：“这是……”

罗耀辉急忙解释：“我的中学同学，她叫盛开，十多年没见，今天碰巧在街上遇见了。路过咱门口，我请她来家里坐会儿”

知道不是儿子领对象回家，罗母悬着的心放回了肚子里。

罗母：“别在院子里站着，带同学到屋里坐。”

罗耀辉领盛开进家。盛开四下打量房间。房间里很乱，报纸和杂志随意堆放在桌子上。沙发上扔着洗完晒干的衣服。罗耀辉随手把衣服拿起来放到一边，腾出地方让盛开坐下。罗母端着茶从厨房里出来，她把茶倒在杯子里放在盛开面前，随手叠沙发上的衣服。

罗母：“家里太乱叫你笑话了。”

盛开：“没有，没有。”

罗母：“耀辉他爸死得早，他姐嫁到青岛一年半载见不到一次面，耀辉除了吃,啥也不会。这个家我一个老太太撑着，一时没照顾到,家里准乱营。累人累心啊，只有熬到当妈份上的人，才能体会得到。”

盛开同情地点点头：“我妈跟您一样，家里外面全靠她一人张罗。我们想替换一下她，她都不愿意，她说信不着我们。”

罗母：“儿女长到八十岁，在妈跟前也是孩子，啥时候我这两眼一闭就彻底不操心了。”

罗耀辉：“妈你说什么呢？”

罗母：“你说我说什么呢？你看看我头发白了，眼睛花了，熬到当奶奶的岁数了，怀里却没个孙子抱着，你说我活着还有什么奔头？姑娘，你们是同学，知根知底，有合适的你帮忙给他介绍一个。”

盛开用狐疑的目光看了罗耀辉一眼。

罗耀辉尴尬：“妈！你逮谁跟谁说这个。”

罗母：“男大当婚女大当嫁，有啥抹不开脸的？姑娘，我跟你说，我家耀辉在公司上班，工人配不上他。超过三十二岁的不行，我儿子娶媳妇就是要给我抱孙子。岁数太大的生孩子困难，另外结过婚的不能要，我家耀辉再不济也是童男子，好歹不能找个二锅头。”

盛开差点笑了，她怕罗耀辉尴尬，急忙转移了话题：“你们家这个小院挺紧凑，现在北京很少有人能住平房了。”

罗耀辉：“房子是我爷爷盖的，从我记事到现在，这房子就没好好装修过。”

盛开：“这房子好好装修一下，真的很不错。”

罗耀辉：“谁都这么说。”

罗母：“你啥时候定了婚，我啥时候给你装修。”

说完她进厨房去了。

罗耀辉挠挠脑袋：“让你见笑了，我妈上了岁数，心里就想着这么点事。”

盛开赞同。

罗母在厨房里喊：“耀辉，你过来一下。”

罗耀辉起身进了厨房。

罗母淘米准备做饭，她小声儿子问：“你同学是不是要在这吃饭？”

罗耀辉：“我去问问。”

罗母白了他一眼：“这事能问吗？算了，我添碗米得了。”

她端着洗菜盆，蹬在水池子前的台子上，砖头垒起来的台子不稳，

罗母身子晃了两下，差点把手里的盆扔了。

罗耀辉一把扶住了她：“妈，你可别摔着。”

罗母："摔不着。"

罗耀辉："我来洗吧。"

罗母一掌推开了他："你洗不干净，去吧，去吧，出去陪同学吧。"

罗耀辉离开。

罗母把淘洗干净的米放到电饭锅里插上电源。

罗母切菜炒菜，借着用砂锅煲汤的机会，她把洗洁精挤在抹布上使劲擦抹油腻的灶台和墙壁。

盛开："你妈身体挺好的，她多大岁数了？"

罗耀辉："六十二了。"

盛开："比我妈大五岁。"

罗母从厨房里出来，把手里的电饭锅端到饭桌旁边。盛开急忙站起身："打扰了这么半天，我该走了。"罗耀辉急忙拦住她："我妈做了你的饭。"盛开一怔，目光移到罗母的脸上。罗母冲她笑笑转身进厨房去了。两冷两热，四个菜摆在饭桌上。三副碗筷摆在桌子上。盛开很是不好意思："伯母，第一次来就给您添麻烦，真不好意思。"

罗母："不知道你来，没准备，都是家常便饭。"

盛开："您炒的菜闻着都香。"

罗耀辉满满地盛了三碗饭放在桌子上。

罗母："你家里谁做饭？"

盛开："我在单位食堂吃。"

罗母："没成家？"

盛开："嗯。"

罗母："对象做什么工作的？"

盛开迟疑了一下，语气变冷了："我没对象。"

罗耀辉诧异地看了她一眼："你也没对象？"

一口凉气窜进罗母的气管里，她咳得满脸通红，满眼热泪。罗耀辉慌忙放下筷子给她捶背。盛开急忙起身把水杯里的水端给她。罗母喝了一口才把咳嗽压下去。三个人闷头吃饭，席间再也没有人说话。

罗耀辉陪盛开走到胡同口。

盛开站住脚："耽误了你这么长时间，你回去吧。"

罗耀辉："有事给我打电话。"

盛开点点头转身走了。

罗母两手插着腰站在地中间，冲着客厅里喊了一嗓子：“耀辉，你过来！”

罗耀辉走进厨房：“干嘛？”

罗母：“你同学在哪上班？”

罗耀辉：“陶瓷厂。”

罗母：“以后别随便往家领人，尤其是这样的女人。”

罗耀辉：“怎么了？”

罗母：“她会以为你对她有意思。”

罗耀辉：“你以为人家能看上我？她当初可是我们学校的校花啊。”

罗母：“好汉不提当年勇。你妈也年轻过漂亮过，管啥用？嫁给你爸还不是天天涮锅洗碗算计着过日子，一辈子一晃就这么过去了。谁还记得你漂亮？”

罗耀辉嘟囔：“是个男人就喜欢漂亮的女人。”

罗母：“你今天见的那个姑娘漂亮不漂亮？”

罗耀辉：“去晚了没见着。”

罗母埋怨他：“那么叫你，你都不起来。”

罗耀辉一脸无所谓：“没见着就没见着，就算见着了又能怎么样？”

罗母赞同：“遇到这样的事就要往好处想，没见着还不用花钱呢。”

罗耀辉：“不是我要花钱，是她们总是往花钱的地方领我，不去，显得不男人。去了，活生生地让她们啃一顿，肝疼肉颤不说，回家交不上账，被你唠叨得脑瓜仁子生疼。”

罗母端着盆往水池旁边走：“抓紧点儿，你不结婚，左邻右舍都讲究你妈，说我霸着你，不愿意让你结婚。”

罗耀辉：“反正我见过的人，长得好的，你嫌人家工作不好。工作好，长得又好的，你嫌人家跟别人处过对象。碰上哪儿都没毛病的，你还要让我闻闻她有没有狐臭，说那东西遗传怕影响后代。”

罗母端着盆踩在水池前面的砖头想往上站，听儿子这样说立刻急了：“你妈为谁？还不是为你！”

她的脚一歪，踩着的砖块倒了。老太太扔了盆，两只手抓住水池子，身子还是重重地摔下去。罗母一屁股坐在自己的脚脖子上。罗耀辉冲过去伸手扶住了老太太。罗母脸色发灰，冷汗从额角渗了出来。罗耀辉两只手伸到她的腋下，想把她抱起来。罗母疼得使劲用手推他。脚脖子眼看着肿了起来。罗耀辉急得连声喊："妈！妈！"

罗母闭上眼睛深深地喘了口气说："别叫魂了，你妈死不了。你去后院老王家把他家的三轮车借来，求他家老二帮帮你，把我送到医院去。"

电视画面里播放着美食节目。

郑婉颐边听边手脚利落地擦拭桌子椅子，听见有人用钥匙开门，立刻放下手里的活，直起腰往门口看。

盛开推门进来。

郑婉颐诧异："咦？你不是去西安出差了吗？"

盛开灰头土脸地说："没走成。"

郑婉颐看着她万念俱灰的样子不由地一怔："出什么事了？"

盛开心中委屈，眼泪涌了出来。她恨恨地用手抹去，一屁股坐在沙发上半晌不说话。

郑婉颐急了："哎呦，祖宗！你别当闷嘴葫芦好不好？"

盛开把挎包扔在沙发上。

郑婉颐一眼看到挎包上的大口子，她吃了一惊："这是怎么了？"

盛开："钱包被贼偷走了。"

郑婉颐紧张："里面有多少钱？"

盛开："四千块钱现金，去银行挂失银联卡，银行给查了，卡里的四万块钱全被转走了。"

郑婉颐："你怎么这么不小心？"

盛开哭："被贼惦记上，再小心也没用。"

郑婉颐："在哪儿被偷的？"

盛开："公交车上。"

郑婉颐诧异："你打的去的火车站，又跑到公交车上干什么去了？"

盛开的眼泪终于掉下来。

郑婉颐安慰女儿："哭也哭不回来了，破财免灾。"

盛开的眼泪越流越多。

郑婉颐警觉起来："祖宗，你到底还有什么事没跟我说啊？"

盛开犹豫了一下决定还是不说那块鸡血石的事。

郑婉颐："你想急死我是不是？你告诉我，为什么没上火车？"

盛开："我上火车了，又下来了。"

郑婉颐："忘带什么东西了？"

盛开摇头："什么也没忘带，我在火车站看见周逸伦和覃媛了。"

郑婉颐："覃媛是谁？"

盛开沉默了片刻说："周逸伦的未婚妻。"

郑婉颐一怔，脸立刻沉下来："说呀，我听着呢。"

盛开："覃媛怀孕了，周逸伦带她回苏州老家登记结婚去了。"

郑婉颐怒了，她厉声问道："你跟他在一起耗了这么长时间，得到的就是这个结果？你到底是缺心眼还是前世欠他的？"

盛开："我也不愿意是这样的结果。"

郑婉颐："那怎么就出这样的结果了？"

盛开："我不知道。"

郑婉颐："你知道什么？"

盛开："我知道他爱我！"

郑婉颐："爱你怎么跟别的女人结婚生孩子？

盛开抹眼泪："他肯定是有了孩子才不得不跟她结婚。"

郑婉颐："这有什么差别？啊？没跟你结婚是事实吧？你被他晃荡了六年也是事实吧？盛开呀，盛开！你可叫我说你什么好呢？天不帮你，我你哭瞎双眼都没用。"

盛开："妈！您别说了！"

郑婉颐："早听我一句话，你也没有今天了！你这一辈子有几个六年？就舍得拿出来这么糟蹋？"

盛开被母亲点着痛处恼羞成怒了："妈，您是不是怕我难受得不够，还要扒开伤口撒点盐？"

郑婉颐气不打一处来："你的伤口哪来的？是我剜的还是你自己用刀割的？你说他有女朋友没有瞒着你，你甘心情愿拿自己的好年华去赌，这时候叫疼是不是血已经流干了？"

盛开气得叫起来："妈，您到底有没有感情啊？！"

郑婉颐冷笑："感情？你的感情在哪里？指给我看看，我看它来路正不正？"

盛开站起身就往外走："我丢了您的脸，我走！我离您离这个家远远的！"

郑婉颐："爱哪去哪去，看见你，还不够我闹心的。"

盛开摔门而去。

郑婉颐板着脸腰板笔直泥塑一样坐在沙发上，

门外一点动静都没有了。

郑婉颐身子一软，两手捂着脸，一动不动地瘫坐在沙发上。

墙上的挂钟敲响了五下。

罗母"激凌"一下醒过来。对面挂着罗父的照片，朦胧中老头子直勾勾地看着她。罗母喊："耀辉！耀辉！"

罗耀辉费力地睁开眼睛。

他想起来母亲的伤腿，立刻一骨碌爬起来，趿拉着鞋冲进母亲的房间。

罗母："我要解手。"

罗耀辉急忙从床底下把便盆拿出来。

罗母："不行！别放床上！"

罗耀辉把尿盆摆在地上，转身扶起来母亲。

罗母屁股麻，腿疼，膀胱里盛着满满的尿，动弹不得。

罗耀辉搂着母亲的腰使劲往起一抱。

罗母疼得叫起来："哎呀！"

罗耀辉急忙松开母亲。

罗母："你姐什么时候来？"

罗耀辉："囡囡要中考了，我姐来不了。她说找个保姆伺候你钱她出。"

罗母："等保姆找来，我也憋死了！都说活人不能让尿憋死。我就让尿憋死了。哎哟！哎呦！"

罗耀辉急得掏出来手机在上面的通讯录上一通乱翻。

盛开在沉睡中，枕边的手机突然响了。

她被惊醒拿起电话，声音嘶哑地问："哪位？"

罗耀辉："我妈摔骨折了，我姐在青岛马上赶不过来，我是儿子，很多地方不方便，你能不能过来帮一下我？"

盛开立刻翻身而起，穿衣束辫，赶到罗家。

屋子里满目狼藉，地上扔着尿湿的床单和被褥。

盛开用热水帮罗母擦洗干净身子换上干净的衣裤。

罗母一言不发积极配合。

盛开给罗母重新换了床单被罩。她扶着罗母靠着被子坐好。

又给罗母的伤脚下垫上一个枕头。

盛开给罗母倒洗脸水、漱口水，拿来梳子给她梳头。

她活儿干得见缝插针、行云流水，把个罗耀辉看呆了。

盛开煮了稀饭，切了咸菜。盛开摊了鸡蛋饼。

罗母靠在床上：“我骨折了，咱们家的生活一下子被拦腰摔断了。从现在起这个家里所有的事都得靠你了。”

罗耀辉：“妈，家里的事你就别操心了，需要干啥，你跟我说，我去干。”

盛开端着茶几进来，她把摆在床旁边，把稀饭和切好的咸菜丝摆在茶几上。罗耀辉把碗放在茶几上。罗母叮嘱儿子：“赶紧吃饭，吃完上班去。”

盛开把罗耀辉送到院门口。

盛开：“你赶紧去家政服务公司雇一个保姆来伺候你妈。这儿我暂时帮你盯一会儿。”

罗耀辉感激不尽连连点头。

罗母皱着眉头坐在床上。

盛开走进来把洗干净的尿盆放在床下面。

罗母：“难为你了。”

盛开：“您别客气。”

罗母叹了一口气：“唉！我一辈子要强，突然落到要人伺候的份上，身子不听使唤了，心还在这硬硬地戳着。”

盛开拿了一个靠垫塞到她的后腰处：“你们这代人都要强。我妈跟您一样，到啥时候都不服软。”

罗母：“你妈多大岁数了？”

盛开：“五十七。”

罗母：“比我还小五岁呢，你爸呢？”

盛开想了一下：“这个我还真不太清楚。”

罗母：“这叫什么话？”

盛开：“我八岁的时候他们就离婚了。”

罗母立刻来了精神："你爸不要你妈了？"

盛开："是我妈不要他了。"

罗母："为啥？"

盛开："不知道，估计性格合不来吧？"

罗母："一母养九子，九子九个样。何况没有血缘关系的两口子？男人就是男人，一辈子得让女人担待着。哪个男人身上没点儿赖毛病？犯不上跟他们较真。"

盛开："他们俩肯定是过不下去才离的。"

罗母："一个锅里吃饭哪有勺子不碰碗的的？睁只眼闭只眼稀里糊涂地就过去了。耀辉他爸活着的时候还打我呢。我不是照样伺候了他一辈子？"

盛开："您为啥忍着？"

罗母："他在外面挣钱，养家餬口不容易。"

盛开："还是的，您不挣钱吃喝全靠他，您自己觉得理短咬牙忍了。我妈挣得一点儿不比我爸少，凭什么要受他的气？"

罗母变了脸色："我给耀辉他爸生了一儿一女，没有功劳也有苦劳，怎么就理短了？"

盛开："我还正想问您呢。"

罗母不悦："难怪你三十二了还找不找对象，就凭你这张嘴，没有男人敢要你！"

盛开冷了脸："我又不是物件，我为什么要让男人要呢？"

罗母一怔。

盛开冷笑："结婚是男女双方两厢情愿的事，不是从属关系。我不喜欢的人，他想要我，我还不要他呢。"

罗母："你妈就让你这么由着性子？"

盛开看了她一眼没说话。

罗母："我儿子找对象必须先过我这关，入不了我法眼的，长得再漂亮也别想我家家门。"

盛开："照您的要求，罗耀辉的媳妇得上古董市场挑去。"

罗母："儿子是我一寸一寸养大的。古董再值钱，也没我儿子值钱。"

盛开面带微笑："我知道在您的眼睛里，没有一个女人配得上您儿子。谁给您当儿媳妇，您都吃亏。不过话又说回来了，您儿子再值钱，没有人愿意买，那就叫有价无市，跟不值钱一样。"

罗母："有的是人想嫁给我儿子，我儿子不要。"

盛开被她逗乐了："您儿子是皇帝啊？好，就算他是皇帝，那也是个傀儡皇帝，因为他身后还站着您这个垂帘听政的西太后呢。"

罗母硬邦邦地甩过来一句："我是他妈！"

盛开微笑："对，对，您是他妈，单凭这一条，就能断了他的所有后路。"

罗母："你放心，我儿子这一辈子打光棍，也不会娶你！"

盛开被戳到痛处，脸冷了下来。房间里的空气立刻凝固了。罗耀辉推门进来，发现房间里的气氛很异常，他看看母亲又看看盛开。盛开看了他一眼，拎起自己的包，一言不发转身出去了。

罗耀辉立刻追出去。

罗母喊："耀辉，你给我回来！"

2.

盛开在办公桌前往瓷瓶上描图案。

胡杨进来走到她的桌子旁边悄悄对她说："哎，商场给我发短信，今明两天打折，女鞋最低折扣3折，咱俩去看看？"

盛开："我不去！"

胡杨："这次咱俩出差，你临阵脱逃，要不是我给你打掩护，把任务出色完成了，盛开你死定了。你欠我的，所以必须陪我去。"

她不由分说地把盛开拉起来就走。

到了商场，盛开和胡杨逛在卖内衣专柜挑选内衣，

胡杨拿着丝绸睡衣左看右看："这也太贵了，我挣的这点工资，哪买得起这个穿？不行，不行，我得赶紧找个好男人嫁了。"

盛开："嫁呀！谁拦着你了？"

胡杨："我也得能碰见呀，现在的男人但凡有点样的，一亮相立刻被五马分尸了，哪轮的着我下手？"

盛开："有点样的是什么样？"

胡杨："周逸伦算一个吧。"

盛开："别跟我提他，在我眼里他就是一张假币，还不是百元大钞，最多二十元面值。"

胡杨："行了，行了，你俩闹了多少次了？哪一次没重修旧好？"

盛开："这一次不一样。婚姻是一道分水岭，我们截止在这了。"

胡杨："彻底画句号了？"

盛开点点头，她沉默了片刻说："我跟他这六年的恋爱谈得磕磕绊绊焦头烂额，我早就熬不下去了，可是分手不是点一下删除键，那个人就彻底消失了。戒掉一段感情跟戒掉烟瘾一样艰难，要不也不会有那么多烟民。"

胡杨："他老婆什么型？"

盛开："良家妇女型。"

胡杨："你看，最终取胜的永远是良家妇女，我也想装良家妇女，装了一回就累垮了。"

盛开被她逗笑了："别把自己说那么惨，我看你每天热热闹闹的，身边待选的人最少有两位数。"

胡杨："我是不愿意一个人待着，所以才和别人挤在一起滚来滚去的。我把别人的方向当成自己的方向，这是什么？这是一种迷失。我真的想过这种生活吗？NO！我想过的生活在哪呢？I don't know！"

覃媛在婴儿用品区仔细地看着，周逸伦心不在焉地跟在她后面。

盛开和胡杨说着话，从鞋柜台后区转过来，他们跟周逸伦和覃媛走了个面对面。

盛开一愣，一张脸先是涨得通红，随后又变得煞白。

覃媛看到周逸伦愣了一下，她的目光立刻落在盛开的脸上。

覃媛脸上挂着温和的笑容，看着周逸伦等待他的反应。

周逸伦镇定了一下情绪，神态自若地给覃媛和盛开互相做着介绍。

周逸伦："这是盛开，这是我爱人覃媛……"

覃媛面带微笑地跟盛开握了一下手："你好！"

盛开被覃媛冰凉的手激得身体一哆嗦。

人声嘈杂，人影绰绰。

一个个模糊不清的身影与镜头交错而过。

盛开定住神停住脚，发现自己竟然走到了储存商品的死胡同里。

胡杨在身后叫她："你往哪走？"

盛开扭过头看着她。

胡杨一脸的鄙夷："我还以为他找了个天仙呢，比你差远了！看他那德行，还爱人爱人的，当着你的面，他也真好意思说出口！"

"爱人"这个词，再次深深地刺激了盛开，血一点一点地重新涌上了她的脸，盛开抬起头往婴儿用品的地方看。

盛开牙关紧咬，大踏步地朝他们走过去。

胡杨知道她要闹事，一把没拉住，一溜小跑跟在她后面，

她边跑边叫："盛开！盛开！你要干什么？"

盛开走到周逸伦和覃媛面前站住，一声不响地看着他们。

周逸伦的心"咯噔"沉下去，他在心里说："我太了解这个女人了，她来是要拚个鱼死网破。"

覃媛目光沉静地看着周逸伦，又看看盛开。

盛开对覃媛说："他刚才介绍得不够全面，我再重新自我介绍一下。"

周逸伦把绝望的目光从盛开的脸上挪开。

覃媛心里升起一种不祥的预感，她紧张地看着盛开。

盛开把手伸给她说："我叫盛开，是陶瓷工艺产品设计师。"

覃媛被动地跟她握了握手。

盛开一字一句口齿清楚地说："我和周逸伦是六年前认识的，我俩的恋人关系一直保持了六年。这事他没跟你说过吧？"

覃媛的脸"唰"地白了。

胡杨觉得盛开太过分，拽着她的胳膊往走拉她。

盛开使劲甩开她的手，扭过头看着周逸伦问："周逸伦，你既然娶她就不该把过去的事情瞒着她。"

周逸伦的脸色相当难看。

覃媛："他过去的事我不想知道。"

盛开："你想知道什么？"

覃媛："我知道他爱我就足够了。"

盛开心如刀割，她对覃媛一字一句地说："你错了，他爱的是我！"

覃媛摇摇头痛苦地吐出一个字："不！"

盛开："周逸伦，你当着她的面告诉我，你到底爱不爱我？"

覃媛简直要崩溃了，嘴唇哆嗦看着周逸伦。

周逸伦脸色铁青着脸说："我爱你！"

他的回答完全出乎了盛开的意料，她瞪着眼睛傻了似地看着周逸伦。

覃媛的眼泪立刻泉水一样涌了出来。

周逸伦的语调平静地说："我说的是真心话，你满意了吧？"

盛开没有做承受这个结果的准备，她一步一步往后退。

周逸伦铁青着脸一步一步往前逼，覃媛一把抓住了他的胳膊。

周逸伦使劲甩开她的手。

他盯着盛开的脸说："你不就是想打这张王牌吗？那就打吧，这一局我奉陪到底！"

盛开承受不了周逸伦的眼神和态度，转身撒腿跑了。

周逸伦要追，覃媛死死地抱着周逸伦的胳膊不让他离开自己。

盛开在厕所里一遍一遍地洗手，她身子发软站不住了。

盛开两手按住台子，水顺着十指尖往下流。

水珠一滴一滴砸在地面上。

盛开抬起头，盯着镜子里自己痛苦不堪的脸，眼泪一串一串地滚落下来。

周逸伦进来，一声不响地站在她身后默默地看着她。

盛开不争气的眼泪越流越多，周逸伦轻声问道："你这是何苦呢？"

盛开抄起来洗漱台上的洗手液瓶子狠狠地砸向镜子里的周逸伦。

透明的汁液四处飞溅，盖住他的脸，瀑布一样顺着镜子流淌下来。

身后的胡杨一把抱住她叫了一声："你疯了？"

盛开醒过神，转身抱着胡杨嚎啕出声。

胡杨搂着她劝慰着："不值得！真的不值得！"

盛开哽咽着问："他为什么这样说？为什么？"

胡杨："他是真的爱你，所以才这样说啊。"

盛开"哇"地放声大哭："爱应该是这样的吗？你说！你说！"

周逸伦铁青着脸坐在沙发上，覃媛坐在他的旁边。

周逸伦动了一下身子，覃媛两只手立刻紧紧地搂着周逸伦的胳膊，眼泪噼里啪啦地掉下来。周逸伦甩开她的胳膊站起来，她也惊慌失措地跟着站起来。周逸伦进厨房，覃媛也跟着进厨房。他打开冰箱拿出来一瓶啤酒。覃媛红着眼圈拿出来开瓶盖的工具递给他。

周逸伦烦躁："你别这样！"

覃媛一声不响地从冰箱里拿出来凉菜放在他面前。

周逸伦："每次你这样，我都恨不得狠狠搧自己几个嘴巴子。"

覃媛不说话，周逸伦喝了一大口啤酒："孩子生下来，上完户口，咱们还是离了吧，省得你跟着我受这样的罪。"

覃媛使劲摇头。

周逸伦："房子存款都给你，孩子交给我妈带……"

覃媛无力地摆摆手说："我还是那句话，只要你不离开这个家，我就不会离开你。"

周逸伦神情痛苦地问："这就是你想过的日子？"

覃媛："不是。"

周逸伦："那你为什么要这样过？"

覃媛："因为这个日子里有你。"

周逸伦心往下一沉，他黑着脸转身出去了。

房间里开着一盏地灯。

盛开靠在沙发上，胡杨坐在她身边，两人喝着红酒聊天。

盛开两眼红肿："我在我妈眼里一直是个乖孩子，上中学时没有早恋，青春期也没惹出麻烦。大学毕业一头撞上他，我就再也没有看过别的男人一眼。他是我的初恋，初吻，初夜，他是我最初的一切。"

胡杨喝了一口红酒："他是你最初的一切，你可不是他最初的一切。"

盛开分辨："他上高中的时候就跟覃媛好了，校园恋情，十六七岁的感情不成熟。这事他根本就没瞒着我。"

胡杨："认识你的时候他已经二十五六，不能再拿感情不成熟做借口了。"

盛开："感情成熟了，他又不忍心伤害对方，拖得越久越难分手。现在覃媛怀孕了，不跟她结婚又能怎么办？"

胡杨："哎，你怎么还替他说话？这个周逸伦到底哪里吸引你？"

盛开："他比别的男人更懂女人，知道什么时候递什么话，知道什么时候伸哪只手。"

胡杨把一粒腰果扔进嘴里："就为那句话那只手搭进去六年，你亏不亏啊？"

盛开："我当时太年轻了，年轻得顾不上想结果。只想已经搭进去这么多年，中途撤出来那才既丢脸又吃亏呢。"

胡杨："典型的缺心眼！"

盛开："我缺的何止是心眼？我缺的东西太多了！"

胡杨叹了口气："成熟得晚也就罢了，好不容易开了一窍，还把位置开错了，我不知道你到底是聪明还是傻？"

盛开闷头喝酒。

胡杨："从外表看，覃媛软得像无脊椎动物，绝对不是你的对手，可你怎么就偏偏败在她的手里了呢？她到底靠什么打败的你呢？"

盛开："靠她的软弱。"

胡杨："软弱也算得上是一件兵器？"

盛开："绳子软吧？套在马脖子上，哪匹马挣脱得开？覃媛的软弱有一种强大的杀伤力，再硬的钢也不架不住她不停手的磨。在长达六年的拉锯战中，我踢的是飞腿，她玩的是太极，以柔克刚招招置我于死地。我想过很多种跟周逸伦分手的方式，唯独没想到会我俩的关系是用这种烂到家的招数结束的。"

胡杨："你跟他结束了，他跟你结束了吗？"

盛开："他是谁？我认识他吗？"

胡杨气乐了："哎，你能不能不自欺欺人？"

盛开："再倒霉的人也有一只脚站在地上。我现在双脚悬空，我被这个世界一脚射门踢出去了。如果说爱情是女人身上流着的血，那我肯定得了白血病。"

胡杨："哎，你能不能别一刀一刀地割自己的肉？"

盛开："我在反省自己。"

胡杨："反省归反省，投降归投降。据我所知，光分手你就跟他闹了三四回，当断不断必有后患。这么拖着对他一点影响都没有，你跟他吹了，还有覃媛在那候着他，你有谁呀？这个王八蛋把你毁得真够彻底的。"

盛开："你不能这样说，他真不是故意的。"

胡杨："怎么才算故意？"

有人按门铃。盛开起身开门，胡杨跟出去。

穿一身工装的人说："收牛奶钱。"

盛开掏钱给他，收奶钱的人走了。

胡杨："我也回去了，明天还得早起。"

盛开："我送送你。"

郑婉颐坐在沙发上心不在焉地看着，她拿起来电话放下，想了想又拿起来。

盛开躺在沙发上接电话："妈。"

郑婉颐："吃饭了没有？"

盛开："不饿。"

郑婉颐："不饿也得吃，要不会伤了胃。明天中午回家来吃，妈做了你爱吃的排骨山药。"

盛开："吃不下去。"

郑婉颐：“别跟妈怄气，这个世界上能说你的是你妈，最疼你的人也是你妈。”

盛开的眼圈红了：“我知道。”

郑婉颐：“妈心里替你着急，有些话张口就来，伤了你，妈不是成心的。”

盛开低声说：“我知道。”

郑婉颐：“人这一辈子只能往前走，不能回头看，走过的路再后悔也返不回去了，你说是不是？你还年轻，前面的路长呢，别灰心丧气啊。”

按门铃的声音，盛开挂电话开门。

周逸伦站在门口。

盛开的心往上一撞堵住了嗓子眼，她张了张嘴没说出话来。

周逸伦伸手去搂她。

盛开使劲甩开他的手，她狠歹歹地说：“别来这一套，咱俩结束了！”

周逸伦：“你真这么想？”

盛开语气坚定地说：“是！”

她“嘭”的一声把门关上了。

房间里死一般的寂静。

盛开死死地盯着那扇门，她控制不住自己把门拉开。

周逸伦站在门口看着她。

两人隔着一道门一动不动地站在那里。

盛开的眼泪滚落下来。

周逸伦上前一步张开双臂死死地抱住了盛开。

盛开的泪水打湿了周逸伦的脖子。

她泣不成声地说：“我没有我想得那么坚强，我受不了，真的受不了！”

周逸伦用脚关上门，他把盛开堵在墙角，拽着自己的衬衣袖子给她擦眼泪。

周逸伦和盛开坐在沙发上。

盛开啜泣道：“六年了，六年里我没有经验，全是教训。最大的教训就是以后绝不对任何人说‘我等你’这三个字。说出来搭上了自己，对别人也是要挟。”

周逸伦：“你生这么大气我可以理解。事情是被我一步一步走成这样的，我本意是不想伤害任何人，结果两个我喜欢的女人都被我深深地伤害了。”

盛开看着他不说话。

周逸伦：“认识你的时候，我没有结婚，还有选择的机会。可是我既怕伤着她，又舍不得离开你。她是此岸，你是彼岸。我不知道船该往哪开。”

盛开：“所以你就让她怀孕了？”

周逸伦：“她怀孕绝对是个意外，我是个男人，不能不对这个意外负责。”

盛开的心一阵绞痛，她垂着眼皮不再说话。

周逸伦：“你别不说话呀！”

盛开：“我的五脏六腑已经被你用锤子敲碎了，别祈求一个死人跟你对话。”

周逸伦叹了一口气：“唉！感情到底是个什么东西？”

盛开用鼻子哼了一声没有说话。

周逸伦：“感情是一种病毒，身体好的时候，它怎么兴风作浪，我都扛得住。一旦身体机能失调免疫力低下，一个嚏喷它就把我撂倒了。”

盛开：“你的心是钢铁铸就的，地震海啸都不在话下，还怕一个喷嚏？”

周逸伦：“我没你想的那么坚强。过去我害怕你逼着我在覃媛和你之间做选择。”

盛开：“优胜劣汰，生存法则，你已经选择了，我被淘汰了。我只想知道我是怎么败下阵的。”

周逸伦沉默片刻说：“你对爱情过分认真的态度让我紧张。”

盛开：“认真有错吗？”

周逸伦：“认真的后面是锁链。它叫我害怕。”

盛开：“还有呢？”

周逸伦：“认真的下面是地雷，一脚踩上去会引爆整个生活。”

盛开冷笑：“你一锤子砸碎了引爆器，我已经粉身碎骨了。周逸伦现在你彻底安全了。”

周逸伦：“盛开，六年的感情关系，不是一锤子就能彻底解决的。咱俩的感情，不由你我做主，是由时间做主的。”

盛开：“六年前你开场，六年后你结束。咱俩你来我往，一呼一应，有滋有味地消耗了我的2190天，我缺心眼似地以为，这一辈子咱俩谁也离不开谁了。”

周逸伦：“你我的这种关系，并不是每一个人的生命中都能够碰到的，两颗心如此相通，还怕形式上的分开吗？”

盛开：“既然形式不重要，你为什么要带她回苏州办结婚手续？”

周逸伦沮丧到了极点：“这不是我想要的，是她想要的。”

盛开：“我也想要，你给我了吗？”

周逸伦：“你是应该有一个家了。”

盛开勃然大怒：“你别给我装阿拉丁神灯！周逸伦，我到底是你什么人？”

周逸伦一怔，不知道该回答。

盛开的眼圈红了：“餐前开胃酒？还是餐后甜点？我把我的整个人生都赌上了，换来的竟然是粉身碎骨的结局。以后你别来找我，我已经彻底把你从我的心里铲掉了。”

周逸伦调节气氛故作轻松：“真的吗？什么感觉？”

盛开：“彻底推翻了旧世界！”

周逸伦笑了。

盛开绷着脸：“别想让我像过去那样，招之即来，挥之即去，满足你又不影响你。过去我傻，为了爱稀里糊涂奋不顾身。”

周逸伦：“不是那样的。”

盛开：“就是这样的！你是不是觉得我很坚强？”

周逸伦看着她没有说话。

盛开：“我是一颗拿不起来的软皮蛋！总想找个男人依靠一下子。现在我才明白，这个世界上没有谁是可以依靠的，就算有，那个人也根本不是你。我对待爱情百分之百地投入，得到的却是这样一个结局。我究竟哪儿错了？”

周逸伦伸手去搂她：“你没错，是我错了。”

盛开恨恨地甩开他的手：“我可真笨啊！弄清楚你对我的最终态度，竟然需要六年。”

周逸伦：“我也长了六岁啊。”

盛开：“你的六年是赢利的六年，我的六年是亏损的六年。周逸伦，在恋爱这件事上你永远是我的老师。”

周逸伦：“这种老师我可不敢当。”

盛开：“我一次次妥协着，总觉着有一个明天在等着我。哪有什么明天，我一直活在昨天当中。不是你毁了我，是我自己把自己毁了。”

盛誉拿着iPad跟儿子盛尊聊天。

盛誉：“上个星期六我没等着你。”

盛尊：“高晓灵同学不让我上网，天天逼着我学数学。老盛你能不能把我弄到你身边读书啊？”

盛誉：“你妈妈不同意。”

盛尊：“别忘了我还是你的儿子呢，在我的问题上你也有发言权。”

盛誉笑：“你快成精了吧？”

盛尊：“高晓灵同学一天总是让我学习学习，我都快烦死了。老爸，我想你领我游泳去。行吗？”

盛誉：“行！”

话筒外面传来高晓灵的声音：“盛尊走了！”

盛尊无奈地跟盛誉再见了一声下线了。

盛誉呆呆地看着黑了的屏幕。

狄英手脚利落地给罗母拧手巾把洗脸，罗耀辉站在一旁看着。

狄英：“大妈，我住哪儿？”

罗母：“你跟我住一个屋。”

狄英：“我睡觉不老实，还是睡客厅沙发吧。”

罗母：“那可不行，我儿子出来进去的不方便。”

狄英直起腰问：“外面那间凉房是你家的？”

罗耀辉：“那间房子里堆的全是破烂，没法住人。”

狄英：“我能收拾出来。”

罗母语气坚决地说：“不行。”

狄英：“为啥？”

罗母：“那地方我躺在床上看不着，一个疏忽谁知道会出啥擦不干净屁股的事。”

狄英恼了：“老太太，我不是上赶着来的，我是你闺女三番两次求来的！外面请一个保姆管吃管喝还得拿几千块钱的工钱，我一分钱不要，反倒像你吃了大亏。这活我不干了，你们爱找谁找谁去。”说完她扭头就往外走。罗耀辉急忙追了出去。

罗耀辉把狄英拦在院子里："狄英，狄英，你听我说。"

狄英站住脚看着他。

罗耀辉："我妈脾气不好，又伤了脚，心里烦躁，这股火她不是冲你来的。看在我和我姐的面子上，你别往心里去。我替我妈给你陪不是。"

狄英的态度软了下来："我这个人吐口唾沫成钉，答应下来的事情从不反悔。我答应你姐了，人也来了，就应该把事情做完。可你妈这样防着我，我还真没法往下做了。"

罗耀辉："我妈不是那个意思。"

狄英："你又不是你妈肚子里的蛔虫，你怎么知道？"

罗耀辉："我是她儿子，一天没离窝地跟她在一起生活了三十三年，她怎么想的我当然知道。"

狄英："你说她是啥意思？"

罗耀辉："话赶话，没过脑子。"

狄英："好，我信你一回。"

罗耀辉连声道谢："谢谢！谢谢！"

狄英："这屋我能收拾吗？"

罗耀辉："能！"

罗母伸着脖子往窗外看。

收破烂的把凉房里的破烂装进编织袋里过秤。

秤杆扬得很高。

狄英伸手把秤砣往后面移："蒙谁啊，应该放在这才对！"

透过玻璃窗能看到罗母伸着脖子盯着他们看。

狄英踩在凳子上往墙上钉旧床单，她干得满头大汗。

狄英在凉房的角落里摆了两个长条凳子，凳子上搭了几块长条板子。

狄英铺上褥子，罩上床罩。

狄英把一个茶几摆在床头，铺上块素雅的布，上面放上自己的零星用品。

罗耀辉走进来四下打量，感叹道："破破烂烂的一间房，用两块布一遮怎么就不是它了？"

狄英抱怨："这屋子里没电。"

罗耀辉："我给你弄个充电的应急灯。"

狄英把洗干净的床单衣物一件一件地晾在晾衣绳上。

罗母透过窗子看着在院子里干活的狄英说："这个女人挺能干，说良心话，你姐连她一个犄角都不如。"

罗耀辉频频点头，他小心翼翼地叮嘱母亲："妈，咱得把她留住啊。"

罗母："我折了腿也不能给她跪下吧？"

罗耀辉："吃完饭我去公司一趟。"

十二岁的窦宝游戏玩得正热闹时间到了。

窦宝把身上的口袋轮番掏了一遍，只有几毛钱钢崩。

窦宝灵机一动"咚""咚""咚"跑下楼。门的旁边挂着一个牌子，上面写着"大公技术开发有限公司"几个大字。窦宝悄悄推了一下门，门锁着。窦宝转身又跑上了楼。窦宝从窗子爬出去，脚踩着外置的空调箱子下到了楼下开着的那扇窗子里。窦宝撬开抽屉翻里面的东西，他翻出来一叠钱，喜滋滋地塞进口袋里。门外突然传来脚步。窦宝"出溜"一下，钻到宽大的办公桌下面。罗耀辉打开电脑，把手机插在电脑上，把手机里的照片倒在电脑里。电脑里出现一组在街头上拍的照片，几乎都是妙龄女郎。手机下载的文件里出现了一段录像。罗耀辉自言自语："这是什么时候拍的？"他用鼠标点开文件。一组凌乱的画面出现在电脑屏幕上，镜头拍摄的部位全部在腰部以下。

盛开背着挎包身体堵在最前面，手机里的声音非常嘈杂。

罗耀辉认出来这是无意间在公共汽车上录的一组画面，他看见了盛开的脸。

紧急刹车，手机大幅度地晃动又拿稳了。

寒光一闪，盛开身上的挎包顷刻间被割开了一个口子。

一只男人的手蛇一样钻进去，又缩回来，那只手从挎包里出来的时候食指和中指之间夹着一个钱包。贼的脸清清楚楚地出现在镜头里，贼转过脸，眼睛直勾勾地盯着镜头。罗耀辉吓得身子往后一仰，脚飞起来。

窦宝的身子拼命往后缩。

罗耀辉的皮鞋在距离他鼻子一公分远的地方停住，停顿了一秒钟，"扑通"一声落在地上。

罗耀辉："我的妈！这个视频可值钱了。"

他站起来拉开柜门。窦宝看见另一个窦宝迎面扑过来，他惊得两手捂住了嘴。罗耀辉从柜子里拿出一个U盘插在电脑上。柜门没关，窦宝从柜门的镜子反射里看到电脑里盗贼傅海涛在公车里偷东西的景象。窦宝惊愕地瞪大了眼睛。罗耀辉把那组录像下载到U盘上。把手机里的那段视频删掉了。窦宝后背紧紧贴着墙。罗耀辉的两只脚往后挪动了一下站起来。他关上橱柜门，他急匆匆地往门口走，无意间抬头。办公室的窗子开着。他走过去关上窗子，锁好门走了。房间里静了下来。窦宝悄悄地从桌子下面爬出来。他拔了电脑上的连接线，把电脑里面的硬盘取出来揣进怀里。窦宝从门出去了。桌子上扔着几个钱包、两台笔记本电脑和一个台式电脑硬盘。傅海涛嘴里嚼着卷饼手里摆弄着那个电脑硬盘："你拿这破玩意干什么，卖都卖不出去。"

窦宝："叔，这里面有你。"

傅海涛一愣。

窦宝："你在公交车上'宰死猪'的时候被偷拍了，画面清清楚楚的。"

傅海涛几脚把硬盘踹了个稀巴烂。

窦宝："踹烂也没用，那人把视频下载到U盘里带走了。"

傅海涛："那个人叫啥？"

窦宝从口袋里掏出来一张名片递给傅海涛："这是他的名片，我从他办公桌上拿的。"

傅海涛拨电话，假装与罗耀辉业务联系，约到安贞桥下。

电话响，一个女人的声音："这里是急救中心。"

盛开一怔。

抢救室躺在墙角床上的傅海涛醒了，他睁开眼睛愣愣地看着屋顶。医生走过来翻看他的眼睛。傅海涛吓了一跳，一骨碌爬起来。

3.

罗耀辉一瘸一拐地跟着盛开走出来。

盛开："接到抢救室的电话，差点把我吓死，没伤着骨头吧？"

罗耀辉："没有，护士在我的手机里查着你的号码，她给你打的电话。"

傅海涛死死地盯着他俩远去的身影。

罗耀辉边走边比划着给盛开讲整个过程，两人走到公交站站住。

盛开提醒他："把U盘给我吧。"

罗耀辉："U盘被那个贼偷走了。"

盛开一怔："啊？"

罗耀辉："视频在公司的电脑里有备份，明天上班我再给你拷一份。"

公交车远远地开来了，

罗耀辉说："我坐的那辆车来了，我先走了，星期一电话联系。"

盛开："就这么走了？"

罗耀辉："嗯。"

盛开："罗耀辉，你不能这样！"

罗耀辉："我怎么了？"

盛开："跟女性交往你要懂起码的礼仪。"

罗耀辉："这还要礼仪？"

盛开："当然要，难怪你交不到女朋友呢。来，我教教你。你陪女朋友逛街，分手的时候一定要把她先送上车，然后你再走。"

罗耀辉："哦。"

罗耀辉要乘坐的车停下又开走。

盛开："送女朋友上车你要站在黄线前，手掌心朝外，挥动胳膊，什么时候女朋友回头，你都要笑容满面地站在这里跟她摆手。"

罗耀辉："啊？"

盛开："这是初级课程。"

一辆公交车到站停下。

盛开上车，她站在车门口看着罗耀辉。

罗耀辉立刻退到黄线后面，他手掌心朝外，挥动着胳膊。

公交车关门车开走。

罗耀辉站在站台上笑容满面地看着远去的汽车。随后他像泄了气的皮球一样放下了手。

傅海涛坐在沙发上发呆，窦宝拎着一大袋子食品进来。

傅海涛从袋子里面拿出来一个肉夹馍狼吞虎咽地吃起来。

窦宝烧开水泡方便面。

傅海涛："我就想不明白，丢钱包的女人和偷拍我视频的那个小子，他们俩个怎么能凑一块去了？"

窦宝："这叫无巧不成书！"

傅海涛："站直了还没三块豆腐高，你知道啥叫巧？"

窦宝从口袋里掏出来那个丝绒袋子说："叔，你知道这块叫啥石头？"

傅海涛："不知道。"

窦宝："鸡血石，值老钱了！"

傅海涛一把抢过那块石头，拿在手里反复观看："能卖五千块吗？"

窦宝："四个五千块都不给你。"

傅海涛的眼睛顿时亮了。

盛开在卖鸡血石和寿山石的地方仔细看着。

古玩店老板过来："喜欢哪个？我拿给你看。"

盛开："有桃花冻鸡血石吗？"

老板："有。"

他一块一块拿出来给盛开看。

盛开摇头。

老板："不满意？"

盛开拿出来手机，找出来那枚印章的照片给老板看："你看我这块怎么样？"

老板仔细端详了一番连连咂嘴："这是对章中的一个，上等的桃花冻啊。”

盛开拿过一张便签留下自己的电话号码：“要是有人卖这样的印章，麻烦您立刻给我打电话。”

老板：“你要凑对儿吗？”

盛开：“是。”

覃媛拎着购物袋从婴幼儿用品店来，跟从古玩店里出来的盛开走了个面对面。盛开没有注意她，两人擦身而过。

覃媛停住脚迟疑了一下，立刻返身回来叫道：“你是盛开吧？”

盛开一怔站住脚回头看，见是覃媛立刻警惕起来。

覃媛柔声道：“你好！”

盛开冲她点点头：“你好。”

覃媛指了一下旁边的咖啡屋，语气温和地说：“我能请你喝杯咖啡吗？”

盛开眼睛看着别处：“对不起，我没时间。”

覃媛语气真诚地说：“就一杯。”

覃媛端着咖啡一小口一小口优雅地喝着。

盛开看着窗外往外的行人。

覃媛放下杯子开口了，她说：“我早就知道他在外面有女人，但是不知道是谁，我也不打听。知道了又能怎么样呢？那天在火车上见到你，我一下就明白了周逸伦为什么会喜欢你。”

盛开垂着眼皮不说话。

覃媛：“他骨子里喜欢的不是我这样的女人。”

盛开：“那他为什么爱上了你？”

覃媛：“我和周逸伦是大学同学，同校不同系。刚开始他爱上的不是我，是我的一个同学。那个同学在家是个娇女，非常任性，跟周逸伦确定恋爱关系以后经常跟他使性子耍脾气。周逸伦生气不理她了，她就求我去帮忙说合。”

她忽然停住话头不说了，问盛开：“这些他都跟你说过吧？”

盛开点点头。

覃媛：“他怎么说的？”

盛开：“一来二去他就喜欢上了你。”

覃媛："其实我早就喜欢他了，只是不敢说罢了。从爱上他的第一天开始，我就完全把自己忘了。我把心全部放在他身上，跟他在一起，我不敢说话，我怕我说错了，遭他反感。他不喜欢的事，我再喜欢也不去做。在他面前，我就是一个没有欲望没有要求的机器人，可是他还是不满意。你们俩的事情我不知道以前，他还有所收敛，现在他完全不管不顾了。他人在家里坐着，心却在外面漂着。"

盛开："我跟他已经断了。"

覃媛："可是他没有跟你断，他看着我像看着一团空气，都说在外面偷嘴吃的男人，在家面对老婆的时候会很内疚。他内疚吗？内疚的反倒是我，我整天像欠了他的债，说一句最简单的话都要偷看他的脸色。"

盛开："你为什么要这样？"

覃媛："因为我爱他。"

盛开冷笑："爱？什么是爱？"

覃媛一怔："你不知道什么是爱？"

盛开："我以为知道，其实我不知道。"

覃媛："那你为什么跟他在一起？"

盛开："我不想被你打败。"

覃媛苦笑："你已经胜利了。"

盛开："他跟你结婚了，怎么是我胜利了？"

覃媛眯着眼睛看着窗外，她慢声细语地说："我得到的只是一纸证书，根本没有得到他的心。看到电视剧里的那些被丈夫冷落的女人，我就觉得是在讽刺我。这种感觉早就有，只是我不愿意承认。我把他的冷漠理解为工作压力，爱一个人是一件很麻烦的事，可是我们女人不找这个麻烦又能做什么呢……爱情真不是个东西，可是没有爱情，人活得就不像个东西。"

盛开一言不发地看着她。

周逸伦的车停在小区门口，他拿出来手机打电话。

电话里传出来声音："对不起，您呼叫的用户暂时无法接通，请稍后再拨。"

周逸伦换了个号拨出去。

周逸伦挂了电话。

覃媛："我们俩刚开始谈恋爱的时候，他一口一个宝贝叫我。走到街上我只要说一句冷，他马上在大庭广众之下，把我搂在怀里。回到家里，明明有三个沙发，他一定要我坐到他的腿上。”

盛开吃醋了：“你没有必要跟我说这个。”

覃媛：“不！我必须跟你说。他很长时间不碰我了，我有要求也从来不敢跟他明说，模模糊糊地表示出来，他马上说天太热，两个人搂在一起跟上酷刑一样。当初我们认识的时候就是八月，八月是一年当中最热的日子，就在这样的三伏天里，他天天搂着我，什么时候走到街上我们总是拉着手挽着胳膊。他怎么突然就怕热了呢？现在我才明白，他是烦了厌倦了。怀了孩子以后他对我就更淡了，我睡觉的时候他看电视，我做好了饭，他在电脑前面盯着屏幕不肯离开。饭我一个人吃，觉我一个人睡，我为他做什么他都看不见。你知道女人偏偏是为了一句好听的忍饥挨饿都行，可婚姻中的男人个个患有失语症。你的好，他看不见，一切都是过去时了。你发牢骚，他比你火气还大。”

盛开看着覃媛一声不响。

覃媛：“我在你面前翻出来的是压箱子底的孤独和无助，我真的快垮了。”

盛开：“你跟我说这个干什么？”

覃媛：“因为咱们俩爱的是同一个男人，有话题可聊。”

盛开：“我已经不爱他了，这个男人彻底属于你了。”

覃媛：“男人厌倦女人是没有理由的，这是男人的天性。他不爱我了不代表不要我了。就像七十岁的老太太持家，所有用过的东西都要留在房间里，塞在床底下，男人从骨子里害怕改变，他们害怕没有家。”

盛开喝着咖啡不说话。

覃媛：“我没有什么朋友，也从来没有机会说这么多的话，他也从来不问我的感受。在不知道你们俩之间的事情之前，我问过他，如果一个女人爱上了你，你也爱上了她……我的话还没说完他就火了。他说，我最怕有人强迫我回答我无法回答的问题，即使我现在不发火，这股火早晚也得冒出来。”

覃媛越说越激动，眼泪涌了出来，她说不下去了，抬起头看盛开。

盛开面无表情没事人一样坐在那里。

覃媛心里的屈辱和仇恨冲破了堤坝：“你是女人吗？你还是个女人吗？你但凡还有一点儿的同情心，就不会这样一点感情都没有地听我说我们之间的事。”

盛开吃了一惊，身体不由地往后缩了一下。

覃媛的劲很快泄光了，她两个肩膀往下一松，手紧紧地捂住了脸。泪水顺着手指的缝隙流下来。

盛开犹豫了一下起身走过去，坐在她身边眼睛看着她。

覃媛低着头没有躲闪，盛开伸出胳膊想去揽她的肩膀又把手放下了。

覃媛僵了一会儿，默默地把脑袋挪到她的肩膀旁边似靠非靠，两个女人相互排斥又相互吸引，她们的坐姿势非常地别扭。

覃媛“呜”地哭了一声，又忍住了。她掏出来纸巾擦干净眼泪站起来走了，她走得很绝决，头都没有回一下。

盛开泥塑一样怔怔地坐在那里，她不明白她跟她的这通谈话算什么。

周逸伦在车里坐着。

远远地看见盛开精疲力竭地走进小区，

周逸伦急忙从车上下来。

盛开看见他一愣。

周逸伦：“我想跟你谈谈，咱们在一起吃个饭好不好？”

盛开把脑袋扭到一边不搭腔，径直朝自己家走去。

周逸伦一声不响跟在她后面。

周逸伦跟随盛开进屋换了拖鞋，泡了两杯茶放在茶几上。

盛开瘫坐在沙发上，好一会儿才有气无力地说：“你们两口子轮番找我到底想干什么？”

周逸伦一怔：“覃媛找你了？”

盛开：“刚刚跟我恳谈过。”

周逸伦：“谈什么了？”

盛开：“懒得跟你说。”

周逸伦：“你想怎么惩罚我，随便惩罚，但是什么都不跟我说就不好了。不管事情发展到哪一步，我们相信我们还是好朋友。”

盛开：“想都别想，我跟你不是那种关系。”

周逸伦：“你我之间的感情不会这么脆弱吧？”

盛开抬起眼睛看着他，瞳孔深处灼灼放光：“是你脆弱，不是我脆弱。过去我们之间的所有东西都是我一个人扛着，现在我不扛了，肯定要塌了。我跟你说过，我讨厌这种一人付出、一厢情愿的奴才和主子的关系。”

周逸伦：“盛开，你告诉我，我怎么做你才能原谅我？”

盛开：“开头没做对，以后怎么做也对不了了。”

周逸伦：“盛开，你非要一刀一刀把我削成作品是不是？”

盛开：“我讨厌我跟你这种非驴非马的关系。你不修正你自己，我就修正我自己。我要找一份完全属于我个人的感情，他爱我一个人，我也只爱他一个人。”

周逸伦：“是不是心里有人了？我帮你参谋参谋。”

盛开勃然大怒：“周逸伦，我最恨你这一点！”

周逸伦一脸无辜：“我确实是这样想的，别说你，就是对覃媛我也会这样做。”

盛开：“知道覃媛在你心目中永远是第一位，这能证明你行为高尚吗？这是你最没人味的地方！”

周逸伦：“你这话够恶的。”

盛开：“我再不跟你了断，这种恶的东西会越来越多。”

周逸伦息事宁人：“大风大浪都过来了……”

盛开：“这些大风大浪是以我的痛苦为代价的 。”

周逸伦：“我知道。”

盛开：“知道就好。因为爱你，我一次一次地投降。缺了我你的生活还是完整的。可是我呢？我从来没有过属于自己的生活。对，我应该换个角度想。你和我过一段不错的时光，我是你的一个很不错的朋友。”

周逸伦：“不是一个，而是唯一。”

盛开用鼻子哼了一声。

周逸伦：“一辈子都相信爱情是需要勇气的，代价太大了。”

盛开：“只想不做的人一辈子都不会出错，可是这样活着有什么意思呢？”

周逸伦：“你比我坚强。”

盛开：“我的坚强是你锤炼出来的，六年的感情教育，如果在学校里，我该拿硕士学位了。”

周逸伦叹了一口气：“爱到底是个什么东西呢？”

盛开：“知道你不相信爱情。”

周逸伦：“不管咱们走到哪一步，我都希望你别恨我。”

盛开：“有欲望的人一枪一个眼，死也是我自找的，恨你干什么？”

周逸伦苦笑：“你这人狠起来，真是威武不屈。”

盛开：“如果我再跟你继续混下去，我会把自己人生彻底毁了。周逸伦，你走吧，不要再来找我！”

周逸伦的脸色凝重起来：“这是你最后的决定？”

盛开：“嗯。”

周逸伦：“我们就这样完了？”

盛开：“让原因承担结果吧。”

周逸伦叹了一口气不说话了。

盛开的声音低了下来：“我累了，你走吧。”

周逸伦语气温和地问：“盛开，你到底叫我往哪走啊？”

盛开：“往回走，往六年前走，把我混丢了的岁月还给我。”

周逸伦一脸失落地开门出来。

盛开追出来叫了一声：“周逸伦！”

周逸伦满怀希望地扭过头。

盛开把他落在茶几上的车钥匙放在他的手里，返身回屋。

门“咣”地一声关上了。

周逸伦的心彻底凉了，他手里拿着钥匙站在楼梯上，

门里盛开的手机铃声响起来。

盛开接电话：“妈。”

电话里郑婉颐的声音：“你怎么不回来吃饭？”

盛开：“我没胃口，不想吃。”

电话里郑婉颐的声音：“你回来一趟，我有话跟你说。”

盛开：“电话里不能说吗？”

郑婉颐的声音：“不能！”

周逸伦坐在车里发着呆。

盛开从楼道里走出来，她没有往路边的停车场里看，

盛开快步往前走着，夜风把她的裙子吹得飘起来，身姿摇曳动人。

周逸伦立刻发动车追了上去，他摇下来车窗问：“你去哪儿？”

盛开吓了一跳，回头看了他一眼，眼神像看一个路人。

周逸伦：“我带你一截。”

盛开：“不用，我打出租车。”

周逸伦打开车门固执地看着她："上来吧！"

盛开看看四周，远近都没有出租车，她犹豫一下上了车。

周逸伦的车急速驶过。

周逸伦开车，盛开坐在副驾驶的位置上。

周逸伦："穿得这么漂亮，是不是约会去？"

盛开故意气他："对！"

周逸伦话里带着醋意："这么快？"

盛开斜了他一眼问："这种事有限速标志吗？"

周逸伦叹了一口气。

盛开："停车，我到了。"

汽车在路边停下。

盛开打开车门准备下车。

周逸伦一把抓住她的手腕，眼睛里满是哀求："真的就这么走了？"

盛开甩开他的手："我有勇气上你的车，就有勇气下你的车。"

盛开大踏步地走了。

周逸伦在车窗里悲凉地看着她远去的背影。

郑婉颐坐在沙发上看电视，电视里在演什么，她根本就没看进去。

盛开开门进来，四下看看，没有发现什么异样。

盛开挨着母亲坐下："妈，什么事啊？"

郑婉颐："还记得卢阿姨家的儿子吧？"

盛开警觉地看着母亲："妈，你别给我介绍对象啊。"

郑婉颐："你已经三十三了，再晃荡几年就奔四十了。铁军那孩子人不错，刚从英国回来……"

盛开："你大晚上的把我叫回来就为这事？那我回去了。"

郑婉颐眼睛一瞪："你给我老实坐着。"

盛开撅着嘴重新坐下。

郑婉颐进厨房端出来包子和酸辣汤放在餐桌上："妈做了你最爱吃的素馅包子和酸辣汤。"

盛开挪到餐桌旁边坐下，拿起筷子吃饭。

郑婉颐坐在旁边关切地看着女儿吃饭："盛开，听妈一句话。"

盛开："妈，您放心，我会用最快的速度把自己嫁出去。决不让您再为我操心。”

郑婉颐眼睛一亮：“有目标了？”

盛开：“没有目标，有硬性指标。谁第一个向我求婚，我就嫁给谁！”

盛誉在给手下的职员开会，他脸上的表情很严肃：“如果我给出了奖励，你们觉得可有可无，甚至无动于衷，这就值得我深思了。错误不在你们，而是我的问题。说明我看人不准，方式运用不当。”

金荷和孙童在下面窃窃私语。

金荷小声问：“他总是绷着一张脸吗？”

孙童小声：“那倒不是，今天的事情搞砸了，他真生气了。”

盛誉：“销售是一门艺术，而且还是一门很高深的艺术。这个职业有个特点，入门很容易，门槛也很低，但越往上走越艰难，而且没有止境。”

他目光严厉地看了一眼在下面窃窃私语的金荷。

金荷悄悄伸了一下舌头，不敢再开小会了。

盛誉：“这个项目我们不仅要做，而且必须要做得漂亮。钱重要，市场更重要。我之所以坚定的去这个事情，不只是为了这个项目，而是为了它所带来的商机。今天的会就开到这儿，散会！”

盛誉在看电脑里的资料，金荷推门进来。

金荷：“经理，你要的材料我给你弄好了。”

盛誉：“放那吧。”

金荷把材料放在桌子上，没有马上出去。

盛誉抬头看了她一眼：“还有事？”

金荷：“没了。”

盛誉：“回去工作吧。”

金荷走到自己的位置上坐下。

孙童看着她偷笑。

金荷：“笑什么？知己知彼，方能百战百胜。”

盛誉从办公室里出来。

女孩子们忙低头干手里的活，谁也不吱声了。

盛誉出去。

金荷：“你们谁有他的背景材料？”

女孩子们纷纷摇头。

金荷来了情绪："神秘是最大的吸引力。"

傅海涛对着灯光照那块鸡血石印章，灯光下桃花冻闪烁出漂亮的光泽。

傅海涛自言自语："这东西有那么值钱吗？"

窦宝在笔记本电脑前看U盘上的视频："叔，你还挺上镜的。"

傅海涛走过去看。

屏幕上盛开的脸刚巧转过来，两眼盯着镜头。

傅海涛按暂停键，他仔细端详着盛开："我分析，这娘们儿跟姓罗的那个小子是两口子。"

窦宝："我看不像，要是我爹妈在那种情况下，早就互相埋怨打起来了。"

傅海涛："你爹妈不是标准。"

罗耀辉进公司大门。

办公室里乱得像被抄了家，橱柜里抽屉里的东西全被掏出来扔到地上。

屋子里站着的两个警察看见罗耀辉进来，立刻把目光落在他身上。

罗耀辉被看得心里直发毛。

他问："这是怎么了？"

办公室主任："办公室被盗了，贼是从窗子进来的，从门出去的。"

罗耀辉："昨天我来的时候窗子是开着的，走的时候把它关上了。"

警察问："你昨天来过？"

罗耀辉："进来把今天需要的材料打印出来。"

警察："材料呢？"

罗耀辉把橱柜里打印好的材料拿给警察看。

警察翻了一下问："检查一下，你丢了什么？"

罗耀辉一眼看到自己的电脑机箱被野蛮拆卸开了。

他立刻急了叫道："电脑里的硬盘没了，谁这么缺德？"

办公室主任问："硬盘里有什么？"

罗耀辉："办公室里所有资料都存在里面。"

办公室主任："有备份吗？"

罗耀辉："百度云管家里备份了一部分。"

警察指着桌子底下说："看脚印窃贼是个未成年的孩子。这个贼从十一层网吧的窗户上下来的，踩着外面的空调外置箱，撬开窗子进来的。你进来的时候他可能就藏在这里。”

罗耀辉吃了一惊。

办公室主任说：“丢了两个笔记本电脑，我抽屉里的三千块钱也没了。”

警察拍了照片，取了脚印和手印，让办公室主任和罗耀辉在文件上签了字走了。

办公室主任：“马上写份情况报告。”

罗耀辉：“我写？”

办公室主任：“你嫌疑最大，当然你写。”

他开门出去了。

罗耀辉坐在办公桌前，他看到桌子上被倒扣着的名片盒，有几张自己的名片扔在桌子上。

罗耀辉弯下腰盯着桌子下面的那个脚印。

盛开正在专心致志地修改设计图纸。

手机响，她接电话：“喂。”

罗耀辉的声音：“我的办公室被盗了，电脑机箱里的硬盘被摘走了，那段视频没了。”

盛开如同一瓢凉水泼在头上：“啊？！”

罗耀辉：“警察说作案的是个未成年的孩子，我不明白他要我的电脑硬盘干什么？那里的表格文件对他一点用都没有。我想起来昨天我在安贞桥下看到那个贼旁边有一个十一二岁的孩子，偷硬盘的小贼说不定就是那个孩子。”

盛开的声音：“到底怎么回事，你说清楚一点儿。”

罗耀辉：“一句两句说不清楚。你最好出来一下，连着两天发生了这么多怪事，弄得我心里毛毛楞楞的。”

盛开的声音：“我正好有事要出去。你说个地方，哪见面？”

罗耀辉：“家乐福超市门口，我妈让买点东西。”

盛开推着购物车一件一件地往车上扔东西。

罗耀辉拿着一袋咸盐一袋白糖跟在她的后面。

罗耀辉：“那你说，那个人哪来的我的电话号码？”

盛开："我哪天都能接到几个垃圾电话，现在卖个人信息的有的是，有你的电话号码一点都不稀罕。"

罗耀辉摇头："他连我们公司是干什么都一清二楚，肯定是那个小贼从我桌子上拿走了名片。"

盛开："你分析得也有道理，这种事发生在身边，听上去怪瘆人的。"

盛开在收银口看收银员一件一件地扫描货物上的条形码。罗耀辉站在她身后等待结账，他下意识地回头看了一眼。身后站着一个五十多岁的干瘦女人，女人身后站着一个中年男人。那个中年男人引起了罗耀辉的注意，他的目光停留在那个男人的脸上。中年男人眼皮耷拉着睡着了一样。瘦女人的目光从远处收回来，正好跟罗耀辉的目光撞上。罗耀辉给她使了个眼色。瘦女人狠狠地白了他一眼。罗耀辉看她不明白自己的意思，悄悄在她的胳膊上捅了一下。瘦女人抬手给了他一个嘴巴子："臭不要脸！要什么流氓？"罗耀辉猝不及防被打懵了。瘦女人的儿子看见母亲撒泼急忙冲过来："妈，怎么了？"瘦女人："他摸我。"瘦女儿的儿子抡圆胳膊，一巴掌狠狠搧在罗耀辉的脸上。罗耀辉被打得鼻口窜血。盛开一掌推开瘦女人的儿子。瘦女人的儿子摔在身边的货架上，小商品撒了一地。中年男人趁乱跑了。

收银口大乱，几个保安跑过来护住收银台和出口。

监控器里面的镜头。瘦女人的身后站着一个中年男人，他紧贴着瘦女人的后背站着。中年男人的手在暗处伸向瘦女人胳膊上挂着的提包。

罗耀辉捅她的胳膊，瘦女人搧罗耀辉的耳光，中年男人急忙抽出来手。

超市经理把画面定住。

罗耀辉坐在椅子上，他的一只鼻子眼里塞着一个纸卷，盛开一脸怒气站在他的身边。

瘦女人："他不说清楚，我怎么知道？我后脑勺上也没长眼睛。"

罗耀辉囔着鼻子说："你们母子俩让我说话了吗？"

盛开批评瘦女人的儿子："明明是见义勇为，为啥污蔑他耍流氓？啥流氓这么没眼光啊？你妈觉得她是少女，你不该顺着她的思路往下想。"

盛开指了一下罗耀辉："他三十多岁一个男青年，多水灵的手都可以捏，大庭广众之下，他捏你妈的干巴手那不是有病吗？"

瘦女人："你咋说话这么伤人呢？"

盛开："伤你了？你哪儿出血了？出血的是他！跟你说，这事在这儿解决不了，我马上打电话叫110！”

经理息事宁人：“就地解决，还是就地解决吧。说说你们的要求。”

罗耀辉看了一眼盛开，不知道该怎么提要求。

盛开：“第一当面赔礼道歉；第二，赔偿三百块钱医药费。”

瘦女人：“三百块钱太多了。”

盛开：“第三我还没说呢，立个字据，去医院要是查出来脑震荡之类的大毛病，你们必须追加医疗费。”

瘦女人刚要说话，他儿子掏出来三百块钱扔在桌子上。

儿子：“妈，就算咱们被贼偷了！”

盛开不紧不慢地说：“贼要是偷你妈，还三百三百的偷？早就连钱包一起端了。人要是笨，思维方式都跟着猪走。”

儿子急了：“你骂谁是猪？”

盛开：“我骂猪！猪没急，你急什么？”

罗耀辉手里捏着三张百元钞票站在站在超市门口。盛开从他手里拿过来钱，在手心上抽打了几下说：“这一段日子过得总结起来只有两字：晦气！”

盛开：“不对，是五个字，晦气到家了！ 把这三百块钱全部干掉，安慰一下我们破碎的心。”

罗耀辉：“你要干什么？”

盛开：“下饭馆，全部吃掉。”

火锅里红汤翻滚，桌子上摆着喝空了的啤酒瓶。

盛开和罗耀辉两个人喝得满脸通红。

罗耀辉：“我手机没电了，借你的手机用一下。”

盛开：“我的手机也没电了。”

罗耀辉：“我不回家吃饭，我妈会惦记的。”

盛开：“一下午你提了六十次你妈！你看哪个成熟的男人，整天把妈挂在嘴上？”

罗耀辉：“那你说我应该把我妈放在哪儿？”

盛开：“揣在心里，捧在手上，放哪都比放在嘴上强。”

罗耀辉：“揣在心里解决不了我家的实际困难。我妈伤了腿。你帮过我的忙，你知道我妈嘴不饶人、不好相处。”

盛开点头："领教了。"

罗耀辉："找保姆她嫌贵，我姐把我姐夫家里的一个八杆子扒拉不着的亲戚，派到我家来伺候我妈。我一离开家，心马上就提溜起来。"

盛开："你妈跟她处得怎么样？"

罗耀辉："我不在家的时候，不清楚她们俩是怎么过的，反正只要我一进门，她俩立刻来劲。唇枪舌剑，永远话里有话，好像我是座山头，谁最先占领了这个山头，谁就是山大王。"

盛开哈哈笑。

罗母看了一眼墙上的挂钟："这都几点了，耀辉怎么还不回来？"

狄英："男人嘛总会有点应酬。"

罗母："我儿子跟别人不一样，从来都是到点就进家。"

狄英："按点到家的男人，你就别指着他出息了。"

罗母不爱听了："我儿子怎么没出息了？"

狄英："三十岁又冒出去一乍长了，现在连个对象还没有，到点进家算啥本事？家这种东西是给女人预备的，套不住男人。男人有家也愿意在外面飞着。在外面长本事，能挣钱回家。女人可不一样了，我要是有个家，我整天在家囚着，用棍子打我都不出来，死死守着我的窝。"

罗母："你没家？"

狄英冷笑："家？女人哪个家是自己的？当闺女的时候家是父母的。结婚后，家是丈夫的。在父母面前，我是嫁出去的女。对丈夫来说，我是离了婚的老婆。在哪个家里我都是外人。"

罗母同情地点点头："你说的倒是实情。"

狄英："俗话说一个萝卜一个坑。没有坑的萝卜没是本事的萝卜，我好歹得找一个坑把自己栽进去培上土，黄土埋半截，说得就是这个理儿。"

罗母："你以为萝卜坑是好找的？要是好找，就没满大街的剩女了。"

狄英："老太太，你还挺新潮，知道啥是剩女。"

罗母："剩女就是剩下的黄花大闺女，你这样离了婚的小媳妇不算。"

狄英："破船还有三千颗钉呢，现在这个社会离婚不掉价，寻死觅活才掉价。我一定要找个好男人嫁了，结婚那天，弄个一水大红的车队，围着我原来的那个破家放一千响鞭炮，我臊死他！"

罗母摇头："净说梦话！"

狄英："这是梦想不是梦话。"

罗母："把你敲碎了和成泥，重新捏成一个女人，你还是要单的命。每一颗土砢垃都裹着你的前世今生，你呀，天生命不好！"

狄英急了："老太太，你咒我？"

罗母："不信咱们走着瞧！"

桌子上摆着一排喝空了的啤酒瓶。

罗耀辉："能用钱解决的问题都不是问题，可问题是我是穷人。"

盛开："你别跟一个女人哭穷。"

罗耀辉："啥叫哭穷？莫非你要我边跳钢管舞，边解释经济问题吗？"

盛开："如果你愿意未尝不可。"

罗耀辉："你这个人还真不势利。"

盛开："势利有啥不好？我是做不到而已。"

罗耀辉："你听不出好赖话？我这是夸你呢！"

盛开："一个女人被夸得都不像人了，还怎么往下活？"

罗耀辉："那我拣你的缺点说。"

盛开："把我贬得一钱不值，有人往你卡里打钱吗？老板！再上两瓶啤酒。"

罗耀辉制止她："钱已经花超了。"

盛开："多出来的我付，不就是钱嘛！六年我都搭进去了，这点儿钱还付不起吗？"

她伸出小拇指和大拇指在罗耀辉面前晃了晃："六年啊！六年的光阴一下把我逼到了六十岁，尽管老眼昏花我还是认清了自己，我是那种逢男必输的女人。输了就得花钱，剩下的酒我买了！"

罗耀辉眨巴着眼睛看着她。

盛开："你这样看我，好像我得了绝症似的。其实你跟我一样都是绝症患者。"

罗耀辉："我得什么绝症了？"

盛开："三十三岁了，还叼着奶瓶让老娘牵着小手往前走，我都替你臊得慌。"

罗耀辉一张脸涨得通红："我妈生我养我一场……"

盛开反问他："谁不是自己妈生养的？"

墙上的挂钟敲响了，时间指向十点。

罗母喊："狄英！狄英！"

狄英跑进来，从床下面拿出来便盆。

罗母："我不解手。"

狄英又把便盆塞了回去。

罗母："你把我弄到门口去。"

狄英："干啥？"

罗母："看看我儿子怎么还不回来？"

狄英一口拒绝："不行！"

罗母："求你点事怎么这么难？"

狄英："你的脚不能沾地。我得把你背过去再背回来，你说难不难？"

盛开："在你妈眼里，没有一个女人配做她的儿媳妇。你自己再没主意，熬到秃顶还是光棍一条。"

罗耀辉："你不听你妈的，不是照样没嫁出去吗？"

盛开："性质不一样，我选择的是我自己想走的路，不是我妈让我走的路。"

罗耀辉："殊途同归。"

盛开："用词准确！"

罗耀辉："你跟他晃荡了六年，这个男人到底什么地方吸引你？"

盛开歪着脑袋想了一会儿："他不知道自己是谁，我也不知道他是谁。估计这就是魅力所在吧。"

罗耀辉："这叫什么话？"

盛开："既然故事的开头讲错了，往下再怎么做也对不了了。六年当中，我跟他分过很多回手，可总是分不成。分开最长的时间是两个月，后来他喝醉了酒，把自己摔得满脸是血来找我，说这辈子一定要跟我生活在一起，让我等着他。我被他血肉模糊的誓言感动了，答应等他，一等又是好几年。这几年里，他买了房子买了车，不但没跟女朋友分成手，还让她怀上了孩子，这个王八蛋他什么都没耽误。"

罗耀辉痛心疾首："你怎么能爱这样的男人？"

盛开："你说我多爱他？仔细想起来，还真不是，我是不甘心失败，我怎么能失败呢？他说他要离开女朋友娶我，不是我说的。一个男人怎么能说话不算话呢？我不能让他爱那个女人胜过爱我，事情发展成这样，只有我决定前途和命运，怎么能由他来决定？”

罗耀辉：“现在的结果不就是他决定的嘛！”

盛开用拳头擂了一下桌子：“所以我才愤怒！”

她又使劲擂了两下桌子：“愤怒！愤怒！”

桌子上的空酒瓶倒了好几个。

罗耀辉急忙按住，不让它们往地上滚：“你喝了酒，都不像你了。”

盛开：“男人不可信，女人才多变。”

罗耀辉：“你只跟他一个人谈恋爱，又没跟普天下的男人谈恋爱。”

盛开：“万变不离其宗。”

罗耀辉：“你公平点行不行？”

盛开：“我不是裁判。”

罗耀辉：“女人一往情深，准会弄出来摧残人性的事。”

盛开：“大哥，我摧残的是自己，不是别人！我活在过去，又被未来给害了。”

狄英端来一盆热水放在罗母脚前。

罗母绷着脸不看她。

狄英：“这可是花了你家煤气费烧的水，你不洗我就洗了。”

罗母慢吞吞地把那只没伤的脚泡进热水里。

狄英蹲下身给她洗脚：“老太太，你整天这么绷着，我都替你累得慌。”

罗母：“我全靠这副好身板扛着这个家呢。耀辉他爸死了以后，厂子给的那点抚恤金哪够养活他们姐俩的？全凭我拆东墙补西墙，把他们拉扯成人。唉！有啥用？三十多岁的人了，照样不让我省心。老话说得好，不当家不知柴米贵，不养儿不知父母恩，等你当妈的那天你就知道了。女人这一辈子活得真不容易。”

狄英：“老太太，你真的信命吗？”

罗母：“信不信，人这一辈子都得靠命撑着。”

狄英拿手巾擦干净罗母的脚，把她安置在床上。

罗母：“你给耀辉打一个电话。”

狄英：“打了，还是关机。”

罗母用命令的口气说：“再打！”

4.

街道两边的路灯摇摇晃晃拉着长长的虚线。马路像漂浮在大海中一样上下起伏着。罗耀辉站在马路中间，他闭上眼睛，伸手做停止状：“别动！别动，你晃得我头晕。”

盛开：“我没晃，是你自己在晃。”

罗耀辉睁开眼睛：“我脑袋现在是上下两层，上面那层空了，下面这层里面全是浆糊。”

盛开伸出一根手指头问：“这是几？”

罗耀辉：“一。”

盛开又伸出来两根。

罗耀辉：“二。”

盛开：“接着往下数。”

罗耀辉大着舌头说：“过去我还能数到一百，现在连十都数不到了。”

盛开：“当歌星去吧，数到七就够用了。”

罗耀辉随手从垃圾箱上面拿起来一个空矿泉水瓶子做话筒。

他冲着马路大声喊：“欢呼声在哪里？掌声在哪里？”

盛开连喊带叫地呼应着他：“这里！这里！”

罗耀辉扯着脖子唱起来：“一马离了西凉界……啊……啊……”

盛开一脸认真地说：“我听过猪这样惨叫，叫完它就死了！”

罗耀辉端着京剧的架式踩着鼓点醉醺醺地在里边走。

他扯着嗓门大声唱：“不由人一阵阵泪洒胸怀。青是山绿是水花花世界，薛平贵好一似孤雁归来。”

盛开舞着兰花手，迈着莲花步，身姿轻盈紧随其后。

罗耀辉的脚被木棍跸了一下，差点摔个马趴子。

他捡起来那根木棍，舞得生风，嘴里“哐哧”“哐哧”“哐哧”地吆喝着锣鼓点儿。

盛开一把拉住了他："哪儿走？到了。"

罗耀辉站住，亮相转身一撩衣襟，像《三岔口》里的武生一样，伸开两手在墙上摸。

罗耀辉："门呢？你把门挪哪去了？"

盛开笑得捂着肚子"哎呦""哎呦"乱叫。

罗耀辉踩着鼓点眼花缭乱地玩着身段。

画外"咣哚"一声重锤，锣鼓点刹住。

门开了，有人走出来，站在门口诧异地看着他们："找谁？"

盛开："我住这儿。"

她拉着罗耀辉窜进门去。

盛开和罗耀辉坐在地板上笑得直不起腰了。

盛开："罗耀辉你叫我大开眼界了！"

罗耀辉："我的身上还藏着另外一个我。"

盛开："你跟他熟吗？"

罗耀辉："熟。"

盛开："聊聊。"

罗耀辉正襟危坐："聊吧。"

盛开拿起遥控器假装话筒采访他："你见过几个对象？"

罗耀辉："如果从二十三岁开始有人给介绍对象算起，两个月见一个，十二除二等于六，十一乘六……如此推算下来，我已经见过六十六个有可能成为我老婆的女人，还差三十四个就进百了。总有一天，我会拉着一个女人的小手对她说：'你是我的百里挑一'。"

盛开调侃："有可能是今天在超市里摸的那只小手吗？"

罗耀辉急了："开什么玩笑？我见过的女人都有形有款。处得时间最长的那个，气质相当好，跟她走出去，觉得风吹过来都不一样了。"

盛开："你经常在新交的女朋友面前夸吹掉的女朋友吧？这毛病可不好。"

罗耀辉："可她确实是好。"

盛开："好怎么还吹了？"

罗耀辉迟疑了一下："她也有不好的地方。一见面就花钱，在外面散步她嫌冷，要到咖啡馆里坐着，那里一杯咖啡最少也要十八块钱。我说那里太吵，她说，要不看电影，电影院里暖和。电影票更贵，逼得我没办法，领她去了暖和安静还不要钱的图书馆。她一会让我给她买点儿吃的，一会儿让我给她买点儿吃的，好像嘴不动就吃亏了似的。我给她买了一个石榴，让她一粒一粒地抠着吃吧，抠到天黑都抠不完。”

盛开笑得眼泪都流出来了：“罗耀辉，铁公鸡身上还能刮点铁锈下来，你简直是不锈钢公鸡。”

罗母一遍一遍地拨电话，狄英伸懒腰打了个长长的哈欠：“我去睡了。”罗母重重地挂了电话：“我儿子不回来，我不睡，你也不能睡。”

狄英急了：“你花多少钱雇我陪着你点灯熬油？”

罗母：“你吃我的住我的……”

狄英立刻打断她的话：“又来了！再跟你强调一遍，我没有白吃白住，因为沾亲带故，我才被你闺女死缠烂打地弄来，一分钱不要地伺候你。你倒弄得像被我占了便宜似地，整天防贼似地看着我。你有什么怕丢的？屋里屋外破砖烂瓦，一件值钱的东西都没有。”

罗母：“我有儿子你有吗？”

狄英一下噎住了。

罗母：“破家值万贯。我好歹有个家，你有啥？你要是有儿子有家，还用到我这矮檐下低脑袋？”

狄英：“我今年三十四，不是八十四，数不清的好日子在前面等着我呢。老太太，我是晚辈，我来伺候你，是给你便宜占。不过咱们还得把话说回来，人这一辈子不能只占便宜不吃亏吧？对，你有儿子不假，你儿子肉眼凡胎他不是佛，就算他是尊金佛，也不能光让人上香，他不显灵吧？”

罗母冷笑一声：“那得看谁上香了，像你这样连香火都续不上的，趁早别登我家的庙门！”

狄英：“没有孩子，我好歹也结了一场婚。不像你儿子，整天被你霸着。混到这把岁数，连女人都没摸过，不知道的人还以为他有毛病呢。”

罗母被她的话惊得目瞪口呆。

罗耀辉：“我把这个女明星的鼻子挪过来，把那个女明星的眼睛挪过来，拼凑我那个她的模样，经常挪到半截就累得睡着了。”

盛开：“三十三岁了，还玩这套幼儿园的把戏，有劲吗？哎，你跟女人交往最深到什么程度？拥抱接吻？”

罗耀辉嘴唇紧抿拒绝回答。

盛开："同居？"

罗耀辉态度坚决地回答道："没结婚不能睡在一块儿。"

盛开惊叫："你是童男子？苍天哪！这不是跟六十岁的老太太说自己还是处女一样惊世骇俗吗？"

罗耀辉涨红了脸。

盛开："你妈真的彻底把你给毁了！老太太享受着自己的人生，还要霸占着她儿子的人生，她比武则天还厉害！哎，你跟女朋友约会，想拥抱接吻是不是也得等你妈下圣旨？"

罗耀辉气得脑门上崩起了青筋："你这是侮辱我！"

盛开："侮辱？我算看透了，你这种男人，搞对象就三件面子活，见面、逛街、分手，说拥抱接吻那都是抬举你。"

罗耀辉脸色煞白："你再说一遍！"

盛开激他："说了怎么了？你还能把我掐死？"

罗耀辉饿虎扑食一把揪过盛放，两手死死捧住她的脸就要亲吻。

盛开使劲推开他："干嘛？干嘛？别拿我练身手，我没钱给你妈！"

罗耀辉动了蛮劲。

盛开："跟我来真的？好！"

她立刻动手解罗耀辉衣领上的一个扣子。

罗耀辉一下慌了，赶紧系上那颗扣子："别！别！"

盛开松开手戏谑道："我说什么来着？罗耀辉，你就是清朝的小脚女人，鬓边插着一朵小白花，满身悲情一脸哀怨……"

她拿腔拿调："小女罗氏，为你守身如玉三十三载……"

罗耀辉爆发了，他扑过来抓住了盛开的两个肩膀，使劲往怀里一带。

盛开瞪着一双妩媚的眼睛看着他："来真的？"

罗耀辉大吼一声给自己壮胆："我跟你拼了！"

盛开立刻伸出胳膊紧紧地搂住他，丰满柔软的嘴唇紧紧地压在罗耀辉的嘴上。

罗耀辉脑袋晕眩，周身瘫软。他倒抽着气，身子往后一仰"扑通"一声摔倒在地板上。

月光如洗，树影婆娑。

罗耀辉闭着眼睛躺在地板上，他满头大汗地喘息着，透过他的脸可以看到跟他并排躺着的盛开的脸。盛开闭着眼睛问："你死了吗？"

罗耀辉有气无力地答道："没有。"他睁开眼睛伸出两根手指："一共出现了两次幻觉。第一次是去了从来没去过的西藏，第二次是见到了从来没见过的爷爷。"

盛开笑。

罗耀辉转过身紧紧搂住了她。

墙上的挂钟敲响了十二下。

狄英起身收拾地上的杂物："我就纳闷，你大字不识一箩筐，凭什么安排耀辉的生活？"

罗母硬邦邦地甩过来一句："我是他妈！"

狄英："对，对，你是他妈，单凭这一条，就能断了他的所有后路。老婆能换。妈不能换。耀辉摊上你这样的妈，这一辈子都别想娶老婆了。"

罗母大怒，抓起放在凳子上的鞋朝狄英砸过去。

狄英正巧弯腰擦地上的水渍，鞋从她的头顶上飞过去，扣在刚进门的罗耀辉的脸上，被他一把按住。

罗母叫了一声："哎呀！"

罗耀辉被打懵了，他拉长了脸愣愣地看着母亲。

狄英扭头看到此情景教育罗母："他不就晚回来了一会儿吗？你竟然拿鞋摔他吗？晦气不晦气？"

罗母："撵她走！耀辉！你给我撵她走！"

狄英："闹了半天，你这是打我呢？好心当成了驴肝肺！耀辉，你给我买票去，我明天一早就回天津！"

罗耀辉一言不发回自己的房间关上了门。

客厅里一片寂静。

罗母："你去看看他怎么了？"

狄英立刻不计前嫌，蹑手蹑脚地去了。

罗母伸着脖子往罗耀辉的房间里看。

狄英回来说："也不知道干啥重活累着了，衣服都没脱就睡着了。"

罗母叹了一口气对狄英说："送我回房间，你也去睡吧。"

罗耀辉浑身瘫软地睡得很不安分。

英姿飒爽的盛开背上插着靠旗一身穆桂英打扮，她随着锣鼓点在台上旋转成一朵红云。罗耀辉一身银色铠甲英姿勃发，两人棋逢对手将遇良材，打得难解难分。

盛开一个跟头翻上云头。

罗耀辉也一个跟头翻上来，云被他踩坏了，他摔了下去。

罗耀辉一骨碌坐起来，天已经大亮。他急忙起身穿衣。

罗耀辉在洗菜池子前洗脸漱口，对着镜子喜滋滋地打理自己的发型。

狄英在灶台前煮粥烙饼，不住地偷眼看他。

罗耀辉、罗母、狄英坐在桌旁吃饭。罗耀辉喝着粥竟然偷偷笑了。

罗母和狄英相互看了一眼，又把目光同时盯在他的脸上。

罗母："你笑什么？"

罗耀辉："我没笑啊。"

傅海涛和窦宝走进店，挨个看柜台里的珍贵石头。

老板走过来跟他们打招呼："看中哪个了？我给你们拿。"

傅海涛从口袋里掏出来丝绒口袋，从里面拿出来那块鸡血石。

老板顿时眼睛一亮。

傅海涛："老板，你看这块石头的成色咋样？"

老板接过来在手上搬弄了一会儿："巴林桃花冻鸡血石。那天有一个女人拿的照片跟这枚印章一样。"

傅海涛心里一激灵，他故作轻松："哪儿一样？"

老板："成色图案一模一样，我干这行几十年了，看东西不走眼。"

傅海涛："你看它值多少钱？"

老板："这是对章中的一个，两个凑齐了值钱，单个的不好说。"

傅海涛："单个值多少？"

老板："几千是它，几万也是它。看落谁手里了。"

傅海涛把鸡血石收起来转身往外走。

老板在后面喊他："你叫个价咱们可以往上砍嘛！"

傅海涛没理他出门去了。

盛开在电脑上修改瓷瓶上的设计图案。

胡杨坐在她的桌子上跟她聊天："你的那个屌丝奶瓶男有什么反应？"

盛开："怎么是我的？"

胡杨："不是你的还是我的？想往下发展吗？"

盛放压低声音："一时酒后乱性，彼此都不可能托付终身。"

胡杨长叹了一口气。

盛放："你叹什么气？"

胡杨："周逸伦用他的臭不要脸，逼得你连跳三级，美女变成了野兽。"

盛放："发现了我的另一面也没有什么不好。"

盛开的手机响了，盛开接电话："喂，你好！"

古玩店老板的声音："我是古玩店的老张。"

盛开："张老板，您好！"

古玩店老板："刚才有两个人来店里问一枚鸡血石印章，跟你那天给我看的照片一模一样。"

盛开的身子立刻坐直了："真的？"

古玩店老板的声音："问了个价就走了，估计他还会去别的地方问。"

盛开："什么样的人？"

古玩店老板的声音："三十多岁，中等个南方口音。"

盛开："他们再来，您一定打电话告诉我，我给您中介费。"

技术部的小张给罗耀辉修电脑。

罗耀辉不停地看自己的手机。

他调出来盛开的电话，拨了号又赶紧挂了。

办公室主任过来递给他一张纸："罗耀辉，你去把单子上的东西买回来，顺便把上几次买东西的发票一起开回来，会计科让报账呢。"

潘家园市场。傅海涛和窦宝跟一个牵着狗的老者聊天。

老者拿着那块鸡血石仔细看："这枚桃花冻鸡血石印章属上上品，如果两枚凑齐了价不可估。"

傅海涛："到底值多少？"

老者："几十万垫底，百万也叫得出来。"

傅海涛吃了一惊："真的？"

老者："我在这一行混了几十年，别说鸡血石，玉我都赌过。"

服务员把一大盘子红烧鸡块和两碗米饭放在桌子上。窦宝和傅海涛狼吞虎咽地吃着饭。

傅海涛："一百万啊，把我和你的一辈子都搭进去，也挣不出来这么多钱。"

窦宝："人家说的是对章，那一个还在那个女人的手里，你能弄出来？"

傅海涛态度很坚决："世界上没有办不成的事，就看你想不想办。只要盯住罗耀辉，咱们就离一百万不远了！"

窦宝："难度太大了！"

傅海涛："当年样板戏里有那么一句唱词，'越是艰险越向前'……"

傅海涛倒了一杯啤酒，眼睛下意识地往窗外扫了一下，他手一哆嗦差点碰倒啤酒瓶。窦宝急忙伸手扶住酒瓶子。傅海涛："啥叫命运？你往超市门口看！"罗耀辉骑着一辆自行车进了超市门口的停车场。停车场旁边放着一辆手推的自制音响车，一个男人在音响车前用二胡拉一首名曲《万马奔腾》。罗耀辉把车子用链子锁锁在栏杆上，他进了超市。傅海涛走过来，掏出来钳子，两下夹断了链子锁，推起车子就走。拉二胡的男人急得站起来，嘴里哇啦着，原来他是个哑巴。傅海涛威胁他："你敢从嘴里蹦出来一个字，老子把你舌头割了。"盛誉推着购物车一件一件地从货架上拿自己想买的东西。罗耀辉把购物单据递给服务员，服务员给他打印发票。盛誉推着购货车从他身后走过去。盛誉把购物车停在路边，打开后车厢盖子，把里面杂乱的东西挪到一边，他把购物车里面的东西一件一件地放进后车厢。罗耀辉拎着购物袋从超市里出来，发现自行车没了，急得围着停车场乱转。

拉胡琴的男人打着手势明确地告诉他，车被人偷走了。

罗耀辉气得狠狠踹了一脚停在旁边的一辆汽车的车轱辘。

汽车的报警器响了。

车门打开，一个穿着牛皮军靴的大汉从车上下来："王八羔子！脚痒痒了？不想要伸过来，老子给你剁了！"

罗耀辉往后退。

大汉："你站住！"

罗耀辉转身就跑。傅海涛突然窜出来拦在他面前，罗耀辉看着他有点犯懵。傅海涛摘下来胸前挂着的U盘在手中使劲摇晃着。罗耀辉顾不得身后的大汉，伸手去抓U盘。傅海涛飞起一脚使劲踹了一下停在盛誉身后的购物车。购物车撞了盛誉一下，盛誉急忙回手没有抓住，购物车朝前冲去。购物车把罗耀辉撞了个跟头，车里面的东西全部扣翻到地上。盛誉大怒，一把抓住傅海涛的脖领，傅海涛猝不及防吓了一大跳。盛誉一个大背胯把傅海涛狠狠地摔在地上。罗耀辉扑过来抓住傅海涛，趴在地上的傅海涛一把抓住罗耀辉的脚脖子使劲一拉，罗耀辉摔倒在地上，两个人扭打成一团。大汉抄着两手站在那里看热闹。停车场的保安跑过来拉架，人越聚越多。罗耀辉被压得半张脸紧贴在地皮上。很多只脚和很多条腿在他眼前转来转去。罗耀辉伸手抱住眼前的一条腿，那条腿非常有劲，一下就挣开了。罗耀辉又抓住那条腿，死死地搂住不放。他使尽全身的力气把那个人拽倒了。傅海涛爬起来从购物车里拎过来一个铝盆，朝罗耀辉的脸上狠狠一砸。薄铝盆的盆底上鼓出来一个人脸的模子。窦宝推着罗耀辉的自行车跑过来，用尽全力往前一送，自行车朝前冲去。傅海涛接过自行车车把飞身跃上，窦宝紧跟着跳上后倚架。自行车飞驰而去。

盛誉浑身是土，他把地上的货物拣回到购物车里，拍拍手上的土在台阶上坐下。罗耀辉青肿着脸走过来坐在他身旁。

盛誉教育他："我都抓住他了，你抱我的腿干什么？就算你抱对了，抱的是他的腿，你的手法和脚法都不对，有你那么上手的吗？"

他站起来："来！来！你扑我！"罗耀辉一肚子的气，他站起来红着两只眼睛，饿虎一样扑过去。盛誉反手拧住罗耀辉的胳膊，一个反关节，狠狠地朝外掰过去。罗耀辉疼得拉长声音嚎叫起来。来往的行人吓了一跳，纷纷回头看。盛誉松开他。罗耀辉并没有停止喊叫，他拖着长腔把一口气喊完了。有人站住脚看他。罗耀辉瞪着行人，脸红脖子粗地大声说："看什么看？有种你们也上来喊一嗓子。我就不信你们能嚎得过我！"那人怕惹出麻烦，转身走了。

罗耀辉冲着开过来的一辆货车高声喊："开三菱车那小子，你过来，我给你唱支歌！"

盛誉哈哈大笑。

盛誉发动汽车，他把脑袋探出车外问罗耀辉："我捎你一段路吧。"

罗耀辉："咱俩不是一个方向，不用了。"

盛誉的车开走。

傅海涛骑车带着窦宝到公交站下来。

傅海涛："你在下一站等我。"

窦宝问："你干啥去？"

傅海涛："回去堵姓罗那小子，跟他好好盘盘道。"罗耀辉灰头土脸地出现在人行道上。傅海涛骑着自行车从他身边穿梭而过，吹了一声口哨。罗耀辉撒腿就追。傅海涛撅着屁股双腿蹬得飞快，扭过头往后瞄了一眼。罗耀辉机器人一样疾速奔跑着，跑得飞快。傅海涛突然掉转车把，朝罗耀辉撞过来。他不要命的架势把罗耀辉吓着了，罗耀辉转身就逃。傅海涛玩命地追。罗耀辉疯狂地跑。罗耀辉跑过地下车库口，他突然拐弯，钻进旁边的小胡同里。傅海涛拐弯追过来。看见前面没有了罗耀辉的影子以为他拐弯了，一扭车把跟着拐弯了。傅海涛一头扎进车库。车速快，车闸失灵，傅海涛顺着车道下滑的陡坡冲下去。

他一头撞在车道尽头的镜子上。“噗”的一声闷响。傅海涛的脸紧紧地贴着镜子，慢慢地溜下去。车库的工作人员急忙跑过来扶起他。傅海涛满脸是血，坐在地上好一会才缓过这口气来。

罗耀辉坐在马路崖子上，风箱一样地喘着。

窦宝推着自行车，傅海涛扶着后倚架一瘸一拐地走着，边走边哎哟。

窦宝：“我去给你买跌打损伤的药吧。”

傅海涛：“你骑车子去，快去快回，我打车去。”

窦宝：“好”

傅海涛：“顺便买点吃的回来。”窦宝骑上车子走了。罗耀辉耷拉着脑袋在街上走。窦宝骑着自行车从远处过来，车子后面驮着一个旅行包。罗耀辉一眼认出了那是自己的车子，他死死地盯着那辆自行车。车锁上拴着的红色如意丝带飘动着飞过来。车子一掠而过的瞬间，罗耀辉突然跳起来，一把抓住了车子的后倚架。窦宝猝不及防，“砰”的一声，摔下车来。罗耀辉揪着窦宝的前襟把他拎起来，窦宝死命地挣扎。罗耀辉用跟盛誉学的擒拿术很利落地把他的胳膊扭到了身后。窦宝疼得连声惨叫。

罗耀辉：“屁股坐在这车座子子上不怕长痔疮吗？”

窦宝：“叔，车子是我跟一个老乡借的。不信你去问他。”

罗耀辉：“放屁！”

罗耀辉拧下来车把套，从里面掏出来一把备用的车钥匙。

车钥匙的链上拴着一个骨质的小元宝。

窦宝的脑袋立刻耷拉下来。

罗耀辉：“小小年纪不学好，走！我送你到派出所吃大眼窝头去！”

窦宝“扑通”一声给罗耀辉跪下了。

他声泪俱下地说：“叔，我家里还有两个读书的妹妹和一个瘫痪的奶奶。”

罗耀辉：“你还有个得了白血病，等着做骨髓移植手术的弟弟呢。起来！别给我在这演狗血剧！”

窦宝耷拉着脑袋跪在那里不起来，罗耀辉揪着后脖梗子把他拽起来。

罗耀辉：“耍死狗是不是？”

窦宝痛哭。

罗耀辉被他哭得心软了：“起来！起来！有话起来说。”

窦宝爬起来，他拍拍膝盖上的土，指了一下车子后面夹着的旅行包。

窦宝：“叔，我知道你不会放我走了，我有一个请求，希望你能答应我。”

罗耀辉：“你说。”

窦宝：“荷花小区的一个老太太，有类风湿病下不了地，她花钱雇我干点杂活。我不能拿了她买东西的钱就没影了，我把东西给人家送去，你爱带我去哪儿，我都跟你走。”

罗耀辉打开车后面夹着的旅行包，见里面装着香肠、方便面、油和米等食物。

罗耀辉：“贼还讲诚信，真新鲜。”

窦宝一脸真诚：“她跟我奶奶一样的年纪，骗谁我也不能骗我奶奶。”

罗耀辉：“走，我跟你一起去！”

窦宝推着车子，罗耀辉一只手拉着车子后倚架紧随其后。

罗耀辉：“带着你偷东西的那个贼叫什么？”

窦宝：“傅海涛。”

罗耀辉：“他是你什么人？”

窦宝说：“什么人也不是，进城以后认识的，他带着我找活。”

罗耀辉：“你爹妈知道你从事这个职业吗？”

窦宝说：“我爹妈离婚了各自成了家，是奶奶把我带大的。去年奶奶瘫在床上，乡下住不下去了，都说城里好混我才来的。”

罗耀辉：“你哪的人？”

窦宝：“安徽。”

罗耀辉：“普通话说得不错。”

窦宝：“人家都说我有语言天赋。”

罗耀辉：“说你胖，你还喘上了。”

窦宝："真的，不信我给你唱段豫剧。"

罗耀辉来了兴趣："戏曲我在行，你不怕出丑尽管唱。"

窦宝扯着嗓子唱起来："刘大哥说话，理太偏，谁说女子不如男？男子打仗在边关……"

窦宝连唱带比划，神情煞是可爱。

罗耀辉被他逗得哈哈笑。

窦宝在一幢楼房前停住，锁上自行车。

窦宝："你等我一会儿，我把东西送上去就下来。

罗耀辉："你当我是傻子？一个单元里住着几十家呢，你随便钻到哪家去，都是石沉大海。我必须跟你一起上去。"

罗耀辉锁上车子，跟着窦宝一起上楼了。

罗耀辉："几层？"

窦宝："五层。"

旅行包里的东西有些重量，窦宝走一走停一停。罗耀辉嫌他慢，伸手拿过旅行包，帮着他把东西拎上五楼。窦宝站在502门口敲门，没有人应声。窦宝大声喊："王奶奶，我回来了！"里面没有声音。窦宝伸手拧了一下门，门没有锁。窦宝喊了一声："王奶奶，我进去了。"他开门进去了，罗耀辉拎着东西紧跟在他后面。房间不朝阳，很黑，罗耀辉被一棍子砸晕了。厨房水管接口滴答滴答地往下滴水。等到罗耀辉睁开眼睛时发现自己在床底下和垃圾躺在一块。他手脚被捆着，嘴里塞着东西。从床底下往外看。一双穿着男式皮鞋的大脚翘在那里。电视机里传来转播欧洲足球赛的声音。罗耀辉用脑袋把床板撞得"咚""咚"响。傅海涛的脸从床沿下探出来。罗耀辉瞪着眼睛看着他。傅海涛伸手揪着罗耀辉的肩膀把他从床底下拖了出来。

罗耀辉两手倒背着被捆坐在一张凳子上，一只脚上穿着鞋，另一只脚光着。两只脚分别被捆在两个凳子腿上。他的模样很惨，头上流下来的血凝固在脸上又沾满了土。

傅海涛脑袋上裹着纱布坐在桌子旁边，桌子扔着几个钱包。

傅海涛："你满世界追我，我满世界找你，弄得跟一对基友似的！为这个，咱们得自拍一张，我给你签个名儿。"

他伸手掏手机没摸到，抬腿给了窦宝一脚。

窦宝立刻从口袋里掏出来手机递给傅海涛。

傅海涛："怎么屡教不改呢？来，露一手给这傻子看看。"

他把桌子上的钱包揣进口袋里。窦宝从他身边走过去，他两手空空，什么都没有拿到。傅海涛骂：“乱摸什么？我又不是女人。”

他把外套脱下来扔给窦宝。

窦宝穿上外套站在一个小板凳上假装在路边等车。

傅海涛从他身边走过去，手指一弹，西装下摆的扣子开了。他用两根手指夹出来西装里面口袋里的钱包往兜外一顺。钱包顺着窦宝的衣服里面溜下来。

傅海涛的手等在衣服的下摆处接住钱包后，神不知鬼不觉地揣在了他的怀里。罗耀辉看呆了。傅海涛把扑克扔在桌子上，命令罗耀辉：“来一局。”罗耀辉把脸扭过去。傅海涛抽出来一张画着裸体女人的扑克牌，在罗耀辉的眼前晃。罗耀辉闭上眼睛不看。傅海涛从钱包里掏出一张一百块钱的纸币在他耳朵旁边使劲揉搓。罗耀辉不理。傅海涛掏出来U盘拎着绳子在罗耀辉的眼前晃了晃，又把罗耀辉的手机扔在桌子上。傅海涛：“这两件东西你总想要吧？”罗耀辉睁开眼睛看了他一眼。傅海涛：“想要就好。”他把罗耀辉的手放到胸面捆住，又把扑克牌分好，塞在罗耀辉的手里一叠。

傅海涛说：“一局定输赢，你赢了，手机U盘全都还给你。

罗耀辉两眼放光，把手里的牌“哗”地一声打成了扇面。

傅海涛：“你输了就不是这个价码了，叫你媳妇把对章的另一枚乖乖地给老子送来。”罗耀辉一怔，嘴里呜噜呜噜地说着什么。

傅海涛假装听懂了：“怎么联系她？给她打电话呀！”

盛开和胡杨下班往外走，

胡杨：“上班这一天其实很短暂，电脑一开一关，一天过去了；电脑一关不开，合同到期了。”

盛开：“我请你吃日本寿司。”

胡杨：“那东西太矫情，还不如吃烤肉呢。”

周逸伦在门口堵住盛开。

胡杨冲盛开意味深长地说：“算你爽约一次，下次加倍偿还，我先走了。”

她走了。

周逸伦：“找地方坐会儿。”

盛开：“有话就这说吧。”

周逸伦的态度比她强硬：“站在这算什么？”

说完他转身就走，盛开迟疑了一下，还是跟着他走了。

茶馆的单间。

周逸伦："几次给你打电话，你都不接。看来你真的打算跟我一刀两断了。"

盛开："对！"

周逸伦调节气氛："你发狠的时候也很可爱。"

盛开："你对爱追求的最高目标也就是可爱了，再往下你根本没胆量进行。"

周逸伦："咱们不谈这个。"

盛开："你要谈什么？"

周逸伦："过去你一跟我闹，我就心烦觉得讨厌，心想就这么点时间在一起待会多好？非闹得大家不欢而散。现在我懂了，跟我闹得最凶的那个人也是我心里最放不下的人。"

盛开："放不下怎么跟别人结婚生孩子？"

周逸伦："你怎么老揪住这个不放呢？"

盛开："因为这是压倒骆驼的最后一根稻草。"

周逸伦不说话了。

盛开："我讨厌你把我当成顺理成章的人；我走到哪儿，都把你当成最亲近的人装在心里。你不是，你心里分得很清楚，我的生活是我的生活，你的生活是你的生活。我在你心里永远是外人。"

周逸伦："不是那样的！婚姻只是我生活的一面，我还有生活的另外一面，这一面在没结婚之前就有了，那就是跟你在一起时候。我觉得这一面才可能是我最真实的一面。可是这一面又让你觉得很受伤害，事到如今我不知道该怎么办。"

盛开："你也有过为难的时候？"

周逸伦："我也是人，我也有七情六欲。"

盛开冷笑："你跟任何人都不会动真感情。你这样的男人，女人一生遇到一次还凑合着能往下活，遇到的次数多了，她这辈子就交代了。"

周逸伦："你就这么恨我？"

盛开："恨比爱更长久。你不配享受这个。"

周逸伦吃惊地看着她："真没想到你能说出这样的话。"

盛开："周逸伦，你在个人得失上从不犯糊涂，任何时候都能十分清醒地坚守自己的利益。我稀里糊涂了六年，好在不是六十年，现在清醒过来还不算晚。”

周逸伦的脸上重新挂上微笑：“你打算怎么着？”

盛开：“老死不相往来。”

周逸伦：“别矫枉过正，就算做普通朋友，也比反目为仇永世不见好得多。”

盛开：“别跟我来这套，咱俩彻底结束了。”

周逸伦叹了口气：“唉，越是好看的，就越是短命。”

盛开：“与其浑浑噩噩地活着，还不如短命点儿好。”

厨房的水管接口漏水处的水滴越来越快，在地上形成水洼。

罗耀辉赢了，他得意忘形，伸出来两只捆在一起的手，把桌子上自己的U盘和手机都划拉到胸前。

傅海涛抬手给了他一个嘴巴子。

罗耀辉急了，一脑袋撞向傅海涛。电视机里，足球运动员头球射门。傅海涛躲闪，罗耀辉脑袋撞空了，差点扑在地上，他努力平衡着身体，两腿夹着凳子原地乱蹦。楼下有人敲水管子提抗议的声音，傅海涛狠狠地踹了他一脚。

罗耀辉被踹得腿差点抽了筋，呲牙咧嘴蜷在那里一动也不动了。傅海涛把U盘扔到地上，狠狠一脚踩碎了。厨房水管接口处开了，水哗啦啦地流出来。傅海涛拿起罗耀辉的手机翻里面打过的电话。记录中跟盛开的来往通话最多。傅海涛拨电话，电话拨通，他把手机递给窦宝：“我口音重，你说。”

窦宝拿着手机仔细地听着里面的动静。

盛开看是罗耀辉的电话，心里一动，急忙接电话：“喂。”

周逸伦十分注意她的举止和神情。

窦宝拿着手机愣在那里。

盛开的声音：“喂，你怎么不说话？”

窦宝挂了电话：“是个女的！”

傅海涛给了他后脑勺子就是一巴掌：“你个吃屎的东西！ 找的不就是那个女的吗？记住，咱是绑票的，说话要快、强硬、要有力度！”屋顶上水珠汇集成一片越洇越大。傅海涛拿过来罗耀辉的手机重拨了一遍号，电话接通。傅海涛把手机塞给窦宝，窦宝紧张得说不出来话。傅海涛照着屁股给了他一脚。窦宝终于把话憋出来了，他说："你家老爷们儿在我们手里……"他没词了。傅海涛临时救场，他用手捂着嘴在旁边连喊带叫，连蹦带跳，发出被毒打折磨的惨叫声。

盛开一脸诧异地听着手机里面的声音。

傅海涛从窦宝手里抢过来电话，他对着手机南腔北调地喊："赶紧拿印章来赎人，四个小时以后不见东西，我一刀一根把他手上的筋挑了。一左一右把他两眼珠子抠出来当鱼泡踩了。"

罗耀辉被他的话惊着了，两只眼睛不停地眨巴着。

周逸伦问："怎么了？"

盛开像是对他说也像是自言自语："电视剧里的声音怎么窜到电话里来了？"

她把手机挂了，站起来说："我该走了。"

傅海涛再拨电话，没有人接听。

傅海涛："一个男人混成这个德性，老婆都对你不上心。换成我早一头撞死了。"

罗耀辉瞪着两眼看着他。

傅海涛："嘲笑我没老婆是不是？那是老子不愿意被女人抻着后腿往屋里拽。"

窦宝："叔，吹牛不顶饿。我从早上到现在一口东西没进肚呢。"

傅海涛拍了一下窦宝的后脑勺："你是饿死鬼托生的，睁开眼睛就惦记吃。"

他扭头对罗耀辉说："他老丈杆子掉井里了。我先去一步，回来咱们细聊。"

窦宝生气："你老丈杆子才掉井里了！"

傅海涛嘻嘻哈哈地拿他打趣。

二人出去了，"咣当"一声响，门被锁了。

周逸伦送盛开走到小区门口盛开站住脚。

周逸伦："真的不让我进去了吗？"

盛开回答得很干脆："不让！"

周逸伦："真的有男朋友了？"

盛开："对！"说完她大踏步地走了。

周逸伦站在那里呆呆地看着她远去的背影。

中年妇女在厨房里洗碗收拾厨具。顶棚上的水瀑布一样流下来。她和丈夫站在门口，物业人员使劲敲502门。罗耀辉听到敲门声激动得浑身乱颤，他的嘴被胶带粘着发不出声音。一个中年男人急匆匆地跑来。物业："你家跑水了。"中年男人急忙掏钥匙开门。厨房地上汪满了水，顺着门口淌到了门厅。物业人员忙着关水的总阀。

罗耀辉使尽全身力气带着椅子蹭到门口，他用身子"咚""咚"地使劲撞门。

物业人员和中年男人收拾干净地上的水，随后关门。

罗耀辉用最后一点力气使劲往门上一撞，椅子腿在水磨石地上一滑。

他连人带椅子"扑通"一声狠狠地摔在地上。

中年男人："里面什么声音？"

物业人员："我也听见了。"

中年男人重新开门进去。

中年男人拧开朝外开的门。罗耀辉被绑得像粽子一样躺在地上。中年男人大吃一惊。

傅海涛和窦宝酒足饭饱回来看见楼门口围了一群人，门前停着一辆警车，上面警灯闪耀。两个警察带着罗耀辉从单元门里出来。傅海涛和窦宝看此情景知道大事不好，立刻蹭着墙根溜了。罗耀辉和中年男人坐在派出所里做笔录。中年男人把身份证复印件递给警察："房子我租给了一个外地人，手续俱全。"警察把身份证号码输进电脑："这个身份证是假的。"盛开急匆匆地进来："怎么了？"罗耀辉站起来一把抱住盛开，他努力不让自己哭出来。盛开吓了一跳，不知道该如何应付这样的场面，她没有搂罗耀辉，只是抬起手拍了拍他的后背。警察问盛开："你是她什么人？"罗耀辉带着自豪大声说："她是我女朋友。"盛开的脸腾地红了。

5.

盛开扶着罗耀辉在街上走。

罗耀辉："今天早上我几次想给你打电话都没好意思打，最后这个电话还是警察帮我打出去了。"

盛开苦笑。

罗耀辉："这三十三年里我净碰见没用的人了，老天爷终于睁开他那双瞎眼，让我遇到了你。上次我受伤，你去医院领我；这次我被绑架，又是你来派出所领我。盛开，你是我命中的大贵人！"

盛开："别把话说那么满。这种时候，你给谁打电话他不伸手帮你啊？"

罗耀辉："还真别这么说，平时你好我好，关键时刻当缩头乌龟的到处都是。"

盛开伸手拦了一辆出租车。

她把罗耀辉塞进车里，罗耀辉一把拉住她的手："你送我回家吧。"

盛开犹豫了一下。

罗耀辉："求你了！我现在实在不敢一个人待着。"

盛开："好，好，我送你到家。"

盛开上车，出租车开走了。

罗耀辉和盛开坐在沙发上。

罗母拄着拐杖站在儿子面前："看看你弄得这一身土满脸伤，这两天你魂都不在身上，到底出什么事了？"

罗耀辉支支吾吾："没出啥事。"

罗母狠狠地把拐杖往地上一戳："我是你妈！"

罗耀辉一哆嗦："我被车撞了。"

罗母慌了立刻伸手在儿子身上四处摸："撞哪了？撞哪了？撞坏

没有？”

罗耀辉：“没伤骨头。”

罗母不放心摸完胳膊摸腿。

盛开站起来：“你们好好歇着吧，我该走了。”

罗耀辉一把拉住她的手腕：“你别走！”

他的行为让罗母吃了一惊，她警惕的目光在儿子和盛开的脸上雷达一样地扫过去。

狄英的目光死死地盯在盛开的脸上。

盛开无奈只得重新坐下：“太晚了，我明天还得早起上班。”

罗耀辉：“你等我说完这句话再走。”

罗母：“啥话这么金贵，还得点灯熬油地说？”

罗耀辉牙关一咬，抬起头看着罗母的眼睛说：“妈，我有女朋友了。”

罗母、狄英同时把目光落在罗耀辉的脸上。

罗母急切地问：“多大岁数？哪的人？做啥工作？”

罗耀辉两手紧紧搂住盛开的一支胳膊，把她推到母亲跟前大声说：“妈，我要跟她结婚。”

盛开猝不及防，懵了。

狄英吃了一惊。

罗母以为自己听错了，她问：“你说什么？”

罗耀辉语气坚定地说：“我要娶她。”

罗母一口一口地往回抽着气，她哆嗦着站起来，狄英急忙伸手去搀她，被老太太一掌推开。

罗母拄着拐杖，一瘸一拐地走到床旁边坐下，她绝望地闭上了眼睛。

罗耀辉进来叫了一声：“妈！”

罗母身子朝后一仰，“扑通”一声躺下了，她拽过被子蒙住脑袋。

罗母呜呜地哭起来，越哭声音越大。

盛开冲进来，一把把罗耀辉拽了出去。

狄英看着盛开把罗耀辉拽进了厨房，她知道有好戏可看了，稳稳地坐在沙发上，端起给盛开泡的茶，斯条慢理地喝起来。

盛开气恼：“你怎么不征求一下我的意见？你做事不能这么冲动！”

罗耀辉：“我已经冲动了，我是男人，必须为这份冲动负责。”

盛开：“两厢情愿的事，我不用你负责。”

罗耀辉一脸诧异："为什么？"

盛开："什么也不为。"

罗耀辉："你不喜欢我？"

盛开："这是两回事。"

罗耀辉："怎么可能是两回事？你喜欢我，我也喜欢你，两好合一好，成家立业，娶妻生子，在我看来这就是一回事！"

盛开心烦："我跟你说不清楚。"

罗耀辉："有什么说不清楚的？你两次帮我，就是在意我对吧？你跟我做那件事，就是喜欢我对吧？"

罗母一骨碌爬起来，一瘸一拐地走到门口。

盛开："喜欢跟结婚是两回事。"

罗耀辉急赤白脸："你怎么那么多两回事？你要是不愿意跟我结婚，为啥要跟我做那件事？"

盛开："我跟你说不清楚！"

罗母站在门口冲着他们俩大吼一声："你们给我出来！"

盛开和罗耀辉从厨房里出来，走到罗母卧室门口。

狄英跟过来溜边听他们说话。

罗母问盛开："你给我儿子吃蒙汗药了？把他弄得五迷三道，连个人样都没了。"

罗耀辉挡在盛开面前："妈，你别骂她，是我愿意的。"

罗母勃然大怒，她一掌推开罗耀辉手指着盛开骂道："看着你文文静静的，没想到你是猪八戒转世，啥都敢下嘴啃，啥都敢抡笆子搂。我家耀辉还是个童男子，你这么做丧不丧良心？"

盛开一张脸气得煞白，她竭力控制着自己的语气："伯母，我劝您，以后不要动不动就把罗耀辉是个童男子这样的话挂在嘴上，好说不好听，您丢得起人他丢不起。不错，我是跟他上床了，他愿意我也愿意，从法律的层面上讲一点都不违法。我跟他上床，是帮他的忙。他已经白活了半辈子，我要让他知道女人到底是怎么回事。"

罗母懵了："朗朗乾坤，青天白日。这样遭天杀的话你一个女人也说得出口？"

盛开："人生必修课，属于生理常识范围，有什么说不出口的？那些天天把贞节妇道挂在嘴上的人，谁也没耽误嫁男人养孩子，哪个人都没少生，装什么装！”

说完她转身往外走。

罗耀辉急忙去拉他的手，盛开一把甩开他的手。

罗母声音哆嗦着说：“羊羔跪乳，乌鸦反哺。”

罗耀辉：“妈，我爱她，你就成全了我吧。”

罗母把脸扭到一边。

罗耀辉追到门口。

罗母厉声喝道：“她是你妈，还是我是你妈？你敢出这门，咱俩马上断绝母子关系！”

罗耀辉一个急刹车立刻站住了。

盛开怒气冲冲地在街上走着。

手机响，罗耀辉打来的。

盛开接通了电话语气冰冷地说：“以后你不要再给我打电话，就当咱俩没遇到过。”

罗耀辉压低了声音：“当那事也没发生过？可它发生过了，我已经不是原来的我了。”

盛开：“你要我怎么着？给你精神和肉体双重补偿？”

罗耀辉语气痛苦地问：“盛开，你对每个向你求婚的人都这么冷若冰霜吗？”

盛开的眼泪一下涌出来，她拿着手机半天没有说出来话。

手机里罗耀辉的声音：“盛开，你倒是说话呀！”

盛开带着哭腔说：“没有每一个，你是三十三年来第一个向我求婚的人。”

罗耀辉激动了：“盛开，我不全是因为跟你上了床才要跟你结婚的。上中学的时候我就偷偷地喜欢你，一直不敢说。娶你这样的女人是我青春期的梦想，可有几个梦想能成为现实啊？”

盛开被感动，泣不成声。

罗耀辉的声音：“你别哭，别哭啊！”

盛开任眼泪在脸上流淌。

罗耀辉：“我妈是我眼前的火焰山，九九八十一关这一关最难闯，再难我也要闯过去。今天我被关在那间屋子里的时候想到了我可能会死，心里非常害怕，我刚三十三岁，连婚都没结就死了，这一辈子活得多窝囊哪！我说什么也得为自己活一回。”

盛开站在那里静静地听着。

罗耀辉：“盛开，你给我点时间，我会说服我妈的。”说完他把电话挂了。盛开擦干眼泪，迈开大步往前走起来。罗耀辉躺在床上翻来覆去睡不着。他翻身坐起来，下地出去。罗耀辉悄悄进屋站在地中间。罗母蒙着被子脸朝里躺在床上，灰白的头发露在外面。罗耀辉看着衰老的母亲发呆。罗母躺在被子里竖着耳朵听着儿子的动静，等待儿子像往常一样主动跟自己和解。罗耀辉终于没有伸手去推母亲，转身悄悄地出去了。

罗母的眼泪落下来。

狄英坐在床上，头顶上的应急灯把她的脸置于阴影当中。

狄英自言自语：“看三国掉眼泪，替古人担忧。睡觉！睡觉！明天还要早起干活呢。”

她拽开被子躺下了。

盛开盘腿坐在床上，胡杨把一套自己的睡衣扔给她。

胡杨：“你睡这儿，我到书房去睡。”

盛开：“睡什么睡？今天晚上咱俩谁也别睡！”

胡杨：“你被奶瓶男刺激着了，怎么把我睡觉的权利剥夺了？”

盛开：“这个时候你不陪我，算哪门子朋友？有酒吗？咱俩喝着聊。”

胡杨拿出一瓶红酒倒到两个酒杯里，又撕开一包袋装花生米。

盛开喝了一大口酒说：“在周逸伦面前，结婚这个词，三番五次涌到嘴边都被我生生咽下去。我要等着他对我说，可是他一次都没有对我说过。结婚这两个字成了我人生的奋斗目标。我要赢，一定要赢！我要让我的每一滴眼泪都得到回报。”

胡杨：“终于有人对你说了。”

盛开：“说的人不是周逸伦。”

胡杨：“他已经结婚了，没权利对你说了。”

盛开：“多谢提醒，我俩已经完了。”

胡杨：“你跟周逸伦完过多少次了？哪一次你没被招安？”

盛开：“这次不一样，他把我从头伤到脚了。百分之九十八面积烧伤没救了！我要用最快的速度把自己嫁出去，跟他来个彻底了结。”

盛放：“你这是从一个极端跑到另一个极端。”

短信提醒的声音。

盛开停下脚步打开短信看。

罗耀辉的声音：“盛开，我要娶你，这个决心我下定了。你要是同意，明天上午九点在朝阳区民政局婚姻登记处门口等我。原谅我用发短信的形式再次向你求婚，因为我怕你在电话里拒绝我。别回短信，明天上午九点我就明白你的答复是什么了。”

盛开一张脸涨得通红。

胡杨抢过来电话看短信：“哇塞！这是谁呀？竟然如此热烈！”

盛开：“罗耀辉。”

胡杨：“幼稚的奶瓶男竟然怀揣着一颗燃烧着的心。”

盛开拿过来电话扔在一边：“现在是晚上，他在说梦话。明天一觉醒来，看见他妈的那张挂霜的脸，他的满腔热血立刻化成冰水顺着脚后跟流走了。你以为他真的能去啊？说豪言壮语给自己壮胆拔份的事，我又何必当真？”

胡杨：“他要是去了呢？”

盛开：“那是童话。”

胡杨：“万一呢？”

盛开：“他敢演怪物史莱克，我就去演菲奥娜。嫁谁不是嫁呢？”

胡杨：“你可别拿自己开玩笑。”

盛开：“生活已经拿我开过玩笑了，我再自嘲一下死不了。”

罗耀辉躺在床上睡不着，坐起来拿手机。

手机里没有盛开回复的短信，他不禁有些失落。

盛开瞪着眼睛睡不着，坐起来看着窗外。

窗外一盏路灯孤独地亮着。

盛开穿上衣服开门出去了。

盛开在寂静的街道上独行，路灯把她的身影一会儿拉长，一会儿缩短。

盛开孤独的身影消失在黑夜之中。

墙上的挂钟指向七点整。

罗母拄着拐杖慢慢挪进客厅，她叫：“耀辉！耀辉！”

没有人回答。

房内空无一人，床上的被子叠得整整齐齐的。

罗母大声问："狄英啊！"

狄英进来："啥事？"

罗母："耀辉去哪了？"

狄英："不知道。我起来他就不在了，上班去了吧？"

民政局门口竖着拍婚纱的广告。有人推着鲜花车在门口贩卖。罗耀辉站在台阶上，伸着脖子往远处看，一对一对男女相拥着陆续从他身边走过去。他不停地掏出手机看时间。盛开穿着一身黑色休闲装站在路边。她犹豫再三，伸手拦住一辆出租车。

司机："去哪儿？"

盛开："先去朝阳区民政局婚姻登记处，然后你掉头送我回来。"

司机从后视镜里看了她一眼。

盛开："不用久等，我就去那看一眼。"

出租车疾驰而去。

民政局婚姻登记处的牌子越来越近了。罗耀辉站在台阶上的身影越来越清楚。他焦急地四处张望。

盛开简直不敢相信自己的眼睛。

出租车司机："掉头回去吗？"

盛开迟疑片刻："实在对不起，我就这儿下车了！"

罗耀辉在过往的行人当中焦急地寻找着，他的目光突然定住了。

盛开出现了。

罗耀辉跑着迎上去。盛开三步并作两步跑上台阶。罗耀辉一把拉住她的手，唯恐她跑了："你可来了，我真害怕你不来了。"

盛开："你想好了？"

罗耀辉："想好了，你呢？"

盛开："你说呢？"

罗耀辉："你来了就是想好了，走咱们进去吧。"

他紧紧攥着盛开的手。

盛开牙一咬，跟他进了民政局大门。

罗母拄着拐杖在院子里慢慢地走着，狄英跟在她身后生怕她摔了。

罗母："今天这是怎么了？心咋这么慌呢？"

狄英："要不要吃点药？"

罗母："不用。"

办事员仔细检查着盛开和罗耀辉带来的所有证件，给他们办理了结婚登记手续。办事员指着表格下面一栏："你们把这个念一下。"

罗耀辉和盛开照着表格上的结婚誓言宣誓，先开始他们说得参差不齐。

罗耀辉："我愿意盛开做我的合法妻子……"

盛开："我愿意罗耀辉做我的合法丈夫……"

罗耀辉和盛开朗读誓言的声音步调一致了："从今日开始，不论是健康还是疾病、不管是贫穷还是富有——都不能将我们彼此分开！我发誓从此将永远爱护你、保护你、尊重你、并忠诚于你，不离不弃！我将爱你的所有的优点并善待你的缺点，也正像我呈现给你的也是一个优点和缺点的综合体。"

此时罗家墙上的罗父看着罗母。

罗母："儿子不成器，你瞪着我干啥？有本事你下来揍他！"

狄英探头出来问："你说啥？"

罗母："你想听啥？"

罗耀辉和盛开认真地念着誓词："我会在你需要的时候毫不犹豫地向你施以倾力的帮助，而一旦我需要帮助，也同样会在第一时间求助于你。我选择了你作为那个与我共度今生之人，让天地日月共同见证我用一生履行这一永不言悔地承诺，直至我生命与灵魂的终结！"

两人被誓词感动了，眼中泪光闪动。

办事员："在这儿签名。"

罗耀辉在指定的地方认真地签上了名字。

盛开签了名。

办事员："在这按上手印。"

罗耀辉看看办事员，他认认真真地把大拇指按在自己的名字上。

盛开好奇地问："这里按手印不需要印泥吗？"

办事员慌忙把印泥从办公桌的另一端推过来。

盛开弯着腰，笑得眼泪都流出来了。

罗耀辉认真地解释道："我以为那张纸很特殊，按住一会儿就自动出现指纹。"

盛开笑着骂他："猪哎！"

罗耀辉伸手拉住她："从手指按在婚姻登记表上那一刻起，我就把你当成我身体的一部分了，我一定好好地对你。”

盛开纠正他：“你应该说，我一定好好地爱你。”

盛开跟罗耀辉在街上走着，罗耀辉抬着胳膊肘示意盛开挎着他。

盛开伸手挎着罗耀辉的胳膊，

罗耀辉立刻眉开眼笑：“从今天开始我是有媳妇人了，盛开，你是名花有主……”

盛开接下句：“罗耀辉你是烂草在盆。”

罗耀辉急了：“嘿！有你这么形容的吗？”

盛开笑：“你跟我走在一起，是不是觉得风吹过来都不一样了？”

罗耀辉：“香风扑鼻！”

盛开：“丁香还是槐花香？”

罗耀辉：“阵阵桃花香。”

路边支着的音响里传来王菲的情歌对唱《爱人》。

盛开站住脚，卖碟的小贩立刻过来推销歌碟。

盛开拿起《爱人》的歌碟问：“多少钱一张？”

小贩：“四十五。”

罗耀辉：“这么贵！”

盛开：“我喜欢听。”

罗耀辉抢过盛开手里的碟放回到货摊上：“四十五块钱能买一个大肘子，咱回去红烧着能吃好几顿。”

盛开：“肘子跟歌儿是一回事吗？”

罗耀辉：“想听歌，我给你唱。点什么我唱什么。”

手机响。

盛开接电话：“喂。”

郑婉颐的声音：“盛开，中午回家吃饭，妈做了红烧带鱼。”

盛开：“好，我带个人回去。”

郑婉颐的声音：“胡杨啊？她上咱家吃饭还用打招呼？来吧，我欢迎！”

盛开故意压低声音：“不是，是个男的。”

郑婉颐立刻来了精神：“交男朋友了？”

盛开的声音：“不是男朋友是老公！妈，我已经把自己嫁出去了。”

郑婉颐：“锅里烧着鱼呢，没功夫听你胡扯。”

盛开的声音："真的，我刚刚办完结婚登记手续从民政局出来。"

郑婉颐大吃一惊："啊？！"

她手里拿着的葱头叽里咕噜地掉到地上。

郑婉颐一连串的发问："男方是哪的人？什么时候认识的？多大岁数？父母是干什么的？"

郑婉颐很亢奋，声音很大，震得盛开不得不把手机从耳朵旁边拿开。

盛开："妈，我回去再跟你说。"

她挂了电话。

罗耀辉紧张地问："你妈说什么了？"

盛开："我妈让我马上带你回家。"

罗耀辉："啊？！现在？"

盛开："嗯，她要马上见你。"

罗耀辉紧张得额头上的汗立刻冒出来。

盛开安慰他："你别紧张。我妈跟你妈不一样，把我嫁出去是她的人生奋斗目标，现在她老人家终于如愿以偿了。"

郑婉颐脚步轻盈面带笑容，在厨房里忙着煎炒烹炸。

她想起来什么，急忙拿起电话拨号。

金荷敲门进来："经理。"

正在伏案工作的盛誉抬头看了她一眼。

金荷从口袋里掏出来一个红红的蛇果放在盛誉的桌子上。

金荷："给你。"

盛誉表情严肃地回答："我不吃水果。"

金荷调皮地回答道："我不是巫婆，这也不是毒苹果。你可以试着吃吃。"

说完她转身出去了。

盛誉拿起那只苹果看。

果子上贴着一个睁着一只眼闭着一只眼的胖胖的毛毛虫，看得出是金荷自己画的，下面一行小字："小心，苹果里住着虫子。"

盛誉的嘴角露出一丝笑容。

手机响，盛誉接电话："妈。"

郑婉颐的声音："中午回家吃饭。"

盛誉：“中午？够呛。”

郑婉颐的声音：“单位有火上房的事你也得给我请假回来，你妹妹登记结婚了！”

盛誉：“盛放不是下个月才回来办结婚手续吗？”

郑婉颐兴奋的声音：“不是盛放，是盛开！”

盛誉大吃一惊：“啊？！什么时候的事？”

郑婉颐：“你回来就知道了。”

罗耀辉拘谨地坐在饭桌旁，郑婉颐的眼睛在罗耀辉的脸上扫过来扫过去。

盛开倒了一杯啤酒放在罗耀辉面前：“妈您别这样盯着人家，还让不让他吃饭了？”

郑婉颐：“父亲去世了？”

罗耀辉：“我十岁的时候他就……。”

郑婉颐：“哦，家里还有谁？”

罗耀辉：“我姐嫁到青岛去了，家里只有我和我妈。”

郑婉颐：“你跟盛开同岁？”

罗耀辉：“嗯，我俩中学一个年级。”

盛开：“妈您别弄得跟三堂会审似的。他妈要是这样审我，您高兴不高兴？”

郑婉颐：“你们的婚结得太突然，罗耀辉的基础材料我一点都不知道，当然要打听仔细了。”

罗耀辉：“您尽管问吧，我没事。”

盛开夹了一块红烧肉放到罗耀辉的碗里。

罗耀辉感激地看了她一眼，小心翼翼地把那块肉吃了。

盛开有意调解气氛：“我在报纸上看到这样一段话，二十岁的男人半成品，三十岁的男人是成品，四十岁的男人是精品，五十的男人是极品，六十岁的男人是上品，七十岁的男人是废品，八十岁的男人是纪念品。罗耀辉，你正处在成品男人阶段，千万别背着我做半成品的事。我这人嫉恶如仇。”

罗耀辉认真地说：“我知道。”

郑婉颐：“既然成了一家人，我就叫你耀辉了。”

罗耀辉：“我妈也这么叫我。”

郑婉颐："耀辉，盛开是我捧在手心里长大的，我见不得她受半点委屈。"

罗耀辉："我不会让她受委屈的。"

郑婉颐："你妈让她受委屈也不行。"

罗耀辉额角冒出汗来，他连连点头。

盛誉推门进来，他的目光和罗耀辉对上，两人同时一愣。

盛誉："哎，你不是要给三菱卡车唱歌的那个人吗？"

罗耀辉尴尬地笑了。

盛开："你们认识？"

罗耀辉："他在超市门口帮我抓过贼。"

盛誉挨着罗耀辉坐下："世界上的事情就是这么巧。"

郑婉颐把筷子递到他手里。

罗耀辉："命运对我不薄。"

盛誉给自己和罗耀辉面前的酒杯满上酒。

盛誉："从今往后就是一家人了，我妹妹毛病很多，你要多担待。"

两人碰杯一饮而尽。

郑婉颐："你们打算把家安在哪儿？"

罗耀辉："我家有一处四合院老房子。"

郑婉颐："装修过吗？"

罗耀辉："没有。"

郑婉颐："上厕所得上胡同口公用厕所去是不是？"

罗耀辉尴尬。

盛开："暂时的。"

郑婉颐斩钉截铁："暂时的也不行。"

罗耀辉家，罗母和狄英吃饭。罗母把红烧肉拨出来一半："给耀辉留着。"狄英闷头吃饭不说话。

罗母："盛开那女人就是个勾魂鬼，我儿子自从见到她就变得我不认识了。半夜三更不回家，早晨连个招呼都不打就窜没影了。往常一天怎么也有一个电话回来，问问我腿脚怎么样。今天从早上到现在都没有一个电话。"

狄英："那女人手段肯定不一般。"

罗母："你怎么知道？"

狄英：“我是过来人。”

罗母：“从哪过来的？别拿你那点经验说事，我走过的桥比你走过的路都长。我儿子不是那样的人。”

狄英：“是你说他变了，又不是我说的。你那么老到，经验多得可以当桥走，怎么会被他们蒙在鼓里？”

罗母生气：“你到我家来就是来跟我作对的是不是？你到底还让不让我吃饭？”

狄英立刻盛了一碗汤放在她面前：“喝口酸辣汤，下饭。”

郑婉颐：“婚礼要办。”

罗耀辉为难地看了盛开一眼。

盛开：“这事得跟他妈商量。”

郑婉颐：“你们老罗家连办婚礼的钱都拿不出来？不会吧？”

罗耀辉窘。

盛开赶紧给他夹菜：“他不掌握经济大权，说了也不算。”

郑婉颐：“咱们再把话说回来，你们家的房子必须重新装修一遍。”

罗耀辉的心又拎了起来。

郑婉颐：“建个卫生间，我女儿总不能连个洗澡、上厕所的地方都没有。”

盛开：“妈，您别给他出难题。办婚礼都困难，建个厕所出来那不是更困难重重了吗？”

郑婉颐生气了：“什么叫困难？不解决的问题永远叫困难。”

盛誉截住了母亲的话头：“妈，我一个朋友买了个四合院，刚刚改造出了一个卫生间。这事我去找他，这笔费用包在我身上。”

盛开高兴地搂住盛誉的肩膀：“亲哥到底是亲哥！”

郑婉颐：“麻雀孵蛋还知道垒个窝呢。你们罗家娶媳妇，装修这笔钱，总得出一点儿吧？”

罗耀辉：“我得回去跟我妈商量。”

郑婉颐：“商量去吧，我们盛家这边就这么定了。”

罗耀辉脑门上沁出来一层汗珠。

出了门，盛开挎着罗耀辉的胳膊走到胡同口。

罗耀辉抹了一把头上的汗：“你妈真厉害。”

盛开："哪有你妈厉害？"

罗耀辉："她们俩在一起商量结婚和装修的事情，非打起来不可。"

盛开："以后在她们俩中间画一条楚河汉界，俩妈隔空说话的时间不能超过一个小时，否则咱俩谁也别消停了。"

坐在自家门口晒太阳的大爷大妈们嘴里跟罗耀辉打着招呼，眼睛都盯在盛开的身上。

大妈甲："这姑娘上回来过，耀辉她是谁呀？"

罗耀辉："我媳妇。"

大妈乙："啥时候登记的，咋没听你妈念叨呢？"

罗耀辉："今天刚刚登记的。"

盛开笑着跟他们打了个招呼，拉着罗耀辉走了。

老头老太太们目送两人的背影。

大爷甲："这姑娘标尺挺高，耀辉够呛能降住她。"

罗母拄着拐杖坐在院子里看狄英晾晒洗好的衣服。罗耀辉和盛开容光焕发地走进来。狄英意味深长地看了罗母一眼。罗母的脸立刻沉下来。

盛开笑嘻嘻地叫了一声："伯母。"

罗母问罗耀辉："一大早你饭都不吃，干什么去了？"

罗耀辉："去民政局婚姻登记处了。"

罗母大吃一惊："你说啥？！"

罗耀辉掏出来结婚证翻开递到罗母面前："妈，我俩领证了。"结婚证上面的罗耀辉和盛开瞪着镜头，两人的样子都有些惶恐。罗耀辉不合时宜的举动，刀尖一样剜了罗母的心。她一巴掌打过去。结婚证打落在地上。盛开脸上的笑容消失了，她冷冷地看着罗母。罗耀辉忙不迭地捡起来结婚证，用手擦擦上面沾的灰。他眼巴巴地看着母亲："妈，你不是盼着我结婚吗？"

罗母："我还盼着你孝敬你妈呢，你怎么不听？我还能走能撂，你就不把我放在眼里！你是我怀胎十个月生的，结婚不是你一个人的事，你为什么不告诉我？"

罗耀辉："妈，我错了，我应该带你一起去。"

罗母："我不稀罕去！"

罗耀辉可怜巴巴地看着母亲。

罗母："难怪这几天你五迷三道的，原来魂被这个女人吸走了。你妈养了你三十三年，竟然混了个左手不相信右手的下场。”

她的眼泪流了出来。狄英立刻把一个手巾递给她。罗母把手巾捂在脸上痛哭。罗耀辉慌了：“妈，你别难过，以后我有什么事一定告诉你，出门的时候我带着你。”

盛开气不打一处来，她小声嘀咕：“你见谁家儿子约会的时候，旁边还跟着个妈？”

罗母：“儿子找对象就该把妈掐死？”

盛开：“伯母，您这是偷换概念。”

罗母提高了嗓门：“概念是个啥？我不知道，我只知道儿子是我给自己养的，不是给你养的！”

罗耀辉惊慌失措不知道该如何处理眼前的关系。

盛开生气了，她铁青着脸说：“您儿子已经跟我登记结婚了，他娶了我就必须疼我、爱我。咱们看看到底是法律说了算，还是您说了算？”

罗母气得浑身颤抖，她指着罗耀辉的鼻子：“耀辉！耀辉！你是她养大的还是我养大的？你就由着她用刀尖戳你妈？”

罗耀辉抓住盛开的胳膊使劲一拽，把她甩进了屋。

罗母想追过去，无奈腿脚不好使唤，狄英急忙扶住了她。

狄英：“在这个家里，你长短是根棍，大小是个官，规矩得跟她早早立下。”

罗母用拐杖狠狠地在地上墩了一下，以示她治家的决心。罗耀辉一屁股狠狠地撞上了门。盛开气急败坏，罗耀辉伸手捂住她的嘴。盛开挣扎，罗耀辉把她死死地搂在怀里。他在她的耳边小声叫：“祖宗！祖宗！”温热的气息吹在盛开的脸上，盛开的身子软了一下又挺直了。罗耀辉更紧地抱住了她，他小声央求：“媳妇！媳妇！你饶我一命好吗？”狄英扶着罗母站在客厅中间屏住呼吸听着屋子里面的动静。屋子里安静得像坟墓一样。一对拿着蒲扇的瓷人小两口站在桌子上冲着镜头笑。罗耀辉压低的声音：“别！别！我妈能听见！”“嘎吱”一声响。

小两口摇着脑袋往桌子外沿晃动了一下。

盛开压低了的声音响起：“咱俩扯证了，我是你法律上承认的老婆，你怕什么？”

“嘎吱”一声响得动静大了。小两口摇着脑袋往桌子外沿晃动了一下。盛开一翻身把罗耀辉压在身子下面。罗耀辉惊惶失措，盛开捂着嘴“咯咯”

笑。罗耀辉往下拽盛开，盛开嬉皮笑脸就是不下来。狄英扶着罗母站在窗子下面竖着耳朵仔细听着，她们听不清楚。“嘎吱”的响声连出了节奏。摇脑袋的小两口随着节奏声，一点一点地往桌子边上晃。小两口歪了马上要掉下去的一瞬间，罗耀辉扑进画面，一把按住了它。

盛开扑过去死死地抱住了罗耀辉的腰。盛开伸出手在罗耀辉的脸上慢慢摩擦着。罗耀辉很动情地看着她。

盛开叹了口气：“就这么稀里糊涂地嫁给你了，床上连床新被子都没有。”

罗耀辉骄傲地说：“你有我了！”

盛开：“别以为你妈拿你当宝，你就是块宝。你在我眼里就是晾在外面的大白菜，不值钱，可是晚上不收回来，心里不踏实。”

狄英把罗母扶到靠墙根的椅子上坐下。狄英：“你在这晒会儿太阳，我去把骨头汤煮上。”她转身回屋去了。

罗母呆坐片刻自言自语道：“自从嫁到罗家，我一直当家作主顶大梁。吃了多少苦受了多少罪，我不说没有人知道。儿女成人熬到了该享福的日子，‘咔嚓’一声腿摔断了，脊梁骨也被不争气的儿子撅折了，心里的苦上下翻腾，说出去谁又能听得懂？”

罗母抬起脑袋看看天。

太阳很晃眼。

罗母：“我这一辈子，把两辈子的活干了，还得把两辈子的罪也受了。自己的受完了，还得替儿子受。儿大不由娘，人跟谁争，都不能跟命争，命中八尺难求一丈。儿子是啥？是妈身上掉下来的肉，妈是瓜秧，儿子是瓜，一朝分娩，瓜熟了自然从秧上落下来。妈老了，没用了。这关系就倒了过来，儿子是瓜秧，妈是瓜，该瓜秧拽着瓜走了。”

罗母难过得闭上了眼睛。

突然有人说话了：“瓜秧能拽动就让它拽呗，你还能重新再活一辈子吗？”

罗母睁开眼睛，罗父背着阳光坐在她面前，因为逆光，看不清楚他脸上的表情。

罗母哼了一声闭上眼睛：“你这个老不收心的圆白菜，就会说风凉话。”

罗父嘿嘿笑：“人不就这样吗？这一辈子要是由着性子哭，两眼早就哭瞎了。”

罗母说：“活到这把岁数，说穿了不就是坐吃等死吗？”

罗父连连称是。

罗母：“还是你明白，早早把眼睛闭上了，眼不见心不烦。”

罗父：“眼不见心也烦，你天天这么叨叨叨的，谁不烦？”

罗母：“娶这么个媳妇进门，我心不甘！”

罗父：“你得意的媳妇，现在还在王母娘娘的腿肚子里转筋呢，等她生出来再长大了，咱家耀辉得熬到当爷爷的岁数。他耗不起，你更耗不起。”

罗母点点头又摇摇头。

罗父叹了口气：“你再这样下去，早晚毁了儿子。”

罗母火了：“站着说话不腰疼，你两腿一伸走了，耀辉是谁养大的？是我！”

罗父：“车轱辘废话叨叨了一辈子，你说着不烦，我听着都烦了。”

罗母：“烦了别来！我没请你！”

罗父：“你再说一遍？”

罗母：“瞪什么眼？有种你再打我一下试试！”

罗父：“娶来的老婆揉到的面。我打你怎么了？”

罗母脑袋一伸：“你打！”

罗父伸手推了她一把。

罗母差点摔倒，张嘴刚要骂，发现眼前空荡荡的什么人也没有。

手里的拐杖落在地上，原来她打了个盹。

罗耀辉恋恋不舍地把盛开送到公交站，

汽车远远地开过来了。

盛开：“你送我回家吧。”

罗耀辉：“眼下第一要紧的事是安抚好我妈，要不然装修的事情连谈都别谈。”

盛开点点头：“好吧。”

汽车到站，盛开上车。盛开往站台上看。罗耀辉站在黄线外，扬着一只手频频向她挥动着。盛开“扑哧”一声笑了。她掏出手机发微信。罗耀辉看着汽车走远了，刚放下手，口袋里的手机响了。他掏出手机看微信：“孺子可教，罗耀辉你高中毕业了。”

此时罗母坐在沙发做针线活："我二十岁的时候嫁给了他爸，先后生了英红和耀辉。我嫁给他爸的时候他就身体不好，常年有病。四十不到就死了。扔下我们孤儿寡母，我靠一个月几十块钱的救助金把他们姐弟俩拉扯成人。

狄英在饭桌前择着菜，心不在焉地听着。

罗母："日子说着容易，过起来难。难不也过来了吗？闺女不听我的，非要嫁给刘之源那条鱼。他离乡背井天天在海上漂，害得闺女离我这么远，想看她一眼都这么难。嫁出去的女儿，泼出去的水。她我管不了了，耀辉是我最后的倚靠，你看看我这叫啥命？靠山山倒，靠水水流。"

狄英："你的山水都是画上的，现实中没有。"

罗母："我儿子条件这么好，娶个二十三岁的都富富有余。那女人三十三岁了，这么大岁数，能怀上孩子吗？"

罗耀辉走进来："妈，装修的事你想好了没有？盛开她妈等我信儿呢。"

罗母："她妈说话那么占地方，怎么不给你们出钱买房子？"

罗耀辉："妈，是咱们罗家娶媳妇，不是盛家娶媳妇。盛开她妈也说了，如果你不同意装修，就让我过去住，她把正房让给我们俩。"

罗母勃然大怒："我养大的儿子凭什么归她了？"

她拄着拐杖下地，从抽屉里拿出来存折往桌子上一拍："这口气我憋这儿了，看这天下是她的还是我的？"

罗耀辉伸手去拿存折，罗母立刻后悔了，她把存折抢过来揣进怀里。

罗耀辉眼巴巴地看着她："妈，你真想让我去倒插门啊？"

罗母两眼一瞪："你出这门试试？我打断你的腿！"

罗耀辉赌气出去了。

狄英坐在茶几旁边择豆角，罗母坐在一旁生闷气。

狄英："老太太，大局已经定了，要是我就顺坡下驴，房产是你的，盛家愿意花钱给你装修，这不是白拣了个大便宜吗？"

罗母："看着她在这里吆五喝六的，我咽不下这口气。"

狄英："你躲出去呀。"

罗母："往哪躲？"

狄英："买张票去青岛，装修完了再回来住新房。省的守在这儿看着儿媳妇生气不说，装修的钱花出了缺口，儿子伸手找你要，你连个退路都没有。”

罗母：“我这就打电话跟我闺女商量商量。”

盛开聚精会神地往瓷瓶上画图。

胡杨问他：“老太太同意装修了？”

盛开：“同意了。”

胡杨：“老太太怎么想通的？”

盛开：“二十年没变过样的老房子，突然多了个卫生间，厨房多了上下水道，老太太一分钱不花，全方位享受着新生活，明明是天上掉馅饼的事。你看她的那副表情，好像她拌馅和面辛辛苦苦做出来的馅饼，让我一口给吃了。”

胡杨哈哈笑。

盛开：“我哭的心思都有了，你还笑？这边一开工，老太太立刻把我们晾了，带着保姆躲到青岛女儿那里去了。”

胡杨：“装修的事情谁盯着呢？”

盛开：“罗耀辉。”

胡杨：“从周逸伦降到罗耀辉，这么大的落差，你真的不觉得委屈吗？”

盛开嘴硬：“不委屈。”

胡杨：“委屈不算难受，委屈还要装出无怨无悔那才叫真难受。”

6.

郑婉颐在挑鸡蛋。

张连祁走过来："买鸡蛋？"

郑婉颐："嗯，你买什么？"

张连祁："牛心菜、西红柿。"

郑婉颐："那家西红柿是沙瓤的。"

张连祁："双井队的跟咱们队较上劲了。"

郑婉颐："这把岁数了还拗着脖子想着赢天赢地。"

张连祁："我看你的心劲也不低。"

郑婉颐："啥心劲，不服命逞能呗。唉，五十多岁的人了，逞能还能逞到哪去？"

张连祁："武则天和慈禧太后都是老太太。"

郑婉颐笑："你不是让我垂帘听政吧？"

张连祁："能垂帘听政的人，第一脑瓜子好使，第二有威慑力量。"

郑婉颐："啥话从你嘴里说出来就好听了。"

张连祁："过日子不就这样吗？听着生气的话，你换个角度想就不生气了。"

郑婉颐："你在家也跟孩子生气？"

张连祁叹了口气："怎么不生？我儿子住着我的房子，闺女给我请的保姆捎带着把他们也伺候了。儿子成天在外面闲逛，媳妇动不动就带着孙女住娘家。"

郑婉颐同情地看了他一眼。

张连祁："回到家他们也是后背朝我，脸朝我的时候那手心一定朝上跟我要钱花。"

郑婉颐挑排骨："你也够不省心的。"

张连祁："怎么买这么多菜？"

郑婉颐："小女儿下周从上海回来，她嘴馋爱吃，东西我得备齐了。"

张连祁："她这回回来是出差？"

郑婉颐："回来结婚，结完婚把家安在北京不走了。"

张连祁："这下你的孩子都守在你身边了。"

郑婉颐一脸喜色："一儿两女，外加两个女婿，星期天光给这五张嘴调着样做饭就够我受的了。"

房间里电锯声、锤子声无比嘈杂。

罗耀辉站在房间中央，他说话别人听不见，干脆拿着手持电喇叭大声跟老刘辩论着。

罗耀辉："这是法制社会，法制社会！你知道不知道？我一定要用法律保护我的利益！"

工头老刘的声音压不过他，躲到一边生闷气。

罗耀辉拿着喇叭指挥着屋子里的干活的人。

盛开来了，站在院子里四下看："院子门口应该安一盏灯，过年的时候挂上灯笼看着喜庆。"

罗耀辉："我给你拉一根线。"

盛开："你会吗？"

罗耀辉："会。"

墙角下有一团乱糟糟的电线。罗耀辉蹲在那里，一根一根地琢磨那团电线中，哪一根能接到门口的那盏灯上去。他挑出来一根红颜色的电线，用绝缘钳子剪开绝缘皮，接在自己拉出来的线头上。

"啪"地一声响，眼前一团火花。盛开听到动静扭头看。罗耀辉坐在墙角处，他满脸焦黑，两眼发直，头发全都朝上竖着。盛开先是大吃一惊，随即哈哈大笑。罗耀辉黑着一张脸，呲着满口白牙也跟着她傻笑起来。盛开洗完澡穿着睡衣上床，关了床前台灯。她挨着罗耀辉躺下。罗耀辉伸手拧亮台灯。

盛开问："怎么了？"

罗耀辉："被电打着中枢神经了，眼睛闭不上。"

盛开跳到地上打开抽屉拿出来一板药重新跳到床上。

她抠出来一片递给罗耀辉："这药很厉害，前段时间我失眠，第一天晚上吃了一片，第二天晚上只看了一眼那药片就睡过去了。你吃不吃？”

罗耀辉说：“不吃。”

盛开在他身边躺下，转过身睡了。罗耀辉睡不着，翻着一本杂志看。盛开一脚踢开了被子。罗耀辉转过头看了她一眼，欠起身子抓着被子的一角把被子重新盖在她的身上。盛开翻了个身，又把被子踢开了。罗耀辉懒得起身，他抬起脚把被子撩起来往旁边一踢，被子重新盖在盛开的身上。盛开突然翻身坐了起来俯下身盯着他。

罗耀辉：“哎，你别像瞻仰遗容那样盯着我。”

盛开：“罗耀辉你为什么用脚给我盖被子？”

罗耀辉：“这不是顺撇吗？”

盛开：“什么顺撇，你这是蔑视。”

罗耀辉闭上眼睛不理她。

盛开：“我说话的时候你要看着我。”

罗耀辉无奈地睁开眼睛看着她。

盛开粉嫩的嘴唇一张一合：“漂亮的女人叫美女，不漂亮的女人叫有气质；有才气的女人叫才女，没才气的女人叫淑女。罗耀辉，你觉得我是什么女？”

罗耀辉：“魔女。”

盛开：“追的人多叫众星捧月，没人敢追叫傲雪寒霜；挣钱的叫追求独立，不挣钱的叫牺牲为家；多生孩子叫做母亲伟大，不生孩子叫响应国家计划。天天在家不出门的那叫贤惠，天天出去不回来的那叫女权……”

罗耀辉被她念叨得困盹不已。

盛开用手扒开他的眼睛：“从不离婚的叫感情专一，经常离婚的叫追求幸福；唠唠叨叨叫循循善诱，贬损欺压叫‘野蛮女友’。偏要和男人一样那叫不让须眉，偏要男人让着那叫女士优先……”

罗耀辉坚持不住了，心往下一沉，鼾声立刻起来了。

盛开：“碎嘴子唠叨大法，治疗失眠历来奇效。”

她关了灯紧紧地搂着罗耀辉睡了。

盛誉在办公室里跟一个职员谈话。

盛誉从自己的办公室出来。

女孩子们低着头做出一副埋头工作的样子。

盛誉心事重重地从她们身边走过去。

罗家房间里声音嘈杂，混乱无比。

盛开进来，她一眼看到窗子上的玻璃碎了一块。

盛开生气了："今天弄裂根管子，明天砸碎块玻璃，你雇的是装修队还是拆迁队？"

罗耀辉："我也没办法！"

盛开："怎么能没办法？你说这个世界上问题多还是办法多？"

破木料的电锯突然响了，震耳欲聋，电锯声盖住了一切声音。盛开狠狠地踢了一脚地上的碎木块，顿时锯末满天飞。盛开怒气冲冲地往外走，跟开门的老刘撞了个满怀。盛开看都不看老刘一眼，摔门出去了。罗耀辉靠在窗子前生气，老刘走到他跟前递给他一根烟。罗耀辉接过来，闻了一下又还给老刘。电锯声停了。

老刘："老弟，跟女人打交道我比你有经验。男人是不能跟老婆较真的，女人的脑袋里有滚珠，说着这个事，说不过了，马上滚到另一个事上了；你跟到另一个事上，她又跑了。一架吵下来，比给一百平米的房子刮两遍腻子还累，还不如一开始就认熊呢。"

罗耀辉："你说得太对了！做女人的材料肯定跟做男人的不一样，你说的这个意思，她理解成另外一个意思，性质马上不一样了。你跟她解释，她说你这是狡辩。三说两说就进了她的套子。"

老刘的手在窗台上使劲拍了一下："你看看！你看看！老娘们儿就是难缠！"两个鼓手两军对垒，鼓点越敲越响亮，激烈的鼓声不时引来观众热烈的掌声和叫好声。唢呐融入直冲云霄，吹唢呐的老头闭着眼睛，脖子上的青筋蹦起来老高，他忘我地吹着。背旅行挎包的盛茂林急匆匆地从广场上走过，他被喧闹的锣鼓声吸引，不由自主地伸着脖子往人群里看。扇子舞的队员穿红着绿，他们随着锣鼓声唢呐声穿梭往返变换着队形。领舞的郑婉颐扭得俏生活泼，举手投足充满感召力，她的身姿在鼓声唢呐中起伏伸展着。围观者越聚越多，郑婉颐跳得高兴，手里面的扇子搧出来了眼花缭乱的弧线。盛茂林的眼睛落在郑婉颐的脸上，不由得一愣。

围观者的头在他眼前晃来晃去，不时遮住他的视线。

扇子舞队里的舞者们浑身上下都是节奏，张张笑脸上热汗流淌。

郑婉颐在人群中非常醒目，她的眼睛波光四溢，腰肢灵活充满弹力，她甩扇踢腿大幅度地转过身来。人群中盛茂林的脸突然闯进她的视线。郑婉颐觉得这张脸眼熟，不禁扭过头又一次把视线投到他的脸上。

腰身挺拔的盛茂林眼睛一眨不眨地盯在她的脸上。郑婉颐转过去，再一次扭过头仔细看。

郑婉颐和盛茂林两个人的视线碰在一起。

郑婉颐的心“扑通”一下。

眼前的人群突然模糊了。她脑袋里一片空白，使劲眨巴着眼睛，脚下的步子不禁乱了。领头的乱了阵脚，扇舞队跟着就乱了。

郑婉颐忘了作为领队人的职责，她努力睁大眼睛，再次扭过头去寻找那张脸。

围观者的面孔一一从画面中闪过去，又闪回来，盛茂林的脸不在里面了。

郑婉颐觉得全身冰凉，跳舞焕发出来的热情丧失殆尽。

张连祁不明白郑婉颐为什么突然间耗尽了元气，他不甘心扇子舞被别人抢了风头，使尽全身的解数拼命往起煽动着郑婉颐的情绪。

无论他怎么撒欢讨巧，郑婉颐的热情和步伐都回不到原来的鼓点上了。

另一队秧歌的气势抢占了这个有利时机，从气势上马上压倒这支队伍，围观者响起一片叫好声。

盛放和杨秉超排在队伍中等候安检，盛放：“上海到北京的全价机票一千一百三，我在网上买的三折机票不到四百块钱。哎，你怎么满脸是汗？”

她掏出面巾纸给杨秉超：“哪儿不舒服？”

杨秉超接过来纸巾擦汗：“这里太闷了。”

盛放：“空调开得这么足，闷什么？”

杨秉超低着脑袋不说话。

队列中一对恋人在缠缠绵绵地说着悄悄话，他们俩的眼睛离得仅有一寸远，男人不时地把女人落下来的头发撩上去，女人抓住他的手，用脸在他的手心里蹭着。

盛放眼睛盯着那个女人，她把手伸进杨秉超的肘弯里挎住他。

盛放的语气带着撒娇的成分：“这几天觉睡得太少了，你看我眼袋都出来了。”

杨秉超的目光散着看着远处。

盛放捅了他一下："想什么呢？"

杨秉超吓了一跳，怔怔地看着盛放："啊？"

盛放："哎，你到底怎么了？"

杨秉超："逮住这一句话问个没完没了，你觉得我应该怎么着？"

盛放："这几天你魂不守舍易燃易爆，肯定有事瞒着我。"

杨秉超："真的没事。"

盛放："骗鬼去吧！"

杨秉超："爱信不信。"

盛放："你担心什么？不就是结婚没房子吗？我不是跟你说过嘛，回北京咱们先住我妈那儿，结了婚就出去租房子，等攒够了首付再买房子。你放心，我妈五零后好歹算个知识分子，她不是封建老太太，不会用家长里短婆婆儿媳妇的套路来整治你。"

杨秉超低着脑袋不说话。

盛放："领了结婚证咱们请家里人吃一顿饭就行了，该省的钱咱们省，不该省的你必须得花。"

杨秉超的眼睛在盛放的脸上扫来扫去，好像要从她的脸上挖出来更深层的东西。

盛放："看什么？我嫁给你一回，你总得给我买个带钻的戒指吧？"

她伸手捋了一下他蓬乱的头发，杨秉超反应过激地躲开。

盛放："干嘛一惊一乍的？"

杨秉超借整理头发的机会把盛放的手从自己的肘弯里拿开。

盛放："这边的房子你到底退没退？"

杨秉超："没有。"

盛放急了："一年的租金四万块钱呢。"

杨秉超："又不是你一个人出的钱，你要是心疼，取消AA制，我还你。"

盛放的口气很干脆："少来这一套，结婚以后你的钱也是我的。"

杨秉超把机票放在安检台上，又从口袋里掏出来打火机和驾驶证。

盛放把打火机扔到旁边的方型塑料筐里。

杨秉超从裤子口袋里掏出来一串钥匙，上面有一把小巧的瑞士军刀。

安检员指着钥匙上的刀具说："刀不能随身带，请办托运去。"

盛放发牢骚："刚才我还让你好好检查一下有没有不能带的东西，你全当耳旁风。"

工作人员把杨秉超的机票和身份证还给他。

杨秉超把掏出来的所有东西又塞回口袋里。

盛放："我跟你一起去。"

杨秉超："你去候机口等我，我马上就回来。"

盛放忐忑不安地把自己的身份证和票交给安检人员，她回头看杨秉超。

杨秉超身轻如燕，眨眼就消失在机场的人群中。

候机厅里女播音员一遍一遍广播各航班飞机起飞的通知。

盛放四处张望，心急如焚一遍一遍地拨着手机号码。

手机里面传来电脑的声音："对不起，您呼叫的用户已关机，请稍后再拨。"

盛放急得直跺脚："急人！杨秉超你真能把活人急死！"

盛放气疯了一样地拨杨秉超的手机，手机突然通了。

杨秉超"喂"了一声。

盛放如释重负后立刻大发雷霆。

盛放："你有病啊？你这个时候关手机干什么？飞机马上就要起飞了！"

杨秉超坐在马桶上听电话。

盛放的声音："你成心往死气我是不是？你要是不想跟我结婚，早点儿说话！"

杨秉超语气平静地说："我不想跟你结婚。"

盛放一愣，她怀疑自己的耳朵："你说什么？"

杨秉超提高了的声音："我不想结婚。"

盛放急了："杨秉超，都什么时候了你还开这种玩笑？"

喇叭里面传来播音员柔和的声音："女士们先生们，您乘坐的飞往北京去的×××次航班马上开始登机了，请携带好您的随身物品在39号登机口登机……"

杨秉超："我没有开玩笑，这话我早就想跟你说，可是不知道该怎么说，一直拖到现在,我不得不说了。"

盛放头昏眼花，她努力克制着自己的情绪说："杨秉超我们真的没有时间闹了，快过来检票，我在39号登机口等你。"

杨秉超的声音："别等我，我肯定不跟你去北京了。"

盛放："杨秉超，你想逼疯我是不是？

杨秉超："这几天我整夜睡不着觉，开始我不明白失眠的具体原因，后来发现，只要你一提结婚这两字，我就一身一身地出汗，我明白害怕结婚是我的症结所在。我真的害怕，害怕到身体里的生物钟都乱了。盛放，如果我跟你去北京定居，这不光是拿我的生活开玩笑，也是拿你的生活开玩笑。刚才我下了最后的决心，这个婚咱俩真的不能结。"

盛放在电话里喊："你怕什么？告诉我，你到底害怕什么？

杨秉超："我对咱俩的感情不能确定，对未来不能确定，所有不能确定的东西都叫我紧张害怕。"

盛放迎头挨了一闷棍，彻底懵了，她结结巴巴地问："你不确定我们之间的感情？"

杨秉超的声音："现在咱俩不错，可不能保证永远好下去。你不能保证永远，我也不能。"

盛放："杨秉超，我爱你，你心里很清楚。"

杨秉超的声音："清楚什么？我不清楚，你也不清楚。"

盛放热血上涌，意外的打击使她马上要崩溃了。

她对着电话声嘶力竭地喊："杨秉超，你还是人吗？你简直就不是人！"

杨秉超边打电话边往出租车跟前走："你要是决定恨我，那就恨好了。我们俩以后的关系完全由你决定。我不结婚是为了我好，也是为了你好。"

盛放拼命往安检口外跑，她跟往登机口走的人流形成了逆流。

盛放对着电话大声喊："为了我好？为了我好就马上跟我上飞机去北京！"

汽车在高速公路上行驶。

杨秉超打电话："你别这么感情用事，我办了退票手续，已经坐出租离开机场了。你还是按照你的精神需要回到你妈妈的身边去吧。以后的事情我们以后再谈。这一段时间你不要找我，我也不去找你。咱俩在一起的能量已经消耗得差不多了，彼此都需要时间补充。"

盛放腿一软差点坐在地上，她努力坚持着才没让自己倒下。

电话里面传来"嘟嘟"的声音，杨秉超挂了电话。再拨，他关机了。

广播里响起播音员柔和的声音："乘坐 3010 航班去往北京的谢启明先

生和盛放女士，你们乘坐的班机马上就要起飞了，请马上到39号登记口登机，请马上到39号登机口登机。”

盛放绝望地往登机口走，她边走边放声大哭。

站在传送带上的人和来回行走的人诧异地看着她。

盛放不管不顾，哭得无遮无拦泪雨滂沱。

播音员柔和的声音继续：“乘坐 3010 航班去往北京的谢启明先生和盛放女士，你们乘坐的班机马上就要起飞了，请马上到39号登机口登机，请马上到39号登机口登机。”

39号登机口越来越近。

盛放哭得走不动了，她腿一软跪在传送电梯旁边。她把手里的登机牌狠狠地甩了出去。

飘落在地上的登机牌被来往旅客快速走动卷起的风带得飘起来。

谢启明背着大旅行包往39号登机口跑，盛放的登机牌飘过来落谢启明的脚上。谢启明捡起机票，扫了一眼，看见是3010号航班，再看名字，上面写着盛放两个字。谢启明抬头四下看，一眼看到了跪坐在传送电梯旁边痛哭的盛放。他迟疑了一下走到她跟前，把机票放在她的膝盖上，撒开腿跑了。谢启明把票递给检票员。

检票员：“怎么刚来？”

谢启明：“这是我刚刚在退票口买的退票，飞机能按点起飞吧？我到北京得转机去银川，两个航班的飞机时间卡得很紧。”

检票员：“一个叫盛放的乘客还没来，她不来，飞机起飞不了。”

谢启明：“盛放？”

他想了一下，撒腿往回跑。检票员叫了一声，谢启明没有回头。盛放头顶着护栏嚎啕不止。谢启明用手碰了一下她的肩膀：“喂！”盛放以为是杨秉超心回意转，激动地抬起头来，见是一张陌生的面孔，她两眼一闭重新回到悲痛之中。谢启明耐着性子开导她：“飞机上的二百多人都在等你呢。”

盛放继续痛哭不理他。谢启明伸手拽盛放，盛放使劲甩开他的手。

谢启明生气了：“你有点公共道德心好不好？你乘坐的不是私人包机！你不能因为自己的心情不好，让全飞机的人都陪着你哭吧？”

盛放站起来转身朝39号登机口相反的方向跑。

谢启明一把抓住她的手腕，强拉硬拽地拖着她往39号检票口走。

盛放使劲挣扎，大声喊：“放开我！你放开我！”

旅客们纷纷回头看。

谢启明大声问她："放开你，我怎么办？你行李托运了，你不上飞机，飞机就不起飞，我误机的损失你补偿得起吗？"

盛放要赖往地上坐。

谢启明火顶脑门，牙一咬索性扛起来她，大步朝39号登机口跑去。

飞机呼啸着飞上蓝天。

坐在舷窗旁边的盛放两眼红肿，面前的垃圾袋里面塞满了哭湿的纸巾。

谢启明抬起手腕看表。

空姐推着饮料车过来。

谢启明："飞机晚点了多长时间？"

空姐："大约半个小时。"

谢启明："你帮我跟北京机场联络一下，问问去银川的那班飞机有没有可能也延误了？"

空姐："好，我替您问问。您喝点什么？"

谢启明："咖啡。"

空姐给他倒了一杯咖啡。

空姐问靠窗坐的盛放："您喝点什么？"

盛放像没听见一样。

谢启明："给她也来一杯咖啡吧。"

空姐倒了咖啡，谢启明替她把咖啡递到盛放面前。

盛放扭过脸，看着舷窗外面的天空，看都不看面前的这杯咖啡。

谢启明一口气把两杯咖啡都喝了，他从口袋里掏出本足球杂志看起来。

郑婉颐手里拎着菜兜子坐在沙发上愣神，看见手里的菜站起来，她在地上转了一圈把菜放到茶几上。

郑婉颐打开电视想择菜可找不到菜，她在屋子里面转了半天才看到随手放在茶几上的菜。

郑婉颐打电话："盛放今天回来，你去机场接接她。"

盛誉："我开会呢，让她打的自己回来吧。"

郑婉颐："这叫什么话？杨秉超第一次来咱们家，别让盛放觉得咱们不重视她。"

盛誉："几点的飞机？"

郑婉颐："九点起飞，十一点到北京。"

盛誉："好，我尽量赶去吧。"

此刻盛开和罗耀辉往农贸市场里走。

罗耀辉："咱们买什么？"

盛开："买点菜买点肉，据说装修完要请客，老百姓管这叫暖灶。"

罗耀辉："你打算请谁？"

盛开："我们家人，还有我的朋友，你的朋友。"

罗耀辉："我没朋友。"

盛开："你怎么混的？"

罗耀辉用手翻弄着摊位上的肉。

摊主笑嘻嘻地说："这也就是块猪后臀，这要是人的屁股被你这通拍，非气得坐起来不可。"

罗耀辉："要是注水的肉，这通拍就现原形了。"

盛开："咱们去旁边那家看看。"

摊主的老婆立刻拦住她："别买他家的肉，天天拿八两的秤蒙人，没看他四十岁了还没长够尺寸吗？"

盛开被她逗得哈哈笑，她拿起一块肉扔在秤上："就要这块了。"

罗耀辉手里拎着肉、蛋、蔬菜在前面走，盛开空着两手跟这他。

罗耀辉："你好意思空着两只手啊？"

盛开："你说的结婚以后，家里的活都你干。"

罗耀辉："这不是还没进屋吗？"

盛开："我怕你得寸进尺。"

罗耀辉："我算看明白了，结婚跟搞对象完全是两回事。"

盛开："嗬！连跳五级升到专科班了？你跟我说说区别在哪里？"

罗耀辉："搞对象是欣赏艺术，结婚是经营活人，闻得了香，你也得闻得了臭。肛门臭不臭？臭也你不能把它割掉扔了吧？"

盛开哈哈大笑："你是一个民间哲学家！"

罗耀辉："我是艺术家。"

盛开："你浑身上下连一毛钱的艺术气质都没有。"

罗耀辉："那是我没露给你看。"

盛开："露一手给我看看。"

罗耀辉："咱俩来段反串。"

盛开："怎么反串？"

罗耀辉扭了个身段，掐着半截嗓子说："我，盛开。"

他捏着兰花指的手在盛开鼻子上点了一下："你，罗耀辉！"

盛开笑得前仰后合。

罗耀辉皱着眉毛捏着嗓子问："罗耀辉，你既然已婚，为什么还爱看别的女人？"

盛开拉开武生的架势，憋着粗嗓门说："那是因为她不该盲目减肥，我对事不对人。"

罗耀辉："你知道奴家为什么要整容减肥？"

盛开："这是男权世界，女人只有改变形象才能占住地盘。"

罗耀辉："所以女人一结婚就发胖。"

盛开："找死是不是？"

罗耀辉纠正她："你要用兰花指。"

盛开："为什么？"

罗耀辉："你娶了我做老婆，就得学着唱旦角。"

盛开笑得演不下去了。

罗耀辉用京剧韵白问："你到底爱不爱我？"

盛开："这话你已经问了二十遍。"

罗耀辉："二十遍有二十个意思。"

盛开："这一遍是什么意思？"

罗耀辉："那得看你怎么回答了。"

盛开："爱。"

罗耀辉矫情地皱起了眉头："一个字用想这么半天吗？"

盛开："我在想这个字是简体的还是繁体的。"

罗耀辉捏着嗓子问："我和你妈一起掉到河里，你先救谁？"

盛开："我不回答这种混账问题。"

罗耀辉："不许说粗话！"

盛开笑得直喘："朕累了，你跪安吧。"

手机响，盛开掏手机接电话："妈，嗯？好，我一会儿就回去。"

盛开把手里的东西递到罗耀辉的手里说："你先回家，我妈说有要紧的事叫我回去一趟。"

罗耀辉："回来吃饭吗？"

盛开："到了那儿再给你打电话。"

下飞机的人陆续走出来。盛誉站在出口处往里面张望着。他一眼看见了拖着行李车的盛放。

盛誉满面笑容地冲盛放挥挥手。

盛放看见了哥哥，加快了脚步。

谢启明从后面追上来，大步流星地赶上了盛放。盛誉一只手推过来盛放手里面的行李车，另一只手热情地朝谢启明伸过去。

盛誉："欢迎你到北京来！"

谢启明诧异地看看盛放又看看盛誉，尴尬地笑了一下，迈开两条腿快步朝办转机手续的地方跑去。

盛放把盛誉拉到一边："哥！他不是杨秉超。"

盛誉："杨秉超呢？"

盛放："他没上飞机。"

盛誉吃惊："啊？为什么？"

盛放嘴角一撇一撇的，强忍着眼泪说："他跟我吹了。"

盛誉："吹了？什么时候吹的？"

盛放："上飞机前。"

盛誉："在这个节骨眼上吹了？为什么？"

盛放哭："要能说清楚，我还不哭了呢。"

盛誉火了："把号码给我，我给他打电话。"

盛放眼泪一串一串地往下掉："他关机了。"

郑婉颐在切菜做饭。汤锅开了，汤汁溢出来浇在煤气火上发出滋滋的响声。郑婉颐掀锅盖，因为烫，差点把锅盖扔了。郑婉颐烧肉，错把醋当做酱油倒进锅里，闻到酸味儿赶紧把肉捞出来，放到水龙头上冲洗。水哗哗地响着。郑婉颐盯着水龙头发呆。郑婉颐一屁股坐在椅子上，椅子背震动了案板，案板上的土豆接二连三掉到地上，滚出去老远。

盛开开门进来，她弯腰捡起来地上的土豆，放到水盆里。

郑婉颐乍着两只湿手，身子沉重地站起来，走到案板旁边重新拿起菜刀。

盛开看着盆里的肉问："妈，这肉都烧好了，怎么还用凉水冲啊？"

郑婉颐："没放盐，还把醋当酱油放了，泡一会儿去去味儿。"

盛开觉得母亲神色不对："妈，你怎么了？是不是不舒服？"

郑婉颐："我没事。"

盛开戴围裙挽袖子，把炒锅坐到灶上点着火："您歇着，我把肉重新回回锅。妈，您叫我回来有什么事？"

郑婉颐："你妹妹今天跟杨秉超一起从上海回来，你哥去飞机场接他们去了。咱们一家人在一起吃顿饭。"

盛开："哎呀！亏得您提醒，忙得我差点把这事忘了。"

画外盛誉的声音："妈，我们回来了。"

郑婉颐和盛开急忙出去。

郑婉颐一眼看到跟在盛誉身后进来的盛放，心不由地往下一沉，随即又被揪了起来。

盛放披头散发，两眼红肿。

郑婉颐问："怎么了？这又是怎么了？"

盛放眼泪流下来。

盛开走到妹妹身边："出什么事了？杨秉超怎么没跟你回来？"

郑婉颐急了："哭！哭！就知道哭，我这是造了什么孽？哎哟！急死我了！"

一家人坐在沙发旁边，盛放耷拉着脑袋低声啜泣，

盛誉："杨秉超临上飞机改了主意，他不来北京跟盛放结婚了。"

盛开吃惊地看着妹妹问："什么？"

盛放哭得说不出话来。

盛开："半路撤军他得有个理由啊？你做了什么事叫他这么绝情？"

盛放："我不知道！不知道！"

郑婉颐气急败坏："祖宗！我怎么养了你们这些个祖宗？这个杨秉超到底是个什么东西？我每次在电话里问，你都是一百个好，夸得他浑身上下连个黑点都看不见，这下白费了好大劲儿了不是？"

盛开气急败坏："妈您就别说了！"

郑婉颐气咻咻地："我不说她不长记性，当初叫她毕业以后回北京来工作，她偏不回来，婚也没结，就跟人家不清不白地住在一起。我真是上辈子做了孽，生下的女儿就知道作践自己。"

盛开变了脸色。

盛誉："妈！您说什么呢？"

郑婉颐："别妈妈的叫！看见你我就堵心。"

盛誉："我又怎么了？"

郑婉颐："你怎么了？一个大男人当不起老婆的家！你媳妇说要到美国去，你就让她去。她要我孙子你就给。说出去你结婚六年了，实际上还是光杆司令一个。你看看你那日子是人过的吗？家里外头除了你连第二个人影都没有。屋子里除了淋浴器，就再没有一件冒热气的东西！"

盛誉不搭腔。

郑婉颐越说越生气："高晓灵一走就是四年，到现在都没有回来的意思。她不回来，你也不去，你到底想怎么着，心里有谱没谱？"

盛开忍不住了："妈，您今天到底怎么了？怎么逮谁骂谁？"

郑婉颐："我这一辈子最怕的事情，就是你们像了那个人。可你们偏偏像了他。你们一个一个的都是找我讨债来的。这就是命，真的是命啊。命是基因里带出来的，不管走到哪儿，走多远我都逃不掉。"

盛誉："吃饭！吃饭！"

一家人围坐在桌子旁边闷头吃饭。

郑婉颐依次把菜夹到他们碗里。

盛誉问盛开："全都装修完了？"

盛开："完了。"

盛誉："钱够吗？"

盛开："哎呀，你们就别操心了。"

郑婉颐："我们不操心，你上厕所得跑出二里地去。"

盛开立刻给妈妈和哥哥作揖："多谢老母和兄长！"

郑婉颐："你们以后一人一个孩子，只操一份心。不像我一个人拉扯仨，一颗心分成三瓣，再强壮的心脏也架不住这么撕扯。"

盛誉冲两妹妹做了个鬼脸，示意她们别接茬。

盛开："妈您放心，我一个孩子都不要。"

郑婉颐："这事由不得你。"

盛开："我说不生就不生，怎么由不得？"

盛放肿着两眼，啃着红烧鸡翅说："妈，您别老后悔生我们，首先我就没求着让您生我，我是被动来到这个世界上的。"

郑婉颐手里的筷子差点掉到地上。

她把筷子接住重新往桌子上重重地一拍说道："属你不省心。早知道你这么不省心，我该生下来就把你掐死。"

盛放："妈，您受教育多年，怎么能随便触碰法律呢？"

郑婉颐痛心疾首："当初要是不生你，我也不会离婚，咱家的日子也不会过得连个顶梁柱都没有。"

房间里面的三个儿女全都抬起头愣愣地看着母亲。

话一说出口，郑婉颐就后悔了，截住话头不往下说了。

盛放不甘心，她追问道："你们离婚跟我有什么关系？我又不是插在你们中间的小三儿。"

盛开差点笑了，赶紧夹起一块肉塞进嘴里。

郑婉颐绷着脸不说话，她的思绪走远了。

盛放："妈！我问您呢。"

郑婉颐叹了一口气："我四十岁的时候怕过星期三，星期三一到，一晃一个星期就过去了。五十岁以后怕过中午，中午一过，一晃一天就没了。三晃两晃，我这一辈子也快熬到头了。"

盛誉不愿意搅到这个话题里，端着碗大口吃饭。

盛开和盛放看着母亲，揣摩她话里的真正含意。

盛开："妈，您到底想说什么？"

郑婉颐沉默了片刻，终于把想说的话说出来了："他回来了。"

盛开："谁？"

郑婉颐："盛茂林。"

桌上的人吃了一惊，全部抬起头看着她。

盛誉："谁告诉您的？"

郑婉颐："今天早晨在广场上，我一眼就认出来那个老东西了。"

盛开："您认错人了吧？"

郑婉颐咬牙切齿："二十四年没见了，把他挫骨扬灰撒在路面上，我都能认出哪是他的鼻子那是他的眼。"

盛誉："干嘛说得那么狠？"

郑婉颐："我有他狠吗？我跟他在一起过了十年，说不要他甩手就把家扔了。二十四年里连点动静都没有，今天突然冒了出来，他来者不善哪。"

郑婉颐伸手一个一个地点着身边的儿女们："我警告你们，如果他来找你们，你们谁也不许搭理他。我辛辛苦苦把你们拉扯大，不图别的，就图你们做人要善恶分明，要有志气，这是妈妈我对你们唯一的要求。听到了没有？”

盛誉、盛开、盛放面面相觑，谁也没说话。

郑婉颐：“我这一辈子样样不如意，唯独可庆幸的一点就是你们三个谁也不像他，这么多年我最害怕的一件事就是从你们的脸上和身上看到他的影子。”

盛誉、盛开、盛放看着母亲不知道该怎么应答。

郑婉颐口气强硬地说：“不许见他！你们听到了？”

盛誉：“妈，您何苦呢？”

郑婉颐瞪着儿子：“盛誉，你心里要是还有我这个妈，就听我的话，你妈我眼睛里揉不进沙子，我和他之间你只能选一个。”

7.

一轮明月挂在天上。

杨秉超头发蓬乱衣衫不整地躺在沙发上接电话。

盛放："杨秉超你是不是鬼附体了？怎么能做出这么混蛋的事？"

杨秉超不说话。

盛放："你这人真是自私透顶，你但凡为我考虑一下，就不会把我撂在这个境地里。你想没想过我怎么跟我妈交待，我哥我姐会怎么看我？"

杨秉超的声音："你这么在乎别人怎么看你吗？"

盛放："杨秉超咱俩是不是不能成夫妻就必须是敌人？"

杨秉超的声音："我没这么说。"

盛放："你已经这样做了。"

房间里面的东西用各种单子盖着。

对面墙上贴着一张协约：

甲方：盛放　　乙方：杨秉超

1.甲方生气的时候，乙方一定要耐着性子开导，直到甲方云开雾散。

2.如果哄劝失利甲方离家出走，乙方一定要出去寻找。但是必须在甲方离家两小时以后方可去寻找，如果在家门口就被截住，走得太不过瘾……

盛放："你一点儿都不爱我对吗？"

杨秉超："我要是一点儿都不爱你，也不会跟你在一起生活这么长时间。我愿意跟你谈恋爱，愿意跟你同居，但是让我正经八百儿地去领个结婚证，跟你成为法定的夫妻，我真的还没有准备好。"

盛放："你想准备到什么时候？"

杨秉超："这话你问了一百六十遍了，我能说清楚早就说清楚了。"

盛放："只有不能说的，没有说不清的。杨秉超，咱俩的事情闹到了这个份上，关系基本上已经完蛋了，你还有什么说不清的？"

杨秉超："到什么份上我也说不清，我只能说清楚一点，那就是我不愿意结婚。”

盛放：“我到底哪儿叫你这么讨厌？”

杨秉超：“你这个人爱上了谁就必须让他承担你的精神，如果娶了你就必须对你负形而上和形而下的双重责任。我真的没有这个能力，我不愿意养家糊口，不愿意生儿育女，我不愿意早早地就被这些责任弄得万念俱灰。”

盛放：“我没要求你为我负责。”

杨秉超：“怎么没要求过？你跟我定的满墙协约不是要求吗？”

盛放：“约束你的同时我也约束了自己。”

杨秉超：“完全是不平等条约。”

盛放：“条约可以废除。”

杨秉超：“你别跟我搅和。我知道搅和是你的强项，在这个上我不是你的对手，我没有你的韧劲也没有你的耐力。”

郑婉颐穿着一身睡衣靠在床上看书，听见盛放打电话的声音传进来。

郑婉颐自言自语道：“我这是什么命啊？养了两个女儿，没一个随我的。”

她直起身子，活动了一下酸胀的腰，叹了一口气：“殊途同归，这就是我们娘儿仨的命。被男人甩了的女人，不光身子变硬了，连心都会跟着变硬。”

盛放提高了嗓门的声音：“我搅和什么了？你指出来我改正。”

杨秉超：“江山易改，本性难移。盛放，我有改造你的功夫还不如重整江山呢。”

盛放：“重整江山？你爱上别人了吧？”

杨秉超：“你别搅和行不行？”

盛放：“我搅和还是你搅和？是你把一出喜剧生生搅成悲剧的。”

杨秉超：“我这人天生的悲剧性格，不合适跟你一起演喜剧。”

盛放：“当初你死追我的时候，怎么不这么说？”

杨秉超：“这话问得多幼稚，你不知道人是在发展中成长的吗？”

盛放：“总是朝着有利于你的变化发展？”

杨秉超：“你这样，咱俩没办法谈。”

盛放：“你希望我怎么样？”

杨秉超："你怎么样，我无权干涉，我只想改变自己。"

盛放："改变自己就先从我身上开刀？"

杨秉超："你这么想那是你的自由。"

盛放哭了："杨秉超，你不能这样对我！"

杨秉超疲惫的声音："你别哭，你一哭我心脏不舒服。"

盛放："你真是自恋透顶，看到别人伤心，你首先检查一下是不是损害到了自己的健康。"

杨秉超："你这个人愤怒的结果就是智力衰退，不过能看到我的弱点证明你还是有进步。"

盛放怒不可遏："我还会进步下去！"

杨秉超："能进步到改变生活态度才是最大的进步，你改变了态度就会改变命运。"

盛放："你别给我拽这套理论，去年咱俩搬到一起的时候，你答应过要跟我结婚。"

杨秉超："结了婚还能离婚呢，我不能为不成熟时说的一句话，负责你一辈子。"

盛放："我不要你负责一辈子，你先跟我结婚，结完了咱们再离！"

郑婉颐气得把手里的书扔到一边，暗自骂道："没结婚就讨论离婚，我看你是没日子作了。"

杨秉超："你最好正常一点，像你感情崩溃以前那样。"

盛放："我怎么不正常了？"

杨秉超："折腾了一天，我真的累了，如果你打电话来就是为了吵架，对不起，我挂了！"

他把电话挂了。

盛放再拨手机。手机里提示对方已经关机。

盛放气得把手机摔在沙发上。盛放换上睡衣，把自己的衣服一件一件挂在衣橱里。她听见隔壁母亲的房间里有搬东西的声音。

郑婉颐把箱子里面的东西掏出来，然后把箱子拽到地上，满头是汗地翻着里面装着的东西。

盛放推门进来，看着满地的衣物吃了一惊："妈，您干嘛呢？"

郑婉颐指着衣柜顶上的箱子说："帮我把这个皮箱抬下来。"

盛放帮母亲抬下来那个老式皮箱。

郑婉颐打开箱子，上面放着丝绸被面、婴儿服、小围嘴、绒线帽、等东西。

盛放站在旁边看着："妈，你留这些东西干什么？"

郑婉颐："这是历史，历史是不能抹杀的。"

她把箱子里面的东西拿出来放在一边。盛放拿起来看一件一件的小衣服，好奇地看着。衣服上绣着盛誉、盛开和盛放的名字。盛放："干嘛还绣着名字？"郑婉颐："托儿所要求的。"她从箱子最地下翻出来一本老影集，影集的纸已经黄了。郑婉颐抱着影集走到床边坐下，一页一页翻看着。盛放凑过去看。

年轻的盛茂林和郑婉颐抱着儿时的盛誉和盛开冲着镜头幸福地笑着。盛放指着盛茂林："这人长得还挺精神的，我哥挺像他。"

郑婉颐："你们仨谁也不像他。"

盛放："他怎么没跟我照过像？"

郑婉颐："你见过冤家跟冤家合影留念吗？"

盛放："见过，蒋介石跟毛泽东。"

郑婉颐白了她一眼。

盛放："妈，您这话说得不对呀！我还不记事你跟他就离婚了，谁见过还不会说话的孩子跟自己的亲爹结冤家？"

郑婉颐："你什么时候才能懂点事，叫你妈不操心呢？"

盛放指了一下照片上的盛茂林："您跟这人的事我压根不想懂。"

郑婉颐把影集合起来，长长地叹了一口气："盛放，妈跟你说，感情上的事男人玩得起，咱们女人玩不起。婚姻更不是拿来闹着玩的，这个世界上如果只有一个一心一意为你着想的人，那就是你妈妈。所以妈的话你一定要听。"

盛放："妈，这话您说过二百多遍了。"

郑婉颐："我说三百遍你也给我乖乖地听着。我告诉你，女人不能离婚，一离就毁了一辈子。你妈就是个例子。"

盛放："妈，您总爱从最不利于自己的角度去想问题。"

郑婉颐："你别不服气，你妈是过来人，找个好丈夫是女人一生中的头等大事。你跟姓杨的那个小子吹了，坏事变成了好事。杨秉超配不上你，好好再找一个，妈也托托人，北京这么大，好小伙子有的是。"

盛放："妈，我的事您别掺和。"

郑婉颐："你要是早听我的，也不能让那个姓杨的骗了。"

盛放："他没骗我。"

郑婉颐："没骗你，你哭什么？"

盛放看了母亲一眼小声嘟囔："人类这么复杂的感情，怎么能用一句话解释清楚？"

郑婉颐："你不用拿眼睛翻我！等你当了妈就知道我今天心里的滋味了。"

盛放话里带着气："我不想当妈，也不想知道您心里的滋味，我心里的滋味已经足够我受的了。"

郑婉颐："你不用跟我顶嘴，这个世界上最疼你的人是你妈，谁疼你也疼不过我去。你就这么气我吧，等我两眼一闭，两腿一伸看你找谁哭去？"

盛放被郑婉颐说得心烦："妈，你好烦呐！"

她开门出去了。

郑婉颐心情烦乱地收拾着扔在地上的杂物，干着干着，她不下去了，站在堆满杂物的地中间发呆。

这天，盛放坐在两个主考官面前。

主考官说："试用期三个月，明天你就可以来上班"。

盛放点点头，站起来拿着自己的材料出去了。

咖啡馆，盛放边喝咖啡边打电话："我被EMC公司录取了，上海我不会再回去了。"

杨秉超的声音："那是一家大公司，你能进那家公司运气真是不错。"

盛放冷笑："我的运气当然好，而且是无以伦比地好，好到用六年青春也换不回来一点真情，好到在结婚的关口被某人冷酷无情地甩了。"

杨秉超身后的墙上贴着盛放写的协约；

甲方：盛放　　乙方：杨秉超

甲乙双方根据各自的特长料理家务，甲方不会做家务乙方要给予照顾，要辅助她的工作，直到她能独立操作为止。

杨秉超戴着耳机，满地转着打电话："如果你每次打电话都是为了发牢骚或者是辱骂我，还是把这笔电话费省下来吧。"

盛放："电话费是我自己的，用不着你替我省着。"

杨秉超的语气平和下来："盛放，你应该学会换位思考，你觉得伤心的事，别人也不见得会觉得愉快。”

盛放：“你会伤心？你会不愉快？”

杨秉超：“你这样说咱俩就没法谈。”

盛放：“你刚发现没法谈吗？我早就发现咱们没法谈了。你以为我打电话是要跟你恳谈吗？不要自我感觉这么好行不行？”

杨秉超：“你是提出要求提出问题的人，我是身体力行还要写出答案的人，盛放你永远比我有理。”

盛放：“你也承认我有理了？”

杨秉超：“没事我挂了。”

盛放：“你把我落在家里的东西都给我寄过来。”

杨秉超：“这么多东西，我怎么给你寄？”

盛放：“一天一个邮包慢慢寄。”

杨秉超挂了电话。

盛放怒不可遏：“杨秉超！你是个大混蛋！”

咖啡馆里喝咖啡谈事的人惊异地回头看她。

罗家家具终于全部到位了。盛开坐在门厅里的一张长凳上，满足地看着四周。罗耀辉走过来，盛开往旁边让了一下，让他在身边坐下。

罗耀辉：“全部配置齐了。”

盛开回头看镶在墙上的那面新镜子：“你看，我是不是瘦了？”

罗耀辉没有看她，眼睛落在对面的墙上。

新刷好的墙上有块黑，像爬了个蟑螂，叫人看不下眼去。罗耀辉站起来去擦。他坐着的这边凳子翘起来。盛开被闪得一屁股摔坐在地上。凳子晃了两下倒了。“砰”地一声撞坏了墙的那面新镜子。

盛开一轱辘爬起来，瞪着眼睛看着罗耀辉。

罗耀辉：“我不是故意的。”

盛开：“罗耀辉，你什么时候学会不逃避责任就真正成人了。”

罗耀辉：“你不教育我就不会说话吗？”

盛开：“你要是有自学精神，我用得着当老师吗？”

罗耀辉：“你人生的最大乐趣就是臊我吧？”

盛开：“罗耀辉，你已经刷新了脑残的下限，那东西传染，你离我远点！走！走！快走！别让我再看见！”

罗耀辉穿上鞋，摔门走了。

房间里静了下来，盛开生气转身回到厨房。

盛开拿起一个西红柿狠狠地咬了一口。

西红柿的汁液顺着她的手背流下来。

盛开越嚼心里越发空，她把半个西红柿扔在案板上。

盛开转了一圈出了厨房。

盛开在门口穿好了鞋，刚要开门又缩回来手。

她掏出手机拨电话。

手机里传出来罗耀辉的声音："干嘛？"

盛开："你把我一个人撂在这儿是什么意思？"

罗耀辉："是你让我离你远点的。"

盛开："你可真听话。"

罗耀辉："听话也不对，不听话也不对，你到底想要我怎么着？"

盛开："你回来。"

罗耀辉："我不回去！"

盛开："再给你一次机会。"

罗耀辉的语气完全没有商量的余地："我不要你这个机会！"

盛开穿上外套，穿上鞋，准备出去找罗耀辉。

她拉开了房门。

罗耀辉在门口站着，根本就没有离开的意思。

盛开一下来劲了，当胸推了他一掌。

盛开："有本事你走啊！"

罗耀辉扒拉开她的手说："行了！行了！几点了？还不给老爷们儿弄饭吃？"

罗耀辉坐在餐桌旁边喝水。

站在灶前做饭的盛开回头看了他一眼。

盛开："鱼你想吃清蒸的还是红烧的？"

罗耀辉："随便。"

盛开："随便怎么做？"

罗耀辉："别找茬啊！"

盛开："你属韭菜的，第一茬割完，第二茬马上长出来。"

罗耀辉："红烧吧，鱼汤好下饭。"

盛开："我这个人是不是特别没有吸引力？"

罗耀辉："不是你没有吸引力，是我对自己没有信心。"

盛开："这回答可真与众不同。"

罗耀辉："要不说是人才呢？"

盛开两手捧着他的脸仔细端详："这我倒要好好看看，你到底哪与众不同。"

罗耀辉怕她摸脖子，来回躲闪。

盛开索性伸手往他腋下掏，罗耀辉嘻嘻哈哈你推我搡扭成一团。

罗耀辉搂住盛开，发自内心地感叹："你这么好的女人怎么一直放着没人娶呢？"

盛开："你不是因为好奇才娶我的吧？"

罗耀辉："那你说，你为什么要嫁给我？"

盛开："我想让你这个烂人好好地享受一回人生。"

罗耀辉："崇高！"

盛开眯着一双妩媚的眼睛笑咪咪地看着他："罗耀辉，你这样坐着，真是耽误了咱们俩的大好时光。"

罗耀辉忽地站起来，把盛开扛起来进了卧室。罗耀辉和盛开在新买来的床上兴奋不已地纠缠着。盛开撕扯着罗耀辉的衣服扣子。罗耀辉按住她的手："停！这是老爷们的活儿。"他伸手去解盛开的扣子。盛开一脸天真烂漫的笑："连跳三级，罗耀辉你出徒了！"电话铃声突然炸响。罗耀辉立刻停住手："我妈来电话了。"盛开伸出来胳膊死死地搂住他。她在罗耀辉的耳边小声说："老太太一天两个电话，没有一件正经事，别接。"

罗耀辉挣扎着要起来接电话，盛开一个狂热的吻死死地盖在他的嘴上。罗耀辉的一只手张着五指哆嗦着入画，手落下了一把抓住床罩。罗耀辉的手紧紧攥着床罩使劲地拧着，平整的床罩被拧出来菊花一样的纹路。

罗母放下电话自言自语："这俩人上哪儿去了？"

她愣了一会儿冲门外喊："英红！"

罗英红进来："妈。"

罗母："明天送我北京，那边我放心不下。"

罗英红："我离不开，狄英回天津一时半会回不了，谁陪你回去？再说了，中医给你开的药你还没吃完疗程，你总不能让我白花钱吧？"

罗母拄着拐杖满地转悠："这可憋死我喽！"

罗英红：“耀辉他们两口子正在磨合期，你回去是想夹在他们俩中间，还是让耀辉夹在你跟他媳妇中间？”

罗母沉着脸不说话。

罗英红：“装修的钱如果不够，你回去了是给他们钱还是不给他们钱？你在这儿待着，天高皇帝远，那就对不住了。”

罗母听着顺耳，脸色缓和下来。

罗耀辉和盛开精疲力尽地睡了，盛开脸朝左，两只手合在一起放在脸颊下面，她的两条腿朝左侧弯曲着。

罗耀辉身体躺着的方向跟她一致，连姿势都一模一样。

罗耀辉的一只手放在盛开的腰上，两人像两只侧着扣在一起的碗。

盛开：从现在开始他彻底属于我了，这场婚姻造就了一个男人，也造就了一个女人。

酒吧里灯光昏暗，女歌手用浑厚的中音，低声唱着英文歌曲。

盛放跟着两个女友走进酒吧。远处有人冲她们招手。三个人朝那边走去。曹林和葛大鹏站起来给她们让座，坐在角落里的谢启明也站起来。他一眼认出来盛放。曹林给女人们介绍身边的两个男人：“他叫葛大鹏，他叫谢启明，都是我的朋友。蔡佳佳给我们介绍一下你的朋友呗。”

曹林、蔡佳佳、葛大鹏、刘泉在闪烁不定的灯光下蹦迪。

盛放心情不爽一杯一杯地喝啤酒，谢启明坐在她的斜对面默默地喝着酒。盛放有点喝大了，在桌子上趴了一会儿，拿起手机拨打电话，电话通了没有人接。杨秉超正靠在沙发上打游戏，身边的手机锲而不舍地响着。来电显示上面写着盛放两个字。杨秉超不接电话。盛放固执地一遍一遍拨着电话。谢启明坐在一旁喝着啤酒饶有兴致地看着她。杨秉超无可奈何地拿起电话：“喂。”盛放的声音：“为什么不接电话？”

杨秉超：“一天查一回岗，你烦不烦啊？”

盛放：“你对每个人都这么不耐烦？”

杨秉超的声音：“不是每一个人，只是对你。”说完他把电话挂了。盛放火了，一遍一遍地拨打电话，对方就是不接。谢启明闷头喝酒。盛放的手机没电了，她抬起头看谢启明：“手机借我使一使。”谢启明把自己的手机顺着桌子滑过来。盛放拿过来手机，熟练地拨出了杨秉超的号码。杨秉超以为是别人的电话，他接了。

盛放："我要说你是个傻子，那都是表扬你。"

谢启明饶有兴致地听着她骂街。

盛放："你这种人在国产电视剧里最多只能活两集。你知道你是怎么死的吗？是照镜子自己把自己吓死的。"

杨秉超把电话挂了。

盛放再用这个电话打，杨秉超死活不接了。

盛放带着醉意走到酒吧柜台，她问酒保："有公用电话吗？"

酒保："没有。"

一个男人走过来问："我能请你喝一杯酒吗？"

盛放回答得很干脆："不能！"

男人说："你跟我喝一杯酒，我把我的手机送给你。"

盛放理都没理他接着往前走。

男人纠缠着盛放："别这么小家子气好不好？"

谢启明看不下去走过来："干什么？干什么？"

男人见盛放有男人陪伴，于是悻悻地走了，

谢启明把自己的手机递给她说："还是用我的手机打吧，我把号码遮蔽了。

盛放："没心情打了，咱们接着喝酒。"

谢启明："好。"

盛放和谢启明站在柜台前猜拳叫酒，盛放不停地输。

她使劲拍了一下桌子："我今天太无敌了，一个人喝了一打啤酒。"

谢启明："你在上海机场的时候也很无敌，敢让一飞机的人等你一个人。"

盛放终于想起来这个面熟的人是谁了。

她指着谢启明的鼻子大笑："哈哈！原来是你！"

谢启明："对，是我。"

盛放："那天你一个背麻袋把我甩在肩膀上，差点把我的肋骨撞断了。"

谢启明："你能在大庭广众下没头没脸地哭，肯定是遇到了天下最糟心的事，什么事能说说吗？"

盛放："我不想说。"

谢启明："你不说，我也猜得出来，最糟心的事对女人来说除了失恋几乎没有别的。"

盛放："怎么是对女人？你就没失恋过？"

谢启明："失过，可是我不觉得多么难过。"

盛放："你怎么这么幸运？"

谢启明："我身体里没有那个程序。"

盛放："你按程序做事？"

谢启明笑："也不全是。"

盛放："那你是怎么处理那段感情经历的？"

谢启明想了一下："我忘了。"

盛放："健忘是男人的通病吧？"

谢启明："医学上不这么解释。"

盛放笑了："医学上怎么解释？"

谢启明想了一下："那太学术了，说了你也未必听得懂。女人爱说感情，其实我觉得你们女人关注最多的感情无非是两种，一是喜欢，二是爱。喜欢是一种情绪，来得快去得也容易。爱情就不一样了，它是一种疾病。俗话说病来如山倒，病去如抽丝。就是好了也会落下星星点点的后遗症。"

盛放："作为医生，你怎么治疗这种病？"

谢启明："像对待感冒发烧一样，别大惊小怪也不能掉以轻心。我得过这种病，有抗体自带免疫力。"

盛放："你这话是用钢锉锉着骨头缝说出来的吧？"

谢启明："你太敏感了。从系统工程的角度讲，过于敏感的系统都是不稳定的系统。"

盛放："韩剧肯定会安排咱俩这样的人在结尾的时候成了恋人。"

谢启明："这种惩罚也太不人道了吧？"

盛放："放心，这辈子我都不会喜欢你这种男人。"

谢启明："喜欢我就是抬举我？你这个人想问题一点逻辑都没有。"

盛放："你以为万事都得靠逻辑吗？"

谢启明："那当然！"

蔡佳佳搂着话筒声嘶力竭地唱着。

葛大鹏："这位是杰出的厕所歌手。"

曹林走过来："盛放咱俩碰一个。"

盛放拿起酒杯，曹林给她的杯里斟满啤酒。

两人碰杯一饮而尽。

曹林夸盛放："盛放就这点好，不装娇贵。"

盛放："那是因为人生悲惨没人惯着。"

谢启明："女人不能惯，更不能跟她们讨论人生，"

盛放问："谁跟你们说女人不能惯？我告诉你，女人就得惯，而且得往死里惯，学术上叫溺爱。"

蔡佳佳唱完一曲回来喝酒："盛放，你说得太对了！"

盛放对蔡佳佳说："男人不惯咱，咱自己惯自己。这叫自尊自爱。"

曹林："这话叫我很有压力啊！"

蔡佳佳："别跟我说压力，这辈子我除了压力一无所有。"

谢启明："所以说适当地放肆一下，对自己是一次善举。"

蔡佳佳："放肆这两字是专门给男人用的。"

谢启明："我不招你。"

盛放："男人愿意冒充强大，冒充无所不能。男人把女人一个个培养成了理想主义者。我们为了崇拜的人拼命改变自己，男人喜欢刚烈热辣的，我们立刻把自己捯饬成卡门；男人喜欢哀怨凄婉的，我们就把自己捯饬成王宝钏。可我们得到的是什么？幻灭！不停的幻灭！"

蔡佳佳："加油！一个字一个字噎他。"

谢启明抱拳告饶："谢了，谢了！我享受不了这种后现代的死法。"

曹林："盛放，我怎么得罪你了？你这么没完没了地臊我？"

谢启明："她不满意的是自己，你不过是被她当做了靶子。"

曹林做如梦方醒状。

盛放的眼睛盯在谢启明的脸上："我这个人智商低，求你还是把话掰开揉碎了说，好歹也让我听明白了。"

谢启明："现在的女人，跟五四运动前的女人没什么两样。不同之处，那时候的女人知道用劳动做投资，换取男人养活她，还有任劳任怨的美德；现在的女人却既不任劳也不任怨。只想索取不想付出。"

盛放："你女友是这样的人？那你可太不幸了。我们在座的几个女性，都是自给自足自娱自乐，不信你挨个问问，谁有胆量敢把一生放在你们男人身上？"

蔡佳佳、刘泉跟着起哄。

谢启明：“我说过我不跟女人探讨人生。”

盛放：“我跟你讨论的是人生吗？我跟你讨论的是爱情。你经历过的感情是爱情吗？顶多算一种低等需要，那种互相需要又必须离开的失败过程，竟然被你老人家称之为爱情？面对这样的狗屁爱情，我这种完美主义者岂能甘心？”

谢启明：“我提爱情这两个字了吗？”

盛放：“幸亏你还有点儿自知之明。”

谢启明：“你凭什么用这种口气跟我说话？我欠你的？”。

盛放：“这是上辈子的死账，你可以到阎王爷那里去查。你生下来就欠我的，到死都还不完，你是带着歉意告别人世的。瞻仰遗容那天我得在后面排队，因为你欠的人太多了。”

谢启明张口结舌一时说不出话来。

曹林拍拍谢启明的肩膀哈哈大笑：“兄弟，你也有卡壳的时候？”

谢启明指着盛放：“逻辑混乱没法对话。”

盛放得意洋洋斜着眼睛看他。

曹林对盛放说：“他在军医大学读的书，在部队医院干了几年后来才转到地方医院的。跟女人打交道实在有局限性，你要多包涵。”

盛放：“我哥也在部队待过，别拿部队说事。”

谢启明一听，来了情绪：“你哥在哪当的兵？”

盛放：“内蒙。”

谢启明：“巧了，毕业实习的时候，学校规定要我们到艰苦的地方锻炼四个月，我被分到了西北山沟里的一个连，那儿挨着内蒙的边界。连队里除了炊事班养着一个性别差样的，剩下的全是和尚。我们到那里过的第一个节是光棍节，11月11日，1连着1，一水的光棍。那是一次集体光棍大狂欢。”

蔡佳佳：“你们有什么业余活动？有电视看吗？”

谢启明：“山里信号弱，接收不到什么节目，报纸倒是一个星期来一次，是花一块钱买了一个爹的那种报纸。”

盛放哈哈大笑。

盛放、谢启明、曹林、蔡佳佳一行人站在路边打出租车。

盛放问蔡佳佳：“老五是谁？”

蔡佳佳：“我的第五任男朋友。”

曹林：“第五任？算上跟我破镜重圆的那两次，应该是第七任了吧？”

蔡佳佳："放屁！"

众人哄笑。

蔡佳佳："每一次我都是发自内心的，都是惊心动魄的。爱是一种精神！没有一个男人在精神上跟我是一个等量级的。"

曹林："所以我们才被你一次一次地洗牌，不对啊！爱上老五的时候，你说，在足球场看见他摇旗呐喊，你恨不得变成他手里的那面小旗。我还想，被人拿在手里摇晃九十分钟那还不脑血管破裂了？"

盛放笑得倒在蔡佳佳身上。

蔡佳佳："曹林，你是典型的苏格拉底的感觉，白痴的思维。"

谢启明："我看，干脆把你们这两碗剩菜汤倒到一起，回锅烧开得了。扯个证赶紧结婚，省得腻腻歪歪的让人看见心烦。"

蔡佳佳："你喜欢把初恋、情人、老婆、孩子妈几种关系放在一口锅里煮？"

谢启明："我还真喜欢吃东北大乱炖。"

两辆出租车先后到来，一行人分别上车。

出租车开走。

电视里羚羊在跟狮子赛跑。盛开靠在沙发上走神。罗耀辉洗漱完穿着睡衣走过来："打坐呢？"

盛开眼睛盯着电视："你睡去吧。"

罗耀辉坐在她身边："一共就两口人，睡觉还弄成两班倒，人为地制造困难。十一点了，你明天早上不是还要出窑吗？"

盛开一只手揉着自己的肩膀："颈椎太难受了，躺那也睡不着。真想找个盲人按摩师好好给按摩一下。"

罗耀辉立刻转身，他拿了副墨镜戴着眼睛上，摸索着给盛开按摩肩膀。

盛开笑："这儿，你使点劲。"

罗耀辉卖力气地给盛开做推拿："你就是这样的人，上了第一个台阶就跟着想上第二个。"

盛开："你说他这时候冒出来，到底想干什么？"

罗耀辉："谁啊？"

盛开："盛茂林。"

罗耀辉："那个人的事别在咱家说。走，睡觉去！"

盛开赖在沙发上不动，罗耀辉抄起盛开的腿，把她往肩上一扛，大步往卧室走。

门铃突然响了。

罗耀辉停住脚："半夜三更的，这是谁呀？"

盛开从他肩上出溜下来："开门去！"

盛放笑嘻嘻地跟着罗耀辉进来："姐，我得在你这儿住一晚上。妈要是看见我喝成这样，非骂死我不可。"

盛开："你怎么跟妈说的？"

盛放："加班啊。"

她嬉皮笑脸地对罗耀辉说："姐夫，把我姐借给我一晚上行不行？"

罗耀辉："行！行！"

盛开盛放姐妹俩坐在床上聊天。

盛开："你跟杨秉超在大学里腻腻歪歪谈了那么长时间的恋爱，为了能跟他生活在一起，不惜跟妈闹翻，跑到上海去跟他一起生活。结果怎么样，还不是一到谈婚论嫁就吓跑了吗？"

盛放："他跟周逸伦的性质不一样，杨秉超是害怕，不是不爱我了。"

盛开："周逸伦跟别人结婚也不代表不爱我了。"

盛放："姐，周逸伦用这么不要脸的手段对待你，你怎么还处处向着他说话？"

盛开："妈骂杨秉超的时候，你为什么要向着他说话？"

盛放："否定了他就是否定了我的爱情。"

盛开："道理一样。"

盛放："杨秉超只爱我一个人。"

盛开："爱你为什么不跟你结婚？"

盛放："周逸伦爱你为什么跟别人结婚？"

盛开抬起头："你算问到我的病根上了，这是我解不开的死结。"

盛放一眼看到盛开放在椅子上的挎包："姐，这不是我送给你的包吗？怎么弄成这样了？"

盛开："小偷用刀划的。"

盛放："啊？丢什么了？"

盛开："钱包和那个印章，怕妈生气我一直都没敢说。"

盛放："嗨！那块石头一直在抽屉里扔着，妈都懒得看它一眼，就算妈知道你把它丢了，也不会太在意。"

盛开："那可不一定。"

盛放："妈恨那个人，能把他身上恨出几个洞来，他送的东西还能当成宝啊？"

盛开："那是一块价值不菲的顶级鸡血石。"

盛放："真的？"

盛开："真的。"

盛放："值多少钱？"

盛开："古董店的老板说，一对凑齐了，几十万上百万都是它。"

盛放惊得张大了嘴："咱俩真该早点把它卖了，拿钱出国在爱琴海里游一圈，洗洗身上的晦气。可惜呀！可惜！白白的让王八蛋小偷占了便宜！"

郑婉颐坐在床上愣了一会儿神，起身拿来一个布口袋，从里面拿出来一叠信件。她一封一封地翻着，每一封的信皮上都用魏碑体写着"郑婉颐亲启"几个字。

她拿起一封犹豫了一下，果断地撕成两半。她又拿起一封撕成两半，觉得不解恨，把这两封信干脆撕碎了。她把撕碎的信重新拢进布袋里，上床睡了。

8.

广场上的人散了，老头们把锣鼓抬到了小三轮车上，老太太们三三两两地聊着天离开了。郑婉颐拎起放在树下面的兜子，准备到菜市场去买菜。两个老头过来跟她打招呼："郑老师，来下一盘？"

郑婉颐："不了，我得买菜去，去晚了没新鲜的了。"

两个老头遗憾地走了。

郑婉颐走了几步觉得身后有人，停住脚转过身来。

盛茂林站在不远处看着她。

郑婉颐的心一阵乱跳，她连忙伸手扶住树。盛茂林的身影由模糊到清楚，他走到郑婉颐的面前站住。郑婉颐想逃走，但好像被施了定身法，她挪不开脚步。

盛茂林和郑婉颐面对面地站着。

盛茂林："你好吗？"

郑婉颐面无表情地问："你是谁？我不认识你！"

盛茂林："你认不出我了？我是盛茂林。"

郑婉颐避开他的眼睛，目光挪到自己扶着树枝的手上。

树枝和树叶随着她的手颤抖不止。

郑婉颐吃了一惊，急忙松开手。

盛茂林："我跟夕阳红旅游团到北京的，想顺便看看孩子。"

郑婉颐使劲让自己冷静下来，她面无表情地说："我的孩子跟你没关系，他们不会见你。"

盛茂林："这是你的想法，他们不会这样做。"

郑婉颐："你跟他们在一起才生活过几天，敢这样说？"

盛茂林："他们是我的骨血。"

郑婉颐冷笑："骨血？你不是又结婚了吗？你现在有家有老婆，还有跟你贴地更近的骨血呢。"

郑婉颐的话带着一股子醋味儿，一出口她马上后悔了。

盛茂林沉默了一会儿说：“她有病，我又做过手术，我们没有孩子。”

郑婉颐松了一口气，语气中不由地透出一丝好奇：“她有什么病啊？”

盛茂林：“高血压，糖尿病。”

郑婉颐：“她多大啊？怎么得这么缠磨人的病？”

盛茂林点点头：“死的时候五十二。”

郑婉颐一愣：“死了？”

盛茂林：“死了五年了。”

郑婉颐怜悯地看着他：“这么说，家又散了？”

盛茂林点点头。

郑婉颐：“难怪呢，你真是无利不起早啊。”

盛茂林：“你还是这样，从来不把我往好处想。”

郑婉颐：“你把我往好处想过吗？”

盛茂林叹了口气：“过去二十几年的事了，老抖搂它干什么？”

郑婉颐：“二十几年也是一天天数过来的，别说伤口还没结疤，就是好了伤疤我也不能忘了疼。”

盛茂林转移了话题，直奔主题：“孩子们都好吧？”

提起自己的孩子郑婉颐抖起了精神：“我的孩子能不好吗？这条街上谁都知道我郑婉颐陪养了两个本科生，一个博士生。我的三个孩子并肩走出来，能羡慕得人把眼珠摔出眼眶来！”

盛茂林高兴地频频点头：“好！好！”

郑婉颐陡然翻了脸：“这个好跟你有什么关系？没有一点儿关系！”

盛茂林被她的话噎住，眨着眼睛看着她。

郑婉颐：“盛茂林，如果我没记错的话，你今年也六十五了。人到这个岁数，脾气再硬，骨头也软了。就算你是英雄，气也短了。”

盛茂林心中一阵恼怒。

郑婉颐：“二十几年了没有动静，今天冷不丁地冒了出来，你打的什么主意，我心知肚明。你想等你到了挪不动窝的那天，让我的姑娘和儿子给你养老送终，是不是？盛茂林，你现上轿现扎耳朵眼儿不觉得晚了点儿吗？”

盛茂林：“郑婉颐，你怎么把话说得这么难听？”

郑婉颐恶狠狠地：“当年你甩了他们的时候不嫌做得难看，现在倒嫌话说得难听了？我的孩子是我一手养大的，想见他们？做你的梦去吧！”

盛茂林："他们也是我的孩子！"

郑婉颐："他们？他们是谁？你给我说清楚了！"

盛茂林回答得一点都不含糊："盛誉和盛开。"

郑婉颐气得声音颤抖着问："盛茂林，这么多年过去了，你心里还是这么想？"

盛茂林目光执拗地看着她不说话。

郑婉颐："只有盛誉和盛开是你的孩子？好，那我今天要和你好好说道说道，咱俩离婚这二十四年里你对他们尽过什么责？你给他们付过一分钱的抚养费吗？"

盛茂林分辨："我寄过钱，你都给我退回来了。"

郑婉颐："我告诉你，我就防着你这一天呢。从你离开家的那一天起，我的眼睛就在我的孩子身上盯着，我不能让他们花一分你买良心的钱，我不让他们身上有一点儿你的影子，发现一点儿我就连根给抠了。"

盛茂林身上一阵发冷，他气急败坏地说："你不承认我是他们的父亲没用，法律承认。"

郑婉颐："那你就跟法律去谈吧。"说完她转身走了。盛茂林气得浑身颤抖，两手冰凉。郑婉颐知道盛茂林的眼睛一直盯着她，她挺直着腰板大踏步走着，竭力不让自己透出一丝衰老的迹象。

郑婉颐拐过墙角，走出了盛茂林的视线，她腿一软，坐在了路边的台阶上。

张连祁赶上来跟她打着招呼："累了？"

郑婉颐："腿有点沉。"

张连祁："我帮你拿东西。"

郑婉颐："不用。"

张连祁伸手拿过来她手里的提兜："跟我客气什么？"

他在前面走，郑婉颐紧赶两步追上他。

郑婉颐在房间里坐卧不宁，她翻翻这儿，动动那儿，拿起电话又不知道该给谁打，她压了电话呆呆地坐在沙发上。

电话铃声突然响了。

郑婉颐急忙抓起电话："喂！"

盛开："是我，盛开。"

郑婉颐："他没去找你吧？"

盛开："妈，您也把他说得也太神了，这么大个北京，他想找我就能找着啊？"

郑婉颐："他能在广场上堵住我就能找着你，他要是急眼了，什么损招都能想出来。哎哟，今天我这右眼皮直跳。"

盛开："妈，您别这么迷信好不好？"

胡杨拿着图纸走过来。

盛开："妈，我这还有事要处理，不跟您说了。"

会议室里面开部门长会议。

盛誉："早就听说对方公司很霸道，争抢资源尤其厉害，简直到了雁过拔毛的地步。这一回可真正见识了。"

有人进来走到盛誉身边附耳对他低声说着什么。

盛誉："李总，你组织大家讨论吧，我这儿有点事。"

盛誉走到接待室门口，隔着玻璃墙，他一眼认出了苍老的盛茂林。

盛茂林在接待室里走来走去，看看这里摸摸那里。

盛誉心里面忽悠一下，小时候的情景涌到了眼前。

很多年前。

三十多岁的盛茂林刚从野外回来，他风尘仆仆地站在房间里面像个陌生人一样地看看墙上的照片摸摸桌子上面的摆设。

他打开背包，掏出洗漱用品准备洗脸。

十岁的盛誉哭着推门进来，看见父亲，哭声噎在喉咙里，他含着眼泪站在那里怯生生地看着父亲。

盛茂林严肃地看着他："哭什么？"

盛誉不敢回答。

盛茂林拽着他的脖领子把他拎到跟前："我就见不得你这个熊样子！哑巴了？说！"

盛誉："院子里的孩子谁也不跟我玩，见我就打我。"

盛茂林："你不会还手吗？"

盛誉："我妈不让我打架。"

盛茂林眼睛一瞪："你是男人，怎么没一点战斗精神？马上给我滚出去，打不赢别回来！"

盛誉眼泪汪汪地看着父亲。

盛茂林俯视着他说："哭是最没种的事，你把眼泪给我换成拳头！"

盛誉："爸，我打不过他们！"

盛茂林生气："打不过也要拼命去打，你是男人，想在这个环境里站住脚只能靠自己。你必须使劲去拼，你要是不敢去拼，别人没把你打哭了，回来我拿皮带抽哭你。"

盛誉紧张地看着父亲，背靠着墙一步一步地往后退。

盛茂林一脚踢开门，拎着脖领子把儿子扔出去，随手关上了门。

盛茂林脱了外衣，穿着衬衣倒水洗脸。他对着镜子仔细地刮胡子。

画外传来孩子们的喊叫声。

盛茂林愣了一下，意识到什么，擦了把脸急忙跑出去。

几个孩子在胡同里面疯跑，好像身面追着一条恶狗。

盛茂林伸脖子看，看到了追在后面的儿子。

盛誉满头大汗，两眼冒火，手里挥着一条凳子腿，疯了似地拼命追赶他们，看得出这一仗他打得挺顺手。

两个岁数大一点的孩子从另一个胡同里面冲出来，盛誉猝不及防撞在他们身上。孩子们混战在一起，凳子腿被抢走，盛誉被按在了下面。

盛茂林背着手站在那里暗自替儿子使着劲。

盛誉拼尽全身的力气把压在他身上的胖孩子翻到了身下，他挥拳使劲地打那个胖孩子，胖孩子和他的脸上糊满了血。

胖孩子的胖父亲拎着一桶水跑过来，看见这般情景扔了水桶把盛誉揪起来照着后脑勺就是一巴掌。盛茂林皱着眉头看着。胖男人大声骂："谁家的野种？翻了天了！"

盛誉被打懵了，愣愣地看着眼前的两个胖子，他求助的目光扫过围观的人群，把架打乱了的孩子们谁也不敢吱声。盛誉突然看见了人群中的父亲，父子目光对视。盛茂林沉着脸，朝儿子走过来。盛誉打了个寒战，不敢叫也不敢哭，眼前一阵发黑，他觉得自己快昏过去了。

胖男人又狠狠地给了盛誉一巴掌："兔崽子！"

盛誉被打得眼前金星乱飞，朦胧中他看见父亲的大手伸过来紧紧地抓住了他的手腕，往前一抡，他踉跄两步站在胖男人面前。

胖男人的肚皮随着呼吸在他眼前一起一伏的。

胖男人："这是你儿子？我跟你说，你得好好管教管教他……"

话音没落，盛茂林出手了，拳头榔头一样又准又狠地砸在他的脸上，胖男人像团面一样堆坐在地上。

盛茂林又飞起一脚踢翻了他身边的水桶，桶里的水冰得胖男人打了个激凌。

盛茂林怒不可遏上去两脚把桶踹扁了。胖男人被盛茂林的气势吓坏了，跪在地上半张着嘴目瞪口呆地看着他。

盛誉激动得喉头哽咽，眼泪哗哗流淌，他目不转睛地看着盛茂林。

逆光中的父亲异常高大，金色的太阳照在他的头顶上，给他勾了一个无比辉煌的轮廓光。

老年的盛茂林神态温和平静，当年的强硬已荡然无存。他目不转睛地看着从玻璃墙外面走过的每一个中年男人，他在心里猜测着儿子现在的样子。

满脸是血的小盛誉激动地朝着镜头跑过来，他越跑越近，脚步越来越慢，怯怯地站住。

高大英俊的盛誉站在盛茂林的面前。

盛誉：“您好，我是盛誉。”

盛茂林愣了一下，连忙跟盛誉握手。

父子俩的手握在一起的时候，盛茂林的眼睛突然潮湿了，他抽出手尴尬地在眼睛上抹了一下。

盛茂林：“这到哪儿认去？在大街上走个对面我也认不出来。”

盛誉：“我一眼就认出来你了。”

盛茂林高兴：“真的？”

盛誉：“小的时候记得您个子很高。”

他看着儿子由衷地笑着：“老了缩了。你真壮实，比我高这么大一截！”

盛誉：“这么多年您这是第一次回京吗？”

盛茂林点点头：“第一次回来，北京变化真大。”

父子俩沉默，气氛有些尴尬。

盛誉：“对不起，我还在会上，只有几分钟的时间。”

盛茂林：“你忙你的去，我看看你就行。”

说完他转身走了，走了几步回过头，看了盛誉一眼。

盛誉不愿与他对视，把眼光挪开。

会议室里的会议继续，盛誉的心思已经不在会议上，他不停地走神。

盛誉坐在公司后门花坛的台阶上发呆。一个年轻男子胸前挂着婴儿兜，里面坐着一个男婴，从他面前大步流星地走过去。一个壮年男子骑着电瓶车带着一个男少年从他面前疾驰而过。

盛誉想："这么多年，我第一次注意到父亲和儿子。看到他们我就想到了我和我的儿子。今天我这样对他，多少年后，我儿子也许会重蹈覆辙，像我这样冷落着他的亲爹。盛誉，你小子承受得住吗？"

金荷走出来："盛总，怎么这么悠闲？"

盛誉："在这儿透透气。"

金荷："遇到烦心事了吧？"

盛誉："你们这次去谈判，不知道对方底价，不知道对方预算，没有内线，没有支持者，没见过高层……"

金荷打断他的话："盛总，下班时间，咱俩没必要再说业务上的事吧？"

盛誉："你找我有什么事？"

金荷："没事。"

盛誉立刻站起身："好，那我走了，有事明天办公室里谈！"

说完他头也不回地走了。

金荷生气小声骂道："这是什么人哪！"

绿灯亮。

人们走过人行横道。盛茂林没有过，他站在路边伸着脖子往对面看。

对面是科技公司大楼。盛誉的车从大门里开出来拐上街道。盛茂林跑过人行横道追了上去。前面车辆拥堵，盛誉的车开得非常慢。盛茂林追上了他的车子。盛誉看见他立刻摇下车窗。

盛茂林大声问："下班了？"

盛誉："出去办事。"

盛茂林大声说："晚上咱爷俩吃顿饭好吗？我请你。"

盛誉犹豫着，终于还是点了头。

盛茂林眉开眼笑："晚上六点我在这儿等你！"

盛放在办公桌前认真地打文件。

饭店来送盒饭的人把一摞盒饭用小推车送进办公室。

蔡佳佳："我一闻见盒饭味儿就想吐。"

盛放："我也是，在哪上班中午都是吃盒饭，彻底吃伤了。"

电话铃响，盛放接电话："你能有空请我吃饭？稀罕哪！好！好！"

蔡佳佳问："哪个帅哥约你？"

盛放："什么帅哥，是我家老大，突然心血来潮，晚上要请我吃饭。"

饭馆。盛誉和盛茂林坐角落里看着菜谱点菜，两人都很拘谨，故意端着。

盛誉："喝点啤酒？"

盛茂林："我喝不了那东西，涨肚。"

盛誉："那喝点白酒。"

盛誉点好菜，小姐下单去了。

盛开进饭店，小姐把她往这边引。

盛誉冲她招招手，背冲门坐着的盛茂林扭过头看。

被叫来的盛开一眼认出来他，立刻站在那里不动了。

四十岁的盛茂林背着行李走在胡同里的背影。

小盛开在后面追，边跑边喊："爸爸！爸爸！"盛茂林含着眼泪不回头，走出了胡同。盛开冲出胡同时被一辆三轮车挂倒，她一声惨叫，摔躺在地上。盛茂林惊回头。盛开头上流着血，她坐在地上呆呆地看着他。盛茂林跑过去，把她扶起来。郑婉颐抱着盛放跑过来，她把盛放交给身边的盛誉，一把拽过来盛开，用手帕捂住伤口，把她紧紧地搂在怀里。盛茂林看了盛开一眼又看了一眼盛誉，他站起身义无反顾地转身走了。他的身影越走越远，渐渐模糊了。

盛开呆呆地站在那里。盛茂林从她的眼神中知道她就是女儿盛开。他动作迟缓地站起身往这边走。盛开心乱如麻。盛茂林越走越近，即将走到她跟前。盛开突然转身跑了。

盛茂林被晾在地中间。

盛誉急忙起身追出去。

盛誉喊："盛开！"

盛开站住，回过头激动地大声问："你要干什么？啊？你到底要干什么？”

盛誉：“这么激动干什么？不就吃顿饭吗？”

盛开：“这饭能吃下去吗？”

盛誉：“不管怎么说，他是咱们的爸。”

盛开冷笑：“叫得挺亲啊，他用什么收买你了？”

盛誉：“你看他老成那样，你真的不可怜他吗？”

盛开：“当初他可怜过我们吗？你忘了他是怎么对妈妈的？他对你、我和盛放哪一个尽过责？他对我们的感情是什么样的，你比我清楚。二十四年我们没见过他一面，也没看到他写给我们的一个字。这时候回来找亲情，有点晚了吧？你想对他怎么样，那是你的事，千万别拉上我。我问你，刚才你为什么不在电话里说清楚？”

盛誉：“我怕你不来。”

盛开：“来了我照样走。”

盛誉：“你给我个面子行不行？不就是一顿饭吗？”

盛开：“给你就是给他，我要是吃了这顿饭，对自己、对妈都无法交待。所以这个面子我坚决不给！”

盛誉：“爸刚才还说他记着你出生那天的情景呢。”

盛开：“他记着我出生的情景，我记着他离家的情景，我俩扯平了。”

盛茂林伸着脖子看窗外兄妹俩争执。

他脸上挂着深深的忧虑。

盛放从出租车上下来，看见哥哥和姐姐站在门口争执觉得很奇怪。

盛放：“你们俩在这里吵什么？”

盛开大步走过来：“他就在里面，你见还是不见？”

盛放莫明其妙：“谁啊？”

盛开：“盛茂林！”

盛放：“我连认识都不认识他，为什么要见他？”

盛誉：“他是老人。”

盛开：“人老了就有理了？我们小的时候他还没老吧？怎么就那么理直气壮地扔下我们走了？今天真的老了，他又理直气壮地杀回来，翻手云覆手雨，他什么意思，想把我们全家人当猴耍啊？”

盛誉生气：“你们女人怎么这么狭隘？”

盛开：“我就是狭隘，你愿意跟他豁达你豁达去，我没功夫奉陪！盛放，你是留下陪他，还是跟我走？”

盛放一头雾水看着她。

盛开白了她一眼，怒气冲冲转身就走。

盛放叫了声：“姐！”立刻追上去。

盛誉气恼地看着她们远去的背影。

盛开、盛放在街上走。

盛放：“我大老远跑过来，不能连顿饭都没混上吧？姐，你请我吃西餐。”

盛开：“咱俩回妈那去吃，这个时候咱们必须坚定地站在妈这一边！”

盛放立刻掏出来电话拨通：“妈，我姐跟我回去吃饭，她已经嫁出去了，娘家不能给她吃剩饭啊！”

她挂了电话。

盛开笑骂：“拉大旗作虎皮。”

盛放：“我是你亲妹妹，这点光还不能借吗？”菜一道一道地上来。盛茂林和盛誉拘谨地往对方的碗里夹菜。盛誉给盛茂林面前的酒杯里倒满了酒，盛茂林立刻从盛誉手里拿过来酒瓶，给他面前的酒杯满上。两人一饮而尽。盛誉又拿过酒瓶给两人的酒杯满上，两人再次一饮而尽。盛誉：“二十四年了，您为什么一次都不回来？”

盛茂林：“北京是我生活里的滑铁卢。回到这个城市，需要有强壮的心脏和身体担待过去。我不行，所以一直没有勇气回来。另外那边，她的身体一直不大好。”

盛誉明白父亲说的是他的继母，心里一阵不舒服，他低头喝闷酒不再说话了。

盛茂林：“我知道你恨我薄情寡义，分开的这二十四年当中，我几乎天天给自己打气，来北京看你们，有几次票都买好了又退了。想起你妈那张脸，我这两条腿就发软。不是怕她，我是怕面对过去的生活。这二十几年我过得真的很难。”

盛誉：“再难也难不过我妈去。”

盛茂林看了儿子一眼不说话了。

盛誉：“你们离婚那年我十二岁，盛开八岁，盛放才两岁。我妈真的太不容易了。”

盛茂林：“你妈恨我，从小她就灌输给你们我是个坏人。”

盛誉："您说错了，我妈根本就不跟我们提您。"

盛茂林一怔，好一会儿才说："忘记比仇恨更可怕。我给你们寄的生活费和写的信，她全都退回来了。她用我的儿女音信全无来惩罚我。"

盛誉："你们俩谁提出来离婚的？"

盛茂林："你妈！"

盛誉："为什么？"

盛茂林："你妈怎么跟你们说的？"

盛誉："她从来不提，我们也不敢问。你们离婚的真正原因，我们至今也不清楚。"

盛茂林又给俩人面前的酒杯里倒满了酒，他一口喝干了。

盛誉也一口干了。

盛茂林："二十四年，就算深埋地下的东西也都被沤烂了，没必要挖出来抖搂它。"

盛誉："北京这么大，您怎么能碰巧遇到我妈？"

盛茂林："咱们原来的家就在这一片，我过来看看，根本没想到能遇到她。我一眼就认出来他，她竟然没有认出来我。"

盛誉："认出来了。"

盛茂林："是吗？她怎么说的？"

盛誉轻描淡写："她说您回来了。"

父子俩又干了一杯酒。

盛茂林叹了一口气："有句老话说得好，人怕见面。我以为我跟她之间什么都没有了，在广场上一打照面，几十年前的东西呼啦一下全都回来了。"

盛誉："好的，还是不好的？"

盛茂林沉默片刻说："有好的也有不好的。"

郑婉颐家客厅。电视机里面在播电视剧。

郑婉颐、盛开、盛放母女三人坐在沙发上谁的心思也不在电视剧上。

郑婉颐："他真够有本事的，这么大的北京，他竟然掘地三尺把你们一个一个全都挖出来，想看的一个都没剩都看着了。"

盛放："他没看着我。"

郑婉颐："他根本不想看你。"

盛放觉得自己受了冷落："那我真该进去，给他添点儿堵！"

盛开抄起电话拨号："我给盛誉打个电话，叫他回来。"

郑婉颐伸手按了电话："叫他回来气我啊？"

她语气哀怨地说："唉！儿子都是给别人养的。离婚的时候他谁都不要，只要盛誉。那是因为盛誉死活不愿意去，他才绝了这个念头。现在你们都长大成人了，这个老东西又找后账来了。你们看谁响应他？还不是这个儿子？"

盛放："妈，我是盲目捍卫您的利益，其实我真的不明白您是怎么想的，见一见又能怎么了？他还能一个眼神就把我哥弄政变了？"

盛誉推门进来："谁政变了？"

盛放："说曹操曹操到！"

盛开："叛徒回来了！"

盛誉叫了声："妈，您看她们。"

郑婉颐翻了他一眼："她们怎么了？比你有原则有立场。"

盛放："你喝酒了吧？满身的酒气。"

盛誉："老头挺能喝的，我们俩喝了一瓶子。"

郑婉颐："他找死你也跟着去啊？"

盛誉："妈您看您怎么说话呢？"

郑婉颐气哼哼地："我怎么说？摊上你这么个儿子我还能怎么说？"

盛誉岔开话题："妈，还有饭吗？"

郑婉颐讽刺他："熬了二十四年才见一面，还没让你吃饱啊？"

盛誉："光喝酒了，没吃什么东西。"

郑婉颐站起来嘴里数叨着儿子进了厨房。

盛誉坐在餐桌前喝粥，三个女人围坐在旁边看他吃。

盛誉："老头先是把北京一通贬，说好好一座皇城拆得没有皇城样了。然后又是一通夸，什么首都就是首都，气派大，哪也比不了。"

郑婉颐用鼻子哼了一声。

盛誉："老头说他不想在贵州呆了。"

郑婉颐警惕地问："他想干什么？"

盛誉："他想迁回北京来生活。"

郑婉颐腾地站起来："你们看！你们看！被我猜中了不是？这可不行！他不能回北京来！"

盛放："妈，您这是无理要求，北京又不是咱家的，这个城市谁想来都能来。"

郑婉颐："他来了咱们家就没好日子过！"

盛誉："妈您净给人下注。"

郑婉颐："不信你们就走着瞧，盛茂林就是根搅屎棍子，啥好日子他都能给搅和黄了。"

盛放："那你还嫁给他？"

郑婉颐冷笑："当初是当初，现在是现在。"

盛放："妈，我记得你有过一个初恋。"

郑婉颐没回答，她的思绪走远了。

盛开："那个曾老师出身不好，妈要是嫁给他也有顾虑。"

盛放："妈您可真差劲，连五四时期的女青年都不如。"

盛誉对盛开说："你给我弄点咸菜。"

盛开起身去了。

郑婉颐轻轻地摇摇头："一步错，步步错啊。"

盛放："看照片你们年轻的时候挺恩爱的嘛。"

盛开把咸菜盘放在桌子上："小时候妈和他总领我和盛誉逛公园，看电影，下饭馆。出去的时候，他推着车子，妈妈走在旁边，盛誉踩在脚蹬子上，我坐在后座上。"

盛放："我呢？"

盛开："没你。"

郑婉颐："我应该给你起名叫三多余，如果没有你，我们的日子也就这么波澜不惊地过下去了。"

盛放一脸无辜："我怎么了？一说你们离婚的事总要捎带上我。你们离婚的时候我才两岁，话都说不周全，怎么搬弄是非？"

郑婉颐："不该要你，你偏来，一切都在意料之外。"

盛放："你们根本就没打算要我？我怎么这么倒霉？"

郑婉颐叹了口气："我一直没跟你们说过我和他离婚的真正原因，因为丢人，说不出口！我整整憋了二十四年，说了没什么好处，尤其是对盛放。如果他不找上门来，这事我会让它永远烂在肚子里。"

盛放："您可千万别让它烂在肚子里，跟我有关系的事情必须让我知道，我有知情权。"

盛开站起来给母亲倒了一杯水。

郑婉颐："有了盛誉和盛放以后我就不想再生了，我身体不太好，他去做了绝育手术。六年后我又莫明其妙地怀上了盛放，他认定盛放不是他的，我怎么解释都没用。”

盛开和盛誉吃惊地看着母亲。

盛放思维转不过来了，她磕磕巴巴地问：“怎么……怎么回事？我到底是谁的孩子？”

郑婉颐语气很肯定：“你是我和他的孩子。”

盛开：“我也有点不明白了。”

郑婉颐：“当时我也不明白，只是觉得这里面有什么问题，我不好意思到医院去问，他先入为主，决不怀疑自己。一口咬定盛放是我和曾老师的孩子，因为这个期间曾老师来北京开过研讨会，到家里来看过我。”

盛誉：“我记的，他还给我买了一个足球。”

盛放傻子一样看着母亲。

郑婉颐：“我怀上盛放以后，我们俩之间就战争不断。盛放生下来我们的战争升了级，他一眼都不看盛放，明确地告诉我他不认这个孩子。”

盛放脸色煞白，端起杯子咕咚咕咚地喝水。

郑婉颐：“盛放一岁的时候，日子没法再往下过了，我俩离了婚。他调工作去了贵州，我带着你们三个留在北京。”

盛放觉得自己快昏过去了，她挣扎着站起来摇摇晃晃地走出去。

盛开追了两步又停住了，她看着盛放进了自己的房间紧紧地关上了门。

盛开心事重重地在胡同里走着。

罗耀辉骑着自行车从后面赶上来，他拍了一下盛开的肩膀：“媳妇！”

盛开吓得一哆嗦。

罗耀辉：“怎么这么晚才回来？”

盛开：“你干什么去？”

罗耀辉：“接你呀！”

盛开：“走，走，回家再说。”

盛放坐在床边打电话边呜呜地哭：“你说天底下还有比我倒霉的人吗？我还没出生,就被一个不愿意给我当父亲的男人甩了。二十六岁时候，又被一个不愿意当我丈夫的男人甩了。”

杨秉超躺在床上一声不响地听着。

床头的墙上贴着盛放写的协约：

甲方：盛放　　乙方：杨秉超

甲方有权力和义务监督乙方做好卫生工作，一天一澡，一周换一次床单，乙方不许擅自挖鼻孔，剔牙齿……

盛放的声音："你怎么不说话？"

杨秉超："你爸不愿意给你当父亲，跟我有什么关系？你不能遇到什么倒霉事，都会把我拉进去数落一番吧？"

盛放："你跟他是我倒霉命运的同谋！"

杨秉超的声音："盛放，你能不能讲点道理？"

盛放："你离开我的时候想过道理这两个字怎么写吗？"

杨秉超的声音："你能不能别把一件烂事，用这种烂到家的方式表达出来？"

盛放："你也知道烂啊？当你知道烂字怎么写的时候，已经烂透心了。杨秉超我警告你，再烂你也应该知道廉耻，我不许你带女人回去，更不许你随便乱动我的东西。"

杨秉超故意把两只穿着皮鞋的脚放在床单上。

杨秉超："后一个要求你有权力提，前一个要求你侵犯了我的人权。"

盛放的声音："少跟我来这套，我还不知道你？别给你的见异思迁找法律上的借口。"

杨秉超："盛放，你每天花着长途费说这些个废话烦不烦？"

盛放的声音："烦怎么了？你烦我也不是一天两天了。"

杨秉超绝望："又来了，又来了。"

电视开着。

郑婉颐坐在沙发上愣神。

那时地上堆着行李和旅行包，36岁的郑婉颐抱着二岁的盛放，身边站着十岁的盛开，她满脸怒容地看着盛茂林。40岁的盛茂林看了一下手表，冲紧紧关着的卧室门大声喊："盛誉，你快点，火车要开了！"

门里突然传出来一个男孩子声嘶力竭的哭喊声："我不走！我不走！"

盛茂林怒喝："你爸死了？你这么哭！"

男孩子哭嚎。

郑婉颐心碎了，她抱着盛放扑到门前使劲地敲门。郑婉颐："盛誉！盛誉！"盛开跟着使劲砸门："哥！你把门开开！"盛放被吓着了，扯着嗓子哭，屋里屋外哭声震天。盛茂林铁青着脸看着她们。屋子里的哭声减弱停止了。

门开了，十二岁的盛誉擦着眼泪走出来，他手里拿着自己的背包。盛开回头看了一眼，冲大家喊：“爸爸一个人走了！”郑婉颐回头。盛茂林和他的行李都不见了。盛开率先冲出家门。盛茂林背着行李的背影在胡同里面大步行走的背影。盛开惊醒了，她坐起来，瞪着眼睛看着窗外。五岁的她骑着楼梯扶手大笑着滑下去。三十多岁的盛茂林拎着行装风尘朴朴地在楼梯口，他张开双臂接住了女儿。盛开两手揪着父亲的胳膊双脚离地吊在他的身上。盛茂林抓着女儿的两只胳膊把她一级一级拎上台阶，两人欢快地笑着。

盛开坐在那里回忆、发愣。

罗耀辉翻了个身，睁开眼睛看见盛开坐在那里，他吓了一跳：“怎么起来了？”

盛开：“睡不着。”

罗耀辉坐起来，把她按倒盖好被子：“闭上眼睛一会儿就迷糊了。”

郑婉颐打开那口皮箱子，从里面拿出来一个布口袋。

她从口袋里掏出来一堆撕碎了的信纸。

郑婉颐用手一点一点摩挲平已经皱了的纸张。

珠宝货摊一个挨着一个，货架上的商品琳琅满目。

傅海涛在卖寿山石和鸡血石的摊位上认真地看着。

罗耀辉喝着矿泉水在另一个摊位前跟老板闲谈。

罗耀辉：“现在什么不能造假？一块不起眼的石头，经过化学处理就变成了价值不菲的白玉手镯，破塑料经过压模，打造成了名贵核桃。”

他无意间往旁边瞟了一眼。

罗耀辉和傅海涛同时看到了对方。

大会议室里正在开会。盛开的手机响了。正在讲话的领导目光犀利地往她这里看。盛开立刻关了手机。

傅海涛快步朝罗耀辉这边走了。罗耀辉挂了电话往后退。傅海涛步步紧逼。罗耀辉一把推开安全门冲了出去。

一个商贩扛着纸箱子上楼梯，罗耀辉跟他撞了个满怀。

罗耀辉被惯性带着滚下四五级楼梯，撞在拐角的墙上。

商贩一把抓住了楼梯的栏杆。

纸箱子里毛笔撒了一地。

傅海涛追上来，当胸一把揪起来罗耀辉。

商贩见他来势汹汹不愿意招惹麻烦，把散落的毛笔装进箱子里，扛起来跑了。

罗耀辉被勒得上不来气，他大叫一声，伸出两只手，吊着傅海涛的一只胳膊使劲往下一掰。

傅海涛猝不及防一声惨叫，抱着手腕疼得蹲在地上。

罗耀辉拧着傅海涛的手腕往身后一掰，傅海涛连声惨叫。

罗耀辉连踢带打押着傅海涛下楼。众人围观。

罗耀辉大声喊："哪位帮我打110报警？我抓住了小偷！"

傅海涛："我小舅子有狂躁症，你们赶紧闪开！"

围观的人自觉地闪开一条路。

罗耀辉拧着傅海涛的胳膊进了一个装货物的夹道里。他的手机响了。罗耀辉松开抓着傅海涛的一只手去掏电话。傅海涛抄起地上的一根铁棍顶住罗耀辉的胸口使劲一捅。罗耀辉的手机掉在地上。

傅海涛："牛逼和傻逼只有一步之遥。信不信老子敢一棍子打死你！"

罗耀辉把心一横："有种你来，不就疼一下吗？好歹我留个全尸，不像你刑场上挨枪子，天灵盖被炸飞，脑浆子四溅。"

傅海涛："你再牛逼点儿，月亮都能成你的卫星。"

罗耀辉："一棍子打不死我，在阎王爷那里你都评不上职称。"

傅海涛气得用铁棍把楼梯扶手敲得"当""当"响。

罗耀辉："打我算行凶，打自己算自残，罚俩钱教育教育就放了，你还能娶老婆生孩子……看你这副清汤寡水的模样，还没结婚吧？"

傅海涛照着罗耀辉一棍子砸下来。

罗耀辉身子一闪，照着傅海涛的膝盖就是一脚。

傅海涛朝后一仰撞在货包上，胳膊肘受撞击铁棍转了方向，把自己的鼻子撞破了，血"忽"地窜出来喷到地上。

罗耀辉扑过去夺过来铁棍使劲扔到一边。

傅海涛一屁股瘫坐在地上，拽起衬衫的衣襟捂住了鼻子。

罗耀辉双膝一软也坐在了地上。傅海涛血流不止。

罗耀辉掏出来矿泉水瓶，倒出来里面的水往他脑门上“啪”“啪”使劲拍。血渐渐止住了。两人坐在台阶上喘着粗气。

罗耀辉问：“老家哪儿的？”

傅海涛：“山东临沂。”

罗耀辉：“原来干哪行？”

傅海涛语气平静：“种地，三年前跟老乡出来搞上了传销。”

罗耀辉：“传销这事根本不能沾，一沾准倾家荡产。”

傅海涛：“家里的钱和亲戚的钱全被我赔进去了，家回不去了，想着弄点儿外财，翻了身就洗手不干了。你知道，白来钱这种事干上了就撒不开手了。”

罗耀辉：“大牢里蹲几年，啥事都能撒开手了。”

傅海涛看着他不说话。

罗耀辉：“偷盗、绑架、行凶，三罪并罚，轻判不了。”

傅海涛：“大哥你退一步。”

罗耀辉：“往哪退？”

傅海涛：“要求你提。”

罗耀辉：“你把我媳妇的钱还给我。”

傅海涛：“行。”

罗耀辉：“鸡血石还给我。”

傅海涛：“好。”

罗耀辉：“怎么个好法？”

傅海涛：“我这就给你去取。”

罗耀辉：“再演一出莲花小区绑架案？”

傅海涛：“东西放在旁边超市的储物柜里了，那儿有监控，四周全是人。放心吧，我不能把你咋样。”

罗耀辉：“现在就去拿。”

傅海涛低头看看自己：“我一身的血，怎么出去？”

罗耀辉也不愿意引起围观：“我借你件衣服。”

他揪着领口从头顶上往下脱自己的套头衫，脑袋蒙在套头衫里面的时候，傅海涛突然扑过来，把他按倒在地一顿狠揍。罗耀辉脑袋蒙在套头衫里被打得差点背过气去。

傅海涛狠狠地踹了他一脚，罗耀辉滚下楼梯。傅海涛从安全门钻回商场跑了。罗耀辉呲牙咧嘴挣扎着爬起来。

9.

傅海涛冲出古董市场门口。

罗耀辉骑着自行车从斜刺里冲出来，把傅海涛撞得飞起来，四仰巴叉地摔倒在马路上。一辆大型工程卡车迎面开过来，“轰”地一声从他身上开过去。傅海涛的墨镜飞起来，在半空中旋转一圈，落在地上碎了。

卡车紧急刹车停住。

血顺着傅海涛的头顶滴滴嗒嗒地往下流，衣服的后面被豁开了一个大口子，他趴在路面上一动不动。罗耀辉两脚飞快地蹬着自行车，他边骑车边回头看。趴在地上的傅海涛越来越远了，人们围了上去。罗耀辉一头撞在停在路边的面包车的屁股上。

“砰”地一声闷响。

罗耀辉从自行车上飞起来。站在车旁边说话的两个男人听到动静，仰着脸往天上看。罗耀辉越过面包车顶，狠狠地摔在车子前面。刚刚站起来走了两步，突然被一辆闯红灯而至的小轿车撞飞了。

傅海涛一轱辘爬起来，飞奔过来拎起来罗耀辉的自行车，飞身跃上，狂蹬而去。

120急救车呼啸而至，医护人员从车上跳下来，把担架上的伤员放在抢救车上。

救护人员：“4.5。”

盛开披头散发地冲进抢救室，一眼看见躺在移动车上的罗耀辉。她扑到跟前又小心翼翼地站住，被罗耀辉满头满脸的血吓着了。盛开腿软得站不住，拉了把椅子瘫坐在罗耀辉身边，她想说什么可是说不出来，嘴唇哆嗦着眼泪哗哗流淌下来。罗耀辉直勾勾地盯着盛开的脸。因为疼痛他的手颤抖不止，盛开紧紧地抓住他的手。

谢启明大步走进来：“你是他的家属？”

盛开站起来："是。"

谢启明："就来了你一个人？"

盛开点点头。

谢启明："你赶紧再找个帮手，事情很多你一个人忙不过来。"

罗耀辉躺在病床上，盛开心神不宁地站在一旁。

郑婉颐、盛放、盛誉冲进来。

郑婉颐气急败坏："谁撞的？啊？肇事司机呢？他得负全部责任！"

盛开："肇事司机被警察带到交通大队去了。"

郑婉颐："盛誉，这事你盯着，你妹妹没遇到过事。"

盛誉答应了。

盛开无声地落泪，盛放心疼地搂着姐姐："姐，没事，你放心，有我们呢。"

盛誉问罗耀辉："你感觉怎么样？"

罗耀辉声音微弱地说："胸口疼，上不来气。"

谢启明拿着CT片子进来，看见盛放吃了一惊："哎，怎么你……"

盛放又惊又喜："你在这个医院？"

谢启明："对，我在外科。"

盛放指了一下罗耀辉："这是我姐夫。"

盛誉认出谢启明连忙过来跟他握手："咱们在机场见过面。"

谢启明笑："对，对。"

盛誉把谢启明拉到一边压低声音问："他伤得怎么样？有危险吗？"

郑婉颐跟过来听他们说话。

谢启明把片子插到灯箱上让他看："四根肋骨骨折，肺部血气胸，锁骨骨折，小腿胫骨骨折。头部两处外伤，没有伤着头骨，轻微脑震荡。"

郑婉颐心乱如麻："这不残废了吗？"

盛誉："妈您别着急，听大夫说。"

郑婉颐："人都撞零碎了，我能不着急吗？"

谢启明看着手里的各项检查结果说："他得马上做接骨手术，你们去个人交费办手续。"

盛放接过医嘱跑出去。

谢启明对盛开说："你在手术单上签个字。"

盛开的脸顿时变了颜色，她紧张地看着谢启明。

谢启明安慰她：“小手术，这是例行手续。”

盛开嘴里又苦又干，她手哆嗦着在手术单上签完了字，转过头看罗耀辉。

罗耀辉眼巴巴地看着她：“千万别告诉我妈。”

走廊里静悄悄的。

盛开婀娜多姿的身影在原野里飘动。罗耀辉在身后追，无论他怎么努力都迈不动双腿，无论他怎么努力都喊不出声。他看到一个男人走到盛开身边，两个人拉着手向原野深处走去。

罗耀辉绝望地瘫倒在地上。

头上包着纱布腿上打着固定板躺在床上的罗耀辉醒了，从梦中惊恐地睁开双眼。

盛开坐在床边的凳子上不错眼珠地盯着他的脸。罗耀辉动了一下，盛开急忙用手帮他护住胸部的刀口。罗耀辉心有余悸重新闭上眼睛。盛开弯腰取下床下挂着的尿袋走出去。

傅海涛脑袋上蒙着网眼帽兜和窦宝两人在街上转悠。

窦宝：“叔，我去医院打听过了，那个罗耀辉差点死了，现在躺在病床上一动不能动。那女人守在医院里面十几天没动窝。”

傅海涛的眼睛盯在行人的口袋上，准备找机会下手。

傅海涛：“出了这么大的事，咱俩总在这晃悠太危险，弄点路费出去躲几天。”

窦宝转过脸盯着一个中年女人的挎包看：“去哪儿？”

傅海涛：“你用这么性感的小眼神看她，小心挨大耳光子！”

说完他一摇三晃地走过去：“大姐，我问个路。”

女人站住给他指路。傅海涛轻而易举地从她挎包里夹出来钱包。盛开飞快地骑着自行车，车筐里面放着两个保温筒。路口黄灯亮了。盛开不顾一切地冲了过去。傅海涛和窦宝目瞪口呆地看着她远去的背影。

病房里罗耀辉一动不动地躺在床上。

盛开把保温筒放在床头柜上，从床头柜里拿出来饭碗和勺子。

罗耀辉问：“怎么才来？我都快憋不住了。”

盛开停住手，她对旁边一个二十岁的男护工说：“你快给他放便盆。”

护工：“大哥不让我给放。”

罗耀辉："别人接，我尿不出来。"

盛开拿起尿壶，熟练地给他接尿，让护工送出去倒了。

盛开用开玩笑的语气说："什么好事非得等我分享？"

罗耀辉："你是不是嫌弃我了？"

盛开："这不是跟你开玩笑吗？"

罗耀辉："能拿这事开玩笑，证明你心里有这个念头。"

盛开一怔转过脸看他。

护工："大姐，我去吃点饭。"

盛开："去吧，快点回来。"

护工答应了一声走了。

罗耀辉："好日子没过两天半，我就被撞零碎躺在这儿了。躺着看人，人的高矮就不一样。我承认我不聪明，可是多琢磨一会儿也能想明白。我娶你，用你妹妹的话说是高攀，现在又成了这副死德性，你心里没有想法才怪！"

盛开心里生气，她克制着自己，给罗耀辉擦干净手，把床头摇起来。

盛开把盛好的饭端过来在床边坐下："别瞎想了，吃饭吧，汤还热着呢。"

罗耀辉张着嘴等她喂。盛开把汤勺放在罗耀辉嘴边。罗耀辉把头闪开："太烫，你好好吹吹。"

盛开用嘴唇碰了碰勺子里面的汤："吹了，不烫。"

罗耀辉："我说烫，它就是烫。"

盛开拿着勺子僵在那里，愣愣地看着罗耀辉。

罗耀辉："看我干啥？"

盛开忍着气又吹了几口，她把汤喂进罗耀辉的嘴里。

罗耀辉吃了一口不吃了："我想咳嗽。"

盛开赶紧放下手里面的碗筷，把两只手紧紧地护住罗耀辉的胸口上。

盛开嘱咐他："轻点，匀着点劲儿，千万别震着伤口。"

罗耀辉小心翼翼地咳嗽着，他咳得很费力，脸憋得通红。

盛开在心里替他使劲。

咳嗽终于停止了，罗耀辉喘匀了气。

谢启明带着人进来查房，走到罗耀辉跟前看他的状况。

谢启明对实习医生说："他的肋骨戳伤了肺部，注意消炎以免引起肺部感染。”

罗耀辉：“我现在一点都动不了，会不会是瘫痪了？”

谢启明：“放心吧，不会。”

说完他带着实习生出去了。

罗耀辉：“五个字就把我打发了？”

盛开：“医生说不会，那种事就不会发生。”

罗耀辉：“不会发生？那医疗事故是怎么发生的？”

盛开：“谢大夫很负责。”

罗耀辉：“你怎么老向着他说话？他是你丈夫吗？”

盛开脸憋得通红，把想说的话使劲咽了回去。

罗耀辉痛苦地呻吟着：“叫护士给我打一针止痛针吧。”

盛开：“止痛针打多了会上瘾的。”

罗耀辉发脾气：“那你让我疼死吧！”

盛开立刻不说话了。

三个男人加上盛开四个人，一人拎着床上铺着的毛巾被的一个角轻轻往一侧一翻，罗耀辉顺着劲儿把身子移过来。

罗耀辉满脸是笑地看着那几个护工：“谢谢！谢谢！这下舒服多了。”

他对盛开说：“把我们单位送来的苹果拿给他们吃。”

护工推挡着不要，盛开硬塞给他们。

护工们拿着苹果出去。

罗耀辉：“给我拿药。”

盛开拿出来药，又倒了杯温水放到床头柜上。

罗耀辉：“吸管。”

盛开翻抽屉找，不小心碰翻了水杯，水撒在床上。

罗耀辉生气：“你怎么搞的？”

盛开连忙用手巾擦。

罗耀辉：“总是这样，昨天把汤洒在床上，今天又把水洒上来了。一天心不在焉的，你到底在想什么呢？”

盛开的眼圈红了，她强忍着不让眼泪掉下来：“什么也没想。”

罗耀辉警惕地看着她：“家里出什么事了？”

盛开：“没事。”

罗耀辉："我瘫痪了？"

盛开："不是。"

罗耀辉："那你哭什么？"

盛开："我没哭。"

罗耀辉："你这人怎么不敢说实话呢？你告诉我到底出了什么事了？"

他一着急又咳嗽起来，盛开害怕，赶紧过来给紧紧地给他护住胸口。

罗耀辉咳得满脸通红。

盛放拎着水果进来："怎么了？"

罗耀辉喘息着摆摆手："没事，没事。"

盛放在椅子上坐下："出来办事，顺便过来看看你。"

罗耀辉："吃饭了吗？没吃叫你姐陪你出去吃点。"

盛开安顿罗耀辉喝水吃药。

护工回来，给罗耀辉按摩手和脚。

罗耀辉："这么快就吃完了，跟你说过吃饭别着急，我这躺着也没什么事。"

护工笑笑没说话。

盛开拿起保温桶和书包："我回去了，晚饭想吃什么？我叫妈给做。"

罗耀辉："随便，其实我在这订饭也一样。"

盛放："还是让老妈做吧，医院的饭能吃吗？闻着就想吐。"

罗耀辉叮嘱她："路上注意点儿车。"

盛开跟着盛放走了。

罗耀辉眼巴巴地看着盛开的背影。

盛开推着自行车跟盛放在街上走着，两人走到公共汽车站牌下站住。

盛放："姐，你怎么把自己折腾成这样？看你的脸干的，眼睛下面的皱纹都出来了。"

盛开语气冷漠："出来就出来吧，早晚也得出来。"

盛放："听口气有点厌世啊，怎么了？罗耀辉不会是瘫痪了吧？"

盛开生气她推了妹妹一下："你胡说什么？"

盛放松了口气："只要不出一辈子坐轮椅这样的事，剩下的都是小事。"

盛开："生活没你总结得这么简单。"

盛放看着盛开："姐，你最近可是有点怪兮兮的啊。"

盛开看着远处不说话。

盛放站住脚：“姐，你到底怎么了？”

盛开：“一场车祸对两人的感情有这么强的摧毁作用吗？”

盛放不解地看着她。

盛开：“他住院到现在，整整十四天，这十四天的时间里，他脱胎换骨，变成了一个我完全不认识的人了。”

盛放：“你具体点儿说。”

盛开：“我觉得他特别恨我。”

盛放：“恨你干什么？又不是你把他撞成这样的。”

盛开：“刚结婚的时候他总担心我跑了，现在他躺在那里动不了，这种担心更强烈了。想说又说不出口，只能换一种方式表达自己的愤怒。”

盛放：“他怎么想的，你怎么知道？”

盛开：“从他对我的态度上看出来的，以前什么样？现在什么样？一百八十度的变化。”

盛放：“他都那样了，你还想让他像以前那样，天天哄着你，逗你开心？”

盛开不接她的话茬，顺着自己的思路走：“好好的一个人，突然变成了另外一个人。这种改变是我根本不想要的。”

盛放：“你跟他谈谈，看看他到底怎么想的？”

盛开：“他不习惯像咱们这样交流，眼下他被撞得全身六处骨折，我怎么好意思跟他谈我吃不上睡不成的事？熬着吧，熬过这一关，等他出院能动了，希望一切都会好起来。”

盛放：“你怎么吃不上，睡不成了？”

盛开：“他每天的三顿饭全是我送，他说我做得饭不好吃，想吃妈做的饭。从我家到妈妈那里，路上要骑三十分钟自行车，来回六趟，你说路上我得搭进去多少时间？”

盛放：“妈叫你在家住，你怎么不住呢？”

罗耀辉：“他不让我住，说怕家里没人丢东西。这样我早上五点半就得起床，到妈妈那儿取了饭再骑车子到医院。送早饭喂完他就赶去上班，中午回家取完饭赶紧往医院赶，他吃完我又到点了。晚上送饭过来一直忙到给他洗漱完，病房往外轰人了我才能回去，哪天到家都是十一点多了。”

盛放心疼地看着姐姐：“你得跟他说呀。”

盛开："他现在有一点不顺心就窜火，我敢惹他吗？"

盛放："请那个护工是干什么的？"

盛开："那个护工他几乎不用，所有的活，包括大便小便全都给我攒着，一进病房我就马不停蹄地干。脏和累我都认了，谁叫他是我的丈夫呢。问题是这么干，我就没做对过一件事情，事事必须我动手，我一动手他就挑我的茬。他越挑我越紧张，越紧张就越是错误百出。他越是不满意，以至气得能把碗摔了。"

盛放："他会发脾气？"

盛开："脾气大着呢！"

盛放生气了："这个罗耀辉，我得找他聊聊。"

盛开："千万别，这时候好话他都能听出歹意来。"

盛放赞同："身体不健康会导致心理不健康。姐你忍忍，等他伤好了对你的态度也就自然好了。"

盛开："我也是这么想的。想是想，可还是觉得委屈。我每天下班就来送饭，送完饭就拎着保温桶直接上班去。他剩下我就吃点，剩不下，我就饿着肚子。你看他对那个护工多上心？一见面就问他是不是吃了，吃好了没有。他住院这么长时间来没关心过我怎么吃饭，什么时间吃，在哪儿吃。"

盛放生气："这他可真是有点儿过分了。"

盛开嘱咐她："你千万别在他面前露出来我跟你说过他的事。我从来没说过，他还觉得我天天回家告状呢，总是敲山震虎地审问我。"

公共汽车开过来了。

盛开："车来了，你走吧，我也得赶紧走，厂里很忙。我的事你千万别跟妈妈说啊。省得她跟着着急。"

盛放："我知道。"

盛放上汽车。盛开骑上车子走了。

盛开在水池旁边洗碗筷，护工进来："大哥叫你呢。"

罗耀辉："头皮痒，给我洗洗。"

盛开："头发湿着睡在枕头上不舒服，明天中午再洗吧。"

罗耀辉不悦："我一求你，你就推三挡四的。"

盛开不说话了，她往盆里面倒水。

护工帮盛开把罗耀辉挪到床沿边上，罗耀辉脸朝上，盛开一只手托着他的后脑勺，一只手给他洗着头。罗耀辉舒服地闭着眼睛。郑婉颐、盛誉、盛放进来。郑婉颐：“这么晚洗头？”罗耀辉听到声音急忙睁开眼睛：“妈来了？”盛放：“姐夫，你这么大颗脑袋，不怕把我姐的细胳膊压断了？”盛誉赶紧伸手帮妹妹托住罗耀辉的脑袋。盛开拿干手巾仔细地给罗耀辉擦头发。盛誉扶着罗耀辉靠好。盛开把保温桶收拾好，递给母亲：“你拿回去吧。”盛放：“姐，你吃了吗？”盛开心里面委屈没有说话。

郑婉颐：“怎么，饭不够？”

罗耀辉：“够了。”

盛放语气中流露出不满：“看这样我姐肯定还没吃呢。”

盛开：“我不饿。”

罗耀辉飞快地扫了盛开一眼。

郑婉颐：“饭带少了？明天我去买个大的保温桶。”

盛开看了一眼表：“一会儿查房的该来了。”

盛誉对罗耀辉说：“好好养着，有事说话，都是一家人千万别客气。”

罗耀辉：“妈，你们走好。”

盛放：“姐，你也走吧，回去得太晚妈不放心。”

盛开答应了一声：“我跟你们一起走。”

罗耀辉看了她一眼。

盛放拉着姐姐，一家人一起出去。

罗耀辉眼巴巴地看着盛开走远了的身影，他郁闷地闭上了眼睛。

盛放一行人路过医生值班室，门口挂着值班医生的牌子，上面写着谢启明的名字。

盛放：“哥，你先把妈和姐送回家，我找谢大夫问点儿事。”

盛誉：“你也早点回家。”

盛放答应了一声。

郑婉颐、盛开、盛誉走了。

盛放敲医生值班室的门。

谢启明的声音：“进来！”

盛放推门进来。一个女孩坐在谢启明的对面正跟他说话。看见盛放进来，谢启明站起来跟她打招呼：“看你姐夫来了？”盛放的眼睛在女孩子周身上下扫了一圈：“你出来，我问你点儿事。”谢启明跟她出去。谢启明和盛放站在角落里面说话。

盛放："我姐夫现在敏感多疑，不是事的事到他这都成了事，而且是大事，这些事哪一件他都不往好处想，越往坏处想就越生气。生气了就得找个人撒出来，我姐现在就是他的出气桶。"

谢启明："这种情况在临床上经常出现。一个健康的人突然全身多处骨折，躺在那里不能动，前途未卜，心里焦虑又不能跟别人说，这股气只能在最亲的人身上撒。"

盛放："那该怎么办？"

谢启明："这是心理疾病，不归我管，得找心理医生。"

盛放："你还跟我拽上了。"

谢启明笑："不是拽，治疗心理疾患不是我的强项。叫你姐多跟他沟通沟通。"

盛放："能沟通我还找你这个医生问什么？"

谢启明挠着脑袋不知道该怎么对付这个问题。

盛放指了一下医生办公室："女朋友？"

谢启明没明白："谁？"

盛放："屋里那个。"

谢启明回答得很自然："嗨，我们主任硬塞给我的，第一次面见就叫你撞上了。你觉得怎么样？"

盛放回答得很直率："不怎么样。"

谢启明："哦？从哪儿看出来的？"

盛放："她那是眼睛吗？分明是俩钻头，往你身上一戳就知道有没有石油，质量如何，能卖出来什么价。"

谢启明："眼睛挺毒啊！英雄所见略同，佩服你。"

盛放洋洋得意。

谢启明反戈一击："我就纳闷，这么毒的眼睛怎么就看不明白自己那点事呢？"盛放一下卡壳了。

窗外的晨光照在罗耀辉的脸上，他睁着眼睛看着屋顶。身边折叠床上护工睡得正香。有脚步声走过，罗耀辉眼巴巴地看着门口。脚步声走远，罗耀辉失望地扭脸看窗外。盛开推门进来。罗耀辉急忙扭过脸，看着盛开。

盛开："醒了？"

罗耀辉："我要解手。"

盛开把尿壶递给罗耀辉，用脚踹了下折叠床："快起来。"

护工睡眼惺忪地爬起来，把床折起来立在一边。

他接过尿壶出去。

罗耀辉："怎么来晚了？"

盛开："妈早上煮的肉粥，不太好熟。"

盛开给罗耀辉倒水洗脸刷牙，喂早饭。

罗耀辉对护工说："你去吃饭吧。"

护工答应了一声走了。

盛开半开玩笑地说："你怎么不问问我吃了没有。"

罗耀辉立刻火了："你什么意思？伺候我你觉得委屈是不是？莫非你想让我这个全身六处骨折的人，起来给你做饭去？"

盛开的火也顶上了头，她盯着罗耀辉看。

罗耀辉摔了手里的勺子。

盛开强压怒火捡起来用开水消了毒，又递给罗耀辉，罗耀辉扭过脸不看。盛开无奈只得舀了一勺子粥仔细吹凉了喂到他的嘴边。

罗耀辉不张嘴，盛开就那么举着。

护工看不过去了："大哥，快吃吧，一会儿大姐上班又晚了。"

罗耀辉这才张开嘴把粥喝下去。

盛开在自行车道上疯狂地骑着自行车，她的眼眶里噙满了泪水。

盛开不断地超过别人。

跳扇子舞的人散了，郑婉颐拎着菜兜子往外走。

张连祁叫住了她："郑老师，下两盘。"

郑婉颐推托："不行，我得买菜去。"

张连祁："菜我找人给你买。"

郑婉颐心动了："跟你下？跟一个手下败将下有什么意思？"

张连祁："不是跟我，是南城的来这儿叫阵，咱不能认熊是不是？"

郑婉颐："下不赢，你可别怪我。"

张连祁："你要是赢不了，咱这片儿就没有人能赢他了。"

郑婉颐坐在石桌旁跟一个黑壮老头下棋，石桌旁边围了一圈人。

黑壮老头被郑婉颐步步紧逼，头上的汗流下来。

郑婉颐边剥豆角边看棋盘上的棋，嘴里念念有词："你要兵来，我就将挡；你要水来，我就土掩。”

张连祁站在她的身后，认真地看着她下棋。

盛开看着菜谱做饭，盛放在一边打下手。

盛放：“姐，罗耀辉这几天对你的态度好点没有？”

盛开摇摇头：“早上刚跟我翻过脸。”

盛放：“你怎么这么有涵养？”

盛开：“不忍又能怎么样？这个社会同情弱者，只要是你站着，他躺在床上，那所有的理就会倒向他那边。”

盛放：“唉！时运不济，英雄卧槽。”

盛开：“曾经有过的荡气回肠，全都被我自己刨土掩埋了。”

盛放装腔作势：“把可望不可及的感情藏在心里，过另一种平凡到尘埃里的生活，这算健康还是死亡？”

盛开：“随波逐流在大众的眼里算健康，在我心里就是死亡。”

盛放：“怎么办？”

盛开：“不要跟已经死了的人谈生活远景。”

盛放：“我要是跟杨秉超结婚了，会不会也混成这样的下场？”

盛开：“你哪有我这么幸运？”

盛放：“姐，你说男人是不是都害怕结婚？”

盛开：“谁说的？罗耀辉就喜欢结婚。”

盛放：“他不算数。”

盛开：“他怎么了？”

盛放：“跟你比，他的条件差得太远，他当然愿意赶紧结婚，一了百了。”

盛开：“这话你千万别到他跟前说去。”

盛放：“怕什么？我又不是没说过。”

盛开：“那是过去，现在他最怕听这样的话。结婚前他干什么都小心翼翼的，在我面前从来不敢大声说话。领了结婚证他马上变得理直气壮，腰杆子硬了说话底气也足了，动不动还想威风一下。后来生生地叫我给拧过回来的。”

盛放：“怎么拧的？”

盛开：“撒泼耍赖寸土不让呗。过去我以为我知道他在想什么。经过这么一场车祸，我才明白我完全把他估计错了，我根本就不了解他。他这人看着老实随和，其实骨子里有一种挺绝情的东西。”

盛放：“姐，嫁给罗耀辉，你后悔不后悔？”

盛开回答得很干脆：“不后悔，嫁谁不是嫁？”

盛放：“那我换个说法，如果有来世，你还愿意跟他结婚吗？”

盛开想了一下点点头：“愿意。”

盛放：“我也看出来了，你这个人有严重的受虐倾向。”

盛开反问她：“你呢？杨秉超那么伤你，你不还是哭着闹着要嫁给他吗？”

盛放看了一眼姐姐：“我们跟你们不一样。”

郑婉颐推门进来：“谁跟谁不一样？”

盛开：“妈，您怎么才回来，您看几点了？耀辉还在医院等着吃饭呢。”

郑婉颐：“我又不是你们的老妈子，就不能有点个人活动时间了？”

盛放：“妈，您尝尝，我跟我姐炖的这个汤。”

郑婉颐：“祖宗！煨汤有用这么大火的吗？连味都没出来就得干锅了。”

谢启明跟四十多岁的科主任在走廊里边走边说话。

科主任：“结婚这种事就像把脚放进热水里，第一下你感觉不出来是凉还是烫，慢慢就品出来了。我媳妇刀子嘴豆腐心，对我那是实心实意地好。”

谢启明：“你命不错。”

科主任：“我的话才说了一半。她磨豆腐的时候是真软，玩铁器的时候是真硬。一张刀子嘴飞来剁去，砍得我血肉模糊。你说，女人是不是都是唱戏的出身？不叫板，她就不能说话？”

谢启明打哈哈：“这话你问错人了，我没结过婚，做不了年终总结。”

科主任：“女人哪，谈恋爱是谈恋爱的作法，结婚是结婚的作法，你还年轻，睁开眼睛看到的全是改革开放，竖起耳朵听到的全是春天的故事……”

他哼唱了起来：“春天的故事……春天的故事……”

盛放迎面走过来。

谢启明跟她打招呼：“看病人？”

科主任意味深长地拍拍谢启明的肩膀走了。

盛放："我妈留我姐在家睡一会儿，我替她来送饭。"

谢启明："完成任务了？"

盛放："嗯。"

谢启明："下午有事吗？"

盛放："干嘛？"

谢启明："我们主任又给我介绍了一个，你陪我一起去吧。"

盛放转身往外走："我才不去给你们当电灯泡呢。"

谢启明一把拉住了她："你这人怎么没有一点儿同情心呢？"

盛放："嫌受罪就别去。"

谢启明："不去回来怎么交待？我还得在主任手下当差呢。去吧，去吧，你在一边坐着，没人知道你是跟我来的。"

盛放："我不去！"

谢启明："晚上我请你吃大餐。"

谢启明不由分说地硬拉着盛放走了。

盛誉在电脑上看报表。

手机响，他接电话："妈。"

郑婉颐的声音："晚上回家吃饭。"

盛誉："不知道开会开到几点。"

郑婉颐："几点也得吃饭，我做了你爱吃的糖醋鱼。"

盛誉的声音："好吧，我尽量早点回去。"

郑婉颐挂了电话，在客厅里转了一圈，转身进了卧室。

郑婉颐从箱子里拿出那本旧影集，一页一页地翻着。

照片上年轻的盛茂林不错眼珠地盯着她。

郑婉颐心烦意乱，"啪"地一下合上了影集。

盛放和谢启明坐在角落里面。

盛放笑得直不起腰："你们主任怎么什么样的人都敢给你介绍啊。"

谢启明："介绍两人认识，对我们主任来说是一件很简单的公式。年龄相当，个头相当，学历相当，社会地位相当，不是一加一等与二，就是一减一等于零。"

盛放："真这么简单就好了。爱情这东西在我眼里就像电梯一样，你在一楼它就在十楼，你在十楼它准在地下室，急死你，它都不上来。"

谢启明：“准确！相当准确！”

盛放：“你相信不相信一见钟情？”

谢启明：“那是文学语言，文学都是虚构的。用医学解释这四个字可以变成三个字，荷尔蒙。”

盛放：“你怎么又用医学解释爱情？”

谢启明：“本行嘛。”

盛放：“老实说，你谈过几次恋爱？”

谢启明：“到什么程度的？”

盛放：“刻骨铭心，至今不忘的。”

谢启明：“我大学毕业的时候和我的一个同学确定了恋爱关系，两年后我们结束了这个关系，从那天起我对一个叫爱情的词从根本上产生了怀疑。”

盛放立刻来了兴趣：“她是什么样的人？怎么有那么大的破坏力？”

谢启明：“看上去小鸟依人弱不禁风，跟她在一起你一旦放松警惕，会立刻进入一种失控状态，就像一脚踩进了漩涡里，先把你拖下去转晕了，再劈头盖脸地扔出来。你以为得救了，刚想爬上岸，她又把你拖进水里，憋得你七窍喷水活不了也死不成。”

盛放哈哈笑。

谢启明：“估计她命里水多，说话办事永远绕来绕去话里有话叫你找不到源头，不像你直来直去一剑封喉。”

盛放：“怎么把我扯上了？”

谢启明：“眼前没别人可以比较嘛。”

盛放：“听出来了，你在夸我真实。”

盛放：“你确实很真实，真实得就像正午的毒太阳。”

盛放：“送你一句话。”

谢启明：“你说。”

盛放：“别爱不会恋爱的人。”

谢启明：“我还你一句话，别碰死活甩不掉的人。”

盛放：“你说咱俩坐在这儿算什么？医患关系？”

谢启明张嘴就来：“斧头和劈柴的关系。”

盛放：“谁是斧头？谁是劈柴？”

谢启明立刻改口：“我是劈柴你是斧头。”

盛放：“劈你是抬举你。”

谢启明假装害怕往后拉了一下椅子："你现在是一张拉满的弓，极具攻击力。"

盛放："你现在是有两条尾巴的狗。"

谢启明哈哈大笑。

盛放："我问你，如果爱情是阴冷的、压抑的，那还是爱情吗？"

谢启明："不知道，我也算搞过一回对象，可我真的不知道爱情到底是什么样的。你那么崇尚爱情，能给我描述一下吗？"

盛放眨巴着眼睛，不知道该怎么描述。

谢启明："说不出来是不是？那东西捧不出手，说不出口，就是心里有，从嘴里一说出来准走样。感情里面我最不相信的就是爱情。"

盛放："你相信什么？"

谢启明："我相信亲情和友情。"

盛放："那我们来谈谈亲情。"

谢启明："谈谁的？"

盛放："我的。"

谢启明："好。"

盛放："我没有父亲。"

谢启明："单亲家庭？"

盛放："对，我两岁的时候他就跟我妈离婚了，我对他没有一点印象。"

谢启明："你们多少年没见了？"

盛放："二十四年。"

谢启明："他们为什么离婚？"

盛放："因为我。"

谢启明："你？"

盛放："我妈妈生了我哥我姐以后，那人做了绝育手术，六年后我妈不小心又把我生出来了。那人认定我是我妈偷情的产物，两人离了婚。"

谢启明："你妈怎么说？"

盛放："她当然一口咬定我是他们俩的孩子。"

谢启明："从医学的角度上说，男人做了输精管结扎术，并不是百分之百的不会再出问题，也有很多年以后又通了的。"

盛放："真的？"

谢启明："我可以给你找资料看。我们实习的时候在下面接触过两例这样的病例。”

盛放：“我怎么才能知道我到底跟他有没有血缘关系？”

谢启明：“你们俩去医院验一下血就知道了。”

盛放：“他才不会跟我去。”

谢启明：“弄几根他的头发，或者拿他用过的牙刷，都可以鉴定出他的DNA。”

盛放：“真的？”

谢启明：“找我同学帮你做，很快就能出来。”

盛放：“你挺够意思。”

谢启明：“朋友嘛！”

盛放：“这一会儿就成朋友了？”

谢启明：“男人和男人的友谊是加法，男人和女人之间的友谊是乘法，进展的速度不一样。”

罗母坐在沙发上打电话，电话通了。

罗耀辉的声音：“妈。”

罗母：“几次往家里打电话都没人，你们怎么连家都不回？”

罗耀辉的声音：“盛开出差，我也老加班，你打电话的时候正好我不在家。”

罗母：“没吃饭吗？怎么有气无力的？”

罗耀辉一只胳膊输着液，他用另一只手打电话：“加班一晚上没睡。”

罗母：“房子装修好了？”

罗耀辉：“装修好了，卫生间里按上了热水器和浴霸，这回冬天洗澡都冻不着了。”

罗母：“伤筋动骨一百天，我出来已经快两个月了，要不是你姐拦着，我早就回去了，金窝银窝不如自己的草窝。”

罗耀辉的声音：“我姐给你找了那么好的中医，你把脚养好了再回来吧。”

罗母：“好差不多了，妈心里惦记着你。”

罗耀辉的声音：“我挺好的，你不用惦记我。”

罗母：“你长这么大，妈第一次离开你这么长时间。”

罗耀辉心里难过，眼眶湿了。

谢启明进来："今天感觉怎么样？胸口还疼吗？"

罗耀辉立刻把电话挂了。

罗母愣了一下，立刻把电话拨过去。

没人接，她锲而不舍地拨着。

罗耀辉无奈接了电话："妈，我待会儿给你打过去。"

罗母的声音："我听人问你今天感觉怎么样，胸口疼是怎么回事？"

罗耀辉不知道该怎么说。

罗母："你在医院？"

罗耀辉："没有，没有！"

罗母厉声问道："我辛辛苦苦把你养这么大，就是让你骗我吗？你到底跟不跟我说实话？"

罗耀辉的声音迟疑了一下："妈，我被车碰了一下，没大事。"

罗母身子一晃，立刻用手扶住了沙发扶手："大夫在你身边吧？"

罗耀辉："是。"

罗母语气坚定的声音："你把电话给大夫。"

罗耀辉无奈只得把电话递给谢启明。

谢启明接电话："喂，你好。"

罗母焦躁不安："不行！不行！我得回去！"

罗英红劝慰母亲："妈，你血压那么高，腿还行走不便，回去能做什么？我总不能把这儿扔了，陪你回北京吧？"

罗母："耀辉从小没受过一点儿委屈，撞成这样，我不在身边不行！"

罗英红："妈我问你一句话，你回去是伺候我弟，还是我弟伺候你？耀辉的媳妇不能白娶进罗家门，这个时候她伺候耀辉那是天经地义。妈，你精明了一辈子，在这件事怎么犯糊涂呢？"

罗母叹了一口气："我放心不下你弟弟。"

罗英红："耀辉鬼迷心窍非要娶那个女人，那女人有便宜就占，顺坡下驴。咱得让她知道老罗家的门不是那么好进的。妈，你老实在我这儿住着，好好磨磨那女人的性子，等她焦头烂额张嘴求你那天，我安排好家里，立刻送你回去。"

罗母红了眼圈，一屁股坐在沙发上："那女人命太硬，刚进门就把我儿子克断了骨头。"

10.

郑婉颐坐在餐桌旁边看着儿子吃饭，她不停地把鱼往儿子碗里夹。

盛誉："盛放呢？"

郑婉颐："加班，说一会儿就回来。"

盛放坐在汽车后面给杨秉超拨电话，电话通了没人接。

李健和杨秉超坐在酒吧里喝酒。杨秉超的电话又响了。杨秉超不理睬。李健："你接吧，没关系。"

杨秉超："不用接，没什么事。"

李健："女朋友？"

杨秉超："以前的。"

李健："你们这些年轻人遇到一点麻烦，就把整段的爱情都放弃了。"

杨秉超看了她一眼："怎么是我们这些年轻人？你不也是年轻人吗？"

李健："三十四了，在你跟前我是个老太太。"

杨秉超："你不就比我大几岁吗。"

李健："五年一个代沟，咱俩相差整整一代人哪。"

杨秉超："跟你在一起，我没觉得有代沟。跟年纪大一点的人交往起来，关系反倒好处。"

李健感兴趣地问："是吗？"

两个女人走进酒吧，李健站起来招呼她们。

李健："来，来，我给你们介绍一下。"

杨秉超的手机又响了，他悄悄地关了手机。

盛放拨电话。

电话里传来："对不起，您呼叫的用户已经关机，请稍后再拨。"

盛放气得挂了电话。

酒吧里杨秉超喝了点儿酒，一扫平日里的文静，和三个女人谈笑风生。

李健愉快地看着他。

盛放吃饭，郑婉颐和盛誉坐在餐桌旁边看着她。

郑婉颐不停地把鱼肉夹到她的碗里。

盛放："我姐回来了吗？"

郑婉颐："没有，中午我煲了点骨头汤送医院去了，罗耀辉恢复得不错，你姐瘦得都脱相了。"

盛放："罗家人谁都不露脸，我姐医院单位两头跑，别说一个女人了，就是变形金刚也得累散架子。"

郑婉颐："家里人都伸把手，帮她把难关渡过去。"

盛誉、盛放点头答应。

郑婉颐犹豫了一下问盛誉："瘟神送走了？"

盛誉一时没反应过来母亲问的是谁。

盛放："妈问盛茂林呢！"

盛誉："走了。"

郑婉颐用鼻子哼了一声："你送走的？"

盛誉："妈，您的态度直接影响着我妹妹。"

盛放："我是成年人不用妈影响，对待陌生人我一惯如此，怎么了？"

盛誉不愿意跟她搅和："我走了！"

郑婉颐："白眼狼，吃完饭嘴一抹就走，陪你妈说说话能累死你啊？"

盛誉立刻坐下："妈，您想说什么尽管说。"

盛放："您儿子陪您说话，我回屋去了。"

郑婉颐："给我把碗刷了！"

盛放看着面前的乐扣饭盒："这里是什么？"

郑婉颐："给你哥做的红烧肉。"

盛誉："我整天在单位，哪有空吃。"

郑婉颐："晚上回家饿了用微波炉转一下。"

盛放："你和我那织女嫂子，连一年一度的鹊桥会都没有，日子过得有意思吗？"

盛誉用手点点她的脑袋："说话小心啊！"

盛誉洗完澡，用手巾擦湿漉漉的头发从浴室里出来，他站在墙前面，看着挂在墙上镜框里的一张照片。

镜框里是一群年轻的军人和马在草原上的合影，男兵女兵英姿焕发神采飞扬。

18岁的女兵陶蕊在草原上迎着镜头跑过来，她边跑边冲着镜头无比灿烂地笑着，她冲向镜头。画面黑了。

盛誉惊醒了，蓦地坐起来，好一会才明白是场梦，他双手使劲搓了搓脸，拧亮了台灯。灯光照在对面的墙。墙上一群军人和马在草原上的合影。军人们摆同样的姿势拉着马面带笑容拍照。18岁的女兵陶蕊从人群里跑出来，她边跑边冲着镜头无比灿烂地笑着。两辆卡车满载着欢笑的女兵在草原上飞驰，骑兵连的战士们骑着马上在汽车的两侧奔跑。

女兵们七嘴八舌帝议论着。

甲："你看那个骑红马的，马骑得才叫帅气。"

乙："人也帅气。"

骑在红马上的盛誉扬鞭催马，马超过汽车，跑成了一条红线。

陶蕊伸长脖子盯着他看。

军车开进驻地，兵营沸腾了，大家奔走相告，夹道欢迎。

女兵们背着行李从车上爬下来。男兵们接过她们的背包放进营房，把洗脸水端到她们面前。女兵们边洗脸，边叽叽嘎嘎笑着泼水玩。

男兵们像吃了兴奋剂，你推我一下，我打你一掌。吃饭的号声响了。

盛誉从大门外窜进走廊，他跑两步蹦起来摸一下屋顶。他弹跳极好，每一下都能摸到屋顶。他跳起来落下的时候，砸在突然从拐弯处冒出来的陶蕊身上。盛誉和陶蕊一起摔坐在地上。陶蕊坐在地上瞪着一双惊恐的大眼睛看着盛誉。

盛誉一轱辘爬起来："对不起！对不起！我不是故意的，真的没看见你。"

陶蕊赶紧爬起来："不要紧，不要紧。"

她狼狈地跑了，她边跑边回头看，撞在另一个女兵身上。女兵惊叫。盛誉转身跑了几步，发现方向反了，他狼狈地跑回来。

活动室里挤满了人，有打台球的，有下棋的，有打扑克的。

陶蕊、董萱、刘丽媛和三个骑兵连的男兵打扑克。他们在打红桃A。

他们旁边围了一群人观看。

盛誉站在陶蕊的身后。

他看见红桃A在陶蕊的手里，她手里的牌很差，眼看要输了。盛誉不动声色地从已经出过的牌堆里偷了一张，悄悄塞到了陶蕊的手里。陶蕊吓了一跳，她回头看了盛誉一眼。盛誉不动声色地冲她使了个眼色。陶蕊壮着胆子把那张牌夹在两张碎牌里，凑成一条龙甩出去。

打牌的人哗然。

男兵甲："我有三个8已经出去了，赵翼出了两个，桌子上已经有了三个，这个是哪来的？"打扑克的人数桌上的牌。

陶蕊紧张地看着他们。

董萱："我们陶蕊连说谎都不会，怎么可能偷牌？"

刘丽媛："她两手捧着牌，除非她有第三只手，你们男兵输不起啊？真没风度！"

男兵们尴尬。

男兵甲分辨："我的记性没错。"

盛誉开口了："输了就是输了，诡辩什么？"说完他神色严肃地走开。陶蕊想回头看他，她硬忍着没回头。

活动室里有个战士按响了录音机，浑厚的音响里传出来战士的歌声。骑兵们马上跟着唱起来。女兵们兴奋地转过身看着他们。

骑兵们唱的是战士之歌，分得出声部，唱得非常好听，看得出来他们经常这样自娱自乐。

女兵们被感染了，也跟着合唱。

一个骑兵战士大声提议："这首歌要男女对唱。"

男兵女兵积极响应。

通信班选出来女班长董萱，骑兵连一口同声地把盛誉推举了出来。两人拿着话筒，跟着伴奏带，他们一开腔迷倒了一屋子的人。陶蕊被女孩子们推出来伴舞，陶蕊偷眼看盛誉。

盛誉用眼神鼓励她。

陶蕊开始跳了，她跳得非常动情，非常优美。她身上闪现的美是深入骨髓的那种美。

军人们惊诧片刻，顿时爆发出雷鸣般的掌声。

盛誉激动得满脸是汗，他使劲鼓着掌。

第二天清晨，女兵们迎着初升的太阳奔跑着，花瓣上的露水被她们的腿撞落，草丛里面的百灵鸟被她们惊飞了。陶蕊边跑边高兴地叫。

远处传来震耳的轰鸣声，声音越来越近。女兵们站住朝声音传来的地方看。马群从远处潮水一样地涌过来了，身后荡起阵阵烟尘。陶蕊站在那里激动地看着马群，马群朝她冲过来，陶蕊吓得撒腿就跑，她被马群裹到了河里。岸上的女兵们大叫。

一匹红马冲过来，马上的人抓住她的腰带把她拎到马背上。马蹄踏起的水花溅到陶蕊的脸上，她趴在马背上抬着头往上看。骑马的人是盛誉。盛誉再一次把她拎起来让她坐在自己的胸前。陶蕊感受到了盛誉火热的胸膛，她的脸像被火烤了一样，她尽量往前倾，生怕挨到盛誉的身体。盛誉抖缰绳马跃上了岸，盛誉把陶蕊放下来，看了她一眼，打马融进了马群当中。陶蕊呆站在那里，看着远远消失的马群，心里面产生了一种异样的滋味。

董萱冲盛誉大声喊："盛连长，我们也想骑马！"

风把盛誉的声音送回来："不行！"

刘丽媛："陶蕊怎么能骑？"

盛誉打马跑回来，他深邃的目光盯在刘丽媛的脸上。

他严肃地说："这是一群没驯过的马，如果我不把她放在马上，她会被马群踩成肉酱。你不愿意看到那个情景吧？"

刘丽媛被他震慑住，不敢说话了。盛誉勒转马头，打马跑了。陶蕊看着他的背影。董萱："我的妈，他的脸绷得像我老子一样。"

骑兵们在宽大的马厩里面用套马杆套马，套上后给马带上笼头。女兵们站在马厩外的草坡上大声为他们喝彩。骑兵们给自己的马刷毛，整理马鞍。女兵们涌过去，试着抚摸马。男兵把胡萝卜递给女兵，让她们喂马。马从女兵的手里把胡萝卜叼过来。女兵们激动得乱叫，乱跳。男兵们兴奋地看着她们。

董萱问男兵："你老家是哪的？"

男兵甲："山东，你呢？"

董萱："四川。"

男兵乙："你们要去山里铺电缆？"

刘丽媛笑："不告诉你，这是军事秘密。"

男兵乙："还秘密呢，这事连我们那只大黄狗都知道。"

董萱："你叫来它我问问。"

女兵们嘎嘎笑。

男兵甲："你们叫什么名？"

董萱指着刘丽媛说："她叫卡桑德拉大桥。"

陶蕊哈哈笑。

刘丽媛追着打董萱。

男兵乙不解地问："怎么叫这个名？"

陶蕊："没看见她腰长吗？"

刘丽媛扑过来掐她的嘴："我叫你乱说！"

陶蕊惊叫着跑了。

刘丽媛指着陶蕊大声说："她一口气能八个大包子。她叫大胃·科波菲尔。"

陶蕊捡起石头追着打她。刘丽媛跳跃躲闪，她指着董萱边笑边喊："看见她的嘴没有？她叫44Z，44是号码，Z是嘴的拼音缩写。"她笑得气都喘不上来了，女兵们扑上去，把她按到在地上。刘丽媛拖着长声求救。男兵们乱了方寸，跟着瞎笑，军心受到了前所未有的动摇。盛誉急了："号兵，吹号！"

嘹亮的集合号声响了。

通信连的两辆卡车开出驻地，陶蕊和女兵们站在卡车上。骑兵连的战士们打马追着车送行。女兵们大声唱着《战友战友亲如兄弟》。盛誉骑在马上看着陶蕊。陶蕊不敢看盛誉，眼睛一闪一闪地躲在帽沿下面，她的心里涌动着一种说不出口的依依难舍的感情。

汽车在草原深处转弯了。

盛誉带领骑兵们勒马站在远处看着，直到再也看不见了。

电话铃响，通讯员接电话："连长电话！"

盛誉接电话。

电话："通讯连施工现场有一个战士被塌方严重砸伤，昏迷不醒，急需送往医院抢救。车辆在途中出现故障，请骑兵连紧急求助。"

盛誉放下电话，命令通讯员："发动咱们那辆拉供给的卡车，通知卫生员马上出发。"

通讯员："是！"

盛誉带着卫生员和通讯连送伤员的人把伤员抬到拉供给的带棚的卡车上。

骑兵连的卡车开走，卷起一阵烟尘。

车在草原的土路上开得摇摇晃晃的，车里的人表情沉重。

盛誉在通讯连送伤员的人中发现了班长董萱，她跪坐在伤员身边焦急地看着卫生员做例行检查。盛誉走到伤员跟前蹲下。伤员脑袋上裹着厚厚的绷带鲜血已经浸透了绷带，她身上的衣服几乎被刮成了一堆碎布。卫生员量了血压心跳说："情况很不好,送部队总院来不及了，还是先送到县医院抢救，否则她活不到明天。"

董萱哭着使劲摇晃着卫生员的胳膊："一定要救活她！一定要救活她呀！"

盛誉口气坚定地说："转道，上县医院。"

汽车拐上另一条岔道。

卫生员翻看伤员身上记载姓名血型的标志，衣服碎得不成样子，他没有找到。

卫生员："告诉我她的姓名血型。"

董萱："陶蕊，A型血。"

盛誉吃了一惊："陶蕊？"

董萱含泪点点头："我们从被炸药炸平的土坡下面找到她的时候，她都没气了，是硬抢救过来的。"

盛誉心里一阵绞痛，他拿药棉沾着水壶里的水一点一点地给陶蕊擦干净脸上的血迹。

陶蕊面色惨白、没有知觉地躺在那里。汽车突然熄火了。盛誉站起来冲着驾驶楼里大声问："怎么回事？"

司机跳下车冲车篷里大声喊："这破车熄火了。"盛誉从车上跳下来，接过来司机手里的摇把，司机回到驾驶楼里。盛誉拼命摇车，司机给油，汽车发动起来走了。盛誉追汽车，他把摇把扔进车蓬，两手一撑纵身跳上汽车。

天上下起小雨，路开始泥泞起来。车终于开到了公路上。公路上停满了汽车,不能再往前走了。盛誉跳下汽车跑过去看。前面的路被洪水冲垮，人们正忙着抢修。两边被堵车辆上所有的人都拿着自己车上的工具忙着填补路上的泥坑，有人用锹，有人用桶舀土铺路。

盛誉跑回来，他冲车上大声喊："快拿工具下来修路！"

车上的人除了卫生员，都跳下来融入了抢修的大军当中。

车上的工具有限，盛誉找了一块木板疯了似地铲土往坑里扔。

卫生员跑过来他拉住盛誉说："连长，陶蕊已经陷入深度昏迷，血压高压50，低压测不到。她有内出血现象，如果不及时止血和输血，她根本就熬不到晚上。”

盛誉扔了手里的木板，边跟卫生员往回跑边说：“你得想办法！想办法！知道不知道？这是你的任务！”

卫生兵边跑边回答：“这里没有血浆。”

盛誉大声回答：“输我的，我是A型血。”

盛誉的血输进到陶蕊的身体里。

卫生员给陶蕊听心脏测血压：“血压升上来了。”

司机两手撑着车帮跃身上车，他向盛誉报告道：“路还有大约四个小时才能修好。”

盛誉急了：“这不是要伤员的命吗？不行，马上改变计划，咱们用担架抬着伤员跑过这段路程，到前面道路畅通的地方再拦车。”

车上的人大声回答：“是！”

五男一女一行六人轮流扛着担架在泥泞的路上开始了奔跑。

修路的人自动散开了一条通道，肃穆地看着这支抢救生命的队伍。担架上严严实实地盖着雨衣，路人看不见伤者的脸。

盛誉扛着担架跑在最前面，那三个扛担架的位置一直有人在乱流替换，只有盛誉坚决不松开手里面的担架。他大踏步地往前跑着，路两边的人和车辆掠到身后。路边立着的公里牌子显示着公里数。2公里。2.5公里天上的雨水和脸上的汗水混在一起，急促的心跳震得耳膜咚咚作响。盛誉咬牙支撑着。

陶蕊笑着从一片炽白中跑出来，她舒展双臂高抬后腿展现着令人沉醉的舞姿。陶蕊分成了两个又重叠起来，很快模糊成一团。

盛誉脚下一滑差点摔倒，他站稳了脚使劲睁大眼睛。

模糊的景色渐渐清晰，路边竖着3公里的牌子。盛誉他们跑到了公路的尽头。

公路这一边等着许多辆准备通行的汽车。路边修路的人看着这支奇怪的队伍。

盛誉跑在一辆带蓬的汽车旁边站住脚，他一只手扶着担架冲站在汽车旁边的司机敬了一个军礼。

盛誉气喘吁吁地说：“同志，我的战友受了重伤，借用一下您的车把她送到县医院行吗？”

司机："往县城走的公路也断了，要不我们也绕道不在这儿死等了。"

噩耗使盛誉的反应迟钝起来，他愣愣地看着司机："断了？"

司机："断了，我看你们还是走铁路，前面四公里的地方有一条铁路，没站，火车在那里不停。到了那你们再自己想办法吧。"

盛誉像捞到了救命稻草，他命令部队："前进四公里咱们拦火车去。"

战士们声嘶力竭地大声响应："是！"

盛誉撒腿就跑。

司机拦住他："等等，我送你们一程。"雨停了。盛誉等人把担架放在铁道边上，司机调头车开走了。卫生员给陶蕊量心跳、血压。卫生员："她的血压、心跳和体温都下来了，还得输血。"

盛誉撸起袖子："抽我的。"

卫生员："你刚抽过，不能再抽。"

董萱挽起了袖子，她说："抽我的，我跟陶蕊是一个型血。"

卫生员："你肯定？"

董萱："我肯定，她A型血双鱼座，我A型双子座。"

卫生员抽了她的血。

董萱一看见自己的血流出来就晕针了，身边的人使劲架着她才没瘫在那里。

董萱自我解嘲："想象勇敢和真的勇敢不是一回事啊。"

盛誉和战友们同时把耳朵贴在铁轨上仔细地听着。

盛誉激动地喊："火车来了！"

战友们一呼三应地喊："来了！来了！"

盛誉："谁身上有红颜色的东西？"

卫生员："我有。"

他脱下里面的红背心递给盛誉。

盛誉把红背心蒙在大号的手电筒外面，他站在铁轨上拼命挥舞着手里的红色信号。

一列火车远远地从地平线上拐过来，越开越近。

司机看到了铁路上站着的人和手上挥舞着的红信号。

他叫了声："不要命了！"急忙拉紧急刹车柄。

火车呼啸着扑过来。盛誉边往后退边声嘶力竭地呼喊着："停车！停车！"火车在距离他不到十米的地方停下。

司机怒气冲冲地喊："干什么你们？"

盛誉指着铁道边上摆着的担架说："同志，担架上的是一个因公负伤的女战士，如果在四个小时内送不到医院她必死无疑。"

司机中车窗里探出头疑惑地看着他们。

六个浑身泥水的战士齐刷刷地给司机敬了一个军礼。

司机心里一热他说："不是我不帮忙，这辆货车的每一节车厢里都是满满的，放不进去一点东西。"

盛誉："挤一点地方就行，只要能站住脚，我们在车上扛着她。"

司机："后面的信号车能勉强上人，还上不了这么多，你们连伤员上三个，剩下的只能留下。"

盛誉万分感激，他又给他敬了个军礼："谢谢您！谢谢您！"

战士们把陶蕊抬上了信号车，盛誉和卫生员留在车上。

火车开走了，董萱和其余的人含着眼泪跟远去的列车招着手。

盛誉和卫生员瘫坐在地上，盛誉看见自己搭在膝盖上的两只手在不停地颤抖着。

卫生员喊了一声："连长，她醒了！"

盛誉扑到担架前。

陶蕊睁大眼睛看着四周："我在哪儿？"

盛誉："火车上，你受伤了，我们送你去医院。"

陶蕊："我的胳膊和腿都没了。"

盛誉把她的手举到她眼前："你看，好好的。"

陶蕊："我要死了吧？"

卫生员："马上就到医院了，你得撑住。"

陶蕊点点头，她的目光挪到盛誉的脸上："告诉我爸爸妈妈，我没有给他们丢脸。"

盛誉心里一阵难过，他控制着自己努力让话说得自然平静："这话得你亲口跟他们说，我找不到你的家。"

陶蕊仔细回忆着，她的神情焦急起来："我想不起来我们家的地址和电话。"

卫生员安慰她："你失血太多，脑供血不足，到医院输上血什么都能想起来了。"

陶蕊嘴角挂着一丝微笑："我很难看是吧？"

盛誉和卫生员使劲摇头。

陶蕊："通知我爸爸妈妈的时候，千万别让他们看见我这个样子，把我弄得好看一点儿。"

盛誉的眼泪一下子涌满了眼眶，他背过脸去。

陶蕊轻轻叹了一口气闭上了眼睛。

卫生员犹豫了一下伸手去摸陶蕊的脉搏。

他失声叫了起来："她没心跳了。"

盛誉叫："陶蕊！陶蕊！"

陶蕊苍白没有血色的脸，她嘴唇微张像睡熟了一样。

盛誉疯了一样蹦了起来，他握着拳头使劲砸着车厢。

盛誉声嘶力竭地喊："你把她救活了！我命令你把她救活了！！"

卫生员："她肋骨骨折了，我不能起博她的心脏。"

盛誉喊："她都没气了，你还穷讲究什么？"

卫生员给陶蕊做人工心脏起搏，陶蕊没有一丝动静。

盛誉暴跳如雷，他在车厢里面连踢带踹。

卫生员火了骂道："你这样有用吗？如果有用，我帮你，咱们把这列火车拆了。你这么不冷静，叫我这当兵的往下怎么做？"

盛誉吼："你说还你能怎么做？"

卫生员："我按摩心脏，你给她做人工呼吸，按实战演习那样做。"

盛誉"扑通"一声跪在陶蕊的头前，两只大手挤着陶蕊的嘴，一口一口地使劲往里面吹着气。

卫生员奋力地按摩着心脏。盛誉一口接一口地吹着。透过信号车后面敞开的门可以看见铁路两边的景色急速地后退。

盛誉累得眼前金花乱飞

（幻觉）色彩缤纷的碎屑组合成少女形体，美丽的陶蕊在镜头前翩翩起舞。

纯真的陶蕊冲着镜头做鬼脸，她前仰后合地笑着。

盛誉满头大汗，拼劲全身力气往陶蕊的嘴了一口一口地吹着气。陶蕊突然长长地吐出来一口气。卫生员喊："她有呼吸了！她有呼吸了！"

盛誉摇摇晃晃地站起来，他伸出胳膊："再抽我一管子血，否则她还是坚持不到医院。"

卫生员不干："这样运到医院的就不是一具尸体是两具。"

盛誉急了："你抽不抽？"

卫生员含着眼泪把盛誉的血输进陶蕊的血管。

再次失血的盛誉脸色煞白浑身颤抖，他靠在那里担心地看着担架上的陶蕊。

陶蕊微弱地呼吸着，她的嘴唇透出淡淡红晕。

盛誉内心独白："坚持住！陶蕊你一定要坚持住啊！"

火车驶进站台。站台上停着救护车，旁边站着医护人员。盛誉和卫生员把陶蕊抬下来信号车。盛誉浑身瘫软，泪眼模糊地往前走着，他看见一群穿白大褂的人跑过来，他眼前一黑什么都不知道了。

盛誉呆呆地坐在桌子前，窗子里面透出来月光照在他的脸上。

锣鼓喧天，郑婉颐在扇子舞队里跳着舞，她眼睛浮肿，跳得心不在焉。

张连祁："郑老师，怎么提不起精神呢？"

郑婉颐："吃了两次药都没睡着。"

张连祁："遇上事了？"

郑婉颐："没有。"

郑婉颐手上的扇子耍了个花转过身去，张连祁紧跟上，俩人配合得十分默契。

张连祁："女婿怎么样了？"

郑婉颐："出院了。"

罗耀辉脑袋搭在床沿上躺着，床沿下放着一个凳子，凳子上放着一盆温水。盛开一手托着他的脑袋，动作娴熟地给他洗着头发。

她把罗耀辉的头发擦干，再把他的脑袋挪回到枕头上。

罗耀辉转过脸眼睛盯着盛开。

盛开端水出去，又拿着拖布进来把撒在地上的水渍擦干净。

盛开："在医院有医生护士，在家万一有点事，怎么往医院弄你？"

罗耀辉："在医院里每天看到的都是愁眉苦脸的人，拐带的我都心情不好。晚上怎么使劲都睡不着。回到家了才睡了个安稳觉。"

盛开把茶杯里面到满了水放在床头柜上，又把尿壶放在床底下。转身把电话和手机都挪到罗耀辉跟前。

她从沙发上拿起书包："我走了。"

罗耀辉："你不吃早饭了？"
盛开："到点了。"
罗耀辉埋怨她："晚就晚点儿，好歹吃一口。"
盛开："迟到次数多了年终扣奖金。"
罗耀辉眼巴巴地看着她："早点回来。"
外卖送到办公室里，人们开始吃饭。
盛放打开盒饭没看了一眼又盖上了。
手机响，她接电话。
谢启明的声音："我在你们公司附近办事，中午我请你吃饭好吗？"
盛放眉开眼笑："去哪儿吃？"
谢启明："你们楼下，不影响你下午上班。"
盛放和谢启明坐在角落里吃饭。
盛放："在我们公司楼下吃饭，不叫曹林不怕他骂你？"
谢启明："叫他就得喝酒，我下午还有事情得保持清醒。"
盛放："什么事情？百里挑一的系统工程？"
谢启明："NO！NO！你不跟着去敲边鼓捡笑语，多没意思。"
盛放："俗话说，拿人家的手短，吃人家的嘴软。你不会是又要拉我去陪绑吧？"
谢启明："冰雪聪明说的就是你呀！今天晚上我们班同学聚会，你做一晚上我的陪衬人怎么样？"
盛放："就你这德性值得我陪衬吗？本小姐概不奉陪！"
谢启明："别人都是成双结对的，我一人去肯定会遭到众人打击。你姐夫住院我鞍前马后没少效力吧，我张这么一回嘴，你也不该拒绝。这叫互惠互利。帮帮忙，帮帮忙。"
盛放虚张声势地喊道："老板娘，给我上两只鲍鱼。"
谢启明嘿嘿笑了。
郑婉颐在厨房做饭，听到有人用钥匙开门。
郑婉颐："谁呀？"
盛誉进厨房："今天下班早，回来看看。"
郑婉颐高兴："早上新买回来的肉馅，妈给你包饺子吃。"
盛誉："我最爱吃您包的芹菜馅的饺子。"
郑婉颐："那就包芹菜馅的。"

盛誉帮母亲洗芹菜。郑婉颐和面。煤气灶上炖着骨头汤。电饭锅里焖着米饭。盛开满头大汗地忙着炝锅炒菜。刺耳的哨声响了。盛开喊了一嗓子："来了！"她关了火，端着晾在灶台上的中药出去。罗耀辉脖子上挂着足球裁判用的哨子："我要坐起来。"

盛开把药放在床头柜上，两只手插进他身子的下面，使劲往起一托。

罗耀辉坐起来，

盛开顺手把枕头掖他的背后，让他坐稳了。

她累得跪在床边喘息了一会才站起来。

罗耀辉："给我药。"

盛开把药和水递到他手上。

罗耀辉皱着眉头喝着。

盛开看着他吃药，他把喝完药的空碗递给盛开。

盛开想把碗送回厨房，罗耀辉叫住了她。

罗耀辉："我跟你说个事。"

盛开："什么事？"

罗耀辉："咱俩别在一张床上睡了。"

盛开诧异："怎么了？"

罗耀辉："今天我妈在电话里面特意嘱咐我，说男人有红伤不能沾女人。"

盛开觉得他的话很不顺耳："她说的是那个朝代的话？"

罗耀辉："她是我妈，她说哪个朝代的话都是为了我好！"

盛开把肚子里的火压下去："行，我晚上到那间屋子睡去。"

罗耀辉："我起夜怎么办？"

盛开："吹哨。"

罗耀辉："你睡觉那么死，听不见呢？"

盛开："不能在一个床上睡，又不能到别的房间里睡，你让我怎么办？"

罗耀辉："把客厅里的那个折叠沙发推进来，你睡在那上面。"

盛开："我推不动。"

罗耀辉急了："你不是想让我下去帮你推吧。"

盛开想发火，她使劲忍住了。

盛开蹲在地上用去污剂一点一点地擦着地上的油渍，她的眼泪一滴一滴地砸在地上。

哨声又响了。

盛开急忙擦干眼泪冲出厨房。

十几个同学带着各自的配偶和朋友坐在桌子旁边说说笑笑。

谢启明带着盛放进来。

众人一起怪叫："老谢！谢老七！"

门开了，班长带着一个女人进来。

同学们高兴地喊："谷玫！"

谷玫笑容可掬地跟大家打招呼："你们好！你们好！"

谢启明愣在那里。

男生乙捅了他一下："傻了吧？"

盛放："她是谁啊？"

男生乙："谢老七的前任女朋友。"

谢启明紧张地看着谷玫。

盛放幸灾乐祸："这是死灰复燃的节奏啊。"

男生乙不解地看看她。

男生甲："谷玫，你什么时候回来的？"

谷玫："星期一。"

女生甲："在外面生活得怎么样？"

谷玫矜持地："还可以。"

班长："我没告诉大家就是为了给你们一个惊喜。谷玫出去五年了，这是第一次回来，咱们必须好好聚一聚。谢老七，别当缩头乌龟，你也说两句。"

谷玫的眼睛落在谢启明的身上。

谢启明站起来跟她握手："欢迎回来。"

盛放看看谢启明又看看谷玫。

谷玫的眼睛落在盛放的身上："不介绍我们认识一下吗？"

谢启明把盛放拉起来："盛放，我的女朋友。"

谷玫跟盛放握手。

郑婉颐和盛誉坐在餐桌旁边包饺子。

郑婉颐："盛放越来越不像话，天天不着家。"

盛誉："她的性格您还不知道？永远过不完的青春期，不能管，越管越逆反。您不理她，她倒一会儿就过劲了。不过话又说回来了，她也二十四五了，又不是小孩，妈，您就给她点儿空间让她自由自由。"

郑婉颐："我什么时候限制她自由了？"

盛誉："那是您自己没意识到，妈，其实您什么事都爱掺和。"

郑婉颐："我是你们的妈。"

盛誉："你累不累啊？"

郑婉颐气哼哼地："我想躺着，你们哪个能叫我舒舒服服地躺着？"

盛誉不说话了，一声不响地捏饺子。

郑婉颐："盛开有些日子没过来了。"

盛誉："妈，你给盛开和盛放做做工作，叫她们做人大气点儿。老爷子六十多岁的人了，看到自己的女儿这样对他，心里不难受才怪呢。"

郑婉颐："那是他自找的！"

盛誉："在一起生活了十年，我就不信你们一点感情都没有。"

郑婉颐："把自己那点事情弄清楚了，再来教育你妈。"

盛誉："我的事跟你们不一样。"

郑婉颐："夫妻之间就那么点事，有什么不一样？你妈土埋脖埂子了，你才多大年纪？这么混你不觉得委屈，妈替你委屈。"

盛誉："妈您就爱瞎操心，我这不挺好的吗？"

郑婉颐："好？哪好？看着你一个人出出进进的，我心里不舒服。你们没有一个是叫我省心的，盛放二十五六岁嫁不出去，你娶了媳妇跟没娶一样，盛开结一回婚连婚礼都没有，丈夫还差点送了命。"

盛誉："罗耀辉怎么样了？"

郑婉颐："这几天我没过去，一会儿包完饺子给他们也送点儿去。"

盛誉："行。"

酒至半酣大家都放开了，有说的有笑无比热闹。

有人扯着嗓子唱起来："头顶边关月，心系天下安，当兵走四方，时刻听召唤……"

同学们跟着唱。

谢启明："在兵营实习的时候起床，出操，早饭，中饭，午休，晚饭，熄灯都是唱的这几句。

曹林："当年那个女友特喜欢听我唱歌。大哥我现在已然年老色衰，歌也唱不动了。体力更跟不上钟爱的摇滚乐了。那天唱了一曲《死了都要爱》，累得我跟狗一样伸着舌头蹲在那儿喘。"

同学丙："多么美好的日子，多么堕落的日子。这种日子一去不复返了。"

同学甲："哎，咱们班的八大闲人之首侯永林怎么样了？"

谢启明："去澳洲给老婆陪读去了。"

同学丙："孙强呢？"

谢启明："一毕业就到美国硕博连读去了。GRE考2000分就是牲口，那王八蛋考了2480分，简直是个大牲口。"

盛放无比兴奋，眼睛和耳朵都不够用了。

女生甲："毕业十几年了，物是人非，咱们班上的那几对，除了老丁和老蔡还搭帮过日子，剩下全部孔雀东南飞了。"

男生乙："女人朝三暮四。"

女生乙："男人三心二意。"

男生甲："还缺个横批。"

同学们哈哈大笑。

谷玫拿着酒杯跟身边的人碰杯，碰到谢启明这里，谢启明站起来跟她碰杯。

两人一饮而尽，两人互相看着，谁也不说话。

夹在他们中间的盛放躲开了，她坐到女生甲和女生乙旁边。

谷玫："咱们班谁都问我过得好不好，唯独你不问。"

谢启明："你回答他们的话我都听见了，不用再问。"

谷玫："你相信吗？"

谢启明："相信，你这样的人在哪都能生活得挺好。"

谷玫看着谢启明："为什么？"

谢启明："怎么老问为什么？"

谷玫："咱们老师说过，教育的价值是被教育的人能够问：'为什么？'"

男生乙："那我问了啊？"

谷玫："问吧。"

男生乙："你结婚了吗？"

男生丙："哪有问女士这种问题的？"

男生乙："老同学嘛，关心关心。"

男生甲："是不是看看有没有可乘之机？"

男生乙："谢老七在这呢，轮不着我。"

他一眼看见了谢启明旁边的盛放，赶紧打自己的嘴："说突噜嘴了，该打！"

盛放傻乎乎地笑："没事，没事，我这人心理素质好。"

男生甲凑到谢启明耳边小声说："老七，这个女友不错，哪儿找的？"

谢启明："自己认识的。"

男生甲："哪儿认识的？咱也碰碰去。"

谢启明："那可不容易，这种机率相当于打扑克的时候一把抓了5个拖拉机顺便还有两张大猫上了手，你有那福份吗？"

盛开坐在茶几旁边吃饺子，她一口一个吃得很香。

郑婉颐心疼地看着她："慢点，没人跟你抢。"

盛誉问罗耀辉："你不吃？"

罗耀辉："我不饿。"

盛开："他吃过饭了，我还没顾上吃。"

郑婉颐："两个人的日子就把你忙成这样？"

盛开："白天上一天班，所有的活都攒在晚上一起干，时间不够用。"

郑婉颐："雇个小时工吧。"

盛开："他不让。"

罗耀辉看了她一眼："出了院这笔费用人家不给报了，自己花有点儿花不起。"

盛誉："我给你出一半钱。"

盛开："家里又不是没有钱，要你的钱算什么事？"

罗耀辉尴尬："再坚持几天，我就能扔下拐杖走了。"

郑婉颐："骨头上的事千万别逞能，落下毛病一跟就是一辈子。"

盛誉："他们也该休息了。妈，咱们走吧。"

郑婉颐站起身。

盛开："妈，您等一会儿。"

她跑进厨房把一桶色拉油拎出来放到母亲脚边。

盛开："这是我们单位分的，妈你拿着。"

罗耀辉飞快地扫了一眼那桶油。

郑婉颐："你过日子也要用，留着吧。"

盛开："叫您拿您就拿上。"

盛誉叮嘱罗耀辉："能活动就出去晒晒太阳，这样钙补充得快。"

罗耀辉："我们单位现在也在搞裁员整顿，在家窝着心里不踏实。"

郑婉颐："你在单位干了二十多年了，没出车祸的时候你卖命地干，你们领导再阴损也不能卸磨杀驴吧？裁员这事轮不到你身上。"

罗耀辉："但愿如此。"

郑婉颐："我们走了。"

罗耀辉："再坐会儿吧。"

郑婉颐："不了。"

盛开把一箱饮料递给盛誉："这个你也给妈送回去。"

郑婉颐："我不喝那玩意。"

盛开："盛放爱喝，拿着吧。"

盛开送他们出去。

盛誉不让罗耀辉起来："你坐着别动。"

罗耀辉客气地说："妈，我不送了。"

郑婉颐等人出去，门关上。

罗耀辉拄着拐杖在屋子里转了一圈，坐在沙发上生气。

盛开进来。

罗耀辉："你可真大方，什么都送人。"

盛开："你住院的时候吃的全是我妈做的饭，你不觉得我妈比你大方吗？"

罗耀辉看了她一眼转身卧室。坐在床上生气。

盛开坐在厨房的小板凳上生气。

11.

女生甲喝多了，她大声说：“你们说我干嘛？我这人一点儿教育意义都没有。人家一说起单身女人，不是思想敏锐，就是事业成功。她们是为了事业抛弃了感情，说起来既让人又羡慕又让人心疼。我一没事业，二不传奇，我单身完全是被逼无奈。”盛放哈哈笑。

谷玫问她：“你跟谢启明怎么认识的？”

盛放：“坐飞机认识的。”

谷玫：“够浪漫的。”

盛放反问她：“你结婚了吗？”

谷玫：“结了又离了。”

谢启明蓦地回头看她。

女生乙听到凑过来问：“才结婚一年就离了？”

谷玫：“爱情就是一场镜花缘，看见已经握在手里了，一松开却发现什么都没抓到。”

女生甲：“小心翼翼，破绽百出，捉襟见肘。故事是老掉牙的故事，悲伤是千百年如一日的悲伤。”

谢启明：“你们女人就爱把生活弄成廉价的苦情戏，三贞九烈气息奄奄。”

女生乙不干了：“怎么能怪我们女人？”

男生甲：“男人和女人永远是朝着两个方向跑的动物，老天就是这么安排的，这是没办法的事。”

女生甲：“该离就离，爱情是享受，不是长跑比赛，婚姻不管长短都要看实质。”

女生乙提醒她：“盛放，你可得小心点我们谢老七，他不是什么好东西。”

盛放：“我知道他不是好东西。”

女生乙：“你够包容的。”

盛放：“那是。”

谢启明嘿嘿笑。

谷玫看看谢启明又看看盛放，她意味深长地说：“据我观察，盛放跟谢启明不是恋人关系。”

谢启明：“嘿，你凭什么这么说？”

谷玫：“凭我对你的认识。”

盛放：“你是说，他压根不喜欢我?”

谷玫：“不是吗？”

盛放调皮地看看谢启明。谢启明求助地看着她。

盛放：“你问他敢不喜欢我吗？”众人笑。谷玫狐疑地看着她。

谢启明和盛放往停车场走。

盛放：“你怎么见到你的初恋，跟见到陌生人似的？”

谢启明：“这座城市里有上千万人口，可是真要找个心里熟悉的人有多难？眼睛总是给人提供各种假象。我们攻上了山头，却发现我们想争夺的根本不是这个山头。”

盛放：“别把我算在内，我想争夺的就是这个山头。”

谢启明：“那你还从山上下来干什么？”

盛放：“山塌了，我只能舍生取义。”

谢启明：“伤心吧？”

盛放：“当然伤心。”

谢启明：“你哭吧，哭它一场倾盆大雨出来，我会在大雨汇集的山洪中像长城一样屹立不倒。”

盛放：“长城被哭倒过。”

谢启明：“长城是文物，哭倒了长城，你的麻烦就大了。那时候再给你定性，肯定不是封建势力对女性的残害，而是你破坏了人类的共同财富。”

盛开笑得抡着两个拳头想揍他。

谢启明：“嘿！嘿！小心撞到车上！”

盛放：“爱情是需要呼应的，你爱一个人的时候，他肯定也在用某种信号传达给你他的感受。当他不再爱你的时候，那种呼应停止了，我们就再也接收不到对方的信号了是不是？”

谢启明一本正经："接不到信号是小事，怕的是串号。"

盛放哈哈笑："咱俩相识就是串号的结果。"

谢启明："对，哎，我问你，你还打算继续追求肤浅的爱情吗？"

盛放："不继续追求肤浅的爱情还能干什么呢？"

谢启明："持续一种行为，即便受到无数次的打击也不放弃，这种行为叫无底线之浪漫。"

盛放："你的车到底停在哪儿？"

谢启明用遥控打开了车门，门童一样谦卑地站在车门口。

他说："它一直候在这儿，等您等得都要生小孩了。"

盛放笑得直不起腰了。

盛放开门进家，郑婉颐穿着睡衣从卧室里出来。

郑婉颐："看看几点了，怎么才回来。"

盛放不看母亲也不说话，她推门进了自己的房间。

郑婉颐追进去。

郑婉颐："去哪儿了？"

盛放不吱声。郑婉颐闻到了酒味儿："喝酒了？"盛放用挑衅的目光看着母亲。

郑婉颐："翻什么白眼？你看看你像什么？跟谁出去喝成这样？"

盛放："你不认识。"

郑婉颐："男的女的？"

盛放："妈，你每天操这么多心烦不烦？"

郑婉颐："你要不是我生的，我才不操这份闲心。"

盛放："你就当没生我好了。"

郑婉颐放缓了口气："盛放，我把你养这么大，让你受高等教育，你就这样顶撞你妈？"

盛放："我明天就出去租房，省的你看我不顺眼。"

郑婉颐："你敢！"

盛放："妈！我早过了十八岁，有自由生活的权利。"

郑婉颐被噎的半天才说上来话："你滚！现在就给我滚得远远的！"

盛放立刻起身推门往外走。

郑婉颐："有本事你永远也别进这个门！"

房门“咣”的一声关上。

郑婉颐腿一软坐在盛放的床上，她低着脑袋无声地落泪。

盛开进厨房拧开高压锅盖子。“砰”地一声闷响。盛开一声惨叫。

罗耀辉“腾”地站起来，拄着拐杖趔趔趄趄地往厨房走。

盛开抱着脑袋在地上趴着，身边是她带倒了的扫帚和拖布。灶台上一片狼藉，几个炸碎了的猪蹄子躺在汤汤水水里。罗耀辉抬头看屋顶。一个猪蹄子扎在屋顶的PVC板子上。

罗耀辉急了：“怎么搞的？”

盛开爬起来：“气阀堵了，一开锅盖就崩了。”

罗耀辉气急败坏：“这厨房才装修好就被你祸害成这样。”

盛开：“厨房重要还是人重要？”

罗耀辉：“这厨房是花了五万块钱装修的，你不心疼我心疼。”

盛开愤怒：“罗耀辉，你进来不看我，而是先看厨房是不是给毁了，我在你眼里还不如一间厨房？你真是见物不见人哪！”

罗耀辉语气很硬：“见物怎么了？这个家哪个物件不是我亲手置办的？”

盛开：“钱是我妈给的！”

罗耀辉卡壳了，他拿着抹布气哼哼地擦抹灶台：“你妈给的钱也是钱。”

门铃响。盛开出去开门。

盛放进来，看见盛开一脸一身的酱油汤子忍不住笑了。

盛放：“姐，你干嘛呢？”

盛开：“你这么晚来干什么？”

盛放：“跟妈吵架了，来你这儿住一宿。”

盛开：“闹什么闹？赶紧回家去，看妈着急。”

盛放：“是她把我轰出来的，你不留我，我住宾馆去。”

她赌气转身要走，盛开一把拉住她。

盛开：“行了，行了，我打电话告诉妈一声。”

罗耀辉警惕地听着外面的动静。盛开打电话：“妈，盛放在我这儿。行了，行了，你别说了，赶紧睡吧。”

盛放：“姐，你怎么弄成这样？”

盛开："高压锅崩了。"

盛放吓了一跳："啊？伤着你没有？"她两手捧着姐姐的脸左右看着。

盛开鼻子一酸眼圈红了。

盛放："疼啊？哪疼？说啊，我带你去医院。"

盛开齉着鼻子说："没伤着我。"

盛放松了口气："那你哭什么？快去洗洗，酱油汤刺激皮肤。"

罗耀辉两手油污地从厨房里出来，他跟盛放打了个招呼。

罗耀辉："来了？"

盛放："我在你这住一晚上行吧？"

罗耀辉："行，行，盛开你给她安排安排。"

盛开麻耷着眼皮不理他。

盛放："你怎么把我姐弄成这样的？"

罗耀辉："怎么是我弄的？她自己弄的。"

盛放："你是说我姐有自虐倾向？"盛开急忙把盛放拉进卫生间里关上门。罗耀辉盯着卫生间的门半天没有说话。

盛开和盛放躺在床上说话。

盛开："我的所有运气都在跟周逸伦的交往中用光了，六年虚度没有结果，跟罗耀辉领了结婚证，婚礼还没办，他就出了车祸。在单位里我一点都看不到个人发展的前景，今天就能知道明天和后天是什么样子，日子过得死水微澜、百无聊赖。"

盛放："姐，新婚燕尔就算鲤鱼没跳龙门，鸳鸯也在戏水啊。你怎么能这么绝望？"

盛开："罗耀辉被车撞了以后，他人性中恶的一面全泛上来了。我的快乐和我的健康对他简直是恶性刺激，因为他行动不自如，我就得低调做人，低调还不够，还要趴在尘埃里做出一副我是罪人的卑贱状。"

盛放："谁让你这么快结婚！"

盛开："你恋爱了六年，没有第三者，没有家庭阻碍，不也没结成婚吗？结婚这事在我眼里就是过了这村没这店。可是生米做成了熟饭又有什么好呢？我跟罗耀辉进展得太快了，这个快里面潜藏着很多东西，是这场车祸把它们激发了出来。"

盛放翻身爬起来看着姐姐："你觉得你和罗耀辉再也恢复不到以前那么好了吗？不会吧？"

盛开："有时候也像过去那么好，但是我们俩在对对方好的时候，心里都在衡量着对方是不是也这么样无私地对我？稍有偏差就计较，这样计算出来的感情简直就是在刀尖上过日子，不是你割我一个口子，就是我戳你一个洞。这种疼是说不出口的。"

盛放一声不响地听着。

盛开："我在家的时候他故意冷落我，热热闹闹地忙自己的事，我知道，不管他忙得多热闹，永远有一只眼睛盯在我身上，记住是一只。"

罗耀辉趿拉着拖鞋上卫生间，途经罗母卧室听见里面的说话声，他放轻脚步，蹑手蹑脚地走到门口，把耳朵贴到门缝仔细听着。

盛放："我跟杨秉超在一起的时间太长了，烟太多了就不起火。"罗耀辉听见不是说他，继续朝卫生间走去。

盛开盛放姐妹俩穿着睡衣坐在床上聊天。盛开的脸上抹着烫伤药膏。盛放："我觉得是他变了，他觉得是我变了。其实我们天生就是这副德行，是爱情在捣鬼，我喜欢红色就看见他全身通红，喜欢白色就看见他全身雪白。荷尔蒙下降了，看到他的本来面目的时候，我受不了了。质问对方，当初你为什么要骗我？其实是我自己骗了自己。他说他爱我是真的，现在说不出来爱我也是真的。生活在往前走，一切都在变化，这有什么奇怪的？"

郑婉颐躺在床上翻来覆去睡不着，她翻身坐起来。

郑婉颐打开皮箱，从里面拿出来一个笔记本一页一页地翻看着。

笔记本里面贴着已经发黄的火车票、汽车票、地铁票、电影票、粮票。

早晨，郑婉颐拎着菜在小区里走，迎面遇见张连祁。

张连祁跟她打招呼："回来了？"

郑婉颐："回来了。"

张连祁："嗓子怎么哑了？"

郑婉颐清了一下嗓子："上火。"

张连祁："上火了要多喝水，我早上起来第一件事就是喝茶，烧一茶壶水，喝通喝好喝漏了为止。"

郑婉颐："什么叫喝漏了？"

张连祁："头上不住地冒汗，下面不住地小便。"

郑婉颐"扑哧"一声笑了。

张连祁："你别笑，身体健康的第一个环节就是加强新陈代谢，把身体里的废物及时排泄出去。"

郑婉颐频频点头。

张连祁："家就那么大个地方，孩子每天有自己的事情，他们的事情又不愿意让咱们掺和。闲在家里不憋出病才怪呢，还是多出来走走。"

郑婉颐脸上流露出伤感，她叹了口气："唉！人哪！说没用'呼啦'一下就没用了。"

张连祁："你还不到六十岁，离老还远着呢。"

郑婉颐："老了就是老了，记性明显的差了，心劲也远不如从前。"

张连祁："近期记忆减退，远期记忆活跃起来。"

郑婉颐叹了一口气："说的是呢。"

杨秉超和李健一起吃饭，手机响。

杨秉超起身走到一边接电话："喂。"

盛放："干什么呢？"

杨秉超："在外面吃饭。"

盛放："跟谁吃呢？"

杨秉超："我的领导。我们在谈工作上的事，不能跟你多说。"

盛放："你别挂我的电话！"

杨秉超："你还有什么要说的？"

盛放："杨秉超，你的感情为什么消失得这么快？"

杨秉超的声音："多伟大的感情都是有寿命的，何况我这样的小人物呢。"

盛放："咱俩的感情是两个人的，你一个人说了不算，我觉得有救那就还有二分之一的希望。这段时间里，我也想了很多，做你的老婆我确实还有很多需要学习的地方。比如，严以律己，宽厚待人，我不会做饭，也不会干家务，这些我都得从头学起。我跟我妈学了排骨鲜笋汤，味儿相当不错呢。怎么不说话？我学做菜可完全是为了你。"

杨秉超："别为我，你为自己做一回。"

盛放："杨秉超，你可真不是个东西！"

杨秉超："电话费很贵，咱们别用钱进行这样的人身攻击好不好？"

盛放生气："以后再给你打电话，我不是人！"

她挂了电话。

李健问杨秉超："女朋友吧？"

杨秉超："前女友，跟你说过的。"

李健："还一直保持联系？"

杨秉超："也许是习惯吧。"

李健："你还喜欢她吧？"

杨秉超看了她一眼不知道该怎么回答。

李健："七零后跟你们八零后不太好沟通是不是？"

杨秉超："六岁能有多大距离？"

李健："我托儿所都毕业了，你才出生。这个距离你跑一辈子都追不上。"

杨秉超："年龄真的说明不了问题。"

李健："她是什么样的人？"

杨秉超想了一下："锐不可挡，寸土不让。"

李健："你俩不是一类人。"

杨秉超："对。"

李健："就因为这个分的手？"

杨秉超："不是，她要结婚，我不想结婚。"

李健："你为什么不想结婚。"

杨秉超："一想要负担那么多的责任就害怕。"

李健："结婚恐惧症，咱俩得的同一种病。我离过一回婚后就害怕结婚了，离婚分了我一半财产。如果结了婚再过不好，我就白创业了。"

杨秉超点点头："你想得很实际。"

李健："现在的社会生活和婚姻生活都很复杂，诱惑太多。人对感情的期望值太高，所以害怕出事，害怕变化，一谈到婚姻就恐惧，人为地把将来有可能不幸的想象放大了。"

杨秉超点点头："你说的对。"

李健："不是我说的，是社会学家说的。我可以复述，不能执行，因为我不相信男人。"

杨秉超："你很理性。"

李健："在这一点上咱俩像。"

盛放坐在写字台前生闷气，她拿起手机拨通号码。

谢启明的声音：“什么事？”

盛放：“请我吃饭。”

谢启明的声音：“凭什么？”

盛放：“我心情不好。”

谢启明接电话：“你心情不好我就得请你吃饭？”

盛放：“你不请我，那我请别人吃去。”

谢启明哈哈笑：“行，行，你先请别人吃去，下个周末我约你。”

盛放：“你这一竿子支得也太远了。”

谢启明：“我明天出差。”

盛放：“去哪？”

谢启明：“上海。”

盛放一怔：“真的？”

谢启明：“骗你干什么？”

盛放：“火车还是飞机？”

谢启明：“我开车去。”

盛放：“带上我吧。”

谢启明：“故地重游，鸳梦重温？”

盛放：“你跟谷玫不也在故地重游鸳梦重温吗？”

谢启明：“哎，有事说事，没事我挂了。”

盛放：“我正好也想去一趟，你这趟差出在点子上，帮忙用你的车把我在上海家里的东西拉回来好不好？。”

谢启明的声音：“路上的费用怎么算？”

盛放：“老规矩，AA制。”

罗母拄着拐杖满地乱转：“这都几个月了？耀辉和他媳妇一点儿要我回去的意思都没有。”

罗英红：“妈，我对你不好还是伺候得不周到？”

罗母手一挥：“两回事！我儿子在北京，我老在闺女家待着算哪门子道理？那是我的家，我不能让儿媳妇霸了去。”

盛开扶着罗耀辉在客厅里练习走路，罗耀辉气喘吁吁满头大汗。

罗耀辉：“不行，我得坐一会儿。”

盛开扶他在沙发上坐下。

盛开："我给你放点水，你好好泡个澡。"

罗耀辉："水热点儿。"

盛开答应着出去了。

罗耀辉冲外面大声喊："盛开！"

盛开返身回来："嗯？"

罗耀辉："今天白天我姐来电话了，说我妈在那待不住了，死活要回来。"

盛开一愣，没说话。

罗耀辉不高兴了："我一提我们家的人你就这态度。"

盛开："我说什么了？"

罗耀辉："看你那脸，此处无声胜有声！"

盛开"砰"地一声关上了卫生间的门。

罗耀辉透过玻璃窗气恼地盯着卫生间的门。

盛开绻在沙发上熟睡。罗耀辉瞪着眼睛看着屋顶。墙上的挂钟嘀嗒嘀嗒地走着，时间指向夜里三点。罗耀辉打开床头灯。盛开没有察觉。罗耀辉叫了一声："哎！"盛开一动不动，她很累睡得很沉。罗耀辉吹哨，哨声在黑夜里格外刺耳。

盛开被惊醒，她从沙发上跳到地上，跑了几步先撞到墙上，又一屁股摔坐在地上。

罗耀辉偷笑。盛开站起来，东倒西歪地走到罗耀辉身边。盛开半闭着眼睛问："小便吗？"

罗耀辉："不。"盛开二话没说，扭头回到沙发旁边一头栽在那里不动了。

罗耀辉生气叫了一声："哎，你动动我行不行？我快躺出来褥疮了！"盛开睡眼惺忪地爬起来走到床边，她把两只手插在罗耀辉的身子下面，使劲往起一托，罗耀辉坐起来，盛开顺手把枕头塞他的身后让他坐稳了。

盛开跪在床边给他按摩大腿，她的动作越来越慢。罗耀辉推了她一下："哎！"盛开清醒过来，接着揉。

罗耀辉："行了，行了，你去睡吧。"

盛开："你一会儿还得躺下呢。"

罗耀辉："我自己往下出溜吧，大不了骨缝开了再回医院去。"

盛开："你是惩罚我，还是惩罚你自己？"

罗耀辉："我哪敢惩罚你？"

盛开心里委屈，她两眼含泪不说话。

罗耀辉："别把自己弄得跟小可怜似的，我不吃你这一套。"

盛开抹掉眼泪站起来回到沙发上坐下。

俩人谁也不说话，房间里很静。

罗耀辉先打破沉默："知道你讨厌我。"

盛开不说话。

罗耀辉："别说你讨厌我，我都讨厌自己。你看我这俩肩膀一个高一个低，受伤的这条腿一直麻着，走路根本使不上劲。"

盛开："大夫说你的腿没什么问题，能完全康复。"

罗耀辉不愿意听："你怎么那么相信他的话？"

盛开："我不相信大夫相信谁的？"

罗耀辉："我，难受的是我，我最有发言权，"

盛开不搭茬。

罗耀辉拿遥控一个台一个台地找节目看。中央6套在放一部老电影，他一声不响地看起来。

电视里面的光在盛开的脸上一闪一闪的，她瞪着眼睛想心事。

罗耀辉："哎。"

盛开："嗯。"

罗耀辉："我要躺下。"盛开走过去扶罗耀辉躺下，她转身要走。

罗耀辉一把拉住她的手："在这儿陪我躺一会儿。"

盛开："你不是说你妈不让吗？"

罗耀辉的表情像孩子一样："咱们不干那个事。"

盛开差点被他逗笑了："你还能干嘛？"罗耀辉嘿嘿笑，他拍拍身边的床。盛开小心翼翼地在他身边躺下，罗耀辉伸出一只胳膊搂着她。盛开把脸埋在他的怀里，很快就迷糊了。罗耀辉呼吸粗重起来，他焦灼不安地推醒了盛开："你起来！快起来！"

盛开惊醒："怎么了？"

罗耀辉："你往我怀里一靠，我就控制不住，你快回沙发上躺着去。"

盛誉盯着照片上的陶蕊。陶蕊笑靥如花。盛誉走过去站在照片跟前，用手指在陶蕊的脸上轻轻抹了一下。

书店里人很多，很多年轻人站在书架前捧着书阅读，

二十多岁的盛誉背着书包一个书架一个书架地抽出来书看，翻几页觉得不是自己要的书又放回去。隔着书架他无意间看到陶蕊的脸，定睛再一看，那张脸没了。盛誉转过书架去看，没有陶蕊的影子。盛誉一个书架一个书架地找着，他找得满头大汗，心急如焚。终于在小说类的书架那里看到了那个熟悉的身影，陶蕊穿着一身便装，眉宇之间成熟了许多。盛誉激动万分地拦在她面前。陶蕊的惊喜一点都不亚于盛誉。

盛誉冲她伸出一只手去："你好！"

陶蕊轻轻地"呀"了一声，一把握住了盛誉的手。

陶蕊："做梦都想不到能在这儿遇到你。"

盛誉："我也是。"

陶蕊："咱们三年没见了。"

盛誉："是啊，我已经大三了，还有一年就毕业。"

陶蕊："我知道你上大学了。"

盛誉："部队的人告诉我你转业了，我没有你的地址。"

陶蕊："我也没有你的地址。太巧了，再也没有比这次见面更巧的事了。"

盛誉："是啊。"他上下打量陶蕊："伤好利索了？"

陶蕊："腿还是有些疼，我这次特意来总院检查一下。"

盛誉："转业分到哪儿了？"

陶蕊："兰州。"

盛誉："谁陪你来的？"

陶蕊："我表哥，他是医生。"

盛誉："打算在北京待几天？"

陶蕊："明天晚上的火车。"

盛誉："今天我带你去玩怎么样？"

陶蕊眼睛一亮："太好了！"

车厢里人不多，人人有座。

盛誉和陶蕊坐在角落里说话。

陶蕊："当时我觉得自己的身体空得像一只布口袋。你们在我身边忙活我都知道，可是我睁不开眼睛。"

盛誉："你心里是怎么想的？"

陶蕊："我想，我才十八岁，连恋爱都没谈过就死了真是可惜。"

盛誉笑了。

陶蕊认真地说："你别笑，我真是那样想的。"

盛誉："是啊，十八岁，一切还没开始呢。好在一切都过去了。"

陶蕊和盛誉高兴地说着、开心地笑着。

陶蕊苍白没有血色的脸，她嘴唇微张像睡熟了一样。

盛誉疯了一样蹦了起来，他握着拳头使劲砸着车厢。

盛誉声嘶力竭地喊："你把她救活了！我命令你把她救活了！！"

卫生员："她肋骨骨折了，我不能起博她的心脏。"

盛誉喊："她都没气了，你还穷讲究什么？"

卫生员给陶蕊做人工心脏起搏，陶蕊没有一丝动静。

盛誉暴跳如雷，他在车厢里面连踢带踹。

卫生员火了骂道："你这样有用吗？如果有用，我帮你，咱们把这列火车拆了。你这么不冷静，叫我这当兵的往下怎么做？"

盛誉吼："你说你还能怎么做？"

卫生员："我按摩心脏，你给她做人工呼吸，按实战演习那样做。"

盛誉"扑通"一声跪在陶蕊的头前，两只大手挤着陶蕊的嘴，一口一口地使劲往里面吹着气。

卫生员奋力地按摩着心脏。

盛誉一口接一口地吹着。

盛誉画外音："她什么都问，我给她讲了一路上我们怎么抢救她，我们怎么挖路，怎么截车，我什么都讲了，唯独没有讲我怎么给她做口对口的人工呼吸，这话我死活说不出口。我觉得这是一个秘密，应该留给自己。"

陶蕊看着盛誉，她的目光里流露出深深的眷恋。

陶蕊："我早就知道我的身上流着他400cc的鲜血。我悄悄告诉自己，他是我的了，走到哪里，他都在我心里。"

盛誉租了两辆自行车。

陶蕊和盛誉一人骑一辆上路了，两人骑得飞快。

盛誉还不时伸手把着陶蕊的车把往前带她一程。

郊外刚下过雨，路很泥泞，自行车带上沾的全是泥。

盛誉和陶蕊推着车子费力地走着。

盛誉："车子不能再骑了。"

盛誉和陶蕊推着车子来到河边。

盛誉把两辆车子都扔进河里。

他脱了衣裤穿着短裤跳进水里，用链条锁把车子牢牢地锁在河水里面立着的柱子上。

陶蕊看着他健壮的身体不由一阵脸红心跳。

盛誉穿好衣服走到陶蕊跟前说："咱俩得走着走，你腿行吗？"

陶蕊回答得很干脆："行！"

盛誉在前面走，陶蕊把外衣系在腰上紧跟着他一步不拉。

前面的树林遥遥在望。

陶蕊高兴地在树林里连蹦带跳，她采了一朵娇小的铃铛花走到盛誉跟前。

陶蕊："你救了我的命，我把这朵花献给你。"

盛誉伸手去接，花刚到手，花茎断了，花头垂下来。

陶蕊笑得蹲在地上直"哎哟"。

盛誉跟着她傻笑。

盛誉把揭下来的桦树皮，一层层仔细地剥开，他把那朵花夹在桦树皮里送给陶蕊做纪念。

盛誉和陶蕊一人拿着一根树枝赶着身边的蚊蝇走过来。

盛誉大声问："师傅，能不能给我们点水喝？"

工棚旁边洗脸的工人忙招呼盛誉和陶蕊进工棚。

工棚工人们正在吃饭。他们看见来了生人，忙安排他们坐下。给他们倒了茶水，还倒了酒摆了碗筷。

工人甲："到了这儿就是到了自己的家，大口吃大口喝才是瞧得起我们。"

盛誉和陶蕊确实饿了，两人不客气地吃着馒头喝着稀粥。

陶蕊吃得很香，全没有女孩子拿捏的样子。

盛誉看着她笑。

陶蕊小声问："你笑什么？"

盛誉小声回答："我想起大胃·科波菲尔来了。"

陶蕊羞红了脸。

盛誉和陶蕊在小路上走。

他俩找茬就笑，你笑过来，我笑过去，慢慢笑出了不舍的味道。

陶蕊问："几点了？我没有表。"

盛誉看了一眼腕上的手表，一把拉住陶蕊的手，陶蕊心里一阵乱跳，红着脸垂着眼皮不敢看盛誉。盛誉掏出圆珠笔很认真地在她的手腕上画了一只手表，并且按照自己表上的时间画好了时针和分针。

盛誉："现在是两点四十五分。"陶蕊很高兴地端详着那块表。地铁站等车的人很多，盛誉和陶蕊靠在柱子旁边说话。车进站，盛誉护着陶蕊挤上车。

车里挤得站不住脚，盛誉侧过身，让陶蕊到自己跟前来，陶蕊挤不过去，盛誉把她拉过来，他两条长胳膊一挡，胸前就有了一块清静之地。盛誉吃力地和陶蕊保持着距离。车到站一停，前后一晃，陶蕊的头发蹭到了盛誉的下巴上。盛誉心里一阵震颤。盛誉和陶蕊都闭着眼睛。盛誉画外音："我希望这段路程能长一些。"

陶蕊的画外音："长一些吧，再长一些！"

车厢里传来到站的广播声，他们知道坐过了站，反倒一阵莫名的兴奋。

盛誉："咱们再坐回去？"

陶蕊高兴地连连点头。

地铁开过站台。

车上人少了，盛誉和陶蕊并排坐着，谁也不看谁，无意间抬头，发现对方正在车厢的玻璃反光上偷看自己。

俩人你看过来，我看过去，慢慢看出来了悲哀。

陶蕊问："我们坐了几圈了？"

盛誉："三圈。"

陶蕊："你能给我写信吗？"

盛誉："能，你把地址给我。"

陶蕊的语气有点专横："明天晚上你来送我，我在火车站把地址给你。"

盛誉："我把我的地址先留给你。"

陶蕊："我不要，我要等你给我写信了，我再照着你信皮上的地址给你回信。"

盛誉看着她："不高兴了？"

陶蕊不说话。

盛誉："怎么了？"

陶蕊："我怕以后我们会见不到了。"

盛誉："怎么会？一个人要想见一个人怎么都能见的到。"

陶蕊点点头。

车厢里广播："车公庄站到了。"

陶蕊："下一站我真得下车了，要不我表哥该着急了。他下午去医院拿我的化验结果，四点以前就该回来了。"

盛誉："明天下午一下课我就往火车站赶，咱们在那见面。"

陶蕊举起画着手表的手腕示意盛誉一定要记住时间。

陶蕊："七点半。"

盛誉点点头："七点半。"

列车停下，陶蕊下车，盛誉也跟着下车了。

陶蕊和盛誉站在站台上。

陶蕊："你不该跟着下来。"

盛誉："看你上了车，我再走。"

一个大学生模样的女孩子拎着一个旅行包走到他们跟前。

女孩子掏出来一个手工制作的，特别可爱的黑丑娃举到他们面前。

女孩子："给女朋友买一个吧，这是我们为捐助班里的特困生自己制作的。"

盛誉："多少钱？"

女孩子："二十块钱。"

盛誉立刻掏出来二十块钱递给女孩子。

女孩子把黑丑娃放到陶蕊的手里："我一样只做了一个，他很孤独，你要好好待他。"

说完她转身寻找下一个买主去了。

地铁开动了，透过车窗看见陶蕊的身影远了。

盛誉依依不舍地盯着列车，直到它完全消失在黑暗的隧道里。

教室的门开了，盛誉第一个窜出来，同学们随后跟出来。

盛誉在走廊上跑得飞快。有人大声问他："盛誉，你干吗去？"盛誉没有回答。

街道上车辆拥挤不堪，交通警站在马路上疏导交通。

盛誉站在汽车里焦急地往外看。

乘客甲："走着都比坐车快。"

乘客乙："前面到底怎么了？"

乘客丙："马六把本田刮了。"

乘客甲："赶紧拖到一边解决去，在这耗我们的时间。"

盛誉大声说："司机师傅，请你把门打开，我要下车！"

司机："你在这下车不是等着警察罚我吗？还是车上等着吧。"

盛誉使劲擂车门："我要赶火车！赶火车！"

盛誉在车流里疯狂地奔跑着，他的汗水完全湿透了衣衫。

开车铃声响了，北京开往兰州的列车刚刚离开站台，

盛誉冲上站台，他追着火车跑了很远很远，直到再也看不到火车的踪影。

盛誉站在那里喘得像火车一样。

盛誉背着书包走到传达室门口，他看见黑板上挂号信一栏上有自己的名字。掏出学生证递给工作人员，工作人员拿出一个牛皮纸信封给他。信封上寄信的地址上写着"兰州"两个字。盛誉兴奋异常搂着牛皮纸袋撒腿跑出传达室。

图书室里坐满了学生，盛誉找了个座位坐下迫不及待地拆开了那封信。

信封里装着盛誉送给她的桦树皮制作的信签，信签上贴着用特殊工艺烘干的野花，其中有那朵蓝色的铃铛花。

信签里夹着一张彩色照片，照片上前景虚后景实，前景是陶蕊抱着黑丑娃的胳膊，她手腕上画着一块手表，时针和分针定在两点半上。后景是陶蕊模糊不清的脸，看得出她在笑。

盛誉抽出了陶蕊写的信。

"看见这张照片了吗？这是你给我画的表和你送给我的黑丑娃，为了永久地留下这块表，也为了永久地留下这个时刻，那天晚上回到招待所我就把他们拍下来了。这样黑丑娃和这块表就永远和我在一起了。"

盛誉笑了。

"那记着我送你的那朵花吗？我把它做成了书签，这样它就永远和你在

一起了。分手那天你没来送站，我们没有见到最后的一面。这样也好，省得我在火车站上当着你的面哭出来。我在北京的检查结果不好，那条伤腿出现了恶性肿瘤。医生说我最多还有一年的时间，这是个非常不好的消息，如果我还活着就绝对不能告诉你，我希望我在你心里是永远健康快乐的。盛誉，当你接到这封信的时候，我已经去了另一个世界……”

盛誉傻了，他拿着信纸的手簌簌地抖着。

“一直盼望能接到你的信，看来这一世是没有希望了，你说过一个人要想找到另一个人是肯定会找到的，你说的对，我找到了你，我要把我们之间唯一的也是最后的一封信寄给你……”

盛誉看信的日期，写于一年前。他再看邮戳，是十天前寄的。

盛誉“腾”地站起来他把那个信封紧紧搂在胸前跌跌撞撞往外走，他带倒了两把椅子。

图书室的人纷纷回头看。

盛誉一把扯过来搭在椅子上的毛巾捂在脑袋上，毛巾遮住了他的眼睛，两行眼泪从毛巾里溪水一样地流淌下来。

12.

罗耀辉家客厅。盛开打电话："妈，她的性格你还不知道，主意定了，八匹马都拉不回来。她想去，你就让她出去好了。"

郑婉颐："她为了去看那个混蛋把工作都辞了。"

盛开："盛开二十六了，知道怎么处理自己的事情。你就别管她的事了。"

郑婉颐："她自己拿主意的事，没有一件是对的。"

盛开："对错路也得她自己走，妈你就省点心吧。"

她挂了电话。

罗耀辉问她："出什么事了？"

盛开："没事。"罗耀辉用审视的目光看着她："你现在什么都不愿意跟我说。"盛开扭脸看着他："你想知道什么？"罗耀辉生气："你有什么怕我知道的？"

李健坐在那里看文件。杨秉超推门进来："你找我？"

李健："你是不是在躲着我？"

杨秉超："没有啊。"

李健："昨天晚上我叫你，你为什么不去？"

杨秉超："我不想去你那儿，我有我自己的原则。"

李健欣赏地笑了："好，我尊重你的原则。"

盛放拉着旅行箱从出站口走出来。她给谢启明发短信："我已经到达上海，你过来的时候给我短信。"

谢启明的短信回过来："OK"。

盛放用钥匙开门，进屋时地上的鞋绊了她一下，她顺势用脚把那些鞋扒拉到一边。卧室和书房的门都紧紧地关着。盛放蹑手蹑脚进卫生间。

盛放把脱下来的衣服扔进洗衣机，按动按钮，洗衣机轰隆隆地转起来。

盛放刷牙洗脸，镜子中映出她略显憔悴的脸。

盛放拿着筷子搅着碗里的生鸡蛋。墙上贴着盛放和扬旭的协约。隐私保护：甲方和乙方应该尊重彼此的隐私权，没有经过对方的许可，不得擅自阅读其电脑里的任何文件，不得私自拆阅对方信件，不得偷阅对方手机里面的私人信息。

盛放把蒸好的速冻包子和热气腾腾的汤摆在桌子上。手机声突然响了，盛放从包里拿出手机。

盛放自言自语："不是我的手机。" 盛放推卧室门，门锁着。房间里的手机铃声戛然而止。盛放敲敲门："杨秉超，你醒了吗？"

没人答应。

盛放拧门把要开门。门里杨秉超的声音："你等会儿，我马上出来。"盛放急忙跑到镜子前，擦了点粉底，抹了点口红。她容光焕发地站在门口等着杨秉超开门。

盛放："换手机了？铃声不对嘛。"

里面没有人应答。门开了，杨秉超衣衫整齐地出来，他随手把门关住。盛放有些激动地看着他，眼中流露出渴望和柔情。杨秉超避开她的目光，低头穿鞋，他竟然把鞋穿反了。盛放忍不住笑了，笑容一闪就僵在她的脸上，盛放的眼睛盯在杨秉超的脚旁。他的脚旁，摆着一双纤巧的女式高帮小皮靴。

盛放惊恐地看看杨秉超。

杨秉超尴尬："盛放……"盛放像自己做错了事似地慌忙走开。她下意识地把两双筷子两个碗摆在桌子上。身子重重地坐在椅子上。杨秉超解释说："我……我跟她是……"

盛放镇定下来，抬起头看着他语气平静地问："你跟她好了多长时间了？"

杨秉超不说话。

盛放："你跟我好的时候同时也跟她好着是不是？"

杨秉超："没有。"

盛放："你要跟她结婚？"

杨秉超："不。"

盛放："你要干什么？"

杨秉超不说话。

盛放逼问他："你说啊！"

杨秉超："你让我说什么？"

盛放："你跟她到底想怎么着？"

杨秉超："我不知道。"

盛放："你想用不知道这三个字解决我们有的问题吗？"

杨秉超："什么事情只有到了结尾才能知道开始是什么意思。"

盛放声嘶力竭地喊起来："杨秉超，你是一个大混蛋！我为了爱情放弃了自己的整个生活，你却这样对我！"

杨秉超："你又来了，我早就跟你说过爱情像豆腐，日子长了，总会发酸发臭。你为了这两个字放弃一切，那是你自己不成熟，怨不得别人。"

盛放两眼冒火："我是不成熟，不成熟到能看着你在我的床上跟别的女人睡觉。"

杨秉超："怎么是你的床？这房子是咱俩合租的，我有使用的权力。"

盛放抬手给他了一个嘴巴子。

杨秉超摸了一下鼻子，手上有血，他的嘴角挂着一丝笑容。

盛放的眼泪喷涌而出。她突然站起来，拉着自己的行李箱开门，逃命似地跑了。杨秉超看着被紧紧关上的户门。门上挂着的那串钥匙，在左右摇晃。卧室的门开了，李健衣衫整齐地从里面出来。李健："杨秉超你就这样理解爱情？"

杨秉超咆哮起来："你让我清静一会儿好不好？"

李健看了他两秒钟也摔门走了。

街上车水马龙，谢启明开着车夹在其中。谢启明边开车边听着导航给他引路。盛放突然冲上马路。谢启明吓了一跳，慌忙打轮躲闪。

盛放在车海中疯了似地跑。车辆来回躲闪着她。谢启明的车响着刺耳的刹车声冲过来。盛放被车挂了个趔趄，差点儿摔倒，她没知觉似地接着跑。谢启明摇下车窗大声骂："疯子，你想被撞死吗？"

盛放像聋子一样地跑着，一辆辆汽车鸣着喇叭与她擦身而过。

路上一片混乱。谢启明追上去，打开车门抓住盛放。盛放根本不看他是谁，甩开他就跑。谢启明把车扔到路边拼命追她。

大桥下面锣鼓喧天，老头老太太在练秧歌,盛放突然冲进秧歌队。

谢启明跟在后面，他一把抓住盛放的衣服。盛放以为是杨秉超，回手给了他一个大嘴巴。锣鼓点儿正好停了，声音格外响亮。扭秧歌的人一起回头看。盛放发现打的是谢启明，她吃惊地捂着脸，眼泪围着眼眶直转。

领队的老太太不干了，她骂谢启明："你一个大男人，伸手打老婆也不害臊，女人的脸是随便打的吗？"

谢启明分辩道："我没打她。"

老太太："嘴巴子搧出那么大的声响还说没打，你没打她能哭吗？"

老太太们围着谢启明七嘴八舌地指责他。盛放趁乱挤出人群跑了。谢启明追上去。

老太太们在后面七嘴八舌地喊："姑娘，你打110啊！"

盛放在街道上疯跑，谢启明的车冲到她的身边停住。

他使劲把盛放揪上车。盛放披头散发地从座位上坐起来，开车门要跳下去。谢启明使劲把她拉回来锁上车门骂道："你不想活了也别害别人！"

谢启明把油门一脚踩到底。盛放趴在车上痛哭。谢启明不理她，他把车开得飞快。

汽车驶到郊外一片茂密的树林旁边停下，谢启明下车站在路边，他心里非常生气。

盛放坐在车里两眼直呆呆地看着窗外。

谢启明绷着脸命令她："下车。"

盛放不动。

谢启明火了，他喊："你给我下来！"

盛放从车上下来，她站在车的另一边，不看谢启明。

谢启明骂盛放："你像疯子似的干什么？啊！？"

盛放声嘶力竭："他是个王八蛋！"

谢启明："他是什么也犯不着你搭上一条命！"

盛放："你不懂！你根本就不懂！"

谢启明："我怎么不懂？他不就是没有按照你的意志做事吗？"

盛放："我这么爱他，他却跟别的女人睡觉！"

谢启明一怔，随即放缓了语气："你们俩没结婚，感情又处在分手阶段，发生这种事有什么奇怪？一点都不奇怪。"

盛放喊："他不能这样对我！"

谢启明："不应该的事多了，可每天不都在照样发生吗？"

盛放："谢启明，你真不是个人！"

谢启明："因为我理智？因为我客观？盛放，生活原本就是这样的，你不想认识那是你的问题。"

盛放："他对不起我，我倒有问题了？"

谢启明："你没问题，你们之间怎么会出现问题？"

盛放一愣。

谢启明："我真不相信，你爱一个人能爱到如此糊涂的地步。你的悲剧是你自己亲笔写的，怨不着别人。"

盛放："姓谢的，你到底有没有同情心？"

谢启明："同情解决问题吗？不解决问题。问题是靠理智解决的。"

盛放："我什么都没有了，我把我的一切都给他了，包括理智。"

谢启明："说具体点儿。"

盛放："我给了他六年的青春。"

谢启明："他不同样也给了你六年的青春吗？"

盛放："男人的青春比女人长得多！"

谢启明："你这是自贬！"

盛放："我给了他自由！"

谢启明："你给他自由，却让他忠实于你，这算哪门子自由？"

盛放目瞪口呆地看着他。

谢启明："大姐，你玩的这一出游戏叫官兵捉强盗，你对他所谓的好，完全是不顾他人死活的锦上添花。"

盛放怒不可遏转身跳上汽车。

谢启明一愣，随即"扑哧"一声笑了："典型的恼羞成怒，你要是能把车挪动窝，我叫你声师傅！"。

盛放打火，然后一脚油门。

汽车突然朝前面窜去，谢启明吓了一跳，他在后面追。

汽车摇摇晃晃开得并不快，谢启明很快追上了。

谢启明："踩刹车，快踩刹车！"

盛放一脚踩在油门上，汽车加速了。

谢启明骂："盛放你赶紧给我滚下来！"

盛放猛打方向盘。汽车调头朝谢启明冲过来。

谢启明吓得一激灵，他转身就跑。盛放一脸杀气地追在后面，她的车越开越快。谢启明跳到路基下抱住了一棵大树。

盛放刹不住车，大声喊叫："救命啊！救命！"谢启明跳上路基追车，他助跑着跳上了车踏板，从开着的车窗钻进了车里。

盛放疯了一样地开着车，见弯就拐，汽车几次差点翻到路边。

谢启明使劲跟她抢方向盘，怎么也抢不过来。

谢启明一脚踩在刹车上，汽车尖叫着停下。

谢启明气急败坏，使劲推了盛放一掌："你真是天底下最讨厌的人，谁招你谁倒霉！"

盛放回手反击。谢启明机敏地抓着她的两只手，盛放拼命挣扎。

两人从车里滚到车外，谢启明占了上风。谢启明这才发现盛放浑身抖得像筛糠一样，额头上全是冷汗。他使劲按住她的腿，她的胳膊在抖。谢启明不由地怜悯起她来，他把盛放扶起来让她靠着树坐着。盛放的牙齿上下打着寒战。

谢启明脱下外套包着她，把她往车上拽，盛放不去，也不让谢启明去，她死死地抱着他的一条腿。

谢启明拖着她走了几步，"扑哧"一声笑了。

盛放也破涕为笑。谢启明越笑越厉害，俩人笑得面孔痉挛血管膨胀。

谢启明指着盛放："猪！一头猪的愚蠢已经装不下你了！"

盛放抡起胳膊不动声色地给了谢启明一个大耳光子。

一声脆响，谢启明和盛放都吓了一跳。

静场片刻。谢启明扑过去揪盛放，盛放拼命反抗压。

谢启明："我叫你手欠！我叫你知道男人的脸是不能随便打的！"

盛放牙关紧咬跟谢启明进行着一场无声无息的恶斗。

盛放躺着，谢启明坐着，两个人都是气息奄奄的。

谢启明向盛放伸过一只手，盛放稀里糊涂地爬过来，她靠在他身上。谢启明搂住她的肩膀。盛放开始哭了，她哭得很伤心。

谢启明低声骂盛放："蠢猪！笨蛋！你刚才差点要了咱俩的命！"

盛放嚎啕大哭。

杨秉超和李健坐在沙发上说话，两个人之间隔着一段距离。

李健："我一直以为我是一个有能力的人，现在才发现，我什么能力都有，就是没有控制感情的能力。有了那么多经历以后，遇见了你，我以为我可以培养你做我的助手，培养你做我的恋人。想想，我这个年龄的女人对你还有这样天真烂漫的想法实在是可笑。"

杨秉超："你没有必要检讨自己。"

李健："人应该有自省能力。"

杨秉超："给我一天假我得去找找她。"

李健点点头："遇到问题要及时解决，这是一个好的处事态度。去吧。"

街道上人头攒动。杨秉超在街道边上打手机。手机"嘟""嘟"响着，但是没有人接听。杨秉超一筹莫展地站在马路边上四处张望。

谢启明和盛放坐在宾馆里喝着啤酒说话，盛放的情绪还很激动，她不停地说着。

谢启明："我就不明白，我已经跟你说得这么清楚了，你怎么还往死胡同里钻？"

盛放："你根本就没从心里爱过一个人，怎么能懂我的感情。"

谢启明："你的这种感情是病态的，不管是你爱他还是他爱你，结果都是悲剧。悲剧比喜剧更有震撼力是不是？"

手机响，盛放拿起手机看了一眼，扔到一边。

谢启明："还是他？"盛放点点头。

杨秉超站在宾馆服务台前，小姐在电脑里给他查旅客资料。

小姐："先生，对不起，我们宾馆没有这个旅客。"

杨秉超失望地离开。

房子里面堆满了家具衣物，盛茂林满头大汗地指挥着搬家公司的人摆家具。

盛茂林："桌子靠墙放着，沙发靠这边墙，小心点别把地板蹭坏了。"

工人："桌子放哪儿？"

盛茂林："靠东边放，对，别紧贴着门。"

手机铃声响，盛放不看手机。

谢启明："还是不回？"

盛放回答得坚决："不回。"

谢启明："你这女人看着单纯，其实还挺恶的。"

盛放："我怎么恶了？"

谢启明："小手搧起嘴巴子来又快又狠。"

盛放："今天是我人生第一次打人。"

谢启明："今天是我人生中第一次挨女人的打。"

盛放："你在我眼睛里就是杨秉超，我恨不得杀了你。"

谢启明："爱就爱个死，恨也恨个死，落到你手里左右活不下去。"

手机里传来收到信息的声音，盛放看手机。

信息上写着："给你打电话你不接，咱们应该坐下来好好谈谈，我在老地方等你。"

盛放把手机扔到床上。

谢启明："能看吗？"

盛放："随便看。"

谢启明看手机信息："老地方是哪儿？"

盛放："静安寺公园。"

谢启明："去吗？"

盛放："不去！他在我心里已经死了。"

谢启明："野火烧不尽，春风吹又生。我也看出来了，他就是你的悬崖，你心甘情愿地一头栽下去。"

盛放懒得理他："帮我订个房间，我困了。"

谢启明给服务台打电话："你好，我要再订个房间。什么？没房间了？"

盛放急了："我怎么办？那个家我是不能回去了。"

谢启明："急什么？这不有两张床吗？你一张，我一张。"

盛放吃惊地瞪大了眼睛："咱俩睡一个房间？"

谢启明："我们上学野游的时候，男女还睡过一个帐篷呢。你信不过我啊？"

盛放："我信不过我自己。"

谢启明笑："我信得过你就行。在我眼里你完全是那种广义的正道上的女朋友，也就是流行的第四种关系的朋友。咱俩在一起可以畅所欲言，可以打情骂俏，但绝不会想入非非弄假成真。"

盛放频频点头："说得太对了，我跟你在一起，就像跟从小在一起玩尿泥长大的伙伴厮混在一起。除了上厕所，洗澡和睡觉的时候能想起来男女有别，剩下的时候完全没有跟异性在一起的感觉。怎么样？打中你的七寸了吧？"

谢启明："刚才为了挽救你，我又唱又跳差点把我祖上的家业都送给你。你可好，用这么恶毒的语言回馈我，我在你眼里是什么？不敢刺毛的hello kitty？”

盛放哈哈笑。

谢启明对着瓶子喝了一大口啤酒：“我寂寞我悲伤。我的寂寞和悲伤是英雄才有的寂寞和悲伤。”

盛放：“啊呸！”

谢启明又喝了一大口酒：“酒喝到一定的份上，就眼花缭乱地生出许多新的希望。”

盛放：“你希望什么？”

谢启明：“现在还说不清楚，再喝一会儿就清楚了。”

盛放拿起一个苹果威胁她：“你说不说？”

谢启明回答得坚决：“不说！”

盛放把苹果砸过去。

谢启明伸手接过来苹果反击回去。

杨秉超站在静安寺公园门口向远处张望着。 行人三三两两地从他面前走过去。杨秉超打手机。

谢启明躺在床旁边的地毯上，听了一会儿，手机不响了，他伸手朝盛放的床上扔一个苹果过去。盛放那边没有反应。谢启明站起来光着脚蹑手蹑脚地走到盛放的床边。盛放睡着了，她睡得很熟。谢启明站在床边看了她很久。他拿起来盛放的手机把铃声拨到静音档。

晚上，行人稀少，杨秉超知道盛放不会再来，他神情疲惫地离开。

客厅里全部家具安置完毕，房间布置简单整洁。

盛茂林一屁股坐在沙发上，他拿起遥控器打开电视。

电视里在播一部纪录片。

郑婉颐坐在沙发上，一页一页地翻着影集，看着二十几年前的照片。她翻那个粘满了地铁票、电影票和公交车票的硬皮本子，一页一页地看。那些票据有的单独一张，有的两张并排贴着，旁边都标注着年月日。

盛茂林拿起手机拨号码。

盛放熟睡。她的手机在茶几上嗡嗡地震动着。靠在床上玩手机游戏的谢启明像没听见以样。

手机响。正在电脑上查资料的盛誉伸手拿起电话。盛誉：“喂。”

盛茂林的声音：“是我。”

盛誉一愣，立刻听出来对方是谁。

盛茂林满脸喜悦：“我是爸爸，我搬回北京了。”

话筒里盛誉半天没有吱声。

盛茂林：“喂，能听见吗？”

盛誉：“我听见了。”

谢启明开车，盛放坐在他身边和他说话。

谢启明：“哎，盛大使。”

盛放扭头看他：“你叫我什么？”

谢启明：“全称失恋女青年形象大使，简称盛大使。”

盛放：“对不起，本大使从即日起光荣卸任了。”

她看看天上的太阳：“失恋有什么了不起，你看太阳不是照常升起吗？”

谢启明：“于是你觉得自己变成了一个全新的人？”

盛放：“对！”

谢启明：“江山易改，本性难移。你对这句话怎么认识？”

盛放喊：“谢启明，你什么意思？”

谢启明：“我压根就不相信一个人睡了一觉，第二天早上醒来就变成了另外一个人。”

盛放：“那是你孤陋寡闻，这个世界上就没有不可能发生的事情。两块无机物还能变成两只蝴蝶翩翩起舞呢，何况我这样一个大活人！”

谢启明：“高论，真是高论。你说的对，物质的形态不变则已，一变就是天壤之别。你觉得咱俩能变成什么？”

盛放：“鲜花和鲜花下面的牛粪。”

谢启明哈哈大笑。

盛放得意洋洋，看得出来她的情绪比昨天好多了。

谢启明：“你说一个人爱上另一个人就应该把自己的一切都给他，这种观念根本就不对。一个人怎么能把自己的一切全部压在别人身上呢？这对自己不公平，对别人也太沉重了。”

盛放：“我全心全意地去爱不对吗？”

谢启明："我没说你不对！"

盛放："那你什么意思？"

谢启明："我只是随便说说自己的想法，我觉得你在恋爱上的这种忘我精神会把男人逼得走投无路。"

盛放变了脸："不要为你们男人见异思迁的本性找借口！"

谢启明："嘿，你怎么说翻脸就翻脸呢？人太敏感了没什么好处，第一听不进去意见，第二会对自己造成伤害。"

盛放："靠边，我要上厕所。"

汽车在停车道上停下，盛放跳下汽车。

盛放冷着脸："谢谢你让我搭了一路车，从现在开始你走你的阳关道，我走我的独木桥。咱们俩就当做谁也不认识谁！"

谢启明："你去哪儿？"

盛放下巴一扬："你管不着！"

盛放在公路上大踏步地走，谢启明的车在后面慢慢地跟着。

谢启明："你到底要去哪去儿？"

盛放满脸是汗疲惫不堪地走着，她不理谢启明。

谢启明从车窗里面伸出去一根树枝，树枝上挑着一串钥匙，钥匙中的指甲刀上夹着一张纸上面大大地写着：罚单！牛粪自知罪恶滔天,为赎罪特请鲜花在前面的饭店里暴撮美味一顿！

饥肠辘辘的盛放眉开眼笑，她一把扯下来"罚单"重新坐到车上。

公路边小店里只有谢启明和盛放两人吃饭。老板和老板娘趴在柜台上看着他们。谢启明用筷子扒拉着菜："老板，你这辣子鸡丁里是不是忘了放鸡丁？"老板陪笑。

谢启明："真不该给你饭钱！可惜我已经给了。"

老板紧张起来："给了？你给谁了？"

谢启明指了下女老板："你家内掌柜的。"

女老板脸一板："我根本没收过你的钱。"

谢启明自言自语："我记得我给了你100块钱，真奇怪！"

他问盛放："那张100元的假币在你那儿吗？"

盛放立刻明白他的意思说："你不是给她了吗？"

女老板慌了："你等一下，我找找。"她手忙脚乱地翻着钱匣子，找出来一张一百元的钞票问："是这张吗？"谢启明不置可否。老板娘火了，把钱摔在他的眼前说：“我们这不收假币，赶紧给我换成真的，要不我把你拉到乡派出所去。”

出来后，盛放和谢启明站在路边前仰后合地大笑。

谢启明：“一次我在路边拣了个包，打开一看里面有十万元钱。

盛放瞪圆了眼睛：“真的？”

谢启明说：“我一激动昏过去了。等我醒过来，发现丢包的那个人正紧紧握着我的手，他热泪盈眶地抖搂着我的手一连气地说，谢谢！谢谢！谢谢你一直在这帮我看着包……我一着急又昏过去了。”

盛放哈哈大笑。

谢启明学路边的垃圾筒，闭着眼睛张着嘴傻呵呵地站在那里。

盛放从口袋里掏出包口香糖的废纸动作迅速地扔进他嘴里。

谢启明追盛放，盛放突然站住使了个绊儿，谢启明“扑通”一声摔倒。

谢启明爬起来捡了一块碎砖头在地上画了一个大箭头。

盛放抢过来碎砖头在箭头旁边写了六个大字：向前！向前！向前！

谢启明开车盛放坐在副驾驶的位置上，两人扯着嗓子唱：“我要那怒放的生命……”

门铃声响，盛茂林赶紧站起来去开门。盛誉有些拘谨地站在门口。盛茂林高兴：“好找吧？”

盛誉：“好找，这儿跟我妈家隔了一条街。谁的房子？”

盛茂林：“我们同事的女儿给他买的，女儿去了澳大利亚，北京就剩下老两口。人上了岁数就是没出息，老想着落叶归根。他决定卖了房，回重庆老家去安渡晚年。知道我想在北京买房，就让我先住在这儿，房子给我留一年，等我筹够了钱再把房子转手给我。”

盛誉：“人老了都喜欢怀旧。”

盛茂林：“年轻的时候我也想你们，因为有工作干，忍忍就过去了。岁数越大越拿自己没办法，知道回来看你们，你妈不会给我好脸看，可我还是要回来看她给我甩脸子。你说我已经是六十几岁的人了，要面子有啥用？看着你们好，比什么都强！”

盛誉感慨地点点头：“你的心情，我能理解。”

盛茂林：“你理解什么？”

盛誉："没当爸的时候我真的一点儿都不理解你，现在我儿子已经六岁了，作为一个父亲我完全能理解你的感情。"

盛茂林："孩子六岁了？"

盛誉："马上要上小学了。"

盛茂林："你有孩子的照片吗？"

盛誉："有。"

他从钱包里面掏出来照片给父亲看。

盛茂林看着孙子的照片，眼圈不由自主地红了。

盛誉被父亲的情绪感染，两个人默默地看着照片谁也不说话了。

盛茂林："你告诉盛开我来北京了吗？"

盛誉："还是先别告诉她。"

盛茂林："怎么了？"

盛誉："她丈夫出了车祸刚出院在家养着，盛开除了上下班还要忙着做三顿饭。已经够辛苦的，就别让她再分心了。反正你也不走了，以后有的是时间见她。"

盛茂林关心地问："要不你带我去她家看看？"

盛誉急忙制止："还是别去，万一碰上我妈，盛开更不知道该怎么处理和你的关系了。"

盛茂林点点头："你说的对，不急，有的是机会。"

罗耀辉一瘸一拐地领着罗母四下看，盛开一声不响地跟在后面。

罗母："钱花得不冤枉，看哪儿都亮堂。"

罗耀辉："没看看谁当的监工？"

盛开开口了："得了吧！你说是木工没返工，还是瓦工没返工，还是油工没返工？"

罗耀辉："不这么返工，我能成装修杂家吗？"

罗母："听说过杂合面，没听说过杂家。"

罗耀辉："专家是用来建设的，杂家是用来生活的。"

罗母："我的那些装鞋的盒子和点心匣子呢？"

盛开："那些空盒子没用还占地方，卖给收废品的了。"

罗母的脸沉下来，她转身进了自己的房间，罗耀辉跟进去。娘俩把门关上了。盛开生气盯着那扇门。

罗母：“这房子的户主是我，不是她。”

罗耀辉：“装修是她家拿的钱。”

罗母：“不是钱的事。”

罗耀辉：“话可以这么说，过日子没钱寸步难行。你看这窗帘都是她选布料找人做的，给家里省老鼻子钱了。”

罗母：“这活女人不干谁干？倒退三十年，你妈我操持这个家，能省一半钱出来。”

罗耀辉：“妈，你吃药了吗？”

罗母：“大夫说，吃药后必须保持乐观情绪。看你媳妇那张脸和你被撞成这样，你妈乐观得起来吗？这药我不吃了。”

广场上锣鼓唢呐声鼎沸。郑婉颐和张连祁在扇子舞的队伍里跳得来劲。郑婉颐抛扇子转身的时候眼睛扫到了人群里的盛茂林。她惊得身子一抖，步子立刻乱了。张连祁急忙帮她踩点儿，郑婉颐镇静下来。盛茂林认真地看着她扭。郑婉颐故意气他，跟张连祁逗扇子逗得越发来劲了。

张连祁也看见了盛茂林，他问郑婉颐：“那人是谁？怎么那么盯着你看？”

郑婉颐：“追星族，我的粉丝。”

张连祁“扑哧”一声笑了。

街上，郑婉颐拎着大大小小几个塑料袋气喘吁吁地走着，她走走停停不时倒着手。

她倒手的时候一袋鸡蛋差点掉到地上，盛茂林的手入画及时接住了鸡蛋。

郑婉颐吓了一跳，回头看是他，她警惕地问：“你想干什么？”

盛茂林有意缓和他们之间的气氛：“我能干什么？帮你拿拿东西呗。”

郑婉颐从他手里把鸡蛋抢过来：“用不着你拿！”

盛茂林：“你看，鸡蛋流汤了。”

郑婉颐低头看鸡蛋，果然有两颗鸡蛋破了，她没理睬拎着鸡蛋头也不回地走了

郑婉颐在前面走，盛茂林一声不响地在后面跟着。

郑婉颐心里紧张，越走腿越软，她决定先发制人，于是站住脚回过头两眼瞪着盛茂林。

郑婉颐："你老跟着我干什么？"

盛茂林指着她手里的塑料口袋："你看萝卜把豆腐也压碎了。"

郑婉颐赶紧把手里的鸡蛋放在地上，倒腾另外的几个塑料袋子。

盛茂林顺手把最沉的两个袋子拎起来。

郑婉颐："远点去，我不用你帮我拿。"

盛茂林像没听见一样自顾自地往前走。

郑婉颐追上去，刚要抢他拿在手里的东西，顾阿姨和另外一个妇女过来跟她打招呼。

顾阿姨："家里来客人了？"

郑婉颐的话噎了回去，她微笑着应付："啊，啊。"

顾阿姨："有话以后再说，快走吧，别让客人等着。"

郑婉颐追上了盛茂林，她气喘吁吁地问："姓盛的，你到底想干什么？"

盛茂林："咱俩聊聊。"

郑婉颐："我跟你没话。"

盛茂林："郑婉颐，咱俩不是敌人吧？"

郑婉颐回答得很干脆："当然是敌人。"

盛茂林："国共两党还能坐在谈判桌上对话呢。"

郑婉颐："谈判？你熬到那个级别了吗？"

盛茂林叹了口气："咱俩都这么一把岁数了，老把这些气话拎来拎去的没意思。"

郑婉颐："没意思也是你自己找的。"

盛茂林："是我自己找的。"

有人跟郑婉颐打招呼："郑老师，买菜回来了？"

郑婉颐一抬头，这才发现他们已经走到家门口了。

郑婉颐强挤笑容："啊，你出去啊？"

那人答应着走了。

郑婉颐压低声音语气强硬地说："姓盛的，你离我家门远一点！"

盛茂林退后一步。

郑婉颐掏钥匙开门进屋，门即将关上的那一瞬间，盛茂林伸出一只脚挡住了门。

郑婉颐："你干什么？"

盛茂林："进去。"

郑婉颐："你有资格进吗？"

盛茂林："有，当年离婚的时候分给过我一间房子。"

郑婉颐："那又怎么样？"

盛茂林不软不硬："盛誉没跟我走，我把那间房子留给了他。盛誉的房间就是我的，我进我自己的房子天经地义。"

郑婉颐："那房子早就拆了，你到砖头堆上坐着去吧。"

盛茂林提高了嗓门："搬迁费已经算在这所房子里面，你不让我进就是非法侵占我的财产。"

有人从过道里面出来奇怪地看着他们俩。

郑婉颐怕人笑话，气冲冲地转身进屋。盛茂林急忙跟进去。

盛茂林在房间里面转来转去，郑婉颐抱着两肘靠在门口防贼一样盯着他看。

盛茂林的眼睛停留在墙上的照片上面，他看见了儿子盛誉，看见了孙子盛尊，看见了女儿盛开，同时也看见了陌生的盛放。

盛茂林盯着照片上盛放的脸。

几秒钟后他的眼睛从照片上移开，移过去了不禁又移回来，他上上下下地仔仔细细地看着照片里面的姑娘。

盛放突然开门进来，郑婉颐吓了一跳。

盛放："妈，你堵在门口干什么？"

她看到盛茂林愣了一下，马上客气地问了声："你好！"

盛茂林猝不及防干在那里："啊……啊"

盛放觉得家里的气氛有些异常，她没话找话问："妈，吃什么饭啊？"

郑婉颐被点醒："还没做饭呢。赶紧，赶紧，赶紧过来帮我择菜。"

她急忙进厨房，盛放跟进去。

盛茂林在沙发上找了个舒服的姿势坐下。

盛放从冰箱里面拿出来一瓶酸奶喝。

郑婉颐："工作的事情怎么样了？"

盛放："刚参加完一个面试，下午还有另一家约的两点，我回来吃完午饭就走。"

郑婉颐："炒菜做饭怕是来不及了，我给你下点鸡汤馄饨吃。"

盛放悄悄问母亲：“外面那个帅老头是谁？追求者？”

郑婉颐眉头一皱：“找打是不是？”

盛放：“您看您的表情，多不自然，您不会是真的动了凡心吧？”

郑婉颐：“我瞎了一回眼，不能再瞎一回眼。”

盛放：“干吗说这么瘆人的话？他到底是谁啊？”

郑婉颐没好气地说：“盛茂林！”

盛放吓了一跳：“啊？他怎么敢来？”

郑婉颐：“他可就有这胆子呢！”

盛放放下手里面的酸奶瓶子往外走。郑婉颐伸手拽她，没拽住。锅开了，锅盖被溢出来的汤顶翻抛到地上。郑婉颐一阵手忙脚乱。

盛放走到盛茂林跟前上上下下地打量着他。盛茂林目光镇定地和盛放对视着，两个人谁也不说话。

郑婉颐追出来叫了声：“盛放！”

盛放转过脸看着母亲：“干什么？”

郑婉颐：“饭好了。”

盛放用蔑视的目光扫了盛茂林一眼：“这个人败了我的胃口，我不吃了。”郑婉颐神情不安地看着他们俩。

盛放对盛茂林说：“你不受我们家欢迎，知道吗？”

盛茂林：“知道，解决完问题我就走。”

盛放：“你们的问题二十四年前已经解决了。”

盛茂林：“这是我跟她的事，没有必要跟你说。”

盛放：“她是我妈，她的事就是我的事。”

郑婉颐拉住盛放的手腕：“听话，去吃饭！”

盛放挣扎：“妈，你别拉我。”

盛誉进门，看见父亲他吃了一惊。

盛茂林如释重负，他站起来跟盛誉打招呼：“下班了？”

盛誉：“嗯，你来了？妈，做什么饭吃啊？”

郑婉颐瞪了儿子一眼没好气地说：“想吃自己做去，我没功夫伺候！”

盛誉挠挠脑袋看着父亲。

盛茂林给儿子台阶下：“咱们到外面吃去，路口拐弯的地方有个挺不错的餐馆。”

盛誉觉得只能这样了，他说：“行。”

郑婉颐又狠狠地瞪了他一眼。

盛誉急忙改口："妈，盛放，一块去吧。"

郑婉颐："你没下过饭馆啊？怎么那么馋呢？"

盛誉："我想吃你做的饭，你不给我做，我只能下饭馆了。"

他开门出去，盛茂林紧跟着他出去。

郑婉颐一屁股坐在沙发上，她红着眼圈骂道："白眼狼！我怎么养了这么一只白眼狼？"

盛放："妈，那馄饨别吃了。他们能下饭馆，咱俩也能下，走，我请你。"

郑婉颐骂盛放："我看你是有钱烧的！"

盛誉坐在办公桌前看文件。

金荷进来倒了一杯浓香的咖啡放在他的面前。手机响，盛誉接电话："喂。"

盛放："哥，听说那个人在北京租房子了？"

盛誉的声音："哪个人？"

盛放："今天中午跟你一起吃饭的那个人。"

盛誉的声音："嗯。"

盛放："你把那人的地址给我。"

盛誉的声音："你想干什么？"

盛放："我想跟他谈谈。"

盛誉："这个态度是对的，说话的时候注意点分寸，不管怎么说，他是老人。我马上把地址发给你。"

他挂了电话，抬眼看了金荷一眼。

金荷伸了下舌头出去了。

盛放的声音："哥，你能不能不给我上课？"

盛誉："有的课你还真不能缺，比如说宽容。宽容不是道德而是认知，唯有深刻地认识事务，才能对人和世界的复杂性有了解和体谅。"

盛放："哥，求你从神龛上走下来，闻闻人间的烟火，尽管呛人辣嗓子，好歹有油腥，总比坐在神龛上吃干巴点心强。"

话筒里传来盛誉哈哈大笑的声音。

13.

盛茂林家客厅。电视里播着新闻。门铃响。盛茂林开门。盛放站在门外。盛茂林看见她一愣。盛放不等他让自己进来，她打量了一眼房间。盛放："地址是我哥告诉我的。"

盛茂林："哦，坐吧。"

盛放在沙发上坐下："你跟我妈的事，我妈都跟我们说了，其实这是你们之间的矛盾,我不该过问。可是你们的恩怨牵扯到了我，我不得不插手进来，我必须弄清楚我的亲生父亲到底是谁。"

盛茂林："你的亲生父亲是谁，你问你妈去，问不着我。"

盛放："当时你是她的丈夫，我妈妈再能耐，她一个人也生不出来孩子，除非她能自授花粉。"

盛茂林被她的话吓了一跳："你这孩子怎么什么都敢说？"

盛放："我哪句话说错了？我妈一口咬定我是你的女儿，你一口咬定不是。你说，我该信你还是信她？"

盛茂林："二十多年前的陈糠烂谷子，我懒得翻腾。"

盛放："盛茂林。"

盛茂林被她的直呼其名弄得心中恼怒："你可真没教养！"

盛放："那得看用在谁身上。我根本就没申请过要出世，是你们硬把我拽进你们的生活里来的。我就是把未来预料的再糟糕，也没想到我的出生能毁了一个家。"

盛茂林急了："你大可不必跑来跟我说这些，咱俩没有血缘关系，我对你不负任何责任。"

盛放："是你突然跑到我们家，让我知道我是个来历不明人，是你搅乱了我的生活，我来找你就是要找着我的出处，要找着那个在血缘上被我称作父亲的混蛋。"

盛茂林心里"格登"一下，他目瞪口呆地看着盛放。

盛放冷笑："别以为我找他，是为了孝敬他，我找他是为了有目标的仇恨他。他生了我，又恶心和抛弃了我，我要当面告诉他，如果这一身的血能换，我就把身上流着的他的那一部分血全部抽干，换上新鲜的干净的血。"

盛茂林气得浑身哆嗦："这事我帮不了你。"

盛放："互助，谈不上帮。"

盛茂林："我跟你有什么可互助的？"

盛放："咱俩一起到医院去做个亲子鉴定。"

盛茂林："亏你想得出来！"

盛放："你宁肯相信自己也不相信科学？"

盛茂林决定不理她，他转过身拿起一张报纸看，报纸在他手里抖着，他扔了报纸。

盛放："你真的不去？"

盛茂林态度非常坚决："不去！"

盛放二话没说，起身进了卫生间"砰"地一声关上了门。

盛茂林打开电视机。

盛放拿起漱口杯里的牙刷。这是一把包装袋还没除掉的新牙刷。盛放失望，把牙刷扔回到杯子里。

盛茂林眼睛看着电视，心思却根本不在电视节目上。卫生间里面传来冲马桶的声音。盛放开门出来，她在房间里面无聊地转了一圈绕到盛茂林的身后。盛茂林用余光注意着她。盛放突然伸手拽住他后脑勺上的几根头发使劲往下一薅。盛茂林动作机敏地一闪躲开了，他厉声问道："你想干什么？啊？"盛放没得手，她气急败坏地开门走了。盛茂林站在那里好一会也没明白过来她要干什么。盛茂林："她怎么可能是我的女儿？往上翻三代，我们老盛家都没出过这么混蛋的人！"

街上灯火通明，行人如潮。

盛放站在路灯下给谢启明打电话："我跟那老头谈崩了，你要的几样东西我一样都没弄到手。"

谢启明坐在桌子前接电话："还有一种方法就是DNA鉴定，这项鉴定能鉴定你和你的哥哥或者姐姐是否是同父同母的兄妹或姊妹。"

盛放拿着电话边走边听，她很专注地听着。

盛放："好，我这就给我哥哥打电话。"

盛誉洗完澡，用毛巾擦着脑袋走到桌子旁边，电话铃声响。

他接电话：“喂。”

盛放的声音：“哥哥，明天上午你抽空陪我上趟医院。”

盛誉立刻紧张起来：“你怎么了？”

盛放：“做个DNA鉴定，看看咱俩是不是同父同母的亲兄妹。”

盛誉：“你疯了？”

盛放：“你要是不跟我去，我肯定就疯了。”

盛誉想了一下：“你可真能闹腾！好吧，好吧，我跟你去。”

盛放和盛誉坐在门口的椅子上。

盛放：“哥，我有点儿紧张。”

盛誉：“紧张什么？”

盛放：“如果我真的跟你们不是一个父亲怎么办？”

盛誉：“那有什么大不了的？咱们在一个家里不是已经生活了小半辈子了吗？血缘这东西说重要也不重要，就看你怎么认识了。”

谢启明从化验室出来，两人站起来迎上去。

盛放急忙打断他的话：“你别跟我说，我不敢听，你跟我哥说吧。”

谢启明：“不想听？告诉你，过了这村可没这店了。”

盛放把盛誉推到谢启明跟前。

谢启明把鉴定书递给盛誉说：“化验室把你们的血样进行了单独的DNA 分析，又把经过分析得到的基因位点，加以计算分析，从而得出你们两个人拥有完全相同的父母。”

盛放心中大喜，她扑过来使劲拥抱着盛誉：“哥！哥！”

盛誉跟谢启明握手：“谢谢，谢谢你！”

盛放笑着跟谢启明握手，她的眼泪含在眼睛里。

谢启明指着盛放对盛誉说：“这人从笑到哭连转换开关都不用。”

盛誉：“是啊，挺好的事，你哭什么？”

盛放：“不公平！命运对我简直是太不公平了！”

谢启明：“谁告诉你命运是公平的？我早就告诉过你，命运是不公平的。”

盛放：“谢启明，我讨厌你这套理论！”

盛誉：“盛放！你怎么跟人家说话呢？”

谢启明宽容地笑："你算批评对了，就算我是她的服务器，也不能用完就翻脸吧？"

盛誉："我请你吃饭。"

谢启明："不了，不了，我还在班上，有病人等着呢，改日吧。"

郑婉颐在拖地板。盛开推门进来："妈。"郑婉颐抬头看到她吓了一跳："你怎么瘦成这个鬼样子？"

盛开把包扔到沙发上顺势躺下："连一个整觉都没睡过，还能活着就不错了。"

郑婉颐担忧地看着她："一直想到你那里去看看，就是倒不出来功夫。"

盛开："快别去了，看着还不够你心烦的呢。"

郑婉颐："耀辉怎么样了？"

盛开："能出去走，吃喝拉撒都自理了。"

郑婉颐长舒了一口气："总算熬出头了。"

盛开："盛放给我打电话说，他来咱们家了。他到底想干什么？"

郑婉颐："这还用说？不明摆着吗？想跟你们重新疏通血缘，搞好关系。"

盛开："跟您说啊，我可不见他。"

郑婉颐长长地舒了口气："俗话说，女儿是妈的小棉袄。这话一点儿都没错，你们就是比你哥懂事。"

盛开："妈，我想吃烧茄子，您能给我做一顿吗？"

郑婉颐急忙站起来："茄子我买了，还想吃点什么？妈给你做去，吃完再给耀辉带点儿回去。"

盛开声音疲惫地说："您不用管他。"

郑婉颐："雇保姆了？"

盛开把身体调整得舒服一些："他妈回来了。"

郑婉颐不擦地了，她直起腰看着盛开："刚出事的时候那么叫她来，她找遍了借口不回来；现在儿子能走能撂了，她倒来了。"

盛开："肇事单位给我们赔了一笔钱，我猜她是奔那笔钱来的。"

郑婉颐："这老太太，精明大劲了，眼睛不大挺有准头，知道该什么时候下笊篱捞。盛开，妈提醒你，那个家也是你的，该把住的决不能撒手。"

盛开："肇事单位究竟赔了多少钱我根本就不知道。"

郑婉颐："你怎么这么缺心眼？"

盛开："罗耀辉不告诉我。"

郑婉颐神情严肃起来："他为什么不告诉你？"

盛开："我不知道，现在他干什么都跟我隔着一层。他的我的分得很清楚。这些天他们娘俩嘀嘀咕咕热热乎乎的，弄得我在自己家倒成了外人。"

郑婉颐看着女儿她摇摇头："盛开啊，你可是能真愁死你妈。"

盛开："您有我愁吗？我愁得连家都不想回了。以前是一个罗耀辉一个人折腾我，现在又加上一个他妈。那个老太太别看没文化，可她见谁都不打怵，歪的正的到她嘴里都成了理，挑起别人来一套一套的。白天我上班，他们娘整天在家憋足了精神头等我回来收拾我。我根本就不是过日子，是熬日子熬过一天算一天。"

郑婉颐生气："你跟我那厉害劲都哪去了？啊？你怎么不敢跟那老妖婆使呢？啊？"

盛开翻了个身转过脸去："搭理她是抬举她，我懒得抬举她。"

郑婉颐摘菜做饭，她心事重重的。

盛放铁青着一张脸推门进来，她一屁股坐到沙发上，惊醒了已经睡着了的盛开。盛开睡眼惺忪："你轻点儿行不行？"

盛放低着脑袋坐在那里不说话。

盛开坐起来："怎么了？"

郑婉颐从厨房里出来："盛放回来了？"

盛开："干嘛把脸拉这么长？"

郑婉颐："祖宗，谁又惹着你了？"

盛放："哎呀！哎呀！你们别烦我了！"

盛开抽着鼻子闻她身上的味儿："你去医院了？一股消毒水味儿。"

郑婉颐立刻紧张起来："病了？哪不舒服？"

盛放从口袋里掏出医学鉴定书放在茶几上。

盛放："你们拿去好好看看吧。"

盛开端起水杯，边喝水边看鉴定书，突然她被一口水呛着了，咳得满脸通红。

郑婉颐："急什么你？"

盛开把鉴定书推到母亲跟前："您看！您看看！"

郑婉颐拿起来看了一遍没看懂："这是什么？"

盛开："我哥和盛放的DNA鉴定。"

郑婉颐："吃饱了撑的，做这个干什么？"

盛放："这个鉴定能证明我和哥哥是不是同父同母的亲兄妹。"

郑婉颐明白了她的意思，眼睛紧张地在鉴定书上寻找答案。

盛开指着鉴定书说："结论在这儿呢，你看鉴定上写着呢，盛放和盛誉两人拥有完全相同的父母。"

郑婉颐站不住了，她瘫坐在沙发上。

郑婉颐："老天有眼，老天真是有眼哪！当初我怎么就不知道领你们去做这个鉴定呢？"

盛开："过去这种鉴定不向社会开放，2000年才开始对外开放的。"

郑婉颐气得用拳头敲沙发扶手："盛茂林啊！盛茂林！我让你看看我郑婉颐是怎么活到沉冤昭雪的这一天的！"

盛放："盛茂林真是个地地道道的混蛋！"

郑婉颐："怎么说话呢？不管怎么说，他也是你的生身父亲。"

盛放："我情愿没有这个狗屁父亲！可我偏偏有。你们说，我该拿我生就的这份感情怎么办？啊？我恨他！我真是恨透了他！"

盛放哭了起来。

郑婉颐："你恨他能超过我恨他吗？他夺走了我整整一辈子的幸福。一辈子啊！一个人只有一个一辈子。"她说得辛酸哭了起来。盛开也跟着哭了起来。三个女人哭着，她们各自哭着各自的伤心事。

盛茂林坐在沙发上，手里拿着那张鉴定结果。"这东西准吗？"

盛誉："DNA亲子鉴定是目前亲子测试中最准确的，准确率达到99.99%。"

盛茂林："你不是为了安定团结去医院走了后门吧？"

盛誉生气："这是科学！"

盛茂林看见儿子变了脸，他不说话了。

盛誉："结论在这放着，剩下的事你只能自己去办。"

盛茂林："怎么办？"

盛誉："我只能解决我跟你的事，解决不了你跟她们三个人的事。"

盛茂林坐在那里傻眼了。

郑婉颐在早市上买菜，她一个一个地挑着西红柿，张连祁在旁边挑土豆。

郑婉颐：“这种小西红柿好，有柿子味儿。”

张连祁：“对，东西不能买又大又壮的，准是上了什么成长素，看着就叫人犯嘀咕。”卖菜的把西红柿装好递给郑婉颐。郑婉颐：“你先走吧，我还得买点鸡翅膀。”

张连祁：“回去也没事，我陪你去。”

两人往卖禽类的地方走去。盛茂林背着手在远处盯着他们。

郑婉颐跟张连祁边走边聊天。

郑婉颐：“怎么总不见你媳妇出来？”

张连祁：“在床上躺小半年了。”

郑婉颐：“啊？！怎么弄的？”

张连祁：“孙子看完电视没关出去玩了，她嫌费电下地去关，水磨石地滑，摔了一跤，把股骨头摔坏了。”

郑婉颐：“不是可以换钛钢的吗？”张连祁：“高血压，心脏病，糖尿病，三高齐全，医院不敢给她做手术。”

郑婉颐：“只能躺着了？”

张连祁：“可不是。”

郑婉颐奇怪：“她病了你怎么还天天出来跳舞？”

张连祁：“她以后就得在床上躺着，那我还永远不能出来活动了？”

郑婉颐：“你要是瘫在床上，她天天出来跳舞，你这么想吗？”

张连祁眨巴着眼睛半天没说出来话。郑婉颐：“男人能做出来的事，女人就做不出来。要不说你们男人不是东西呢！”说完她忿忿地一个人拎着东西走了。张连祁莫明其妙地望着她的背影。盛茂林不知道从哪里钻出来走到郑婉颐跟前，不由分说地从她手里抢过来菜自己拎着。

郑婉颐想从盛茂林的手里抢过来自己的菜，她怕被张连祁看了笑话，没有动手，

两人一前一后转弯了。张连祁远远地看着他们。

回到家，郑婉颐“砰”地一声锁上了门，她转过身怒气冲冲地看着盛茂林。盛茂林不看她的眼睛，主动把菜送进厨房里。郑婉颐换鞋进客厅。盛茂

林从厨房出来，他的目光落到了一双郑婉颐穿过的旧鞋上，他拿起来看了一下又放在那里。

盛茂林在沙发上坐着，两手规规矩矩地放在膝盖上。郑婉颐冷着脸不看他：“你找我有什么事？”盛茂林咳嗽了一声一字一句地说：“那个检查结果，盛誉给我看了，确实是一起冤假错案，在这件事中我负主要责任。”

郑婉颐：“听你这意思，我得负次要责任了？”

盛茂林：“一个巴掌拍不响，姓曾的不在那个茬口上来，我也不会胡思乱想。他是你的初恋我知道。可你跟我结了婚以后就不应该再继续跟他来往。”

郑婉颐：“我跟他来往怎么了？犯法吗？”

盛茂林：“不犯法，犯嫌疑。”

郑婉颐：“盛茂林你没有资格在我的家里审判我，你给我滚出去！”

盛茂林知道自己把事情搞砸了，坐在那里没有动。

郑婉颐手往外一指：“你给我滚出……”

“去”字还没出口，门铃响了。郑婉颐开门。一个大妈站在门口：“郑老师，缴煤气费的通知单来了，在信箱里。”郑婉颐答应了一声急忙把门关上。

盛茂林重新调整自己：“你批评得对，我收回刚才的话。”

郑婉颐斜眼看着他。

盛茂林：“在这个问题上我确实应该做自我批评，我当时太不冷静，没好好搞调查研究，没用科学的头脑分析问题，导致了今天这个局面。”

郑婉颐：“你一句话就把这么多年的冤屈抹平了？你知道这二十四年我是怎么熬过来的？七年前我大病一场，那场病差点要了我的命，我是为了和你讨清这笔债硬咬着牙挺过来的。我告诉自己，我不能死，我得睁着眼睛等着，等着你跪在我面前，等着你亲口跟我说上一百遍道歉的话。”

盛茂林吃了一惊：“你让我给你下跪？”

郑婉颐斜了他一眼：“你不是已经在心里给我跪下了吗？”

盛茂林心里很不舒服，他牢记自己的使命不再反击。

郑婉颐：“这一辈子我经历了很多事，也跟许多人有过矛盾，我跟谁的矛盾都能化解，就是跟你不行，因为你是我的敌人。咱俩之间是不可调和的敌我矛盾。”

盛茂林：“我可没把你当过敌人。”

郑婉颐冷笑："不把我当敌人你不会那样对我。"

盛茂林回答不上话来。

郑婉颐："毛主席早就说过，没有无缘无故的爱，也没有无缘无故的恨。我对你的仇恨是一天一天攒起来的，盛放多大我就攒了多少年，你说这恨得摞多高？"

盛茂林不说话。

郑婉颐："怎么不说话？"

盛茂林："你把话都说成这样了，我还能说什么？"

郑婉颐打开门："我累了，你走吧！"

盛誉从大门里出来，一眼看见坐在台阶上等他的盛茂林。

盛茂林："我跟你妈谈崩了。"

盛誉："二十几年的积怨不可能一下子就解决了。"

盛茂林叹了一口气。

盛誉："没吃饭吧？"

盛茂林摇摇头。

盛誉要了两份便餐，父子俩闷头吃饭。

盛茂林："这事你得帮我。"

盛誉："我真的没法帮。"

盛茂林："你小时候我帮没帮过你？"

盛誉表情冷淡："过去的事情我不愿意想。"

盛茂林："你也恨我？"

盛誉："恨谈不上，但是，你在孩子最需要父爱的时候，抛弃了我们这是事实。说实话，我在心里是不愿意原谅你的。"盛茂林叹了一口气，没有说话。

盛誉："整件事情最受伤害的是我妈，二十几年她都没走出去，你把她的后半生毁了。"盛茂林点点头还是不说话。

盛誉："你还跟别人结过婚，尝试一下过别的人生。我妈带着我们三个，连想一下跟别人重组家庭的勇气都没有。我妈跟你的积怨太深，你和她和我妹妹之间的死结，只能你自己慢慢去解决。我真的帮不上忙。"

盛茂林把盘子推到一边站起身："脚上的泡是我自己走的，这事我自己去了结。"

电视里在播综艺节目。

郑婉颐的心思不在电视上，她坐在沙发上发了一会儿呆，起身进卧室拿出来那个布袋。她把布袋里面的碎纸片全部拿出来放到一个瓷盆里。碎纸片把瓷盆堆得满满的。

郑婉颐把瓷盆放到洗菜池子里。她撕下一张厨房吸油纸用打火机点燃了。

她盯着瓷盆里面的碎纸片。她终于下了最后的决心，把着着火的纸扔进瓷盆里。碎纸片开始燃烧。

郑婉颐立刻后悔了，一把拽过来湿毛巾死死地捂在瓷盆上，压灭了火焰。

有人按门铃。

郑婉颐开门。顾阿姨站在门口："有一支股票特别好，你买不买？"盛茂林突然出现站在她的身后。郑婉颐神色立刻变了。

顾阿姨："怎么了？"她顺着郑婉颐的目光回头看。

盛茂林微笑着跟她打招呼："你好！"

顾阿姨看看盛茂林又看看郑婉颐似乎明白了什么，她意味深长地说："股票的事以后再聊，不打扰了。"

说完转身走了，郑婉颐急忙追出来："你别走啊！"

盛茂林趁机进了门。

盛茂林看到鞋架上放着的鞋本能地拿起一双看。见郑婉颐进来，他立刻把鞋放回远处。

盛茂林往客厅走，郑婉颐气冲冲地跟在身后。

盛茂林在沙发上坐下。

郑婉颐："你又来干什么？这个家不欢迎你！"

盛茂林："我来负荆请罪。"

郑婉颐："我不跟敌人讲和。"

盛茂林："这个世界上没有永远的敌人。"

郑婉颐："你我除外！"

盛茂林从口袋里掏出来一个丝绒包："一块顶级鸡血石做成的两个印章，你一个我一个。我这个保存完好，你的这个还在吧？"

郑婉颐："扔了！"

盛茂林立刻急了："这么贵重的东西你怎么能随便扔呢？"

郑婉颐："人心贵还是石头贵？"

盛茂林："不是这个理！"

郑婉颐冷笑："你还知道理？你要真讲理，这个家就不会是今天这个模样。"

盛茂林："说印章你怎么扯那么远？"

盛誉开门进来，看见他们俩在一起，争得脸红脖子粗的，并没有大惊小怪。

他神态自然地说："我买了条鱼，咱们做鱼吃吧。"

盛茂林从心里感谢儿子来解围，他忙站起来说："我给你们露一手，做一个香辣鱼。"

盛誉："不用，我做，你们等着吃现成的就行。"

郑婉颐冷着脸走到儿子身边刚想要说什么。

盛誉把母亲拉到一边在她耳边小声说："妈，求求您，给儿子一个面子，让我在家安生吃一顿饭。"

郑婉颐想说什么，看到儿子恳求的眼神又咽了回去。她翻了儿子一眼，坐在沙发上。盛誉进厨房，盛茂林紧跟进去。郑婉颐突然想起来什么，三步并作两步冲进厨房。

盛誉把装鱼的塑料口袋放在水池旁边，他伸手去掀水池里盖在瓷盆上面的手巾。

郑婉颐抢先一步端走了瓷盆。

盛誉诧异地看着母亲出了厨房。

盛誉切葱江蒜准备炝锅。

盛茂林拿起围裙从身后往前围过去给儿子戴上。

饭菜上桌了，有鱼有菜，荤素搭配得很好。盛茂林大大方方地在桌子旁边坐下。盛誉两手扳着母亲的肩膀把她推到桌子旁边坐下，拿一双筷子塞到她手里。郑婉颐把筷子放在桌子上，板着脸看着盛茂林和盛誉吃。

郑婉颐内心独白："我一直以为我儿子一点儿都不像他，两人坐在一起我才知道我错了。人的遗传真是了不得，这父子俩二十几年没见，看看他们的眼神，再看看他们拿筷子的架式，简直是一个模子里扣出来的。"

盛誉努力活跃气氛，他给盛茂林倒酒："小时候的事情我还记得，五岁那年，你给我买了一双布鞋是紫红色的。"

郑婉颐嘟囔了一句："天生色盲。"

盛茂林看了她一眼，眼神里透着柔和："那是减价鞋。"

盛誉："我不穿，你先揍了我一顿，然后用墨汁把鞋染成了黑色，鞋黑了，袜子也黑了，连脚丫子都黑了。"

郑婉颐生气："床单也黑了。"

盛茂林呲牙笑："你还记得什么？"

盛誉："我还记得你们俩经常下围棋，你下不过我妈。我妈经常闭着眼睛等你走。"

郑婉颐脸上露出一丝得意。

盛茂林："你妈下的一手好棋，我下不过她。这些年我什么都扔了，就是棋没舍得扔，老想赢她一回。"

盛誉放下筷子起身出去。盛茂林和郑婉颐不知道他要干什么。盛誉回来手里拿着棋盘，推开碗碟，在桌子上摆好。盛誉："下一盘吧，我看看你们俩到底能差多少？"

郑婉颐语气很坚决："我不跟他下！"

盛誉也不强求她，他摆上棋跟盛茂林下起来，俩人边下棋边喝酒。郑婉颐收拾厨房，擦抹着油烟机，她竖着耳朵听着父子俩下棋的声音。盛誉和盛茂林棋下得激烈，郑婉颐的脚不由自主地挪到餐桌边上。郑婉颐看着盛誉的棋路连连摇头："盛誉你脑袋里进水了？棋走得这个臭！"盛誉连忙让开位置，郑婉颐推让了两下实在手痒难耐，她终于坐下了。盛茂林和郑婉颐相隔二十四年后第一次坐到了棋盘旁边，抬眼相望心里不禁百感交集。

郑婉颐语气庄重地说："重新开盘。"

盛茂林："白棋先走。"

郑婉颐走出了第一步。两人一声不响地下着棋。

盛誉坐在旁边看着他们。

年轻的郑婉颐和盛茂林盘腿坐在床上下棋。八岁的盛誉和六岁的盛开在桌子上做作业。邻居家的老太太手里拿着张单子进来说："你们家的电费。"郑婉颐像没听见一样，她看着棋盘想棋路。

盛誉："妈，周奶奶要电费来了。"

郑婉颐用手拍了拍床上的褥子，盛开掀开褥子从下面拿出一卷钱，抽出来一张递给老太太。

老太太边找钱边说："这院子里有人偷电，害得咱们多交钱。这事得好好查查。”

郑婉颐把一颗棋子响亮地按在盛茂林的死穴上。盛茂林惨叫一声。老太太吓得一哆嗦，手里的钢镚撒了一地。

盛茂林和郑婉颐认真地下着棋。盛誉在旁边看着。

——

郑婉颐胜了，盛茂林沮丧地研究着棋盘上的棋路。

罗母嘴里含着饭叨咕了一句：“你看谁家的碗能在盆里泡一天？”

罗耀辉：“她上班的地方远，得赶紧走。”

盛誉看了下表：“我得上班去了。”

盛茂林急忙站起来：“我也走。”郑婉颐像没听见一样坐在那里没动。盛茂林趁人不注意，他把郑婉颐的那双旧皮鞋塞进一个旧塑料口袋里面。盛誉从卫生间里出来：“咱俩一起走。”

盛茂林把塑料口袋掖在胳膊下面：“好。”

郑婉颐竖着耳朵听着外面的动静。门“咣当”一声关上了。

她看着棋盘上的棋子自言自语道：“臭棋篓子，还想赢我？”郑婉颐把洗菜盆里的碎信纸小心翼翼地重新放进布口袋里，自言自语：“那枚印章哪去了？我得好好找找。”

她拎着垃圾袋想出去倒垃圾，她想换鞋可是找不到那双旧鞋了。

郑婉颐：“奇怪，我那双鞋哪去了？”

她在鞋架子上翻腾了一遍也没找到那双鞋。

郑婉颐的那双旧鞋被绷在了鞋楦子上，盛茂林戴着老花镜，认真地往鞋上刷着液体鞋油，他做得很认真。

罗母和罗耀辉坐在沙发上看电视。盛开端着一盆洗过的衣服从他们面前走过去，她到门外去晾衣服。罗母眼睛瞟着盛开的背影叹了口气：“人得服命。”

罗耀辉：“怎么了？”

罗母朝门外努了一下嘴小声说：“放在过去，这个岁数都能当婆婆了，你看她心野得都不在这个家里，更别说给你生孩子了。你的身子骨被撞成这样，将来有没有后遗症，谁都说不好。人一过了三十岁，日子跟赛跑似的，开车都撵不上。你说你身边连个孩子都没有，等老了动不了窝那天，苦日子怎么往下熬？”

罗耀辉的目光黯淡下来。

罗母："跟妈说实话，她是不是不能生？"

罗耀辉："妈，我们才结婚多长时间？"

罗母："我跟你爸结婚，当月就怀上你姐了。"

罗耀辉："生孩子不是着急的事。"

罗母："你不急我急。"

盛开从阳台回来，看见他们俩窃窃私语，忍不住问："说什么呢？"

罗母单刀直入："我这个年龄早该当奶奶了，可怀里没个孙子抱，你说急人不急人？"

盛开一愣。

罗母："你的肚子现在也没动静，你到底是不想生还是不能生？"

盛开看了罗耀辉一眼。

罗耀辉立刻垂下眼皮不说话。

罗母："你要是不能生，我回老家给你们抱一个来，都是老罗家的骨肉，不白养活。"

盛开吃了一惊，恼怒地看了罗耀辉一眼。

罗耀辉："妈！"

罗母："你别看他。这是我的家，我做得了我儿子的主。"

盛开一口气堵在胸口，她进卫生间把盆放到地上，她放得很重，盆"咣当"一声响。

罗母不干了："摔谁呢？你摔谁呢？啊？"

盛开不说话，她从卫生间里出来进自己的房间。

罗耀辉家卧室。罗耀辉生气了，他站起来一瘸一拐地走到房间门口。

盛开皱着眉头，往手上抹护肤油。

罗耀辉："对我有意见你可以跟我提，冲我妈撒什么气？"

盛开斜了他一眼没说话。

罗母走过来大声替儿子助威："你想拿眼睛夹死我们娘俩啊？"

盛开语气很平和："我没那么大本事。我天生就这样看人，你看着不顺眼可以不看。"

罗母被噎得一口气咽了回去，她看了一眼儿子。

罗耀辉被盛开的反抗弄得有点犯懵。

罗母生气，她指着儿子的鼻子骂："耀辉，我生你养你一场，没有功劳还有苦劳，你就让你媳妇跟你妈这么杵倔横丧的？”

罗耀辉的脸立刻变了颜色：“盛开！你给我记住，你可以跟你妈这样说话，但你决不能这样跟我妈说话！”

盛开完全豁出去了：“罗耀辉！你也给我记住，你妈可以这样跟你说话，但她不能这样跟我说话。”

罗母：“你让我咋跟你说？跪着说？莫非我儿瘸了腿，我就矮了你两辈儿？”

罗耀辉气得七窍生烟：“盛开，我知道你心眼里转的是什么，你看我残废了，以后指望不上了，所以你才敢这样对我！”

盛开反问：“你是怎么对我的？”

罗耀辉：“你让我怎么对你？我一直将心比心地跟你过日子，出了这场车祸，我才知道我把你看错了。”

盛开：“我怎么对不起你了？”

罗耀辉：“你心里压根就没有我，我被撞的那天，你看你有多冷静。”

盛开被他说得一怔：“你想让我怎么样？用脑袋撞墙，还是满地打滚？”

罗耀辉：“你对我有那样的感情吗？没有！你心窝子里揣着一盆冰。你恨不得我当时就撞死了，省得日后拖累你。”

盛开气得浑身哆嗦，眼泪劈里啪啦地落下来：“罗耀辉，你的良心叫狗吃了？”

罗母：“拍拍胸口，看看你的良心还在不在？”

盛开：“从他被撞住院到现在能下地走路，都是我一手伺候的。您连脸都没露一下，所以您没有权力指责我！”

罗母气得两手把大腿拍得噼啪乱响：“耀辉哪！耀辉！”

罗耀辉：“妈，她这是冲我呢，她受不了给我做媳妇。”

盛开回答得很干脆：“对，我受不了。”

罗耀辉：“日子过到这个份上，只要不想离婚，受不了也得受，忍不了也得忍。”

盛开情绪完全失控：“忍？我凭什么忍？从你出事的那一天我就开始忍，本指望你伤好了情绪好了，一切就都好了。没想到熬到今天，这种苦反倒变本加厉了。我到底做错了什么？叫你们这么对待我？”

罗耀辉厉声问：“苦？你苦什么？谁叫你受苦了？你不想伺候我，完全可以不伺候！犯不着在我这池子苦水里泡着。盛开，你要是说声走，我连一句留都不说！”

盛开眼前一片黑，她身子晃了两晃才站住。

罗耀辉：“我现在这个德性都是被你克的，你是我命里的克星。自从我撞见你那天开始，霉运就跟上了我。盛开，我这后半辈子算毁在你手里了！”

罗母像审判肇事者一样怒视着盛开。

盛开如雷轰顶，嘴唇哆嗦了半天没说出话来。她晕头转向地在房间里转了个圈，看到外套，拿起来冲出去，“咣”的一声摔上了门。

罗母有点紧张她问罗耀辉：“她去哪？”

罗耀辉黑着脸：“爱死哪死哪去！”

罗母眼泪掉下来了。

罗耀辉紧张：“妈，你哭什么？”

罗母：“坏事变好事。这场车祸把我儿的骨头撞硬了。”

郑婉颐和盛放坐在沙发上看电视。

郑婉颐：“他从来不说软话，今天他说了。”

盛放：“一句软话就原谅他所有的罪行？妈您的心也太软了吧？”

郑婉颐：“我没说原谅他。”

盛放：“您的表情和语气已经原谅他了。”

郑婉颐一怔。

盛放：“妈我跟您说，您必须站稳立场，要不我看不起您。”

郑婉颐看了她一眼想说什么，盛开推门进来了。

郑婉颐：“这么晚还过来？”

盛开“扑通”一声坐在沙发上，她两眼发直。

郑婉颐：“问你话呢。”

盛开落泪。

郑婉颐：“哭什么？”

盛开趴在沙发背上嚎啕出声。

盛放摇她的肩膀：“姐，你怎么了？”

盛开泪如雨下：“我跟罗耀辉的日子没法往下过了！没法过了！”

郑婉颐：“吵架了？”

盛开："他简直不是个人！"

郑婉颐劝她："两口子过日子，哪有舌头不碰牙的？"

盛放开口了："这个罗耀辉真是越来越不要脸了！"

郑婉颐正色："怎么说话呢？他是你姐夫。"

盛放："您看他怎么虐待我姐呢？骂他都是轻的。"

郑婉颐问大女儿："你跟耀辉到底怎么回事？"

盛开光哭不说话。

郑婉颐生气："你想急死我是不是？"

盛放："妈，我跟您说。罗耀辉被撞了以后，他把气全撒在我姐身上，没完没了地折磨她。"

郑婉颐脸色严肃起来："他怎么折磨你姐？你好好给我说。"

盛放："他每天把我姐指使得团团转，不是这不对就是那不对，连一个好脸色都舍不得给，他把我姐折腾得吃不饱睡不着的。"

盛放拿起盛开的胳膊举给母亲看："你看我姐瘦的，胳膊跟竹杆有什么区别？"

郑婉颐："这事你们怎么谁都不跟我说？"

盛放："罗耀辉自己心怀鬼胎就觉得谁心里都揣着鬼。他怕您收拾他，就老拿话敲打我姐，我姐不愿意惹麻烦，只能把苦水一口一口地往肚子里咽。"

郑婉颐上下打量大女儿："他打你了？"

盛开摇头："没有。"

盛放："他的折磨比家暴还不人道，他对我姐进行精神摧残。他是拿软刀子杀人！"

郑婉颐："盛开啊，你平时跟我的厉害劲哪去了？"

盛开哭："他出了车祸，是个动不了的病人，我能拿他怎么办？"

郑婉颐："出车祸就有理了？又不是你把他撞的。"

盛开："他说他出车祸就怨我，是我克的他。"

郑婉颐："什么？"

盛开："他说我克夫。"

郑婉颐大怒："这个混蛋，他还叫个东西？"

盛开："他说他跟我结婚一点好都没沾上，碰上的全都是倒霉的事。他说我，我忍着，等着他伤好的那一天，一切恢复正常。现在他的伤好了，反倒变本加厉、气焰更加嚣张了。一天二十四小时，分分秒秒地找我的茬儿。现在他妈也掺和进来了，跟着里挑外撅。今天我实在气不过，跟他们吵起来，他跟他妈一起联手把我骂了出来。”

郑婉颐气得脸色煞白：“欺负老盛家没人吗？啊？”

她站起来穿衣服。

盛放：“妈，你干什么？”

郑婉颐：“我到他们家说理去。”

盛放：“妈，这时候去你是抬举他，好好晾晾他，他妈不是回来了吗？他不是有撑腰的了吗？让那个腰粗的伺候他去吧。姐，你别回去，就在家住着。”

盛开慌了：“那可不行！”

郑婉颐：“怎么不行？你是他们轰出来的，要回去也得让他们好言好语地请回去。”

盛开：“他行动不方便，他妈弄不动他，我不能不回去。”

郑婉颐：“这时候了你还心疼他？”

盛开擦干眼泪站起来往外走。

盛放：“姐，你可真叫没出息。”

盛开开门出去。

郑婉颐站在地中间好一会儿才说：“他妈回来了？好，明天我也入住他们家，欺负我闺女？她瞎了眼！”

盛放：“入住他们家？妈您疯了？”

郑婉颐咬牙切齿：“走着瞧，还不定是谁疯了呢！”

14.

盛开推着车子在街上漫无目的地走着。自行车架在路边，盛开坐在马路崖子上发呆。汽车一辆一辆地从她面前开过去。盛开的眼睛空洞无神。

郑婉颐在房间里忙着收拾着出门要带的东西，盛放在旁边看着她。

盛放："妈，您还真去啊？"

郑婉颐："去。凭什么不去？我就是要叫他们老罗家的人看看，我姑娘有人撑腰！"

盛放："您到他们家去闹不好吧？"

郑婉颐："装修费用全是老盛家出的，我不但有发言权还有使用权。"

盛放："您拿这么多吃的东西干什么？"

郑婉颐："冲着你姐的脸我也不能空着手去，不能叫老罗家人捡了笑话。"

盛开垂头丧气地推门进屋，眼前的情景吓了她一跳。罗耀辉坐在沙发上，罗母坐在小板凳上，她把头垂在儿子的膝盖上在哭着。盛开不知道该进还是该退，她站在那里。罗母听动静知道是儿媳妇回来了，她把头埋在罗耀辉的腿上，哭腔拖得更悠长了："儿哎，我那儿哎……"

罗耀辉抬起头怒视着盛开，好像是她用刀子捅了他的母亲。

盛开心里涌起一阵厌恶，她垂着眼皮回到卧室"砰"地一下把门关上。

罗耀辉恶狠狠地盯着她的背影。

罗母收住哭声，小声问儿子："她去搬救兵了？"

罗耀辉："不会，我就没惯她这个毛病。"

他推开母亲，撑着拐杖站起来。

罗耀辉拄着拐杖进卧室，当着盛开的面在抽屉里面翻出了一个存折。叫："妈，你过来一下。"罗母走进来。罗耀辉把那个存折递给罗母说："妈，你生我养我一回，我还没孝敬过你，我被车撞成这样，不知道以后会落下什么后遗症，趁着我还明白，这个存折给你。"

罗母接过存折，她边哭边打开存折，因为眼花她不得不把存折拿到灯下细细地看。

盛开看着这母子俩，从心底里打了个寒战。

罗母睡在单人床上，她打开床头灯，从枕头下面掏出存折戴上老花镜仔细地看着，她用手指一个一个地数着阿拉伯数字后面跟着的一串零。

盛开躺在沙发床上睡不着。罗耀辉躺在大床上也睡不着。两人辗转反侧，谁也不说话。墙上的挂钟连着敲响了四声。

门铃声响，罗母嘴里嘟囔着去开门："一大清早的，谁啊？"

郑婉颐进来："我啊，不欢迎？"

罗母看见是她，满脸堆笑："哎哟，亲家，是你啊！怎么不提前打个招呼？我好出胡同口接接你。"

郑婉颐："我有胳膊有腿好歹算个健全人，耀辉有伤，我闺女照顾他都得全力以赴，何况你这把岁数呢。一家人都别客气。"

罗耀辉听到声音从卫生间里出来，他不自然地打着招呼："妈，你来了？"郑婉颐不冷不热地"嗯"了一声，自己把东西送进屋去。

第二天早晨，盛开在厨房里做早饭，看见母亲进来，她吓了一跳。

盛开："妈，您怎么来了？"

郑婉颐："这是阎王殿啊？我不能来？"

站在门口的罗耀辉母子从她的话里听出来者不善，两人不安地对了下眼神。盛开悄悄扯了一下母亲的衣襟，郑婉颐不予回应。郑婉颐："我买了你爱吃的生煎，锅里煮的什么？"

盛开："稀饭。"

郑婉颐从兜子里掏出来一个塑料袋："朝鲜辣白菜，给我找个盘子。"

罗耀辉拄着拐杖进来，罗母跟在后面。

罗耀辉："妈，这儿什么都不缺，这么远的路，你还带东西干什么？"

郑婉颐："我闺女爱吃。"

罗耀辉听这话心里不舒服。

郑婉颐："你有人疼，我闺女没人疼，你看她这些日子瘦的，看着都叫当妈的揪心。"

罗母："亲家母可真会开玩笑，我家耀辉疼人远近出了名。"

郑婉颐："那得看疼谁。"

罗耀辉脸上挂不住了。

罗母："我儿子伤成这样，他想疼人，身子不做主啊。"

郑婉颐："身子动不了，还有嘴吧？说句暖和人的话又不用四处跑着借去。"

罗耀辉母子半晌没说出话来。

盛开的脸变了颜色，她使劲扯了一下母亲的衣服。

郑婉颐扒拉开她的手，她把辣白菜放到盘子里："没人心疼我心疼，好在她还有我这个妈，正巧这两天我有空来这儿伺候我闺女两天。"

盛开急了："妈，您这是干嘛？"

郑婉颐："干嘛？我闺女的家，我怎么就不能来？我想来就来！"

罗耀辉和罗母面面相觑。

罗母："那啥，亲家，你想闺女，就叫孩子回家去住几天。这儿你们谁也别惦记，我儿子我照顾。"

郑婉颐："我闺女不是那种没责任感的人，平时可以，这种时候你用棍子打她，她都不会离开这个家。她怕被人家戳脊梁骨。"

她把兜子里的菜一样一样地拿出来找地方放好。

灶上的粥锅开了，郑婉颐很自然地掀开锅盖，用勺子搅和着。

罗母跟郑婉颐抢手里的勺子："我来，你是客人哪能让你干？"

郑婉颐："我可从来没把自己当过客人，你儿子到我那，也没把自己当过客人。耀辉你说是吧？"

罗耀辉似笑非笑地咧了咧嘴，他拄着拐杖躲出去了。

郑婉颐："自打耀辉出事，我闺女就没好好吃过一顿饭，没好好睡过一个觉。一朵鲜花没人照料，你看看蔫巴成什么样子了？"

盛开急了："妈！"

郑婉颐往外推女儿："去，去，你好好倒饬倒饬，吃口东西上班去。弄精神点儿到班上别让人家笑话，这个家里的活妈替你干。"

盛开无奈地走了。厨房里剩下两个老太太。罗母叹了口气："亲家，谁家碰上这样的事都不好过，谁叫咱倒霉摊上了呢？你看我儿子原来啥精神头？你再看看现在，肩膀也塌了，眉毛也耷拉了。"

郑婉颐："是啊，谁身上掉下来的肉谁心疼。"

郑婉颐把生煎一个一个地拣到盘子里。两个老太太一个端粥锅，一个端生煎出厨房门。盛开进厨房打开碗橱，看着里面却忘了要拿什么，她愣在那里。郑婉颐："盛开，碗呢？"盛开想起来自己是来干什么了，她拿出来四只碗，看着碗长长地叹了一口气。

上来班的盛开心不在焉修改着设计图纸。胡杨凑过来：“哎，那天我在医院看见周逸伦了。”盛开看了她一眼想问什么又咽了回去。

胡杨：“他老婆生了个女儿。”

盛开：“别跟我说这个，我没兴趣。”

胡杨：“霜打了似的，怎么了？”

盛开：“我妈跟我婆婆宣战了！”

胡杨兴奋：“哇塞！宫斗片终于转成战争片了？”

盛开家客厅。罗耀辉、盛开、罗母、郑婉颐坐在客厅里看电视，四个人的心思都不在电视节目上。

罗母：“亲家，你看晚上怎么睡？”

郑婉颐：“别管我，平时怎么睡，你们还怎么睡。”

罗母：“他们俩口在那屋，我在那个小屋。”

郑婉颐：“把他们屋里的那个折叠沙发推出来，我睡客厅。”

罗母：“那可不行。”

郑婉颐：“怎么不行？”

罗母：“他们俩不能睡一张床。”

郑婉颐奇怪地问：“两口子为什么不能睡一张床？”

罗耀辉咳嗽了一声没说话。

郑婉颐看着盛开：“盛开你一直睡哪儿呢？”

盛开：“折叠沙发上。”

郑婉颐严肃起来，她问罗耀辉：“两口子不在一张床上睡，这是为什么？”

罗母：“那啥，耀辉受的是红伤，养伤期间不能碰女人，碰了女人这辈子都别想好利索。”

郑婉颐生气了：“什么理论？有医学根据吗？”

罗母：“我不知道啥叫理论，我就认准一点，耀辉是我儿子，对他不好的事我都不能让他沾。”

郑婉颐恼怒：“我女儿对你儿子不好？她哪不好？你说出来，我替我闺女顶罪。”

罗耀辉：“妈，你误会了。”

郑婉颐：“误会什么？我不是火眼金睛也能看清楚你们肚子里的那几根

花花肠子，我女儿在你眼里是什么？不就是克星吗？你出车祸是她克的，你不让她睡在你身边就是怕她接着克你。”

罗耀辉神色紧张：“妈，我不是那意思。”

郑婉颐：“你不用解释，我好歹也是教育口出来的，你那点儿意思我闺女看得明白，我也看得明白。你觉得你今天这副样子完全是被盛开祸害的，所以你完全可以不把她当人对待是不是？”

罗耀辉紧张地嘴唇发干，他不知道该怎么回答。

罗母：“亲家……”

郑婉颐打断她的话：“罗耀辉，我对你怎么样？啊？我把你当亲生儿子一样对待，为的是什么？为的就是希望你能善待我的女儿！”

罗母：“我儿子对你女儿还不好？她要他把脑袋揪下来给她当球踢，他都愿意。”

郑婉颐：“一报还一报，现在他要把我闺女的脑袋揪下来当球踢了。”

盛开非常紧张，她垂着眼皮谁也不敢看。

罗耀辉心里充满怨恨，他不说话。

郑婉颐逼问罗耀辉：“我把盛开给你的时候，你有什么？什么都没有！如果我女儿贪图你的社会地位嫁给你，你这样对她，那是她活该；如果她贪图你的钱财你这样对她，也是她活该；如果她贪图你的相貌嫁给你，你这样对她，更是她活该。这三样你都不占，你凭什么这样拿她不当人对待？”

罗耀辉的脸紫了又白了，他气得嘴唇哆嗦着说不出话来。

郑婉颐：“我闺女嫁给你的时候，你们老罗家连根布丝都没给我闺女买，你这房子还是我们老盛家出钱装修的。我们哪点对不起你了？”

罗母恼羞成怒她干脆撕破了脸：“你为啥下这么大本钱？还不是因为你知道你闺女是被男人玩完了不要的剩货！”

盛开的脑袋“轰”的一声，血涌上了脸。

郑婉颐炸了：“你放屁！”

罗母声嘶力竭：“你才放屁呢！”盛开开门疯了一样地冲出去。郑婉颐叫了声：“盛开！”她追出去。

盛开在街道上漫无目的地走着，街上的行人已经很少了，坐在马路崖子上发呆，郑婉颐脚步匆匆地追出来。

郑婉颐：“坐在这儿干什么？走，回家去！”她伸手拉盛开，盛开使劲甩开她的手。郑婉颐硬是使劲拉起来她，盛开犟不过母亲，起来跟着她走了。母女俩一前一后地走着，后面的盛开渐渐跟上了母亲，两人并肩走着，郑婉颐伸出一支胳膊搂住了女儿，女儿把头靠在母亲的身上。

郑婉颐："天塌不下来，就是塌下来，还有妈给你顶着呢。"

盛开的眼泪"哗"地涌出来。

郑婉颐劝慰着女儿并不住地给她擦着眼泪。

盛开和盛放躺在一张床上，两人谁也没睡着。

盛放："姐，你想什么呢？"

盛开用被子捂住脑袋："别理我，我心里烦得快开锅了！"

盛放："烦什么？老妈替你出了这口恶气，你该高兴才对。罗耀辉和他妈都欠收拾！这场仗打得真痛快！"

盛开："痛快？我的痛多于快。"

盛放："姐，你这人真是拿不起放不下。"

盛开掀开被子翻了她一眼："你拿得起放得下！"

盛放翻身坐起来："这个世界就这么奇怪，我把他放下了，他倒把我拿起来了，一天到晚电话追着我。"

盛开也坐起来："他想怎么着？"

盛放："重修旧好。"

盛开："你怎么想的？"

盛放："本小姐是千里良驹，怎能回头吃烂草？"

郑婉颐下地拿药吃了两片，她坐在床上骂了一句："老巫婆，欺负我女儿？你瞎了眼！"她重新躺下，却翻来覆去地睡不着。郑婉颐坐起来，把围棋棋盘摆在床上，自己跟自己下棋。

罗耀辉睡不着，他拄着拐杖站起来在地上来回踱着步，拐杖敲在地上发出清脆的响声。推开书房的门。罗母躺在单人床上熟睡，她发出了响亮的鼾声。

罗耀辉在地中间拄着拐杖一圈一圈地走着。

他站住脚语气坚定地说："不离婚！不离婚！我坚决不离婚！"

广场上锣鼓喧天，郑婉颐在扇子舞队伍里跳着，她跳得心不在焉。

张连祁悄悄问她："没睡好啊？"

郑婉颐："吃安眠药都不管用。"

张连祁："家里出事了？"

郑婉颐看了他一眼："你这个人怎么就盼着别人家出事呢？"

她甩扇子扭了个花转过身去。

她一眼看见了人群里的盛茂林。

盛茂林腋下夹着个塑料口袋，他的脑袋跟着郑婉颐踩出来的鼓点一下一下地晃着节奏。

郑婉颐拎着菜进单元门，她想把菜放在地上掏钥匙。

盛茂林从后面上来接过她手里的菜。

郑婉颐："你又来干什么？"

盛茂林把腋下夹着的塑料口袋递给她："给你送鞋。"

郑婉颐不接："拿走，拿走，我不穿你买的东西。"

盛茂林："不是我买的，是你的旧鞋，我拿去修了一下。"他打开手里的塑料口袋。郑婉颐看到了那双修缮一新的鞋，吃了一惊，她顺手开门进屋。盛茂林马上跟了进来。

郑婉颐接过那双鞋仔细地看："跟新的一样，怎么弄得？"

盛茂林："收拾的呗。"

郑婉颐："你还有这手艺？"

盛茂林："我从当兵到后来搞地质工作，一直是靠两条腿走路，最在意的就是脚上的鞋。鞋不舒服了人就浑身上下哪都使不上劲，为这个我还专门跟街上掌鞋的学过。这么多年鼓捣坏了不少鞋，手艺也就这么练出来了。"

郑婉颐赞赏地看着："你真该开个给旧鞋美容的店，一准挣钱。"

盛茂林："这个主意不错，咱俩合伙开怎么样？"

郑婉颐翻了他一眼："做梦也不挑个地方，我瞎了眼也不会跟你合作。"

盛茂林不生气，他呵呵地笑了。

盛开和摄制组的道具师董师傅在桌子旁边说话。

董师傅："你们一拖再拖，我们剧组已经在横店的外景地开拍了。"

盛开："这事真的不能急，再凉一凉就出窑，今天你就能把活儿运走，保证耽误不了事。"

郑婉颐摘菜，盛茂林看到了沙发上围棋篓子，他把墙边靠着的棋盘摆在茶几上。

盛茂林："再下一盘？"

郑婉颐："我不跟败将下。"

盛茂林："一盘难定输赢。"

郑婉颐不理他。

盛茂林从口袋里拿出来自己的那一枚随形鸡血石印章："这枚印章做筹码，我输了它归你。你输了，你那枚印章归我。"

郑婉颐："不怕风大闪了舌头，你赢过我吗？"

盛茂林嘿嘿笑。

郑婉颐瞟了一眼那枚印章："不就是块石头吗？你把它看成宝，我还真不稀罕。"

盛茂林："这副对章三十五年前就价值不菲，现在在市场上叫价极高。"

郑婉颐："五万块钱撑死了。"

盛茂林："市面上最贵的鸡血石属昌化鸡血石和巴林鸡血石，这一块是顶级的巴林鸡血桃花冻石。"

郑婉颐："你怎么知道它是顶级的？"

盛茂林："从鸡血石的血量、血色和血形来判别嘛！血量越多鸡血石的价值越高，占30%血量的为精品，占50%血量的为上品，占70%的血量为极品。"

郑婉颐："全是红的呢？"

盛茂林："那么它就不能称之为鸡血石而是称之为辰砂。"

郑婉颐盯着盛茂林手里的鸡血石看。

盛茂林："最贵的鸡血石颜色为鲜红，其次为朱红、暗红。鸡血石为鲜红的称为'活血'；暗红称之为'死血'。"

郑婉颐听得入神。

盛茂林："血形可分为点血、条血、块血。如果血色如一副图案，则属于名贵的鸡血石。你还记得吧？这副对章并起来中间是一个很大的鲜红完整的心形。无论从哪一点讲，它都是稀世珍品。"

郑婉颐走神了。

罗母把自己的东西塞进旅行口袋里。

罗耀辉拄着拐杖在旁边看着她。

罗母：“把胡子刮一刮，头发理理，灰头土脸的看人笑话。”

罗耀辉：“妈，你把钱放好，车上人多，别叫小偷给偷了。”

罗母：“放好了，中午吃的饭我做好了，你热一下就行。”

罗耀辉：“知道了。”

罗母眼圈红了。

罗耀辉：“我能走能撂的你别担心。”

罗母：“儿行千里母担忧，母行千里儿不愁。你日子过成这样，我能不担心？我一走，你就给她打电话。听见没有？”

罗耀辉：“嗯。”

罗母担心：“她别不回来。”

罗耀辉：“她不是那样的人。”

罗母：“她还是好人哪？那天晚上说扔下你，她就扔下你就走了，连头都不回。我还没见过这么狠的女人呢。”

罗耀辉转移话题：“妈，你出去打个车。”

罗母：“出门就是直通火车站的公共汽车，我花那个冤枉钱干啥？”

她看了一眼墙上的表：“我得走了。”

她拿起行李走了几步还是不放心：“不行，我还是给她打个电话再走。”

她拿起电话照着墙上贴着的电话号码拨号，电话通了。

罗母：“那谁，我马上就上火车走了，耀辉一个人在家，你要是还当他是你丈夫，晚上下班就回来给他做口吃的。”

说完她恨恨地压了电话。

盛开拿着电话愣神。

董师傅：“出啥事了？”

盛开掩饰着挂了电话：“没事，走吧，窑凉了。

盛茂林：“下一盘吧。”

郑婉颐：“我不赌印章。”

盛茂林：“你跟我下棋，我把你所有的旧鞋都给你翻新一遍。”

郑婉颐放下手里的菜：“鞋架上有两双，盛放那还有一双，你连输三盘，这些鞋都归你收拾了”

盛茂林忙不迭地摆上棋盘：“还不定谁输谁赢呢！”

烧好的瓷器被一件一件地从窑里抬出来，有画缸，有瓷瓶，有坛子有碗和酒壶。

盛茂林把盛放的旧鞋套在鞋楦子上，心情愉快地修理着。

他用手比量了一下大小："这脚跟她妈年轻时候一样秀气，鞋穿旧了都不走样。"

罗耀辉坐在沙发上有一搭没一搭地看着电视，他不时竖起耳朵听着外面的动静。

门锁"嘎啦"一声响，罗耀辉马上斜靠在沙发上，一本正经地看起电视来。盛开开门进来，脱外套换鞋。罗耀辉像没看见她一样。盛开把包放在沙发上，径直走进厨房。

厨房里一片狼籍，到处堆着用过的碗筷。盛开点着火烧上一壶水，忙着刷锅洗碗。她把买回来的菜放到洗菜盆里。电话铃声响。她擦干净手接电话："妈。"

郑婉颐："你怎么还没回来。"

盛开："我已经到家了。"

郑婉颐："啊？你怎么那么没骨气？"

盛开："老太太跟闺女去三亚旅游去了，家里只剩下耀辉一个人。"

郑婉颐松了一口气："耀辉求你回去的？"

盛开："不是，老太太走的时候给我打了个电话。"

郑婉颐："她服软了？"

盛开："她才不服软呢，口气硬得狠。"

郑婉颐："你就敢跟你妈来硬的。"

罗耀辉眼睛盯着屏幕，他竖着耳朵听盛开说话。盛开的声音："妈您就别瞎操心了。嗯，我知道。"罗耀辉用遥控调低了电视里的声音。

郑婉颐："他要请你们哥仨吃顿饭。"

盛开："谁？"

郑婉颐："你说还有谁？"

盛开："妈，您怎么想起来替他说话了？他当年怎么对我们的，您这么快就忘了？"

罗耀辉拄着拐杖慢慢蹭到厨房门口，他想揣测清楚电话里丈母娘在说什么。

盛开怒气冲冲："他想当爸就当？不想当就不当？我凭什么听他的吆喝？他爱请谁吃饭就请谁去，我没心情去赴他的鸿门宴。妈您烦不烦？行了，不说了，我还得做饭呢。"

她把电话挂了。

罗耀辉知道不是说他，一瘸一拐地从门口走开。

郑婉颐看着手里的电话自言自语道："说尥蹶子就尥蹶子，这毛驴脾气到底随谁呀？我正事还没说她倒挂了。"

郑婉颐又翻箱倒柜地找起那枚鸡血石印章来了。

盛开从厨房里出来问罗耀辉："想吃什么？"

罗耀辉假装没听见。

盛开："我跟你说话呢。"

罗耀辉："不劳驾你，我吃完了。"

盛开生气，她瞪着罗耀辉。罗耀辉不看她。水开了，水壶发出刺耳的响声。

盛开冲进来拔掉插销，给自己沏了一杯茶。

她低声嘀咕："爱吃不吃，吓唬谁?"

盛开热火朝天地炒菜做饭。

罗耀辉抽着鼻子闻着厨房里飘出来的香味儿，他情不自禁地咽起了口水。一盘一盘色彩缤纷的菜摆在餐桌上。盛开坐在餐桌旁边听着身后的动静。电视机的声音大了起来。盛开站起来从冰箱里拿了一瓶啤酒给自己倒了一杯，她大口吃着大口喝着。罗耀辉坐不住了，他拄着拐杖回到卧室，把门摔上。

罗耀辉用拐杖悄悄把门捅开一条缝，他凑到门缝前往外看。

盛开坐在餐桌前狼吞虎咽地吃着。罗耀辉暗暗地骂道："她一生气就这样吃，这哪儿是吃饭？她是把我当盘子里的肉嚼呢。"

公司里只剩下金荷一个人，她手指灵活地打着电脑，眼睛不住地往办公室那里看。办公室里还亮着灯，盛誉还在里面工作。

金荷看看表已经到晚上九点了，她自言自语道："他怎么还不出来啊？饿死我得了。"她气恼地关了电脑。盛誉办公室里的灯灭了。金荷兴奋，她拎起书包"嗖"地蹿出门外。金荷站在楼梯口，看着公司大门。盛誉从公司里出来，大门“咣”的一声锁上。盛誉朝金荷走过来，金荷呼吸急促眼前发黑，不等盛誉走到跟前，她“扑通”一声摔倒在地上。

盛誉跑过来把她抱起来，金荷醒了，她紧紧地搂着盛誉的脖子。

盛誉问：“你怎么了？”

金荷把脸埋在他的胸前说：“我等你等得饿晕了。”

盛誉说：“想吃什么，我带你去。”

想到这儿，金荷一脸坏笑。

盛誉根本没有注意她，他步履匆匆地从金荷面前走过去。金荷急忙追上去。盛誉上了电梯，电梯门关上。金荷急忙去跑楼梯。

金荷一层一层飞快地往下跑着。

电梯停下，金荷冲上电梯，她的笑容刚绽开就迅速消失了。盛誉不在电梯里，电梯里站着的是一个背着工具包的水暖工。金荷急忙按楼层的键。电梯突然停住，电梯里的灯也熄掉了。金荷吓坏了，她身子紧紧地贴在墙壁上，她觉得这个窄小的空间里氧气稀薄让人有点喘不过气来。

盛誉想起来什么转身跑着上楼梯。

金荷拼命按电梯里的报警器，报警器没有反应。水暖工一声不响地看着她。金荷突然想起来手机，急忙掏出来，手机在电梯里没信号。她急得快哭了。水暖工开口了：“这个电梯有毛病，上个月有人被关在这里一个晚上呢。”金荷不搭腔，她不敢看他，心吓得怦怦乱跳。

盛誉开门进办公室，拿起忘在桌子上的汽车钥匙转身出去。

电梯突然动了。金荷紧张地喘着。楼层指示灯一个一个地亮着。

盛誉从电梯门前匆匆走过去。电梯门开了，水暖工先出来，他给物业打电话：“喂，电梯有故障，赶紧派人下来查一下。”

金荷如同劫后余生，腿软得走不动了。她一眼看见在前面大步行走的盛誉，她想喊，可是发不出声音。金荷拔腿追了两步，脚下一绊摔倒了。盛誉边走边看手里的文件，听到身后有人摔倒的声音急忙回头看。看见金荷趴在地上，急忙跑过来把她扶起来。

盛誉：“你怎么了？”

金荷气息微弱地说：“头晕。”

盛誉：“我带你去医院。”

金荷：“我不去，我要回家。”

盛誉：“还是去医院吧！”

金荷："我的毛病我知道，低血糖，吃点东西就好了。"

她看着盛誉，心里渴望着："我都说吃点东西就好了，你倒是带我吃饭去呀。"

盛誉："好，那我送你回家。"

金荷失望。

盛誉："你家在哪？"

金荷有气无力地："紫竹院。"

盛誉："站起来。"

金荷摇摇头："我一点儿劲儿都没有。"

金荷心里渴望着："快把我抱起来啊！"

盛誉一把把金荷拽起来："站起来走，活动起来就好了。"他拽着金荷的胳膊往外走。金荷扫兴极了，无精打采地跟着他。

盛誉开车，金荷坐在他旁边。金荷假装睡着，头往盛誉肩膀上倒，盛誉伸出一只手把她扶正。金荷偷着笑。

一室一厅的房间收拾得很温馨，到处是毛绒玩具和鲜花。金荷盘腿坐在沙发上，盛誉在地中间站着。

金荷："你坐下。"

盛誉："不坐，我马上回去。"

金荷生气："我怎么办？"

盛誉觉得她问得奇怪："吃东西睡觉啊。"

金荷："东西在哪呢？"

盛誉："这是你家，你怎么问我呀？"

他拉开冰箱门："你这冰箱里不是什么都有吗？这还有微波炉，转一下就能吃了。好，我还有事走了。"

金荷："你留一个病人在家真放心？"

盛誉觉得这是个问题，他想了一下拿起墙角的电话，看着墙上贴着的通讯录上的第一个号码打电话。

电话里一个女人的声音："金荷，你这个死妮子，终于想起来给我打电话了？"

盛誉："你好，你是金荷的朋友吗？"

电话里一个女人的声音："你是哪一位？"

盛誉："我是她单位的同事，她身体不舒服，我送她回来的。现在她家里只有她一个人，你能来她家陪陪她吗？"

女人的声音："好，我马上去。"

盛誉压了电话："一会儿有人来，我走了。"

金荷目瞪口呆地看着他。他开门出去，门关上。金荷噘着嘴呼呼喘着粗气。

罗耀辉坐在沙发上看电视，他故意把电视的声音调得很大。盛开被吵醒了，她披头散发地坐起来，闭着眼睛生气，她拿面巾纸团了两个纸团塞进耳朵里重新躺下。电视里正在播一个战争片，敌对方大炮机关枪打得热闹。披头散发穿着睡裙的盛开站在沙发前，看着在窝在沙发上睡着了的罗耀辉，他半张着嘴睡得正香。

盛开用手捅了一下罗耀辉，他没动，她加大力量又捅了一下。

罗耀辉醒了，看清面前站着的是盛开，他叭嗒叭嗒嘴又闭上了眼睛。

盛开："回屋睡去。"

罗耀辉转了个身背朝盛开。

盛开伸手往起搀他，罗耀辉不配合，盛开怎么使劲也拉不起来他。

盛开："你睡在这儿会感冒的。"

罗耀辉："死了才好。"

盛开生气地说："想死咱俩办了离婚手续你再死，我不愿意承担害死亲夫的罪名。"

罗耀辉："你还知道我是你亲夫啊？"

盛开："比你强，你连我是你老婆都不知道。"

罗耀辉："你不是我老婆，我老婆不会扔下我跑回娘家去住。"

盛开："你妈把我赶走的！"

罗耀辉："你不也把我妈赶走了吗？"

盛开："我没赶她。"

罗耀辉："你妈替你赶不一样吗？"

盛开："少啰嗦，赶紧回床上睡觉去，我明天早上还上班呢？"

罗耀辉："管我干什么？你睡你的去。"

盛开绷着脸："你睡在这儿，就是向我示威。"

罗耀辉眨巴着眼睛看着她："示威怎么了？身为公民我还有游行的权

利呢！”

盛开：“想游行外面去，出了这个门，爱哪游去，我决不干涉。这个家现在除了睡觉，什么都不许干。”

罗耀辉：“这是我的家，我想干什么就干什么。”

他举起手臂呼口号：“打倒盛开！”

手臂落下，他又把那条好腿紧跟着举起来响应：“打倒盛开！”

盛开一把抓住了他的脚脖子。

盛开：“一股咸带鱼味儿，洗脚去！”

罗耀辉：“我洗不洗脚关你什么事？”

盛开：“少啰嗦，洗去！”

罗耀辉：“凭什么听你的？你算老几？”

盛开：“老大。”

罗耀辉转过身不理她。

盛开挠他：“你起来不起来？”

罗耀辉硬挺着：“你少来这一套！”

盛开加重了手上的力量。

罗耀辉吃不住了笑得在沙发上打挺：“别闹，你别闹！”

盛开：“洗不洗去？”

罗耀辉求饶：“我去洗！我去洗还不行吗？”

盛开手不停：“叫我声姐我立刻饶了你！”

罗耀辉：“亲姐！亲妈！亲姥姥！饶命啊！”

罗耀辉泡在浴缸里，盛开认真地给他搓着后背。

罗耀辉：“上面点儿，再往下点儿，哎哟，哎哟。”

盛开用喷头给他冲洗头发，罗耀辉舒服地闭着眼睛享受着。

罗耀辉：“有日子没这么舒服了。”

盛开：“你妈那么疼你，怎么不给你洗？”

罗耀辉：“你来劲是不是？”

盛开：“我敢来劲吗？我整天毕恭毕敬老老实实的，老天爷还找我麻烦呢。这段日子我撞上鬼了，特别不顺。”

罗耀辉坐起来裹上浴巾问：“怎么了？”

盛开：“我的一批活儿在窑里烧坏了，我得给订货方交百分之三十的赔偿款。”

罗耀辉："那是多少钱？"

盛开："八千块。"

罗耀辉立刻急了："你一个月才挣多少钱，一赔就赔八千块？"

盛开："合同就这么规定的，摊上了，我只能认栽。"

罗耀辉："人家老婆是搂钱的耙子，你是漏钱的网兜，既然认栽就自己想辙去，这事我帮不了你。"

盛开的脸冷下来："我还没求你呢。"

罗耀辉："求我也没用。"

盛开："人生似鸟同林宿，大限来时各自飞。说的就是你吧？"

罗耀辉："你什么意思？"

盛开："没意思！"

她扔下一句话转身出去了。

15.

金荷在电脑前处理文件，女孩子们边干活边吃着小零食。盛誉手里拿着文件夹走过去，金荷抬起脑袋看他，她的眼神跟过去很不一样。盛誉进办公室，门关上。金荷看着办公室的门愣神。女孩子甲拿着一把剪刀在她的眼前剪了一下："小心眼珠子掉出来被人当泡踩了。"

金荷："我真的喜欢上他了。"

女孩子甲："嗨！这有什么稀罕的？他喜欢上你，才是真正的稀罕事呢。"

郑婉颐拎着菜走到门口，盛茂林从后面赶上来，他把手里的塑料口袋冲她举了一下。盛茂林："我给你送鞋。"郑婉颐把菜兜子放在地上，接过来他手里装鞋的塑料口袋。盛茂林顺手把她放在地上的菜拎起来。

郑婉颐："不用，我自己拿。"

盛茂林："挺沉的，我拿吧。"

郑婉颐看了他一眼没说话，进楼道，盛茂林跟进去。

郑婉颐开门进屋，盛茂林轻车熟路地把菜送进厨房。郑婉颐从塑料口袋里掏出来盛茂林修好的鞋，翻过来倒过去地看着。她由衷地称赞："这哪儿是旧鞋，跟新买的一样。这鞋卡子是你后上的吧？"

盛茂林从厨房里出来："是。"

郑婉颐："好看，好看。"

盛茂林："家里还有旧鞋吗？"

郑婉颐："旁边单元的老孙看见你给我修的鞋，问我在哪儿修的，她说也想把自己那双修修。"

盛茂林："拿来，我给修。"

郑婉颐："那我拿去。"

她刚要出门，电话铃声响了，郑婉颐接电话。

郑婉颐："喂，盛开啊。"

盛茂林竖起耳朵听着。

话筒里盛开的声音："妈，您能借给我八千块钱吗？"

郑婉颐："借钱干什么？"

盛开："您别问了，半年以后我还您。"

郑婉颐："你跟我借钱，我不问清楚行吗？"

盛开："我在厂里做坏了一批活，人家退了货，我得赔偿交违约金。"

郑婉颐："你故意做坏的？"

盛开："妈您说什么呢？"

郑婉颐："那凭什么罚你？"

盛开："我是责任人。"

郑婉颐："盛开啊，你怎么家里家外都这么不省心呢？你自己一点钱都没有？"

盛开："装修房子都花了，我哪还有钱？"

郑婉颐："肇事方不是给了一笔赔偿款吗？"

盛开："我还没开口，他就把我的嘴堵死了。我要不出来。"

郑婉颐火了："那笔钱是夫妻共同财产，他凭什么不给你？"

盛开："妈，肇事赔偿款不是夫妻共同财产，那是罗耀辉的个人财产。"

郑婉颐一愣："谁说的？"

盛开："法律。妈，您到底有钱没有钱？"

郑婉颐拉开抽屉拿出一个信封："我这儿只有刚领的工资四千多，银行里存的也都是死期的，这会儿你叫我到哪给你凑去？"

盛茂林从口袋里掏出来一沓钱放在茶几上，他冲郑婉颐指指那钱。

郑婉颐一愣马上明白过来，她使劲冲他摆手表示不要。

盛开："妈，您一定想办法帮我凑一凑，这笔钱得马上交呢。我是实在没办法才求您的。"

盛茂林拿起茶几上的钱走过去，他把钱放到郑婉颐的手里。

郑婉颐看看手里的钱，看看盛茂林。

盛开的声音："妈！妈！"

郑婉颐生气："叫魂呢？你回来取钱吧。"

盛开开门进屋，罗耀辉拄着一根拐杖出来，他上下看着盛开。盛开扫了他一眼，放下书包进厨房去了。罗耀辉跟进厨房。

盛开在厨房里淘米做饭。罗耀辉在她身后站了一会儿，见她不跟自己说话，转身出去。盛开择菜，她恨恨地把手里的菜叶子一片一片地撕碎了。

罗耀辉坐在沙发上愣神，他看见盛开放在沙发上的包，他悄悄拎过来，鬼头鬼脑地翻着里面的东西。

盛开从厨房里出来，罗耀辉赶紧把包扔到一边。

盛开："你找什么？"

罗耀辉："没找什么。"

盛开："吃饭。"

罗耀辉起身跟她进厨房。

盛开和罗耀辉坐在餐桌前吃饭。罗耀辉看了一眼桌子上的菜："怎么没肉？"

盛开眼皮不抬："你没给我买肉的钱。"

罗耀辉："你工资呢？"

盛开："你工资呢？"

罗耀辉："我现在只拿70%的工资。"

盛开："你拿1%给我看看也行。"

罗耀辉放下筷子："你是诚心不让我吃是不是？"

盛开不说话，她垂着眼皮吃着饭。

罗耀辉："你这人怎么这么别扭呢？你以前可不是这样的人。"

盛开："你以前也不是这样的人。"

罗耀辉："不就是因为我没给你钱吗？"

盛开恨恨地："钱算什么东西？"

罗耀辉："那天我给我妈钱，你就老大的不高兴。"

盛开："我的情绪能影响到你吗？"

罗耀辉："她是我妈，我应该孝顺。"

盛开："孝顺？你那是孝顺吗？根本不是孝顺，是讨好，是极其可笑的愚忠。"

罗耀辉："结婚以后，这是我第一次给她钱。我给我妈钱是应该的，你至于气成那样吗？"

盛开："你选那个时间和那个地点给她钱，不就是为了气我吗？我被罚款你一分钱也不帮，照样也是为了气我。罗耀辉，我告诉你，你的目的已经达到了。”

罗耀辉：“那是你愿意生气，你要是想生气还有的气生呢，我妈来电话说，我姐拆迁要换房子，不够的钱我还得先帮她垫上。”

盛开语气很硬：“肇事单位赔你的钱，你全给你妈和你姐我都没意见。这个家的电器全是我花钱买的，逼急眼了我就把它们全都卖了！”

罗耀辉：“你敢！”

盛开：“你看我敢不敢！”

她气哼哼地端起碗吃饭。罗耀辉想说什么，他没说出来，他一拐杖打倒了凳子走出去。盛开眼皮不撩，坐在那里有滋有味地吃着。

罗耀辉拄着拐杖一瘸一拐地在胡同里走着。大爷大妈们热情地跟他打着招呼。大爷：“耀辉能出门了？”

大妈：“媳妇咋不跟着，这要是再碰一下，那可不得了。”罗耀辉强做笑容应付着。

盛开从厨房出来，看见罗耀辉不在客厅里。她抬头看了一下表。表针指向一点三十分。盛开拿起包走了。

她骑着自行车从花园旁边走过，她一眼看见了罗耀辉。

罗耀辉坐在石凳上，面前的石桌上摆着一只烧鸡，半张大饼，一大瓶可乐，他大饼卷鸡肉大口地吃着。盛开惊呆了，她骑在车上，一只脚支在地上，瞪着眼睛看着罗耀辉。

罗耀辉也看到了盛开，他更加狼吞虎咽地吃起来。盛开气坏了，她骑上车子向前冲去，石头把她的车子颠起来老高。罗耀辉边使劲嚼着，边看着她的背影。盛开骑远了，罗耀辉的嘴不动了，他被嘴里的食物噎得打了个嗝。

盛开在自行车道上疯狂地骑着，骑着骑着她骑不动了，速度慢下来。她想哭又使劲忍住了。

她想：“我的日子不往前走了，一天一天比一天长。我不愿意回家，也不愿意去单位，满世界没有一个我想去又能去的地方。”

盛开闯了红灯。

拿小旗的交通协管员冲她大喊：“嗨！”盛开在马路中间孤零零地站住。路两边的人都瞪着眼睛看着她。

周逸伦看到了站在马路中间的盛开，他下意识地踩了一脚刹车。

身后的车“咣”的一声追他的车尾了。

周逸伦下车跟后车的车主理论起来。

盛开车子骑远了。傅海涛和窦宝拖着行李走过来。傅海涛："昨天晚上我竟然梦见罗耀辉那个小子。"

窦宝："梦见他干啥呢？"

傅海涛："我跟他一起喝酒，你说邪门不邪门？我怎么能跟他坐在一张桌上喝酒？"

一个五十岁左右的瞎子盘腿坐在地上，面前摆着的一块白布。白布上密密麻麻地上写着字。傅海涛歪着脖子看白布上的字。

窦宝嗑嗑巴巴地念出了声："儿子考大学落榜离家出走，至今两年没回，我哭瞎了眼睛……"

他蹲下身盯着瞎子的眼睛："装的吧？"

傅海涛照他的屁股给了一脚："人不大，疑心挺重，在你眼睛里啥是真的？"

他从口袋里掏出来几张钱，最小面额的是一块，他把一块钱扔在盲人面前。

傅海涛："掏钱！掏钱！一人一块。"

窦宝不掏，傅海涛抓住他，硬从他的口袋里掏出来几张钞票。

没有一块钱，只有五块的。

傅海涛把五快钱扔到瞎子面前，又从他面前找回来四块零钱塞到窦宝的口袋里。

瞎子塑像一样坐在那里一声不响。

覃媛坐在落地窗前轻轻摇晃着摇篮，摇篮里的孩子在熟睡。

周逸伦开门进来脱鞋，他把公文包放在门口的桌子上。

覃媛："怎么回来得这么早。"

周逸伦："嗯。"他转身进了书房。

周逸伦坐在书桌前发呆。

周逸伦拿起手机拨打盛开的号码。手机里传出来电脑的声音："对不起，您呼叫的用户已关机，请稍后再拨。"周逸伦自言自语："她做得真绝，把我屏蔽了。"

郑婉颐买菜回来走到单元门口。盛茂林迎上来，很自然地伸手拿过来郑婉颐手里拎着的菜兜子。郑婉颐开单元门进去，盛茂林跟着进去。

盛茂林关上门把腋下夹着的塑料口袋递给郑婉颐。郑婉颐打开塑料口袋，从里面拿出来修缮一新的皮鞋，仔细端详着。

郑婉颐脸上带着笑容："老顾穿着你给修的鞋满世界显摆。"

她指指墙角摆着的另一双旧鞋说："这不又给你招揽来了一双？隔一个单元赵大姐的闺女的。"

盛茂林："没给你丢面子就好。我赶明儿真的开一个皮鞋美容店，生意肯定好，准能挣钱。"

郑婉颐："开个店得花多少钱？"

盛茂林："房租水电，一些必要的设备，怎么也得几十万。"

郑婉颐："你借给盛开的钱过几天我还你。"

盛茂林："你怎么扯那儿去了？"

郑婉颐："这钱得还。"

盛茂林："实在要还，那也得等盛开缓过手来让她自己还给我，她都不急你急什么？"

郑婉颐抬起眼睛看着他。

盛茂林被她看得心里发毛，他不自在地左右看看。

郑婉颐："那枚印章我找不到了。"

盛茂林："放哪儿了？"

郑婉颐："箱子里抽屉里我翻了好几遍，都没有。"

盛茂林："会不是会是孩子们拿走了？"

郑婉颐："盛放从小就对这种东西不感兴趣，盛开要是拿了会告诉我。我半年前还见过，怎么就没了？"

盛茂林："东西就是这样，越仔细放起来越找不着。不找它又自己冒出来了，东西在家没不了。"

郑婉颐："你坐那儿。"

盛茂林坐下。

郑婉颐也坐下，顺手拿过来豆角摘豆角，盛茂林动手帮她摘着。

郑婉颐："怎么吃饭？"

盛茂林："自己做着吃。"

郑婉颐沉默好一会儿才说："盛开五岁那年，我发烧起不来床，想喝点稀粥，你给我煮了一锅。看看你煮的那锅粥，下面一层是糊的，中间夹生，上面清汤寡水。我说了你两句，你就连粥带锅都给我扔到外面去了。”

盛茂林：“我再给你煮一回？我现在啥粥都会煮，我做的八宝粥比饭店卖的都好吃。”

郑婉颐：“不稀罕，吃惯黄连了，吃蜜嘴里就泛酸。”

盛茂林：“真的，这些年我练出了一手好菜。”

郑婉颐看了他一眼：“在我这儿的时候当老爷，怎么到她那就变成使唤丫头了。”

盛茂林：“她做饭太难吃，淡了吧唧，连点盐津味儿都没有，我学会做饭也是被她的烂手艺逼出来的。”

郑婉颐：“一物降一物。能把你逼得围着锅台转的人我佩服。”

盛茂林：“在野外勘探的时候，我也做饭给大家改善伙食。”

郑婉颐：“她什么样？”

盛茂林没明白：“嗯？”

郑婉颐：“我是说你后老伴儿。”

盛茂林：“没你高，比你胖。”

郑婉颐翻了他一眼：“跟我比什么？”

盛茂林回答得很实在：“我看见谁都跟你比。”

郑婉颐心里舒坦，起身给倒了两杯茶，把其中一杯放在盛茂林面前。

盛茂林心里热乎乎的。

郑婉颐：“你们怎么认识的？”

盛茂林：“我到贵州的第三年，同事给我介绍了她。她结过婚，有过一个儿子八岁的时候游泳淹死了。”

郑婉颐吃惊：“啊？！”

盛茂林：“四十岁的时候他丈夫出公伤事故死了。”

郑婉颐吃惊地看着他：“她这是什么命啊，怎么这么惨？”

盛茂林：“是啊，我也是可怜她，两下一凑合就结了婚。”

郑婉颐：“可怜能当日子过吗？”

盛茂林：“嗨，那时候我心气也不高，我想跟谁过不是过？怎么过还不是一辈子？”

郑婉颐心里一阵不舒服，语气中透着醋意：“惺惺相惜，你俩过得不错吧？”

盛茂林回答得很干脆：“不怎么样。”

郑婉颐松了口气，反过来教育盛茂林：“就你这狗脾气，跟谁都过不好。”

盛茂林：“她脾气比我坏，我俩吵架都是她追着我吵。”

郑婉颐：“就俩人过日子，没有前一窝后一串的，有什么可吵的？”

盛茂林：“她总怕我把钱贴补给这边的孩子们。”

郑婉颐生气了：“自己的亲生儿女想怎么给就怎么给。法律都有规定，你干涉得了？她连这都想不明白，气死活该！”

盛茂林看了郑婉颐一眼。

郑婉颐没察觉，她忿忿地说：“她也受过十月怀胎的苦，怎么眼里就容不下孩子？这种女人真是少见！你没告诉她，我的孩子压根没花过你的钱吗？”

盛茂林：“说了，她不信。”

郑婉颐：“她信什么？气着我，我月月找你要钱去。”

盛茂林：“她死了五年了，你跟她较什么劲儿？”

郑婉颐回过味儿，她看着盛茂林恨恨地说：“报应，你活该遭报应。”

盛茂林叹了口气：“我活该。我跟她结婚十年，加在一起满打满算也就过了一年正经日子。”

郑婉颐不解：“这是什么话？”

盛茂林：“我常年出差在外，回家没说两句话，俩人就得吵起来。”

郑婉颐：“你不会不理她？”

盛茂林：“她把我的经费都掐了，我能不理吗？”

郑婉颐：“什么经费？”

盛茂林：“工资，一开支她就跑到我们单位把我的工资领出去存起来，连存折都不给我看。”

郑婉颐：“凭什么？”

盛茂林：“凭她是我老婆。”

郑婉颐气不打一处来：“老婆也不是原配，臭美什么？”

盛茂林：“我俩一吵架她就把米面都放到里面的屋子里锁起来，自己跑到侄子家去一住就是半个月。”

郑婉颐生气：“盛茂林啊，盛茂林，当年你跟我那厉害劲都哪去了？啊？我给你生了一儿两女，说离你就跟我离了，连头都没回一下。跟她怎么就这么窝囊呢？你是在她手里有短？还是前世欠了她的？”

盛茂林："我提出离婚，单位介绍信都开好了，她突发性脑溢血，抢救过来，就瘫在床上，一瘫就是六年，你说我能怎么办？我能扔下她不管？我也不是那样的人哪！"

郑婉颐摇头感叹："命，这就是命！"盛茂林把择好的菜送进厨房。郑婉颐感慨万分地看着他的背影。郑婉颐炒菜，盛茂林站在旁边跟她说话，看见她往锅里放菜，他顺手把调料给扔进锅里，两人配合得很默契。

郑婉颐："盛誉说，你要买下现在住的房子，多少钱？"

盛茂林："他给我友情价，八十万。"

郑婉颐："你有那么多钱吗？"

盛茂林："我正想跟你商量呢。"

郑婉颐脸一板："我闺女儿子可没钱借给你。"

盛茂林："我不跟他们借钱，你找到那枚印章，把它卖给我，我给你二十万块钱，三十万也行，我把它们重新凑成对卖了，这笔钱可以一笔付清房款。"

郑婉颐恼了："吃进去还带吐出来的？那印章我不卖！"

盛茂林："你看你，不卖就不卖，发这么大火干什么？"

小饭馆，窦宝和傅海涛坐在四号桌子旁边，窦宝点菜。

窦宝："来个鱼头泡饼，一个红烧肉，再来盆酸辣汤。"服务员写下菜单走了。傅海涛从口袋里掏出来钱包，钱包鼓鼓囊囊的，看上去很富足。傅海涛："猜猜有多少钱？"

窦宝："两千。"

傅海涛打开钱包，里面的拉锁拉得紧紧的，外面一层用扣子扣着。傅海涛打开扣子，里面是一叠很精致的卷烟纸。傅海涛一怔，急忙拉开钱包上的拉锁，里面装着满满的烟丝。傅海涛抬手给了窦宝后脖埂子一下。

傅海涛："这他妈是烟荷包。"

窦宝也傻了。

傅海涛："服务员！"

服务员跑过来："你还要什么？"

傅海涛："把鱼头泡饼去了，换两碗雪菜面，再加两笼包子。"

窦宝嘟囔："我想吃鱼头泡饼。"

傅海涛：“件件活不上手，吃个屁！”

窦宝：“墙角的那个人像刚才的那个瞎子。”

傅海涛扭头看。

墙角处的男人一筷子一筷子地往儿子的碗里夹肉。

男人：“我点的都是你爱吃的。”

傅海涛啤酒杯往桌子上一顿放，站起来沉着脸朝那爷俩走过去。傅海涛坐在他们桌子旁边的空凳子上。男人不知道出了什么事，眨巴着眼睛看着他。傅海涛：“你瞎着两只眼睛，是怎么把儿子找到的？”

男人窘：“兄弟，都在外面混饭吃，你抬抬手。”

傅海涛：“行，行，我抬抬手。”

他动作利落地从男人的口袋里掏出来一卷零钱，从里面抽出来几张五块钱的票子。傅海涛转身走到柜台前，他把钱往柜台上一拍。傅海涛：“四号桌买单！”

盛放推门进来大声喊：“妈！做什么好饭呢？这么香？”

郑婉颐放下碗小声说：“盛放回来了。”盛茂林紧张地放下手里的碗。郑婉颐迎出去。

盛放换鞋。她自作多情地说：“妈，您是知道我今天中午回来，才做了我爱吃的红烧排骨吧？”郑婉颐拦在她前面，不知道下面该怎么办。盛放从母亲身边绕过去往客厅走，郑婉颐追上去。

郑婉颐：“盛放。”

盛放：“什么事啊？我都快饿死了。”

郑婉颐无奈地叹了口气暗自说：“听天由命吧。”

盛放一眼看见坐在餐桌旁边的盛茂林，她愣住了。盛茂林站起来主动跟盛放打招呼：“回来了？”

盛放顿时变了脸，她扭头就走。

郑婉颐追上去。

盛放拿起包开门，郑婉颐拦住了她。

郑婉颐：“你去哪儿？”

盛放：“这个家有他没我。”

郑婉颐压低声音：“他是你爸爸。”

盛放：“我是野种，没有爸！”

郑婉颐："你混蛋！"

盛放："妈，您好了伤疤忘了疼，这个人当初怎么对您的，您这么快就忘了？"

郑婉颐压低声音："他来了，我能把他轰出去吗？"

盛放："那是您不想轰。"

郑婉颐被她顶得说不出话来。

盛放："妈，您真是叫我失望透顶！"

郑婉颐生气了："我怎么做你们才能个个满意？啊？我不让他进屋，你哥跟我生气；我招待他，你姐和你跟我翻脸。"

盛放："别拿我们说事，如果不是您想跟他恢复关系，他能进得了这个家吗？"

郑婉颐："盛放，你怎么跟你妈说话呢？"

盛放："是您逼我这样跟你说话的。"

她摔门出去。

郑婉颐呆站在门口："混球！她怎么这么混球呢？"

盛茂林走到她身边："走了？"

郑婉颐冲他发火："都是你！弄得她连顿饭没吃就走了。以后你别来了，你一来这个家就没好日子过。"

盛茂林没说话，他开门往外走。

郑婉颐看他的样子不免有些心疼："事情已经这样了，你就把饭吃完得了。做了这么多饭谁都不吃，让我一个人打扫到啥时候？"

盛茂林叹了口气关上了门。

盛茂林坐在餐桌旁沉默了好一会问："她没事吧？"

郑婉颐："她就这狗脾气，过会儿就好了。都是你造的孽，自己受罪还得让大家伙儿一起跟着受连累。"

盛茂林看着她不说话。

郑婉颐心软了："吃吧。"

盛茂林坐下吃饭，郑婉颐很自然地把荤菜盘换到他跟前。

盛茂林感动地看她一眼。

郑婉颐："这姐俩脾气犟的随根儿，跟你一个德性！"

盛茂林："你不是说他们仨没一个像我的吗？"

郑婉颐自知失言，她白了盛茂林一眼。

盛放怒气冲冲在街上走，手机响。盛放接电话：“请我吃饭！我饿得正想发火呢。”

盛放和谢启明坐在火锅店吃饭。盛放撸胳膊挽袖子大口大口地吃着。谢启明喝着啤酒看着她笑：“你这吃相也太不淑女了。”盛放：“装淑女给你省钱？我怎么那么缺心眼？”

谢启明：“你这一出一出的，幸亏我心如枯井，否则怎么受得了你？”

盛放：“我想从家里搬出来，你帮我找个地方住，租金别太高了。”

谢启明：“为这事不值得。”

盛放：“怎么不值得？看那老头的架式，不把我家地上坐出口井来，他决不会撤军。”

谢启明：“他是想跟你们和解。”

盛放：“地球是围着他转的？他想干什么就干什么？”

谢启明：“躲不能解决问题。”

盛放：“其实我也不完全是为了躲他，我是不愿意老跟我妈住在一起，我在家打个电话她都要问，给谁打电话呢？什么话非得在电话里说？花钱说话显得你金口玉言？”

谢启明哈哈笑。

盛放：“星期天我多睡一会儿，她从早上八点到中午十二点，半个小时一次能叫你八遍，我生气她比我还生气。她骂我说，你这么懒将来谁敢娶你？”

谢启明：“你告诉她，有不怕死的。”

她白了他一眼。

盛放：“你是不知道跟长辈住在一起有多烦，我想搬出去一直没个理由，这下总算找到一个借口，你一定要帮我这个忙。”

谢启明想了一下：“我们医院有个同事，俩口子去澳大利亚了，房子钥匙在我这放着，跑电漏水都有我替他负责，你可以放心去住。”

盛放：“房租多少钱？”

谢启明：“你能给多少？”

盛放：“最多一千五。”

谢启明：“八百吧，象征性地收一点儿，省得你住得不自在。”

盛放高兴：“这顿饭我请了。”

谢启明：“你别坏了我的规矩，我从来不让女人花钱请我吃饭。”

盛放："多好的规矩啊。"

傍晚，罗耀辉在房间里来回转悠，门铃响，罗耀辉开门。

盛开厂里的男同事抱着两箱子饮料进来，盛开跟在后面，手里拎着一桶油。他笑着跟罗耀辉打招呼："你好。"罗耀辉冲他点点头。

盛开："刘工，你就放这儿吧。"

刘工端着饮料转了个圈，找了一个角落把饮料放好。

盛开忙着给他倒水："喝杯茶吧。"

刘工："别忙了，我得赶紧把我那份送回家去。"

他冲罗耀辉笑了笑，转身往外走。

罗耀辉："坐会儿吧。"

刘工："不了，不了。"他出去，盛开赶紧送出门去。罗耀辉走到窗边往下看，他看不见下面的死角有点着急。盛开推门进来。罗耀辉离开窗口。

盛开准备进厨房做饭。罗耀辉跟进来："这人是谁？我怎么从来没见过？"

盛开："我们单位的工程师，他没来过咱们家，你到哪见去？"

罗耀辉："从来没来过，怎么这会儿来了？"

盛开蓦地转过身两眼盯着他："那你说，他为什么这会儿来？"

罗耀辉："平白无故的他送你干什么？"

盛开："厂里分了这么多东西，我一个人搬不回来。"

罗耀辉："厂里那么多人为什么偏偏他送？"

盛开："换成另外一个人送，你也会问这样的话。好，我回答你，他有车，而且顺路。"

罗耀辉冷笑一声："开汽车的当然比骑自行车的体面了。"

盛开气得脸煞白："罗耀辉，你一天到晚找我的岔，你到底想干什么？"

罗耀辉："这话问的，是我干什么？还是你干什么？"

盛开气得什么都说不出来，她摔盆打碗地洗菜做饭。

罗耀辉冷笑一声说："恼羞成怒，说明我击中了你的要害。"

盛开躺在床上翻来覆去地睡不着。罗耀辉也失眠了，他仰面朝天躺在床上，瞪着两眼看着屋顶。盛开翻身起来。罗耀辉听到外面有动静，他也坐起来。罗耀辉拄着拐杖走到门口，把门拉开一条缝往外看。

客厅里亮着一盏小灯，盛开穿着睡衣坐在餐桌旁边喝酒，面前摆着一碟辣白菜，一瓶红酒已经下去了一半。她听到动静知道罗耀辉起来了，故意不回头看他，她把半杯红酒一口全部喝了下去。

早晨，盛茂林背着双手在广场上四处寻找，跳舞的人群当中没有郑婉颐。

盛开萎靡不振地坐在桌子前翻看资料。

胡杨推门进来，她看了一眼四周小声问盛开："你听说了没有？"

盛开："什么？"

胡杨："咱们厂被私人老板收购了，要裁人。"

盛开一怔："谁说的？"

胡杨："整个厂子都传遍了。"

盛开："再裁也裁不到咱们的头上吧？"

胡杨："这可是保不准的事。"

盛开："天要下雨，娘要嫁人。咱们犯愁也没有用。走一步说一步吧。"

胡杨盯着她的脸："你脸色怎么这么难看？"

盛开："又一夜没睡。"

胡杨："这回又是什么？"

盛开："嫉妒。"

胡杨："嫉妒什么？"

盛开："每个跟我有过接触的男人。"

胡杨："你跟谁亲密接触让他看见了？"

盛开："刘工帮我把单位分的东西送回家，他立刻觉得抓住了我红杏出墙的证据。"

胡杨："你完全可以骂回去，得病不是欺负人的借口。"

盛开郁闷之极不想说话。

胡杨："盛开，你怎么变成这副熊样子了？"

盛开："我原来什么样？"

胡杨："外表布尔乔亚，内心波西米亚。"

盛开苦笑："布尔乔亚？波西米亚？我现在是一个满肚子苦水的怨妇。我用我人生最好的时光追求自我解放，却不断地在同一个地方跌倒。你说我还活什么劲？”

胡杨：“你把被迫做的事情当作想做的事情，把原本厌恶的生活，当成了想要的生活。”

盛开痛苦地点点头：“你说得太对了！”

这时，盛茂林拎着一兜子菜在单元门口来来回回地踱步。有人从单元里出来，盛茂林借着他开门机会进去。郑婉颐擦拭桌椅，楼道里一有人走过，她就竖起耳朵听，脚步声上楼了。郑婉颐失望，她扔下手里的抹布恨恨地说：“天天缠，天天缠，气跑了我闺女，他躲得连影都见不着了，什么东西？”

盛茂林站在门口，他踌躇了片刻，一咬牙决定进去。

郑婉颐听到敲门声，急忙跑过去把门打开。盛茂林进来。郑婉颐看见他，心一松，立刻把脸板起来：“你还来干什么？你弄得盛放跟我断了交，搬到外面住去了。”盛茂林一愣。

郑婉颐往外推他：“你走吧，走吧，以后再也别来了！”

盛茂林被推了出去，郑婉颐关上门，她走到沙发上坐下又站起来，打开房门。

外面没有人，郑婉颐“咣”的一声把门摔上。

郑婉颐生气：“轰你走，你就走？早就想顺坡下驴是不是？”

有人敲门。郑婉颐急忙把门开开。老太太：“郑老师，今天下午业主开会。”

郑婉颐：“不去，我头疼。”

盛茂林拎着菜漫无目的地在街上走着。一个姑娘迎面走过来，姑娘幻化成盛放，盛放冲盛茂林笑。盛茂林下意识地冲姑娘笑了。姑娘警惕地回头看他。

盛放头上包着头巾，身上穿着工作服，她在打扫卫生，桌子上的小音响在放着节奏明快的乐曲，音响旁边的手机震动着，触摸屏上写着“妈妈”两个字。盛放干得很起劲，她没有听见。谢启明在书桌前翻阅厚厚的医学资料，隔壁的音乐声隐约传来。谢启明自言自语：“明天我得告诉她，房子的隔音差，哭和笑都不要这么肆无忌惮的。”

罗耀辉家厨房。盛开收拾厨房。罗耀辉酒劲退了，进厨房找水喝。盛开倒了一杯温开水给他。罗耀辉盯着她的脸看。盛开："看什么呢？"

罗耀辉："你化妆了？"

盛开嗯了一声。

罗耀辉："怎么想起化妆了？"

盛开："脸色不好。"

罗耀辉："以前你不化妆。"

盛开："现在开始化也不晚。"

罗耀辉："口红多少钱？"

盛开："二百多吧。"

罗耀辉："买肉没钱，买口红就有钱了？"

盛开："你别挑衅。"

罗耀辉："昨天一条项链，今天一管口红，你看看你，耳朵和手腕已经气象万千了。"

盛开看着他认真地说："这些东西都不是我自己买的。"

罗耀辉警惕："哪个男人送的？"

盛开心里一阵恼火故意气他："想送的人送的。"

罗耀辉生气："盛开，你真是越来越轻浮了，我快不认识你了。"

盛开："我已经不认识你了。"

罗耀辉："那是你的心不在我身上，在谁身上你不说我也知道，"

盛开斜着眼"哼"了一声。

罗耀辉："纸里包不住火。"

盛开："谁说纸里包不住火，那灯笼怎么还着着？"

罗耀辉："肉太熟了没滋味，人太熟了要出事。生人不知道深浅没关系，末路相见，你走你的，我走我的。熟人可不行，你跟他混得太熟，俩人在一起没了提防，你跳进陷阱，还不知道井是谁挖的呢。"

盛开："你到底想说什么？"

罗耀辉："男人就是这样，女人没骗到手的时候什么都舍得给，到手了就没意思了，恨不得马上甩开，生怕粘在手上。"

盛开："你是在总结自己吧？"

罗耀辉冷笑："盛开，你打着灯笼找去吧，像我这样不赌不嫖一心一意对老婆好的男人再也没有第二个了。你看不起我，那是有眼不识泰山。从咱俩认识那天你就在心里看不起我，因为年龄大了，因为失恋，不得不跟我结婚。嫁给我你就不情愿，现在我撞成这样，你更后悔了。你心里想离婚，又怕担上负心的坏名声，忍着又心不甘，于是就在外面一口一口地偷嘴吃。”

盛开气得把炒菜的铲子扔在灶台上：“罗耀辉！你王八蛋！”

罗耀辉：“恼羞成怒了吧？恼羞成怒也改变不了事实。”

盛开气坏，她跑出去拿着电话手哆嗦着拨号。

盛开：“你告诉罗耀辉，我的口红和手链是不是你给我的？”她不由分说把电话塞进罗耀辉的手里。罗耀辉不接。盛开把电话开到免提键上。

盛放：“罗耀辉，我叫你一声姐夫是抬举你，我姐嫁给你，你给她买过一件首饰吗？你不买我送还不行？别看你长得人高马大的，心眼比肚脐眼还小！记住以后有气到外面撒去，欺负我姐我决不饶你！”说完她“砰”的一声摔了电话。隔壁有人敲墙，声音很清楚。盛放凑过去，她回敲了一下墙。墙那边传来敲鼓点的声音。盛放也回敲鼓点。墙皮掉了一块，露出来板子。

盛放冲墙那边喊：“谢老七，这墙皮是你敲下来的，你得负责给抹上。”

谢启明又使劲敲了两下，他这一边的墙皮震落下来，板子上露出来一个缝，谢启明凑过去往缝里看。突然一股水从缝里刺出来，喷了他一脸水。

谢启明“哎哟！”一声。

墙那边传来盛放哈哈大笑的声音。

盛开趴在沙发上哭，罗耀辉在她身边转，他突然闻到菜烧焦的味儿，急忙往厨房跑。炒勺里冒着浓烟。罗耀辉赶紧把火关了。盛开嚎啕大哭的声音传来。罗耀辉挠挠脑袋出去。

盛开趴在沙发上哭，罗耀辉捅了她一下。盛开闪身躲开：“别碰我！”罗耀辉满脸陪笑：“都怪我还不行吗？别哭了。”盛开不理他。

罗耀辉：“我怎么做你才能原谅我呢？”

盛开：“滚！你离我远点！”

罗耀辉使劲往起拉她：“咱们上街，我请你吃饭赎罪行了吧？”

盛开不动，罗耀辉硬把她拖起来，拿手巾给她擦脸。

盛开躲闪，她越躲,罗耀辉越是要给她擦。

盛开用脚踢罗耀辉，罗耀辉抓住她的脚威胁她。

罗耀辉：“走不走？不走我挠了！”盛开涨红着脸使劲挣扎，罗耀辉挠她的脚心。盛开痛苦地大笑。

罗耀辉：“去不去？”

盛开：“不去！”

罗耀辉态度诚恳地说：“婚礼没弄喜酒没吃，连个结婚戒指都没有，我知道你心里委屈，这些我都会给你补上的。”

盛开：“你别拿话填补我。”

罗耀辉：“我先给你买戒指，然后带你去吃饭，这足够表达我的诚意了吧？”

16.

微风习习，街灯闪烁。狄英拎着包子在前面急匆匆地走。傅海涛在后面紧追不舍。窦宝一溜小跑跟在后面：“老大，你看见啥油水了？”

傅海涛不说话，一个劲往前赶。狄英绕过商业大厦，进了后面的一所住宅公寓的大门。狄英进去，单元的门关住了。傅海涛追到门口：“你看见她按的是几层的门牌号？”

窦宝：“一层。”傅海涛往后退了几步。一楼的一扇窗子里的灯亮了，狄英的身影映在窗子上。傅海涛激动得心怦怦乱跳，他四处张望，希望找一处能更仔细地看清楚狄英的地方。这座公寓有地下车库，一层其实是一层半的高度，地面距离窗子大约两米高。傅海涛往后退了几步，一个助跑，窜上去。

傅海涛两只手按着窗子撑直了胳膊，脚尖踩着墙上的石头缝，他明白这个姿势不会坚持多久。他对窦宝叫道：“你托着我的脚。”窦宝凑过去，让傅海涛的脚踩在他的两个肩膀上。窦宝仰着脑袋问：“看见啥了？”傅海涛并气凝神地往窗子里面看。湖南老太太的脸突然出现在窗口，傅海涛吓了一跳。老太太撇着一口湖南腔扯着大嗓门问：“你干什么？”

傅海涛一把拽下来窦宝头上的帽子，卖力地在玻璃上擦着。

傅海涛：“物业，擦玻璃。”

狄英凑到玻璃窗前往下看，看到傅海涛，她吓了一跳。

叫道：“奶奶，就是这个人，他一路上跟着我。”

傅海涛想下来，发现身子已经悬空了，他一慌从窗台上重重地摔下去了。老太太打开窗子大声喊：“青天白日！朗朗乾坤！”

窦宝从墙角里闪出来，傅海涛捂着屁股一瘸一拐追着打他。

老太太问狄英：“你认识他？”

狄英：“不认识，刚才去饭店买包子被他跟上了。”

老太太：“以后出门小心点，坏人太多。”

狄英："我又没有钱。"

老太太："没听《沙家浜》里的刁小三说吗？抢钱？我还要抢人呢！"

狄英："刁小三是谁？"

老太太摇摇头："你太年轻了，样板戏都不知道。"

狄英："你告诉我，我就知道了。"

老太太："你这孩子人干净手脚也勤快，要是再有点文化，家政公司哪还容得下你？"

狄英嘿嘿笑："我是第一次出来干家政。"

老太太："前一家呢？"

狄英："拐弯抹角的亲戚，摔坏了腿请我帮忙，管吃住没有收入。那家老太太跟你不一样，你是在战场上打拼过来的革命老干部；她在家里玩刀枪棍戟、斧钺钩叉，哪一样没伺候对，准被她骂出一道血口子。前段时间儿媳妇娶进门了，家里烟大得赛过天上的雾霾，趁着她去青岛闺女家躲清静，我赶紧擦边溜了，白伺候人还不落好的活以后不能干。"

老太太："市场经济是最合理的。狄英啊，只要我闺女不接我走，你就在我这里干着。费用我给你随着市场的价格长。"

狄英眉开眼笑："谢谢奶奶！"

罗耀辉和盛开进了商业大厦。站在柜台前看戒指。罗耀辉："服务员，你把这个戒指拿出来我们看看。"女服务员把戒指拿出来递给盛开。盛开把戒指戴在手上伸到面前给罗耀辉看。铂金的戒指在盛开的手上闪着淡淡的光。

盛开："漂亮不漂亮？"

罗耀辉拿着她的手，眯着眼睛仔仔细细地看着。柜台上有人要看戒指，服务员过去招呼他们。

罗耀辉："这是铂金还是银的？看着差不多，价钱可差不少呢。"

罗耀辉把戒指从盛开的手上摘下来，举在眼前仔细地看了半天，还是不放心。

罗耀辉把戒指放在嘴里用牙齿轻轻地咬。

一群年轻人连打带闹地从后面走过，一个小伙子突然跳起来从那群年轻人当中窜过去。

罗耀辉被他从背后被狠狠地撞了一下。罗耀辉猝不及防把戒指咽进了嗓子里，他被噎得眼珠往外鼓。盛开急忙捶他的后背。女服务员看他把戒指吃了也急了，从柜台里跑出来。盛开从后面抱住他，在他的腹部隔肌处使劲一勒。服务员照着罗耀辉的胃部狠狠地给了一拳。

罗耀辉被打得喉咙里“咯喽”一声，戒指从嘴里射了出去。

服务员手急眼快地接住了，她用布子仔细擦干净戒指放在柜台上。

罗耀辉：“打个折。”

售货员：“九折。”

罗耀辉：“那还叫折？七五折。”

售货员：“不行，我做不了主。”

罗耀辉：“八折，不是这个折扣我就不买了。”

盛开转过脸不看他。

顾客纷纷从她面前走过去。

罗耀辉拉过来盛开的手，把戒指给她带上：“你这么跟我闹，不就是嫌我没把赔偿金给你花吗？三千五百块大洋花出去，这下你满意了吧？”

盛开看着他半天没说出来话。对面的落地镜子里，映出来她和罗耀辉走在一起的身影。傅海涛的身影突然出现在他们身后。罗耀辉站住脚，猛地回过头去。傅海涛也瞪着两只眼看着他。

罗耀辉高声喊：“抓贼啊！”傅海涛撒腿就跑。盛开立刻撒腿就追。

一个中年女人，在挂满衣服的衣架中间挑选着。傅海涛的身影闪电一样从衣服架中穿过。盛开紧追而去。中年女人回头看。

防火通道的门在轻轻地晃动着。盛开迟疑地看着那扇门又看看别处，她不能断定贼是否跑进去了。防火通道的门开了，一个男人出来，不是傅海涛。门再次打开了，窦宝挎着身穿大花外套，脑袋上戴着一顶碎花遮阳帽的傅海涛走出来。遮阳帽檐压得很低，看不清楚脸，傅海涛夹着两条腿走得相当矫情。盛开看了他一眼，把目光移开了。傅海涛和窦宝三步并做两步走出了盛开的视线。罗耀辉气喘吁吁一瘸一拐地走过来：“哪儿去了？”

盛开沮丧：“没追着。”

傅海涛和窦宝夹在熙熙攘攘的人群中走着。两人不时回头看。窦宝：“没追上来。”傅海涛摘下帽子塞进口袋里，他抹着脑袋上的汗：“操，这两口子以前全是国家长跑队的吧？真他妈能跑。”

正在陪着一个男孩子吃匹萨的周逸伦，一眼看见了刚刚进门的盛开和罗耀辉。他放下了手里的刀叉，目光紧紧跟随着他们俩。盛开面前放着一大盘子食品，里面堆满了食物。她狼吞虎咽地吃着。罗耀辉面前的盘子里摆着酸黄瓜、薯片等不值钱的食品。他皱着眉头咽药一样地吃着。罗耀辉边吃边说：“这么难吃还六十八块钱一位。”

盛开：“我想吃这个，想了好几个月了。”

她把吃完的空盘子落到一边，开始吃色拉。

罗耀辉喝了一口奶油汤，受不了那味儿，他打了个冷战。

罗耀辉：“甜不甜咸不咸的，真闹得慌。”

盛开一声不响埋头吃。罗耀辉站起来专拣油大肉多的食品弄了满满的一盘子放在盛开面前。他说：“我看了，这里就这几样肉值钱，可没一样我能咽下去。咱家的钱不是大风刮来的，我那六十八块钱你得替我吃出来，这是硬任务。”

盛开忍俊不禁“扑哧”一声笑了。

罗耀辉：“那边有黑啤酒和香肠我去弄点儿。”

他一瘸一拐地走了。

周逸伦走过来在盛开面前坐下：“没想到能在这儿碰见到你。”

盛开吃了一惊。

周逸伦：“我姑姑家的孩子从加拿大来了，想吃匹萨，我就带他来这吃。”

罗耀辉端着啤酒走过来，看到周逸伦一愣。

盛开硬着头皮站起来给他们俩相互介绍：“这是我丈夫罗耀辉，这是周逸伦。”

罗耀辉的眼睛在他们俩的脸上扫了一圈。

周逸伦：“家里的人在那边，我过去了。”

罗耀辉面带笑容客气地说：“有空来串门。”

周逸伦点点头离开。

饭桌旁立刻沉闷起来，盛开和罗耀辉闷头吃饭，谁也不说话。

回到家，盛开洗漱完毕准备上床睡觉。罗耀辉实在憋不住了，他一骨碌坐起来：“你跟那人一直有来往？”

盛开：“没有。”

罗耀辉：“撒谎！”

盛开：“你又来了！”

罗耀辉瞪着她不说话。

盛开："我犯不着跟你撒谎。每个人都有自己的历史，谁也不能把历史剪掉烧了。他是我历史中的一个段落，这段历史我也从来没对你隐瞒过。"

罗耀辉："他跟你说什么？"

盛开反感："你是在审问我吗？"

罗耀辉："我有权利问。"

盛开："谁赋予你的权利？"

罗耀辉："你是我老婆！"

盛开："老婆不是附属品，我有我的人格和尊严！"

罗耀辉一轱辘坐起来："你有尊严我就没有尊严了？我罗耀辉堂堂七尺大男人，戴绿帽子背黑锅不是我的职业！"

盛开脸色煞白抱起枕头往外走，

罗耀辉拦住她："这事你必须给我说清楚！"

盛开把枕头狠狠地摔在地上。

罗耀辉："你再摔一个给我看看？"

盛开摘下手上的戒指狠狠地摔在地上。

罗耀辉吃了一惊，立刻瘸着一条腿去追。

铂金戒指滚了一圈，在罗耀辉的脚下颠了两下躺倒了。

罗耀辉立刻心疼地捡起来放在手心里小心翼翼地揉搓着。

盛开摔门出去。

盛开和盛放坐在大排档里，桌子上摆着烤串和啤酒，姐俩吃着喝着。

盛放："匹萨没吃饱啊？"

盛开："没有。"

盛放："姐，你跟我一样，一生气就往死了吃，心里喊的口号是：'咬死他！''咬死他！'"

盛开"扑哧"一声笑了。

盛放："你先为周逸伦献青春，后为罗耀辉洒热血。姐，你怎么那么不爱自己呢？"

盛开："别说我，如果你爱自己，就不会和那个杨秉超演这样一出戏了。"

盛放："杨秉超是谁？他是炸酱面里的肉酱，我男朋友中的老大，周逸伦和罗耀辉能跟他比吗？"

盛开："他不是跟别人上床了吗？"

盛放："所以他成为了历史。"

盛开："来，为历史干一杯！"

姐俩碰杯，一饮而尽。

盛开："生活毁了爱情，爱情毁了我，我活在一个恶循环当中。这糟糕的生活不可能更糟糕了。"

盛放冲老板喊："再来二十个羊肉串！"

盛开："咱俩吃不了那么多了。"

盛放："杨秉超说结婚那天到北京，给我买一百串最正宗的羊肉串，让我一次吃顶了。他不给我买，我自己买，现在羊肉串在，他不在了。"

罗耀辉坐立不安地在房间里踱步，他掏出来手机想给盛开打电话，想了想又挂了。

盛开和盛放微醺，姐俩勾肩搭背在街上拦出租车。

盛放："姐，你告诉我上海在哪边？"

盛开四周看了一圈，朝东边指了一下："在那边。"

盛放面朝东边，放开嗓门大声吼道："杨秉超王八蛋！你还欠着我一百串羊肉串呢！"行人纷纷回头看。一辆出租车停下来，盛开急忙把她塞进车里。

听到院内有脚步声，罗耀辉立刻若无其事地坐在沙发上。盛开和盛放进来。罗耀辉看到盛放不由地一愣。盛放带着醉意大声说："姐夫，我在你家借一宿！"罗耀辉："啊，啊……好，好。"

盛开把妹妹拉进罗母的房间，"砰"的一下，房门紧紧关上。

罗耀辉在床上翻来覆去地睡不着，他起身下地。竖起耳朵听着房间里面的动静。里面传出来姐妹俩唧唧呱呱的说笑声。

床上扔着一堆衣服，盛开和盛放两人浓妆艳抹地在地上走着夸张的时装步。两人不时笑倒在床上。

盛放和盛开躺在衣服堆里说话。

盛开："咱们家老房子的门前有一棵桃树，每年只开花不结果。每次开花的时候我都爬上树摘几朵戴在头上。"

盛放："在那个家住着的事，我一点都不记着了。"

盛开："你太小，对他可能都没有什么印象。"

盛放：“他对我来说就是一个完全陌生的人。”

罗耀辉听见不是在说他，转身离开了。

盛开穿着一身工作服站在窑前，看工人们出窑。她仔细挑选着烧好的磁器。盛开和胡杨从单位大门里出来。周逸伦摇下车窗探出脑袋叫：“盛开！”胡杨给盛开做了个鬼脸自己先走了。

盛开站在那里看着他：“找我有事吗？”

周逸伦：“那天看见你瘦了，脸色也不好，心里一直放不下，过来看看你。你是不是病了？”

盛开：“对，我病了。”

周逸伦立刻紧张起来：“什么病？”

盛开：“绝症。”

周逸伦大吃一惊：“啊？！什么时候得的？”

盛开：“六年了。”

周逸伦明白她说的病是什么，松了一口气。

盛开：“跟你在一起的六年是我疾病缠身的六年。”

周逸伦：“你怎么能这么说？”

盛开：“这段经历对我的感情生活产生了极大的毒副作用，你让我在爱情上非常非常自卑。以前我不承认。现在我不得不承认了，跟你在一起，我一天比一天矮下去，矮得恨不能跪在跪在地上。自卑感逼着我随便找了个男人嫁了，是我毁了自己的生活。”

周逸伦：“那天我看见他，就觉得你们俩南辕北辙非常不合适。盛开，你真不该这么仓促地结婚！”

盛开：“这话谁说都行，唯独你说不行！你毁了我的感情，我毁了我的人生。现在你有老婆，我有家，你我一分两宽，各生欢喜。以后不要再有任何来往了。”

周逸伦：“没有人知道明天到底会怎么样，所以你不要把话说得这么绝。”

盛开：“周逸伦，我不会把希望再寄托在任何人身上，尤其是你！”

周逸伦：“你就这么恨我？”

盛开：“对，我恨你！”

周逸伦：“你恨我也不该拿自己开玩笑。”

盛开抬起眼皮看了他一眼冷笑道："人固有一死，怎么死还不是死呢？你走吧！"

周逸伦苦笑："走？往哪走?"

盛开语气坚决地说："还是那句老话，往六年前走，你做得到吗？"

周逸伦："你能跟我回去吗？"

盛开："不能，我没有第二个人生可以用来糟蹋。"

罗耀辉在房间里四处走动，他摸摸这儿，碰碰那儿，他一眼看见扔在茶几上的那个戒指。罗耀辉拿起戒指自言自语："这么贵的东西总是乱扔。"他打开抽屉，把戒指放进去，顺手翻盛开放在里面的东西。他从抽屉里拿出来影集顺手翻了两页放回去，又拿出来一个集邮册子翻了几页放回去。他拿出来盛开的笔记本翻看，上面记录的会议笔记和杂事，他把笔记本放回去。

罗耀辉不甘心，他走到电脑前站住，他打开电脑。电脑桌面上出现请输入密码的字样。

他自言自语："有什么秘密，还弄个密码防我？"

罗耀辉开始用各种数字组合起来破译密码，总是不能成功。心想：

我说她有问题，她就是有问题。进家没话，眼皮都懒得抬起来看我一眼，我给她买了这么贵的戒指，她一次都不往外戴。她心里肯定还藏着那个男人。

罗耀辉把一个年轻人送到门口他连连道谢："谢谢！谢谢！小李你帮了我的大忙了。"

他坐在电脑前把所有的文件都调出来一个一个地查阅。文件里有很多从网上下载下来的关于情感问题的文章。罗耀辉看得很仔细，他越看越生气脸色都变了。盛开进来站在他身后他都没有察觉。盛开冷着脸问："谁允许你看我电脑里东西的？"

罗耀辉吓了一跳，回头看盛开。

他冷静下来："你有什么见不得人的东西怕我看？"

盛开："电脑是我的，没有经过我的同意，你根本无权查看。"

罗耀辉："这个电脑是咱俩的共同财产，怎么就是你的？"

盛开："电脑是我哥送我的，当然是我的个人财产。"

罗耀辉："就算是你的，我怎么就不能看？"

盛开："你整天把自己弄得像间谍似的，到底想干什么？"

罗耀辉："你在网上下载这些结了离，离了结的狗屁文章想干什么？"

盛开："学习。"

罗耀辉冷笑："不用学，你天生就水性扬花。"

盛开："罗耀辉你不要侮辱人！"

罗耀辉："我侮辱你？等你给我戴上绿帽子，看看咱俩到底谁侮辱了谁！"

盛开喊："罗耀辉你三番五次地找茬，到底想干什么！？"

罗耀辉："你天天下班耷拉着脸，跟你说话你也带答不理的。我觉得我欠你了，使劲花钱往回赎，戒指钱花了也没买不回来你的笑脸。你到底想要我怎么样你才满意？把赔偿款全部给你花了？"

盛开："如果你认为我惦记着花你那笔钱那你可大错特错了！有钱固然好，可有钱就能买回来舒心的日子吗？没这笔钱的时候我们过得挺好，现在有了这笔钱我们反倒成了仇人。"

罗耀辉："那是你看见我残废了，从心里厌弃我。"

盛开："你是残疾了，不是身体残疾，是心理残疾。"

罗耀辉冷笑："那也比你道德残疾强。"

盛开："你放屁！"

罗耀辉："我瘸着一条腿，你天天化妆干什么？你化妆就是想让男人注意你。你让男人注意你干什么？还不是想红杏出墙？你心里的真实想法敢说出口吗？"

盛开气得说不上话来，她指着罗耀辉，好半天才声音哆嗦着说："罗耀辉，我真的没法跟你过下去了，咱俩除了离婚没有第二条路可走。"

罗耀辉："你终于把心里面的真实想法说出来了，离就离，日子过到这个份上，再往下过也真没意思了。这房子是我们罗家的……"

盛开："家具是我花钱买的。"

罗耀辉："你抱着你的沙发衣橱骑着你的自行车走吧，爱哪儿去哪儿去！"

盛开怒不可遏，她伸手把桌子上的东西全都划拉到地上。罗耀辉也不示弱，他拿起一个喝水杯摔在地上。盛开举起台灯狠狠地摔在地上。

罗耀辉看她摔了这么贵重的东西，气坏了，伸手就给了盛开一个嘴巴子。盛开做梦也没想到罗耀辉能动手打她，她完全气疯了，拿起什么砸什么。罗耀辉吓坏了，使劲楼住她的腰。盛开哭嚎着拼命挣扎，罗耀辉死不撒手。

罗耀辉："别砸了！别砸了！你不解恨就打我，这些东西是咱俩结婚才置办下来的，你砸的都是钱哪！"

盛开已经听不进去他的话，她用脚使劲踹家具。

罗耀辉拿着盛开的手狠狠地给了自己一个嘴巴子。

清脆的响声使盛开冷静下来，罗耀辉又拿着她的手给了自己一个嘴巴子，这一记比上一记还狠。

他还要往下打，盛开坚决不从，使劲往回抽自己的手；罗耀辉不放，两人撕扯着摔倒在地上不动了。罗耀辉翻身坐起来，盛开也坐起来。罗耀辉神色悲凉地看着满地的碎物。盛开的悲凉十倍于他，她的眼泪一串一串地往下掉。

罗耀辉把碎台灯往一块拼："砸什么不好？非砸它，这是咱俩结婚那天买的。"

盛开看着台灯哭出了声。罗耀辉把地上的破烂都收拾起来。盛开还坐在地上哭。罗耀辉拧了个手巾把给她擦脸，盛开不让他擦，罗耀辉硬擦。

罗耀辉："你怎么就这么犟呢？啊？"

盛开哭累了，她不哭了。罗耀辉把她拉起来，搂着她坐在床上。盛开和罗耀辉谁也不说话，两人坐在那里，互相抱得紧紧的。

盛开和罗耀辉肩并肩躺在床上，罗耀辉睡熟了，盛开没有睡着，她瞪着眼睛看着屋顶。

盛开想："我和他的架越打越多，越打越密，芝麻大的一点小事就能引发一场大战，每次打完我们总能合好，心里却感到危机越靠越近。为了抵御危机我们加倍地好，好到在屋子里面也要手拉手寸步不离，我明白我们做出这个样子是要给那个危机看。"

前台接待进来在她耳边嘀咕了几句话，盛放站起来走出去。盛放一眼看见了站在走廊上的盛茂林，她心里"咯噔"一下。她压着心里的怒火从他身边走过去，盛茂林一声不响地跟在后面。

走到楼梯的死角处站住。她问盛茂林："找我干什么？"

盛茂林："搬回家去吧。"

盛放："关你什么事？"

盛茂林："你恨我，是咱俩的事，不应该惩罚你妈妈。"

盛放："我跟我妈的关系用不着你来调节。如果你就是来说这个，就请不要往下说了。"

盛茂林："你恨我，我也恨我自己，如果恨能解决历史遗留的问题，那我们就这么恨下去。"

盛放："用不着你给我上课。"

盛茂林："盛放，我是你父亲，你是我女儿，你不能这样跟我说话……"

盛放打断他的话："女儿？对不起，你认错人了！"

盛茂林懵了，脑袋里出现空白，他声音哆嗦着重复盛放的话："我认错人了？"

盛放："对，你认错人了！"

盛茂林："你不想认我？"

盛放回答得很干脆："我干嘛认你？因为你薄情寡意？你这样的父亲我情愿没有！"说完她转身走了。

盛茂林愣了一会神，神色黯淡地走开。

盛放躲在墙角看着他的背影走远了，一下靠在墙上，不争气的眼泪雨点一样地落下来。

盛放义愤填膺地用锤子往墙上砸着钉子，她想把自己的照片全部挂到墙上去。正在看书的谢启明受不了了，用拳头砸墙回应她。

锤子砸墙的声音越来越响。

谢启明起身出去。

谢启明推开盛放家门："喂，你不知道晚上八点以后不许装修吗？"

盛放不理他，把手里最后一枚钉子砸进墙里才住手。

她一屁股坐在沙发上闭目养神。

谢启明在她旁边坐下："哪个不怕死的又惹你了？"

盛放："那人竟然跑到我单位去找我。"

谢启明："杨秉超？"

盛放用鼻子哼了一声："他？一个冷血动物有那份热情吗？"

谢启明在她旁边坐下等待下文。

盛放："这段时间，他没有给我再打电话，我也不给他打电话，没有动静不证明一切已经过去了。我骗自己说，我跟他没有什么。这是典型的自欺欺人。对一个跟自己没有什么的人，能生得起来这么大的气吗？过不去的事情全塞在心里，易燃易爆。杨秉超这三个字就是导火索，拽狠了弹药库会立刻爆炸，殃及池鱼别怪我没提醒你。”

谢启明：“自从跟你做了邻居，我二十四小时穿着防弹背心，没事，你纵情地自我爆破吧。”

他冲了两杯咖啡，一杯给自己，一杯递给盛放。

盛放喝了一口沉默了片刻说：“盛茂林找我来了。”

谢启明想了一下，反应过来那人是她的父亲。

谢启明：“很有诚意，这不是挺好吗？”

盛放：“一刀在我心口上捅出来一个窟窿，然后虚心假意地帮我找大夫做手术缝合，这事干得假不假啊？”

谢启明：“嘴怎么这么损？”

盛放：“在家我一个人对着墙，在单位我一个人对着电脑，嘴再损又能伤着谁？。”

谢启明：“年轻真是一种资本啊！等你长到我这个岁数，就知道深浅了。”

盛放：“我以为我明白，其实我一点都不明白，是我的不明白促成了我的悲剧。感情这狗东西，让我对一切都感到力不从心，真想一头撞死算了。”

谢启明：“被一块石头绊一跤说明不了什么，连着被同一块石头绊两跤，那肯定是你自己的问题。”

盛放：“你不是谷玫脚下的石头，你是她的航空母舰。她在海上轰炸累了，可以随时降落在你的甲板上添加油料、补充弹药。”

谢启明：“怎么扯上她了？”

盛放：“谈你的爱情，当然要扯上她。”

谢启明：“我提爱情这两个字了吗？”

盛放：“你不提我提，我从心里相信爱情，相信有爱情的婚姻，老觉着有那么一个人在等着我。六年前跟杨秉超谈恋爱的时候，认定我一辈子跟定了他。因为担心他的脸在我的脑海中会突然变得模糊不清。我害怕认不出他的模样，会特意跑去看他，看到他像平常一样，我才能放心。”

谢启明认真地听着。

盛放：“经历过长达六年的爱情后，我明白了一个道理，不是你亲吻过的人都会爱你。不是跟你躺在床上的人就属于你。爱是个心理过程，稍纵即逝，实在是不牢靠。”

谢启明：“从代数的角度讲，爱情这东西有太多的未知数了。”

广场上，扭秧歌的人散了，郑婉颐拿起菜兜子往外走。

张连祁跟在她后面：“郑老师，你今天的状态不好。”

郑婉颐：“晚上睡不好，早上没精神。”

张连祁：“这段日子你总睡不好，家里到底出啥事了？”

郑婉颐：“没啥事。”

张连祁：“过去你有什么难处都跟我叨唠叨唠，这段日子咱俩怎么这么生疏呢？”

郑婉颐不高兴地看他一眼：“你想知道什么？”

张连祁：“你看你生什么气啊？我也没说什么啊？”

郑婉颐：“你想说什么？”

张连祁叹了一口气：“唉，我老伴这些日子不认人了。”

郑婉颐：“那你还不好好在家陪着她？”

张连祁：“我陪着有什么用？我又不是大夫，家里有保姆还有闺女照顾着，我在家帮不上忙还挺绊脚的。”

郑婉颐：“男人就是比女人薄情。她嫁给你这一辈子，真是比窦娥还冤。”

张连祁被她说的半天没说上话来。盛茂林走过来，郑婉颐一眼看见，她扭头就走。张连祁：“你等等我啊。”他追上了郑婉颐。

盛茂林快走几步拦在郑婉颐的面前：“我跟你说两句话。”

张连祁认出来他就是这段时间老来看郑婉颐跳舞的那个人。他有点不地自在地说：“你们聊，我走了。”

他边走边回头看。

盛茂林：“我去找过盛放了。”

郑婉颐听到说小女儿，她的脚步放慢了：“她说什么了？”

盛茂林：“骂了我一顿，口气和你一样。”

郑婉颐：“你活该挨骂。”

盛茂林不说话。

郑婉颐：“你老跟着我干什么？”

盛茂林：“印章找到了吗？”

郑婉颐："没有。"

盛茂林迟疑了片刻说："我想开个小门脸。"

郑婉颐："我不想入股分红，也不想卖印章。这事你跟我说不着。"说完她甩开盛茂林走了。郑婉颐扭头看，盛茂林并没有跟上来，她怅然若失。

罗耀辉在房间里来来回回地转着圈，他的耳朵一直听着外面的动静。罗耀辉赶紧坐在沙发上，假装像没事人一样津津有味地看着电视节目。盛开开门进来，她拎着菜直接进了厨房。

盛开洗菜做饭，罗耀辉进厨房，他问盛开："今天几号？"

盛开抬头想了一下："25号。"说完她又低头忙自己的。罗耀辉的脸沉下来，他转身出去。盛开没有注意到他的脸色。两菜一汤摆在桌子上。盛开盛好饭冲客厅里喊了一声："吃饭了。"

罗耀辉进来，他看见桌上的菜，脸阴得能拧出水来。盛开坐在桌旁闷头吃了几口菜，发现罗耀辉没有动筷子。盛开："你怎么不吃？"

罗耀辉："咽不下去。"

盛开："胃不舒服？"

罗耀辉："心不舒服。"

盛开放下筷子，皱着眉头看着他。

罗耀辉："你吃你的，我的胃口不影响你。"

盛开："我又做错什么了？"

罗耀辉："你没错，你哪有错的时候？"

盛开："罗耀辉，我们能不能不吵架？"

罗耀辉："我没跟你吵架。"

盛开："你这是干什么？"

罗耀辉："我在自己家里，连喜怒哀乐都不能自然流露吗？"

盛开站起来："这不是你一个人的家，你不能因为你一个人不高兴，就搅得别人也痛苦不堪。"

罗耀辉："你健健康康能走能撂的，有什么痛苦不堪的？"

盛开："要是因为我健康你不好受，你干脆把我的腿也砸断算了。"

罗耀辉："恶毒！话说得多恶毒！"

盛开："说得恶毒比做得恶毒，毒性小得多。"

罗耀辉："我知道你心里怎么想的，你恨不得那次车祸直接把我撞进太平房，你好重新找一个人嫁了。"盛开一脚踢开凳子走出厨房。罗耀辉也转身一瘸一拐地出去。

盛茂林和盛誉在小饭馆里吃饭。

盛誉："你别怪我妈发脾气。那枚印章是你给她的定情物，怎么能往回要呢？"

盛茂林："不是要，是买。"

盛誉："那就更不像话了。"

盛茂林："我买回来是为了跟我那个凑成对卖了，我要开个门脸做鞋和皮包的美容护理，你妈说我修鞋的手艺完全可以开店了。"

盛誉一愣："我妈这么说了？"

盛茂林："是啊，门脸我都看了，价位有点高，我一时拿不出来那么多？"

盛誉："差多少？"

盛茂林："我手里有点儿，卖了印章再填补三分之一就够了，剩下的钱打算给你们兄妹分了。"

盛誉："我们哥仨谁都不会啃老，印章绝对不能卖，卖了我妈会更恨你。"

盛茂林："我在北京没有抵押物贷不出来款。"

盛誉："我给你做担保，用我的车做抵押，你按月还银行就行。"

盛茂林的眼睛立刻亮了。

罗耀辉靠在枕头上愣神，盛开推门进来。

盛开："对不起，我忘了今天是你的生日。"

罗耀辉冷冷地说："十二点多了才想起来，晚了，我的33岁已经过去了。"

盛开："我送你一张你喜欢的生肖邮票。"说完她转身出去。罗耀辉立刻神色大变。

盛开翻遍了所有的抽屉也没找到自己的集邮册，她意识到了什么回过头。看见罗耀辉坐在沙发上。盛开："我的集邮册呢？"

罗耀辉不说话。

盛开："问你呢。"

罗耀辉："卖了。"

盛开眼前一黑差点摔倒了，她扶着沙发站着："什么？"

罗耀辉："一个朋友喜欢这些邮票，给了一个不错的价，我就卖给他了。"

盛开大怒："这是我的东西，是我从十二岁开始攒的，你凭什么给我卖了？"

罗耀辉："我炒股需要资金。"

盛开："那你就卖我的东西？"

罗耀辉："我挣了钱还你。"

盛开："这根本就不是钱的问题。"

罗耀辉："不是钱是什么问题？咱俩几次吵架都是因为钱，你不嫌我钱少，能对我这种态度吗？以前我健康，现在我残疾了还得你伺候，我得看你的眼色受你的气。"

盛开气得半天没说出来话，她声音哆嗦着说："这日子我真的过不下去了。"

罗耀辉说："我也过不下去了，我同意离婚。"

盛开听到离婚二字一阵心悸，她绝望地哭了。

罗耀辉："你别哭，离了对你对我都好。"

盛开点点头。

郑婉颐给盛放打电话，电话里传出来电脑的声音："对不起，您呼叫的用户已关机，请稍后再拨。"

盛放和蔡佳佳坐在电影院里吃着爆米花看电影，她俩笑得前仰后合。

郑婉颐给盛开打电话，电话里传出来电脑的声音："对不起，您呼叫的用户已关机，请稍后再拨。"

郑婉颐自言自语："这姐俩怎么都关机了？"

罗耀辉和盛开坐在沙发上说话，俩人很平静。

罗耀辉："你不讲理的时候我觉得没负担，你讲起理来我就觉得麻烦来了，因为不讲理的话完全可以当成玩笑。无论是结婚前还是结婚后，咱们俩从来没这样坐下来心平气和地说过心里话。"

盛开点点头。

罗耀辉："我跟你从搞对象开始心里就很紧张，从来没有放松过。现在我可以放松了，可以把心里的所有不愉快随时说出来。"

盛开："我怎么叫你紧张了？"

罗耀辉："你总是在精神上高我一头，你总是对我有种种的要求。我做好了，你会说你应该做得更好，我在你眼里永远没有令你满意的时候。是，你比我文化高，是知识分子堆里的。你们知识分子讨厌人的方法是臊着你，让你无地自容。跟你在一起过日子，我根本找不着自己。"

盛开听得浑身发冷，她打了个寒战。

罗耀辉："冷？我比你还冷。你为啥能这样指挥我？不就是因为我爱你吗？现在好了，我决定不爱你了，不爱了我就有了自由，想说什么就说什么，想做什么就做什么。自由真是好，自由了才知道什么是好。"

盛开："你爱我？你从来没爱过我！"

罗耀辉："你爱过我吗？"

盛开："我跟你领结婚证的那天就把全部感情给你了。我嫁给你什么都不图，房子破，没钱我都不在乎，我不是一个吃不了苦的人。"

罗耀辉："你能吃苦，尤其能吃没有肉吃的那种苦，但前提是得让你觉得苦得浪漫。一辈子啊，这种苦差事，我干不了。"

盛开："你是个根本就不懂浪漫的人，你喜欢无事生非，你用自己的阴暗心理制造出各种矛盾，先把我耗尽，再把我摧毁。"

罗耀辉："我做的哪一件事不是为你好？"

盛开："你口口声声为我好，你怎么就不问一问我怎么才算好呢？"

罗耀辉张了下嘴没说出话来。

盛开："我早就过不下去了，我劝自己人生怎么还不是一辈子？不管怎么样还是凑合吧，凑合到最后也应该是我和你。在外人的眼里我们度过了不错的人生，而且口卡口，直到曲终人散。可是我坚持不下去了，一想还有几十年这样的日子，我就眼前一片黑。"

罗耀辉："听到你说凑合到最后也应该是你和我这样的话，我知足了。也许这就是这场婚姻带给我唯一的好处吧。"

盛开："罗耀辉，咱俩脸对脸地看了一年。这一年里我真是没看清楚你。咱俩离得远的时候，互相拉着扯着硬往一块抱，知道抱着暖和。抱在一起又互相往外推，因为对方身上有刺扎得很疼。"

盛开说不下去，她的眼泪顺着脸颊往下淌。

17.

盛誉开车手机铃声响，他戴上耳机接电话：“妈。”

郑婉颐：“盛放搬走以后一趟都没回来，我打电话她关机了。抽空你去看看她。”

盛誉：“好。”

郑婉颐：“盛开这几天也没照面，刚才给她打电话，她也关机了。不会是有什么事吧？”

盛誉：“没事，妈，您就别瞎操心了，赶紧睡吧。”

郑婉颐：“这几天见到他没有？”

盛誉：“刚才老爷子在一起吃了一顿饭。”

郑婉颐：“他说什么了？

盛誉：“没说什么。”

郑婉颐：“有事你可别瞒着妈。”

盛誉：“知道，妈我开车呢，先挂了。”郑婉颐挂了电话，烦躁地在屋里踱步。

郑婉颐急匆匆地走来，她敲院门，没有人来开门。邻居大娘说：“家里没人，我看见他们两口子一大早就出去了。”郑婉颐松了一口气。

罗耀辉和盛开脸色晦暗地站在办事员面前。

办事员问：“没有协调的余地了？”

两人异口同声地说：“没有了。”

说完两人相互看看。

办事员：“你们对房产有什么要求？”

罗耀辉：“房产是婚前财产，我们老罗家的。”

盛开：“装修费用全部都是我出的，装修发票在这里。”

办事员：“盛开为装修房子花费十二万元，一个解决办法你补偿她六万元钱。”

罗耀辉：“我没有六万元。”

办事员：“还有一个解决办法，她暂时继续居住在家里，直到你能偿还她六万元钱为止。”

罗耀想了一下妥协了：“她住小间。”

办事员问盛开：“你同意吗？”

盛开沉着脸不说话。

罗耀辉：“你要是不愿意住，我先给你两万块钱，你搬出去找地方住。”

盛开：“你把你那两间给我，我给你四万块钱。”

罗耀辉生气：“四万块钱能买两间房子吗？”

盛开：“你能两万块钱买一间，我凭什么不能四万块钱买两间？”

罗耀辉：“我真是看错你了，你并不是一个对钱一点概念都没有的人。”

盛开：“咱俩是一家人的时候我可以没有概念，现在咱俩完全是陌路人了，我再没概念就便宜你了。”

办事员：“房子暂时一人一间，客厅公用。什么时候男方把应补偿给女方的六万块钱缴纳完毕，女方搬离原住所。如果不能达成协议，再进行最后调解。”

罗耀辉和盛开各自在协议书上按了手印。

盛开看着自己沾着红色印泥的大拇指发呆。

盛开鼻子一酸眼泪差点掉下来。

出来民政局，罗耀辉和盛开并排在街上走着，两人的心境跟来办离婚手续的心境大不相同了。

罗耀辉问盛开：“你饿不饿？”

盛开摇摇头。

罗耀辉：“渴不渴？渴了我给你买瓶矿泉水。”

盛开像看稀罕物似的看着他。

罗耀辉：“你盯着我干什么？”

盛开：“离婚证的力量真有这么大？手里拿着它，你立刻变成了另外一个罗耀辉，热情体贴得叫人生疑。”

罗耀辉：“生什么疑？”

盛开："咱们到底是领离婚证还是领结婚证来了？"

罗耀辉："你不是你，我也不是我了。咱俩是两个全新的单身男女，凭什么不心平气和地好好生活？"

盛开："罗耀辉，你还会结婚吗？"

罗耀辉语气坚定地说："会。"

盛开："跟谁？"

罗耀辉："谁愿意跟我忍受生活中的没劲，我就跟谁结婚。"

盛开心里一酸眼泪终于掉下来了。

罗耀辉和盛开路过披萨店门口。

罗耀辉站住脚："你爱吃这个，我再请你吃一顿吧。"

盛开："我没心情吃饭。"

罗耀辉看着她："如果你心里难过，咱们还可以再想一想，离婚这事不是不可以改正的。"

盛开："我不难过，咱们俩在一起吃了一年的饭，现在终于不用在一个锅里搅和了，这顿干脆也免了吧。"

说完头她也不回地走了。

罗耀辉看着她的背影自言自语道："这女人真是狠，365天的日子让她一点都不拖泥带水地翻篇了，连点回旋的余地都不留。"

盛开和罗耀辉忙着把各自的东西挪到自己的房间里。

盛开把两人的合影扔到一个盒子里："你拿去烧了吧。"

罗耀辉把照片抢过来："我又没死，烧我干什么？你不要我要。"

盛开把罗母的门上贴上一个写着盛宅的标记。罗耀辉给卧室的门上贴一个写着罗宅的标记。盛开把厨柜一侧的三个抽屉腾出来放上自己的东西，上面贴上盛氏的标记。罗耀辉把属于自己那一侧的抽屉外面贴上罗氏的标记。

盛开把写着女用的牌子挂在厕所外面，她进厕所把门关上。罗耀辉斜眼看着低声嘟囔了一句："好像我没见过你上厕所似的。"

盛茂林在广场上堵住了郑婉颐。

盛茂林："我领了执照，店开张了。"

郑婉颐一愣："你哪来的钱？"

盛茂林："在银行贷了一半的款，按月还就行。"

郑婉颐："我们家被你搅成这样，你还有心思开店？"

盛茂林："问题不是一天形成的，一天也解决不了，我要做打持久战的准备。"

郑婉颐："持久战？还地道战呢！你跟谁打？我还是我的姑娘儿子？"

盛茂林："你理解错了。"

郑婉颐："我什么时候对过？我在你眼里从来就没对过。"

盛茂林："你看你！"

郑婉颐："你甭看我！我怎么了？跟你说，谁都可能有指责我的权力，唯独你没有。"

说完她转身就走，盛茂林一步不落地跟着她。

张连祁远远地看着他们的背影。

郑婉颐往东走，盛茂林堵在东面说，逼得郑婉颐拐向西面。

俩人比比划划，争辩着出画。

盛茂林："女人性子太硬不好。"

郑婉颐："好不好，我自己兜着，跟你没关系。"

盛茂林："怎么没关系？咱俩一起生了三个孩子，能说没关系吗？"

郑婉颐站住脚："这个时候你承认三个孩子都是你的了？姓盛的，你把自己的日子过得乱七八糟，又跑来搅和我的日子，你到底按的什么心？是不是我上辈子欠你的？"

盛茂林："我不相信有上辈子。"

郑婉颐："你相信什么？"

盛茂林："我相信我自己。"

郑婉颐："相信你自己，跟我在这儿浪费什么时间？"

盛茂林："两个人的力量总比一个人大。"

郑婉颐："盛茂林，咱俩是不能调和的敌我矛盾，我决不当自己的叛徒。"

盛茂林："你这人就爱说过头话。"

郑婉颐："好，我做给你看！"她扭头就走。

盛茂林没有拦她："想看就往左面看。"郑婉颐下意识地朝左面看。左面两步远的地方有一个新开张的门脸，门脸上方挂着一个很有气势的牌子"天颐美鞋屋。"郑婉颐心里一动。盛茂林走过去把门打开："进来看看。"郑婉颐不进去，盛茂林强硬地拉了她一把。这一拉拉得郑婉颐心里有了暖意，讪讪地跟他进了屋。

盛茂林介绍环境："这间屋四十六个平方米，空间高，可以起个二层，不大但是够用了。"

郑婉颐看着墙上挂着的执照问："怎么起这么个名字？"

盛茂林回答得很干脆："想这么起就起了，地方不错吧？"

郑婉颐："这把岁数了还创业，缺钱花啊？"

盛茂林："这叫老有所为，要不吃饱了睡，睡醒了吃，除了得老年痴呆还能有什么收获？你看盛放没结婚，盛开的日子也不富裕，我多挣点儿，两个将来孩子有了难处我也能贴补贴补。"

郑婉颐被他的话打动了，她看了盛茂林一眼，主动把桌子椅子重新挪动一番。

郑婉颐带着三个儿女包着饺子。郑婉颐："看看你们几个，盛誉过着光棍一样的日子。盛放到了结婚的节骨眼上，说让人甩了就甩了。你结婚刚一年，就这么悄没声地离了。都是你妈的命不好，把自己的孩子的命都拐带坏了。"

盛开："我离婚是我自己的事，跟您的命有什么关系？妈，我现在真的挺好的，想干什么就干什么，想回家就回，不想回就不回，再也不用看他的脸色，再也不像过去那么压抑了。对我来说，离婚真的不是一件坏事。"

郑婉颐："搬回家来住吧。"

盛开语气坚决地拒绝了："不！"盛放笨手笨脚地捏着饺子。

郑婉颐："行，行，祖宗，你别给我祸害这馅和面了。去，去，把西红柿跟黄瓜洗了。"盛放乐不得地离开座位。

郑婉颐："连个饺子都不会包，看你以后怎么过日子。"

盛放嘻皮笑脸："我买速冻饺子吃。"

郑婉颐："你去问问，能不能把你妈也速冻了？"

盛开、盛誉和盛放全笑了。

郑婉颐叹了一口气："我得把命留得长长的看着你们，你们都过好了，我两眼才能闭上。"

盛誉："妈，您怎么老死啊死地说个没完？"

郑婉颐："我还能老活着？五十七了，一眨巴眼就奔六十了。日子的尾巴都能摸着了。"

盛放："妈，你肯定能活到一百岁。"

郑婉颐："就你这么气我？"

盛放嘻皮笑脸："我是帮您舒筋活血呢。"

郑婉颐拿擀面杖吓唬盛放："来，我帮你活活血。"

盛誉："怎么想起来吃饺子了？麻烦不麻烦？"

郑婉颐："今天是中秋节。"

盛开一愣："中秋节了？"

盛放："干嘛？又想你们家罗耀辉了？"

盛开："他有他妈惦记着呢。"

郑婉颐："他妈又来了？"

盛开："来了，帮她儿子看家护院来了。"

罗母把被子抱出来铺在折叠沙发上，把自己的包裹当枕头放在沙发上。罗耀辉："妈，你跟我睡一个屋吧。"

罗母："这堂屋不能让她一个人占了，我睡的是咱家的那一半。"

罗母张罗做饭，她翻翻这里，翻翻那里。她打开冰箱："这里的东西怎么算？"

罗耀辉："上面两层是她的，下面两层是我的。"

罗母从上面拿了一块肉放在案板上切。

罗耀辉："妈，你动她的东西干啥？"

罗母："能给你省就省点儿。"

罗耀辉从自己的那一层里拿出来肉放在菜板上，把母亲拿的那块肉放回去。

罗母："你就是心太软，她下得了手的地方你都下不去手。"

罗耀辉："你老把她想得那么坏，她从来不动我的东西。"

罗母："那是她不缺，她在这个城里有妈还有哥哥和妹妹，现在又突然冒出来了一个爹，好事都让她占尽了。不像你遇上事，除了你妈，连个帮忙的都没有。"她说到心酸处，她的眼圈红了。

盛誉："今天过节，老爷子一个人挺冷清的，把他也叫来吧。"

郑婉颐的眼睛在两个女儿脸上扫了一圈。

盛开："你不想让我们好好过节，你就去叫。"

盛放："丑话跟你说前头，他来我立刻就走。"

盛誉："你们怎么连点同情心都没有？在一起吃顿饭能怎么着？"

盛开："这是妈的家，妈愿意他来，我无权干涉。但是你们也无权干涉我离开。"

盛誉生气："真是狭隘。"

盛开把饺子扔在桌子上不包了。

郑婉颐脸一板："都给我好好听着，今天是团圆节，你们谁也不能给我闹事。"

盛誉和盛开谁也不说话了。

锅开了盛开下饺子。

盛开把锅里煮着的饺子捞出来一个："盛放，你尝尝熟没熟。"

盛放尝饺子："熟了。"

盛誉："小时候，盛开负责往盖帘上摆饺子，我负责剥蒜，盛放专门负责尝饺子。"

郑婉颐："尝出来一张馋嘴。"

饺子上桌，一家人围在一起吃饭。

盛誉："妈，你去老爷子的那个店里看过吗？"

郑婉颐冲他使眼色，示意他不要说。

盛放警惕地看了母亲一眼："他开店了？"

郑婉颐："开了个美鞋屋，想请我去帮帮他。"

盛开："妈，您可别去啊。"

郑婉颐："他给我开工资。"

盛放："您缺钱花，我给您。"

郑婉颐："你连工作都没了，还吹哪门子牛？"

盛放："蓝陵集团已经录用我了。"

郑婉颐："有钱挣也不能乱花，把房子退了赶紧搬回家来住。"

盛放："我不回来。"

郑婉颐："你还没结婚，在外面住我不放心。"

盛誉："妈，盛放都那么大了，愿意在外面住让她在外面住，她早晚不得离开您啊？"

郑婉颐："这么大个家我一个人住空得慌。"

盛放："让我姐回来陪您住，反正她也离婚了。"

盛开："那可不行，我一离开，他妈非把那里变成殖民地不可，我得回去。"

郑婉颐："吃完饭赶紧回去，别让那老妖婆玩幺蛾子。"

郑婉颐站起来把刚煮好的饺子放在保温桶里。她站在厨房门口偷偷摸摸地冲客厅招了一下手，盛誉进厨房，他用询问的眼神看着母亲。郑婉颐把保温桶递给盛誉压低了声音说："趁热乎赶紧给他送去。"盛誉二话没说，接过来出去。

郑婉颐用拖布擦地，有人敲门。

郑婉颐大声问："谁啊？"

盛茂林："我。"

郑婉颐紧张，她把手里的拖把扔下又捡起来。

郑婉颐："这么晚有事吗？"

盛茂林："隔着门说话不方便，开门。"

郑婉颐开门。盛茂林进来随手把门关上。他把手里拎着的保温桶往郑婉颐眼前一举说："还给你这个。"

郑婉颐接过来没说话。

盛茂林由衷地称赞道："你包的饺子好吃。"

郑婉颐："够吗？"

盛茂林："不够。"

郑婉颐："想吃多少？给你尝两个就够意思了。"

盛茂林笑："你这人嘴里说的，跟心里想的就是不一样。"

郑婉颐："我心里想什么你知道？"

盛茂林不回答，他把另一只手里的东西举到郑婉颐眼前。

盛茂林："给你这个。"

郑婉颐："月饼？家里有。"

盛茂林："这是云南的火腿月饼，拿个盘子来。"

郑婉颐把月饼切成小块放在盘子里，摆在桌子上。

两个人看看窗外的月亮，你看看我，我看看你，看来看去看出些暖意来。

罗母和罗耀辉坐在沙发上看电视。盛开开门进来，她看看他们母子俩没说话，进了自己的房间。罗母小声嘀咕："眼睛长到脑瓜顶上去了，连人都不知道叫。"

罗耀辉："从妈降到了婶子，这嘴该怎么张？"

盛开把写着女用的牌子挂在卫生间门的把手上，人进去门锁上。

罗母透过窗子看着窗外，她问："啥意思？"

罗耀辉："她在用卫生间，别人不能随便进去了。"

罗母："你瞅瞅！你瞅瞅！这家不是家旅馆不是旅馆的，过的这叫啥日子？"

盛开穿着睡衣冲进厕所。正在洗澡的罗耀辉急忙拉上帘子："你怎么不敲门？"

盛开："你怎么不挂牌子？"

罗耀辉脑袋从帘子里面探出来："那是你立的规矩，在我这儿没通过。出去！快出去！"

盛开翻了他一眼："好像谁稀罕再看你似的。快点儿，我憋不住了。"

罗耀辉："你尿你的。"

盛开："占便宜？门儿也没有！"

罗耀辉："就算是便宜我也不占。好不容易能修养生息了，我干嘛不歇着？"

盛开摔门出去。

罗母坐在沙发上看电视，有人敲门。罗母开门。一个中年女人进来："收电费。"罗耀辉刚洗完澡从外面进来："多少钱？"

中年女人："两个月一共一百十三块钱。"

罗耀辉冲着盛开的房间叫："唉，交电费。"

盛开从房间里出来，她接过电费单子看。

罗耀辉："这电费怎么摊？"

盛开："你天天把着电视一看就是半宿，你出一多半。"

罗耀辉急了："你没看？"

盛开："我什么时候看了？"

罗耀辉："你洗澡洗衣服比我勤多了。"

盛开："水费我可以多出。"

她掏出五十块钱扔在桌子上，转身进屋。

罗母气得牙根直痒。

中年女人不知道他们家发生了什么事情，傻头傻脑地看着罗耀辉。

罗耀辉把钱补齐递给她。

女人开门出去。

罗母："冰箱呢？冰箱里她的东西比你的多多了，那不费电？"

罗耀辉："煤气费她得多掏！"

罗母："从明个起咱烧煤球，煤气费她全出。"

罗耀辉："妈，你是收拾我呢还是收拾她呢？"

第二天。扇子舞队散了，郑婉颐把扇子收起来。

顾阿姨："哎，张连祁的老伴去世了。"

郑婉颐吓了一跳："啊？什么时候的事？"

顾阿姨："三天了，人都发送了。"

郑婉颐："我怎么不知道。"

顾阿姨："这几天你不也没来吗？"

郑婉颐："唉！死了也好，省得活受罪。"

瘦老太太："送葬那天我去了，光车就七八辆。他大儿子说，我妈苦了一辈子，我们一定让我妈走得风风光光的。"

顾阿姨嘴一撇："活着不孝顺，死了孝顺管啥用？死人两眼一闭能看到啥？还不是往活人脸上贴金？"

郑婉颐："儿女不孝顺？"

顾阿姨："张连祁没有当丈人的命，他只有三个儿子，他那三个儿子，比着劲儿搜刮老两口儿那点退休金。"

瘦老太太："少年夫妻老来伴。儿女指不上。郑老师，趁着年轻腿脚利索赶紧找个伴儿，老伴老伴，老了才是伴。"

郑婉颐："怎么扯我身上了？"

顾阿姨："把张连祁给你说合说合？"

郑婉颐不愿意听了："你俩这是咸吃萝卜淡操心。"

郑婉颐在街上走着走着脚步慢了下来，她慢慢地走了几步站住，转身往回走。

盛茂林在店里接待顾客，顾客拿着修好的鞋高兴地出门。盛茂林一眼看见站在门外的郑婉颐。盛茂林急忙开门："在门口站着干什么？进来，进来。"

郑婉颐进来。

盛茂林："你帮我看会儿铺子，我得吃口饭。"

郑婉颐："这会儿了还没吃早饭？"

盛茂林："一开门就有顾客来了，没顾上。"

郑婉颐："买卖还不错。"

盛茂林："就我一个人忙了后面顾不了前面。你来帮帮我，行不行？"

郑婉颐："那天我说了，盛开和盛放她们俩谁也不同意。"

盛茂林叹了口气，拿出个烧饼吃。

郑婉颐："怎么不弄点儿稀的？"

盛茂林："麻烦。"

郑婉颐："连三分钟都用不了，麻烦什么？"

她动作利落地切了两片黄瓜，打了个鸡蛋，转眼就把汤端到盛茂林面前。

盛茂林端着汤看着郑婉颐，眼睛里有说不尽的内容。

郑婉颐不自在："看我干什么？"

盛茂林："咱俩复婚得了。"

郑婉颐心里"扑通"跳了一下，随后冒起一股火来。她看着盛茂林半天没说话。

盛茂林毫无察觉："你跟孩子们商量商量。"

郑婉颐："你生怕我过舒服日子是不是？我来这儿都是偷偷摸摸的，怕盛开盛放知道。她们根本就不接受你，你还想得寸进尺啊？"

盛茂林："人活到这个岁数还有什么？什么都没有了，就剩下耐性，我有耐性等。这些日子我老是想咱们年轻时候的事情，过去的日子过得再不好，现在琢磨起来都是有滋有味儿的。"

郑婉颐："日子是由你想的？你想有滋味它就有滋味了？盛茂林你这个人可真霸道，想走就走，想回来就回来，想离婚就离婚，想复婚就复婚。我的生活凭什么听你安排？"

盛茂林不明白她的火是从哪来的。

郑婉颐："跟你复婚？我不能吃一百颗豆，还不嫌豆腥气。告诉你，我跟你来往完全是看在你借钱给盛开帮助她的份上，你还真敢往下想。复婚？做梦去吧你！"

盛茂林："你这人，怎么一张嘴就往外蹿蓝火苗呢？我只不过是有这么个想法，你不同意我也不强迫你。你发这么大火干什么？再说了，一个巴掌拍不响，过去的事你也不能全怨到我一个人身上！"

郑婉颐："盛茂林，你天天夹着尾巴在我和孩子面前走来走去，我以为你认账了呢，闹了半天你趴在这儿等着反攻倒算呢！"

她"啪"地一下摔门走了。

盛茂林气得站在那里呼呼直喘粗气。

郑婉颐闷头在街道上走。

她自言自语："我干什么去了？该说的都没说，不该说的又都冒出去了。好好一件事怎么就被我搅成这样了呢？"

她晃了一下脑袋："不想他了，二十多年没有他，不也这么过来了吗？"

盛誉站在特殊通道接人。一个空姐领着盛尊从里面出来。盛誉激动地大声叫："儿子！"盛尊撒着欢，往盛誉这里跑："老盛！爸爸！"父亲抱住儿子，儿子顺势把两条腿盘在父亲的身上。盛誉跟空姐办了交接手续把儿子领出机场。

盛誉带着儿子吃肯德基。盛尊狼吞虎咽地吃着："爸爸，真过瘾，这几天我总是吃不饱。"

盛誉："你是中国人，你必须吃中国菜。"

盛尊回答得很勉强："好吧。"

金荷端着一份食品站在远处看着他们。

她想："我真的把这个家伙当事了，他比我大十五岁'有家'还有个儿子，可这些都挡不住我对他的好感。他和孩子在一起的样子太吸引人了，跟在办公室完全不一样，这叫我更迷他了。真希望他对我也有这样的感情，哪怕短短的几天都行。"

盛尊吃番茄酱蘸薯条，他挨个舔着自己的手指头。盛誉那餐巾纸给他嘴。盛尊："老盛。"

盛誉："嗯。"

盛尊："你说奶奶给我买那么多东西干什么？"

盛誉："她喜欢你啊。"

盛尊："太多了，我根本吃不了。"

盛誉："吃不了也得拿着，要不奶奶生气。"

盛尊："奶奶怎么那么爱生气？"

盛誉："她越喜欢谁，就越爱跟谁生气。"

盛尊想不明白："为什么？"

金荷端着食品走到他们桌子旁："不打扰吧？"

盛誉吃了一惊："不打扰，不打扰。"

金荷在盛尊的身边坐下："你儿子？"

盛誉点点头他摸着儿子的脑袋说："叫阿姨。"

盛尊："阿姨。"

盛誉指指她盘子里的食物问："你也爱吃这个？"

金荷："我经常来吃。"

盛誉指指盛尊："你们俩的口味一样。"

金荷问盛尊："你叫什么名字？"

盛尊大大方方地回答："我叫盛尊，你呢？"

金荷："我叫金荷。"

盛尊："你写给我看。"

金荷掏出笔在餐巾纸上写了金荷两个字。

盛尊拿着餐巾纸仔细端详着。

金荷问盛誉："你们要去哪玩儿？"

盛誉："游泳。"

金荷："我也去行吗？"

盛誉："我做不了主，盛尊说了算。"

金荷问盛尊："我也去跟你游泳行不行？"

盛尊回答得很干脆："行。"金荷得意地看着盛誉。盛誉无奈地看着盛尊。

郑婉颐领着盛尊在店铺外面若无其事地走过去。店铺里没人出来。郑婉颐的脚步迟疑了一下，她拉着盛尊进了旁边的水果铺子。她心不在焉地挑水果，她不时从窗子往外看。盛茂林从鞋屋铺子里面出来往这边走。郑婉颐对盛尊说："这里太闷，你外头玩一会儿去，奶奶交了钱就出去。"盛尊答应了一声跑出去。

盛尊拿着吹泡泡用的枪一串一串地吹泡泡。泡泡飘到盛茂林跟前，盛茂林躲闪开。又一串泡泡飞过来把盛茂林围住。盛茂林透过泡泡看着吹泡泡的盛尊，看不太清，他用手打碎了泡泡。盛尊笑嘻嘻地看着他。盛茂林问："怎么不上学去？"

盛尊："我还没上学呢。"

盛茂林仔细打量着他："怎么看你这么眼熟呢？你是谁的孩子？"

盛尊："我爸爸妈妈的孩子。"

盛茂林笑："我知道你是你爸爸妈妈的孩子，告诉我，你爸爸叫什么？"

盛尊："盛誉。"盛茂林脑袋"嗡"的一声，心里一阵砰砰乱跳。他控制着自己，蹲下来端详着盛尊问："谁带你来这儿的？"小卖部的门开了，郑婉颐拎着一兜子水果出来。她冷着脸，看着盛茂林。盛茂林怔怔地看着郑婉颐，好半天没说出来话来。

盛尊问："你是谁啊？"

盛茂林："我是你爸爸的爸爸。"盛尊疑惑地看看他又看看奶奶。郑婉颐看着他们不说话。

盛茂林："我是你的爷爷。"盛尊又扭过头去看奶奶。郑婉颐冲他微微点了一下头。

盛尊又扭过头去看盛茂林："我在奶奶家怎么没见过你？"

盛茂林："爷爷看着铺子，走不开。"

盛尊："你的铺子在哪啊？"

盛茂林指了一下美鞋屋："就在那儿。"

他一把拉住盛尊的手："走，到爷爷那待会儿，爷爷给你买好吃的。"

盛尊挣扎着不去："我不去，奶奶还要带我去吃肯德基呢。"

盛茂林："爷爷请你行不行？"

盛尊："我不吃别人的东西。"

郑婉颐的嘴角边露出得意的笑容。

盛茂林急了："我怎么是别人呢？我是你亲爷爷！"

盛尊看了郑婉颐一眼："我跟你走了，我奶奶怎么办？"

盛茂林："我连你奶奶一块请，你看行不行？"

盛尊回答得很痛快："行。"

郑婉颐口气很坚决："我不去！"

盛尊拉着郑婉颐的一只手使劲摇晃："奶奶去吧！去吧！"

盛茂林："婉颐，你给我个面子行不行？我不多要，就一次。"

郑婉颐把眼睛转到一边，她站在那里不动，盛茂林忍不住伸手拉了她一把。

盛茂林："你跟我犟，怎么跟孩子也这么犟呢？走吧！"

这一拉把郑婉颐的心拉软了，她怕别人看见，使劲甩他的手，盛茂林硬是不松开，郑婉颐只得跟着他走了。

盛尊一只手拉着爷爷，一只手拉着奶奶，三个人在街上走着。

盛茂林不时地给盛尊讲着什么，盛尊哈哈大笑。

郑婉颐的脸上也露出了笑容。

17

谢启明拿着病历在走廊上走，盛放迎面走过来。

18.

西餐馆。盛放点好菜，把菜单递给服务员，一抬头她看见谢启明和谷玫走进来。盛放瞟着他们。谢启明和谷玫没有看到盛放，他们在靠窗子的位置上坐下，谷玫开始点菜。谢启明问："你真的不走了？"

谷玫点点头："在国内事情要好做一些。"

谢启明表示赞同："你自己觉得合适就好。"

盛放远远地看着他们。

谷玫："你什么时候结婚？"

谢启明："没想过。"

谷玫："还有什么不满意的地方吗？"

谢启明："你指什么？"

谷玫避开他的话题："三十二岁了该成家了。"

谢启明反问："你不也三十二岁了吗？"

谷玫苦笑："我？我在这个问题上早就心灰意冷了。"

谢启明："那可不应该，三十二岁正是女人的好年龄。"

谷玫话里有话："二十六岁不是更好吗？"

谢启明一愣，他没听明白："啊？"

谷玫回答得很坦诚："看见她那么年轻，我真的有点嫉妒了。"

谢启明："你说谁？"

谷玫："盛放。"盛放用刀叉使劲捣着盘子里的牛排。她悄声自言自语："看看她那张脸，一个所谓聪明女人的愚蠢和占有欲都写在上面了。盛放我告诉你，第一你不爱谢启明，第二谢启明也不爱你，你和他的关系简明扼要。你生这个糊涂气，完全是自己气自己。"

谷玫问谢启明："你很喜欢她。"

谢启明反问："你从哪儿看出来的？"

谷玫："你和她在一起的时的表情，跟当初和我在一起的时候完全不一样。”

谢启明：“是吗？”

谷玫点点头。

谢启明想了想：“不是表情不一样，是心境不一样。”

谷玫：“你跟我在一起是什么心境？”

谢启明：“想不起来了。”

谷玫提醒他：“你爱过我。”

谢启明：“你的语法很准确，过去时。”

谷玫点点头。

谢启明闷头喝啤酒。

谷玫：“我结婚是利益权衡的结果，离婚也是利益权衡的结果。我跟他在一起根本就没有感情。”

谢启明：“这是你做事的风格。”

谷玫：“你知道你在骂我没有感情。”

谢启明：“这是你自己说的。”

谷玫：“你是个有感情人吗？如果有，在当初和我的交往中你又付出过多少呢？”

谢启明：“当初你提出分手是对的，咱俩不合适。”

谷玫：“你跟盛放合适吗？”

谢启明看了她一眼没说话。

谷玫：“她是个什么样的人？”

谢启明：“单纯、自然、随性。跟她在一起不用揣摩她的心事，她的喜怒哀乐都在脸上写着，我们俩彼此谁也不束缚对方。关系宽松舒服，感觉像跟哥们儿一样。”

谷玫狐疑地看着他：“这是恋爱关系吗？”

谢启明知道自己说露了嘴，他不知道该怎么圆场。

盛放端着盘子走过来：“我等不及先吃了，吃到半截才看见你们，我过来凑个热闹不影响你俩谈事吧？”

谢启明如释重负，高兴地给她拉开椅子：“哪儿的话？叫你饿着是我不对，你应该再咬牙等一会儿，我点西餐比你在行，你看你点的什么呀？”

盛放：“你再给我点一份。”

谢启明立刻拿起菜单给她点菜。

谷玫笑："你能吃这么多？"

谢启明："她这人就这样，在气势上永远只求成功不求失败。"

谷玫看到他们在一起轻松自如的神情，反倒不自在了，她看了一下表站起来。

谷玫："你们吃吧，我得马上去医院。"

谢启明："赶紧走吧，别让刘主任等着。"

谷玫步履优雅地走了。

盛放满面笑容地看着她的背影。

盛放："你们一进来我就看见了。"

谢启明："那怎么不过来？"

盛放："你们鸳梦重温，我来搅和什么？"

谢启明敲了一下盛放的脑袋："你这个脑袋简直是被垃圾占满了的硬盘，混乱又没有条理。"

盛放笑嘻嘻地问："你俩抒哪段情呢？"

谢启明："嫉妒了？"

盛放："你觉得这词用在我身上合适吗？"

谢启明实心实意："不合适。"

盛放："你还算有点自知之明。"

谢启明："盛放，我在你眼里就真的这么一钱不值吗？"

盛放："值啊，起码值这顿饭钱。"

谢启明："你是我见过的最不是东西的人！"

盛开从她身边走过去进屋。罗母入神地看着电视。盛开从自己房间里出来的时候穿了一件很漂亮的连衣裙。罗母的注意力从电视上移到盛开身上。盛开进卫生间化妆。罗母用眼角斜着卫生间小声嘀咕："多大岁数了？倒退五十年这把岁数孙子都该抱上了，你看她还把自己当嫩黄瓜打扮，真不怕人家笑话！"

门铃声响，罗母过去开门。罗耀辉踉踉跄跄，横着身子走进来。罗母不悦："上哪儿喝去了？怎么喝成这样？"

罗耀辉大着舌头："新领导请客，特意来车接我去的。"

罗母走进厨房给儿子泡茶，她故意把门留了个缝往外看。罗耀辉一把抓住了盛开的手。罗母赶紧扭过脸不看了。

盛开使劲往开甩他的手："干什么？你要干什么？"

罗耀辉一股蛮劲把盛开从门旁边硬拽过来，他把头放在盛开的肩膀上，搂着她的腰一动不动。盛开挣扎了几下不动了，她脑袋里一片空白。罗母从门缝里面往外看，她嘴里小声骂儿子："死狗扶不上墙，你今天能搂着她，明天就能给她跪下。"罗母不看了，把给儿子泡好的茶扔在了一边，开始摔盆打碗地收拾厨房。

盛开觉得肩膀湿了，伸手一摸，摸到了眼泪。她忙把罗耀辉的头扶起来眼睛盯着他。盛开："怎么了？"罗耀辉两眼一闭索性嚎啕大哭起来。罗母从厨房里冲过来："怎么了？啊？出啥事了？"

盛开："喝醉了，我扶他回去躺着吧。"

罗耀辉不走，他哭着说："我没醉，我没醉，我心里从来没这么明白过。"

盛开把他扶到沙发上坐下。

罗母坐到他旁边："没醉？没醉，你好好的哭啥？"

罗耀辉的哭声弱下来，他声音低哑地说："我不是科长了。"

盛开："为什么？"

罗耀辉："一个萝卜一个坑，我这么长时间没上班，别人竞争上岗了。"

罗母："打盆理正盆，打碗理正碗。你是别人肇事受的伤。"

罗耀辉："别人肇事受的伤怎么了？那也不能保我一辈子有饭吃。我一个小科长算什么？我们处长都落选了。"

盛开劝他："不是科长就不是了呗，职员也低不到哪儿去。"

罗耀辉："职员也不保啊，新来的处长说给我一年的时间，让我在局里找愿意接收我的科室，这期间开百分之五十的工资。我十九岁开始上班，在这个单位干了整整二十四年。二十四年啊，没有功劳还有苦劳！年轻化，知识化，我不愿意年轻？我不愿意自己是大学毕业生？"

罗耀辉又呜呜地哭起来。

盛开安慰他："别哭了，哭也不解决问题。"

罗母："这叫人干的事？不行，我找你们领导去！"

盛开："妈，你就别添乱了。"

一句妈叫出口，盛开愣了。

罗母看了盛开一眼，她目光很温和："唉！呆人想事真能把自己想死了。盛开啊，一日夫妻百日恩。我也看出来了，你是他的真头香主。耀辉现在过成这样，我这个当妈的管一饥不能管百饱。早就想跟你说，青岛那边拆迁还有一大摊子的事呢，我得过去帮你姐带几天孩子。我走了以后，你真得多帮帮他。就算我求你的！”

盛开愣了一下，无奈地点点头。

罗母眼圈红了：“耀辉哪，你这岁数在过去儿子都快娶媳妇了，可你还让人给你操心，你真是想愁死你妈啊！”

郑婉颐家客厅。盛茂林和盛尊头戴面具一人手里拿着把宝剑上窜下跳地玩着。

盛尊不时地发出尖叫声。

郑婉颐从厨房里出来制止他们：“下来！我的沙发禁不住你们那么折腾！”

盛茂林摘下面具气喘吁吁地看着她：“几点了？”

郑婉颐：“十一点多了。”

盛茂林：“我得回去。”

盛尊扑过来抱住他的腿：“爷爷，你再陪我玩一会儿，就一会儿。”

盛茂林：“爷爷那儿还有活儿呢。”

郑婉颐：“我刚才去看了一眼，你请的那个店员还挺负责的，收了好几件活呢。”

盛茂林松了口气。

盛尊很快爬到爷爷的肩膀上坐在那里。

盛茂林：“哎哟！哎哟！爷爷的腰撑不住你啊。”

郑婉颐：“下来！你给我下来！”

盛尊：“我再坐一分钟。”

盛茂林：“说好了啊，一分钟，到了一分钟我就回铺子去了。”

盛尊：“我不让你走！”

郑婉颐做出漫不经心的样子：“赶上中午饭就吃，非得让人特意请你啊？”盛茂林扛着盛尊愣愣地看着郑婉颐。郑婉颐进厨房了。盛放推门进来，她被眼前的情景弄愣了。地上有一大一小两个披着竖条毛巾被的人，他们做成毛毛虫的样子在地上蠕动着爬行。盛放哈哈大笑。两只毛毛虫同时掀开毛巾被坐起来。盛尊和盛茂林满脸大汗地看着盛放。盛放的笑声卡在喉咙里，她僵在那里不知道该说什么。

盛尊披着毛巾被扑过来："小姑！"

盛放："姑姑带你看木偶戏去。"

盛尊甩着毛巾被欢呼："耶！耶！"

盛茂林摘下毛巾被站起来，知趣地走到一边去了。

盛尊小声央求盛放："小姑，带上爷爷一起去吧。"

盛放："姑姑没那么多票。"

盛尊从口袋里掏出来一个小钱包："我有奶奶给我的钱，再买一张好吗？"

盛茂林唯恐盛放为难："爷爷有工作，不能去。"

郑婉颐从厨房里出来："盛放回来了？"

盛放不看盛茂林："妈，我带盛尊走了。"

郑婉颐："饭都好了，吃完饭再走。"

盛放："我们到外面去吃。"

说完她拉着盛尊出去，门"咣"的一声关上了。

盛茂林一声不响地站在那里。

郑婉颐一屁股坐在沙发上，她像是问盛茂林也像是问自己："这日子什么时候是个头呢？啊？"

盛茂林看了她一眼不知道该怎么回答。

穿着简洁大方的盛开走进咖啡厅，她四处张望，目光落在角落里。一个五十岁左右的男人坐在桌子旁边，他手里拿着一张CD盒子。盛开朝他走过去。男人看见了盛开，他站起来。男人："你是盛开吗？"

盛开点了下头："对。"

男人："我姓吴，我叫吴黎明。"

两人握手坐下。

吴黎明："你没有孩子？"

盛开："对。"

吴黎明："你也没有房子对吧？"

盛开："对。"

吴黎明："我在学校上班，职称副教授，今年四十二岁，爱人去世一年，孩子十五岁，房子是学校分的，我已经买下来了，八十五平方米，两室一厅。如果你原意，咱们可以相处一下。”

他看着盛开，盛开垂着眼皮不看他。

吴黎明：“有很多比你年轻的人要跟我建立恋爱关系，我没同意，我怕她们图的是我的条件，将来会对我儿子不好。我择偶的一个先决条件就是必须得对我儿子好，因为我儿子他需要一个母亲。”

盛开抬起眼睛看着他：“对不起，我不需要儿子。”说完她站起来走了。吴黎明不知道自己哪说错了，他呆呆地看着她的背影。

盛茂林修鞋。

郑婉颐和盛尊在柜台上下五子棋，郑婉颐教他怎么走。盛茂林不时回头看看他们。有人进来取鞋。盛茂林把鞋拿给他。

顾客：“老伴和孙子？”

盛茂林答应的很痛快：“嗯。”顾客拿着鞋走了。

郑婉颐讽刺他：“真会捡便宜。”

盛茂林笑嘻嘻：“谁便宜？你，还是我孙子？”

郑婉颐绷着脸：“你这人是煮熟的鸭子肉烂嘴不烂。”

盛尊：“你们俩吵架了？”

郑婉颐：“没有。”

盛尊：“奶奶，你的脸很严肃。”

盛茂林：“你奶奶就长这样。”

郑婉颐：“你夸我呢？”

盛尊：“爸爸说，谦虚使人进步，骄傲使人退缩。”

盛茂林和郑婉颐忍俊不住哈哈大笑。

盛尊：“我出去玩一会儿。”

郑婉颐：“门口玩儿，别跑远了。”

盛尊跑出去。

盛茂林担心地问：“盛誉和他媳妇的关系就这样了？”

郑婉颐：“越来越淡。”

盛茂林：“得想办法让他们在一起生活，越不在一起感情越淡。”

郑婉颐：“天天滚在一起的，该离的不也离了吗？”

盛茂林：“你总往不好处看。”

郑婉颐：“好的在哪儿呢？你指给我看看。”

盛茂林："看看我。"

郑婉颐："你？你是我见过的最不是东西的！不是你，我的三个孩子也不能把日子过成这样。"

盛茂林："怎么是我呢？"

郑婉颐："从小父母离婚，对他们的生活没有影响吗？"

盛茂林："离婚是我一个人的事？"

郑婉颐："是你挑起来的。"

盛茂林："老回头看解决什么问题？人应该往前看。"

郑婉颐："你想往前看就往前看，你想往后看就往后看？"

盛茂林："国共还能合作，你得给我改正的机会。"

郑婉颐："做你的黄粱美梦去吧！"

盛尊推门进来："你们俩又吵架了。"

郑婉颐和盛茂林一起堆着笑脸说："没有！没有！"

罗耀辉和六七个机关里的男人围坐在饭店桌子旁点菜。

罗耀辉："诸位，你们想吃什么就点什么，千万别客气。"

同事乙："来了就不客气，老罗请客，我得好好吃。"

同事甲："我们借科长们的光，好好油油嘴。"

罗耀辉："话这么说就远了，坐在这的都是跟我关系最近的人，你们把我当外人是瞧不起我。"

盛开坐在大厅的沙发上看报纸，单位的女同事领着一个四十多岁的男人进来。女同事："盛开！"盛开站起来。女同事："我给你们介绍一下，这个是我原来单位的同事，李明，这是我现在单位的同事盛开。"两人握手坐下。

酒桌上的气氛很热烈，罗耀辉招呼大家喝酒。

罗耀辉："各位领导，大家敞开了吃，敞开了喝。"

在座的人都喝多了，说话有些没遮拦。

科长甲："老罗，你想百分之五十的工资就这么永远拿下去了？"

罗耀辉一听这个，二话没说接过来喝了。

科长乙："老罗，我听说你离婚了。结婚没请客，离婚怎么也该请一回。老罗你还欠我们一顿。"

罗耀辉："谁说我离了？"

科长丙："办公室的人说的。"

罗耀辉："我没离！"

科长乙："那你赶紧打电话把你老婆叫来，要不然吃完饭还罚你请我们一条龙服务到底。"

罗耀辉无奈，他接过别人的手机往家里打电话，电话接通。

家里没人。

罗耀辉："没人，到哪去了呢？今天她轮休啊。"

科长甲："是你家电话吗？"

罗耀辉："没错，百分之百是我家的电话。"

此时，盛开和女同事在街上走，两人兴致都不高。

女同事："这个人条件挺好的，你怎么就没兴趣呢？"

盛开："四十多岁的人了说话还一口一个我妈的，在精神上完全没断奶嘛。这种人连成人都算不上，怎么能成家立业？"

女同事："你不知道，孝敬妈的人都疼老婆。"

盛开："这你可说错了，孝敬妈和疼老婆完全是两回事。我前夫就是一个孝敬妈的人，他要是疼我，我还能走离婚这一步？"

女同事："人跟人不一样。"

盛开："我就纳闷了，我怎么总碰见这样的男人？莫非天生就招这样的男人？"

饭店的酒桌上又掀起一轮新的高潮，又有几个人吵吵嚷嚷地进包间："老罗请客，这个机会我们可不能落下。"罗耀辉见来了这么多人，他吓了一跳。同事们入座，拿菜单点菜。胖子："清蒸鲈鱼，醉虾。"罗耀辉心疼钱又不好制止，只好使劲灌大家喝酒。

饭店桌子上堆满了饭菜和酒瓶，大家都喝多了。罗耀辉醉得眼睛都睁不开了，他站在那里举着酒杯直晃荡。科长甲摇摇晃晃地站起来把罗耀辉按在椅子上坐下。科长甲："你晃荡什么？晃得我直迷糊。"

回到家罗耀辉四仰八叉地躺在沙发上熟睡，不时发出响亮的鼾声。盛开坐在远处一声不响地看着他。电视里男女主角正在柔情密意地窃窃私语。罗耀辉醒了，坐起来说："渴死我了。"盛开站起来倒了一杯凉白开给他。

罗耀辉接过来"咕咚咕咚"地喝了。

盛开："干嘛喝这么多酒？"

罗耀辉："求人安排工作，我不带头喝，别人能舒服？"

他两手捂着脑袋："哎哟！哎哟！"

盛开："怎么了？"

罗耀辉："脑袋一蹦一蹦的，疼得要炸开了。"

盛开："吃片药。"

罗耀辉："不吃。"他坐在那里愣神。盛开进自己的房间。罗耀辉突然想起什么，他从口袋里掏出来钱包，把里面的钱数了一遍，暗叫不好。

罗耀辉："钱一张都没少，我没结账？我怎么没结账呢？坏了！坏了！这事叫我彻底搞砸了！"

他窝囊地一头扎在沙发上，大声叫："盛开！盛开！"

盛开开门出来："干什么？"

罗耀辉："快给我拿个盆，我想吐。"

盛开："到卫生间吐去！"她转身要回去。罗耀辉趴在沙发上干呕。盛开喊："别往沙发上吐！"她冲进门外拿个盆放到罗耀辉头前。罗耀辉哇哇地吐起来。盛开很自然地给他敲着背。

早晨。郑婉颐在扇舞队里跳舞。盛尊坐在鼓手的三轮车上看，他被鼓声震的双手捂着耳朵。盛茂林走过来冲盛尊招手，盛尊从车上跳下来朝他跑过去。盛尊搂着盛茂林的腿，两人亲热成一团。郑婉颐边扭边远远地看着他们。盛茂林动作很大地给郑婉颐打手势，告诉她，他把孙子领走了。郑婉颐点头。

厨房里，郑婉颐把蒸锅端下来，盛茂林怕她烫着急忙接过来。

郑婉颐把蒸锅里的包子拿出来放的盘子里。盛茂林："我走了。"

盛尊："爷爷别走。"盛茂林看了郑婉颐一眼："你奶奶不愿意我在这儿吃。"

郑婉颐："你还在这儿少吃了？"盛茂林嘿嘿笑，盛尊拉他坐在椅子上。郑婉颐把三个碗三双筷子摆在桌子上。

罗耀辉家厨房。罗耀辉觉得有点头晕，站在那里闭着眼睛待了一会儿，又开始切葱。锅里的面条沸了溢到锅外。罗耀辉听到声响扔下刀往灶台跑，脚下一滑摔倒了，脑袋磕在餐桌上"咚"的一声。他苦笑着站起来，走到锅前用筷子往碗里捞面。突然一黑。罗耀辉恐惧地使劲眨着眼睛，他控制不住自己身体，慢慢倾斜了。罗耀辉重重地摔倒在地上，带倒了地上的几个锅和餐桌上的一排瓶子。盛开听到响声冲进厨房。罗耀辉直挺挺地躺在地上，身上浇着各种汤汁。锅里的面汤已经把煤气火浇火了。盛开急忙关了煤气，把罗耀辉扶起来。盛开大声喊："耀辉！耀辉！你怎么了？"

120急救车疾驰而过。罗耀辉身上挂着氧气管和液体躺在床上昏睡。

医生对盛开说："从CT的检查结果看，他有过脑外伤，血压偏高，摔前又过度酗酒，这都是导火索。不过还好，没有生命危险。但是脑组织里那些微量的淤血，可能会影响他以后的记忆。"

盛开傻了一样看着医生。

郑婉颐家客厅。郑婉颐急得满地转。

盛誉："妈，您别着急。"

郑婉颐："我能不着急吗？他说躺下就躺下了，叫你妹妹怎么办？赶紧给他们家打电话，叫他回妈来伺候她儿子！"

盛誉："打了，老太太听了这事，血压一下就飚上去了，高压220低压180，哪还敢动地方？"

郑婉颐："咱家盛开真是上辈子欠他了，不行，我得到医院去看看。"

盛茂林："我跟你去。"

郑婉颐："盛开心里已经开了锅，你就别往火上浇油了，你把孙子带好。"

盛茂林："看病要钱，我给她带点儿钱。"

盛誉："我这儿有。"

盛茂林："带上，带上，万一不够呢？"他硬把钱塞给郑婉颐。

郑婉颐、盛誉、盛开和盛放围在床边，罗耀辉已经苏醒过来，他怔怔地看着周围的人，想不起来发生了什么事情。盛开叫他："耀辉。"罗耀辉像看陌生人一样看着她。郑婉颐着急："他怎么不认人呢？怎么回事？啊？"

谢启明拿着罗耀辉的CT片子仔细地看着，他给盛放讲："脑袋里的淤血压迫了神经，出现了失忆现象，他什么都想不起来了。"盛放吃惊："植物人？"

谢启明："不是，只是记不起来以前的事情了。"

盛放："能手术吗？"

谢启明："这个区域做手术非常危险，主治医生让病人自行吸收的决定是对的。"

盛放一屁股坐在椅子上："我姐该怎么办？"

谢启明："办法总会有的，只要咬牙挺过这一关，事情总会慢慢好起来。"

盛放："你们当大夫的就是说的轻巧！挺？怎么挺？"

谢启明："这个世界上摊上倒霉事的人多了，又不是你姐一个，人家挺过来了还活着，你姐为什么就不行？"

盛放不说话了。

盛誉在看新到的资料，电话铃声响，他接电话。

盛誉："出院了？你们这么急着出院干什么？要是缺钱，我们大家都能帮你。"

盛开的声音："这次花了你们不少钱，我不能再拖累你们了。医生说他现在完全能出院回家做护理了。"

盛誉："谁护理？你不上班了？"

盛开的声音："我不上班吃什么？再想办法吧，办法总会想出来的。"

盛誉挂了电话坐在办公桌前发呆。

罗耀辉坐在电视前呆呆地看着电视节目。盛开忙着收拾屋子。有人敲门，盛开开门，盛放和谢启明进来。盛放："姐。"

盛开高兴："谢大夫来了？"她把谢启明让到沙发上坐下。

谢启明把几大本资料递给盛开："这是一些关于失忆症患者康复的资料，没事的时候你可以看看，肯定会有帮助。"

盛开："谢谢你。"

盛放凑到罗耀辉跟前叫他："哎！哥们儿！"罗耀辉没反应。

盛放："老罗，罗耀辉！"

罗耀辉定睛凝视了她一会儿，没认出来她是谁，转过脸去看电视。

盛开叹了口气。

谢启明："这病不是着急的病，得慢慢恢复。"

盛开点点头，她坐下翻开资料一页一页仔细地看着。

谢启明开车，盛放坐在副驾驶的位置上。

盛放："你说我姐夫能恢复记忆力吗？"

谢启明："这我可真说不好，从医学的角度来说……"

盛放立刻打断他的话："哎，你说话能不能带点热乎气？别跟福尔马林水里泡着的死尸似的行不行？”

谢启明反唇相讥：“你能不能别像窦娥转世似的，大伏天靠近都寒气逼人？”

盛开把罗耀辉领到卫生间，把牙刷塞到他的手里，让他学自己的样子挤牙膏刷牙，罗耀辉认真地学着。

盛开：“一边刷十下，不许偷懒。”

罗耀辉和盛开对着镜子一起刷牙，罗耀辉把牙刷拿反了，盛开耐心地给他纠正过来。

盛开：“你看，这样刷。”她示范了两下，罗耀辉索性张大嘴巴让盛开全给他刷了。盛开把牙刷重新塞到他手里命令道：“自己刷！”罗耀辉噘着嘴刷牙。

盛开教罗耀辉打着煤气火烧水，罗耀辉认真地学着。她做一遍让罗耀辉重复一遍。罗耀辉做到一半就忘了，他打开冰箱从里面拿出来一瓶啤酒准备喝。盛开从他手里拿过来啤酒问：“我刚才叫你做什么来着？”罗耀辉想不起来。盛开把他领到煤气灶旁耐心地教他点火烧水。

盛开推着自行车走出大门，胡杨叫住她：“我请你吃饭，吃完饭咱俩看话剧去。”

盛开：“不行，我得赶紧回家。”

胡杨：“哎，你有完没完了？没离婚的时候你到点回家，离了婚你有过之而无不及。就算你上辈子不小心欠下他的，这会儿也该还完了吧？”

盛开：“他现在这个样子，我不能扔下他不管吧？他妈回来我办了移交手续就能脱开身了。”

胡杨：“他妈啥时候回来？”

盛开：“血压忽高忽低一直不稳定，暂时没法回来。”

胡杨：“盛开，你典型的小姐的身子丫环的命！”

晚上。郑婉颐把塑料口袋里的食物一袋一袋地拿出来，她忧心忡忡地转过身去。盛开正拿着一盒看图识字重新教罗耀辉认字。罗耀辉一个一个地认着，他识字的记忆恢复得很快。盛开很高兴，奖励苹果给他吃。罗耀辉吃得很开心。

郑婉颐暗叹一声：“带孩子还能盼着他有一天叫声妈，这可什么时候是个头呢？”

郑婉颐走到罗耀辉跟前：“耀辉，还认识我吗？”

罗耀辉抬起头看着她憨厚地笑着。

盛开：“谁都不认识，就认识我，但是不知道我跟他是什么关系。”

郑婉颐无奈地叹了一口气：“盛开，妈给你煮了银耳莲子羹，一会儿别忘了喝。”

罗耀辉睡着了，盛开坐在床边像母亲看孩子一样看着他。

盛开想：“那本资料上的东西真的很有用，他进步得很快，很多事情完全能自己做了。”

盛开手里拿着一个记事本念：“1打开煤气热午饭。2关上煤气。3午睡。”罗耀辉一笔一划地把盛开念的字默写在挂在墙上的写字板上。他一笔一划写的小学生一样认真。

写字板上的前几条任务都划了一条杠表示已经完成了。罗耀辉认真地研究着第4条，复习功课。罗耀辉坐在沙发上拿着一本儿童读物磕磕巴巴地读着，念着念着他语言顺溜起来。

盛开开门进房间，罗耀辉迎上去，他寸步不离地跟在盛开身后。

盛开拎着菜往厨房里走：“叫我了吗？”

罗耀辉：“盛开。”

盛开：“我是谁？”

罗耀辉：“盛开。”

盛开：“盛开是谁？”

罗耀辉站在那里想了好久蹦出来两个字：“朋友。”

盛开鼻子一酸眼泪差点掉下来，她转身进了厨房，罗耀辉紧紧跟在她身后。

盛开：“耀辉，你应该帮我干什么？”罗耀辉怔怔地想着，他想不起来。

盛开：“淘米做饭。”罗耀辉高兴地拿电饭锅做饭。

盛开：“水多了，再倒出去点儿。还该干什么？”罗耀辉拿起插销插在电插口上。电饭锅通电了。盛开高兴地摸摸罗耀辉的脑袋：“真聪明。”

罗耀辉把记事板捧过来给盛开看。盛开用红笔在记事板上画了一个对勾。罗耀辉从口袋里掏出来一个小本打开递给盛开。盛开认真地在本子上画了一朵小红花。罗耀辉笑得像个孩子。盛开忙着切菜，罗耀辉一步不落地跟在她的后面，非常碍事。

盛开从口袋里掏出来一根棒棒糖给他："去客厅里看电视去。"

罗耀辉嘴里含着棒棒糖听话地去了。

盛誉入神地看着电脑上的资料。电话铃声响。盛誉接电话："喂。"电话里女人的声音："我是高晓灵。"

盛誉一愣："你在澳洲吗？"

高晓灵："我到北京了，咱俩见个面行吗？"

盛誉："行，我马上回家。"

高晓灵："咱们还是在外面吧，这样方便一些。"

盛誉："好吧，你说在哪儿？"

盛誉绷着脸开着车。

罗耀辉家堂屋。谢启明和盛放坐在沙发上看着盛开给罗耀辉上课。

罗耀辉死活想不起来白天学过的字。盛开提示他："活，生活的活，干活的活，活着的活。"

罗耀辉脑袋上憋出一层汗。

谢启明："歇一会儿，你让他歇一会儿吧。"罗耀辉听到这话，急忙站起来躲进了卧室。

盛放："姐，你对他早就没有责任了，还费这劲干什么？"

盛开："就是同事我也不能眼看着他这样啊，更何况我们还是曾经的夫妻。照顾他这事听起来麻烦，做起来还真有乐趣，想想每天回家有个离不开我的人在等着我，起码叫我觉得自己还是个有用的人。"

罗耀辉从卧室里出来，竖着耳朵听他们说话。

盛开："耀辉，明天你练习练习出门怎么样？"

罗耀辉使劲摇头："不去，不去，我害怕。"

盛开："害怕走丢了？"

罗耀辉点点头。

盛开拿出一个小录音机给罗耀辉看："有这个你保证丢不了。"

19.

高晓灵和盛誉闷头不响地吃着饭。高晓灵用纸巾擦了一下嘴，抬头看了一眼盛誉："这次我是绕道回来接盛尊的。"盛誉一惊，手里端着的汤差点撒了。高晓灵看了他一眼没说话。

盛誉："我想让孩子在国内读完小学再出去。"

高晓灵口气很坚决："这不行！"

盛誉："怎么不行？"

高晓灵："盛尊跟我在一起生活了两年，我离不开他！"

盛誉："他生下来八个月你就出国了，我跟他在一起生活了整整四年。我就能离开他了？"

高晓灵："我是他妈妈！"

盛誉："我还是他爸爸呢！"

金荷和两个男孩子进饭店，她一眼看见了盛誉和高晓灵，她坐在那里眼睛一直盯着这一边。

高晓灵："既然你那么舍不得他，怎么就不能牺牲点个人利益呢？"

盛誉："你为什么不能牺牲？"

高晓灵："我在国外的待遇比你在国内好得多，所以做出选择的应该是你。"

盛誉："这个话题我们谈一次崩一次，我看我们不要再提了。"

高晓灵："结婚八年了，咱俩从来没谈通过一次。"

盛誉："那是因为价值观和思想方法太不一样了。"

高晓灵："盛誉，你是不是想把我熬成了老太婆你才肯撒手？"

盛誉："你把儿子给我，我马上同意跟你离婚。"

高晓灵冷笑："把儿子给你？就咱俩现在的条件，离了婚孩子的监护权百分之百判给我，你连一丁点儿赢的机会都没有。不信咱们就走着瞧。"盛誉气得面青唇白浑身颤抖。

高晓灵像没事人一样拿起筷子慢慢地吃着菜。

高晓灵："飞机票是十五日上午十点的。到时候，你把儿子送到机场来。"

盛誉挑衅："我要是不送呢？"

高晓灵不急不恼："那就法庭上见，官司赢了，这辈子你就别想再看他一眼。"

盛誉火顶上了头，他怕控制不住自己，站起来大步流星地走了。

金荷立刻站起来追出去。

两个男孩子喊："唉！你干什么去？"

谢启明开着车，盛放坐在旁边。谢启明："你姐真有耐性。"

盛放："我就不明白，婚都离了，她怎么对他还那么有感情？"

谢启明："我看他们俩不一定是你说的那种感情。"

盛放："那是哪种感情？"

谢启明："在一起生活过，养出来的惯性。"

盛放："什么话从你嘴里一出来都像是被福尔马林水泡过一样，不朽，但是没有人味儿。"

谢启明："你又骂我是标本！"

盛放："你以为你是什么？"

谢启明："我连那个杨秉超都不如？"

盛放："少跟我提他。"

谢启明："昨天晚上我听见你的电话没完没了地响，我想肯定是他打来的。"

盛放："是他打来的，我没接。"

谢启明："你这人挺怪的，软起来像稀泥，硬起来像钢筋水泥。"

盛放："总比你藕断丝连的好。"

谢启明："我跟谁藕断丝连了？"

盛放："谷玫。"

谢启明："你别诬陷啊，她是找我确实有事。"

盛放："那是借口，没听有这样一首老歌吗？'情人总是老的好，走遍天涯都忘不了'……"

谢启明："你嫉妒了。"

盛放："你放屁！"

谢启明笑："嘿嘿！典型的恼羞成怒。"

盛放一脚跺在谢启明踩刹车的脚上："谢老七，你让我下车！"

车发出尖叫。

谢启明骂："盛放，你找死别拿我当垫背的行不行？"

一个男青年从银行门口的ATM机房里出来，他招手拦住一辆出租车。司机摇下车窗看着他。男青年："去鼓楼。"司机点点头。男青年刚要拉开副驾驶座的车门，傅海涛快步走过来打开后车门，比他先一步上了出租车。

甄宝装作路人停住脚看热闹。

男青年："车是我拦的。"

傅海涛看都不看他，冲司机说："去德胜门！"

男青年生气了，把傅海涛从车里拉出来。傅海涛一只手从背后伸过去顺利地解开了他的衣扣。他拽了男青年的前衣襟一下，把里面的钱包掏出来往下身后一顺，钱包从后衣襟里滑出来。甄宝从他身边走过，接住钱包拿在手里，用拎着的衣服包住，转身飞快地跑了。男青年气哼哼地坐进车里。他大声冲司机说："去鼓楼！"司机开车走了。

男青年一摸口袋发现钱包没了，他大叫一声："停车！"

傅海涛和甄宝会合。甄宝把钱包递给傅海涛，傅海涛打开钱包，里面有厚厚的一叠钞票，信用卡和银行储蓄卡。傅海涛一把搂住甄宝的肩膀："走，叔带你吃鱼头泡饼去。"

盛誉跑下来想过街桥，他两只手插进口袋里，摸到了车钥匙。

盛誉自言自语："糟糕，车还在停车场。"

他转身想往回跑。过街桥洞里面有很大的响动。盛誉急忙转过身，定睛往桥洞里面看。男青年正揪着傅海涛不放："当时身边只有你，就是你偷的，你把钱包还给我，那是我上货的钱。"

傅海涛拿出来钱包问："是这个吗？"

男青年伸手去拿。傅海涛抬腿照着他的肚子狠狠地给了一脚。男青年摔倒在地，傅海涛紧接着又给了两脚。男青年抱着脑袋在地上打滚。傅海涛还要再踢，盛誉冲过去，飞起一脚踹到傅海涛的背上，钱包从他的手里飞出去，盛誉一把接住。

傅海涛急了抽出弹簧刀朝盛誉刺去。追进桥洞的金荷看到这个情景失声尖叫。盛誉机敏地躲闪过去，傅海涛一把揪住男青年，匕首横在他的脖子跟前。傅海涛逼视盛誉：“把钱包放下，要不我就一刀捅死他。”

盛誉扔下手里的钱包。

傅海涛：“滚！”

盛誉点点头往前走。傅海涛把手里的男青年甩到一边，俯身捡钱包。盛誉一个急转身猝不及防，狠狠一拳打在傅海涛的鼻子上。鲜血喷涌而出。盛誉紧跟着就是几拳，随后狠狠一脚把傅海涛踢翻在地。他疯了一样地拳打脚踢。

傅海涛大声喊：“大哥别打了，别打了，我的牙全掉了。”

盛誉停住手，他两眼通红地看着那个男青年。

盛誉：“你一定要反抗，反抗也是死，不反抗也是死，死就要死得像个男人！”

男青年像傻子一样看着他。

盛誉：“你觉得自己不行，一但反抗起来你就会发现，无论从战术上还是力气上你都不会比他差，差的是你没有勇气，从气势上败了下来。我告诉你，打就照脸上打，来！动手！”

男青年按照盛誉的要求给了傅海涛一拳。傅海涛的鼻子血流如注。男青年吓得腿都软了。盛誉继续教他：“还有一种办法就是一脚踢断他的腿。特别管用，我在部队上学过。”他还要示范。傅海涛爬起来把头磕得咚响：“大哥饶命！大哥饶命！”

金荷在旁边看得脸都白了。

傅海涛、男青年及盛誉坐在警车里。

盛誉盯着傅海涛看：“我看你眼熟，咱俩是不是见过面？”

傅海涛连连摇头：“大哥，咱俩这是第一次见面。”

警车开走，窦宝和金荷站在路边呆呆地看着警车远去了。

盛开被一阵声音惊醒了，她一骨碌坐起来下地穿着拖鞋跑出去。

罗耀辉在稀里呼噜地刷牙洗脸。盛开问：“大半夜的洗脸干什么？”罗耀辉嘴里捅着牙刷，呜噜呜噜地说：“上班。”

盛开：“现在是半夜三点。”

罗耀辉：“不是，是下午三点，我迟到了。”

盛开拿手巾擦干净他的嘴，拉他出来。

盛开把罗耀辉拉到院子里。皓月当空，夜像被水洗了一样静谧。盛开："你看月亮还在天上呢。"

罗耀辉呆呆地看着月亮，他忘了上班的事。

罗耀辉："饼……我要吃糖饼。"

盛开："明天给你烙。"

罗耀辉："我要吃……现在吃。"

罗耀辉盖着被子睡熟了，盛开蜷在他旁边也睡着了，

她的手紧紧地揪着罗耀辉睡衣的袖子，生怕他跑了。

罗耀辉走出单元门，他神情有些紧张，他东张西望了一会儿，镇定一下情绪打开了挂在脖子上的录音机。录音机里传出来盛开的声音："出单元门往前走见到大路往左拐。"罗耀辉按照录音机里的指示往前走。录音机里盛开的声音："看见红绿灯过马路上过街天桥。"

罗耀辉走进家乐福超市，他很兴奋，一样一样地拿着货架上的东西。罗耀辉忘了关录音机，录音机里盛开的声音被淹没在嘈杂声中。

金荷和女孩子们叽叽喳喳地低声说着什么。女孩子丙一脸惊诧："真的？"

金荷："真的，别看他文质彬彬的，打起人来狠着呢。"

女孩甲："你怎么知道？"

金荷："我亲眼看见的。"

女孩子们："讲讲！快讲讲！"盛誉从他们身边走过去，目光严肃地扫了她们一眼，女孩子们立刻谁也不说话了。

金荷："他是一面愤怒的高墙，是个女人都想知道墙后面到底是什么。"

女孩甲："好奇心害死猫。"

金荷："这只猫死得其所。"

女孩甲："你觉得他对你有兴趣吗？"

金荷："我只关心自己的感情，他的态度我无所谓。"

女孩甲："那你还犹豫什么？去吧！"

金荷："去就去！"

她站起来出去了。

盛誉和几个工程师在测试产品。

金荷推门进来：“盛总。”

盛誉问：“有事？”

金荷：“嗯。”

盛誉看了她一眼：“有什么事一会儿回办公室再说。”

金荷固执地站在那里：“就一句，说完我就走。”

盛誉直起腰：“你说吧。”

金荷：“××公司接受我了。”

盛誉：“好好的，为什么要调走呢？”

金荷眼泪一下流了出来，她大声问：“怎么会是好好的？好？我哪儿好？”

盛誉一愣。试验室的人抬起头看着他们俩。盛誉十分尴尬，他抓住金荷的胳膊把她拉出实验室。

盛誉坐在办公桌旁非常严厉地看着金荷：“工作时间你撒什么泼？你想干什么？你到底想干什么？啊？”

金荷的眼泪哗哗地往下流。盛誉起身倒了一杯水放在金荷面前。盛誉：“你哭吧，我等着，等你哭完了咱们再解决你的问题。”

他拿起一本书“哗啦哗啦”地随便翻着，书上一个数据吸引了他的注意力，盛誉的目光盯在那个数据上。

房间里很静。金荷不哭了，她默默地看着盛誉。盛誉英俊的五官让她很是着迷。盛誉的注意力全在书里，他完全忘了金荷的存在。金荷沉浸在完全属于他们两个人的世界当中。

屋子里暗下来，盛誉起身开灯，

他突然看见坐在角落里的金荷，一下想起来是自己把她拉来又晾在这里的。

盛誉：“真对不起，我把你给忘了。”

金荷看着他不说话。

盛誉看了一下表：“下班了，你走吧，有事明天再说。”

金荷：“你怎么能这样对我？”

盛誉：“对不起，我真的不是故意的。”

金荷：“一声对不起就解决问题了？”

盛誉：“你想要我怎么样？”

金荷："你抱抱我。"

盛誉一怔。

金荷站起来朝他走过来。

盛誉立刻站起来，态度坚决地说："这可不行！"

金荷站住："你就这么讨厌我？"

盛誉："我有我做人的原则，我不接受你的要求，不代表我讨厌你。"

金荷："你怎么看我？"

盛誉："工作以外的事情，我不跟你谈。"

罗耀辉学大家的样子推着一车食品排在收银台前。收银员算账："二百三十元整。"罗耀辉掏出钱包一张一张地给她数钱，他数钱的速度很慢。后面的人不耐烦地催促他。收银员帮他把东西全部装进购物袋里。

罗耀辉两手拎着两只大塑料口袋站在街口四处看，他想不起来该怎么回家，心里着急，胸前挂着的小录音机随着身体的摇晃来回摆动着。罗耀辉像抓救命稻草一样一把抓住录音机。他按播放键，电池没电，录音机一声不响。罗耀辉害怕极了，他站在马路旁边大声喊："盛开！盛开！"

过往的行人好奇地看着他。

罗耀辉拖着哭腔喊："盛开！盛开！"

盛开推门进家，她大声叫："耀辉！罗耀辉！"

房间里没有人答应。

盛开推开卧室门，卧室里没人。

盛开进厨房，厨房里也没人。

盛开急的满地转圈："去哪了？他去哪了还没回来？"

盛开骑着自行车满街跑着寻找罗耀辉。

年轻民警开车，罗耀辉坐在旁边。警车前面放着小录音机，里面盛开的声音在指挥着罗耀辉回家："看见红绿灯右拐。"民警打方向盘右拐。录音机里盛开的声音："过一个水果摊往前走五十米，进右手一个住宅区，进门右拐9号院……"

盛开披头散发地冲进屋，她大声喊："罗耀辉！罗耀辉！"屋里没有人应答。盛开一阵头晕，她伸手扶着沙发才站稳。

有人敲门。

盛开跑过去开门。罗耀辉拎着两个大塑料口袋进来。盛开扑上去一把抱住他："吓死我了！耀辉，你活活把我吓死了！"

这时她才看见站在罗耀辉身后的警察，盛开顿时臊得满脸通红。

盛开："对不起！对不起！我没看见你。"

年轻民警大咧咧地走进来："没事！没事！其实说对不起的应该是我。在这个家里我才是外人。"

盛开让他坐下，她拿过罗耀辉手里的东西送进厨房。

年轻民警对罗耀辉小声说："你老婆不错。"

罗耀辉还没从惊吓中缓过来，愣愣地看着警察。

盛开端着一杯凉开水一杯茶出来，茶递给警察水递给罗耀辉。

盛开："喝杯茶。"

警察接过来放在茶几上。

罗耀辉接过水咕嘟咕嘟地喝了，他把杯子递给盛开，盛开很自然地放在桌子上。

她抽出一张面巾纸递给罗耀辉："擦擦。"

罗耀辉擦到脸上一些纸屑，盛开很自然地给他拿掉。

盛开指指自己的脑袋："他受过伤，有健忘症。"

警察点点头："你的方法不错，路指得很清楚，要不我真不知道该往哪送他。"

盛开："谢谢你！我真的应该好好感谢你！"

警察："不用谢，再出去你给他配两节预备电池，教他换换电池就不会出这样的事了。"

盛开突然想起来什么："他的裤子口袋里有一个小卡片上面写着我的名字和电话号码。"

罗耀辉听到盛开说卡片，他从口袋里掏出来一张揉皱的纸片，纸片上的字迹已经被汗水浸泡得模糊不清了。

警察："对，我看见他时，他的手里就捏着这个。我怎么要他都不给我。"

金荷："我第一眼看见你就喜欢上了你，现在我要调走，是因为我对你失望了。"

盛誉看了她一眼没有说话。

金荷："干嘛这样看我？"

盛誉："不习惯你的表达方式。"

金荷："你可以反感，也可以不接受，但是不妨碍我表达自己的感受。这个喜欢到现在还没彻底消失。我知道咱们根本不适合，我不可能为了你做任何的改变。可是感情已经生出来了，我拿它毫无办法，它让我克制不住地想你注意你。全心全意地想一个人，真的不是什么好事情，累人又累心。我特别害怕想你想成了习惯，将来想改都改不了。"

盛誉被她的话逗笑了，脸色舒缓了很多。

金荷："那天在饭店里我看见你和一个女人争吵，后来又在过街桥下看见你下手那么狠地打人……"

盛誉看着她脸色重新严肃起来。

金荷："从那天开始，我有点儿怕你了。这种又爱又怕的滋味叫我不知道该怎么办，我想暂时躲开，把自己理清楚。"

盛誉不做任何解释，等着她往下说。

静场片刻，金荷打破了沉静："你喜欢过我吗？"

盛誉："我不习惯回答这样的问题。"

金荷生气："盛誉！你身上怎么净是些东方不败的玩意儿？"

盛誉站起来走到窗前脸冲外站着。

窗外灯火辉煌，盛誉的脸映在玻璃上，金荷走过来站在他的身旁。

金荷："看着你很强硬，其实你很孤单。"

盛誉看着映在玻璃里的她。

金荷："很多人看你的时候，你是一个人；你看很多人的时候，你还是一个人。"

盛誉被她的话打动，扭过脸看她。

金荷突然伸手搂住他的脖子亲吻他。

盛誉闪身躲开，他把抓住金荷的两只手背到她的身后，用一只手紧紧地抓住。

盛誉绷着脸说："告诉你，我讨厌这样的侵略性！"

他松开金荷的手。

金荷喊："我也讨厌你！你这样的人不配有人爱。我不知道你有过什么样的感情经历，但是我敢保证你以后再也遇不到你想要的那种感情了！像你这样的人就应该挖一个坑把自己埋起来，旁边再竖个牌子，上面写着，此处有文物等待出土。"

盛誉气坏了，他瞪着眼睛看着金荷。

金荷转身气冲冲地走了，她身上的丝线衫的下摆挂在盛誉放在桌子上的公文包的拉锁上，金荷使劲拽下来跑了。

盛誉绷着脸跑下楼梯。

金荷站在电梯前等电梯。

她衣服下摆的几根丝线被一种莫名的力量拽着一圈一圈地往下拆着。

丝线缠在盛誉手里拿着的公文包的拉锁上，丝线被越拽越长。盛誉抬手腕看了一眼手表，带起那根丝线。盛誉拿着那根丝线心里纳闷，他伸脖子往楼梯上看。丝线拐过了墙角。盛誉顺着丝线重新上楼。

金荷等不到电梯，她从另一侧楼梯下楼。

盛誉追过来叫道："金荷！"

金荷回头看见是盛誉心中暗自高兴，她故作生气的样子问："叫我干什么？"

盛誉指了一下她的衣襟："你看你的衣服……"

金荷低头，这才发现她的丝线背心已经被拆了一截，她大声叫道："这是怎么回事？"

盛誉："你衣服上的线挂在我的公文包上了。"

金荷不干了："是你故意挂的！"

盛誉："怎么是我挂的？"

金荷："你报复我，想让我上街在众人面前丢丑。"

盛誉被气笑了："你这人讲理不讲理？我要是不追你，不等到家你这件衣服就拆完了。"

他觉得这句话暗示性太强，急忙打住，他挠着脑袋不知道该怎么解释。索性从金荷身边走过去快步下楼。

金荷叫："盛誉！"

盛誉停下脚扭头看她。

金荷："不管怎么说，你总算是追了我一回了。我的虚荣心得到满足了。"

盛开和罗耀辉坐在沙发上看电视。罗耀辉心有余悸,他两只手紧紧搂着盛开的一条胳膊。

盛开往外抽胳膊："撒手，我去看看洗澡水放满了没有。"

罗耀辉死不撒手，盛开只得像领个孩子一样领着他的手进了浴室。

盛茂林和郑婉颐坐在沙发上看着盛尊在地上跑来跑去地玩。

郑婉颐："盛尊，你回美国想不想奶奶？"

盛尊："想。"

郑婉颐："长了一张骗人的小嘴。"

盛茂林："小孩儿记得快忘得也快，回美国顶多念叨两天就把这儿忘了。"

盛尊："我才不会忘呢。"

郑婉颐："盛尊，奶奶眼睛擦的亮亮地等着呢，你要是把我忘了，看奶奶怎么收拾你？"

盛尊："我要是把你忘了，你就把我的屁股打成八瓣。"

盛茂林嘿嘿笑。

盛尊："爷爷，你会上网吗？"

盛茂林："不会。"

盛尊："那我想你怎么办？"

盛茂林："给我写信。"

盛尊："我不会写字。"

盛茂林："上了学就会写了。"

郑婉颐："等他会写信了，我们还不老死了？"

盛尊问盛茂林："爷爷，我先死还是你先死？"

盛茂林："当然是我。"

盛尊的脸严肃起来："你什么时候死？"

盛茂林："不知道，到时候我告诉你。"

盛尊紧张地看着他。

盛茂林笑了："别害怕，爷爷皮实，且活着呢。"

盛尊松了口气。

郑婉颐不高兴："好好的跟孩子说这个干什么？"

盛尊拿笔在纸上煞有介事地写着。

郑婉颐凑过去看："干什么？"

盛尊的表情很认真："我给爷爷写封信。"

盛茂林笑："快点儿念给爷爷听听。"

盛尊念："写给我死去的爷爷。"

郑婉颐一把捂住了他的嘴："别瞎说！"

盛茂林哈哈笑："小孩子的话你当什么真？"

郑婉颐心有余悸地松开了手。

盛尊看看爷爷又看看奶奶，他不知道自己说错了什么。

盛誉在客厅里收拾儿子的行李。突然听到卧室里传来儿子的哭声。他扔下手里的东西跑进卧室。

睡梦中的盛尊泣不成声。盛誉用手轻轻摇晃他："儿子！儿子！"盛尊睁开眼睛看了他一眼，眼泪一串一串地掉下来。

盛誉："你怎么了？"

盛尊扑过来紧紧搂住他的脖子，泪水打湿了盛誉的脖子。

盛誉："做梦了？"

盛尊点点头。

盛誉问："梦见什么了？"

盛尊："梦见爸爸不要我了。"

盛誉："啊？！"

盛尊："爸爸把我扔在公园里，领着另一个小朋友走了。"

盛尊放声大哭。

盛誉急忙哄劝："爸爸怎么可能不要你呢？爸爸最爱你！"

盛尊哭着问："第二呢？"

盛誉："第二还是最爱你。"

盛尊："最后呢？"

盛誉："最后还是最爱你。"

盛尊还是不相信，不停地哭。

盛誉看哄不好她，就学儿子哭。他把门牙切在下嘴唇上，跟松鼠一样嘴唇往回瘪。

盛尊破涕而笑。

盛誉把儿子搂在怀里，两个人坐在床上，床头灯把他们不舍的身影投在墙上。

盛誉一只手领着盛尊，一只手拖着小行李箱，走到安检口。

第二天，高晓灵站在那里等他们。

盛尊看到妈妈扑了过去，娘儿俩搂在一起亲热。

盛誉站在一边看着他们。

高晓灵从盛誉手里接过来旅行箱一只手拉着盛尊的手。

高晓灵："跟爸爸再见。"

盛尊立刻伸出另一只手紧紧握住盛誉的手："爸爸，咱们一起走吧。"

盛誉蹲下身看着儿子的眼睛："昨天咱俩不是已经谈好了吗？爸爸这里有工作，不能跟你一起走。"

盛尊的眼泪涌出来："爸爸我想你。"盛誉心酸无比，一把把儿子紧紧地搂在怀里。高晓灵站在一边看着他们。盛誉在儿子的脸上亲了一口，扭头就走。盛尊扑过来死死地抱着父亲的腿："爸爸，你送我到飞机上。"

高晓灵一把把他扯过来。盛尊嚎啕大哭。盛誉头也没回地走了。飞机呼啸着飞上了蓝天。盛誉开车，他任脸上热泪长流。盛誉的汽车在高速公路上行驶。

手机响，郑婉颐："飞机起飞了？"

盛誉努力让自己振作起来："起飞了。"

耳机里郑婉颐半天没说话。

盛誉叫了一声："妈？"

郑婉颐有气无力的声音："我就是问一下，平安起飞了就行了。"

她挂了电话。

盛誉觉得不对，急忙把电话拨回去。

郑婉颐接电话："喂。"

盛誉："妈，您是不是不舒服？"

郑婉颐："头晕，脑袋抬不起来。"

盛誉："我马上回去。"

郑婉颐脸色蜡黄地躺在座位上输液，盛誉陪在一旁。

盛茂林急匆匆地走进来。

盛茂林："病了怎么也不告诉我一声？"

郑婉颐瞪了盛誉一眼："你折腾他干什么？"

盛誉："你不让告诉盛开，盛放又出差，我下午还有会。不求老爷子帮忙求谁？"

盛茂林："忙你的去，我在这儿盯着。"

盛誉："我走了。"

盛茂林："走吧。"

盛誉走了。

郑婉颐闭上眼睛养神。

盛茂林："昨天不还好好的吗？"

郑婉颐："早上起来就不对劲儿了，天晕地转的。"

盛茂林："医生说什么毛病？"

郑婉颐："血压忽高呼低的，老毛病了。"

盛茂林："盛尊走一股火急的吧？"

郑婉颐长吁短叹。

盛茂林拿枕头塞在她的背后，让她坐得更舒服一些。

盛茂林在床边坐下："孩子早晚要离开父母，这是现实。"

郑婉颐："盛尊才六岁。"

盛茂林叹了口气："爹妈感情合不了，受罪的是孩子。"

郑婉颐："孙子有他妈疼他，我心疼盛誉。出来进去一个人，啥时候是个头？"

盛茂林没有说话。

郑婉颐："以前觉得一天一天很长，现在觉得一年一年很短。人们对我的称呼从姑娘变成大姐发展到阿姨，现在直奔奶奶的行列了。每次称呼的改变都叫我心有不甘。"

盛茂林："不是你一个人老了，咱们这茬人都老了。"

郑婉颐："你是我的一个分水岭。咱俩离婚以后，我的生活完全改变了，我再也不相信什么感情。我人生的全部任务就是看好我的三个儿女，让他们谁也不要过我这样的日子。可是他们三个没有一个叫我省心的。"

盛茂林："盛开那儿怎么样了？"

郑婉颐："那天她打电话说耀辉恢复得挺好的，能自理，还能上街买东西，见人也知道打招呼。就是以前的事想不大起来了。"

盛茂林："这三个孩子里盛开最不容易。"

郑婉颐："谁说不是。"

罗耀辉家院子。

盛开穿着蕾丝睡衣站在玻璃窗里。罗耀辉拽着绳子轻盈地一跃上了院墙。院墙在他急速的喘息声和脚步声中向前延伸着。

门突然被一脚踹开，傅海涛破门而入。他用胳膊狠狠地勒住盛开的脖子。盛开挣扎着扭过脸，冲着镜头声嘶力竭地喊起来：“耀辉！耀辉！”

罗耀辉吓醒了，他一骨碌坐起来。

盛开把换洗的衣服放在他旁边：“这么喊你，你都不起来，你看几点了？”

罗耀辉直愣愣地看着盛开：“我做了一个梦。”

盛开：“什么梦？”

罗耀辉很认真地说：“这个梦很熟悉，好像我以前做过。”

盛开高兴：“你能想起以前的事情了？”

罗耀辉看着枕头旁边的换洗衣服：“你的这个动作我也觉得眼熟，不知道在哪见过。”

郑婉颐在输液，盛茂林拎着保温饭桶从外面进来。

盛茂林：“饿了吧？我给你煮了稀饭。”

他把稀饭倒进碗里，把切好的咸菜丝倒进小盘子里，把筷子塞到郑婉颐没有输液的右手里。

他帮郑婉颐调整好坐姿，郑婉颐开始吃早饭。

临床的女人：“你比我有福气。我住院，指望我那口子给我做口吃的，太阳得从西边出来。”

郑婉颐看了一眼盛茂林。

盛茂林面带笑容看着她：“粥熬到时候了，很黏糊。”

郑婉颐对临床的女人说：“粥很多，要不要给你盛一碗？”

女人：“不用，不用，我订饭了。”

郑婉颐低头喝粥。

女人：“几个孩子？”

盛茂林抢着回答：“三个，两个出差一个上班不能老请假，这儿我盯着。”

女人：“老伴，老伴，老了才知道这个伴金贵。”

盛开和罗耀辉在客厅的茶几上摘菜，电视里在放歌曲回顾。罗耀辉听的直愣神。盛开：“想什么呢？”

罗耀辉：“这歌听着好熟，好像去做一件什么事的时候听过，到底是什么事，我就怎么也想不起来了。”

盛开用期盼的眼神看着他等待他自己想起来。

盛开跟罗耀辉挎着胳膊在街上走，路边支着的音响里传来王菲的情歌对唱《爱人》。盛开站住脚，卖碟的小贩立刻过来推销歌碟。盛开拿起《爱人》的歌碟问："多少钱一张？"

小贩："四十五。"

罗耀辉："这么贵！"

盛开："我喜欢听。"

罗耀辉抢过盛开手里的碟放在货摊上："四十五块钱能买一个大肘子，咱回去红烧着吃了。"

盛开："肘子跟歌儿是一回事吗？"

罗耀辉："想听歌，我给你唱。点什么咱唱什么。"

回忆往事盛开动了感情，她走到罗耀辉跟前，蹲下来盯着他的眼睛看。

罗耀辉不耐烦伸手扒拉开她，他要看被盛开挡住的电视节目。

盛开沮丧。罗耀辉把节目换到了体育节目上。他两眼愣愣地看着电视突然问："姚明不打球了吧？"

盛开："不打了。"

罗耀辉："我有个妈？"

盛开惊喜："对啊。"

罗耀辉："她在哪儿？"

盛开立刻把相册拿出来让他认上面的人。

盛开："这是你妈，现在在青岛你姐姐家。这是你姐姐。"

罗耀辉："我姐姐？"

盛开用鼓励的眼光看着他："对。"

罗耀辉："我是谁？"

盛开："你是你妈的儿子，你叫罗耀辉，在大公科技公司里上班。"

罗耀辉看着盛开问："你是谁？"

盛开："你好好想一想。"

罗耀辉努力思索着，他想得脑袋都疼了。

罗耀辉："我看着你眼熟，好像在哪见过。"

盛开："慢慢想。"

罗耀辉："想不起来。"

盛开看着他内心独白："书上说他这种病，是选择性的记忆丧失，他忘了的就是他不想记住的。”

盛放拎着旅行箱冲进病房，谢启明跟在她后面。

盛放：“妈，你急死我了。”

郑婉颐：“就是血压有点高，没什么大事。”

谢启明：“伯母好点了吧？”

郑婉颐：“好多了，多亏你帮忙，我才能住进来。”

盛放诧异地看了谢启明一眼。

谢启明：“伯母生病没床位，你哥去我们科找的我。”

盛放赐给他一个温暖的笑容。

盛茂林拎着保温饭桶进来，看到盛放在这里不由得一愣。

盛放立刻拎着旅行箱站起身说：“妈，我先回家，一会儿再来看你。”

她拉着谢启明出去了。

郑婉颐：“她怎么知道我住院了？谁告诉的？”

盛茂林：“这还用问，那个大夫呗。”

谢启明送盛放到医院门口。

盛放：“谢谢你。”

谢启明：“别说嘴，来点实在的。”

盛放：“改天我请你吃饭。”

谢启明：“这还差不多。老爷子人不错，天天送饭陪床，一丝不苟。”

盛放脸一板：“别跟我提他，再提没饭吃。”

谢启明：“你们女人天生的小心眼。一个错能记半辈子，以后再多的好都弥补不过来。”

盛放：“对！我们女人就是小心眼，你身为男人一定要小心点儿！”

谢启明：“多谢提醒，我严防死守，争取不让自己有半点差错。”

盛开从自行车上下来进大门，大门口的公告栏前挤着很多人。盛开过去看。

公告栏上贴着一个通知，上面写着陶瓷厂整改，进行人员调整，从工程师到工人无一例外，没有拿到上岗证的一律在家拿最低社会保障。

上面有几百个名字，其中有盛开两个字。

盛开傻了，她呆呆地站在那里。

郑婉颐靠在沙发上，盛茂林把晾凉的水给她端来。

郑婉颐吃药，她看了一眼墙上的日历："今天12号？"

盛茂林走过去撕下来两张："今天14号了。"

郑婉颐一怔，赶紧下地。

盛茂林问："怎么了？"

郑婉颐："今天是盛开的生日，我得给她张罗张罗。"

盛茂林："到外面吃点儿得了，我请客。"

郑婉颐："她日子过得不顺心，你就别再跟她搅和了好不好？"

盛茂林沮丧："我是好意。"

郑婉颐："知道你是好意。"

她打电话："盛开啊，晚上下班回家来吃饭。嗯，他不是自己会做饭吃吗？你给他打个电话，行，没别人，你妹妹和你哥都出差了，就咱娘儿俩。"她挂了电话。盛茂林眼巴巴地看着她。

郑婉颐："我不能留你。看见你在，这个生日她过不好。"

盛茂林点点头："我去给她买一个蛋糕，别告诉她是我买的。"

说完他开门出去。

郑婉颐看着他的背影心里很不是滋味。

郑婉颐和盛开坐在餐桌前吃饭。

饭菜摆在餐桌上，样数虽少但做得很精细，有鸡有鱼，还有一个小巧的蛋糕，蛋糕上插着三根粗蜡烛、四根细蜡烛。

郑婉颐点着蜡烛："许个愿一口气吹灭了。"

盛开强颜欢笑，她吹灭了蜡烛。

郑婉颐给女儿夹菜："吃，好好吃。"

盛开问："妈，有酒吗？"

郑婉颐："怎么想起喝酒了？"

盛开："我想喝。"

郑婉颐把酒瓶拿来很宽容地说："想喝就喝吧。"

盛开倒了一杯红酒一口喝下去："这酒还真挺好喝的。"

她一口接一口地喝着。

郑婉颐忧心忡忡地看着她："遇到什么不顺心的事了？"

盛开："这年头不顺心是正常的，顺心了我倒觉得不正常了。"

郑婉颐："跟妈说说，说说总比闷在肚子里强。"

盛开："从今天起我就三十四岁了，三十四岁是什么年龄？是女人迎风落泪又没地方去说的年龄。妈，您想让我说什么？事业还是家庭？这两样哪一样是我能拎的起来的？”

郑婉颐：“人这一辈子谁都会赶上不顺心的时候。”

盛开红着眼圈，嘴角挂着冷笑：“妈，您说我落到了这个孤家寡人的份儿上，是不是该喝一杯酒庆幸一下？”

她倒了一杯酒一口干了：“人生真奇怪啊，就像是走进了迷宫。想着马上就要熬出头了，抬头一看，又回到原地站着去了。”

郑婉颐：“相信妈的话，日子总会好起来的。”

盛开：“您觉得你现在好起来了吗？”

郑婉颐不知道该怎么回答。

盛开：“不过任何事情都要一分为二地看，三十三岁的时候我丢了一切，三十四岁上我成了自己的主人，从形式到内容我完完全全是自己的主人了。”

郑婉颐心疼地看着女儿，不知道该如何劝慰。

盛开头疼欲裂，她从床上坐起来穿着拖鞋下地。

盛开从卫生间里出来，她摸黑躺在沙发上，躺了一会儿还是觉得难受，她开门出去。盛开披着件帽衫穿着拖鞋转出街角，她在路边漫无目的地走着。

腾跃从出租车上下来，出租车开走了。腾跃大踏步地在街道上走着。

盛开越想越难过，索性拉起运动服上的帽子蹲在马路边的灯影里。

她脑袋趴在膝盖上，哭声直接从她的腹腔冲出喉咙，在寂静的晚上显得格外嘹亮。走到街角的腾跃吓了一大跳。他冲这边大喊了一声：“谁？！”盛开的哭声被吓得噎了回去。腾跃朝这边走过来，他大声问：“怎么回事？”

盛开直起身子，警惕地看着这边。腾跃的皮鞋声在夜晚格外清晰。盛开心里害怕，她从地上摸起两块半截砖头。腾跃的脚步声渐渐近了。盛开两手缩进袖管站起来。腾跃被灯光拉长的影子拐出街角，他的影子和盛开的影子头顶着头站住了。

他们俩站在各自影子的末端，打量着对方。灯光阴影下腾跃模糊不清的面孔。盛开的脸被运动衫上的帽子严严实实地遮住，看不清五官。腾跃看不清对面人的年龄和性别，从单薄的身材上判断他是个男孩子，于是他伸手去拍盛开的脑袋：“挺大个老爷们儿……”

盛开认准他是要流氓，闭着眼睛抡起半截砖砸过去，砖头贴着腾跃的额角飞走。腾跃头一低躲过去：“我天！你真下手啊你！”盛开另半块砖出手。

腾跃伸手抓她。

盛开撒腿就跑。

腾跃撒腿追她，盛开疯了似的在前面跑。

20.

腾跃眼看要追上盛开了。一道强光突然直射画面，盛开和腾跃同时被那道光罩住，他俩用手挡住强光拚命地喘着。盛开的帽子从头上滑落下来，她的头发完全被汗水浸湿了。腾跃看见面前是个女人顿时傻了。

巡警提着警棍从警车上下来："怎么回事？"

腾跃嗑吧着："我……我……"

巡警："喘匀了再说，你先说。"

盛开弯着腰咳嗽的说不出话来。

巡警："家里那点事就在家里解决，光着脚跑到街上来打，像什么话？"

腾跃使劲点头："下次注意，下次一定注意。"

巡警："打惯手了？还想有下一次？"

腾跃："不是，不是，我不是那个意思。"

巡警："证件拿来给我看看。"

腾跃赶紧掏出来证件给他看，他的身份证插在一个证件本里。

巡警看着那个证件本："你当过坦克兵？"

腾跃："八年老兵。"

巡警："我当的是汽车兵。"

两人热热闹闹地聊了起来。

盛开被撂在一边，她看看巡警又看着腾跃。

腾跃告诉巡警："那边有一个老兵酒吧，你要是不放心可以到那里去打听，酒吧是我的一个战友开的，那里的人都认识我。"

巡警："老兵酒吧？听说过。"

腾跃："来这里喝酒闲聊的，全是当过兵的和喜欢军旅生活的人，你来我一定请你喝酒。"

巡警："好，有空我一定过去看看。"

巡警上警车。

警车灯的强光照着腾跃和盛开。

强刺激过后，盛开身上阵阵发冷，她上牙和下牙轻轻打着架。

腾跃伸手把她运动服上的帽子拉起来给她戴上。

他的举动让盛开心里一动。

巡警大声说："快回家吧，还能睡一觉。"

腾跃大声答应着，他拉着盛开的胳膊肘往前走。

盛开不敢反抗，她两只脚磕磕绊绊地跟着他走，警车的车灯一直照在他们俩身上。

一群年轻人有说有笑热热闹闹地跑过去。

警车在岔路口拐弯了。

腾跃和盛开马上泄了劲，腾跃这才发现盛开脚上的拖鞋已经跑丢了，她穿着的白袜子已经成了灰袜子。

腾跃脱下自己的大鞋扔给盛开："号码太大，凑合着穿吧，总比扎脚强。"

盛开："我不穿。"

腾跃硬逼她穿上："穿上！你不穿，我给你穿。"他蹲在盛开面前硬要给她穿。盛开无奈只得把他的大鞋穿上。盛开穿着腾跃的大皮鞋，站在穿着粗线袜子的腾跃面前。腾跃闻到她身上的酒味儿："喝酒了？"

盛开没说话。

腾跃："你能喝多少？"

盛开："不知道。"

腾跃笑："看样子有点儿酒量，咱俩再喝点儿去？"

盛开警惕地看着他。

腾跃忙把刚才给警察看过的证件递给盛开。

腾跃："我叫腾跃，转业军人，在宏伟汽车修理厂上班。"

盛开翻开他的证件，转业兵证和汽车驾驶证以及身份证上的腾跃都在冲她咧着大嘴笑。盛开把证件还给腾跃。腾跃一副自来熟的样子："走吧！走吧！"他拽着盛开的胳膊肘硬把她拉走了。

老兵酒吧。腾跃一只手拉着盛开胳膊，另一只手使劲砸门。

盛开甩他的手："撒开，你老拽着我干什么？"

腾跃："松手你跑了呢？今天晚上好不容易找着个酒友，我可不能让你跑了。”

酒吧老板王朴开门：“你这狗日的，怎么刚来，没看已经关门了吗？”

腾跃：“少扯淡，赶紧给我找双鞋。”

王朴：“孙子，怎么玩起赤脚大仙了？”

王朴给腾跃和盛开一人上了一大杯黑啤。盛开端起来就是一大口。腾跃高兴地给盛开介绍王朴：“王朴，外号大头，我的战友。”

他给王朴介绍盛开：“这位是……我还真不知道你叫什么？你叫什么？”

盛开：“我姓盛。”

腾跃：“这位，小盛，是我在街上捡来的。”

王朴：“平日里你捡猫捡狗，怎么现在连妇女也开始往回捡了？

盛开：“别叫我小盛，我刚过了三十四岁的生日，可以称之为老了。”

腾跃：“你帮我分析分析，一个三十四岁的女人，看上去也不缺心眼，可她为什么像神经病似地坐在当街哭嚎？”

盛开只喝酒不回答。

腾跃：“明白了，你是个不喝透酒不掏心窝子的人。想喝多少喝，我奉陪到底。”

盛开很快把一大扎黑啤喝完了，她把杯子往桌子上一顿。

腾跃高兴：“大头，再上一扎！”

盛开搂着第二扎“咕嘟咕嘟”地又一口喝完了。

腾跃：“慢点，你慢点。”

盛开把杯子又往桌子上一顿，随着“咚”的一声，她的眼泪“扑簌簌”地落下来。

腾跃：“别！我这人最怕女人哭。”

盛开：“你以为我愿意哭？你以为我愿意在你面前丢人现眼啊？”

腾跃：“不愿意哭你哭什么？”

盛开：“今天是我三十四岁的生日，我离了婚下了岗，没有钱还没有房，我想对你笑，我笑得出来吗？”

腾跃：“嗨！我以为你得了绝症。告诉你，人只要没得绝症就没有什么大不了的事。离婚的人多了，我还离婚了呢。三十四岁怎么了？我今年还四十了呢。”

盛开受到触动，抬起头看着他。

腾跃："小同志，你的这点儿经历真的不算什么，跟我比起来九牛一毛。我辞职下海七八年了，这七八年里我被人暗算了多少回，赔了多少钱？数都数不过来，我要是像你遇到这么点儿事就哭，那还不蓄出个密云水库来？"

盛开问腾跃："你为什么辞职？"

腾跃："我从部队转业到机关里工作，我的性格在机关这种尔虞我诈的地方太不合适，所以我辞了职。辞职以后我什么工作都干过，倒卖过煤炭，开过商店，都干赔了。困难的时候我还干过装散装洗衣粉的活儿，每天不停手地装，一喘气鼻子里面就往外冒洗衣粉的泡儿。"

盛开入神地听着，王朴把调好的酒放在她面前，盛开端起来一小口一小口地喝着。

腾跃："最困难的时候，我口袋里一分钱也没有。有人跟我说有一家死了个老人不想火化要往天津老家送，汽车不能送，路上查的厉害，他问我愿不愿意揽这趟活？我二话没说，骑着板车拉着尸体就往天津蹬，我整整蹬了一天，到了天津，我的两条腿都打不过弯来了。那一趟我挣了三千五百块钱。回来的时候我把板车就地卖了，一共凑了四千二百块钱开始重新创业。"

盛开听傻了。

王朴又给腾跃端来一大杯黑啤，他问盛开："你还要不要酒？"

盛开摇摇头。

腾跃："我跟人搭伙搞汽车配件，因为干对了路子，生意转上了正轨，后来合伙人要出国，把他的股份转给了我，我一个人忙这么大一摊子，没黑没白地忙，几乎天天不回家。老婆天天跑到店里来跟我吵架，闹得实在过不下去了，她到法院提出离婚起诉，分走了我三分之二的财产。"

腾跃喝着啤酒不说话了。

盛开："后来呢？"

腾跃："后来我的店又一次垮了，我倒东卖西地又挣了点钱，从洗汽车做起，直到现在跟别人合资开了一个汽车修理厂。因为修车的多数是国营企业和单位，总爱欠着账，要也没用。这样一来二去地合伙人就撤股了，现在我也是咬牙撑着呢。"

盛开替他犯愁："以后怎么办？"

腾跃："世界上没有走不通的路，走就有希望，不走就一点儿希望都没有。”

一直没搭茬的王朴说话了：“他就是一个喜欢折腾的人，日子一安分了他就浑身上下难受。几天没听到他闹事的动静，我们都替他着急。”

腾跃：“我折腾什么了？”

王朴：“你不那么胡折腾，郑岫玉也不会跟你离婚。”

腾跃：“怎么不会离？昨天不离今天也会离，她压根就不喜欢我这样的人，她喜欢坐办公室，拿固定工资，在外面再有点小分红的男人。她希望我天天一下班就往家跑，陪她上街陪她说话。如果那样，肯定是她活着我死了。我看还是这样的好。”

王朴：“郑岫玉也觉得这样好，她花着你挣的钱，又不用替你尽半点责，操半点心。她拿你当冤大头你还自得其乐。你就心甘情愿地跟你的那些猫和狗混一辈子？”

他指着腾跃跟盛开说：“他说他开修理厂一点儿钱也没挣是假的，他挣了。那点儿钱又投资到收养别人扔了的猫和狗身上去了。”

盛开：“养了几只还需要投资？”

王朴：“几只？在郊区弄了个养狗场，光进不出，那些失了宠的宠物快把这个王八蛋拖垮了。”

腾跃回答得很轻松：“这是暂时的困难。”

王朴：“他这个人有一个优点，就是愁不死，吓不死，打不死。”

盛开不由地对腾跃产生了好感。

腾跃：“我这一辈子最大的体会就是人活着一定不要怕，不要担心更不要小心翼翼的，那样你绝对活不出个样子来。遇到事你不顾一切地往前走、往前冲，就会发现你经历的那些麻烦真的没什么了不起的，不值得你难过，更不值得你悲痛欲绝。”

盛开：“你给我指条路，我以后该怎么办？”

腾跃：“你原来在什么单位工作？”

盛开：“陶瓷厂，我学的就是这个专业。”

腾跃：“喜欢你的专业吗？”

盛开：“喜欢。”

腾跃想了一下：“那我建议你开个陶艺坊，门脸不用大，资金也不多，完全靠手艺吃饭。”

盛开想了一下觉得这个主意可行，立刻兴奋起来，她问：“我第一步该怎么做？”

早上，震耳的锣鼓声，扇子舞队的队员们穿行头准备跳舞。张连祁往人群里看着，他没看到郑婉颐。顾阿姨：“你有日子没来了。”张连祁点点头。

顾阿姨：“你家里的事我们都知道，想去安慰安慰你，又不知道你家住在哪儿。”

张连祁：“瘫了好几年了，谁都明白早晚有这一天。”

瘦老太太：“她解放了你也解放了。”

张连祁：“说是那么说，回家一进门看见屋里空着，床上空着，心里也空落落的。”

顾阿姨：“张连祁你还算个有良心的人，换上别的男人，恨不得第二天就娶回家一个。”

张连祁苦笑：“人之常情，也能理解。男人跟女人不一样，女人死了老伴，还能把孩子聚集在身边；男人就不行了，老婆死了，整个家立刻就散黄了。老婆在的时候我不管家，老婆走了，我真的不知道该怎么跟孩子相处了。”

瘦老太太：“将来打算怎么过？跟儿子？”

张连祁：“不，我自己过。”

顾阿姨：“对，请个保姆，省的老了老了还得看孩子的脸色。”

张连祁：“怎么没看见郑老师呢？”

顾阿姨和瘦老太太互相看了一眼。顾阿姨：“也有日子没来了。”张连祁点点头没有说话。

张连祁在人头攒动的早市里东张西望着。郑婉颐在卖鸡蛋的摊位前一个一个地挑着鸡蛋。

张连祁高兴地走过去叫了一声：“郑老师。”

郑婉颐扭头看见是他，笑了：“你挺好吧？”

张连祁：“嗯。”

郑婉颐上下打量着他：“好像瘦了点儿。”

张连祁：“没有吧？”

郑婉颐：“买什么了？”

张连祁：“买了条鲤鱼。”

郑婉颐："鲤鱼做不好有一股土腥味儿。"

张连祁："鲤鱼的腮下面有一根腥线，揪出来一点儿腥味儿都没有了。"

郑婉颐："是吗？在哪儿呢？"

张连祁："走，到我家去，我告诉你。"

郑婉颐怔了一下，马上推辞："以后吧，我还得回去做饭呢。"

张连祁沉默片刻说："我老伴儿死了。"

郑婉颐："我知道。"

张连祁："那你还怕什么？"

郑婉颐："我怕什么？我什么也不怕。"

张连祁："你单身，现在我也单身了。"

郑婉颐："你可别跟我说这些，我不愿意听。"

她拎着鸡蛋就走，张连祁跟在她身后。

张连祁："我对你一直很有好感，但我是有老婆的人，喜欢你也不能说，那样不道德。"

郑婉颐一言不发，她加快了脚步。

张连祁："你在教育口工作，我在文化口工作，咱俩有共同语言。"

郑婉颐埋头往前走。

张连祁："你喜欢跳舞，我也喜欢跳舞，咱俩有共同的爱好。"

两个人边走边说不知不觉走到天颐美鞋屋前。

郑婉颐："行了！行了！你别说了。"

张连祁："你这人啊，心里这么想，嘴上也不愿意承认。"

郑婉颐生气："你怎么知道我心里这么想？"

张连祁："咱俩在一起跳了这么长时间的舞，我了解你。"

郑婉颐站住脚："你了解我什么？"

张连祁："你是个直性子，有了必须说，脾气发完就过去了，你喜欢喝粥，喜欢吃饺子。"

郑婉颐的语气不由地温和下来："你怎么知道我喜欢喝粥吃饺子？"

张连祁："你跟别人聊天的时候我听见的。"

郑婉颐："你心倒挺细。"

张连祁："心粗心细全看上心不上心。"

盛茂林从店里出来，他跟郑婉颐打招呼："来了？"

郑婉颐一愣，这才发现已经走到他的门口了。

张连祁认出来他就是那个整天在广场上看郑婉颐跳舞的男人。

盛茂林："进来坐吧。"

郑婉颐看了张连祁一眼，她从盛茂林身边走过去进了屋。张连祁站在那看着她。盛茂林问张连祁："不进来坐会儿？"张连祁摇摇头扫兴地走了。

郑婉颐从玻璃里看到张连祁走远了。

盛茂林："他对你有意思。"

郑婉颐："我怎么看不出来？"

盛茂林："傻子都看出来了，他配不上你。"

郑婉颐："谁配得上？"

盛茂林："他跟我比不了。"

郑婉颐："你哪里比他强，我看你还不如他呢。"

盛茂林"嘿嘿"笑："病好了，又有精神头抬杠了。"

郑婉颐："我愿意跟你抬杠？你怎么不说你烦人呢？"

盛茂林："行，行，我烦人。我今天怎么烦你了？"

郑婉颐叹了一口气："盛开叫我不省心。"

盛茂林："怎么了？"

郑婉颐："下岗了。"

盛茂林一愣："她也下岗了？"

郑婉颐："不叫下岗叫待岗，待岗不也是没班上吗？真是愁人，愁得我一晚上一晚上睡不着觉。"

盛茂林："盛开怎么想？"

郑婉颐："她要开个店，资金不够，想跟家里人借点儿，说年底赚了钱就还。我没有多少存款，你要是手头不紧，就出头帮帮她，没有多还有少吧？不管怎么说这是一个你们父女俩和解的机会。"

盛茂林连连点头："行，行。"

郑婉颐："你别傻子打牌似地瞎出，力气和钱都往节骨眼上使。"

盛茂林："我开这个店，还是盛誉给我做担保我才从银行贷出来的款，我手里没有现钱。我还是那个想法，跟盛开把那枚印章要回来，凑成对卖了，不就有钱开店了？"

郑婉颐火了："我不是跟你说找不着了吗？你怎么老打那个印章的主意？"

盛茂林："你看你又急了，咱们俩不是都没有那么大一笔钱帮助孩子吗？"

郑婉颐不说话了。

拘留所门口。傅海涛从大门里出来，窦宝立刻跑过去，两人抱在一起。

窦宝："叔你可出来了，我一个人在外面度日如年。"

傅海涛："我没有案底，属于抢劫未遂，行政拘留一个月就放出来了。这一个月可给叔素得够呛，有钱没有？"

窦宝从口袋里掏出来一叠零碎钞票："我请叔吃牛肉面。"

大楼里职员们忙碌着，走廊里的喇叭里传来接线员柔美的声音："盛放小姐，盛放小姐，总台有你的电话，总台有你的电话。"

正在办公的盛放听到广播吓了一跳。

广播中的声音："盛放小姐，盛放小姐，总台有你的电话，总台有你的电话。"办公室的人都抬起头看她。盛放不知道出了什么事情，忐忑不安地走出去。

盛放接电话："喂！"

话筒里杨秉超的声音："是我，你别挂！"

盛放火了，她压低声音："你怎么把电话打到这来了？"

杨秉超："你一直不接我的电话，我只能这样做。"

盛放表情平静地说："我跟你说过，咱俩已经彻底完了，你要是还念过去的那点好，就别再给我打电话了。"说完她挂了电话。总台小姐看着她。盛放送给她一个灿烂的微笑。

盛开骑着自行车在街上狂奔，她头发凌乱，嘴上爆起了皮。

盛开站在商铺旁边打电话，她神情激动地说着，手不停地比划着，显然电话里的人拒绝了她的要求，她像被一盆凉水浇到头上，从头凉到脚，她挂了电话。

她疲惫地推门进来。郑婉颐迎上去关心地看着她："一大早就给你打了电话，怎么刚来？"

盛开："我要跑工商局，找店面，去晚了哪件事都办不成。"

郑婉颐："办得怎么样？"

盛开："不行，租金合适的地段太差，地段好的租金我根本就给不起。"

郑婉颐："你哥给你拿来五万，我这儿给你凑了四万，盛放挣一个花俩，她手里没有存款，你就别指望她了。"

盛开："我有五万块钱，全加起来才十四万。租个好店面一年租金钱就得二十万，再加上装修，还差得多呢。"

郑婉颐迟疑了一下问："那枚鸡血石印章你拿走了吧？"

盛开脸立刻涨得通红，浑身上下不自然起来。

郑婉颐立刻明白了，她说："那是一对章，一个在我这儿，被你拿走了。一个在盛尊他爷爷那儿。他说，那是顶级鸡血石，两枚章合在一起，因为中间是一个鲜红的心形，价值百万。"

盛开垂着眼睛半天没说出话来。

郑婉颐："有人出这个价。你把那枚印章拿来，跟他的合在一起卖了，开你的店不成问题，他在银行的贷款也能全部还上。"

盛开窘在那里。

郑婉颐："怎么了？"

盛开："那枚印章丢了。"

郑婉颐立刻急了："什么时候丢的？"

盛开："那次在公交车上，我的包被小偷划了一个大口子，钱包和那个印章一起丢了。我一直没敢跟您说。"

郑婉颐绝望一屁股坐在沙发上。她手哆嗦着拿过来药瓶，倒出来一片药放在嘴里。盛开急忙把水递过去。

郑婉颐咽下药恼怒道："祖宗，你丢什么不好，怎么能把它丢了？！那东西是他给我的，我俩离婚了信物本应归还，现在他要我就应该给他。"

有人敲门。

盛开起身开门盛茂林进来。

盛开看见他一下变了脸。

盛茂林抢在她前面说话了："盛开，你给我个机会听我说说行吗？我说完了你想怎么着就怎么着，随你的便。"

盛开看了一眼母亲。

郑婉颐有气无力地说："你自己跟他说吧。"

盛开心一横："你给我妈的那枚印章被我弄丢了。"

盛茂林愣了一下："丢了？"

盛开："嗯。"

盛茂林怅然若失，僵在那里。

盛开："你别逼我妈，我会想办法凑钱还你。"

盛茂林："你这孩子怎么能这么说话？"

盛开抬起头看着他。

盛茂林："印章丢了，这事就放下，咱们都不要再提，说眼下的事。盛开，我知道你恨我。"

盛开把目光移向了别处。

盛茂林："我也知道你遇到了生活上的麻烦。在恨和生存之间，生存是第一位的，你有很多需要解决的问题，恨这个问题必须退到次要位置上。我从心里想帮助你，如果你有心理障碍，完全可以把我们之间的血缘扔到一边不去想。你别把我当父亲，你把我当成一个能帮你解决实际问题的人。这样你心里轻松了，我也轻松了。"

盛开的心被盛茂林的话搅乱了，她抬起头看着父亲，眼圈不争气地红了。

盛茂林："你不用给自己找理由，没有别的理由，生存是最大的理由。你要是接受我这个建议就跟我去看看铺面，我在外面等你。"说完他头也不回地开门出去。片刻寂静，盛开的眼泪滚落下来。郑婉颐走到她跟前轻声劝慰："别哭，别哭。"盛开一把抱住母亲，紧紧地搂着她嚎啕出声："妈！妈！"

盛茂林独自一人站在门口，他听见了女儿的哭声，他一阵心慌，挪动脚步匆匆离开了。

盛茂林在前面走，太阳光把两个影子投在他的身边。一个是前妻郑婉颐，一个是大女儿盛开。盛茂林偷偷瞟着这两个影子，一丝笑纹悄悄地挂在他的嘴角上。

天颐美鞋屋换了招牌，木质的招牌，黑色的舒体字，"盛开陶艺坊"几个字分外醒目。盛开和郑婉颐看着招牌愣在那里。郑婉颐："你把美鞋屋关了？"

盛茂林："我那是玩，算不上产业。盛开不一样，她还年轻，她得生活。"

盛开心里感动语气却显得有些冷："你这样做，我心里不舒服，因为我没有这么大的能力回报你。"

盛茂林："做父母的都不要求儿女回报，父母想的最多的是能为你们做点什么。这么多年我没有为你们尽过一点义务，不是我不想尽，是我没有机会尽。现在终于有这个机会了，盛开，你就满足一下我这个老头子吧。你别在意我关了自己的铺子，其实我根本就不是个做生意的人，开这个铺子完全是为了解闷，为了发挥余热。你妈知道，我三天打鱼两天晒网的，经营得也不好，我不习惯一天十几个小时守在一个地方。就是你不接手这个店，我也打算把它盘给别人，想想给别人还不如给自己的儿女。别人需要它到什么程度我不知道，你需要它到什么份上我还是略知一二。"

盛开完全被感动了，她故意冷着脸说："好吧，我的店算你一份股份，这样咱俩谁也不欠谁。"

盛茂林："行，你觉得怎么舒服就怎么来。"

郑婉颐看看盛茂林又看看盛开，她长长地舒了一口气。

杨秉超家客厅。杨秉超给盛放打电话。

电话里女人的声音："你是老给盛放打电话的那个人吧？盛放出差了。"

杨秉超："她是真出差了还是不愿意接我的电话？"

电话里女人的声音："真出差了，她要是在看见是你的号码干脆就不让我们接拿电话。"

杨秉超："她去哪儿了？"

电话里女人的声音："南京。"

杨秉超："什么时候回来？"

电话里女人的声音："大概一个星期吧。"

杨秉超挂了电话，他心事重重地坐在那里。

盛放拎着包走出火车站出站口，她拿出手机往家里打电话。

盛放："妈，嗯，我出差回来了，我想吃砂锅鱼头。行，我一会儿就到家了。"郑婉颐在厨房里忙活着，盛茂林在旁边帮忙。

郑婉颐指挥盛茂林："给我洗两个小洋葱头，再剥几瓣蒜。"

盛茂林按她的指挥一样一样地做着。

郑婉颐心里很高兴："心里的一块石头总算落了地。"

盛茂林："装修那一块叫盛誉帮帮她。"

郑婉颐："盛誉是个书呆子，哪懂装修的事，他还不得让工程队当冤大头给要了？”

盛茂林：“我不能一下子贴得太近，这样会招盛开讨厌。”

郑婉颐：“什么时候学的这么有分寸？”

盛茂林嘿嘿笑：“活到老学到老嘛。”

郑婉颐看了一眼墙上的挂钟：“一会儿盛放就回来了。”

盛茂林：“我知道，我帮你把这点活干完就走。”

郑婉颐：“你和这个小冤家还有一笔孽债没了呢。”

盛茂林：“慢慢来，你得容我慢慢来。”

郑婉颐：“慢慢来就慢慢来，你不急我急什么？你是老头我是老太太，咱俩有的是时间。”

罗耀辉坐在餐桌前吃饭，他不住竖起耳朵听外面的动静。

电话铃声响。

罗耀辉跑出来接电话：“盛开吗？你在哪儿呢？”

电话里电脑的声音：“您这个月的电话费是八十六元七角八分，请您于二十五日前到就近的工商银行缴纳电话费……”

罗耀辉失望地挂了电话。

罗母从厨房里出来：“谁的电话？”

罗耀辉：“电话局催交电话费的。”

罗母转身回厨房。

罗耀辉掏出来手机打电话。

电话接通。

盛开疲惫的声音：“喂。”

罗耀辉：“你在哪儿？”

盛开的声音：“你别等我，今天事情很多，我很晚才能回去。”

罗耀辉：“快点回来。”

盛开的声音：“好好跟你妈待着，听话。”

罗耀辉：“好吧。”

盛开挂了电话，推着自行车刚想骑上去，手机响了。

盛开接电话：“妈。”

郑婉颐的声音：“回来吃饭，妈妈做了砂锅鱼头。”

盛开：“我在街上随便吃一口得了。”

郑婉颐的声音："别废话，马上给我回来！"

盛开、盛放和郑婉颐三个人坐在餐桌前吃饭。

盛开狼吞虎咽吃得很香。

郑婉颐欣慰地看着大女儿："慢点儿，小心咬了舌头。"

盛开埋头吃饭不说话。

盛放："姐，你怎么把自己晒这么黑？"

盛开："忙装修跑材料，天天在太阳底下跑，能不黑吗？"

盛放："怎么又想起来装修家了？"

郑婉颐："不是装修家是装修店铺。"

盛放不明白："啊？"

盛开说的很平静："我下岗了，借钱开了一家陶艺坊，正在动工装修。"

盛放反应不过来了："你下岗了？马上要开一家店？这都是什么时候发生的事情？我怎么不知道？"

郑婉颐："你心里有谁？除了你自己谁都没有，天天不着家，一个月也见不着你几面，真不知道你整天在外面疯什么。"

盛开："谁都有自己的事。盛放这么大了，妈，您就撒手吧。"

盛放的眼睛在盛开的脸上扫来扫去："老姐，这话可不太像你说的啊。"

盛开："怎么不像我说的？"

盛放："你向来是以牢骚取胜啊。"

盛开笑："你把你姐看扁了。"

盛放："最近有高人指点？"

盛开照样笑而不答。

盛放："肯定是男的。"

郑婉颐着急："多大岁数？干什么工作的？"

盛开："你看妈，你看妈，精神头多大，她又要当媒婆了。"

郑婉颐："看我打你的嘴。你的事你不着急，你妈替你着急，你说你老跟耀辉那么不明不白地在一块住着，什么时候是个完？你总不能伺候他一辈子吧？"

盛开："他妈来了，我可以喘口气办交接手续了。"

盛放："他妈真有意思，一到困难的时候她就不见影了；你千难万险地闯过层层关卡，他妈立刻杀回来做接收大员。”

盛开：“那老太太守在身边更麻烦。横推竖挡不说，着急上火病了，我得照顾两个病人，那还不如直接杀了我呢。”

郑婉颐：“耀辉恢复得怎么样？”

盛开：“他除了不认识我，完全跟好人一样，我也算对得起他了。等我的店装修好，我就搬出去。”

盛放：“搬走的时候别忘了把你那间房卖给他，不能让他处处占便宜。”

盛开：“那不是我的房产我怎么卖？”

盛放：“你心疼他，他心疼你吗？当初就不知道心疼，现在连你是谁都弄不清楚了，更用不着心疼了。”

郑婉颐：“你弄这么个店欠着一屁股债呢，那要是你的房产倒好了，卖了多少还能松快点儿。”

盛开不说话。

郑婉颐打开砂锅盖：“我往鱼汤里放了点粉皮，你们尝尝。”

盛开盛放喝鱼汤，齐声赞美。

盛开：“鱼汤太鲜美了。”

盛放：“我喜欢吃粉皮。”

郑婉颐心满意足地看着两个女儿的吃相。

盛放：“姐你一共借了多少钱？”

盛开：“九万。”

盛放：“九万能开店？连店面都租不下来。”

盛开看了母亲一眼不知道该不该告诉她。

郑婉颐：“盛尊他爷爷把他那个美鞋屋让给你姐了。”

盛放一愣：“姐，你也被他收买了？”

盛开：“怎么是收买？我算了他一份股份呢。”

盛放一脸鄙夷：“钱的力量真是大过了原则。”

郑婉颐：“盛放你怎么说话这么难听？”

盛放：“难听也是您教育出来的。从小我从您那里听到的所有有关他的话没有一句是好听的，你叫我现在怎么能说出来好听的？”

郑婉颐被噎得半天没说出来话。

盛放：“真不知道你们是健忘还是见利忘义。”

盛开："盛放你太过分了。"

盛放："我怎么过份了？你说你不是见利忘义是什么？"

盛开火了："你懂什么？真是站着说话不腰疼！你知道兜里没钱，又要吃饭看病的日子是什么滋味吗？见利忘义，什么是利？什么是义？我比你清楚，我下岗了，罗耀辉靠最低社会保障过日子，生活再困难，我们都得找机会靠自己的力量生活下去。现在我有一个工作的机会，迫切需要人帮助我。盛放，你是我的亲妹妹，你能帮助我吗？你能拿出二十万块钱帮我渡过难关吗？不能，别说你没有，就是有，你也不舍得全部拿出来。你除了站在一边说伤害别人的话，你什么都做不了。在这一点上他和你完全不一样。过去我一直恨他，现在我从心里感谢他。从这件事情上看，他称得上是一个满怀父爱的人。如果他真的对我们没有感情，遇到这样粘手的事情，逃还来不及呢，为什么要主动冲上来？你说我见利忘义，我要告诉你，我是见利不忘义，我要感谢这个利，我要永远不忘这个义。"

盛放被姐姐的一席话说傻了。

盛开的眼泪涌了上来："整整一年我经历了这么多的事情，我也明白了一个道理：人得为另外一些人活着，否则生活没有意义。"

盛开哭得说不下去了。

盛放一言不发站起来拿起包开门出去。

郑婉颐："盛放，你给我回来！"

盛放摔门出去。盛放在街上漫无目的的走着，她边走边伤心地落泪。汽车疾驰而过不时遮住她。

盛开推着自行车在街上走，她边走边伤心地落泪。汽车疾驰而过不时遮住她。一辆汽车在盛开身边放慢了车速。车窗放下来，腾跃按了一下喇叭探出脑袋："喂！"盛开吓了一跳，回头看。腾跃看见她两眼红肿，故作认真地问："我每次见你，你都在哭！你不会真的是哭败精转世吧？"

盛开破涕为笑。

腾跃和盛开坐在咖啡馆里喝咖啡。

腾跃："人在现实生活中通常是近视的，看到眼前的困难立刻判定自己将永远生活在绝境当中。要学会把眼界放宽，只要你活得够长，总有一天会看到命运对你是公平的。"

盛开冷笑："公平？公平在哪儿呢？"

腾跃："想看到公平，那你不但要活得够长，还要比过去更加努力。"

盛开："努力？"

腾跃："努力、努力、再努力，学着做一个高贵的贱人，咬着牙活下去，只要活着一切都有希望。"

盛开看着他没有说话。

腾跃："有时候勇气看似离开你走了，其实它是藏起来了。你的首要任务是找到它，并且把它带回来。没有勇气的人生是悲惨的人生。"

盛开："找到它？我得走得动啊，我的人生处处在塞车。"

腾跃："现在塞在哪儿？"

盛开："店铺装修。"

腾跃："一会儿你带我过去看看。"

腾跃跟着盛开带着工程队看店面。

腾跃像给自己的店装修一样十分认真地跟包工头侃价钱。

盛开像跟班的一样在旁边虚心地听着。

腾跃："我装修过的店铺不比你装修过的少，别拿这个价吓唬我。我就给你这么多钱，质量还必须得给我保证了，差一丝一毫马上返工。行就签合同，不行，我马上找别的工程队。"

包工头苦笑："你看你话都说到这个份上了，我还能说什么？"

盛开："那就签合同吧。"

包工头掏出笔，他对盛开说："你这个帮手算是找对了，装修这一行他真是门儿清。我蒙不了他，那就谁也别想蒙他。"

盛开感激地看看腾跃。

盛放躺在床上生气。谢启明在隔壁用鼓点敲墙。盛放没好气地用脚踹了两下墙。那边静了下来。有人敲门。盛放下地开门。谢启明进来："又发什么邪火呢？"

盛放躺在床上不说话。

谢启明在凳子上坐下："问你话呢。"

盛放："我被我姐臭骂了一顿。"

谢启明站在地中间"啪""啪"地拍手。

盛放坐起来，拽过枕头朝他摔过去。

老兵酒吧。酒吧里座无虚席，酒吧歌手唱着一支支完全柔声化了的军旅歌曲。

盛开和腾跃坐在角落里喝着啤酒。

盛开神情疲惫："我觉得人活着真是辛苦，要爱别人，又想被别人爱，你给多了，我还少了，整天纠缠在无休止的恩怨和烦恼当中。如果我不去爱，也不稀罕得到什么爱，只要学会好好地爱自己，不是就没有烦恼了吗？"

腾跃："你能做到吗？"

盛开回答得很干脆："不能。"

腾跃："人和动物的最大区别就是人是有感情的。"

盛开点点头："是啊，很难做到。我领离婚证的那天，就暗自在心里告诉自己，爱过了也被爱过了，得到过了也失去过了，一切都结束了。可是直到今天该结束的也没结束。"

腾跃："对，你还照顾着你的前夫，我还养活着我的前妻。生活就是这样的，根本不会按照你的意愿往前走，每一天都要让你付出代价。"

盛开："过去年轻，什么代价都能付出；现在到了这把年龄，我想付出别人还不见得买账呢。"

腾跃一本正经："我是英雄末路，你是美人迟暮。英雄末路和美人迟暮都是让人难堪的事。"

盛开大笑着点头："说得好！说得好！"

她举起酒杯："为末路的英雄和迟暮的美人干杯！"

两人哈哈笑着碰了杯一饮而尽。

腾跃："不管是末路还是迟暮我们都要坚持下去，不能坚持的是小才，只有努力坚持的人才是大才。"

盛开："坚持什么？怎么坚持？告诉你，我现在是心如枯井、百毒不侵。"

腾跃："现在是现在，酒醒了你就不这么想了。"

盛开："我还能怎么想？"

腾跃："一步一步地想，店面装修好了，先学会开车。"

盛开："学开车？我哪有钱买车？"

腾跃："慢慢来啊，你先学，我再帮你倒腾一辆稳妥的二手车。朋友上路吧，你要学的东西还很多呢！"

盛开被他的热情感染："你是不是总这么高兴？"

腾跃："当然不是，任何事情都有正反两个方面，我主要找乐观的那一面滋养自己。伤感是愚蠢的，挣钱才是明智的。小同志，人要学会减压。压力是自己造成的，所以减压也得靠自己。”

盛放家。谢启明：“你姐姐说得对，人应该学会给别人机会，学会原谅他人，退一步海阔天空，说的就是这个道理。我们每天要遇到很多问题，有些问题是根本不能回避的，必须一起面对。生活是什么？生活就是面对现实，解决一个一个非常具体的难题。”

盛放噘着嘴躺在那里听他说。

谢启明：“你总是挑别人的不好，从来没有想过自己应该积极一些努力一些。”

盛放：“你少教育我。”

谢启明：“我敢教育你？我这不是找死吗？”

盛放转过身不理他。

谢启明用遥控打开电视。

盛放转过身抢过来遥控把电视机关了。

盛放：“你有钱吗？”

谢启明：“有。”

他从口袋里把所有的钱都掏出来堆在盛放的眼前。

盛放：“我问你存折里有多少钱？”

谢启明：“干嘛？”

盛放：“我想借。”

谢启明：“借多少？”

盛放：“三万。”

谢启明：“你哥哥出五万，你妈妈出四万，你好意思三万？”

盛放委屈：“三万还是跟你借的呢。”

谢启明：“我说借给你了吗？”

盛放：“不借就断交！”

谢启明笑：“你这是强盗作风。”

盛放不讲理：“我就是强盗，你能把我怎么着？”

谢启明：“你这个人太喜欢感情用事。不过话又说回来了，女人不感情用事，就不是女人了。你刚刚二十六岁，感情用事的日子还长着呢。”

盛放：“听口气，好像你这一辈子已经过完了。”

谢启明：“知道男人为什么比女人命短吗？那是因为男人比女人活得

艰难。”

盛放：“你们又不怀孕生孩子，怎么艰难了？”

谢启明：“女人怀孕生孩子只是一个时期的任务，我们男人肩负着一辈子的重任。该成熟大度的时候必须肩宽体阔、坦坦荡荡，该天真烂漫的时候就得鲜汁四溢、拼命装酸，一个把握不好就被你们一脚踹出局了。”

盛放：“别把自己弄得跟悲剧演员似的。你们男人身体里有个内置计时器，是专门用来对付爱情的；时间一到，厌倦准来，成熟大度的天真烂漫的统统抽身就走，天王老子都挡不住。”

谢启明：“你这不是心理学，是形而上学。”

盛放：“哪那么多废话？你到底借不借给我钱？”

21.

罗耀辉家堂屋。罗耀辉坐在沙发上看电视，罗母在地上走来走去地干活。

罗耀辉："妈，你别老在我眼前转悠。"

罗母："盛开去哪儿了还不回来？"

罗耀辉："我不是跟你说了吗？她弄了个店，出去谈事。"

罗母忧心忡忡地看着他："耀辉，你病了这么一场，整个性子都变了。"

罗耀辉眼睛看着电视："变好了，还是变坏了？"

罗母："不像原来那么随和听话了。"

罗耀辉看着母亲没说话。

罗母坐在他的身旁："盛开开了个什么店？"

罗耀辉："不太清楚，好像是卖陶瓷工艺品。"

罗母："开店需要资金，她哪来的钱？"

罗耀辉："我没问。"

罗母："你怎么不问问？"

罗耀辉："我为什么要问？"

罗母叹了口气："可也是，非亲非故的。不问她，你也得问问自己吧？你打算把低保拿到什么时候？"

罗耀辉："盛开会帮我想办法。"

罗母："她有什么办法？"

罗耀辉："不知道。"

罗母："她会不会是在往外推你？"

罗耀辉："往哪儿推我？推我干什么？她为什么要推我？"

罗母："你说她为什么要推你？"

罗耀辉："我不知道，是你说的她要推我。"

罗母："她是你什么人？凭什么这么伺候你？"

罗耀辉："我想过，怎么使劲都想不起来。妈，你告诉我好吗？"

罗母："她是你媳妇。"

罗耀辉连连摇头："不对，你说的不对，她不是我媳妇，肯定不是。我根本就没结过婚。"

罗母："那你说说她是谁？她为什么这么伺候你？"

罗耀辉："不知道，这事我早晚能想明白。"

罗母无奈地叹了口气："呆人想事，真能活活把自己想死了。"

画外有脚步声。

罗耀辉忙站起来，他竖着耳朵听了一会儿失望地说："这不是盛开。"

老兵酒吧。腾跃和盛开聊得很投机。

盛开："我觉得他特别适合做小点儿的生意，他在算账和经营上脑子一惯好使。我们楼下有一个小餐馆想出手，我想动员他盘下来。"

腾跃："你这个人真不错，离了婚还这么帮他。女人有这样肚量的很少见。"

盛开："你不也一样吗？"

腾跃："我是男人哪。"

盛开："你前妻是个什么样的人？"

腾跃："跟你好起来弱不禁风，风情万种，到了关键时刻敢破釜沉舟比男人豁得出去。我跟她爱那是谈不上，但是还是有感情的；在她之前，从来没有哪个女人像她这样依赖过我。这种被需要的感觉让我觉得很受用。"

盛开："你们俩离婚是谁提出来的？"

腾跃："她提出来的，我不同意，她把我告上了法庭，法庭的判决书下来我认了命。我们前脚一离，她后脚就结了婚。我这才知道她早就跟别人好上了。"

盛开："他们过得怎么样？"

腾跃："没有和我在一起时的问题，但是产生了别的问题，他们两个人也经常打打闹闹的。打完架她就跑到我这里来诉苦。说都是我把她害到了这个地步。如果我当时能天天回家，能关心她，不把家里的钱全都拿出去捐助别人，她是根本不会有跟我离婚的念头。一切根源都在我。"

盛开："这可有点不讲理了。"

腾跃："人总是会不自由地从自己的利益出发，而忽略了别人的感觉。这是人性中的缺点，不怪她。"

盛开叹了口气："离婚先是情感和理智上的难受，然后是生活上的分开。就好像一个近视眼，眼镜突然丢了，第一看不清路，第二眼前没东西遮挡也很不习惯。离婚让人对爱情很失望，对以后的婚姻也特别没有信心。"

腾跃点点头："男人不喜欢改变，我也不喜欢改变。可是身边不断变化的人和事逼着我不得不去改变。"

盛开深有同感地看着他。

腾跃："男人和女人对婚姻的要求是不一样的。男人要求这个女人叫他有归属感，女人要求这个男人给她以安全感。一旦没达到，这个婚姻就会瓦解。"

盛开赞同地点点头："你说得太对了。"

腾跃和盛开从车上下来。

腾跃："工头说还缺点儿材料，明天我去跑跑。"

盛开："这事让他们做吧。"

腾跃："那可不行，这些人会在买料的时候做手脚，那亏的就不是小钱了。"

汽车在胡同里停下的声音。罗母从大门缝里往外看。罗母："那个男的是谁？"罗耀辉："不知道。"罗母狠狠地戳了一下罗耀辉的脑袋："不知道！不知道！老婆跟别人跑了你都不知道着急。"

罗耀辉不解地看着母亲问："谁老婆跟别人跑了？"

罗母一下泄了气。

盛开洗完澡，头上包着一块毛巾从卫生间里出来，她手里端着一盆刚刚洗过的衣服。盛开把洗好的衣服一件一件地晾在院子里。

罗耀辉躺在床上熟睡，罗母进来推他。

罗母："耀辉，耀辉。"

罗耀辉惊醒："妈，怎么了？"

罗母："日子不是这么个过法啊。"

罗耀辉打了个哈欠靠在床上。

罗母："盛开已经把人领到家门口了，用不了几天就得领进门。这不是她的房子，这事你得说话。"

罗耀辉："说什么？"

21

罗母着急："这会儿不说什么时候说？等她给你戴上绿帽子的时候再说？"

罗耀辉不解地看着她："妈，你说什么呢？"

罗母突然明白过来她无比沮丧："我这是瞎操心！离婚证都扯了的人，咱拿啥管她？"

罗耀辉又长长地打了个哈欠。

罗母："要不你跟我一起去青岛，把房子租给她，这样每个月还能弄几千块钱的房租钱花花呢。"

罗耀辉："我放着舒服的日子不过，跑到青岛干什么？"

罗母："她将来要成家，你也不能永远不娶了，你们两个人变成四个人就这么门对门的过？"

门外盛开的声音："你们怎么还没睡？"

罗母："啊，那啥，我关节疼，找耀辉要片风湿膏药。"

盛开的声音："他没有，我那儿有。"

罗母急忙推托："不用了，不用了，不麻烦你了。"

盛开推门进来把膏药递给罗母。

罗耀辉："你要结婚了？"

盛开一愣："谁说的？"

罗耀辉："我妈。"

罗母尴尬："我啥时候说了？"

罗耀辉："刚才说的。"

罗母赶紧解释："我是担心这房子……"

盛开："房子你们别担心，正好老太太也在，我把我的想法说一说。我的店装修好了以后，我就搬到店里住去了，这儿你们就放心住，将来耀辉找到工作攒下钱有偿还能力了，再把离婚时判给我的那份钱给我。"

罗耀辉不解地看着她们俩。

罗母："那可不知道猴年马月了。"

盛开："要不我就把房子租给你们，按市场租价算。"

罗母："一日夫妻百日恩。你们夫妻一场，这点小钱你还算得这么清楚？"

盛开："好朋友勤算账。我正在创业阶段，缺的就是钱。"

罗耀辉不耐烦了："睡觉吧，睡觉吧。"

后天，工人们有条不紊地干着活。

盛开不住地提出来自己的要求。

腾跃进来，他背着手在房间里转了一圈：“地砖缝太宽重新铺。”

工头跟他解释：“这是我们最好的瓦工了。”

腾跃：“你量好的尺度跟我的不一样，在这里以我的尺度为准。”

工头无奈，只得打电话重新找瓦工。

狄英在小商品市场里卖工艺品，前夫牛大民在离她不远的柜台上卖插线板灯泡等电器。

牛大民：“帮别人买货，还不如过来帮我呢，咱俩夫妻一场在一口锅里搅了几年马勺，我不会亏待你。”

狄英白了他一眼：“你真把我看低了。我伺候过老干部，知道啥叫眼界。你那两个小钱，拿回去哄你身边的女人吧。”

牛大民：“你心里有别人了？”

狄英：“管得着吗?”

盛开走过来，她边走边看工艺品。

狄英钻出柜台在盛开的肩膀上拍了一下，盛开扭头看。

竟然是狄英。

盛开：“哎呀，你什么时候回北京的？”

狄英：“有段时间了，前一阵给一个湖南的老干部当保姆，老太太被闺女接走了，三四个月才能回来，我暂时找了个活，在这替别人看柜台卖货。”

盛开：“怎么样？还行吧？”

狄英：“工资太低，租了房就没饭吃。盛开，你帮我找个好一点的工作呗。”

盛开：“你把联系电话给我，我帮你看看。”

两人互留电话号码。

狄英：“耀辉怎么样了？”

盛开：“他出车祸你知道吗？”

狄英：“老太太在电话里跟我说了。现在怎么样了？”

盛开：“身体没事了，就是以前的事情想不太起来了。”

狄英：“没落啥残疾吧？”

盛开："除了走路有点踮脚，别的还好。"盛开挑工艺品，狄英一样一样地帮她包好。牛大民远远地看着她们。

陶艺坊装修得雅致朴素很有品味，开业的一切准备工作已经就绪。

盛开、郑婉颐和盛茂林在忙着做最后的清扫工作。

干活期间盛开和盛茂林一直避免眼神的交流。

郑婉颐："盛开，你什么时候搬过来？我跟你爸帮你去搬。"

盛茂林赶紧接上话茬："我认识一个搬家公司的老板，活儿干得好，收费也公平。"

盛开："不用，我那儿也没什么东西，找个车捎带着就拉过来了。"

盛茂林："破家值万贯。看着没什么，搬起来就不是那么回事了。你别管了，到时候你说个日子，我找人给你搬。"

盛开感激的目光从父亲的脸上匆匆扫过去。

郑婉颐："耀辉没说什么？"

盛开："没有。"

郑婉颐叹了口气。

盛开："西郊农贸市场有一个小餐馆要转租，一共八张桌子，好经营，资金也好周转。耀辉天生就开这一窍，我让他租下来了，不管怎么说这是一条养家糊口的路。"

郑婉颐："那得多少钱？"

盛开："年租五万。"

盛茂林叮嘱她："你在替人家花钱，你可得尽心尽力地替人家盘算好了，省得落埋怨。"

盛开的目光第一次落在父亲的脸上，她点点头。

盛开："我知道。"

盛茂林欣慰看着她，眼睛里全是笑。

郑婉颐："谁帮他干？"

盛开："他家的一个远房亲戚，老太太摔坏腿的时候，过来照顾过她妈。那女人手脚利索又知根知底的，我让她过来帮耀辉看店。"

盛开带着罗母、罗耀辉和狄英视察餐馆。

罗耀辉很满意："这儿不错离家近，家里的地方也能用上。"

罗母："我没事也能下来搭一把手给看看店。"

罗耀辉和盛开用皮尺丈量摊位，狄英在一边跟着忙活。

盛开满脸笑容："这个摊位真不错，位置朝向我都喜欢。"

罗耀辉："你说做什么买卖合适？"

盛开："开个面食馆吧，专卖面食。"

罗母："我做的汤包一流，皮薄、馅大，中间没有那块厚面疙瘩。"

盛开："拌馅是技术，和面也是技术，烙也是技术，三技术合在一块就是科技合成。一块钱一个怎么样？"

罗耀辉："那得多大个啊，七块钱十个。"

盛开："一天做三千个，就是二千一百块钱。"

罗耀辉："再弄一大锅汤。"

狄英："我做的西红柿蘑菇蛋花汤汁液浓厚，酸中带辣，绝对符合老百姓口味，咱定价三块钱一碗。"

罗耀辉："五块钱一碗。"

罗母："我还会卤鸡爪子和鸭脖子，咱们再配上啤酒。"

盛开："到西郊农贸市场里买东西的工薪阶层多，两笼汤包一碗汤谁都吃得起。这样一天算下来这个八平米的小店，流水最少也能达到三千多块钱。"

罗耀辉把营业执照挂在墙上。

盛开："一会儿去定做几身工作服，工作服要一天洗一遍，擦桌子的抹布也要天天洗得雪白雪白的。这事就交给狄英了。"

狄英点头："嗯，没问题。"

盛开："买个消毒柜放在显眼的地方。"

罗耀辉："好。"

盛开："你把钱取出来准备好。"

罗耀辉："钱？什么钱？"

盛开："你得把存折上的钱取出来啊。"

罗耀辉一脸茫然："存折？"

罗母立刻警惕起来。

狄英的目光在他们的脸上扫过来扫过去。

罗耀辉家卧室。罗耀辉和罗母翻箱倒柜地在家里找着，他们翻遍了房间里的每一个角落都没有找到那个存折。

罗母悄悄问罗耀辉："你好好想想是不是把存折交给她了？"

罗耀辉摇头："没有，没有，我一点儿印象都没有。"

罗母："会不会你生病住院的时候，她偷偷把你的钱取出来花了？"

罗耀辉："不会，你看她自己的钱都在桌子上扔着，花我的钱干什么？"

罗母："哎哟！傻儿子，她这是小钱，你那是大钱，你怎么这么糊涂呢？"

罗耀辉愣愣地坐在那里回忆着把存折放哪了，他想得满头大汗。

罗母："说是家里人给她凑的钱，哪那么好凑的，说出大天来我都不信。"

盛开在一本一本地翻书橱里面的书。盛开仔细地翻着抽屉里各个角落。罗耀辉从房间里出来，罗母跟在后面。盛开："你再好好想想能放到哪呢？"

罗耀辉："不能再想了，再想我的脑袋就疼炸了，下午跟人家说一声，这餐馆咱不租了。"

盛开："餐馆一定要租，借钱也得租。机会难得。"

罗母眼睛盯在盛开的脸上仔细观察她的神情。

罗耀辉上厕所，他看着镜子里面的自己愣神。盛开进来洗手，她看见罗耀辉死死地盯着镜子，她从镜子里面看见那个排风扇。盛开问罗耀辉："你想起什么了？"

罗耀辉满头大汗，他费力地摇摇头："我想不起来。"盛开把排风扇卸下来，她看见了藏在墙洞里的存折。盛开拿着存折跑出去，罗耀辉跟着她跑出去。

盛开把存折递进窗口。罗耀辉和罗母坐一左一右看着她。营业员："请输入密码。"

盛开："耀辉，你过来。"

罗耀辉过来。

盛开："密码。"

罗耀辉："密码？什么密码？我不知道。"

营业员："你这个存折是设过密码的。"

罗耀辉："我想不起来了。"

罗母着急："你好好想一想。"

罗耀辉急出一脑袋的汗："我真的想不起来。"

盛开：“是不是你的生日？”

她按了一串数字。

营业员试：“不对。”

盛开：“我的生日？”

她按了一串数字。

营业员：“不对，你们先在一边好好想一想。”

盛开、罗耀辉和罗母愁眉苦脸地坐在椅子上。

罗母不住地埋怨儿子：“你说你怎么不把密码记在本子上呢？”

盛开：“会不会是咱们家的电话号码？”

罗母：“对，你去试一试。”

盛开到窗口去试。

营业员：“还是不对。”

盛开想了想又按出来一串数字。

营业员：“这回对了。”

盛开长长地舒了一口气。

罗母问：“哪几个数啊？”

盛开：“我们结婚的日子。”

罗耀辉怔怔地看着她。

罗母长长地叹了一口气。

郑婉颐刚洗完澡从卫生间里出来，电话铃声响了，她赶紧拿起电话。

话筒里盛茂林的声音：“北京台的那个电视剧开始了。”

郑婉颐拿着电话把电视调到北京卫视，她边看电视边跟盛茂林聊天，盛茂林在电话里咳嗽。

郑婉颐：“感冒还没好？”

盛茂林的声音：“吃了药好点儿，一停药又咳嗽。”

郑婉颐：“你就是不好好按时吃药，弄得病菌都有抗药性了。”

盛茂林眼睛看着电视：“你看这个老头，有话干嘛不说出来？弄得好好一家人过得这个别扭。”

郑婉颐：“老鸹落在猪身上‘嫌猪黑’看不见自己。”

盛茂林：“你倒是会比喻。你是猪还是我是猪？”

郑婉颐在电话里嘎嘎大笑。

盛茂林也笑了。

罗耀辉的餐馆开张了，餐馆装修的简单整洁，八张桌子上坐满了人，罗耀辉穿着特制的白大褂里外忙活着。罗母和狄英动作麻利地包着汤包，狄英不时回过身去看高高的蒸笼里的汤包。小张把蒸好的汤包端到前面去。

罗耀辉招呼买卖，门口排着十几个等着买汤包的人。

罗耀辉："诸位！诸位！请大家排一下队，队形捋顺了，这样我才知道后勤部队需要补上来多少给养。别急，实在不行我们全家掐脖，把午饭省下来卖给大家。"

排队的人开玩笑："老板，话都说到这个份上了，还要什么钱？干脆把这儿改成赈灾粥棚得了。"

罗耀辉："看看你的腰身，看看你的小脸，你哪像是喝稀粥长大的？"

排队的人："我好喝这一口。"

罗耀辉："那也得等你当上皇上那天，你下圣旨才管用。"排队的人哈哈笑。罗母坐在柜台上忙着收银。

狄英把一碗一碗的西红柿蘑菇蛋花汤和一小笼一小笼的牛肉灌汤包端到就餐者的桌子上。

罗耀辉动作利落地把启开盖子的啤酒瓶子放在他们的桌子上，顺手把狄英腌制的四川泡菜也放在桌子上。

罗耀辉："泡菜是送的，吃完了再要，管够。"

众人吃得很高兴。

外面人声嘈杂，各种汽车喇叭的声音响成一团。罗耀辉探头往外看。

摊位前面的道路被相互谁也不谦让的车辆给堵住了。罗耀辉和旁边96号摊位的摊主，各堵一个路口指挥着交通。罗耀辉身穿雪白的制服，脑袋上戴着高筒帽子，嘴里乍乍呼呼地大声喊着。罗耀辉："油着！看油着！富康，你往外掰一下，让点地方，那辆桑塔纳不就过去了？让一让，相互让一下，谁都不耽误回家。"

盛开走过来，

罗耀辉看到她立刻热情地扑过来："盛开！你可来了！"

厨房里窗明几亮，东西放得很有条理。盛开在案板旁边坐下。罗耀辉急忙把一笼汤包和一个醋碟放在案板上。罗耀辉："饿了吧？赶紧吃。"

狄英笑着把一碗汤摆在盛开面前。

盛开问："累不累？"

狄英："不累。"

罗母依在门口看他们说话。

盛开："好好干，干好了，给你长工资。"

狄英急忙点头。

盛开问罗耀辉："收入怎么样？"

罗耀辉趴在盛开耳边小声说："一天的流水三千六七百还不错。"

盛开高兴地点点头。

盛开："你再给我两笼打包我带走。"

罗耀辉赶紧吩咐狄英去办。

罗母心里不高兴，斜眼瞟着盛开。

盛开掏出来钱放在桌子上。

罗母马上眉开眼笑："你看我们都没拿你当外人，你还分这么清楚干什么？"

盛开："我以身作则，股东吃饭也要现金交易，谁也不要记账。"

罗母一愣："股东？你用啥入的股？"

盛开："法院判给我的那笔钱，装修款。"

罗母一愣，随即冷笑："你倒是不傻。"

盛开："那笔钱抵百分之二十的股份，你说我是占便宜了还是吃亏了？"

罗母："我不同意！"

盛开："好，你把钱马上给我，我立刻撤股。"

罗母："我哪来的钱？"

盛开："所以啊，老太太，便宜不能都你占。不是股东没有话语权。我这百分之二十的股份为的就是帮衬耀辉的时候张得开嘴。"

罗母一肚子气，说不出话来。

郑婉颐家客厅。盛开拎着食品饭进来："妈。"

郑婉颐："回来了？"

盛开："我给你们带回来了汤包，你给那边带过去吧。"

郑婉颐知道她说的是谁："你去送。"

盛开不自在："我不认识门。"

郑婉颐："我也没去过。"

盛开："知道门牌号吧？"

郑婉颐："知道。"

盛开："那咱俩一起去。"

郑婉颐："我不去！"

盛开拉着母亲的一只胳膊撒娇："妈，你陪我去嘛！"

郑婉颐半推半就跟女儿一起出了门。

盛茂林开门。郑婉颐和盛开站在门口。盛茂林非常高兴："进来，快进来。"母女俩进屋。

郑婉颐四下打量房间："家收拾得不错嘛。"盛开把一次性饭盒放在桌子上。

盛开："灌汤包子，你们快趁热吃吧。"

郑婉颐从兜子里掏出来两盒药递给盛茂林。

郑婉颐："给你药。"

盛茂林："什么药？"

郑婉颐："羚羊清肺，治咳嗽可管用了。"

盛茂林接过来放在抽屉里。

盛开："病了？"

盛茂林："感冒，气管发炎咳嗽。"

盛开："那你得多注意点儿。"

郑婉颐："碗筷在哪儿啊？"

盛茂林："我拿去。"

他从厨房里拿出来碟子和碗。

盛开："爸，您怎么就拿一副碗筷，还有我妈呢。"

她把"爸"字很自然地叫出了口。

盛茂林眼眶一热，眼泪差点掉出来。

郑婉颐看见盛茂林傻在那，悄悄踢了一下他的脚。

盛茂林反应过来："拿惯了，拿惯了。"

郑婉颐给他台阶下："他心里有谁？谁也没有。"

盛开："妈您说的不对，我那儿晚上，这几天全凭我爸给我盯着呢。"

郑婉颐："你东西都搬过来了，人就赶紧过来吧。"

盛开："行，我明天就过来。"

老两口开始吃汤包。

盛茂林赞不绝口："好吃，一口就把馋虫勾出来了。"

罗耀辉家堂屋。盛开的两个旅行包放在地上，罗耀辉满屋子转着帮她忙活。

盛开："好好想一想还有什么东西落下了？"

罗耀辉："落下再回来取，莫非这个家你就再也不进来了？"

一句话说得盛开心酸，她拎起一个包一声不响地出去了。

罗耀辉连忙拎起另一个包跟出去。

盛开和罗耀辉站在路旁。盛开看着远处。罗耀辉看着盛开。罗耀辉："盛开。"

盛开："嗯。"

罗耀辉："我妈总跟我说你是我媳妇。"

盛开扭过脸看着他："你觉得呢？"

罗耀辉："不是。"

盛开："那我是谁？"

罗耀辉："想不起来，反正我觉得你比我妈还亲。"

盛开苦笑。

罗耀辉："人家说，人死的时候在去阴间的路口喝一碗忘情水就会忘了过去，好重新托生重新做人。我可能就是喝了一碗那个水，把该记着的都忘了。"

盛开："忘了好，忘得越多越没心理负担。"

一辆出租车开过来，盛开招手，车停下。

罗耀辉把行李放进后备箱。

盛开上车："你回去吧。"

罗耀辉："我送送你。"

盛开："不用。"

罗耀辉："你就让我送送你吧。"

盛开不说话了，她让罗耀辉上了车。出租车开走。

盛开和罗耀辉坐在后座上。结婚的车队从他们旁边开过去。盛开："你知道吗？我结过婚。"

罗耀辉："哦。"

盛开："我跟他没有办婚礼。"

罗耀辉："为什么不办？"

盛开："没来得及。"

罗耀辉："哦。"

盛开："一年就这么一眨眼过去了，我真想像你一样把过去的事情全都忘了。"

罗耀辉看着她突然有些莫名的心酸。

盛开："不过又一想，如果我们忘得比学得快，那我们学习还有什么用？"

罗耀辉："我不是故意忘的。"

盛开："我知道。"她的眼泪突然流了出来。罗耀辉没问她哭什么，好像知道她哭的原因。他抬手抹了一下自己的脸，发现自己也在哭。他抽搭出声，后来索性嚎啕起来。

盛开和罗耀辉两人哭得畅快淋漓。

司机吓了一跳，他从后视镜里看。盛开边哭边抬手给罗耀辉擦眼泪，罗耀辉一把把盛开搂在怀里。两人紧紧地搂在一起，他们把对方的衣服当成擦眼泪的手巾。司机被他们俩哭得分了神，紧张地盯着后视镜看，已至于差点撞了车，他使劲踩刹车。出租车尖叫着停下。罗耀辉和盛开差点摔下座位。罗耀辉发火了他骂司机道："好好开你的车，你他妈的没见过人哭过吗？"

出租车冲进拥挤的车流中。

一辆装着音响的摩托车开过去，车载音响里唱着一首摇滚老歌："春去春又来，花谢花又开，一年一年就是这样滚滚而来……飘忽的未来，飘忽的时代，飘忽的你已不再等待，生命的天空不会永远悲哀，让彼此温暖因为有你这世界更灿烂……

盛开一个人在店里干着零零碎碎的活，音响里放着那首摇滚老歌。

腾跃推门进来："吃饭没有？"

盛开："没有胃口。"

腾跃："正好我也没吃，走。"

盛开："我不想出去。"

腾跃："走吧。"

盛开和腾跃坐在老地方吃快餐。

王朴过来小声对腾跃说："郑岫玉来找过你，刚走。"

腾跃："她除了跟我要钱，没别的事。"

王朴："这女人太过分，贷款买房子让你给她交首付，手机一年换两个，哪个都让你给她付钱。按说她搞汽车销售根本就不缺钱。”

腾跃：“她这人就这样，自己过得不如意就去折腾别人。折腾就折腾吧，四十岁了，还有几年精神头折腾？”

有人喊王朴：“王老板！”

王朴答应着过去。

盛开：“当时你为什么不要孩子？”

腾跃：“她想干的事太多，怕生孩子拖累她。我怕我承担不起做父亲的责任。我俩一拍即合，给现在的生活减轻了不少麻烦。”

盛开点点头：“我觉得你的选择是对的，没有做父母的能力，就不要生孩子。夫妻感情不好千万不要靠生孩子来弥补，这样会把彼此的怨恨带给孩子。”

腾跃：“你这倒是肺腑之言。”

盛开：“我父母离婚以后，我特别恨我父亲，今年才把关系缓和了。在这一点上我深有体会。”

腾跃：“婚姻把我跟她捆在一起，彼此互相伤害太深，把所有的好都消耗光了。打离婚，闹离婚，一个打一个闹就把离婚的整个过程概括了。”

盛开闷闷地点点头。

腾跃：“打完了、闹完了，还得打起精神往下走。”

盛开：“没离婚的时候我很少动脑子想问题，现在反倒经常想了。女人离婚以后常常会觉得自己吃了大亏，其实遇到这种事真的要从正反两个方面去想。结束痛苦的过去，坦坦荡荡地重新做人，这也是命运给你的又一次机会。”

腾跃：“说得好！”

盛开：“我不是假装坚强，我是觉的人应该对自己的处境有个客观的认识。这样才能重新建立起信心，人越是遇到困难越应该看到自己身上的优点。”

腾跃：“说得对，海纳百川，有容乃大。”

耀辉汤包店。店里已经打烊，罗耀辉和罗母在算账。狄英擦洗桌椅地面，她干活很认真也很卖力气。罗母满意地看着她。

罗耀辉把账本包起来递给母亲：“妈，你先回去吧，忙活了一天早点歇着。我把明天用的东西准备一下。”

罗母：“那我先走了，狄英，你把桌子上的喝水杯子好好再洗一洗，上面净是油手印子。”

狄英答应得很痛快：“行。”罗母出去。罗耀辉进厨房。

罗耀辉检查冰箱，检查泡菜坛子，狄英一步不落地跟在他后面。

罗耀辉：“你去睡吧。”

狄英：“我不困。”

罗耀辉：“从早上六点忙活到晚上九点，我都困了，你怎么能不困？”

狄英：“我真的不困。”

罗耀辉：“那咱俩就把明天用的菜洗出来。”

狄英：“行。”

两人择菜洗菜。

罗耀辉：“狄英。”

狄英：“你就叫我三妹儿吧，家里的人都这么叫我。”

罗耀辉：“噢。”

狄英：“我给你出个主意，咱们买个烤箱，我会做小点心，咱们跟香港人学，把每个小点心里塞一个幸运纸条，说一句祝福的话，花不了几个钱还显得有人气，凡是来吃饭的人饭后送一个，把这个钱算到饭里，谁都不知道。谁看见祝福的话不高兴呢？你说是不是？”

罗耀辉连连点头：“这个主意好！这个主意好！”

两人说得正高兴，罗母推门进来：“耀辉，几点了还不回去睡觉？小心起不来。”

罗耀辉：“对了，我不睡三妹儿还得睡呢。就走，马上就走。”

罗母：“三妹儿？谁是三妹儿？”

狄英笑嘻嘻地回答：“我，大妈，以后你也管我叫三妹儿吧。”

罗母狐疑地看着儿子，又警惕地看看狄英。

罗耀辉坐在沙发上喝茶看电视。

罗母走过来在他身边坐下：“狄英跟你说什么了？”

罗耀辉：“没事瞎聊。”

罗母：“你是瞎聊，人家可是有目的地聊。”

罗耀辉：“妈，你总把人往坏处想。”

罗母：“害人之心不可有，防人之心不可无。她这些日子总有意无意地跟我打听你的事，我不能不多想。”

罗耀辉：“打听我什么？”

罗母："我告诉她说你跟盛开已经离婚了，你看她马上来劲了。瞅瞅她对你那个热乎，啧！啧！看着就下作。"

罗耀辉："她没家没业的一个人在北京混也不容易，再说咱们还沾亲带故的，不能太冷落人家。"

罗母："耀辉，我告诉你，别说她是离过婚的，她就是黄花大闺女你也不能找她。你虽然结过婚，可咱是城里户口，咱在北京城里有产业，她有什么？不就是个乡下来打工的吗？你前妻是大学毕业生，她连高中都没上完，这样的人配嫁进咱们罗家？这不是江水倒流吗？"

罗耀辉不愿意听："妈你说什么呢？就算我动那个心思，人家还不一定看得上我呢。"

罗母厉声喝道："耀辉，我告诉你，你别给我动这个心思！"

罗耀辉委屈："我动什么心思了？"

老兵酒吧。盛开默默地喝酒。

腾跃："你父母他们现在怎么样？"

盛开："经常在一起吃吃饭说说话，他们岁数大了，从工作岗位退下来，心里寂寞，有个人陪着挺好的。你父母怎么样？"

腾跃脸上有些尴尬。

盛开意识到这个问题不该问，她立刻转移了话题："我大学同学帮我联系了个做衍生产品的活儿，量不大，如果对方满意，以后还会找我。"

腾跃开口说道："我昨天晚上做了一个梦，梦见我爸爸死了。我心里别扭了一天。"

盛开一怔立刻安慰他："梦是反的。"

腾跃："我不迷信，可是心里放不下。"

盛开："那你就回去看看。"

腾跃摇头："我已经四年没回家了。"

盛开："你父母不在北京？"

腾跃："在北京。"

盛开："那你为什么不回去？"

腾跃："唉，说来话长。四年前正是我做生意资金周转不开的时候，我四处欠债把我父亲也牵连进来了，债主把我告上了法庭。我躲了，我父亲收到了传票。"

盛开："怎么他收到了传票？"

腾跃："因为是他给我做的担保，我父亲革命了一辈子，从来没有受过这样的侮辱。他得了一场大病，住了两个月的院，病好以后不跟我说话，也不跟我来往，彻底跟我划清了界限。"

盛开认真地听着。

腾跃："我也跟父母怄气，过年的时候故意拎着礼物到左邻右舍去串门拜年，就是不去父母家。"

盛开："你这不是故意刺激他们吗？"

腾跃："我希望能在别人家的门口遇到我爸我妈，我想我爸看我一眼肯定是把脸转过去不说话，我妈就说，还不回家在外面瞎转什么？我就赶紧下台阶回家了。"

盛开看着他。

腾跃："我在院子里该遇见的和不该遇见的都遇到了，就是没有遇到他们老两口。"

盛开："你打算永远也不回去了？"

腾跃："我没那么想过，我在等机会。"

盛开："等了整整四年？"

腾跃："不说这些，堵心！"

他掏出来一张卡递给盛开。

盛开问："这是什么？"

腾跃："我给你报了个驾校。"

盛开："我哪有空去学车？"

腾跃："时间是海绵里的水，只要挤准能挤出来。"

这天，盛开陶艺坊开张了，店里很热闹。橱架上摆满了陶瓷艺术品。盛开和女店员穿着自己设计的工作服招呼客人。店里开辟了一个角落专门让喜欢陶艺的人自己动手捏作品。有几对年轻人坐在那里认真地捏着，盛开不时地过去指导一下。有一对年轻人进来问。

盛开热情地招呼他们："欢迎光临。"

男青年问："这能不能给我们俩弄个手的模型，然后做成陶瓷艺术品留做纪念？"

盛开："没问题，你们想烧哪一种，到这里来选选料。"

女孩子走到样品柜台旁边看，她不停地惊叹："这些陶瓷小挂件真漂亮，是哪进的货？"

盛开："我自己设计制作的，喜欢吗？"

女孩子："太喜欢了，可惜价钱贵了点儿。"

盛开："我这里的东西都是一样一个绝对没有重样的，贵是贵，但是物有所值。"

女孩子："不打折吗？"

盛开微笑着摇摇头："对不起，我们店里的东西不打折。"

女孩子遗憾地离开样品柜台。

男孩子："喜欢就买嘛。"女孩子摇摇头走到门口又返回来，她还是把自己喜欢的东西买走了。

盛开给男孩和女孩做手的模型。

早晨的晨练收场了，郑婉颐收拾东西准备去买菜。张连祁凑过来问："买菜去吗？"

郑婉颐："嗯。"

张连祁："鸡蛋便宜了，两块九一斤。"

两人边说边走。

张连祁："前几天怎么没来？"

郑婉颐："大闺女开了个店，我帮她忙活了几天，这不刚回来吗？"

张连祁："你闺女比我儿子出息。我儿子单位不景气在家拿低保，就知道发牢骚。前些日子一家三口借口孩子上学太远都跑我这儿吃来了。"

郑婉颐："回来也跟你做个伴儿。"

张连祁："什么做伴儿，是剥削来了。三张嘴一分钱饭伙费都不给，还一天一个澡，睡着了电视都舍不关，花谁的钱？肯定不是花他们自己的钱。"

郑婉颐："都是一家人，分那么清楚干什么？"

张连祁："不是心疼钱，我是着急，你说他们年纪轻轻的怎么一点儿都不求上进呢？说做鱼缸挣钱，我就出钱买来材料让他做，你看他一会儿晒了，一会儿累了，交货的日子到眼前了他都不着急，害得我连夜帮他赶活儿。真是皇帝不急，急死了太监。"

郑婉颐叹了口气："从古到今都是从上往下疼，小的再疼老的，也比不过老的疼小的。"

张连祁："那是，那是。所以说，儿女靠不住，人再老也得挣巴着自己过。我跟他们说清楚了，我说你们不能长住，我还得找老伴儿过自己的日子呢。”

郑婉颐看着他：“你就这么说的？”

张连祁：“是啊，那小子马上跟我翻脸了，说我对不起他妈。差点把家给我砸了。我把他撵出去了，这下好，清静了。”

郑婉颐摇摇头：“张连祁，这就是你不对了。”

张连祁：“怎么是我不对？你要是能容得了他们，我就把他们再请回来。”

郑婉颐：“怎么把我扯进来了？”

张连祁：“我跟你说的事你考虑得怎么样了？”

郑婉颐：“你别胡想。”

张连祁：“你好好把我和那个人掂量掂量，看看到底谁实心实意地对你？”

郑婉颐急了：“张连祁你别瞎说啊！”

郑婉颐走到盛茂林家门口，她站住脚犹豫了一下快步离开，她走了几步回头看。

盛茂林没有出来。

回到家，郑婉颐坐在沙发上愣了一会儿神，起身拿下来皮箱，从里面拿出来那个布口袋，把里面的碎纸屑铺在桌面上，一点一点地拼着。拼好了一张夹在硬皮大夹子里压好。

她全部注意力都集中在做这件事情上。

陶艺坊的灯息了，盛开和腾跃从里面出来。

盛开一眼看到了停在外面的一辆红色的小车。

盛开：“你换车了？”

腾跃：“你的。”

盛开：“我的？”

腾跃：“二手车，三万块，分期付款三年还清，怎么样？”

盛开：“我不敢开。”

腾跃：“上车，从今天晚上开始每天两个小时，腾师傅负责陪驾，学费分文不收。”

盛开心惊胆战地开车门坐进驾驶室。

22.

夜。盛开把汽车开上了修理场的车道，她两手紧握方向盘，两眼死死地瞪着前面，她额头上挂着几根白纸条。

腾跃："放松！放松！你放松点行不行？"

盛开一言不发。

腾跃："挂二挡。"

盛开挂错了。

腾跃把一根准备好的纸条蘸了点唾沫粘在她的额头上。

腾跃："我告诉你啊，脸上快没地方了。"

盛开松开方向盘，一把拽下来脸上的纸条扔到窗外，汽车失控歪向一边。

盛开失声尖叫。

腾跃及时把方向调整过来。

盛开惊魂未定地开着车。

腾跃教育她："你不能占别人的车道，如果对方是一吨的车还凑合，如果对方是30吨的货车，一下子咱俩就都变成画儿了。"

盛开一个人开车，腾跃坐在旁边，看的出她驾驶技术完全熟练了。车开到交叉路口。

盛开紧张："我该往哪条路上拐？"

腾跃："就当我不在旁边，你自己处理。"

盛开："我真的不知道。"

腾跃："哎，你怎么乱打转向灯？"

交警不知道突然从哪儿冒出来示意盛开停车。盛开吓得差点晕过去，一脚踩在油门上。腾跃："完了，撞枪口上了。"

他指挥盛开："推倒挡，倒车。"

汽车倒到交警身边停住。盛开把崭新的驾照从窗口递出来。

耀辉汤包店厨房。狄英把买回来菜拎进来放在地上，把买菜的收据递给罗母。

狄英："今天牛肉涨价了。"

罗母："涨了多少？"

狄英："涨上去两块九。"

罗母眯着眼睛看着单据："这么涨下去，生意可不好做。"

她拿出来店里的秤把肉挂上去称。狄英站在一边看。

罗耀辉看不下去了："妈，你秤它干什么？信不着三妹儿吗？"

罗母："我不是信不过她，我是信不过卖肉的。我怕他们看她是个女的欺负她。你看你看，这秤打不起来是不是？"

罗耀辉："什么打不起来，十五斤还多一两呢。"

罗母："是吗？眼睛不行了，不戴花镜看不清楚东西。"

狄英感谢地看看罗耀辉。

罗母指挥小张揉面："好好把手洗干净了，拿刷子刷，就当你自己吃，指甲缝里带着泥，你自己吃得下去？"

罗耀辉拌馅，他拌得认真仔细，不停地把馅用筷子挑到鼻子跟前闻着。狄英打开烤箱把烤制好的小点心拿出来。厨房里的人都在有条不紊地工作着。

八张桌子坐得满满的，还有人在门口等着买来打包带走。罗耀辉满脸笑容地跟客人们打着招呼。罗母把绿豆汤给就餐的人端到桌子上："今天我们耀辉汤包店推出的是免费的白糖绿豆汤。"

狄英把小点心摆在就餐人的面前："这也是免费的。"客人掰开点心发现里面的吉祥纸条非常高兴。

客人甲："罗老板，你天生是个做生意的料。"

罗耀辉看了狄英一眼："有贵人相助！你们都是我的贵人。"

狄英满脸喜色。罗母脸一绷："三妹儿，没看见客人等着吗？赶紧翻桌啊。"

郑婉颐坐在餐桌前一片一片地粘贴着那一布口袋撕碎了的纸片。听到有人用钥匙开门，急忙把纸片划拉到布口袋里。盛放进来。郑婉颐故意把脸一板："你还知道回来啊？"

盛放嬉皮笑脸："我姐没回来吗？"

郑婉颐："前天回来一趟，连饭都没吃就走了，新开的店忙。你是她妹妹，有空去帮帮她。"

盛放："我姐快把我恨死了，我哪敢去招惹她？"

郑婉颐："不怨你姐骂你，你一副没心没肺的样，看着就欠骂。"

盛放急忙掏出来一个鼓鼓囊囊的信封放在餐桌上。

盛放："我姐搞事业，你跟我哥都赞助了，我不伸手那还不如个外人。"

郑婉颐听出来她弦外之音："你哪来的钱？"

盛放："借的。"

郑婉颐："你拿啥还？"

盛放："我新岗位的工资比原来的公司高，我又兼了两份职。"

郑婉颐听着高兴："太阳从西边出来了，你也有着调的时候。"

盛放说："我也想明白了，你们有你们自己的选择，我不应该把自己的爱憎强加给你们。就像我喜欢谁，你们也无权干涉一样。这样大家都舒服。我跟我姐是血亲，该效力的我决不含糊。一共三万，你替我给我姐吧。"

郑婉颐："自己欠的债自己清去。"

盛放："我怕我姐骂我。"

郑婉颐："从小到大你俩的架吵得还少啊？巴掌不打笑脸，赶紧去吧，中午在一起吃顿饭，什么疙瘩都解开了。"

郑婉颐拎着挎包目不斜视地从门口走过，她用余光扫了一眼门口。盛茂林没有从里面出来。

郑婉颐的脚步慢下来，她停住脚，拿出来手机打电话。

盛誉的声音："妈，有事吗？"

郑婉颐："没啥事。"

盛誉："妈，您肯定有事。"

郑婉颐的声音："没事。"

她把电话挂了。

盛誉弄了个一头雾水。

盛开的车子开进修理厂。

腾跃迎了出来："来了？"

盛开下车："我又把车刮了。"

腾跃看着她笑着摇摇头。

盛开："你笑什么？"

腾跃："我是帮过你，那你也用不着这样感谢我啊，你说说一个月里你来这修过多少次车了？"

盛开不好意思："你要是嫌我麻烦，我到别的修理厂去修去。"

腾跃笑眯眯地看着她："去吧，看看谁愿意揽你这破差事？也就是我吧。"修理工过来把汽车开进修理车间。

两辆汽车停在升降台上，修理工穿着统一的服装站在那里修理汽车。

盛开站在电脑旁边看技术员在电脑上给汽车配色。

盛开："你这里还挺先进的。"

腾跃："挣点钱都花在这儿了。"

有人试车，腾跃领着盛开过去看。

腾跃告诉试车人："听起来左边的气缸有问题。"

他把头伸进车里看了一眼说："刹车变形了，这个车主开车的习惯不好。"

盛开惊讶地看着他："看就能看出来？"

腾跃："检查毛病一靠眼睛二靠耳朵，我这两样还都算好使唤。我跟你说，其实汽车的性能和原理不算复杂……"

盛开打断他的话："你别跟我说，我记不住这些东西。"

腾跃："说的也是，你记住记不住都没大意思，我记住就行了。"

盛开听出来他话里有话，问他："你什么意思？"

腾跃笑着回答："术业有专攻，就是这个意思。"

腾跃办公室。腾跃洗茶泡茶忙得不亦乐乎。

盛开："一家咖啡店在陶艺坊订做了全套的咖啡陶艺，这是我开业以来的第一笔大订单。"

腾跃高兴："好。"

盛开："十对新人在陶艺坊做了陶瓷手模。"

腾跃把茶放在她面前。

盛开："这份工作比我在陶瓷厂干得有意思多了，能充分发挥自己的想象力和创造力，收入也很可观。"

腾跃："每个傻子背后都有一尊神，何况你还不是傻子。"

盛开："我不是傻子是什么？"

腾跃："你是你自己的神。"

盛开："如果我是神那你就是站在我面前的傻子。"腾跃哈哈大笑。

盛开和腾跃站在汽车前说话。腾跃："刚才我听这车的声音有点儿不对，你上去再试一下。"盛开答应了一声上了车。

腾跃："我一喊，你就点火，再给油门，记住了？"

车里的盛开大声回答："记住了！"

腾跃喊："给油啊！"

盛开在车上手忙脚乱，好不容易启动的车又熄火了。

腾跃着急："你怎么这么笨呢？"

盛开把头探出来车窗反问他："你那么聪明，怎么生不出来孩呢？"

腾跃一下卡壳了。

盛开从车上下来，她得意洋洋地看着腾跃，脸上的神情很动人。

腾跃傻呆呆地看着她。

盛开开车，腾跃坐在副驾驶的位置上。

盛开："我是不是真的又傻又笨？"

腾跃："你别老用快刀子割自己，这样太不人道。"

盛开不说话："我把日子过成这样，肯定跟我的智商有直接的关系。"

腾跃："经济基础决定上层建筑，上层建筑反过来作用于经济基础，如果不匹配，上层建筑必定土崩瓦解。"

盛开："能说得通俗点吗？"

腾跃："你跟周逸伦分手跟罗耀辉离婚都是必然的，因为你的价值观跟他们的价值观不匹配。"

盛开一怔。

腾跃："我认为感情关系中，精神上的门当户对非常重要。"

耀辉汤包店。罗耀辉和狄英在店里准备第二天用的菜。

罗耀辉腿脚和眼神都利索多了，他麻利地指挥着狄英。

罗耀辉："三妹儿，你把案板好好刷一刷，省得明天粘面。"

狄英痛快地答应着去干了。

罗耀辉满意地看着她。

狄英："耀辉，今天老太太看我的眼神不对。"

罗耀辉："怎么了？"

狄英："可能是嫌我跟你说话说多了。"

罗耀辉："嗨！我妈就那么一个人，心里那点儿不高兴全都挂在脸上，弄得周围的人都心惊胆战的，生怕是自己招惹了她。再说了，你也没跟我说什么啊，她就是真不高兴了也不是冲你来的。"

狄英："老太太这个人其实挺好的，能干还一点儿都不糊涂。我奶奶这个岁数的时候早就不明事理了。"

罗耀辉往起站，他站了两下才站起来，他弓着腰在地上慢慢地走着。

狄英："怎么了？"

罗耀辉："一天下来这腰酸涨酸涨的。"

狄英："我给你按摩按摩。"

罗耀辉："你会吗？"

狄英："我学过几天。"

罗耀辉："那你给我按几下试试。"

罗耀辉坐在凳子上，狄英按了两下停住手。

狄英："坐着不得劲，你还是躺着吧。"

罗耀辉："上哪躺着去？"

狄英："后屋不是有床吗？"

罗耀辉："那可不行，我一身的油，把床弄脏了。"

狄英："脏了我洗，没事，走吧。"罗耀辉乖乖地跟着她走了。

罗耀辉爬在床上，狄英用脚小心翼翼地给他踩着后背，

罗耀辉舒服得直哼哼："舒服，哎呦，真舒服。"

罗母突然进来，看见眼前的情景吓了一跳："这是干啥呢？"

狄英脚一滑，身子失控，从罗耀辉的身上掉下来。

罗耀辉翻身坐起来："妈你干什么呢？一惊一乍的？"

罗母警惕地看着他们："你们干什么呢？"

罗耀辉："干了一天活腰疼背酸的，让三妹儿给我按摩呢。"

罗母："先不说她会不会按摩，就这按摩法就叫我看不惯。你一个大男人怎么能让女人在身上踩呢？晦气不晦气？"

狄英羞得脸红了，她不自在地看了罗耀辉一眼。

罗耀辉："这都什么年代了，你还有这种想法？"

罗母："什么年代女人也不能站在男人的头上，回家！你赶紧给我回家！"罗耀辉往外走，他歉疚地看了一眼狄英。狄英低眉顺眼地站在那里显

得有些楚楚可怜。

老兵酒吧。腾跃："大头再给上两扎。"

盛开："别喝了，咱们喝了不少了。"

腾跃："别呀，正喝在兴头上呢。"

盛开："你光喝不说，看不出来正在兴头上。"

腾跃："眼前的话少盐寡，说出来也不中用。"

王朴把两扎黑啤放在他们的桌子上，转身又给别的桌上酒去了。

腾跃两手搂着酒杯看着盛开。

盛开："你这么看着我，我觉着糁得慌。"

腾跃："你觉得我是个什么样的人？"

盛开想了一下："你这个人诚实，正直，乐于助人，有爱心。"

腾跃一本正经地问："你到底喝了多少假酒？说出来的话怎么这么假？"盛开哈哈笑。

腾跃："我这个人不招女人喜欢。"

盛开好奇地问："为什么？"

腾跃："我没有个人生活，我的个人生活是集体形式的。谁有困难了我一定要帮，我有了钱别人借，我肯定借给，有借无还是常事。你说我这样的人女人怎么能喜欢？"

盛开："那得看她对你的感情停留在哪个程度上，喜欢无伤大雅，上升到爱就要认真考虑了。"

腾跃："想听实话吗？"

盛开："想听。"

腾跃："我喜欢你的程度已经超过喜欢的范围了。"

盛开心一阵乱跳，她强装镇定："你能不能不就着酒谈情说爱？"

腾跃："没有酒壮胆，这样的酸曲还真唱不出口。哎，我现在是不是特像一个大傻瓜？"

盛开："那得把大灯打开才能看清楚。"

腾跃哈哈大笑。

盛开："你总是这么高兴？"

腾跃："伤感是一种错误的情绪，不是男人身上应该有的。"

盛开："我觉得你挺深的，一眼看不到底。"

腾跃："俗称老鲨鱼，二十年才浮出水面换一口气。"

盛开哈哈笑。

腾跃："你这个人有不做作的天性，还有很真的感情。你跟人交往要的不是依靠，要的是你是你中有我、我中有你。对不对？"

盛开："这是优点还是缺点？"

腾跃："当然是优点。"

盛开："人和人刚交往的时候总是先夸大对方身上的优点，冷静下来之后再去夸大他身上的缺点。我觉得你还是对我客观点儿好。"

腾跃："你教一个瞎子怎么保护眼睛有点儿不合适吧？现在我已经两眼一抹黑了，你叫我怎么客观？"

盛开："酒劲儿过去就客观起来了。"

腾跃："你是不是觉得跟一个你喜欢的人在建立关系前，把对方的缺点都指出来，把该说的话都说清楚了，这样你们就成了一对新人，一切都可以重新开始了？"

盛开："起码应该有这样一个探听虚实的过程。会飞的一直往前飞，不会飞的才东南西北地乱飞。"

腾跃："幸亏你不属虎，否则如虎添翼能飞起来吃人了。"

罗耀辉家卫生间。罗耀辉洗脸刷牙。罗母站在他身后说话，他们的脸映在前面的镜子上。罗母："这个女人真是有手腕，你看她一步一个脚印，这么快就把你拉到她的床上了。"

罗耀辉不愿意听："妈，你是糟蹋我呢还是糟蹋她呢？再说那也不是她的床，是小张的床。"

罗母："这些日子她一直跟你眉来眼去的，她肚子里那点小九九，我还看不出来？"

罗耀辉："你总把她想那么坏。"

罗母："看你把你妈说的，我有那么大能耐？想谁好她就好了，想谁坏她就坏了？我看着她是为了你好，你妈再硬实还能活几年？妈是不愿意你再受苦受罪。"

罗耀辉："跟她说几句话，我就受苦受罪了？"

罗母："她凭啥对你好？凭啥追着你说话？还不是因为你有产业，又是北京户口，没老婆没孩子条件好，她有利可图呗。别看她现在这么上赶子，等目的达到了，她不挑食才怪呢。”

罗耀辉不愿意听了，皱着眉头出去。

罗母看着他的背影：“你不用不听我的话，有你吃亏的时候。”

盛开穿着蕾丝睡衣站在玻璃窗里。罗耀辉拽着绳子轻盈地一跃上了院墙。院墙在他急速的喘息声和脚步声中向前延伸着。门突然被一脚踹开，一个蒙面人破门而入。他用胳膊狠狠地勒住盛开的脖子。盛开挣扎着扭过脸，冲着镜头声嘶力竭地喊起来：“耀辉！耀辉！”

罗耀辉想下墙，发现他上墙用的绳子被母亲收走了。罗母在用那根绳子在院子里晾衣服。罗耀辉大声喊：“妈！妈！你快把绳子递过来！”

罗母听不见儿子的喊声，她把女人的蕾丝胸罩、短裤和鲜艳的衣裳一件一件搭在绳子上。

罗耀辉急得冷汗直流，他手指抠着墙缝，壁虎一样爬上屋顶，又从屋顶爬下去。罗耀辉脚踩着窗台，顺着窗子弹射进屋子里。

罗耀辉激灵一下醒过来，他翻身坐起，靠在那里愣了一会儿神，躺下再也睡不着，索性起身下地。

街道上没有行人，只有偶尔呼啸而过的车辆。罗耀辉孤零零一个人在街道上走，路灯把他的身影一会拉长一会缩短。心里突然涌上一种似曾相识的感觉。

罗耀辉端着京剧的架式踩着鼓点醉熏熏地在里走。他扯着嗓门大声唱：“不由人一阵阵泪洒胸怀。青是山绿是水花花世界，薛平贵好一似孤雁归来。”

盛开舞着兰花手，迈着莲花步，紧随其后。罗耀辉的脚被木棍绊了一下，差点摔个马趴子。

他捡起那根木棍，舞得生风，嘴里“哐啋”“哐啋”“哐啋”地吆喝着锣鼓点儿。罗耀辉不走了，站在街道上愣神。一辆汽车呼啸而过。他醒过神来，他自言自语道：“是做的梦还是曾经发生过的事情？搅和得我的脑袋更乱了。”罗耀辉孤独的身影走远了。

罗耀辉开门进屋打开灯。厨房里收拾得干干静静一尘不染。罗耀辉感慨自言自语：“三妹儿真是个能干的人，这样的帮手打着灯笼都难找。”

罗耀辉开始和面揉面。狄英披着衣服出来，她两眼红肿看得出来刚哭过。罗耀辉吓了一跳：“你怎么在这儿？”

狄英：“我把里头外头都收拾完了，天太晚了就没回去，在后屋凑合着睡了。”

罗耀辉：“吵你睡觉了吧？”

狄英：“这才几点你就来了？”

罗耀辉：“我睡不着，在床上来回烙饼还不如过来和面呢。你睡去吧，时间还早呢。”

狄英：“我也睡不着，咱俩一起干吧。”

罗耀辉：“你不累？”

狄英：“不累。”罗耀辉和狄英和面的和面，切菜的切菜，两人谁都不说话。电水壶里面的水开了，发出尖锐的叫声。狄英沏了一杯茶端给腾跃，返身回去接着干活。罗耀辉：“你为啥哭啊？”

狄英：“想着委屈眼泪就下来了，说来说去还是怪我自己命不好。从老家出来啥活都干过了，可惜没摊着一个好主家。要不是盛开介绍我来这里，还看不见亮呢。”

耀辉汤包店厨房。汤包店的窗户里透出来橙色的灯光，罗耀辉和狄英干活的身影在窗前晃动。罗耀辉：“盛开是好人，世上还是好人多。”

狄英：“耀辉你也是好人，可是你妈不把我当好人看。”

罗耀辉：“她岁数大了，别跟她计较。”

狄英：“我喜欢这份工作，我怕你妈把我开了。”

罗耀辉：“你手脚勤快，一个人顶两个人使，这些她都看在眼里。说实话，我还生怕你跳槽呢。”

狄英脸上露出笑容：“真的？”

罗耀辉：“好好干，下个月我给你长工资。”

狄英：“长工资的事是不是得跟盛开商量？”

罗耀辉：“你的能力她清楚，她不会反对。”

狄英：“耀辉，你跟盛开为啥事离婚？”

罗耀辉急了：“你们怎么老说离婚的事？我还没结过婚呀！”

狄英直起腰，两眼盯在他的脸上：“过去的事情你还记得多少？”

罗耀辉一头雾水：“过去怎么了？”

狄英和罗耀辉把所有的准备工作全部做完了。

狄英：“你看你弄得满脑袋都是面，烧点水洗洗吧。”

罗耀辉：“我回家洗去。”

狄英：“灶上有现成的热水，我给你倒去。”

一盆水放在凳子上，狄英拎着水壶往里面兑着热水，她用手试了下水温。

狄英："好了，洗吧。"

罗耀辉洗了一地的水。

狄英："后面没洗着，还是我给你洗吧！"

罗耀辉躲闪着不让："不用！不用！"

狄英："你就当这是发廊。"

话出了口，觉得味儿不对，她拐着弯往回找。

狄英："以为我愿意给你洗啊？这地是我刚擦出来的。"

狄英的手碰到罗耀辉的耳朵和脖子。

罗耀辉被刺激得脑袋里一片空白，他呼地直起腰碰翻了水盆。

狄英："你看你！老实点儿！"

罗耀辉要走，狄英一把拉住他。罗耀辉："你撒手。"狄英不撒手。罗耀辉实在控制不住自己，一把把她按倒在面板上。狄英顺势两腿盘住他的腰，双手紧紧搂住他的脖子。一片面粉荡起的白雾。

罗母走到店门口，发现店门的栅板没关，她吓了一跳。

罗母："进贼了？"她急忙推门进去。

店里整洁明亮，没有遭过抢劫的痕迹。罗母急匆匆地往厨房走，她推门进屋。厨房里满地都是面粉。罗母吃了一惊，急忙推开后屋的门。

狭窄的单人床上，罗耀辉搂着狄英，两人睡得正香。

罗母气得面青唇白，一屁股坐在椅子上，椅子背碰着了架子上，架子上的盆"叮呤咣啷"地摔下来。

罗耀辉和狄英被惊醒跳到地上。

罗母慢慢站起来手指着狄英："妖精！你这个妖精！"

罗耀辉一把把狄英揽到身后："妈，你这是干什么？"

罗母："你鬼迷心窍了是不是？非得让这个妖精把你吸干了身子才后悔是不是？"

狄英满脸眼泪。

罗耀辉："妈，我要娶她。"

罗母："什么？"

罗耀辉提高了声音宣誓般地大声说："我要娶三妹儿，让她给我做老婆生儿子！"

罗母嘴唇哆嗦着半天没说出话来。她眼睛一翻朝后倒去。罗耀辉一把抱住了母亲。

罗耀辉："妈！妈！"

郑婉颐在扇子舞的队伍里跳着，她的目光不住地往围观的人群里扫。

盛茂林不在里面。

郑婉颐择菜的手慢下来，她坐在那里发呆愣神。

郑婉颐犹豫再三，还是拿起了电话。

电话铃响，没有人接。

郑婉颐挂了电话："这人到哪儿去了？"

输液室里坐满了输液的人。

盛茂林坐在角落里输液。

旁边的老头："看个感冒就用了一上午的时间。"

陪老太太输液的中年人说："可不是，我妈等了一个多小时才输上液。"

盛茂林："老太太哪儿不舒服？"

中年人："血压高，动脉硬化。你呢？"

盛茂林："上呼吸道感染，好了犯，犯了又好，吃药不管用，只能输液了。"

罗母躺在病床上，罗耀辉忙前忙后地伺候着，他用一条崭新的热毛巾给母亲擦着手和脚。罗母闭着眼睛不看他。狄英拎着饭盒进来："大妈，吃饭吧。"罗耀辉往起扶罗母。

罗母"哎哟"一声。

罗耀辉："怎么了？"

罗母："使那么大劲干什么？抠得我肉疼。"

狄英："我来吧。"

她动作轻巧地把罗母扶起来，把白毛巾铺在她的腿上，把调羹递到她手里。

罗耀辉憨笑："你看每天就是三妹儿回去做饭的时候我来盯一会儿班，还老是伺候不好。要不饭我做？"

罗母："你做的饭油太大，我吃不了。"她一口一口吃的很香。罗耀辉看狄英。狄英悄悄地给他使了个眼色。

罗耀辉："妈，我回去了。"

罗母："老实待着，店里事让她盯着。"狄英看了一眼罗耀辉。罗耀辉给她使了个眼色。狄英转身出去了。狄英和盛茂林脚前脚后走出医院大门。盛茂林在街上慢慢地走着，看得出来他有些虚弱。

下火车的人络绎不绝地从出站口走出来，杨秉超背着双肩背夹在人流中。北京的街头热闹异常。杨秉超背着包坐在马路边的休息椅上。他掏出手机拨号码。盛放从包里掏出来电话看了一眼号码扔回到包里。

盛放拎着大包小包从超市回来。迎面遇见谢启明。盛放："快帮我拿点东西，太沉了。"

谢启明接过她手里的东西："那你得跟我去物业买水。"

盛放和谢启明把购物袋放在服务台上。手机铃声响。盛放掏出来手机看了一眼，挂了重新扔回包里。谢启明把水卡递给业务员："买20吨热水。"

业务员把卡插进电脑里："20吨是吗？"

盛放："20吨水谁拿得动？少买点吧。"

谢启明像看外星人一样看了一眼盛放，绝望地两手捂着脑袋趴在柜台上。

业务员"扑哧"笑出了声。

盛放醒过味来，蹲在地上笑得满脸眼泪："哎呦！哎呦！我活不了了！我怎么这么笨呢？"

谢启明抬起头问她："电脑死机了，你是不是觉得是上厕所回来没洗手感染病毒了？"

杨秉超在小饭馆里狼吞虎咽地吃着饭，他抬头往窗外看。路边的路灯亮了。杨秉超漫无目的地在街上走着，他不时地拿出来手机打电话，总是没有人接。

盛放掏出手机，发现手机还在关机状态，立刻开机。

手机铃声马上响了起来。盛放看电话号码："一天打六次电话，有毛病吧。"

谢启明："杨秉超？"

盛放："嗯。"铃声锲而不舍地响起来。谢启明："吵死了，你接一下。"盛放不接。

谢启明："你不接我接了。"盛放无奈接电话。

杨秉超："我在北京。"

盛放大吃一惊："你来北京了？"

谢启明也吃了一惊，抬头看着盛放。

杨秉超："我就在长安街上，你能出来一下吗？"

盛放没说话。

杨秉超："这次我是特意为你来的，我想好好跟你谈一谈。我还没有找住的地方，你要是不来见我，那我就在街上转一晚上，明天早上返回上海。"

盛放拿着电话不知道该怎么回答。

谢启明暗示她答应下来。

盛放："你在哪儿？"

杨秉超的声音："我在天安门的华表前面等你。"

盛放挂了电话，转身往外走。

谢启明："我开车送你。"

盛放："不用。"

谢启明："怕我看见他啊？不用看，他肯定各方面都不如我。"

盛放气笑了："谢启明，你怎么自我感觉总是这么好呢？"

谢启明："客观事实就是这样，我也没办法。"

谢启明的汽车在街道上飞驰而去。

谢启明和盛放争吵的声音持续。

谢启明画外音："你还真是一个把什么都写在脸上的人。"

盛放的画外音："那又怎么了？"

谢启明的画外音："你这个人身上有很多感情是你没有能力控制的。"

盛放画外音："你隔着安全距离和人打交道，你做的一切都跟感情无关。"

谢启明开车："男女感情这种事跟打游戏闯关一样，过了一关又一关。我告诉你，一个爱情结束了，幕布怎么关上是需要技巧的。"

盛放："当你以经验自居时，完全忘了缺乏经验的可贵之处。你给我介绍一下经验吧，你和谷玫关幕布的时候用的是什么技巧？"

谢启明尴尬："说你呢，怎么又说到我头上来了？"

盛放："当教父就得以身作则。"

谢启明超车，差点撞到路边。

盛放骂他："你不想活了？"

谢启明："我告诉你，心疼一个男人，你就会爱上一个男人，咱俩不是那种关系。"

盛放发火："谢启明，你别自作多情好不好？"

谢启明："生气了？"

盛放："没有。"

谢启明："让我看看。"

盛放语气很坚决："不让你看！"

谢启明："为什么？"

盛放："因为这是我的脸。"

站在华表前面的杨秉超的身影越来越近了。汽车从杨秉超身边一掠而过。杨秉超全神贯注地看着每一个从他面前走过去的人，他转了个身，目光突然定住了。盛放出现在他面前。杨秉超的呼吸一下短促了，他深深地吸了一口气。盛放表现得很冷静，她伸出一只手说："你好！"

杨秉超机械地伸出一只手跟着她说："你好！"

盛放和杨秉超的手握在一起，谁也想不出来怎么将手抽出来才最得体。谢启明的车从他们面前开过去。盛放乘机把手抽了出来。

谢启明在车子的反光镜里看着盛放和杨秉超。

谢启明问自己："他们俩在说什么？"

反光镜里杨秉超和盛放靠得很近，他在激动地说着什么。

谢启明自言自语："盛放，你要是个聪明人，就别问他为什么离开你，你要问他为什么回来找你。"

反光镜里盛放一反跟他在一起时的嚣张气焰，一声不响地站在那里听着。

谢启明突然有些伤感："嗨，温暖是他们两个人的，好坏都在各自的心里，我在这儿瞎操什么心？"

谢启明给油门加快车速。

镜子里杨秉超和盛放的身影消失了。

手机铃声响，谢启明戴上耳机接电话："喂。"

手机里谷玫的声音："我，谷玫，你在哪呢？"

谢启明："我在外面，有事吗？"

谷玫的声音："对。"

谢启明："你在哪儿？"

谷玫："我就在你家门口。"

谢启明："好，我马上回去。"他挂了电话。

盛放和杨秉超闷声不响地在街上走着。

杨秉超："这感觉有点像当年咱俩在上海闲逛的时候。"

盛放不想跟他叙旧，问："你住哪儿了？"

杨秉超抬起头看她："你变化挺大的。"

盛放："你到底住哪儿了？"

杨秉超："哪儿也没住。"

盛放："你要住如家还是锦江？"

杨秉超："都行，离你近点儿，这样见面也方便。"

盛放伸手拦出租车。

牛大民把沙发上堆着的衣服扒拉到一边说："坐吧。"

狄英坐下，牛大民在她旁边坐下。

狄英："不是在女朋友家住吗？怎么跑这来了？人家受不了你吧？"

牛大民："不是她受不了我，是我受不了她。那女人太精，家里所有的花销，不管我享没享用都要AA制。"

狄英："会计吧？"

牛大民："最要命的是她的儿子，动不动就用话敲打我。说我住的是他们家的房子，说我在这里住是占他跟他妈妈的便宜。"

狄英："两个会计碰到一起，不互相算计那是浪费资源。"

牛大民被她气乐了："你心情不错嘛。"

狄英："那是！"

牛大民："你要嫁的那个人家有房子吗？"

狄英："有啊。"

牛大民叹了口气没说话。

狄英："你跟那女人吹了？"

牛大民："没有。"

狄英："舍不得？"

牛大民："不是我舍不得，是她舍不得。"

狄英一脸嘲讽："我还不知道你？其实你跟她是一类人，一口亏都不愿意吃。你要是不天天跟我扒拉算盘珠子，咱俩也走不到这一步。”

牛大民：“你这是取户口簿来了，还是上门当家教来了？”

狄英：“你不觉得我给你当家教你太老了点儿？”

牛大民：“喜欢上小白脸了？”

狄英得意洋洋地笑。

牛大民：“他真要娶你？”

狄英：“那当然！”

23.

谢启明家客厅。谷玫跟谢启明进屋。

谷玫四下打量："房间不错。"

谢启明："朋友的让我代管，房租便宜。"

谷玫："怎么不买房？"

谢启明："买不起。"

谷玫："可也是，北京的房子太贵了。"

谢启明沏茶倒了一杯放在谷玫面前："说吧，什么事？"

谷玫："林涛改行了。"

谢启明："啊？他已经混到胸外科的第三把交椅了。"

谷玫："那有什么用？老婆孩子在国外，挣得不够开销，只能转行。现在在一家公司当副总。房子车全买了。"

谢启明："小子命不错。"

谷玫："我们公司准备在深圳开一个分公司缺人，我推荐了你。医疗器械营销部负责人，年薪40万，奖金不算在内，你干不干？"

谢启明："你别吓唬我。"

谷玫："吓唬你干嘛？"

谢启明："我学的是医学不是商业营销……"

谷玫："学什么重要吗？你看现在混得有头有脸的有几个干的是原专业？"

谢启明："那倒是。"

谷玫："这是一个非常好的机会，你应该去试试。人只有突破自己才会有前景。"

谢启明："听着挺馋人的，可是不适合我。我不是搞营销的材料，我要是真去了40万飞了不说，连你的脸也一块给丢尽了。知难而退，伤钱不伤身。"

谷玫："纯粹是借口，谁不是在干中学的？你是不愿意跟我在一起共事。"

谢启明："没有，没有。"

谷玫："你再想想，别急着把话说死了。"

谢启明低头不语。

谷玫："在医院就你的条件，评主治医生还马马虎虎，评副主任医生，你还得喘几年。"

谢启明："你生下来就是为了鞭策我的，我在你眼里永远比别人差。考大学我考上医学院，你马上问我为啥不学桥梁设计？我考进北京，你马上说人家谁谁谁考进了剑桥。"

谷玫："这是事实。"

谢启明："我对你有过要求吗？"

谷玫："对女人提要求的男人是没出息的男人。"

谢启明："我是个没出息的男人行了吧？好在咱俩已经分道扬镳多时，你不用为我羞愧了。"

谷玫："人们经常口口声声抱怨自己是被别人抛弃的，其实他们是被自己抛弃了。"

谢启明："我抱怨过吗？你记错人了吧？"

腾跃的车开到门口停下，腾跃按喇叭。

盛开开门出来。

腾跃："吃饭去。"

盛开："不去了，我还有活没干完呢。"

腾跃："你陪我吃饭，回来我陪你干活。走吧，走吧，一个人吃饭太没意思，你跟我去，我还能多点两个菜。"

盛开锁门上车。

谢启明躺在沙发上看着屋顶想心事。

隔壁盛放的房间里传来开门的声音，谢启明急忙坐起来竖着耳朵仔细听着。

杨秉超跟着盛放进屋。

盛放："你一来就应该先找宾馆住下，现在是旅游旺季，登记晚了根本就没有房间。"

杨秉超："我没想那么多。"

盛放："你先在这儿凑合一晚上吧，我回我妈那儿去住。"

谢启明呆呆地坐在那里听着。

隔壁杨秉超的声音："房子不错。"

盛放的声音："朋友借给的。"

杨秉超的声音："你交了不少新朋友吧？"

盛放的声音："数量不多，质量不错。"

杨秉超的声音："有追求者吧？"

盛放："这跟你有什么关系？"

杨秉超："我想知道我还有没有机会。"

盛放："没有。"

杨秉超："没有？"

盛放："没有。"

杨秉超："那你还领我这儿来干什么？"

盛放："我是看在过去感情的份上帮你一把。你要是多想，可以另找地方住。"

杨秉超："盛放，你怎么变得这么狠呢？"

盛放："狠吗？你当初就是这么对我的。"

谢启明关了灯，打开电视在黑影中闷坐着。

傅海涛带着窦宝进了车棚，左右看看没人。傅海涛用大管钳夹断了摩托车上的锁。傅海涛把车推出车棚。

傅海涛骑着摩托车，窦宝坐在车后面。摩托车晃晃悠悠地开出了小区的大门。保安坐在岗楼里看武侠书，眼皮都没有抬，更没有过问。傅海涛开着摩托车上了马路直接往西开去。

腾跃开车，盛开坐在副驾驶的位置上。腾跃没话找话："今天晚上的月亮真圆啊。"盛开撇了下嘴没说话。

腾跃："你不喜欢月亮？"

盛开回答得很干脆："不喜欢。"

腾跃："为什么？"

盛开："月亮上连棵草都没有，除了一只捣药的兔子，就是一个一根筋砍树的傻男人。女人待在那上面能有什么意思？"

腾跃哈哈大笑。

一辆摩托车从他们的车旁边风驰电掣地开过去，开摩托的傅海涛没有戴头盔。

摩托车行驶到人行道边减慢速度，傅海涛身子往前倾。

他一只手松开车把，一把拉住一个行人身上背着的电脑包的带子使劲一拽。行人摔了一个跟头，电脑包脱手了。傅海涛一脚油门。

摩托车“轰”地一声开跑了。

腾跃脚下给油门，挂挡开始追摩托车。

盛开朝后一仰差点撞了脑袋，她一把抓住了车门上方的拉手。

盛开喊：“你干嘛？”

腾跃：“有人抢劫！”

汽车在车流中穿梭，几次差点跟别的车碰撞上。

腾跃脚下给油门。腾跃双手使劲轮方向盘。盛开大声叫喊：“你疯了？”腾跃没听见一样，两只眼睛紧盯着前面。

摩托车冲进隧道。汽车紧跟着冲进去。汽车照着摩托车的屁股顶了一下。摩托车摔出去老远。傅海涛就地打了个滚爬起来撒腿就跑。腾跃跳下车追。车灯灭了，隧道里很黑。

盛开在车里惊恐地往外看。车后门突然被拉开。傅海涛钻进车里，用胳膊一把勒住她的脖子。盛开刚要喊。傅海涛一把捂住她的嘴，想把她往车下拖。盛开反手一把捞住傅海涛脖子上的挂件。盛开把挂件上的绳子在手上绕了两圈使劲一拧。

傅海涛被勒得喘不过气来。他松开捂她的手，去抓脖子上的绳子。盛开一只手揪着挂件，一只手拧开车门窜下去。傅海涛被拽了下来。

傅海涛伸手抓盛开。盛开抬腿照着傅海涛的裆部狠狠地给了一脚。傅海涛叫了一声，撅着屁股半个脸蹭着地面趴下了。盛开趁此机会撒腿就跑。

盛开的喘息声越来越响。眼前的景物越来越模糊。身后有汽车声追来。盛开奔跑的身影被罩在大车灯的光柱里。汽车声越来越近，很快追上了她。盛开一抬手把手里攥着石头狠狠地砸过去。石头砸在车窗上。汽车刹车声。

盛开决定跟傅海涛拼了，他转身扑过来，撞在车子上。车速带得她踉跄着差点摔倒。

傅海涛从车里跳下来，拽着盛开的胳膊往车上拉她。盛开挥手狠狠朝他的脸上打过去，那人敏捷地躲闪过去。一辆载重卡车带着啸响“轰”的一声开过去，画面里一片寂静。

盛开照着那人的面门又是一拳。腾跃捂着鼻子坐在地上，盛开头也不回大踏步往前走。腾跃爬起来捂着鼻子叫：“你疯了？！”盛开瞎了一样跌跌撞撞地走着。

腾跃把她拖回来往车里塞。

盛开拼命挣扎，腾跃紧紧搂着她，脸贴在她的背上。炽热的呼吸让盛开的身子软了，她不动了。腾跃把她的身子扳过来，脸对脸看着她，盛开声音哆嗦着说：“你把我扔在车里，我差点被抢劫犯掐死！”

腾跃吓出了一身冷汗，突然抬手给了自己一个嘴巴子。

腾跃：“我真该死！”

盛开抬手狠狠给了他一拳。腾跃挺着胸往前迎，他拍拍自己的胸脯。腾跃：“打！狠狠地打！”

盛开一拳一拳地砸在他的胸口上，力气很快就用光了，她一屁股瘫坐在地上。

腾跃说：“你看你，哪还像个淑女？”

盛开：“狗屁淑女，做淑女又不是我的人生的目标。”

腾跃：“对，淑女算个屁，你这模样、你这嗓门、你这气概、简直就是人中的凤凰。”

傅海涛在黑洞洞的走廊蹑手蹑脚地走着。他衣袋里的手机突然响了。走廊顶上的声控感应灯被手机铃声震亮。昏暗的灯光在傅海涛的眼里犹如原子弹爆炸后的光团，晃得他不敢睁眼。

傅海涛浑身湿透落汤鸡一样站在门口，他的两只手紧紧捂着口袋里的手机。窦宝从门里伸出来脑袋往外看，他拿着的手机还按在耳朵上。傅海涛一巴掌按在他的面门上，手推着他的脸把他搡回到房间里。

傅海涛浑身是土，脸上有擦伤，脖子上有一条很深的红印子。傅海涛找出来一瓶白酒清洗伤口。后背够不着地方，窦宝帮着他擦。窦宝用手接着白酒往脖子的伤口上抹，白酒蛰得他呲牙咧嘴。

傅海涛：“嘶，臭娘们，等她再撞到我手里，我撕了她！”

窦宝：“哪个臭娘们儿？”

傅海涛：“嘶……隧道里我一眼认出来是姓罗那小子的媳妇！我想绑了她，她差点把我累死。他们两口子是我的克星，见一回整一出血光之灾，我不把他们俩收拾平整了我不姓傅。”

盛放拿出来干净床单给杨秉超铺床。

杨秉超：“世事茫茫如大海，人生何处无风波？三十岁的感觉实在不好，事业上压力山大，新人层出不穷，感情上居无定所。”

盛放：“再凑一组就是四言绝句。”

杨秉超：“盛放，咱们俩为了结婚闹崩了，我们其实从来没彻底结束过。”

盛放：“这事永远是你说了算吗？”

杨秉超：“你这么说不尊重客观事实，上海家中满墙的条约都是束缚我的。”

盛放：“我的束缚是摆样子贴在墙上，你呢？用行动砸烂了人心。羞辱就是羞辱，不管是踩着脖子还是踩着脸。”

杨秉超：“盛放，咱俩好了六年，你跟我闹腾了多少回？我只有这么一次，你就到死都不原谅我？我压力太大，真的太累了。”

盛放：“你累，谁不累？”

杨秉超：“男人的累跟女人的累不一样。”

盛放：“你怎么累了？”

杨秉超：“工作累，恋爱累，交际累，件件事都累，一个累字弄得我对一切都没了兴趣。闭上眼睛总看见还有很多没做的事情在前面等着。我害怕被市场淘汰，害怕负责任，我什么都害怕。因为害怕所以在感情上经常莫明其妙地跟你陷入冷战，次数多了，弄得彼此双方都失去了热情，到了分手的边缘又不知道如何改变现状。你提出结婚，我觉得这也是解决咱们之间问题的一个办法，可真到了结婚的关口上，我又害怕了。”

盛放看着他。

杨秉超：“众多的累当中，我觉得跟你在一起的累是最难扛的。你离开了上海以后，我以为一切都会重新开始，我想错了，什么都没有重新开始，我还是我，所有的烦恼都在，而且还放大了很多倍。我这才明白跟你分手是一个非常错误的决定。”

盛放：“那就让错误承担结果吧。”

杨秉超：“我到这儿来找你，就是希望你原谅我。”

盛放回答得很平静：“这是不可能的。”

杨秉超："人只要活着都会犯错误，你得给我一次改正的机会。"

盛放："回到北京后，我给过你多少次机会，你都不珍惜。这会儿你又伸手跟我要机会，我凭什么给你？"

杨秉超："盛放咱俩大学四年，同居两年一共有六年的感情啊。"

盛放："你甩我的时候怎么不想这六年的感情？"

杨秉超："我这不是回来找你了吗？"

电视里没有声音，从画面上看欧洲杯足球赛踢得很激烈。

谢启明闷声不响地坐在沙发上。

隔壁杨秉超的声音清晰地传来："我忘不了你，不管我跟谁好，你都会在我的眼前晃来晃去。我不习惯也不喜欢这样的生活，结束它的唯一办法就是结束单身生活。盛放，咱俩结婚吧。"

谢启明听不下去了，他站起来往外走，"咣"的一声撞上了门。

盛放听见隔壁关门的声音，她的心一下乱了。

谢启明闷头在街上走，来往的行人不时遮住他。

入夜。电视里在播放电视剧。郑婉颐坐立不安，根本看不下去。她拿起来电话又放下。郑婉颐坐在沙发上愣了一会儿神，终于又拿起来电话。

盛誉在电脑前处理文件。

手机响，他接电话："妈。"

郑婉颐："在哪儿呢？"

盛誉："在公司加班。"

郑婉颐："吃饭了吗？"

盛誉："吃了，订的快餐。"

郑婉颐："别老吃那东西，油太大对身体不好。"

盛誉："妈，你这么晚给我打电话，有什么事吧？"

郑婉颐迟疑了一下问："这几天，你爸给你打过电话吗？"

盛誉："没有，怎么了？"

郑婉颐的声音："抽空过去看看，他一个人过日子，需要人帮忙的时候，你给他搭把手。"

盛誉："我这段时间太忙，忙完我就过去看看。"

郑婉颐："抽不出时间，电话总能打一个吧？"

盛誉："好，我这就给他打。"

郑婉颐把电话挂了。

盛誉拨电话。

电话铃响，盛茂林睡眼惺忪："喂。"盛誉的声音："爸，你挺好吧。"

盛茂林一听儿子的声音立刻精神了，他坐起来："挺好。"

盛誉的声音："爸，你睡了？"

盛茂林："待着没事就睡了。上岁数的人都不像你们年轻人，贪不了黑了。"

盛誉的声音："你睡吧，改天我去看你。"

盛茂林："真的没事吗？"

盛誉的声音："没事。"

腾跃的汽车在五环兜圈子。

腾跃："已经兜了两圈了，能送你回家吗？"

盛开蜷缩在副驾驶的位置上，她声音很低地说："今天晚上我不想一个人待着。"

腾跃："从中午到现在我连口水都没喝呢，要不去我那儿？"

盛开点点头。

腾跃领着盛开进了楼道门。腾跃用钥匙开开门。一只金毛狗"嗖"地窜出来。盛开吓得一个高跳到一边，腾跃急忙把她拉回来。金毛两只爪子扒着腾跃的身子，耷拉着粉红的舌头看着他的脸。金毛狗很快对腾跃失去了兴趣，摇着尾巴凑过来舔盛开的脸。

盛开抱着脑袋低声叫："不要！不要！"

腾跃："认识一下吧，它大名叫旺财，小名叫贼高兴。"

盛开烧水煮面，腾跃两手抄在胸前站在一边跟她聊天。

腾跃："你破罐子破摔的气概绝世无双！哎，你真的不怕死？"

盛开："都活成这副德性了，还有什么可怕的？"

腾跃笑："这么点生活的挫折就叫你厌世了？你看看我！"

盛开："你有金刚不坏之身，我能跟你比吗？"

腾跃："你这叫骂人不带脏字。"

盛开："刚才我差点勒死他。"

腾跃："你对我下手也够黑的。"

盛开："万一残忍变成我的正常感情，我该怎么办？"

腾跃："万变不离其宗。放心吧，你没有那个潜质。"

盛开把煮好的面盛出来一碗递给腾跃："这是我妈传给我们的拿手绝活。"

腾跃吃了一口叫道："老天爷！简直是害死人不偿命！"

盛开："你可以不吃。"

腾跃："提醒晚了，以后你还得给我做着吃。"

盛开："一个礼拜就吃顶了你。"

腾跃："不会，不会，我会热爱它一辈子，直到寿终正寝。"

盛开突然放下了筷子，她用手捂住一边的脸。

腾跃："怎么了？"

盛开："咬着舌头了。"

腾跃："我的话吓着你了？"

盛开："害怕谈不上，是惊着了。三十四岁了，马上混到老女人的份上了，我必需依赖经验摸着石头小心过河，免得自取其辱。"

腾跃："你是老女人？"

盛开："被抛弃一次，离婚一次，两重灭顶之灾，不老才怪。"

腾跃："这种经历每个人都可能遇到，跳出来放眼看看，生活在继续，没啥大不了的。"

盛开："一见钟情和日久生情。你相信哪一种？"

腾跃："爱情不是磨合出来的，我相信一见钟情。"

盛开："有过吗？"

腾跃笑而不答。

盛井："走吧，送我回去。"

酒吧里放着抒情的摇滚乐。谢启明一个人躲在角落里喝酒。杨秉超和盛放各自坐在沙发的一角。杨秉超："我和她交往的时间很短，你见到的那次以后就完了。她以后我也试着跟别人交往过，可是都进行不下去。我发现这不是别人的问题，确实是我自己的问题。"

盛放："我不是你的心理医生。"

杨秉超："但是你能救我。"

盛放："我看咱们还是别往下谈了，再谈下去就会陷进'从前有个山，山里有座庙，庙里有个和尚'那样永无休止的死循环里。"

杨秉超神情悲哀地看着她。

盛放站起来："时间不早了，你休息，我走了。"

杨秉超一把拉住她的胳膊哀求道："别走了。"

盛放使劲甩开他的手开门出去。杨秉超呆立了片刻，一头栽倒在沙发上。他看着屋顶长长地叹了一口气。谢启明晃晃荡荡走过来，他一抬头停住了脚。盛放背着挎包的背影在马路上急匆匆地走着。

谢启明立刻追上去："盛放！"盛放站住脚扭头看他。

谢启明："你去哪儿？"

盛放："附近的酒店都满了，我让他住这儿，我回我妈那儿去。"

谢启明："你等着，我开车送你。"

盛放："一身的酒味儿，你不怕警察？"

谢启明："不怕。"

盛放："你不怕，我还怕呢，我打车去。"

谢启明拦着她，不让她走，他笑着看她。

盛放："笑什么？"

谢启明："那小子太了解你了。"

盛放："你怎么知道？"

谢启明："他能回来找你，就说明他已经把你吃透了。"

盛放不说话："结论下得太早了吧？"

谢启明："你们俩谈得怎么样？"

盛放："他要我跟他回上海。"

谢启明："嗯。"

盛放："他要我马上跟他结婚。"

谢启明："嗯。"

盛放生气："你怎么光是嗯啊？"

谢启明："跟他结婚是你的梦想，经历了一年多的风雨坎坷，他终于回来娶你了，面对这样两全其美的幸福时光，我除了嗯还能表示什么？"

盛放："过去我想跟他结婚，现在早就绝了这个念头。"

谢启明："你这人不诚实，你不理他，你拒绝他，其实就是想把心里的这口恶气出透了。幸好他还懂游戏规则，一直按规矩出牌。这样你达到了你的目的，他也达到了他的目的，你们俩都达到了各自的目的，完全可以顺理成章地结婚了。"

盛放：“你是在给你和谷玫重修旧好找借口吧？”

谢启明一愣：“怎么拐到我身上来了？”

盛放：“你自找的。”

谢启明：“是她找我，不是我找她。”

盛放：“这下咱俩扯平了。”

谢启明：“你们女人最愿意把问题往男人身上推，做为一个男人，我必须得忍受这种委屈。”

盛放冷笑：“她已经回来找你了，你还委屈什么？”

谢启明：“你委屈什么？”

盛放：“我一点儿都不委屈。”

谢启明：“我也不委屈。”

盛放：“既然那么在意她，就千万别再松开手。”

谢启明：“松不松开手，是我的事，跟你有什么关系？”

盛放气白了脸：“说得好，咱们俩确实是萍水相逢的两个陌生人，一点儿关系都没有。”

话谈僵了，两人谁也不说话了。

夜很深很静。

谢启明和盛放两尊泥塑一样站在马路旁，车辆在他们身边疾驰而过。

谢启明打破僵局：“走吧，我送你。”

盛放倔犟地把脸扭到一边：“少来这一套，我不稀罕你！”

话一出口，她的眼泪流了出来。

谢启明嘲笑她：“撑不住了吧？后悔以前装得那么大气了吧？我跟你说，女人凡是动了感情的，没有不嫉妒的。”

盛放发怒：“谁跟你动感情了？你凭哪一条叫我对你动感情？”

谢启明眨巴着眼睛：“没动就没动，犯得上暴跳如雷吗？”

一辆出租车开过来盛放伸手拦住。

盛放打开车门对谢启明说：“谢启明，我谢谢你，有你刚才那番话，我就能铁了心跟他回上海把自己嫁了。”

她关上车门，出租车开走。

谢启明看着出租车远去，他冲着黑夜大声喊：“嫁吧！你爱被那个王八蛋折腾着你就去嫁给他吧！”

盛开陶艺坊。盛放双手抱膝坐在台阶上。

腾跃的车开过来停下，盛开从车上下来，她一眼看到了妹妹。

她冲腾跃挥了挥手，腾跃的车开走了。

盛开快步走过来："大半夜的你坐在这儿干什么？"

盛放："找你借宿。"

盛开盛放姐妹俩坐在工作台旁边说话。

盛放："你别告诉妈杨秉超来了，我不想听她啰嗦。"

盛开："我不说，你打算怎么着，能告诉我吗？"

盛放："我也不知道。刚才送你回来的是谁？"

盛开："朋友。"

盛放："肯定不是一般的朋友，不是你喜欢他，就是他喜欢你，随便挑一个答案告诉我。"

盛开："就是他帮我装修的店铺。"

盛放意味深长："哦……"

谢启明家客厅。房间里黑着灯，谢启明坐在沙发上，一缕月光照在他的脸上。他站起来走到墙边仔细聆听着墙那边的动静。杨秉超慢慢走着，他仔细看着盛放的书籍、化妆品及照片，看不到跟男人生活的痕迹。

谢启明戴着耳机坐在电脑前打游戏，战场厮杀格外惨烈。盛放躺在沙发上瞪着眼睛看着窗外，她睡不着。杨秉超低着头在楼下来回走着，他不时抬起头看看高耸的楼房。盛放在电脑前办公，她眼圈发黑显得有些心不在焉。

女同事甲把报表给她扔回到桌子上："上面有两个数据你填错了，幸亏我发现了，要是报到上面，经理不扣你工资才算怪呢。"

盛放拿起报表，看见上面明显的错误，她伸了下舌头急忙改过来。

女同事甲一屁股坐在她的桌子上："今天的烟熏妆不错，什么牌子的眼影？"

盛放："差点睡过头，哪有时间化妆？"

女同事甲表情暧昧："昨晚一夜狂欢吧？"

盛放："没有。"

女同事甲："别骗我了，昨天找你的那个帅哥，我都看见了。"

盛放："那是前男友。"

女同事甲："上海那个？弄来叫我们看看。"

盛放："想看？"

女同事甲："嗯。"

盛放把她拉到窗台旁悄悄冲下面指了一下："在那儿呢。"

女同事甲："这就是天天给你打电话的那个人？"

女同事乙："追到北京来了？"

女同事丙惊呼着凑到窗前："哇塞！真够浪漫的！"

盛放："你们要是我怎么办？"

女同事乙："嫁给他！"

盛放摇摇头。

女同事甲："是不是还有别人追你？"

盛放："没有。"

女同事甲："那你还傻等什么？小心过了这村没这店了。"

盛放："这事我得好好想一想。"

女同事乙："还想什么？你们好了这么多年，都没有结成婚，就是想的太多了。我告诉你，恋爱不能谈得时间太长，爱情谈得时间太长容易疲劳，容易厌倦，容易放弃。恋爱谈得时间越长就越冷静，越冷静就越难决定婚姻大事。"

盛放看着她："这话有道理。"

女同事甲："爱情的主要感受是什么？是失望。你喜欢的人不出现，出现的人你又不喜欢，你爱的人爱着别人，爱你的人你又不爱，于是这就成了我们三番五次恋爱的理由。你爱过了360次，到最后还是发现每一个都不是你最想要的，恋爱的结果不是你伤害别人，就是别人伤害了你。"

盛放哈哈笑："总结得太好了。"

女同事乙："这是我在书上看到的，一个女人就应该在男人最爱她的时候嫁给他，恋爱谈得时间越长，女人越吃亏，女人的青春经不起等待。盛放，我奉劝你赶紧结婚，现在非常流行闪婚，就是两人在爱得难舍难分的时候闪电般地结婚，让爱的热情在婚姻中干柴遇上烈火。"

盛放："着完以后了呢？"

女同事乙："柴米油盐踏踏实实过日子呗。"

谢启明在病房里查房会诊，他手里拿着病例有点心不在焉。

走廊里轻柔的广播声："谢启明大夫，谢启明大夫，办公室有你的电话。"

谢启明转身往外跑。

医生办公室。谢启明一把抓起电话："喂，盛放吗？"

电话里的人不说话。

谢启明："还生我的气呢？算了，算了，我收回昨天晚上说的话，你别让我影响了你的情绪，你是你自己的，应该给你自己做选择，我的话你连参考都不用参考。你既然对他还那么有感情，你就跟他回上海结婚好了。"

电话里突然冒出来谷玫的声音："盛放想跟谁去上海结婚？"

谢启明惊出了一声冷汗："是你啊。怎么也不哼一声呢？"

谷玫边走边打电话："你硬把我当成她，我有什么办法？"

谢启明："找我有事？"

谷玫盯住刚才的话茬不松口："你跟盛放吹了？"

谢启明："咱们不要谈她好不好？"

谷玫："这样最好，昨天我跟你说的事你考虑好吗了？"

谢启明："你让我再想想。"他挂了电话。

盛放下班从大门里跑出来，杨秉超迎上去。

盛放："你这么早在楼下转悠什么？"

杨秉超："想早点儿见你。"盛放看了他一眼，快步朝前走去。杨秉超追上去："咱们随便在街上走走，看见顺口的饭店就进去吃饭。"盛放："好吧。"

杨秉超和盛放逛商场。杨秉超看到时髦漂亮的时装就停下来让服务员拿下来给盛放试。

盛放心里高兴，嘴上推托："太贵了别给我买，我有衣裳穿。"

杨秉超："你在上海跟我生活了两年我都没好好给你买一件衣服，你给我一个机会，让我好好弥补一下。"

他的话让盛放很受用。

杨秉超伸手帮盛放拿她拎着的服装包，他的手碰到了盛放的手。

盛放的手一哆嗦，杨秉超乘机拉住了她的手，盛放的手往外挣了一下没有挣出去，杨秉超更紧地握住了她的手。

杨秉超和盛放两人手拉手地在街上走着，

杨秉超面露幸福，盛放则有些精神恍惚。

盛放的手机响了，盛放乘机抽回自己的手接电话。

盛放看了一眼号码把电话压了。

杨秉超："谁啊？"盛放不回答。

谢启明把电话揣进口袋里小声骂："小兔崽子，过去不接他的电话，现在不接我的电话，把我跟他同提并论，这不是瞧不起我吗？不行，这电话说死我不能再打了。"

一个男人跑过来，谢启明跟他握手，两人相跟着走了。

谢启明和那个男人坐在咖啡屋外面的遮阳伞下喝咖啡聊天，

盛放和杨秉超从他身后走过去，他们谁也没看见谁。

杨秉超给盛放挑鞋："这双奶白色的配那条白裙子肯定好看。小姐你再把那双桔黄色的拿来看看。"小姐把鞋拿过来。盛放心不在焉地看着他们。杨秉超把鞋放在盛放的脚下面："来，试一试。"盛放试鞋。

杨秉超："怎么样？"

盛放："挤脚。"

杨秉超："你不是穿37的吗？"

盛放："号跟号还不一样呢。"

杨秉超不解地看着她："刚才还好好的，怎么了？"

盛放："我打个电话，一会儿就回来。"说完她推门出去。杨秉超抱着一堆购买袋心烦意乱地站在那里。

电话铃声响，谢启明不看手机上的来电显示接电话："喂，哪一位？"

盛放的声音："我。"

谢启明"腾"的一下站起来："你在哪儿？"

男人诧异地看着他。

盛放："我在三里屯买东西。"

谢启明对男人说："对不起，我有一件重要的事要办。你托我的事，明天电话告诉你。"说完拿着电话冲出冷饮亭。

谢启明："我就在三里屯，等着我去找你。"

盛放的声音："这么多人，你找不着我。"

谢启明："等着我，我有话要跟你说。"

盛放："在电话里说吧。"

谢启明的声音："电话里说不清楚。"

盛放："我跟他在一起呢。"

谢启明的声音："知道，我占用不了你多长时间。"

盛放："我没有时间在这儿等你。"

谢启明的声音："我已经看见你了。"

盛放吃惊她左右转了一圈没有看到。

谢启明的声音："你转身往后看。"盛放转过身往后看。谢启明挂了电话大踏步地朝她走过来。

杨秉超拿着鞋从精品屋里出来，他叫了一声："盛放。"盛放"霍"地转过身看着杨秉超。谢启明语气平静地对杨秉超说："对不起，占用你一点时间，我有话要跟她说。"杨秉超看看盛放又看看谢启明。

盛放抬起头对杨秉超说："你先回去，我一会儿就回去。"

杨秉超心里一百个不愿意，他还是勉强答应了一声，打了辆车走了。

盛放和谢启明站在街边两人都看着对方。

谢启明："你为什么不接我的电话。"

盛放摆出一副要吵架的架式："不想接。"

谢启明息事宁人："好，好，我不跟你吵架。我找你不是要跟你吵架。"

盛放长长出了一口气，她不说话了。

谢启明："怎么了？"

盛放："烦。"

谢启明："烦是正常的，咱们太奶奶那一辈儿，结婚的时候还得嚎啕大哭呢。"

盛放："你别招我啊！"

盛放低着脑袋默默地往前走。谢启明一声不响地跟着她。

杨秉超排队排到售票口，他把钱递进去："买两张今天晚上去上海的高铁火车票。"

售票员："卖完了。"

杨秉超失望地转身离去。

路灯一个一个地亮了。

盛放停住脚："太晚了，我得回去了。"

谢启明也停住脚："我想请你吃饭。"

盛放："以后吧。"

谢启明："没有以后了。"

盛放一愣："怎么没有了？"

谢启明："你嫁到上海去了，咱们哪还有以后？"

盛放神色黯淡下来："别说这事。"

谢启明："好，我不说。"

盛放："男人是说反话的动物。你想嫁给他的时候，他找遍理由不要你；你决定撒手的时候，他却又冒出来死活要娶你。我知道这是最后的机会应该珍惜，可是心里却一点要珍惜的感觉也没有。"

谢启明："跟我说句心里话，你还爱他吗？"

盛放不说话。

谢启明："不否定那就是肯定。"

盛放还是不说话。

谢启明追问："真的还爱他？"

盛放哑着嗓子"嗯"了一声："可能吧。"

谢启明失望地看着她："他到底是什么样的人，叫你这么不顾一切？"

盛放恨恨地："没良心，没责任心，基本上是个两心俱无的男人。"

谢启明："那我真的就不明白你了。"

盛放："我也不明白我自己。"

谢启明："一个人可以在眼神不好的情况下被石头绊一跤，但是如果被这同一块石头绊了两跤，那她的愚蠢真的是不能原谅的。"

盛放："这就是你要跟我说的话？"

谢启明："不是。"

盛放："你是我什么人？凭什么这样损我？"

谢启明："盛放，咱俩好歹认识一场，我不愿意再看见你焦头烂额千疮百孔地从上海逃回来。"

盛放喊："谢启明，你别咒我！"

谢启明："不是我咒你，是你自己在毁自己。"

盛放："我愿意毁，你管得着吗？"

谢启明："好，以后再管你，我不是人！"

盛放："我以后再让你管，我也不是人！"

谢启明语气有些悲凉："盛放，你我马上就要分手了，我们就不能心平气和地说一会儿话吗？"

盛放平静下来："你说吧。"

谢启明："谷玫让我跟她到深圳去开公司，年薪40万，你说我去不去？"

盛放："她能给你带来这么实惠的利益，你干嘛不去？"

谢启明："这是你的心里话？"

盛放："也是你的心里话。"

谢启明生气："盛放，我真是白跟你交往这么多日子了。我怎么想的你一点都不知道吗？"

盛放："不知道。"

谢启明："杨秉超怎么想的你知道吗？"

盛放："不知道，我只知道没有人能成为我的生活支柱，我嫁给谁都得摸着石头过河。"

谢启明点点头："好，你嫁给她，我去深圳，咱们以后谁也不要再见谁。"

盛放掏出钥匙扔给他，她声音平静地说："房子还给你。"

谢启明看着手里的钥匙半天没有说话。

盛放："我要哭了，你在我哭以前滚远点好吗？"

谢启明把钥匙一脚踢飞了，他转身毫不犹豫的走了。盛放跑过去捡起来钥匙，眼泪涌出来。她泪眼朦胧地看着越走越远的谢启明。谢启明像梦游患者一样在自行车流和汽车之间走着直线，车流声在他身边呼啸而过，他像没听见一样。

罗母卧室。罗母躺在床上。

罗耀辉给母亲端来水和药。

罗母："狄英回来了？"

罗耀辉："嗯。"

罗母："店那边怎么样？"

罗耀辉："不知道。"

狄英喊："出来吃饭吧。"

罗母、罗耀辉坐在餐桌前吃饭。狄英手脚利落地把饭菜和汤摆在桌子上。罗母看了一眼饭，脸上露出腻歪的神情。狄英把一碗粘稠的小米粥和一碟翠绿的咸菜端到她面前。罗母拿着调羹吃起来。

罗耀辉："今天流水多少？"

狄英："三千。"

罗耀辉："不算多。"

狄英：“我一个人领着两个啥都不会的棒槌，有这收成就不错了。”

罗母翻了她一眼：“腰杆子挺硬啊。”

狄英：“如果耀辉明天还不能全天在店里，那就少做一袋面。”

罗耀辉：“行。”

罗母见不得儿子对别的女人如此顺从，她把筷子往桌子上一拍：“我还没死呢！这个家我说了算！”

狄英：“老太太，如果换我是你，早就靠在沙发上颐养天年了。你就是操心的命，两手往上端，你都坐不到佛龛上去。”

罗母被她绵里藏针的话噎得半天没喘上气来。她瞪着罗耀辉，希望儿子能替自己出口气。罗耀辉端起来碗喝干净了碗里的汤，把空碗放在桌子上：“明天我早点陪我妈上医院复查，然后马上去店里干活。”

狄英洗碗收拾厨房。罗耀辉跟着她一起忙活。

狄英：“行了，行了，你别在这绊脚了。”

罗耀辉：“我干也不对，不干也不对。你到底想让我怎么着？”

狄英：“我能让你怎么着？我把全身的劲儿都使上，也拼不过你们母子俩的血缘。耀辉，我已经把自己全都给你了。在这个家里，你不护着我，那可真昧良心了！”

罗耀辉：“我把你要的也全都给你了，你还想要我怎么着？”

狄英：“我把户口本已经拿来了，咱俩啥时候登记去？”

罗耀辉一愣。

狄英：“你是个男人，不能说话不算数！”

画外罗母的叫声：“耀辉！耀辉！”

罗母沉着脸坐在床上。

罗耀辉进来，问：“妈，干啥？”

罗母压低了嗓门小声提醒他：“少跟她腻乎，小心沾你一身子烟灰。”

罗耀辉：“妈，我俩已经那个了……”

罗母立刻打断他的话：“那个不算数，你没强迫她。周瑜打黄盖一个愿打，一个愿挨，这事扯平了。咱家一点儿都不欠她的。”

24.

盛放家。盛放推门进屋，杨秉超从沙发上跳起来。

杨秉超：“你怎么才回来？”

盛放一言不发地坐在沙发上，杨秉超在她的身边坐下。

杨秉超：“我买了明天的火车票。”

盛放一愣：“明天？”

杨秉超：“今天的没有了，明天的飞机票也没有了，我买的是慢车票。”

盛放：“你干嘛这么着急？”

杨秉超：“夜长梦多。”

盛放：“要走你走，我不走。”

杨秉超：“你喜欢那个人？”

盛放：“你瞎说。”

杨秉超：“你的眼神骗不了我。”

盛放：“你那么明白，怎么就看不出来我不想跟你回上海结婚呢？”

杨秉超：“你不是一点儿都不想，你是在等我完全说服你。盛放，这个世界上再也没有一个人像我这么了解你了，我有很多的缺点，你也有很多缺点，好在我们已经共同生活过了两年，知己知彼。我们结了婚利益就是共同的了，我们会好好合作，也应该好好合作。生活本来就是合作的产物，合作能力强的人才会获得高质量的生活，才能拥有美满的爱情。”

盛放看着他不说话。

杨秉超：“我知道你一直对我不满意，可是你也应该学会换位思考，女人总是比男人活得容易。在决定跟你结婚之前我问了自己几个问题，答案全都对你有利的。”

盛放：“什么问题？”

杨秉超：“第一，如果以后遇更可爱的人我会不会动心？答案是不会。

第二，三十年后，你老了丑了胖了，我会不会依然有耐性和你过下去？答案是会。第三，你有灾有难甚至生病死亡，我能心甘情愿地对你负全部责任吗？答案是能。”

盛放眼睛盯着墙不说话。

杨秉超：“你在想什么？”

盛放：“我不能。”

杨秉超脸白了：“为什么？是为了那个人吗？”

盛放：“不，是为了我自己。你以前对咱们之间的关系做的结论是对的，咱俩真的不合适。”

杨秉超急了：“我已经受到惩罚了。我也用我的实际行动承认了错误，这还不行吗？你还要我怎么样？”

盛放：“我不要你怎么着。你说婚姻是合作的产物，我不是一个善于和你合作的人，所以我不能跟你结婚。”

杨秉超：“我已经买了票。”

盛放：“一张你坐，一张退了。”

杨秉超脸色青白：“看来你这一辈子都不会原谅我了。”

盛放不说话。

杨秉超恳求她：“盛放，你跟我走吧。”

盛放回答得很坚决：“不！”

杨秉超痛不欲生，他使劲“咚咚”地往墙壁上撞头。

盛放吓坏了，一把抱住他。

杨秉超：“我连说服你的能力都没有，还不如一头撞死得了。”

说完他使劲把盛放推到一边，又朝墙上“咚咚”地撞去。

盛放吓得脸青唇白，她扑上去紧紧搂住他。

盛放嚎啕大哭：“别撞了！别撞了！我跟你去上海还不行吗？”

杨秉超疯狂地吻她，盛放先是挣扎，熟悉的气息叫她的身体渐渐软了下来。

谢启明坐在电脑前面打游戏，他打得很疯狂、很投入。

手机响，谢启明不接。电话铃声响，谢启明也不接。电脑里的敌人被他一个一个地狠狠歼灭了。门铃声响，谢启明起来开门。

曹林进来：“你小子怎么回事？啊？电话也不接，非得让我亲自来请你才行？”

他走到电脑前看他玩的游戏：“我靠！玩到这个级别了？这是想杀谁啊？狠成这样？”

谢启明又坐下来打游戏。

曹林：“你这个家伙到底怎么了？”

谢启明不说话。

曹林：“看出来了，你遇到的是伤元气的事，走！走！我带你散散心去。”他关了电脑硬把谢启明拉出门去。

迪厅里人声鼎沸，谢启明在人群里疯狂地蹦着。曹林的桌子上摆满了空啤酒瓶子。谢启明摇摇晃晃地回来又一屁股坐在桌子旁边喝起来。曹林也不劝他。有女孩子过来约他一起跳舞，他又跟着去了。

罗耀辉的卧室。罗耀辉躺在床上熟睡。狄英蹑手蹑脚地进来，悄悄掀开他的被子钻了进去。罗耀辉吓得一激灵刚要叫，狄英伸手捂住他的嘴。

罗母睡眼惺忪，趿着鞋从他们门口经过，去上卫生间。

罗耀辉和狄英缩在被窝里一动不敢动。

谢启明摇摇晃晃地推门进来，他掏出来手机看看没有信息也没有电话，顺手把手机放在桌子上。谢启明转过身面对和盛放相隔的那道墙，他跌跌撞撞地走过去，直瞪瞪地看着那堵墙。谢启明伸开双臂把脸和整个身体紧紧地贴在那堵墙上，他双眼紧闭亲吻了一下那面墙。

房间里黑着灯。

盛放手抱双膝紧挨墙根坐着。

谢启明把浴缸里面放满了水，他迷迷糊糊衣服也没脱就进浴缸躺下了。谢启明很快就睡着了。

手机铃声响。

睡在浴缸中的谢启明被惊醒，他站起来又摔在浴缸里，这才彻底醒过来。谢启明浑身是水地从浴缸里爬出来自言自语：“我怎么睡在这里了？”镜子里的谢启明答道：“喝多了？对，我昨天晚上喝多了。”

谢启明想起来昨夜的情景顿时头疼欲裂，他捂着脑袋出去。

谢启明把被水泡湿的钱，票据，证件一张一张地夹在衣服夹子上晾起来。

盛开开车。腾跃在副驾驶座上坐着，盛开表情从容，车技已经很娴熟了。腾跃："右拐上便道。"盛开动作利落地打方向盘。

盛开："厂子的利润怎么样？"

腾跃："还那样，嗨！我这个人有个特点，钱多的时候爱钱，没钱的时候爱气节。"

盛开哈哈笑。

腾跃："我是个平庸的人。因为平庸所以我就到处说，适度的平庸是一个人心智健康，终生快乐的最好保障。"

盛开："你平庸？你要是甘于平庸就不这么折腾了。"

汽车在车流里行驶。

腾跃看着街道："我从小在这里长大，每条胡同闭着眼睛都能摸过去。"

盛开："几年没回来了？"

腾跃："四年。"

盛开："你是儿子，应该主动回去。"

腾跃："他们不认我这个儿子了，我怎么回去？"

盛开不说话了。

腾跃："这段日子我不是梦见我爸死了，就是梦见我妈死了，醒来一摸，竟然满脸的眼泪。"

盛开同情地看了他一眼，没有说话。

笼子里的狗冲着镜头叫，腾跃和盛开入画。

腾跃打开笼子，狗们冲出来围着腾跃上窜下跳摇着尾巴。

腾跃一脸的温柔，嘴里絮絮叨叨地跟狗说着话："赛文你怎么秃顶了？是不是又长癣了？板砖你收着点儿，没看见有女士在场吗？别这么满脸乱舔。肉团儿呢？"

叫肉团的大狼狗扑过来，差点把腾跃扑个跟头。

盛开在旁边紧张地看着他们。

几只小点儿的狗围在她身边，腾跃把狗粮袋子给她让她喂。

盛开把狗粮放在手心里，小狗舔着吃，

盛开高兴地笑，她消除恐惧，放松了。

火车站检票口。杨秉超和盛放排在队伍里。杨秉超脑门上一片青紫，他不住回头看盛放。盛放心不在焉地看着别处。杨秉超："电话打了吗？"

盛放："打了，经理给了我二十天的假。"

杨秉超："在那边找到工作，这边你就放弃吧，假不假的无所谓。"

盛放点点头。

杨秉超："真的不用跟家里说一声？"

盛放："到上海再说吧，现在说了反倒麻烦。"

杨秉超："随便你。"

盛放把手里的包递给杨秉超："我上趟厕所。"

盛放躲在墙角里给谢启明发短信。

医生们在一起会诊，谢启明觉出口袋里的手机在震动，他悄悄拿出来看。手机上盛放发来的短信："我现在在火车站，马上要离开北京了。钥匙我放在门口的消防箱的空隙里，祝你一切都好！"

谢启明好一会儿才抬起头来。

大厅里播音员柔美的声音："从北京开往上海去的1013次列车已经开始检票了，请前往上海去的旅客排队检票上车。"

盛放跟着杨秉超通过了检票口。

杨秉超把行李放到行李架上，转身坐在盛放对面，他满面笑容地看着盛放。

杨秉超："11个小时以后就到上海了。"

盛放没有说话。

杨秉超："咱们先把房子好好收拾一下，然后我请假，咱们旅行结婚去。你想去哪？马尔代夫行不行？一个人才一万多块钱。"

盛放："随便你。"她把手机掏出来看一眼，手机上没有任何信息。盛放失望地把手机又放回去。

开车铃声响。盛放一阵心悸，她探头往外看。杨秉超看着她，此时他已经相当平静了。火车开动了，慢慢驶出北京站。盛放看着窗外内心独白："我觉得身体里有一个地方空了，空得人非常难受。"

杨秉超："我给我父母都打了电话，他们都很高兴，希望咱们今年过年能跟他们一起过。"

盛放内心独白："看样子他真是铁了心了，连一个信息都不给我回。男人就是这么狠，说跟你断一咬牙就断了。"

杨秉超："今年咱们先贷款买房子，两年以后再贷款买辆车。你喜欢什么牌子的？"

盛放脱口而出："吉普。"

杨秉超："啊？"

火车驶出城区。

盛放坐在靠窗子的小凳子上往外看着。口袋里的手机突然响了，急忙掏出来看，是谢启明打来的。盛放兴奋地跑到过道上接电话。

盛放："喂。"

谢启明的声音："我来送你了。"

盛放："你来晚了，车已经开了。"

谢启明的声音："你往窗外看。"

盛放急忙往窗外看。谢启明的敞篷吉普车在公路上追着火车跑。盛放激动地把头探出窗外。

谢启明看到了火车上的盛放，他生怕她的身影在他的视野里消失了，他的眼睛盯着那节车厢跟火车比速度。

谢启明耳朵上挂着耳机跟盛放通话："记住，脚在你的身上长着，如果过得不好，你就赶紧回来，我时刻准备收容你。"

盛放眼圈红了她问："你要到深圳去了，还怎么收容我？"

谢启明的声音："你放心，我不会离开北京的。我一定等着你千疮百孔焦头烂额地回来。"

盛放："我恨你。"

谢启明的声音："我还你三个字。"

盛放："你留着吧。"

谢启明的声音："你必须要。"

盛放："我不要。"

谢启明的声音："好，那我走了。"

盛放一下急了："别，你别走！"

谢启明嘿嘿笑："你要不要？"

盛放："要。"

谢启明："你下车，我就送给你。"

杨秉超拿着水杯到水房泡茶，看见盛放打电话问："谁的电话？"

盛放下意识地挂了电话，她什么也没说，回到座位上坐下。盛放往窗子外面看。谢启明的车子不见了。盛放丢了魂一样呆呆地坐在那里。

火车到站慢慢停下，有乘客上车下车。杨秉超对盛放说："我到那边去接点开水。”盛放点点头。杨秉超接完水回来发现盛放不在了，他抬头看看行李架，他和盛放的旅行包还在上面，杨秉超松了口气，他坐下来悠闲地看着窗外。

盛放站在门口望着窗外，火车缓缓开动了，列车员把车门口的挡板扳上，盛放突然扒拉开列车员，从车门口跳了下去。

列车员一声惊叫：“你不想活了？”

杨秉超坐在窗前边喝茶边往车窗外面看。盛放拼命地在站台上奔跑着。杨秉超心急如焚,他冲到车门旁车门还没关上。杨秉超把头探出车门外大声喊：“盛放！盛放！”

盛放在空空的站台上跑远了。杨秉超急忙掏出手机给她打电话。盛放在站台上迅跑，手机铃声淹没在火车的车轮声中。盛放跑进隧道，隧道上面突然有火车通过，车轮声巨响，盛放被震得头昏眼花，她使劲捂住了耳朵。

盛放走出隧道，突然看见站在隧道口的谢启明。

盛放站不住了，腿一软坐在了地上。谢启明一屁股坐在了她的面前。盛放口袋里的手机响个不停。谢启明替她掏出来关了机。

盛放和谢启明眼睛看着眼睛，两人的脑袋慢慢地顶在了一起。

盛放说：“我想哭。”

谢启明低声说：“哭吧，我又不是没见过。”

盛放低声说：“可是我哭不出来。”

谢启明低声说：“想想你今天干的蠢事就哭出来了。”

盛放抬起眼睛看着谢启明认真地问：“我的心怎么这么不老实，我为什么这么愿意闯祸呢？”

谢启明突然在她的嘴唇上亲了一口。盛放呜的一声哭出来了。

谢启明搂着她的脖子说：“看看，看看，我就知道你离不开我。”

盛放哭着骂：“谢老七，你脑袋里有屁啊！”

谢启明一本正经地说：“我纠正一下，不是你离不开我，是我离不开你。”

盛放：“真的？”

谢启明：“真的。”

盛放：“你从什么时候离不开我的？”

谢启明：“从现在不行吗？”

盛放：“现在开始也不晚，毕竟开始了。”

谢启明："你从什么时候决定不走的？"

盛放："刚才在火车上看不见你的时候，我心里只有一个念头，跳下火车。我只想跳下去，但是跳下去以后该怎么办，我就不知道了。"

谢启明："爱是向前看，恨是朝后看。不敢爱不敢恨是左右彷徨。你算是第几种呢？"

盛放："谢启明，你知道不知道你特别讨厌？"

谢启明："知道。"

盛放："说说自己怎么讨厌。"

谢启明想了一下："有自知之明，能律己待人，宽厚豁达，特别能包容像盛放同学这样的女人。"

盛放："这是检讨吗？我怎么听着像推荐信呢？"

谢启明："我尽量挑好的、能见人的地方亮相给你看。"

盛放问："你喜欢我吗？"

谢启明："都追到这儿来了，这个问题还用回答吗？"

盛放："喜欢我什么？"

谢启明："不知道，真的，我从始到终都不明白自己为什么喜欢你。你这个人太感性，太冲动，完全不是我喜欢的那个类型。"

盛放："知道你喜欢谷玫那样的。"

谢启明："你又来了。"

盛放不依不饶："你喜欢她，还跑来追我干什么？"

谢启明："我不是那个意思。"

盛放："你就是那个意思。"

谢启明："你这个人在生活里爱跟自己作对，在精神上越是艰险越向前！我喜欢上你完全是自作自受！"

盛放："后悔了？"

谢启明："我干嘛后悔？我这是造福人类，我献身堵了枪眼，别人就没有机会受你的迫害了。"

盛放气得打谢启明，谢启明抓住她的两只手。

谢启明："我还没说完呢，跟你在一起的最大好处是不用装孙子，爱谁谁，生气就生气，高兴就高兴，这滋味除了在你这儿，我还真没处找去。人们都说，对异性的判断是整个世界观的，我想装也装不了，也就是这个水平了。只能找你做女朋友，装也没用。我跟你不是单纯的男女间的亲近，而是人以群分的亲近。”

盛放：“你要送我的东西呢？”

谢启明：“什么东西？”

盛放：“刚才你在手机里说的。”

谢启明不好意思地挠挠头：“不要走那个形式了好不好？”

盛放：“不行。”

谢启明小声说：“我爱你。”

盛放：“刚才过隧道的时候我的耳朵被火车声震聋了。”

谢启明：“哪个耳朵？”

盛放：“左耳朵。”

谢启明凑到她的左耳朵旁提高了声音说：“我爱你！”

他说话的气息吹到盛放的耳朵里，盛放痒得跳起来跑了。

他追上去抱起来盛放扛在肩上，对着空旷的原野大声喊：“盛放，我爱你！我……爱……你！”

火车车厢。杨秉超呆呆地坐在车窗旁边，铁路两旁的树木一掠而过。

杨秉超打开手机信息。

盛放：“对不起，杨秉超，考虑再三我还是决定不跟你去上海结婚了。这样对你对我都好，祝你一切都好！再见！”

杨秉超沮丧的眼泪快流出来了，他使劲忍住了。

谢启明开车，盛放坐在副驾驶的位置上。

谢启明：“我远远地看见一个灵魂追着我喊救命，我得救你！救命而不是夺命，这就是力量。”

盛放：“我没你想得那么软弱。”

谢启明：“你的坚强是需要被保护的坚强。”

盛放：“谷玫是一个错误，我是另一个错误。你在用一个错误去挽救另一个错误。”

谢启明：“你又来了！你又不是七八十岁的老太太，怎么老在一个问题上拧巴？”

盛放：“对你来说，我这颗心太老了。”

谢启明：“古董越老越值钱，现在我眼里没别人了。”

盛放："只有我和不朽？"

谢启明大笑："反应机敏出语恶毒，这是我喜欢你的另一个原因。"

盛开的汽车在街道上穿行。一辆并线的汽车不规矩，不打转向灯，硬要往里夹塞。盛开的车就是不让，她按喇叭鸣笛，做出要往外掰的架势。那辆车怕刮蹭赶紧闪开。

腾跃坐在副驾驶的位置上。盛开："想欺负我？门都没有！"

腾跃："你这人凭长相和气质到哪都先声夺人，谁有眼无珠敢欺负你？"

盛开看了他一眼："你这是夸我吗？"

腾跃："你觉得呢？"

他看着车外警惕地问："怎么到这儿来了？"

盛开："这儿有你爱吃的东西。"

腾跃："这片儿我很熟，哪有什么饭店？"

盛开一声不响把车开进了一片住宅区。

腾跃急了："你往哪儿开？"

盛开："我陪你去看看你的父母。他们真的不要你了，是他们不对。你不来看他们那是你不对。"

腾跃态度很坚决："我不能去。"

盛开："怎么不能去？他们是你的亲生父母，还能把你吃了？"

腾跃："他们没叫我，我不能自己没脸没皮地跑来。"

盛开："是你把事情做糟了，不自己过来收拾残局，摆什么臭架子？"

腾跃："停车！停车！我不能就这样来了。"

盛开："你想怎样来？"

腾跃："你得容我想清楚。"

盛开："一个想字，你想了四年，你爸妈还有多少个四年可以等你？"

腾跃不说话了，他神色不安地看着外面。

盛开瞟了他一眼："左转还是右转？"

腾跃不说话。

盛开不管三七二十一，朝左打方向盘。

腾跃："右转。"

盛开向右打方向盘。

腾跃："你怎么知道我父母住在这儿？"

盛开："挡不住你天天念叨啊，有一次咱俩开车路过这里你特意指给我看过，就算我是路痴也该记住了。"

汽车停在门口，盛开下车。腾跃迟疑了片刻，开门下车。他掏出一盒烟抽出来一根说："我抽根烟再进去。"

盛开一把抢过来他手里的烟塞进口袋里说："一鼓作气，再而衰，三而竭。"

腾跃长长地吸了一口气，推门进院，盛开跟进去。

腾跃的父亲坐在沙发上看报纸，母亲在修剪盆景上的碎枝，她从窗子的玻璃里看到院子里有人进来。

腾母眯着眼睛往外看："来人了。"

腾父摘下花镜站起来眯着眼睛往窗外看："谁啊？"

他的神色突然变了。

门开了，腾跃和盛开进来。

腾跃冲着二老叫了声："爸，妈。"

腾父和腾母顿时慌了，两人像定了格一样站在那里。

盛开紧跟着叫了一声："伯父，伯母。"

腾母这才醒过味儿来，她泪光闪闪地看着儿子，嘴唇哆嗦了半天也没说出话来。

腾父手里拿着报纸在地上走了两步，又哆嗦着在沙发上坐下，他低头看报纸，报纸随着他手的抖动发出簌簌的响声。

腾跃看着白发苍苍的父母，眼泪直往上顶，他竭力克制着自己，故作平静地说："妈，有饭吗？我快饿死了！"

腾母说了声："有。"就一头扎进了厨房，盛开急忙跟了进去。

腾跃坐到父亲身边，他掏出一根一烟递给父亲。

腾父语气冷漠地说："我戒烟了。"

腾跃："什么时候戒的？"

腾父："戒了四年了。"

腾跃手里拿着那根烟僵在那里。

腾父瞥了他一眼，拿起打火机给儿子点着了烟。

腾跃抽了一口急忙掐了，他把烟放在茶几上，恭恭敬敬地坐在父亲身旁。父子俩谁也不说话，房间里的气氛很尴尬。

腾母择菜做饭，盛开帮她打下手。两人的注意力都在客厅里。

滕父拿茶杯喝水，发现杯里没有水，腾跃立刻给杯里续满茶水。

滕父喝了两口茶，伸手去够放在沙发旁边的拐杖。腾跃立刻拿起拐杖递给父亲。他没话找话："这个拐杖不错，是什么材料的？"

腾父拄着拐杖站起来，他指指自己的脑袋说："跟我的脑袋一样，榆木的。"

腾母做饭，盛开跟老太太唠着家常嗑。

盛开："这房子真好，带个小院又宽敞，又肃静。"

腾母："原来院子里有个葡萄架，得天天浇水。去年老头病了住院，没人伺候干死了。"

盛开："伯父什么病？"

腾母："浑身上下没好零件，三天两头得住院。"

盛开："您一个人伺候？"

腾母："那可不？闺女在澳洲，腾跃心野几年不回家。我不伺候老头谁伺候他？"盛开同情地看着腾母没有说话。灶上的汤开了。腾母急忙掀开锅盖。蒸汽直扑屋顶。

腾跃脱了外套，在父亲的指挥下料理院子，腾跃把倒塌了的葡萄架子重新捆绑好。腾父的脸色缓和了许多。腾母站在门口叫："饭好了，叫孩子进屋吃口饭。"

米饭和小鸡炖蘑菇端上了桌。腾母给儿子盛了满满一碗饭，又给盛开盛。

盛开说："伯母，我自己来。"

腾母把盛好的饭端给她。

腾跃和盛开大口大口地吃起来。

腾母和腾父坐在旁边全神贯注地看着他们吃。

腾跃狼吞虎咽吃得很香，他吃完一碗又盛一碗。

腾母忙给盛开添饭。

盛开："我饱了，不要了。"

腾母："再吃点儿。"

腾跃："妈，这一小锅饭将够我一个人吃的，你就别让她跟我抢了。"

盛开笑。

腾母："可着你一个人吃，不够我再给你做。"

腾跃风卷残云，一大碗鸡肉，一小锅米饭很快吃光了。

他摸着鼓起来的肚皮心满意足地说："好几年没吃这么香的饭了。从小吃惯了我妈做的饭，总想着这个味儿。"

老太太红着眼圈问："你自己过日子是不是净挨饿了？"

腾跃："从来没这么吃过。"

腾父："想吃，以后天天家来吃。"

腾跃回答得很干脆："行！"

腾母对盛开说："他没空，你来。想吃什么跟我说。"

盛开笑盈盈地点着头："我来，一定来。"

老兵酒吧。盛开和腾跃坐在老位置上喝啤酒。

盛开："流泪眼看流泪眼，断肠人观断肠人。"

腾跃眼泪汪汪："我爸头发全白了，走路开始拄拐杖了。我妈拿东西手一个劲儿地抖。"

盛开小声劝他："行了，行了，哭一会儿就得了。你怎么还哭个没完了？"

腾跃伸手在脸上抹了一下眼泪："看见我爸我妈老成那个样子，我恨不得狠狠搧自己几个嘴巴子。"

盛开："好在后悔还来得及，以后你勤回去点儿比什么都强。"

迪厅里的音乐震耳欲聋，舞池里几乎全是年轻人，

谢启明和盛放在舞池里肆无忌惮地跳着，他们跳得满头大汗。

两人回到座位上喘息着喝啤酒。谢启明左脚的鞋带开了，一边一根拖在地上。

盛放："你鞋带开了。"

谢启明不理她的话茬，他大声说："昨天晚上我一闭上眼睛就梦见你。你站在洪水里绝望地看着我，我伸手抓你，你使劲打滑。你为什么不愿意相信我？"

盛放："因为男人太不可信。"

谢启明："男人怎么不可信了？你们女人吃苦的时候，男人是你们吃苦的原因；你们女人堕落的时候，男人是你们堕落的原因。我们男人怎么这么倒霉啊？"

盛放弯下腰悄悄地把他的鞋带拴了个死扣系在凳子腿上。

谢启明没有察觉，继续侃侃而谈："你说谁没失恋过？失恋就像戒烟，熬过最难熬的那一段就彻底解脱了。因为、所以、然后、你和杨秉超的故事就有头有尾地结束了。"

盛放："你说三个人能在一起谈恋爱吗？"

谢启明回答得很干脆："不能，两个人已经够复杂了。"

盛放："那谷玫怎么办？"

谢启明："你把我爱的人和不再爱的人搅和在一起，还总结说，这就是我的命运。你觉得这公平吗？"

盛放一脸坏笑。

谢启明警惕地问："你笑什么？"

盛放："我跟你一起等待你命运的到来。"

音乐响起来。盛放起身跳舞。谢启明起身追她，拴在桌子腿上的鞋带让他结实结实地摔了个大马趴。

谢启明的左脸紧贴在地板上。盛放穿着皮鞋的脚踩着激烈的节奏轻盈地跳着。谢启明使劲一蹬拽断了鞋带。

谢启明三步两步追上奔跑中的盛放，他扭着盛放的肩膀收拾她，盛放蹲在地上抵抗耍赖。谢启明扛起来盛放大踏步地朝前跑去。他边跑边大声唱："我要飞得更高……"

盛放跟着大声唱："我要飞得更高……嗷……嗷……嗷……"

谢启明和盛放走到门口。盛放到消防柜里找钥匙，没有找到。谢启明用钥匙开了自己的门："钥匙被我扔了，今天晚上在我这借宿吧。"

盛放："借宿就借宿。"

她大大方方地跟谢启明进了屋。

盛放在水池旁边洗西红柿。

盛放："吃西红柿吗？"

谢启明："吃。"

盛放递给他一个最小的。

谢启明："为什么给我这么小的？"

盛开咬了一口西红柿问："你受教育这么多年，还没学会吃东西要吃小的，干活要干累的？"

谢启明拿起刷子说："让我好好刷刷你这张嘴。"

两人闹作一团。

谢启明和盛放一人端着一碗方便面吃着。

谢启明："命运有两种形式，一种是外在的，一种是内在的。这两种形式殊途同归，只有一个结果，咱俩必须在一起。在一起的理由一万个都不止，离开的理由一个都没有。我爱你就像小孩子出生没有选择权一样命中注定。我宣布从今天开始，咱俩正式谈恋爱。"

盛放："同意。"

谢启明："为了不让你受损失，这场恋爱的表现方式以我狂追你为主，你被动接招就行。不怕过只怕不够，就算把别人酸得不能正常工作、正常生活也没关系。"

盛放哈哈笑："谢启明，你还是人吗？"

谢启明："哎，咱俩熟归熟，你再诽谤我，谢大夫把你的腮帮子上的挂钩摘了。"

盛放："我问你一个问题。"

谢启明："你说。"

盛放："你们男人是不是特别喜欢第一次？"

谢启明："我没那么腐朽，我不喜欢我的第一次，因为它不成熟也不完美。"

盛放指着自己的鼻子问："我完美吗？"

谢启明："你跟我一样，浑身毛病。跟你在一起，我会陷入失控状态；离开你，我失控的状态会更严重。汗流浃背、语无伦次、迷迷登登。"

盛放："为什么会这样？"

谢启明："这还用问？魅力招惹的呗。"

盛放一眼看到挂在墙上挂钩上的门钥匙。

盛放："钥匙在那儿呢！"

她起身去拿。

谢启明站起来，抓住盛放的两只手腕往起一拎，盛放跟他脸对脸地站在了一起。谢启明蛮横地搬着盛放的脸亲她。盛放不配合。谢启明："你跟我犟，我就亲你一个晚上。"

盛放被谢启明的声音和气息催眠了，乖乖地张开了嘴。谢启明动情地亲吻着她，盛放一点一点地软了。谢启明滚烫的手顺着盛放肩膀的曲线滑下来，紧紧抓住了她的手。

谢启明："看到我的感情了吗？"

盛放的嘴角弯弯地翘上去，笑得非常迷人："看到了，现在你可以瞑目了。"

谢启明伸出来双臂紧紧地搂住她："两个选择，一，我去你家。二，你留在这儿。"

盛放看着他不回答。

谢启明指了一下表说："四点了，再磨叽一会儿就该出门上班去了。你到底睡不睡？"

盛放："你不是神也不是人，我不知道该怎么跟你度过这一夜。"

谢启明："我自废武功，吊死在人间情场上。"

盛放哈哈大笑。

罗耀辉家院子。罗耀辉在院子里喂鸽子玉米。

鸽子跟他熟了，"咕""咕"地叫。

罗耀辉掀开它的翅膀看嘴里唱着："养伤来呀在沙家浜……"

罗母从屋子里出来："好了赶紧放了，搁家里还得天天喂玉米粒给它吃。这可不是二十年前，二十年前玉米最不起眼，现在成了稀罕物，一根煮老玉米三块钱。"

罗耀辉把鸽子放进铁丝编的笼子里。

罗母走过来："这笼子哪弄的？"

罗耀辉："买的。"

罗母："真是有钱烧的。"

罗耀辉："二手的，没多少钱。"

早上，广场上锣鼓喧天，郑婉颐在扇舞队里欢快地跳着。盛茂林出现在观众群中，他冲她挥挥手。郑婉颐如释重负地笑了。郑婉颐和盛茂林站在树荫下面说话，

郑婉颐："怎么瘦了？"

盛茂林："咳嗽老是不好，晚上睡不踏实，白天胃口也不好。"

郑婉颐："去医院了没有？"

盛茂林："输液了，好了几天又犯了。"

郑婉颐："还是喝汤药吧，我过去同事的丈夫是中医院的大夫。回头我打电话问问，看她能帮上忙不。"

盛茂林："敢情好。哎，人上了岁数抵抗力就差了，感冒一次十天半个

月都缓不过来。”

郑婉颐：“去年我嗓子疼，一疼就是三个月，吃药输液没少折腾。”

盛茂林：“后来怎么好的？”

郑婉颐：“同事她丈夫给我配的中药，不碰上火的东西，七付药就去根了，再没犯过。”

盛茂林：“那我也找他去看看。”

盛茂林陪着郑婉颐走到门口站住脚，郑婉颐扭头看着他。

郑婉颐：“进来，我给你熬点银耳莲子雪梨水给你带走喝。”

盛茂林满脸是笑地跟她进去了。

罗耀辉汤包店。狄英手脚麻利地包包子，罗母付货收钱。

罗耀辉接电话：“你好，嗯，三十个包子，好，好。”

他挂了电话，探头出来喊了一嗓子：“兄弟！”

男摊主跑过来：“又有送货的任务了？”

罗耀辉：“桃林巷48号，三十个灌汤包子，你把我给你的那身工作服换上。”

男摊主：“哎，哎。”

罗耀辉往食品盒子里装包子：“送货还是那个价。”

男摊主：“咱哥俩不谈钱。”

罗耀辉：“工作是工作，感情是感情，这两个绝对得分清楚了。”

男摊主：“兄弟，你这一套很成熟啊。”

罗母嘴一撇：“成熟？煮熟的吧！”

她出门去了。

狄英把钱一张一张地整理好，放进一个塑料袋里。

狄英：“咱家的生意我是主打，所以收入怎么分应该由我来决定。”

罗耀辉：“你想怎么分？”

狄英：“百分之五十咱俩拿着，百分之三十给盛开，剩下的百分之二十给老太太。”

罗耀辉：“咱俩拿着怎么算？”

狄英：“你花钱的时候可以随意跟我要。”

罗耀辉看着她没有说话。

狄英：“我让你的钱包里每天最少有两千块钱压底。”

罗耀辉："啊？"

狄英："一个男人不带足了钱出去没面子。"

罗耀辉很感动，连连点头。

狄英："不过每天晚上回来我都要检查你的钱包，看看里面的钱少了没有。"

罗耀辉："嗯？"

狄英："如果少了你要一项一项地跟我对账。"

罗耀辉："钱还是你拿着吧，我不要了。"

狄英："不行，你必须拿着，知道你不是个乱花钱的人，我这样说主要是表明我的姿态。"

罗耀辉叹了口气："这姿态啥身子骨才能拧出来？"

罗母进屋瞥了他们一眼："说啥呢？"

罗耀辉："没说啥。"他往盘子里夹了几个包子走出摊位。

盛开走过来，罗耀辉立刻兴冲冲地迎上去："你有日子没来了，咱们这个月收入真不少。"

盛开拿着账本看流水。罗耀辉在旁边很专注地看着盛开的表情。盛开合上账本夸他："很好！有些细小的开销也要记清楚。"狄英在旁边看着他们俩，心里一阵泛酸。

盛开："BOS机一定要用上，这样客人刷卡吃饭也方便。"

罗耀辉连连点头。

盛开："给我打包两笼汤包。"

罗耀辉立刻叫起来："三妹儿，打包两笼汤包。"盛开掏出来钱放在柜台上。狄英去打包。罗耀辉和盛开站在街边说话。

罗耀辉："你那边的店干得收入怎么样？"

盛开："也不错，欠的钱一点一点快还完了。给你个地址，有空过去看看。"

罗耀辉："好。"盛开递给他一张名片，罗耀辉接过来揣进口袋里。盛开伸手拦了一辆出租车，她上车走了。罗耀辉站在路边看着出租车走远了。

狄英站在远处看着他。

25.

耀辉汤包店厨房。罗耀辉和狄英在厨房里做第二天的准备工作。

狄英："领了证咱俩就是合法夫妻了，我借用电视剧里面有一句话，我是你的老婆，你是我的钱包。从今天开始，你要是敢给别的女人花一分钱，我杀了你！"

罗耀辉："结婚证的威力可真大，怀里揣着它，你都不是你了。过去你可不敢这么跟我说话。"

狄英："过去你不是我丈夫，铁路警察我管不到你那一段；领了证就是考了驾照，你要恪尽职守，绝不能违章。"

罗耀辉："咋样算违章？"

狄英："不许你跟别的女人眉来眼去的。"

罗耀辉："我跟谁眉来眼去了？"

狄英："盛开！"

罗耀辉急了："她是我的朋友！"

狄英："男女之间没有朋友，往左边一点是同事，往右边一点是暧昧，你走得了那么直溜吗？"

罗耀辉："这话我不能接受！"

狄英把筷子"啪"地一声摔在桌子上："行，趁着结婚证上的大印没干，咱俩散伙吧！"

罗耀辉急了："你怎么什么话都敢说？我跟盛开真的没那个意思。"

狄英："她对你有，死灰复燃这词你听说过没有？我必须防着她这一手。"

罗耀辉嘟囔了一句："啥叫死灰，怎么就复燃了？哎，死蛤蟆都能被你缠出尿来！"

狄英："罗耀辉，会飞的一直往前飞，不会飞的才东南西北地乱飞。"

罗耀辉沉着脸干手里的活。

狄英："别给我摆臭脸子了，我看着恶心。"

罗耀辉："你到底想要我怎么着？"

狄英："不许你跟她来往。"

罗耀辉："她是股东，怎么可能不来往？"

狄英想了一下："她来可以，不许你去她家见她！"

盛开陶艺坊。一群小朋友在陶艺坊的创作台上捏模型，他们玩得很高兴。盛放推门进来。盛开看见她高兴："正忙不开呢，快来帮帮我。"盛放大步流星地往里走。两个小朋友因为抢模具吵起来。盛放立刻过去劝架："不吵架的小朋友一人一朵小红花。"

罗耀辉推门进来。

盛放："哎哟，老罗！"罗耀辉看着她憨笑。

盛放："想不起来我是谁了？"

罗耀辉："我现在脑子有点慢。"

盛开从后屋出来："来了？"

罗耀辉看着盛放努力回想着："这是……"

盛开："盛放，我妹妹。"

罗耀辉："哦，哦，你有个妹妹？"

盛放："咱俩还吵过架呢，你忘了？"

罗耀辉憨笑："不能，哪能呢？"

他满屋子转着嘴里称赞着："不错，这店弄得真是不错。"

盛开的手机短信响，她掏出来手机看："你给我打款了？"

罗耀辉："嗯，刚才去银行转的账，这个月的工资。"

盛开的手机铃声响。盛开接电话。

腾跃站在院子里打电话："王朴今天下午弄烧烤，你过来吧，身边有朋友愿意来的都叫上。"

盛开："好，好。"

她挂了电话。

盛放举手报名："姐，我要吃烧烤！"

罗耀辉突然说："我也想去。"

盛开："想去吧，多认识点朋友，开拓开拓眼界。"

盛放看了姐姐一眼。

盛开："这样看我干什么？"

盛放在她耳边小声说："你不怕前夫后友撞车？"

盛开一脸坦然："怕什么？不怕。"

罗母和狄英在店里忙活着。

狄英问："这么半天没看见耀辉，他哪去了？"

罗母："说是去银行给盛开打款。"

狄英立刻警惕起来。罗耀辉笑嘻嘻地进来。他倒了一杯凉茶。

帮工小张从厨房里出来说："太呛了，排风扇风力太小，不管用。"

罗耀辉："明天我去买个抽油烟机。"

罗母："那东西太贵！"

狄英："开得起店就配得起抽油烟机。"

罗母："我还没死呢！这个家我说了算！"

狄英："那得看我愿意不愿意，我愿意了，怎么都好说。不愿意了，你还真插不上手。"

罗母："我儿子是我一把屎一把尿拉扯大的。"

狄英："所以赡养你是他的义务，操持这个家是我的义务。"

罗母被她绵里藏针的话噎得半天没喘上气来。她瞪着罗耀辉，希望儿子能替自己出口气。

罗耀辉端起来茶杯一口气喝干了，把空杯放在桌子上："一会儿我出去有点事，晚饭就别等我了。"

狄英："你去哪儿？"

罗耀辉站住脚一时不知道该怎么回答。

罗母："腿长在我儿子身上，他想去哪就去哪儿。耀辉，店里有我，你忙你的去！"罗耀辉答应了一声走了。狄英气哼哼地看着他的背影。

腾跃牵着旺财来到餐馆。王朴从里面出来。

盛开给大家相互介绍。烧烤的炉子在外面架好了，罗耀辉、腾跃、盛开、盛放坐在外面喝茶聊天。王朴里里外外忙活着。

罗耀辉问："这是谁的店？"

腾跃："这是大头跟另外一个哥们儿开的店。"

盛开："他很会做生意。"

罗耀辉随手拿起一根香肠咬了一口。

腾跃站起身："我去把肉端出来，马上开烤。"他进后厨帮忙去了，盛开也跟着进去了。盛放起身去拿冷饮。

罗耀辉眼睛随意一扫，突然看到了马路对面站着狄英。罗耀辉像迎头挨了一闷棍，身子一软，钻到了桌子下面。趴在墙角的旺财抬起脑袋警惕地看着这边。

罗耀辉从蒙桌布的缝隙处往外看。狄英大步流星地往这边走。盛放端着冷饮回来，发现罗耀辉不见了。狄英跑到她面前问："他呢？"

盛放："谁？"

狄英："罗耀辉。"

罗耀辉在桌子下面扯了盛放的裤腿。盛放立刻明白了，她没有说话。旺财站起来伸了个懒腰遛达过来，它看到了桌子下面的罗耀辉手里拿着的香肠。

它"嗖"地钻到桌子下面去了。

罗耀辉怕狗，慌忙往远处爬。

旺财追上去，叼着他的胳膊硬是把他从桌子下面拖了出来。罗耀辉把手里的香肠扔给旺财，快速从过道爬出去。狄英听到动静回头看。地上两只鞋一闪而过。

狄英："那是谁？"

盛放："狗。"

狄英气得叫起来："谁家狗穿四二的皮鞋？罗耀辉你给我滚出来！"

厨房里烟气缭绕。罗耀辉顺着通道窜进了厨房。狄英紧追而至。厨子把笼屉掀开，里面是刚蒸好的鲜肉包子。

罗耀辉"嗖"地跑过去。狄英窜过来，伸手从冒着热气的笼屉里抓出来一个包子。她一扬手。罗耀辉往下一蹲，包子从他头顶上飞过去。头顶半人高的地方有一扇窗子开着。罗耀辉后退两步一个助跑窜了上去。狄英扑过来，两只手拽住他的腿。罗耀辉三蹬两踹争脱她的手，狼狈地爬出了窗子。狄英拉过来一把椅子，踩着椅子钻进窗子。

罗耀辉的脚挡住了狄英的视野。狄英两只手抓住他的脚脖子使劲一拽。

罗耀辉"扑通"一声摔倒了。

狄英用尽全身力气，拽着罗耀辉的腿拼命往回拖他。罗耀辉的身子很重，衣服戗着茬，一点一点地往上搓，身子被拉回来了，脑袋包在衣服里面。

狄英从天窗里退回来脚踩在椅子上。椅子晃了两下倒了。狄英一屁股摔坐在地上，她抓着罗耀辉的手没有松开。身子吊在罗耀辉的腿上。罗耀辉疼得杀猪一样地嚎叫。王朴和后厨的人七手八脚地把罗耀辉拉进来。罗耀辉的衣服被窗台上的挂钩挂住彻底脱下来了。

罗耀辉光着膀子，脚上穿着一只鞋，他浑身颤抖眼睛不停地眨巴着。王朴爬上天窗把衣服拿下来，给罗耀辉套在身上。

腾跃、盛开、盛放气喘吁吁地跑进来。盛开大声问："耀辉，你上房顶干什么？"

罗耀辉指指狄英，嘴唇哆嗦着说："问她！你问她！"

狄英两眼一瞪："罗耀辉，倒退十天，我非把你嘴缝上！现在咱俩登记了，你是我丈夫，我不能祸害自己的东西。"

盛开一愣："你们登记了？"

罗耀辉尴尬地挠挠脑袋没有说话。

盛放："老罗行啊，看着憨厚实属于内花。坏起来不显山不露水后患无穷。"

盛开："老太太不知道吧？"

罗耀辉耷拉着脑袋没说话。

盛开："先斩后奏，故伎重演。"

她看了狄英一眼："难怪今天到店里去，看着你觉得不一样了呢，原来身份变了。"

狄英："我可不是白担着这个身份，耀辉没有我下死力气地帮他，汤包店还真开不下去。"

盛开："那可不一定，地球离了谁都照样转。"

狄英："店里离了你行，离了我肯定不行。"

盛开："那个店有我百分之二十的股份，你有股份吗？"

狄英一怔。

盛开："你是他老婆，不证明你在那个店里有话语权。回家怎么耍威风都可以，在店里耍横绝对不行！"

狄英被她软中带硬的话给噎住了。罗耀辉解气地看着她。

王朴："烤肉好了，吃饭！吃饭！都出来吃饭。"

狄英拉罗耀辉："跟我回家！"

盛开：“他是我请来的，你拉他走那叫搅局。既来之则安之，我劝你一起吃吧，吃完了你俩一起回去。”

狄英：“吃就吃！”

盛放、腾跃、王朴、罗耀辉和狄英坐在烧烤摊前。

人们喝着酒聊天。

狄英闷头吃着，不参与他们的任何话题。

王朴：“我不爱跟你们讨论人生，太滑稽。人的命天注定，讨论不讨论结局都一样。饭得一顿一顿地吃，日子得一天一天地过。”

罗耀辉夹了块肉，蘸上调料塞进嘴里，左腮帮子鼓完右腮帮子鼓。

盛放：“老罗，你连老婆都不会照顾，还是欠女人收拾！”

她把烤好的肉夹到狄英面前的碟子里：“给你，这块嫩。”

狄英夹起那块肉吃了，她又给自己和盛放的杯子里满上了白酒，她一口干了：“罗耀辉，我问你一句话。”

罗耀辉看着她等她发问。狄英的表情很认真：“你爱不爱我？”在场的人使劲忍着不笑。

罗耀辉尴尬：“在这样的场合问这样的话，有点儿不合适吧？”

狄英穷追不舍：“你到底爱不爱我？”

罗耀辉耷拉着眼皮，眼珠偷偷往盛开坐的方向骨碌了一下。这个细微的环节被狄英捕捉到了。她探过身子抓着罗耀辉的衣服领子一把把他揪起来。狄英把罗耀辉堵在墙角里，两只手抓着他的肩膀使劲摇晃着。

狄英：“你为什么不爱我？啊？为什么？！”

狄英涨红着脸，额头上的汗一层一层地往外冒。她的嘴张得很大，却依旧感得空气稀薄。

盛开生气了：“狄英，你这不是开放，是放肆。”

狄英的心劲一下泄了，她松开手摇摇晃晃地走了。

盛放站起来想追，罗耀辉拉住她。

罗耀辉：“让她回去吧，店里我妈一个人顶不下来。”

盛开想了想还是站起来追了过去。

狄英边走边说：“我想哭，可是没有眼泪。我结婚了，重新有了丈夫有了家，看着哪儿都可喜可贺，我确实没有一个可以哭的缘由。我的心很憋闷，为什么憋闷我说不清楚。”

盛开跟在她后面不说话。

狄英越走腿越软，身子往下一堆，瘫坐在地上：“你是前妻不假，前妻就永远比后妻有理吗？”

盛开站在她面前嘴角挂着一丝微笑，她不说话。

狄英泥塑一样静坐了几秒钟颓然倒下了，她仰面朝天，身体摆成了个大字，她的眼睛看着天空。

一对蝴蝶互相缠绕着越飞越高，越飞越远。

盛开在她身边坐下。

马路上的喧嚣声一阵阵地传来。

狄英：“我把我攒了多少年的生活拿来，跟他兵合一处将打一家，可是他的心思根本不在我身上。”

盛开：“你放心，他早就把跟我曾经有过的生活忘得一干二净了。我不是你们生活里的问题。你们如果有问题，肯定出在自己身上。”

狄英：“我有什么问题？我没有问题。”

盛开：“罗耀辉三十四岁了，在对待感情的问题上，跟十四岁的人差不多，更要命的是他根本就不打算成熟。”

狄英一骨碌爬起来，看着盛开：“这话你算说对了！”

腾跃：“你不懂游戏规则。男人挑起战争，然后主动去和解，这是游戏规则。”

罗耀辉：“她让我丢了多大的人？现了多大的眼？别以为我真的不在乎。”

腾跃：“女人不感情用事，就不是女人了。你才刚刚登记，以后的日子还长着呢。”

盛放：“听口气，好像你这一辈子已经过完了。”

狄英：“女人哭不丢脸，搬出去才丢脸呢。罗耀辉要是不跟我扯证，我跟他妈连亲戚都不是。现在我领了证，我就是那个家的主人，他妈把家闹翻了，能怎么着？她六十六岁了，我才三十五岁，看看我俩谁能熬过谁？”

盛开：“老太太一辈子争强好胜惯了，你退一步又掉不了一块肉。”

狄英撇撇嘴不说话了。

盛开：“耀辉是个男人，你不该当着别人的面叫他下不来台。”

狄英叹了一口气好一会儿才说：“看着我凶，其实我心里可自卑了。”

盛开：“你自卑什么？”

狄英：“你说不生孩子的女人，还算女人吗？”

盛开："这年头不生孩子的女人多了。"

狄英："那是人家不要，罗耀辉是独子，我要是给他生不了一男半女的，怎么有脸跟他往下过？"

盛开："你怎么知道你不能生？"

狄英："我上一次生孩子，伤了子宫。医生说以后不太容易怀孕了。"

腾跃："任何一种人生选择都带有赌博的性质，完全之策是根本不存在的。你有这个心理准备，一切就不可怕了。"

盛放问："你是怎么把心弄得跟石头一样硬的？"

腾跃："你活到我这个岁数自然就知道了。"

盛开和狄英走过来在桌子旁边坐下。

狄英像什么事情也没发生一样，端着盘子夹菜夹肉。

罗耀辉紧张地看着她。

盛开问盛放："脸这么红，你喝了多少酒？"

盛放："我喝了白酒、喝了红酒还喝了啤酒。我这肚子里什么酒都有，就缺一个女招待了。"人们哈哈大笑。狄英也笑了。罗耀辉看见她脸上的笑容立刻松了一口气。

罗耀辉和狄英回家。

罗母冷眼看着他们俩："上哪儿逛去了？把店扔给我一个人看着？花多少钱雇的我？"

罗耀辉："朋友请吃饭，忘了跟你说一声了，对不起，妈！"

灶台上坐着一壶水。狄英收拾凌乱的厨房。水开了。狄英沏了一壶茶。

狄英倒了一杯茶放在罗耀辉面前。她问罗母："你喝不喝？"罗母绷着脸晃了下脑袋表示拒绝。狄英给自己倒了杯茶，坐在罗耀辉身边"呼噜""呼噜"地喝起来。

罗母看了儿子一眼心里恨恨地说："我说不喝，就不给我倒了？看看你们俩，一人一杯热茶，我像老妈子一样被晾一边。这是你的家还是我的家？"

罗耀辉没事人一样，喝一口茶，砸吧一下嘴。

罗母抬头往对面墙上看了一眼。罗父在镜框里愣愣地看着她。罗母心一酸，眼泪涌出眼眶，滚过脸颊落在衣襟上。她声音很响地抽了下鼻子。罗耀辉回头看了母亲一眼。老太太的神情吓了他一跳。

罗耀辉："妈，怎么了？"

罗母控制不住自己，哭出了声。

罗耀辉一下子慌了："妈！你哪里不舒服？"

罗母："你酒足饭饱地回来了，你妈一天水米没打牙。"

狄英："哎，我不是给你做好饭走的吗？"

罗母提高了嗓门："你们在外面吃香的喝辣的，让我在家吃剩饭？我这还没瘫在床上呢！"

狄英的眉毛竖起来了："新做的米饭，现炒的菜，怎么是剩饭？"

罗耀辉偷偷拉了她一把。

狄英不愿意破坏今天的好心情，把涌到嘴边的话咽了回去。

罗耀辉："妈！"

罗母耷拉着眼皮不搭理儿子。

罗耀辉："我知道你不愿意我花钱，今天真不是我请客，是人家请我吃的饭。狄英赶巧碰上了，真的，我们不是故意把你一个人扔在家里的。"

罗母："你们？分得够清楚的啊！"

狄英心里的火往上顶，她努力和颜悦色："老太太，你这就有点不讲理了……"

罗母硬梆梆地打断她的话："这个屋没你说话的份！"

狄英的火再也压不住了："我跟耀辉已经登记了，我是他的老婆，我不光能在这个屋里说话，这个家的所有事都有我一份！"

罗母的脸一下白了，她指了一下罗耀辉的鼻子："我生你养你一场，是想让你成才！不是让你长成根大葱，谁都能拿你炝锅，谁都能拿你蘸酱吃。"

狄英："老太太，你怎么能把个自己的儿子比做葱？"

罗母："在这个家里，我儿子是葱，我是酱。你一里一外，一抿一蘸，老罗家的便宜都让你吃到肚子里去了。"

狄英急了："谁是葱？谁是酱？咱们仨到底谁蘸谁？当初我被你闺女请来一把屎，一把尿，一分钱不要地伺候你，是我占了你的便宜，还是你占了我的便宜？现在是你前儿媳妇把我请进店里，我鞍前马后累死累活地帮你们支撑这个店，是你们占我便宜还是我占你们便宜？但凡长着两只眼睛的人都看得一清二楚。"

罗母："你一个初中生还挺能说！"

狄英："你连字都不识，不照样指点江山吗？"

罗母："我是我儿子他妈，有本事你也生个儿子给我看看！"

腾跃家客厅。房间里点着一盏橙色的小灯，十分温馨。腾跃沏了两杯咖啡端过来放在茶几上。盛开坐在沙发上喝咖啡，旺财跳上沙发挤在她和腾跃的中间。

腾跃命令它："下去！"旺财瘪了瘪耳朵趴下了。

腾跃："跟我闹别扭是不是？"

盛开摸着旺财的脑袋："你待在这儿，我走。"

腾跃："你也别走了。"

盛开："为啥？"

腾跃："罗耀辉和狄英已经上床了。"

盛开："他们上了床，咱俩就成夫妻了？"

腾跃："一个女人嘴这么损不好。"

盛放用钥匙开门。谢启明从他的房间里窜出来："嗨！哪去了？"盛放："吃烤肉去了。"

盛放一屁股坐在了床上，脱了鞋，身子往后一仰，合衣躺在枕头上。

谢启明紧挨着她躺下，他翻了个身看着盛放。

盛放也翻了个身两人脸对脸地看着。

谢启明："看我干什么？"

盛放："是你先看我的。"

谢启明："我在看你到底哪有什么好的，叫我这么放不下你？"

盛放："你话里有话。"

谢启明："看出来了？你吃饱了，我还饿着呢。用你这双勤劳的小手给我弄碗面吧。"

盛放："这都几点了，你还不吃饭？我不管你！"

谢启明："你这个人着急和不着急的时候，都能看到你强烈的同情心。我知道你说的是反话。"

盛放两手捧着他的脸看着他："都说眼睛是心灵的窗子？我通过你的眼睛怎么看不到你的灵魂呢？"

谢启明照她的脑门弹了一下："这下看着了吧？"

盛放："看到了，梦幻双影。"

谢启明还要弹她，盛放抓住他的手说："哎，我们单位体检，我不想跑那么远，还得排队挂号，我去你们医院，你给我提供点方便好吗？"

谢启明："小菜一碟。"

盛放："就这么定了。"

谢启明："你给我什么好处？"

盛放："我给你煮面吃。"

谢启明："不够。"

盛放："你还想要什么？"

谢启明："今天晚上我不回去了。"

盛放："门儿都没有。"

盛开陶艺坊门口。腾跃的车开到门口。腾跃和盛开下车。

盛开："送来送去的一晚上快过去了。"

腾跃："我进去就坐五分钟。"盛开笑着开门，两人进屋。

盛开在水池旁边洗水杯，鸡心链在她胸前晃悠着。腾跃的心跟着那个鸡心链晃荡出了鼓点声。盛开摘下来两只胶皮手套在水笼头上，像两只伸出来等待拥抱的手。腾跃突然伸手紧紧地抱住盛开。

盛开没有回应也没有挣扎。

腾跃走到沙发上坐下："过来！"盛开坐在离沙发挺远的一把椅子上。腾跃走过去连椅子带人，把她端过来放在沙发旁边。

他蹲在盛开的面前情意绵绵地看着她。

腾跃："你很漂亮。"

盛开："端正而已。"

腾跃："端正是从结构上赞美你，漂亮是从感觉上赞美你，两者不冲突。"

盛开："你很会拍女人的马屁。"

腾跃嘿嘿笑："我的双重人格你都看到了？"

盛开："双重人格有什么了不起了？中国十几亿人，你往人群里一钻就沧海一粟了。"

腾跃："一晚上我磨磨唧唧的，说来就是不想离开你。"

盛开："想想我一身的臭毛病，你就彻底解放了。"

腾跃伸出两只手捧着她的脸："连缺点加在一起，你正好一百分。"

盛开把他的手拿开，眼睛看着别处："你正处在甜言蜜语的阶段，这些话让我想起了不堪回首的过去。"

腾跃："咱们曾经有过婚姻在坟墓里好好的躺着，我们没必要把它揪出来批判。有一颗破碎的心证明你努力过，别让过去的日子决定你是谁，让它成为你将来的一部分好了。"

盛开抬起头："说得容易？你做得到吗？"

腾跃表示赞同："做总比说要难。"

盛开："你现在对她是什么感情？"

腾跃："谁？"

盛开："前妻。"

腾跃："我们在一起生活了十几年，她依赖我已经成了习惯，尽管我们之间早就没了夫妻情。"

盛开："那是什么情？"

腾跃："跟你和罗耀辉一样，类似亲情加友情一样的东西吧。"

盛开："你对我呢？"

腾跃想了一下："不是轰轰烈烈的爱，但可能是最后的爱。"

盛开："可能？"

腾跃："不敢确定，所以是可能。"

盛开不悦："你爱过几个女人？"

腾跃："你没有必要追究这个，爱情在一生中可以重复许多次，但是你和我的，这一生只能有一次。"

盛开生气了："重复许多次？究竟还有多少次？"

腾跃："盛开，你怎么突然听不了实话了呢？我离婚这么多年，不可能不谈恋爱，我交往过几个女人，她们都让我认识了自己的某一个方面。从这个意义上讲，是她们使我成为了一个更完善的人。"

盛开："你们男人在对待爱情的问题上，从本质上根本没有区别。"

腾跃："撞墙上了，我一直以为我们之间没有墙。看来男人真的不能跟女人无话不谈。"

盛开："你是说我既没有胸怀也没有理解力？"

腾跃："我不是那个意思。"

盛开："我不聪明，但决不是弱智。行了，就当我是小数点后面的人，现在你完全可以把我四舍五入了。”

腾跃生气了：“青春的愤怒在我这个年纪已渐归为秋水，你也不应该这样心急火燎患得患失。”

盛开眼圈红了：“有得必有失，有失必有得，这个辩证法我懂。”

腾跃：“历史是应该被尊重的，你总不能让一棵树承诺春天过后，仍开满鲜花吧？”

盛开：“爱一个人其实也是一种侵略，我想侵略，又想保持独立和自尊，结果后坐力给自己造成了内伤。我在跟自己赌气，不是对你。我承认你说的是实话，可是你的实话为什么这么叫人接受不了？”

腾跃：“那是你没有承受能力，现实就是这样的，十全十美不存在。所以你千万别把我往完美了想，这样失望的只能是你。”

盛开：“你怎么想我？”

腾跃：“你有缺点，但是你身上优点是别人没有的，这正是最吸引我的地方。我从心里喜欢你。盛开，我对你的感情不能说至死不渝，最起码是至情至性的。”

盛开的脸色缓和下来：“那又怎么样？”

腾跃：“我想跟你结婚。”

盛开心里“咯噔”一下，她不动声色：“以后呢？”

腾跃：“过平淡的日子。”

盛开一愣：“平淡？”

腾跃：“两个彼此好奇的人生活在一起，好奇会被熟悉慢慢代替；夫妻之间越来越默契，两个人过得就像一个人似的。想波澜起伏都起伏不了。其实生活就是这样，激情是瞬间的，平淡才是久远的。”

盛开：“你这平淡是要求别人的，你根本就不甘心过这种日子。”

腾跃：“我怎么不甘心了？”

盛开：“这么十几年你一如既往地折腾，不就是不甘心平庸吗？”

腾跃：“你别偷换概念，平淡和平庸是一回事吗？我说平淡是希望夫妻间过日子不要不用动不动就往爱和不爱上想，这样就容易把事情弄大了。”

盛开：“夫妻间过日子就是要往爱上想，有了爱处理问题的方式就大不一样了，承受能力也会强得多。”

腾跃：“过分的爱和没有爱一样糟糕。”

盛开绷着脸：“宁可过分也不能没有。”

腾跃："你受不了罗耀辉不就是因为他爱你爱得太过分了吗？"

盛开一愣。

腾跃："很多女人也是这样，不知进退就这么把夫妻之间的感情扫荡一空。"

盛开："你的爱是有尺度的？那么进和退这个尺度由谁来衡量？你吗？"

腾跃："你总是曲解我的意思。"

盛开："那是你的表达有问题，为什么你的话一说出来非让我听出来是别的意思呢？还是你有那个意思包含在里面。"

腾跃："好了，好了，不说这个了。太晚了，我得走了。"

盛开扭过脸不理他。

腾跃："我又说错什么了?"

盛开："你走吧。"

腾跃："你的脸绷成这样我怎么走？"

盛开："我就长这样，你不会别看？"

腾跃："行了，行了，都是我不对，你别生气了好不好？明天我还得出远门呢。"

盛开不说话。

腾跃："我走了。"

盛开气哼哼地："走吧！"

腾跃没动地方，两人谁也没说话。

腾跃想了一下站起身，从桌子上拿了几张盛开的名片放进口袋里。

腾跃："我办事的时候顺便给你联系一下业务。"

盛开眼睛不看他，耳朵却在捕捉来自他那里的声音。

腾跃："我走了。"盛开不搭腔。腾跃开门出去随手把门关上。盛开的眼泪流下来，她竖着耳朵听着外面汽车发动的声音。盛开内心独白："如果他敢发动车，我就冲出去。"

外面一直没有汽车的声音。盛开静静地坐在那里。

夜静得让人无法忍受。盛开"腾"地站起来开门出去。腾跃在门口的台阶上闷头坐着，听见盛开出来他也不回头。盛开在他旁边坐下。腾跃把脸扭向一边不看她。

盛开："讨厌我就别再可怜我，这样对大家都好。"

腾跃转过脸看着她，把她揽过来紧紧地搂在怀里。

腾跃："就算生气你也要嫁给我，这样一睁开眼睛，你就可以教育我了。"

盛开："你在追求你的爱情的时候，根本不顾别人。你热情澎湃，一往无前，别人的爱在你面前都显得极其渺小。你一个人可以爱一百个人。"

腾跃笑了："别拿我跟周逸伦比，那小子根本配不上你。"

盛开没吱声。

腾跃："罗耀辉更别提了。"

盛开盯着他的脸。

腾跃："我也配不上你。"

盛开："是吗？"

腾跃："你身边的男人没有一个能配得上你，可是你还有一辈子要走，没有人配合怎么行？掂量来掂量去，也就是我勉强及格，你就凑合着跟我勾挂在一起吧，别老换来换去的多累啊。"

盛开"扑哧"一声笑了："哎，我特想弄清楚，你对我到底是一种什么样的感情。"

腾跃想了片刻说："无法控制的想念，不由自主的吸引，无时不刻的惦记，不能抑制的冲动。既然命运让我们撞见了，命运也就安排好了，我认命了。"盛开心里很温暖，她抑制着自己，不让脸上流露出感情。

腾跃："我承认，我过去的感情生活总体来说是失败的。是你拍着我的脑门子叫醒了我，我在心里对自己说过，学会好好爱这个女人吧，否则你小子将一事无成。"

盛开心里感动，但是她没有说话。

腾跃："你可以不爱我，但是你不能干涉我爱你。"

盛开没有说话，她把脸贴在腾跃的胸口上："让我听听你的心跳。"

腾跃由着她听。盛开抬起头很认真地问："它死了吗？"

罗耀辉家院子。罗耀辉肩膀上扛着一只鸽子站在院子里。

他对鸽子说："在笼子里蹲了一天了，出来看看花花世界。"鸽子咕噜。罗耀辉晃着脑袋唱起来："我总是问个不休……"他把鸽子从肩膀上抓下来："吃饱了也喝足了，伤也养好了，从现在开始彻底恢复你的自由身，东南西北你随便飞吧。"罗耀辉原地转了个圈，抛铁饼一样把鸽子扔了出去。鸽子展开翅膀在天空中飞翔。罗耀辉抬着脑袋痴痴地看着它。鸽子俯冲下来，直接落回到罗耀辉的肩膀上。罗耀辉激动得大叫："妈！妈！"

罗母从屋子里出来："怎么了？"

罗耀辉："它认识我了！"

罗母："我以为地震了。快吃饭，吃完饭上班去。"

盛放手里拿着体检单快步在医院里走着。

医生给盛茂林听诊。

医生："咳嗽多长时间了？"

盛茂林："拖拖拉拉快三个月了。"

医生："拍个片子吧。"

盛茂林："我这是什么毛病？"

医生："看了片子再说。"

盛茂林坐在门外的椅子上排队等候拍片子。盛放拿着体检单快步走过来，两人的目光碰到一起。盛放吓了一跳。盛茂林的目光里霎那间迸发出异样的光芒。盛放一阵心慌，急忙挪开目光，她快步走过去。盛茂林的目光紧紧地追着她。

盛放闪身躲到走廊的拐角处，她贴着墙站着。她悄悄探头往外看。远处盛茂林坐在候诊椅上，他一声一声地咳嗽着。

谢启明坐在办公桌前看病例，盛放推门进来。

谢启明问她："检查完了？"

盛放："胸透还没做。"

谢启明："快去啊。"

盛放低着脑袋坐在那里不说话，

谢启明觉得奇怪："怎么了？"

盛放："没怎么。"

谢启明："你肯定有事。"

盛放抬起头看着他："那老头在X光室外面排队。"

谢启明一脑袋雾水："哪个老头？"

盛放："那个老头。"

谢启明眼睛盯着她，好一会才明白了："他怎么了？"

盛放："不知道，他脸色很难看，坐在那直咳嗽。"

话没说完她的声音哽咽了。

谢启明："哎！哎！"

盛放的眼泪掉下来

谢启明："你怎么还哭上了？"

盛放甩手就往外走。

谢启明一把拉住她："行了，祖宗，我替你去看看他。你在这儿等我。"

盛放抹着眼泪点点头。

盛茂林坐在门口等待叫号。

谢启明走过来，他问："哪位是盛茂林先生？"

盛茂林一愣，急忙站起来："我是。"

谢启明："你跟我来。"

盛茂林迟疑了一下还是跟他走了。

谢启明领着盛茂林进了X光室。

谢启明："我是盛放的朋友。"

盛茂林的脸上立刻绽开了笑容："哦，好！好！她是不是身体不舒服啊？我看见她来医院了。"

谢启明："他们单位常规体检。"

盛茂林放心了："那就好。"

谢启明："伯父，你脱了上衣站好，听我指挥。"

盛茂林："好，好。"

谢启明站在X光技师身边，看着他指挥盛茂林转动身体。

谢启明拿着X光片子跟主治医生小声讨论着什么。

盛茂林坐在那里仔细地听着，他听不太懂。

主治医生："照片看得不是很清楚，我建议再做个CT。"

盛茂林心一沉，明白他的病情不容乐观。

晚上盛放和谢启明坐在沙发上，盛放低着脑袋卷着自己衣服上的带子。

谢启明："从X光片上看不太好，具体是什么还得继续检查，我给他约了CT，下星期做。"

盛放的眼泪一滴一滴地砸在自己的手上。

谢启明："诊断结果还没出来呢，你哭什么？"

盛放："我觉得不好。"

谢启明："靠感觉还要医学干什么？"

盛放像捞救命稻草一样，一把搂住谢启明的一支胳膊。

谢启明低头看着她。

盛放垂着眼皮噘着嘴。

谢启明："你这是报复还是求救？"

盛放索性哭出了声。

谢启明："女人就这样，杀了她她哭，救了她她还哭。行了，行了，心里实在放不下，你就去看看他。"

盛放："我不去！"

谢启明："我要是你，就不跟自己作对。"

盛放："我跟他没有关系，干嘛要去看他？"

谢启明："你为什么不顺着自己的感情去做？"

盛放："我对他没感情。"

谢启明："那你哭什么？"

盛放："我想哭，你管得着吗？"

谢启明："你走这个极端，就是为了强调另一个极端对不对？"

盛放："你滚！我讨厌你！"

谢启明硬把盛放拉起来："走吧！我陪你一起去。"

盛放蹲在地上不走，谢启明使劲拖她。地板很滑，盛放在地板上滑行了很远，她忍不住笑了。

26.

盛茂林家门口。谢启明一只手按门铃，另一只手拉着盛放，生怕她跑了。盛茂林开门看见是他们非常高兴，急忙把他们让进屋。

盛放垂着眼皮在沙发的一角坐下。盛茂林主动跟她说话："在医院碰见我的事，没跟你妈说吧？"

盛放垂着眼皮不看他，她低声回答："没有。"

盛茂林："先别告诉她，你妈年纪大了禁不住事，爱跟着瞎着急。"

盛放点点头。

谢启明："输了液感觉怎么样？"

盛茂林："好受多了。"

谢启明："下星期三上午八点我在医院门口等你。"

盛茂林："行！行！"

谢启明从掏口袋里拿出来电话："我出去打个电话，马上回来。"

盛放欠起身想跟他一起走。

谢启明用命令的口吻说："给我泡杯茶，在这儿等我。"

盛茂林："我这儿还真有好茶。"他起身找茶叶。谢启明出去了，屋子里静了下来。盛放猫一样缩在沙发上。盛茂林用电热壶烧上水。他在沙发的另一端坐下，父女俩一人坐沙发的一端，谁也不开口说话。

房间里很静。电热水壶开了发出来尖叫声。盛茂林突然咳嗽起来，盛放慌忙站起来，倒了一杯凉开水递到他面前。

盛茂林接过来喝了两口，咳嗽止住了，他脸涨得通红，痛苦地喘息着。谢启明站在楼下往楼上看着。盛茂林的窗子亮着灯。窗子里人影晃动，盛放在给盛茂林捶背。

盛茂林平静下来，盛开在他旁边坐下。

盛茂林："死，我不害怕。人怎么都是一辈子，我已经活到六十六岁了，不亏。"

盛放："你到什么时候都是想你自己。"

盛茂林扭头看她。

盛放不看他："你想过我妈吗？想过我哥和我姐他们吗？"

盛茂林等着她往下说。

盛放不说了。

盛茂林开口了："想过，前前后后我都仔仔细细地想过了。一家人当中，我最对不住的就是你。"

盛放眼圈红了，她使劲忍着不让自己哭出来。

盛茂林："我没对你尽过一点儿责，没给过你一丁点儿父爱，哪怕是一天。"

盛放含着眼泪使劲摇了一下头。

盛茂林："你恨我，我一点儿都不觉得冤。"

盛放哭出声来："过去我恨你，现在我不恨了，一丁点儿都不恨了。"

盛茂林："恨是对的，爱也是对的，经历了生死，人才有机会把感情这种事情看透。"

盛放满脸眼泪。

盛茂林："我知道这个病不太好，心里也有准备。只是怕你们没有这个准备。"

盛放呜呜地哭："你净瞎想！你瞎想什么？"

盛茂林想哄她又不知道该从哪下手，他手足无措地在她身边转悠着。

盛茂林："知道我是瞎想你还哭什么？别哭了，啊。"

他想摸摸女儿的头，又怕她接受不了，抬起来的手又放下了。

盛放一把抓住父亲的胳膊，把他的衣袖捂在脸上尽情地哭起来。

谢启明推门进来，看此情景进退不是。

谢启明和盛放在街上走。谢启明指着盛放的脑袋："你这里面有牙，没事儿就一口一口地啃自己。"

盛放不说话。

谢启明："你要相信科学，不能自己瞎琢磨，你碰上一件事就会产生一百零八种猜想，其中有一百种是坏的。所有的坏结果都是你想出来的。"

盛放眼巴巴地看着他："你说老头得的不是那种病？"

谢启明："医生诊断病情用的是排除法，一项一项的排除。再高明的大夫也不可能一眼到底，你要有耐心。"

盛放：“你不会隐瞒病情不告诉我们吧？”

谢启明：“不会，病人和家属都有知情权。”盛放点点头。

谢启明：“刚才你没给老爷子笑一笑？”

盛放：“我笑不出来。”

谢启明：“我跟老爷子说过，你笑的时候特别傻。下次，你一定笑给他看一看，行吗？”

盛放“扑哧”一声笑了，伸手狠狠地打了他一拳。

谢启明抓她，她撒腿就跑。谢启明抓住她把她使劲按在墙上。

谢启明：“跟你说了多少遍，不许你打我！”

盛放和谢启明两人脸对脸地看着。

盛放：“你快把我的骨头摁断了。”

谢启明：“断了我给你接。”

盛放叫：“你还是直接杀了我吧！”

谢启明：“杀了自己都不眨眼，我缺你这种气概。”

盛放：“快撒手，有人看咱们。”

谢启明：“幸福是需要旁观的，这是一种视觉互补。”

他低头要吻盛放。

盛放问：“你刚骂完我，就用这张嘴亲我吗？”

谢启明：“那又怎么了？我爱你爱得还上火了呢！”

盛放：“我还爱你爱得骨折了呢。”

两人嘻嘻哈哈地闹着。

墙旁边的门突然开了，一个老头走出来。

谢启明和盛放急忙松开手。

老头皱着眉头看着他们俩：“你们找谁？”

谢启明：“不找谁。”

老头：“不找谁按门铃干什么？”

盛放急忙躲开身子朝后看，原来她一直靠在门铃上。

盛放：“对不起，我不是故意的。”

老头不依不饶：“不歇气地按了一分多钟，有你们这么干的吗？啊？”

盛放还要解释，谢启明拉起她跑了。

老头：“站住！你们给我站住！”

谢启明和盛放跑到墙角拐弯处，两人笑得眼泪都快出来了。

盛放和谢启明坐在马路崖子上喝冰镇可乐。

盛放："我和他的关系是一种纠缠不清、处坏了的想撒手又撒不开的关系。"

谢启明"咕咚咕咚"地喝着可乐。

盛放："知道他是我的父亲以后，我干脆破罐子破摔，跟他水火不相容。表面上我做成那样，心里想的却是另一样。那天在医院看到他，我心里的那个深沟一下子就被填平了。这个跨越我真一点儿精神准备都没有。"

谢启明："他是你的爸，你是他女儿。你和他之间连着一根血脉，谁拽谁，谁跟谁走，一点儿都不重要。"

盛放："我想跟他来往得密切一点儿，又不好意思让这感情探出头来。这一段时间先是爱情后是亲情，感情这东西真的给我上了很残酷的一课。它叫我明白了在爱上别人之前，我必须要学会很多的东西。"

谢启明："改变别人，不如改变自己，这才是更接近真理的态度。"

盛放："你拽什么？"

覃媛抱着一岁的儿子在房间里走来走去。

孩子睡着了，她把孩子放进小床里。

有人开门的声音。覃媛开门出去。

周逸伦进门换鞋。覃媛："我煲了山药排骨汤。"

周逸伦："我吃过了。"

他走到沙发前坐下，用遥控器打开电视机。

覃媛沉默了片刻说："你就不能给我打个电话？"

周逸伦："开会开晚了。"电视里在播放新闻。覃媛默默地站在一旁。周逸伦感觉到了无形的压力，回头看了她一眼。

周逸伦："你想说什么？"

覃媛："你就不想跟我说点什么吗？"

周逸伦："我在外面累了一天了。"

覃媛："我也累了一天了。"

周逸伦："那就早点睡吧。"

覃媛："一天二十四小时，你在外面待十二个小时，剩下十二个小时，八个小时用来睡觉，这四个小时你不是看书就是看电视。"

周逸伦："你到底想说什么？"

覃媛："你老用这句话堵我，我为了你，为了这个家使劲憋着自己的委屈，直到憋出了内伤。"

周逸伦的脸阴了下来。

覃媛："我在你眼里到底算什么？我是你老婆，不为我，你也为女儿想想，这是我们的家……"

周逸伦打断了她的话："咱俩已经结婚了，就是为了女儿，我才和你结的婚。你想要的都有了，还有什么不满意的？"

覃媛卡壳了，一张脸涨得通红。

周逸伦拿起遥控器换台。

覃媛走进厨房。把四样做好的菜放在冰箱里。

覃媛低着头用熨斗熨着周逸伦的衬衫。她把熨好的衬衫一件一件地挂在衣橱里。覃媛抱起熟睡的孩子，用小被子裹好。

覃媛抱着孩子开门往外走。周逸伦冲过去一把拉住她，覃媛挣扎了几下不动了。周逸伦从她怀里抱过来孩子，转身回卧室。覃媛跟着进去了。

孩子在摇篮里熟睡，覃媛坐在床上啜泣。周逸伦烦躁地在地上走来走去。

盛开陶艺坊。盛开把烧好的陶艺一件一件地摆在橱架上。孩子们创作的陶艺看上去笨拙稚气又异乎寻常的醒目漂亮。

盛开和店员一起把每一件陶艺用色彩醒目的软纸包好，放进写着盛开陶艺的盒子里，写上创作者的名字。周逸伦推门进来。盛开看见他不由地一愣："你怎么找到这里的？"

周逸伦非常自然地说："我在街上见到你的朋友胡杨了，她告诉我，你新开了个店。"

盛开努力让自己镇定下来她说："欢迎参观。"

周逸伦在店里走了一圈说："产品新颖，创意非常好。"

几个年轻的女孩子走进店里，盛开打发店员去招待。女孩子看中了挂着小陶瓷壶和水杯的手链。店员拿出来让她们仔细观看。

周逸伦："中午咱们在一起吃个饭吧。"

盛开："不用了。"

周逸伦："拐过去不远有一家很正宗的泰国菜，我在那等你。"

说完他推门出去了。

盛开愣在那里，心里恨恨地说："还跟我来这一套！你以为你是谁呀？"

盛放和盛茂林坐在椅子上眼巴巴等着诊断结果。

医生们围着挂在灯箱上的CT片研究着盛茂林的病情，谢启明也在其中。

谢启明出现在走廊上。盛放立刻站起来一溜小跑迎了上去。她死死地盯着谢启明的脸："CT的诊断结果怎么样？"谢启明不说话，走到盛茂林身边站住。盛茂林从他的脸上看出来情况不妙。

他问："情况不好吧？"

谢启明："主治医希望你尽快做手术。"

盛放的脸一下白了："手术？"

盛茂林："我不做手术。"

谢启明："手术能延长存活期。对不起，我不应该用这样的词。"

盛茂林笑："大家都心如明镜似的，你别多虑。"

盛放声音哆嗦着："会不会诊断错了？"

谢启明："不会，一项错了不能项项都错，几项检查结果都不好。"

盛茂林腿一软坐在椅子上："让我想想，让我想想。"

谢启明："手术做得越早越好。"盛茂林两手放在膝盖上，两眼愣愣看着前面。盛放的眼泪止不住地往下流。

周逸伦坐在座位上。

服务员问："先生要不要上菜？"

周逸伦："人还没到，再等一等。"

服务员退下去。

周逸伦往门口看，进来的不是盛开。

盛放和盛茂林坐在公园的石凳上，两人呆呆地看着街上的车辆和行人。盛放："我才二十六岁，从来没有想过死这个字竟然会离我这么近。人生真的没有什么东西是可以挥霍的，只能生一次，也只能死一回。"

盛茂林："我要是能活两回就好了。第一回已经废掉了；如果能活第二回，下辈子我一定好好地疼你，像像样样地给你当一回爸爸。"

盛放："干嘛要下辈子？这辈子你就应该好好地疼我。"

盛茂林苦笑："得了这个病就别做那个打算了。"

盛放："很多人得了这个病不都还好好活着吗？"

盛茂林："你光看见活着的，没看见死去的。"

盛放："我希望你活着，为了我妈我哥我姐和我，你要努力活着。"

盛茂林心中涌起一阵热浪，他轻轻地点点头。

盛茂林："知道，我知道。"

盛放："我长这么大从来没叫过一声爸爸，你不能把我这个权力给剥夺了。"

盛茂林心里一阵难过，他不看盛放。

盛放："跟你建立父女关系对我来说是一个坎，你得帮我迈过去。"

盛茂林又点点头。

盛放扭过脸看着他："你不想听我叫吗？"

盛茂林："你说呢？"

盛放："你答应做手术我就叫你。"

盛茂林摇摇头："这不是条件。"

盛放眼圈红了："你这个傻老头，你想气死我啊？"

盛茂林笑了："你跟你妈一样蛮。"

盛放："你对不起我妈。"

盛茂林点点头。

盛放："你也对不起我姐。她的第一次婚姻没有你的祝福，离了，再结婚你一定要让她挽着你的胳膊，你亲自把她交到新郎的手里。"

盛茂林的眼圈红了。

盛放："你一定要活着看到我结婚，你要花钱给我买最漂亮的婚纱，你要把自己打扮成最帅的老头领着我走在婚礼的红地毯上……"她声音哽咽得说不下去了。

盛茂林无比难过。

盛放："你答应这个，我就答应彻底忘了你欠了我二十六年的债。"

盛茂林："我带你走红地毯，你会痛痛快快地叫我一声爸吗？"

盛放："会。"

盛茂林："你叫得出来吗？"

盛放："能。"

盛茂林："你试试。"

盛放："我叫一声，你答应一声。"

盛茂林："好。"

盛放张了一下嘴："我叫不出来。"

盛茂林："还没叫呢，你怎么知道叫不出来？"

盛放生涩地叫了声："爸。"

盛茂林心里一哆嗦，他没有答应。

盛放生气了，她又叫了一声："爸！"

盛茂林闷闷地"唔"了一声。

盛放火了："你这是什么态度？"盛茂林红着眼圈不说话。盛放一口一声爸，越叫声音越大，行人不知道发生了什么事情，他们停下脚看着这父女俩。盛放喊得声嘶力竭、热泪盈眶。盛茂林急忙拉起嚎啕出声的盛放走了。

盛开送走买陶艺的一对小夫妻。周逸伦拎着一串一次性的饭盒进来。盛开看见他一愣。

周逸伦把饭盒放在茶几上："知道你忙得抽不出来身，我把饭菜打包带过来了。吃吧，还热乎着呢。"

他坐在沙发上把饭盒一个一个地打开，又把一双筷子放在他对面。

周逸伦埋头吃起来。盛开不知道该怎样对待他，

周逸伦："一顿饭说明不了什么，你什么时候变得这么小家子气了？"

盛开坐在他对面，她拿起筷子吃饭。

周逸伦："我是学自然科学的，科学不是求对也不是求错，而是寻找被事实推翻的可能性。现在我把这条理论搬到咱俩的关系上，你给我一个不是朋友就是敌人的理由，如果我推翻了它，我就是科学的正确的。"

盛开："悲剧是把所有美好的东西毁给别人看。我不喜欢悲剧。"

周逸伦一怔："你觉得我是悲剧？"

盛开："莫非你是喜剧？"

周逸伦吃不下去了，他放下筷子抬起眼睛看着盛开："人生中有一种寂寞，不是谈个恋爱结个婚生个小孩就可以解决的。"

盛开："那是因为你都有了。"

周逸伦："我想离婚。"

盛开："千万别是为了我，我已经过了那个坎了。"

周逸伦："不是为你，是为了我自己。"

盛开："看来你的成长非得搭上一个女人的性命不可，不是我，就是她。"

周逸伦："你应该把这句话做成匕首，看看它是怎样刺穿我的心脏的。"

盛开："我的心脏早已经被刺穿了，过去的已经都过去了，我的命已经回归到我自己手里了。"

店员吃完饭从外面回来。

周逸伦站起来："我该走了，谢谢你陪我吃了这顿饭。"

盛开一言不发地把他送到门外。

周逸伦："咱俩在一起的六年，是非常美好的六年。"

盛开："一切都过去了。"

周逸伦："那是你的想法，我觉得没有过去。咱俩现在的关系在书法上叫断笔，在音乐和美术上叫空白，空白和断笔之后肯定会有一种新的飞跃。"说完他头也不回地走了。盛开站在那里半天没回过神来。

一群高中生兴致勃勃地冲进店里，盛开急忙跟着进来。

高中生们兴致勃勃地制作自己创作的陶瓷艺术品。盛开忙着招呼和指导着他们。手机响了一声，她掏出来手机看。手机上腾跃发来微信："刺头，我已经到了××市，准备明天进山。进了山手机就没信号了，我不给你打电话是环境所致，你千万别瞎想。说真心话，刚离开你几天就想你了。别嫌我酸，是你那一身毛病招的我泛酸。希望你也想我。"

盛开回短信："狗屎吧！"

腾跃给她回了一个拳头。

盛放站在家门口按门铃，半天没有人出来开门。郑婉颐立刻扔下手里的活出去。盛放换鞋进来。

郑婉颐："这些日子野哪儿去了？你还知道回来啊？"

盛放神色有些紧张，她四处查看。

郑婉颐："找什么？"

盛放："我哥和我姐最近回来过吗？"

郑婉颐："你哥出差刚回来，你姐店里的生意上来了，忙得顾不上。"

盛放："他没来过？"

郑婉颐：“谁？”

盛放：“老爷子。”

郑婉颐一愣神经立刻绷紧了：“你别找事啊！”

盛放摇了下头没有说话，她掏出来手机打电话：“哥，回家一趟吧。”

盛誉的声音：“怎么了？”

盛放：“你就回来吧。”

郑婉颐警惕地看着她：“出什么事了？”

盛放两手搭在母亲的肩膀上往厨房推她：“妈您快做饭去吧，我快饿死了。”

郑婉颐顺从地往厨房走：“想吃什么？”

盛放：“红烧肉。”

郑婉颐：“给你姐打个电话，看看她能不能回来。咱们一家子好些日子没在一起吃顿饭了。”

罗耀辉和狄英热情地招待着前来吃饭的客人。

小张把一笼一笼的包子端到客人面前。

罗耀辉从店里出来，靠在门口长长地出了一口气。

狄英也从里面出来，她打开水杯的盖子喝了一口水。

一个要饭的老头站在门口一毛钱一毛钱地从口袋里往出掏钱，他一共掏出了八毛钱。

他冲罗耀辉说：“兄弟，帮个忙，给二分钱。”

罗耀辉：“现在还有二分钱吗？”

老头：“你看着给吧。”

罗耀辉掏出来两毛钱硬币给他。

老头凑够了一块钱走到卖花生米的摊位前。

老头：“来一块钱的花生米。”

摊主抓了一大把花生米给他。

老头扒开一粒花生米扔进嘴里，从口袋里掏出来一小瓶二锅头，他喝一口酒吃一口豆，摇摇晃晃地走了。

狄英：“这人，话说的像孙子，口气倒像爷爷，你学学人家的经商之道。”

罗耀辉：“向要饭的看齐？亏你想得出来。”

狄英看着他咯咯笑。

老头打开挂在裤袋上的小播放器，里面传出来《武家坡》里薛平贵的唱段："一马离了西凉界……"

罗耀辉突然一阵眩晕，身子晃了一下。

狄英急忙伸手扶住他："怎么了？"

罗耀辉的脑海里突然掠过一个熟悉的场景。

罗耀辉端着京剧的架式踩着鼓点醉熏熏地在里走。

他扯着嗓门大声唱："不由人一阵阵泪洒胸怀。青是山绿是水花花世界，薛平贵好一似孤雁归来。"

盛开舞着兰花手，迈着莲花步，身姿轻盈紧随其后。

罗耀辉的脚被木棍趼了一下，差点摔个马趴子。

他捡起来那根木棍，舞得生风，嘴里"哐哚""哐哚""哐哚"地吆喝着锣鼓点儿。

盛开一把拉住了他："哪儿走？到了。"

罗耀辉站住，亮相转身一撩衣襟，像《三岔口》里的武生一样，伸开两手在墙上摸。

罗耀辉："门呢？你把门挪哪儿去了？"

盛开笑得捂着肚子"哎呦""哎呦"乱叫。

罗耀辉踩着鼓点眼花缭乱地玩着身段。

画外"咣哚"一声重锤，锣鼓点刹住。

门开了，有人走出来，站在门口诧异地看着他们："找谁？"

狄英捅了他一下："嘿！想什么呢？"

罗耀辉回过神来："盛开这几天一直没过来。"

狄英白了他一眼："吃着碗里占着锅里。"

罗耀辉："什么叫占着锅里？这锅里有人家的股份。"

狄英生气了："年底增资扩股，赶紧给我把她的股份稀释掉。"

罗耀辉："哟呵，你还懂稀释股份？"

狄英："保全家庭看好财产，再难也得学。"

罗耀辉："别忘了，你这份工作还是她介绍的呢。没有她，就没有你的今天。"

狄英："她介绍的怎么了？她就成菩萨在世了？喊！罗耀辉，你别把她当成宝在这儿叫卖，告诉你，我还真不稀罕。看在你对她看家狗一样忠诚的份上，但愿你沿街讨饭的时候，她还能善待你。"

罗耀辉："你这是说话还是放屁？"

狄英："你才是放屁！"

有客人进店，狄英立刻笑容满面地迎了上去："欢迎光临！"

罗耀辉气哼哼地盯着她的背影。

狄英扭头冲他说："喘口气得了，还歇个没完了？"

郑婉颐家客厅。郑婉颐把饭菜摆上桌子，盛放摆碗筷。盛誉和盛开前后脚进屋。盛誉连连抽着鼻子："咱俩可真有口福，赶上郑氏红烧肉了。"

盛开："还有我最爱吃的韭菜炒鸡蛋。"

一家人围坐在餐桌旁边吃饭。

盛放心事重重，她没有一点胃口。

盛开："你这表情像要开党委扩大会议，出什么事了？"

盛放："这两天，你们见过老头吗？"

盛开："哪个老头？"

盛放磕巴了一下，还是叫出来了："爸。"

她的这一声"爸"，让饭桌上的三个人全都吃了一惊。

盛开摇头："他好几天没去我那儿了。"

盛誉："十天前我给他打过电话。"

盛放："刚才我去他家找他门锁着他，打手机他关机了。"

郑婉颐觉得很意外："你们什么时候开始走动的？"

盛放："五天前我在医院碰上他了。"

郑婉颐的心"咯噔"一下她问："他怎么了？"

盛放："老头不让我说，我觉得不说不行了。"

郑婉颐急了："他到底怎么了？"

盛放："他病了，病得很重。"

盛誉："什么病"

盛放："肺癌。"

郑婉颐冲进卫生间两手扶着洗脸池子对着镜子张大了嘴，好容易才把气息调整过来。盛开进来把一粒药和一杯水递到妈妈手里。郑婉颐把那粒药吃了，拧了个手巾把，擦了一下脸。

盛誉小声埋怨盛放："这事你怎么能告诉妈呢？"

盛放小声辩解："妈恨了他二十四年，老爷子说不让告诉妈，我觉得他是自作多情。没想到妈反应这么激烈。"

盛誉："他们俩之间的感情你不懂！"

盛放："你懂！"

盛誉："多少比你懂一些。"

郑婉颐镇定了下来，从卫生间里走出来，对自己的三个儿女语气坚定地说："去找他，一定把他带到我这里来！"

盛放和盛开站在门口按门铃，里面没有人应声。

盛放和谢启明站在物业前台。

盛开问物业人员："住在303房间的老人身体不好，我们很担心，你们有没有他托管的钥匙？"

物业人员："你们是他的直系亲属吗？"

盛放："我们是他的女儿。"

物业人员："身份证。"盛放把身份证递过去。

物业人员用钥匙开门，谢启明和盛放跟着他进屋。

房间里整洁干净。

盛放推门进来。卧室里被褥整整齐齐地叠着，里面没有人。

盛开进卫生间，里面清爽利落，盛茂林不在里面。

盛誉在打电话："盛茂林，对，他是你们单位的退休职工。"

盛放在打电话："你知道他在北京有什么朋友吗？嗯，嗯……"

盛开按门铃没有人应答。

郑婉颐和自己的三个儿女围着沙发坐着。

盛誉、盛开和盛放看着自己的母亲。

郑婉颐："二十四年前，他抛弃了我们一回，今天他又跟我们上演这一出。"

盛誉："妈，性质不一样！"

郑婉颐："在我看来一样。二十四年前他叫我肝胆俱焚，今天他叫儿女撕心裂肺，世上怎么有这么狠的人？想来就来，想走就走，连声招呼都不打，地球是围着他转的？"

盛放："妈，他就是怕您受不了，才再三叮嘱我，不让我告诉你们。"

郑婉颐："这么大的事能不说吗？"

盛放："所以我才告诉你嘛。"

盛开："妈，病长在他身上，最难受的是他。"

郑婉颐不说话了。

盛誉："我想他有可能回贵州。"

郑婉颐："他那儿还有三个儿女一个家吗？"

盛誉："妈！男人的生命里不光只有家，还有别的东西。"

郑婉颐翻了他一眼。

盛誉："我明天开始休年假，出去找他。"

盛放："我跟你一起去。"

郑婉颐："老实待着，刚找到一份不错的工作，别自己再给祸害了。"

盛誉叮嘱两个妹妹："你们在家好好照顾妈，有消息，我立刻给你们打电话。"

郑婉颐满面愁容地叹了一口气："这日子过得才消停了几天。"

盛誉在办公室里收拾东西，金荷推门进来。

盛誉抬起头看了她一眼："手续办完了？"

金荷："我明天就不来上班了。"

盛誉："哦。"

金荷："听说你明天也不来了。"

盛誉："休年假，家里有点事。"

必胜客送外卖的进来，把热腾腾的匹萨放在桌子上，

金荷交钱，转身把咖啡壶端过来放在桌子上。

盛誉诧异地看着她。

金荷冲了两杯香浓的咖啡："全当送行，咱俩聊一顿饭的天行吧？"

盛誉："当代社会五岁一个代沟，咱俩中间隔了两条半的深沟……"

金荷切了一块匹萨放在他面前的盘子里："隔着山沟唱情歌的人，哪个朝代都有。"

盛誉看着她，没动盘子里的匹萨。

金荷嘴里嚼着匹萨问："你到底怕什么？"

盛誉："不是怕，是不喜欢。"

金荷："不喜欢和我交往？"

盛誉："不喜欢被人强迫。"

金荷："你跟我说说，你这一代人怎么看待爱情？"

盛誉："我认为爱情是一个人对另一个人特殊的感情，类似信仰一样的东西，心里面有就产生了。她跟幸福一样，完全是个人纯粹的心理感受。"

金荷："你产生过这种感情吗？"

盛誉犹豫了一下说："产生过。"

金荷："她成了你的老婆？"

盛誉："没有。"

金荷："那你怎么跟你老婆结的婚？"

盛誉不回答。

金荷："你的婚姻肯定不幸福。"

盛誉不说话。

金荷："你觉得不幸福的时候，对方也同样痛苦不堪。那为什么还要死揪着不放手呢？"

盛誉："离婚会让我失去儿子。儿子是我的命根子，我这一辈子怎么过都行，但是我不能让儿子在感情上受到委屈。"

金荷："唉，你到底是哪个世纪的人？生活在往前走，人也必须往前走，不能像你这样站在原地不动。"

盛誉："我儿子大了会怎么想？"

金荷："你怎么就知道你儿子跟你想的一样呢？"

盛誉："将心比心。"

金荷："你跟他不是一个时代的人。"

盛誉："时代再变化，人的感情是不会变的。"

金荷："空间和时间并不能阻隔人的交往，阻断人和人交往的正是感情。你说感情不会变，我说感情是会变的，人的价值观会直接影响到感情的变化。生活永远是未定的，一切都要从自己内心的真实感情出发。不要扼杀它，欺骗它，这样就是失败了也是值得纪念的。"

盛誉吃惊地看着她："我没看到你这一面，没想到你很成熟。"

金荷："所以说经验主义害死人。我想知道你推崇什么样的感情？"

盛誉："和谐默契。和谐和默契交织在一起能产生出很大的能量来对付困境。"

金荷："那你为什么不去寻找这样的感情？"

盛誉："想象跟现实总是有距离的。"

金荷："距离是靠努力消除的。"

盛誉："从理论上讲没错。"

金荷："那就用理论去指导实践，做了才知道对还是错。"

盛誉："做了可能错，不做就没错。"

金荷："对是从错里面提炼出来的。"

盛誉："这个说法有意思。"

金荷狡猾地笑了："我猜想，你有一个难以忘怀的初恋。你觉得你对她的感情可以纪念终生。"

盛誉："你没有值得纪念终生的东西吗？"

金荷："没有，我的个人生活有很大的缺陷。生命就是一个大练习场，任何人的经验对我都没有意义。"

盛誉面露微笑："我还真小看你了。"

金荷："人总是忽略眼前的生活，当生命要结束的时候才想明白应该去怎样生活，可为时已晚。"

盛誉："谁教给你这样说的？"

金荷："我爷爷。他常说，生活给人提出问题，欲望给人带来麻烦。"

盛誉："他是哲学家吧？"

金荷："八十四岁了，坐在轮椅上还在天天质问自己，我是谁？到这个世界上来究竟要干什么？"

盛誉忍俊不住哈哈大笑。

金荷："我相信每一次爱的经验都是全新的，都是不可借鉴的。因此我们看世界的时候永远瞪着一双无知的眼睛。世界上没有走不通的路，就看你有没有勇气走。"

盛誉站起身："谢谢你给我上这堂课，我得走了。"

话音未落，他头也不回地出去了，

金荷追出去："哎，你这算道别吗？！"

盛誉的车在高速公路上行驶。他的目光被辅路上发生的一起重大的交通事故吸引过去。辅路上一辆长途大巴车和一辆集装箱车相撞，大巴车翻到在路边。两辆120急救车停在一边，医护人员在抢救伤员。盛誉的车急速驶去。

盛开陶艺坊。盛开和店员热情地招待客人。盛开把烧制好的陶器一样一样地拿出来让客人验货。客人非常满意自己的作品。电话铃响，盛开接电话："喂。"电话里男人的声音："是盛开陶艺坊吗？"

盛开："是。"

男人的声音："我是××市交通大队，我想问你点儿事。"

盛开立刻警惕地问："出什么事了？"

男人的声音："你认识腾跃吗？"

盛开："认识，他怎么了？"

男人的声音："他出了交通事故。"

盛开眼前模糊一片，耳朵什么都听不清了。

电话里男人"喂！喂！"地叫。

盛开气息奄奄地回答："他怎么样了？"

电话里男人的声音："死了。"盛开瞪大眼睛。火车风驰电掣般地疾驰而过。盛开呆呆地坐在窗户旁，她的眼泪已经干了。坐在对面的王朴担心地看着她。

交警把一个手包放在桌子上，从里面拿出来腾跃的身份证、驾照、摔碎了的手机和盛开的名片。

盛开看着这些东西不由自主地哆嗦起来。

交警："是他的东西吧？"

盛开翻开他的驾驶证和转业军人证，腾跃咧着嘴冲她笑。

盛开的眼泪"哗"地涌出来。

交警："那去认一下尸体吧。

工作人员拉开冷冻舱的门，拽着滑轮拉出来一具蒙着白布的尸体。

王朴掀开白布，他只看了一眼就赶紧把布盖上了。

盛开要看，他立刻把她推开了。

王朴："别看了，脑袋都撞碎了。"

盛开腿一软，王朴一把架住了她。

交警："大巴司机开车的时候看手机，大货车司机酒驾两车相撞，大巴被撞翻了，他被甩出车外，脑袋撞在桥墩上，相貌看不出来了，血型相同，但是还需要做一个DNA验证。"

盛开和王朴往院外走。

盛开："他临走前跟我求过婚。"

王朴："是吗？"

盛开："我的命真是太不好了，别说跟他真的结婚过日子，他刚有了这么个想法，老天爷就从根上给掐断了。"

王朴："这跟命有什么关系？"

盛开："怎么没关系？我第一次婚姻丈夫就是出了车祸……"

王朴打断她的话："这是巧合。"

盛开："你说我该怎么去跟他的父母说？多年不回家的儿子突然回家了，然后又暴死在别的城市。这个事实谁也接受不了，更别说两个七十多岁的老人。白发人送黑发人，叫他们怎么往下活？"

王朴："先不要跟二老说，老爷子身体不好，这一说非要了他的老命，就说腾跃出国了，一年半载地回不来。真到了非得报丧的那天我去。"

盛开长长地叹了口气："DNA检验怎么办？"

王朴："等我找到他姐姐的电话，把她叫来。"

盛开："她在澳洲！"

王朴："是。"

罗耀辉醒过来，睁开眼睛看到狄英在他身边熟睡。

他脑袋一阵刺痛，罗耀辉两手捂头翻了一个身。

罗耀辉闭着眼睛躺在地板上，他满头大汗地喘息着，

透过他的脸可以看到跟他并排躺着的盛开的脸。

盛开闭着眼睛问："你死了吗？"

罗耀辉有气无力地答道："活着呢。"

他睁开眼睛伸出两根手指："一共出现了两次幻觉。第一次是去了从来没去过的西藏，第二次是见到了从来没见过的爷爷。"

罗耀辉一骨碌坐起来，愣愣地看着窗外。

狄英被他惊醒了打开床头灯问："怎么了？"

罗耀辉："头疼。"狄英起身给他拿药。罗耀辉吃完药重新躺下。狄英关了灯。

罗耀辉泡在浴缸里，盛开认真地给他搓着后背。

罗耀辉："上面点儿，再往下点儿，哎哟，哎哟。"

盛开用喷头给他冲洗头发，罗耀辉舒服地闭着眼睛享受着。

罗耀辉的脑袋短路了，他愣愣地坐在马桶。狄英抱着脏衣服进来看了

他一眼："念佛呢？"罗耀辉没说话。狄英开洗衣机洗衣服。罗耀辉起身离开。狄英狐疑地看着他的背影："今天他是怎么了？"

罗耀辉汤包店。罗耀辉躲在门口打电话，

手机里传出来声音："对不起，您呼叫的用户已关机，请稍后再拨。"

狄英突然在他身后发问："给谁打电话呢？"

罗耀辉吓了一跳："朋友。"

狄英："哪个朋友？"

罗耀辉心中着恼："问这么清楚干什么？"

狄英："我必须问清楚。"

罗耀辉转身进屋，狄英跟了回去。

罗耀辉卖力气地揉面，罗母包汤包。

负责招呼客人的狄英，警惕的目光不时落在罗耀辉的脸上。

郑婉颐坐在餐桌旁边认真地粘着口袋里的碎纸片，她粘得全神贯注。硬皮夹子里已经夹了粘好的一叠信纸。

有人用钥匙开门，郑婉颐急忙把那口袋碎纸片收起来。盛放进来，一屁股坐在沙发上，随后身子一歪躺下了。郑婉颐走过来在她身边坐下："见你姐没有？"

盛放："我刚从她店里回来，店里的人说我姐出差了，不在北京。"

郑婉颐："怎么这么突然，连个电话都没给我打？"

停车场里停着几辆满是尘土的汽车。盛誉的车开进停车场。

盛誉进餐馆找了一个空位置坐下。服务员把菜谱递过来，盛誉点完菜抬头看了一眼。前面的饭桌上一个女人吃饭的背影。她一头乌黑的头发散在脑后，外套搭在椅子背上。挂在椅子一角的双肩背挎包里露出来是撮黑色的毛线。盛誉盯着那撮黑毛线看了一会儿，也没看出来那是什么。服务员端上来一菜一汤一碗米饭。

盛誉埋头吃饭。女人吃完饭，拽过来双肩背挎包，从里面拿出来钱包结账。盛誉下意识抬头看。女人背着双肩背的背影已经走到了门口。双肩背的口没有系牢，露出来棕色绒布做的娃娃的半张脸，那撮黑毛线是他头顶上的头发。

娃娃黑白分明的眼睛直视着盛誉。

盛誉脑袋"嗡"地一下。

27.

陶蕊和盛誉站在站台上。

陶蕊："你不该跟着下来。"

盛誉："看你上了车，我再走。"

一个大学生模样的女孩子拎着一个旅行包走到他们跟前。

女孩子掏出来一个手工制作的，特别可爱的黑丑娃举到他们面前。

女孩子："给女朋友买一个吧，这是我们为捐助班里的特困生自己制作的。"

盛誉："多少钱？"

女孩子："二十块钱。"

盛誉立刻掏出来二十块钱递给女孩子。

女孩子把黑丑娃放到陶蕊的手里："我一样只做了一个，他很孤独，你要好好待他。"

盛誉醒过神来，门口空了，那女人的背影已经不见了。

盛誉把饭费扔在桌子上追了出去。

背双肩背包的女人不见了踪影。一辆大型载货车开出停车场。盛誉急忙上车，发动汽车追了上去。

盛开推门进来，身子一软坐在地上，服务员小娟惊叫着跑过来，她把盛开扶到沙发上，拿起电话拨号。被盛开有气无力地制止了。

盛开坐在椅子上输液，她双眼微闭脸色蜡黄。

罗耀辉急匆匆地进来，在她身边坐下："你病了怎么也不告诉我一声？今天我要是不去店里，根本就不会知道。"

盛开睁开眼睛看见是他，眼泪差点掉下来，她把脸扭到一边。

罗耀辉伸手摸她的额头，她的额头滚烫。

罗耀辉："怎么烧成这样？家里没人过来陪着？"

盛开："不是什么大病，惊动他们干什么？输两天液就好了。"

罗耀辉："你关机干什么？"

盛开有气无力地说："没力气接电话就关了。"

罗耀辉看液体滴得太快，调整了一下。

盛开："我上午八点第一个来的，这是最后一袋。"

罗耀辉："输完液我送你回去。"

罗耀辉安顿盛开在床上躺下，他的手机响，他看了一眼挂了。手机重新响起来。罗耀辉无奈只得接电话："喂。"

汤包店里人满为患，罗母和两个雇工忙得团团转。狄英打电话："我一双手当八只手用，你以为我是螃蟹？店里忙得人脚打后脑勺，你跑到哪儿躲清闲去了？"

罗耀辉："我在外面有点事，马上回去。"

狄英："你能有什么事？啊?!"

罗耀辉把电话挂了。

盛开："赶紧回去吧，我这儿有小娟呢。"

饭口过去，店里清静下来。狄英和小张忙着擦桌子扫地。

罗耀辉在灶上煮青菜粥，罗母过来："这是干啥？"

罗耀辉："盛开病了想喝粥。"

罗母："咋不让她妈煮？"

罗耀辉："我病了，她不是也没让你伸手管吗？"

罗母被儿子的话噎住。

罗耀辉："咱家有啥事她都来帮忙，她碰见事咱不出手不仗义，以后有事还求不求她了？"

罗母被儿子说服了："你去吧，带点我腌的咸菜。"

狄英透过窗子狐疑地看着他们嘀嘀咕咕的娘俩。

汽车停在路边，距离车后一百多米的地方竖着一个红色警示牌。

盛誉站在路边伸手拦车，没有一辆车给他停下。盛誉拨通了路政电话。电话里传来一个男人的声音："您好，有什么可以帮助您的吗？"

盛誉："我一时疏忽忘了加油，我的车在公路上抛锚了。"

电话里男人的声音："请问，哪一个路段？"

盛誉看着路边路灯上的标号念了一串数字："×……×。"

电话里男人的声音："请放好指示牌，半个小时我们就可以把油送到。注意安全，耐心等待。"

盛誉挂了电话，长长地出了一口气。

一辆橙白色的路政执法车辆开过来停在盛誉汽车的后面。

车门打开，从车上下来两名年轻的执法人员，

其中一个从尾箱提出了一桶汽油。

另外一个用矿泉水瓶制作了一个简易的漏斗，

20升汽油灌进盛誉汽车的油箱里。

路政人员："20公里处有一个加油站，你到那里再把油加满吧。"

盛誉感激万分地跟两个年轻人紧紧地握手："太谢谢你们了！"

盛开陶艺坊。盛开从床上坐起来，罗耀辉把枕头掖在她的腰后面。罗耀辉盛了一碗粥端给盛开，盛开用勺子一口一口舀着喝。罗耀辉："这有我妈腌的咸菜。"

盛开："老太太知道你到这里来？"

罗耀辉："这是她让我带来给你吃的。"

盛开感动。

罗耀辉上床准备睡觉，狄英一屁股坐在床沿上："今天在店里你跟老太太嘀咕什么呢？"

罗耀辉："没嘀咕什么。"

狄英："撒谎！"

罗耀辉："哎，你干啥总把自己弄得跟侦探似的？"

狄英："你们俩一个妈一个儿子，就我是外人。我再弄不清形势，只有死路一条。"

罗耀辉翻了个身，脸冲墙："在店里站了一天还没站够？快上床睡觉吧。"狄英上床，硬把罗耀辉的身子翻过来，拉过来的一支胳膊放在脑袋下面枕着。罗耀辉眨巴着眼睛看着她。狄英声音放缓问道："你出去那么半天，到底干什么去了？"

罗耀辉："你有完没完了？"

狄英："罗耀辉，我每次盯着你看，越看越觉得不认识你。"

罗耀辉盯着狄英的脸仔细看："我也有这感觉。"

狄英："跟你说，牛大民从来不这样看我。"

罗耀辉好奇："他怎么看？"

狄英："像睡着前盯着一截木头桩子。"

罗耀辉看着她笑。

狄英："你觉得我好看吗？"

罗耀辉语气诚恳地说："你要是脸上没长斑就好了。"

狄英生气了，狠狠一脚踹过去。罗耀辉猝不及防，"咕咚"一声摔在地上。狄英一骨碌坐起来，指着他的鼻子骂道："姓罗的，你到底会不会说人话？"

罗耀辉生气了："我就纳闷，你们女人为啥就听不了实话呢？"

狄英光着脚跳到地上，她拽着罗耀辉的胳膊把他往外拉。

罗耀辉："干什么？你干什么？"

狄英把他拽到门口，使劲一推："你滚！"

随后"咣当"一声关上了房门。

罗母拄着拐杖推门从外面进来。

罗耀辉一骨碌趴起来，蹲在门旁边假装修门。

他自言自语："这门怎么关不严实呢？"

他敲了两下门："我说，你再开一下门试试。"

狄英把门拉开了，罗耀辉回头冲母亲咧嘴笑了笑进去了。

罗母沉着脸盯着在眼前关紧了的门。

狄英靠在门上，捂着嘴笑得浑身颤抖腰都直不起来了。罗耀辉掐着她的后脖梗子把她拎起来。罗耀辉小声说："以后你再敢打我，我把你扔进锅里煮了。"

狄英扒在他的耳边嘻皮笑脸地小声说："你给我记住，我打你也是因为爱你。"

太阳给树梢镀上了一层暖光。一个男人的身影在树林中时隐时现。盛开在后面拼命追赶着，怎么也缩短不了跟他之间的距离。盛开张嘴喊，却喊不出声音来。盛开醒过来，她出了满头满身的大汗。罗耀辉拎着保温桶一瘸一拐地走着。不时有晨练的人、买菜的人从他身边经过。

盛开开门，罗耀辉气喘吁吁地进来。

罗耀辉："好点没有？"

盛开："昨天晚上出了一身汗，现在不烧了。你这么早跑来干什么？"

罗耀辉："给你煮了点小米粥，你拿个碗我倒出来。"

盛开拿过来一只大碗。

罗耀辉把稀粥倒进大碗里："趁热喝吧，我得赶紧回店里去。"

盛开十分感动。

盛开把罗耀辉送到门口，罗耀辉："你回去吧，有事给我打电话。"说完他一瘸一拐地走了。盛开若有所思地看着他在人群当中时隐时现的背影。

店里坐满了吃早点的人。罗耀辉直奔后厨。

罗母忙着包包子，看见儿子进来忙说："早上你去送粥，三妹儿也不知道跑哪去了，把我和小张两个忙成八爪鱼。你看看外面的人，包子供不上了。"罗耀辉急忙洗手揉面。小张前堂后厨跑来跑去。狄英沉着脸进来。

罗母："大早上的你去哪儿了？"

狄英："你咋不问你儿子呢？"

罗母："我儿子去哪儿，我知道。"

狄英："你儿子扔下店里的活去伺候前妻，这事儿你当妈的到底管不管？"

罗母："我儿躺在床上大小便都送不出去的时候，也是他前妻给伺候出来的，知恩图报是我儿的美德！"

狄英冷笑："男女关系处理得好会传为佳话，处理不好会传出闲话。"

罗母："盐打哪咸，醋打哪酸，捋了六十年的陈糠烂谷子，我心里清楚得很。"

狄英："罗耀辉，你跟盛开的事今天必须解决了，要不日子没法往下过。"罗耀辉看着她不说话。

狄英拎起挎包转身就走。罗母斜眼看着她。罗耀辉一把拉住她："你去哪儿？"

狄英："你撒手！"

罗耀辉就是不撒手。

狄英："看你这副死德性，咱俩还是把证撕了吧！"

罗耀辉一听这话急了，抢过来她的挎包扔在地上。他两只手抓着狄英的肩膀使劲摇晃着她："你说什么？你说什么？"

狄英两只眼睛一瞪："你敢打我？"

罗耀辉急忙松开手，他辩解道："我没打你，我是摇你。"

狄英一巴掌扒拉开他："滚开！"

她拎起挎包头也不回地出去了。

罗耀辉追到门口，罗母两眼一瞪，罗耀辉乖乖地回去了。

出了门狄英的脚步不由自主地放慢了，她回头看了一眼。门口空荡荡的。狄英咬牙切齿："我错看了这个王八蛋，以为他会追上来苦苦哀求。我赚回了面子，肯定会给他个台阶下。可是他根本就没出来。"狄英走了几步又站住脚回头瞥了一眼。

罗耀辉透过敞开的屋门眼睁睁地看着狄英的身影消失在院门外面。

罗母："愣着干啥？客人等着上包子呢！"

罗耀辉急忙招呼客人去了。

狄英拖着沉重的双腿垂头丧气地在街上走着。她自言自语："我真傻呀，一时的性起，怎么能拼得过人家母子的血缘？"手机响了，狄英看了一眼显示屏立刻来了精神："给我打电话干嘛？"

罗耀辉："没走多远就赶紧回来，店里人手少实在忙得掰不开了。"

狄英："老娘辞职不伺候了！"她把电话挂了。罗耀辉看着手机好一会没缓过神。

罗母进来："前面干洗店点餐，让送三十个包子、四碗汤过去。"

罗耀辉急忙张罗去了。

狄英等着罗耀辉把电话打过来，电话一直没再响。

狄英暗自骂了一句："罗耀辉，你等着，我要是不把你修理圆了，算不上个好老婆！"

盛开支撑着虚弱的身子送走店里最后一位顾客关了店门。罗耀辉拎着饭盒进来："好点没有？"

盛开："不烧了。"罗耀辉打开饭盒："小米绿豆粥。"

盛开坐下喝粥："谁在店里盯着呢？"

罗耀辉："老太太。"

盛开："狄英呢？"

罗耀辉沮丧："走了。"

盛开一怔："为什么？"

罗耀辉看了她一眼："因为我来你这儿。"

盛开笑了："吃我的醋了。"

罗耀辉："我这辈子只有一个好朋友，那就是你；别的都是熟人，算不上朋友。我跟狄英的事，你得帮我。"

盛开："既然跟你做了朋友，就得随时准备给你洗尿布。"

罗耀辉："你告诉我，我该怎么办？"

盛开："告诉她，你爱她。"

罗耀辉想了一下认真地说："我不知道我爱不爱她。"

盛开："试着说一次，说出口了，就知道爱不爱了。"

罗耀辉："万一她把我攮搡回来呢？"

盛开："罗耀辉，你到底是三十四还是三岁四个月？怎么老像没断奶似的？"

罗耀辉："我没干过这样的事。"

盛开："这辈子你没干过的事情多了。"

罗耀辉眨巴着眼睛看着她。

盛开："你知道她去哪了吗？"

罗耀辉："估计去了上一个干活的主家，那家的老太太昨天还给她打过电话了呢。"

盛开："你认识她家吗？"

罗耀辉："我跟她去老太太家取过东西。"

盛开："去把她找回来。"

罗耀辉一脸难色。

盛开："你要是不去，以后有事别来找我！"

罗耀辉："你别生气，我去！我去还不行吗？"

罗耀辉站在单元门的门铃前面犹豫着。楼门口有几个十七八岁的小伙子在围着台球案子打台球。罗耀辉想返身回去又不甘心，他手心里汪着冷汗按响了门铃。狄英的声音从对讲器里传出来。

狄英："谁？"

罗耀辉："我，罗耀辉。"

听到罗耀辉的声音，狄英的心哆嗦了一下。她拿着话筒，好一会儿没说出话来。话筒里罗耀辉连声叫："狄英！狄英！"狄英把听筒挂了。

罗耀辉再按门铃，狄英不理了。罗耀辉呆呆地站在门口，不知道下一步该怎么做。

狄英站在窗口往下看，她看不到罗耀辉站着的地方。狄英慌了，自言自语道："走了？"她跑到电话机前拿起电话，又挂了电话。她跑到门口拧开门，又不好意思下去了。

狄英："我要是这么追出去，那才是丢人丢到家了。"她急得在客厅里来回转圈。窗外传来罗耀辉的喊声："狄英！狄英！"狄英激动地冲到窗前往下看。

罗耀辉站在楼下仰着脸，冲着湖南老太太家的窗子一声一声地喊："狄英！狄英！"一个头顶秃了的中年男人从旁边的窗子里探出脑袋一脸不耐烦看着罗耀辉。

中年男人："有门铃不按，喊什么喊？"

罗耀辉说："按了，她不理我。"

秃顶男人皱着眉头说："那你也不能喊啊，这里又不是只住着她一个人。"

罗耀辉："麻烦你给我开一下门好不好？"

秃顶男人："谁知道你是什么人，你进去出了事谁负责？"

楼门口围着台球案子打台球的几个十七八岁的小伙子直起腰，往他们俩这边看。

罗耀辉看他不帮忙，又扯着嗓子喊起来。

罗耀辉："狄英！三妹儿！"

中年男人急了："你再喊，我打110，告你扰民！"

一个小伙子把球杆扛在肩上晃晃悠悠地走过来，他仰着脑袋盯着窗子里的那个中年男人。

小伙子甲："喂！关你屁事？我也是业主，我都没听烦呢，你烦什么？"

小伙子乙："别跟他啰嗦，白活了一把岁数，啥都不懂。"

剩下的小伙子跟着跑过来起哄。

一个脸上长着青春痘的小伙子拍拍罗耀辉的肩膀。

青春痘："大哥，喊，接着喊！"

罗耀辉不知道他们要干什么，有点儿发怵，不敢喊了。

小伙子们七嘴八舌地督促他："喊啊！"

罗耀辉硬着头皮叫了一声："狄……"由于紧张，声音一出喉咙劈了，顺着几个方向落荒而逃。小伙子们一脸坏笑地看着他。罗耀辉豁出去了，他弯着腰，握着拳，双眼紧闭，脸憋得通红。罗耀辉声嘶力竭地喊出来：“狄—英！”长青春痘的小伙子突然跟着大声喊：“我爱你！”

罗耀辉吃了一惊，回头看他。几个楞头青跟着那小伙子一起大声喊：“我爱你！我爱你！（转山东快书）铛里咯铛里咯，闲言碎语不多讲，表一表……”

楼门突然开了。

狄英手里挥舞着扫帚冲出来。狄英拧着眉毛瞪着眼睛，冲着罗耀辉和这帮小伙子一通乱打。狄英：“滚！你们给我滚远点儿！”

罗耀辉：“狄英，你听我说！”

小伙子喊：“七仙女下凡了，救命啊！救命！”男孩子们惊叫着一轰而散。狄英的扫帚直奔罗耀辉而来。罗耀辉抱头鼠窜。狄英披头散发，一只手插着腰，一只手指着罗耀辉：“姓罗的，你给我站住！”

罗耀辉跑得飞快，把狄英的骂声远远地丢在了身后。湖南老太太拄着拐杖回来了：“狄英，你在做啥子？”

狄英急忙跑过去搀扶着她进楼门：“没做啥，出来扫扫楼道。”

罗耀辉从外面回来，一句话没说进了厨房，罗母跟进去。

罗母：“没吃饭呢吧？”

罗耀辉：“没有。”

罗母点着煤气火：“有炸好的肉酱，煮面条吃吧。”罗耀辉把锅坐在灶上。

房间里凌乱不堪。桌子上堆着用过的碗筷。罗耀辉脑袋枕着手臂躺在沙发上看着屋顶发呆。罗母包着脏衣服从卧室里走出来：“耀辉，你把洗衣盆给妈端过来。”罗耀辉懒懒散散地坐起来：“洗衣盆在哪儿？”

罗母：“院子里。”

罗耀辉站起来走到门口，他伸手拉门。门突然开了，狄英拎着旅行包站在门口。狄英跟罗耀辉四目对视，他往左，她也往左，他往右，她也往右，两个人相住了。罗耀辉的眼睛红了，他怕自己哭出来，急忙低下眼睛。狄英鼻子一酸，垂下眼皮不看他，她从罗耀辉的身边走过去。狄英把东西放进里卧室。她出来的时候顺手接过来罗母怀里抱着的那团脏衣服。罗母像被施了定身法，呆呆地站在地中间。她想说点儿什么，又不知道该怎么说。罗母看着狄英把脏衣服放在大盆里端着进了厨房。她看见儿子像只狗一样屁颠屁颠地跟着狄英进了厨房。

罗母的心里满是荒凉、寂寞和失落，她抽了下鼻子，拄着拐杖一瘸一拐地出去了。

狄英把衣服泡在大盆里。她开始刷洗锅碗瓢勺。罗耀辉在旁边跟着瞎忙活。狄英指了一下洗洁精。罗耀辉把旁边的酱油瓶子递过来。

狄英把酱油瓶子抢下来，放在台子上，狠狠地打了一下他的手。

罗耀辉："真打啊？"

狄英："不打不成器！"

罗耀辉问："打完人就不生气了吧？"

狄英转过脸不说话，罗耀辉追着她的脸看着她的眼睛。

罗耀辉："真的不生气了？"

狄英："想听真话？"

罗耀辉："嗯。"

狄英："你今天去找我，我很感动。"

罗耀辉吃了一惊："啊？"

狄英嗔怪道："你不该当这那么多人的面那么喊，叫我脸上太挂不住了。"

罗耀辉"嘿嘿"傻笑。

狄英扔下手里的活，伸手搂住他的腰，笑吟吟地看着他："谁教你的？"

罗耀辉实话实说："盛开。"

狄英听到心里泛起了醋意，脸上却带着笑："我真喜欢死她了。"

罗耀辉没料到她会这样说，眨巴着眼睛看着她。

狄英："我喜欢不喜欢不要紧，关键是你喜欢。"

罗耀辉急忙解释说："我跟她真的只是朋友。"

狄英："有什么我又能怎么着？这种事总得有个先来后到吧？看在你对她一往情深的份上，我还是把你让给她吧。你们生了孩子，就算是私生子我也帮你们养着，谁叫我爱你呢。"

罗耀辉张着嘴眨巴着眼睛半天没说出话来。

郑婉颐家客厅。郑婉颐坐在客厅的茶几旁边仔细对着布袋里撕碎的了信纸片。电话铃响，她吓了一跳，话筒里盛誉的声音："妈，是我。"

郑婉颐急忙问："你到哪儿了？"

盛誉躺在旅店的床上打电话："我在旅店休息一晚上明天再走，我爸还没有动静吧？"

郑婉颐："盛放今天又去了一趟，家里还是没有人，也没有电话打过来。"

盛誉："妈，您别着急，这么大的事发生在他的身上，他可能想清静几天好好想一想。"

郑婉颐："他就是这么自私，什么事都先想着自己。"

盛誉："他都病成这样了，您就别老挑他的不是了。"

郑婉颐把想说的话咽了回去，她叮嘱儿子："早点睡，路上一定注意安全。"盛誉答应了一声挂了电话。隔壁房间里男人们喝酒的声音传过来，盛誉睡不着起身开门出去。

盛誉走进咖啡馆，咖啡馆里人很多，他要了一杯咖啡，找了个角落坐下。墙上挂着很多照片，有店主的也有客人们自发地贴上去的。墙上最醒目的是挂着的一叠一叠各种颜色的留言条。有情人之间的相互留言。有寻找亲人的留言。有忏悔，有誓言。盛誉一张一张地翻看着，他很快就看进去了。

盛开把盛放送到路口："别跟妈说我生病的事，省得她着急。"

盛放答应了。一辆出租车过来，盛放招手车停下，盛放上车车开走。盛开转身往回走，听到身后有脚步声，她回头看。身后的人影紧随其后。

盛开突然紧张起来，转身加快了脚步。身后的脚步声紧跟上来。盛开害怕撒腿就跑。盛开听到身后有人喊，她顾不上回头跑得飞快。

盛开跑进店铺锁上门，她站在门口灯也不敢开。

她听到窗子"哗"的一声拉开了。

盛开吓得快昏过去了，她拿起一根棍子哆嗦着举过了头，一个男人从窗子里跳进来。盛开冲上去一棍子砸下来。那人架住了她的手，叫了一声："你疯了？"他顺手打开了灯。

盛开晃得眯上了眼睛。对面墙上的镜子里面，腾跃瞪着两只眼睛看着她。盛开一声尖叫，她扔了手里的棍子撒腿就跑。腾跃一把拉住了她，盛开疯了一样地狂叫着。

腾跃使劲捂住了她的嘴："你这个人怎么这么不识逗呢？是我！你认不出来了吗？"

盛开身子抖成一团，惊恐地看着他。

腾跃把她抱起来放在沙发上，倒了一杯凉开水给她灌下去。

盛开渐渐平静下来，她死死地盯着腾跃，

腾跃紧紧搂着她轻声地安抚着她："我错了，我错了，我不该吓你，好了！好了！这样的玩笑以后我再也不开了。"

盛开声音哆嗦着问："你没死？"

腾跃："我干嘛要死？"

盛开："××市的交警给我打了电话，说你出了车祸，大头和我去殡仪馆看了尸体，大头说脑袋被撞碎了，看不出来模样。我们在等你姐从澳洲回来做DNA鉴定。"

腾跃吃惊地张大了嘴："这是什么时候的事？"

盛开："四天前。"

她起身拿出来一个文件夹，把里面的钱包、手机、身份证掏出来给腾跃看。

盛开："这些都是警察交给我的。"

腾跃火了："王八蛋小偷，撞死他活该！ 进山的那一天，我就把手包丢了。里面有钱包、手机、身份证还有一些文件。山里没信号，我没法挂失，谁知道会出这样的事？"

他突然笑起来："我天，这情节真够狗血的。"

盛开挥手给了他一拳，把腾跃打愣了。

盛开："我死的心都有了，你还笑，你是人吗？"

腾跃忍不住又笑了起来。

盛开气不打一处来，她一拳一拳地打腾跃。

腾跃："你再打我，我真到外面让车撞死了啊。"

盛开怕他说出更可怕的话，急忙用手死死地捂住他的嘴。

腾跃："你闷死我了！"

盛开："别说那个字！那个字是千万不能说的！"

腾跃掰开她的手："你别把自己弄得跟巫婆似的行不行？"

盛开："以前我天不怕地不怕，现在我真的害怕命运了。我命不好，老天爷给我了一个警告，腾跃，咱俩以后真的不要再来往了。"

腾跃急了："说什么呢你？"

盛开哭起来。

腾跃立刻心疼地搂住了她："别哭，别哭，我不是好好活着呢吗？"

盛开靠在他的胸前，脑子里轰轰乱响。

腾跃两只手在她脸上抹着："看看这都是陈年的老泪啊！行了，行了，盛开，我是彻底的唯物主义者，你也不是迷信老太太，咱们别神神鬼鬼的好不好？"

盛开声音哆嗦着说："走吧，走吧，你回家去吧，我想一个人冷静冷静。"

腾跃："告诉我期限。"

盛开："我想好了会告诉你。"

盛誉在一张淡蓝色的纸上画下那个黑丑娃的画像，在旁边写着："他叫黑丑娃，年龄十岁，有知其下落者请联系我，电话……"他把这张纸贴在墙上。

傅海涛和搬家公司的两个男人满头大汗地把家具搬进屋。

家具的主人："慢点儿！慢点儿！别把家具碰了。"

傅海涛和男人按照主人的要求把家具放好。窦宝蹲在地上用抹布把家具擦拭干净。傅海涛掏出来抹布帮着擦，他边擦边用眼角把这家人的经济实力估量了一番。主人掏出来钱递给男人，男人接过来钱，傅海涛、窦宝跟他一起出了门。搬家公司的男人把钱塞到傅海涛手里："兄弟，谢谢你帮忙。"

傅海涛把钱塞进口袋里："以后有活打声招呼。"男人嘴里答应着下楼了。傅海涛和窦宝浑身臭汗地沿着楼梯往下走。傅海涛做了个手势，窦宝开始延路线作标记。他用粉笔在墙上画一个箭头再画一个圈。一对夫妻拐过楼角。窦宝把笔握在掌心里，没事人一样，若无其事地从他们身边走过去。傅海涛紧贴着墙，给老两口让路。一个十岁左右背着书包的小男孩跟在老俩口后面上楼。傅海涛和窦宝一溜小跑下楼走了。墙上画的一个箭头和一个圆圈。

小男孩站住脚歪着脑袋看了一会儿，他从口袋里掏出来彩笔，在标记上认真地涂改着。湖南老太太进楼道看见孩子在墙上涂抹："你这孩子，怎么没有一点公共道德，满世界乱画？"孩子看了她一眼，回过头接着描墙上的图画。

盛誉的汽车在高速公路上疾驰而过。

盛誉边开车边用耳机接电话："喂，哪一位？"

手机里一个男人的声音："我看见你在××镇上的咖啡馆里的留言了。"

盛誉激动："啊？！"

男人："我见过你画的那个娃娃。"

盛誉把车停到紧急停车带上："你在那里见到的？"

男人："去年，我跟我老婆去青海旅游，一个女人搭我们的车，她带着一个这样的娃娃。"

盛誉："那女人多大岁数？有联系方式吗？"

男人："她没有说，我们也没有问。那女人看上去不到三十岁，背着一个画夹，像个画家。我还问过她，为什么要带着这么个娃娃？她说，这是她的家人。我们两口子都觉得她有点不正常。"

盛誉失望了："谢谢你！"

他挂了电话，自言自语道："这个世界上莫非不是只有这样一个黑丑娃？"

老兵酒吧。腾跃在酒吧里闷头喝酒，王朴过来在他旁边坐下："别说她是个女人，就我这样的一个糙老爷们经历了噩耗、认尸，而且是脑袋被撞碎了的尸，一时半会都缓不过来劲来。"

腾跃："老天爷唯恐我不能百炼成钢，处处为难老子。我招谁了惹谁了？"

王朴："她到底怎么跟你说的？"

腾跃："她不让我去找她，说要一个人冷静冷静。她在感情上受过重创，她相信命运胜过相信自己。我不能撒手，我一撒手，她那就肯定就凉了。盛开是我从太平洋里捞出来的一颗大珍珠，我可不能稀里糊涂地把她丢了。这事你必须帮我。"

罗耀辉汤包店。汤包店里生意兴隆，罗家三口忙前忙后地招呼着买卖。狄英的手机响了，狄英接电话："喂。"

电话里湖南老太有气无力的声音："三妹儿，我怕是不行了，你赶紧过来一趟。"狄英放下电话，脱了工装就往外跑。罗耀辉不知道发生了什么事情，立刻追了出去："怎么了？"

罗母大声问："你们干啥去？"

傅海涛和窦宝上楼梯，窦宝连跑带颠，脚步有些重。

傅海涛："干大事要放轻脚步，你长了副猪脑子，说了多少遍都记不住！”他看到窦宝画在墙上的图标愣住了。图标的箭头被改成四个方向，圆圈被改成了一张笑脸。傅海涛火了，照着窦宝的后脑勺子就是一巴掌。

傅海涛：“你六指啊？描出来这么多道子干啥？”

窦宝懵了，傻傻地看着那个图标。一对老夫妻突然出现在楼道口，相扶着上楼梯。傅海涛立刻揽着窦宝的肩膀往楼下走。楼外警笛突然地响了。傅海涛和窦宝夺路往楼下跑，差点把老夫妻撞倒。两个120的救护人员抬着担架从湖南老太太家的门里出来，狄英神色紧张地跟在后面。

他们跟傅海涛撞了个满怀，湖南老太太差点被从担架上颠下来。

跟在后面的狄英骂傅海涛：“你瞎了？”

傅海涛一眼认出来狄英，心头一通乱跳，他憨笑着道歉：“不是故意的。我帮你们抬，我帮你们抬。”

120救护人员：“让开道，不用。”罗耀辉气喘吁吁地进来。

傅海涛大吃一惊，身子一闪，躲在拐角处。

罗耀辉没有注意到他：“我给他们单位老干部处打电话了，他们的人马上去医院办住院手续。”

120救护车鸣笛开走了。

傅海涛和窦宝坐在出租车里紧盯着前面的那辆救护车。

医院急救室。湖南老太太脸上戴着氧气罩双眼紧闭躺在病床上，液体一滴一滴地滴入她的静脉里。狄英和罗耀辉守在病床前看着昏迷当中的老太太。老干部处的人气喘吁吁地跑进来，十分真诚地跟狄英和罗耀辉握手：“你们是老人家的亲戚？”

狄英：“我做过老太太的保姆，刚才她不舒服给我打了电话，是我们叫的120。”

她对罗耀辉说：“你赶紧回店里去，妈和小张两个人忙不过来。医院这里我去盯着，晚上可能够呛回来。”

罗耀辉从医院里出来，他急匆匆地往外走。

傅海涛和窦宝不远不近地跟着他，他没有察觉。

第二天。罗耀辉和罗母在店里忙碌的身影。

傅海涛远远地看着店铺，他一脸困惑：“他怎么跟我喜欢的那个女人搞到一块去了？我喜欢啥，他就跟啥黏在一块，这小子生下来就是来跟我作对的吗？”

窦宝："亲戚吧？"

傅海涛："她跟那小子说，妈和谁谁忙不过来。两人一个妈能是啥关系？不是血亲就是老婆。可那小子的老婆不是那个有印章的女人吗？我他妈的都被他搅糊涂了。"

窦宝："叔，做记号的哪家，咱们还去不去？"

傅海涛："有大鱼了，还惦记小虾米干什么？咱们跟着他，找到这小子的家就找到印章了。"

小张卖力气地揉着面，罗耀辉包汤包。罗母卖汤包收钱。小张："经理，上午的那份订单，送去了。"

罗耀辉："好，剩下的这两笼你包吧。"

罗母："你别让他包，他往里塞的馅太大，这么做生意非赔死不行。"

小张："馅和面是按比例来的，你把一个汤包的馅分摊在三个汤包里，绝对砸招牌。大妈，做生意不能这么做。"

罗母："你一个打工的，还指挥起我来了。"

小张："我打工不假，我不能因为我是打工的，就做砸老板买卖的事。"

罗母："这是我的店，砸没砸买卖你说了还真不算。"

罗耀辉："行了妈，这也没什么活了，你赶紧跟我回家吧。"

罗母还想说什么，硬被儿子拉走了。

湖南老太太在昏迷中。狄英守在旁边，她不停地打瞌睡。

罗耀辉想下墙，发现他上墙用的绳子被罗母收走了。

罗耀辉急得冷汗直流，他手指抠着墙缝，壁虎一样爬上屋顶，又从屋顶爬下去。

罗耀辉脚踩着窗台跳进屋子里。

蒙面人抬手就是一枪。

弹头发出刺眼的光，呼啸着冲着罗耀辉飞过来。

罗耀辉被一枪打进浴缸里，他被封在鱼缸里里，鱼快乐地在罗耀辉的身边游荡着。

罗耀辉仰脸躺在床上跟恶梦搏斗，他半张着嘴，皱着眉头，通身上下全是汗。

屋子里的东西影影绰绰看不清楚轮廓。傅海涛和窦宝俩人猫着腰，悄没声地翻着抽屉里面的东西。傅海涛瞻仰遗容一样地站在床边看着熟睡中的罗耀辉。窦宝蹑手蹑脚地把屋子里的东西都翻了一遍，他冲傅海涛打了个手势。窦宝用口型告诉傅海涛："啥都没有。"

两人蹑手蹑脚地出去了。

窦宝打开冰箱，冰箱里面有一大盘饺子，他端出来饺子。窦宝倒了一小碟醋，蹲在地板上蘸着醋吃饺子。傅海涛从冰箱里面拿出来一张饼。他把摊鸡蛋卷在饼里面。

傅海涛边吃饼边翻衣橱里面的衣服，他翻出来一件罗耀辉的运动衫套在自己身上。窦宝把梯子悄悄搬出来架在屋子中间。傅海涛踩在梯子上把灯泡一个一个全部拧下来。窦宝把灯泡整整齐齐地摆在地中间。

罗耀辉 "扑通"一声摔在地上醒了。他喘息着爬起来大汗淋淋地跪在床边，伸手开灯。灯不亮。罗耀辉摸着黑开门出去。

傅海涛站在梯子上，把墙上的照片摘下来全部头朝下挂着。听到罗耀辉出来的动静，已经来不及了从梯子上下来了。罗耀辉闭着眼睛，迷迷糊糊差点撞在梯子上。窦宝用手指头轻轻捅了一下他的肋骨。罗耀辉觉得痒，身子闪了一下，躲过了梯子。罗耀辉勉强睁了一下眼睛看到门的轮廓，他开门出去了。傅海涛急忙从梯子上爬下来，他蹑手蹑脚地把梯子顺在墙边。梯子没有放好，一点一点地倾斜了。窦宝紧张地看着梯子。罗耀辉从外面撒尿回来，从他们藏身地方走过去。梯子倾斜得马上要摔在地上了。窦宝冲出去要扶梯子，被傅海涛一把抓回来。罗耀辉听到动静回头看。梯子"咣当"一声倒了。罗耀辉困得要死，懒得管那个梯子，他趿拉着两只拖鞋回了屋。房间里静了下来，傅海涛和窦宝蹑手蹑脚地往外走。他们出了户门。门"喀嗒"一声轻轻地锁上了。

罗母大声问："耀辉，你把厨房里的灯拧下来干什么？"

罗耀辉走进来："我没拧。"

罗母从厨房里出来，一眼看到地板上整整齐齐地摆放着一排灯泡。

她叫出来："这到底是谁干的？"

罗耀辉看着那排灯泡，他也傻了。

餐桌上放着那个盛饺子的盘子，里面剩下的五六个饺子，每一个饺子都被咬了一口。

罗母满脸不高兴："吃就吃，怎么这么糟蹋粮食？"

罗耀辉说："真的不是我吃的。"

罗母："狄英在医院里陪那个老太太，家里除了咱娘俩再也没有外人，莫非咱家进鬼了？"

罗耀辉发现墙上所有的照片都被翻了个个，头朝下挂着。

罗耀辉大惊失色："咱家进贼了，报警吧！"

窦宝躺在床上玩手机里面的游戏。

傅海涛靠在床上翻来覆去地看手里的那枚印章："印章不在他家里，他老婆怎么也不在家呢？"

窦宝："你喜欢的像鹅的那个女人也不在。"

傅海涛照他的脖梗子给了一巴掌："你懂得啥叫美？"

窦宝："我知道啥叫命运。"

傅海涛："说给我听听。"

窦宝："明明手里有一副好牌，死活就是和不了，这就是命运。"

傅海涛愣愣地看了他一会儿，手在大腿上狠狠一拍："你他妈说得太对了！"

盛开陶艺坊门口。盛开从店里出来一眼看到站在门口穿了一身迷彩服的腾跃，他笑眯眯地看着盛开。盛开一愣。腾跃举起右手给她敬了一个相当标准的军礼。

腾跃："生日快乐！"

盛开："今天不是我的生日。"

腾跃："我觉得是，就是。"

盛开："你这招真够损的。我再骠悍，也不能在大街上跟一个向你敬礼的退伍老兵撒泼耍赖。"

腾跃："你是一个懂道理的人。"

盛开："你哆嗦什么？"。

腾跃老老实实地回答道："害怕。"

盛开："怕什么？"

腾跃："怕你这辈子不理我了。"

盛开："这算大事吗？"

腾跃："这是我的终身大事。"

盛开的心里一热，抬起眼睛看着腾跃："腾跃，咱俩不是这种关系。"

腾跃："那吃顿饭就更没关系了。"

盛开："饭就免了吧。"

她抬腿往前走，腾跃一步不落地跟着她。

28.

盛开在前面快步走，腾跃在后面跟着，盛开的脚步慢下来，腾跃很协调地跟上来。两人并排走着，谁也不说话。

盛开和腾跃拐过一个路口。交通警看到他们，一个立正，把手伸到帽檐旁边庄重地敬了个礼。盛开吓了一跳。腾跃潇洒地回了个礼。站在110车旁边说话的两个巡警看到腾跃，立正给他敬礼。腾跃潇洒地还礼。盛开从来没有经历过这个，激动得心乱跳。她悄悄地问："你认识他们？"

腾跃："不认识。"

盛开："那他们为什么给你敬礼？"

腾跃："他们在给你敬礼。"

盛开一怔。

一辆大巴士开过来在他们身边停下。车门开了，身穿迷彩服的王朴在驾驶座上喊了一声："快上车！"

腾跃跳上车，不由分说一把把盛开拉上来。

大巴车中间放着一个水桶，水桶里面放着一大捧野草、野花和几株刚刚绽开的向日葵。王朴一只手握着方向盘，另一只手抬起来给盛开敬了个标准的军礼："生日快乐！"

盛开一脸诧异："今天不是我的生日。"

王朴："老腾说是那就是。"

盛开半张着嘴，不知道该如何反驳。

腾跃问："这车是从古埃及开来的吧？"

王朴："知道路远、费用高就行了。"

腾跃："大头退伍以后，进入过公安部门，他搞过预审、当过刑警、搞过刑侦、当过看守，做过户籍警。公安战线上的每一个光荣的岗位他都去过。"

王朴："我还当过新长征路上的突击手呢。当年大头很风流，现在大头很风湿。”

盛开忍俊不住哈哈大笑，公交车里的气氛立刻轻松起来。

汽车开到一所托儿所跟前停下车。大门里传出来孩子们的喧闹声。

盛开激动起来，指着幼儿园大声喊：“第五幼儿园，我小时候在这儿生活过三年。”王朴打开车门。一个身穿迷彩服的光头青年捧着一大捧鲜花跳上车，他叫了一声：“腾哥！”腾跃指了一下盛开，冲他使了个眼色。光头青年把野花递给盛开，又恭恭敬敬地给她敬了个军礼：“生日快乐！”盛开激动得满脸通红。

大巴车停到小学门口。

一个穿迷彩服的男青年跳上车把一大捧花献给盛开。

大巴车停到中学门口。

一个穿迷彩服的女青年跳上车把花献给盛开。

大巴车停在大学门口。

一个穿迷彩服的女青年跳上车把花献给盛开。车门关上，大巴车缓缓行驶。车中间的木桶里已经插满了野草和鲜花，看上去非常别致漂亮。车上的年轻人们相互叫着阵唱起歌来。盛开感动得眼圈一阵一阵地泛红。腾跃得意洋洋地不时地瞟她一眼。

晚上，老兵酒吧。老兵酒吧里一片欢歌笑语，大家争着跟盛开和腾跃碰杯。

盛开脸颊绯红满面笑容，她拿着酒杯跟王朴碰杯。

盛开：“这个创意是你想的？”

王朴：“我哪有这脑子？腾跃的创意我实施。路上和车里向你敬礼致意的靓男俊女们全是我和腾跃麾下的铁兄弟，咋样？不俗吧？”

盛开激动得不知道该说什么。

两个男青年拿着酒杯过来把王朴拉走了。

盛开对腾跃说：“刚才我差点哭了。”

腾跃伸开双臂：“趴在我的怀里哭吧。”

盛开白了他一眼。

腾跃：“抛弃我，你会悔断了肠子。”

盛开：“你费这么大心思搞这一出，就是怕自己的肠子先悔断了吧？”

腾跃：“聪明人一点就透。”

盛开盘腿坐在沙发上，金毛犬旺财在她脚下趴着。

腾跃把泡好的茶端到茶几上，他在她旁边坐下。

腾跃："为了拿下你，我做足了思想准备，越准备胆子越小。"

盛开："你怕什么？"

腾跃："怕你真的不理我了。你不理我的这些日子，我想了很多。能为爱一个女人痛不欲生，对一个男人来说也是一种幸福。"

盛开："这种一个人把命搭在另一个人身上的爱情太不人道了。"

腾跃："我是指精神上的死亡，并不是真的咽气了。"

盛开假装松了一口气："这我就放心了！"

腾跃认真地说："盛开，你不许跑！"

盛开："我往哪儿跑？"

腾跃："哪也不许跑，就在我的身边老老实实待着。"

盛开："你凭什么这么要求我？"

腾跃："你也可以要求我。"

盛开："我要求你，第一不许抽烟，第二不许喝酒。"

腾跃替盛开说："第三不许做爱，那我就只剩下怜香惜玉了。"

盛开笑。

茶几上有一张用笔画的很乱的纸，盛开伸手拿过来要看。

腾跃扑过去跟她抢不让她看，盛开偏要看，腾跃拗不过她，拿着那张纸站起身来。

腾跃："我念给你听。"

他整好衣襟，一本正经地朗诵道："你是我的血，我的心，我的眼睛。我对你的所有爱都是对过去的偿还。"

盛开两只手捂着腮帮子大声叫道："腾跃！你酸掉了我32颗牙！

腾跃认真地问她："咱俩认识多长时间了？"

盛开："没数过。"

腾跃："235天。"

盛开问："235天算不算长？"

腾跃问："相见恨晚算不算短？"

盛开心里涌上来一股热流，她看着腾跃，眼睛泉水一样地清澈。

腾跃伸手捂她的眼睛，她把他的手掰开了。腾跃叹了口气把她搂在怀里："别说话也别挣扎，我要亲你了。"腾跃动情地亲吻着她。他的嘴唇是磁力强健的吸铁石，把盛开牢牢地焊在他的怀抱里。旺财站起来好奇地看着他们俩个。

罗耀辉汤包店。门锁“嘎哒”轻轻响了一声，门被轻轻地推开了。

傅海涛和窦宝蹑手蹑脚地进来，两个人摸着黑四下打量。

傅海涛打开冰箱拿出来里面的剩菜，拿出来里面的火腿香肠。

窦宝掀开灶上的沙锅盖。

他压低了声音：“叔，这里还有只鸡呢。”

傅海涛压低了声音问：“找找有没有酒？”

窦宝打开橱柜看到一瓶酒。

傅海涛打开喝了一口：“这酒够冲，兔子喝了敢揍熊。”

两个人摸着黑狼吞虎咽地吃起来。

郑婉颐家客厅。郑婉颐在茶几上认真地粘贴着布袋里被撕毁的信件。

盛放开门进来。

郑婉颐急忙收起茶几上的碎纸片。

郑婉颐：“这么晚跑来干什么？”

盛放：“想您了，回来住一晚上。”

郑婉颐：“吃蜜了？嘴这么甜？”

盛放：“不欢迎，我走了。”

郑婉颐一把揪住她：“搬回来住吧。”

盛放：“您又来了。妈，我哥有消息没有？”

郑婉颐：“白天打过电话，他已经到宜昌了。”

盛放顺手翻开茶几上的大硬皮本，郑婉颐尴尬伸手去抢，盛放抱着本子，站起来跑了。

郑婉颐涨红着脸：“给我！”

盛放嬉皮笑脸：“我小时候您老检查我的日记本，现在是该偿还的时候了。”

她打开硬皮本，立刻被里面的内容震慑住了。

盛放捧着那个硬皮本坐回到沙发上：“妈，这里都是什么呀？”

郑婉颐从她手里拿过来那个本子放在茶几上打开，她一样一样地指着上面的粘贴的票据：“这是北京粮票，这是全国粮票，这是我跟你爸谈恋爱的时候，乘地铁的地铁票，这是逛公园的门票，这是乘公交车的车票，这是电影票，这是他外出勘探的时候我探亲的火车票。”

盛放："妈，你们年代的浪漫，是我们这一代人没法比的！"

郑婉颐："三十多年的历史，几次想毁了都下不了手。"

盛放发现被拼在一起的信件："您这不还是毁了吗？"

郑婉颐："撕完就后悔了。"

盛放拿起一封有撕过和燃烧过痕迹的信件惊叹一声："他竟然写了一手漂亮的魏碑体！"

她轻声念道："我媳妇郑婉颐，身高165，丰满苗条，短发，柳叶眉，大眼睛，皮肤白皙没有皱纹，气质极佳，北京口音，善言谈且讲理，但是比较轴。于上月中旬出走，至今未归。出走时身穿白色丝绸上衣，蓝色裤子，黑色皮鞋，望媳妇看到启事后速与家里联系，家人十分担心和想念你。有知情者请拨打电话：×……×盛先生，定有重谢（要啥给啥）！"

盛放大笑："老爷子很幽默啊！"

郑婉颐也笑了："我俩一生气，他就来这一套，写张纸贴在床前。"

盛放："妈，他号准您的脉了。"

罗耀辉和小张在后厨忙得团团转。

罗母探头进来："店里忙得脚打后脑勺，狄英一大早上跑哪去了？"

罗耀辉："去市场买菜去了吧？"

罗母问："砂锅里那只鸡哪去了？"

罗耀辉："不知道啊！"

罗耀辉家堂屋。房间里静悄悄的。

狄英的脸红得像只醉虾，她站在镜子跟前，两只手轻轻地抚摸着腹部。罗耀辉沉着脸开门进来，弯下身子换拖鞋："跑哪去了？一上午连影子都看不着？"

狄英撩着衣服露着肚皮笑咪咪地看着他："你看我在干什么？"

罗耀辉瞥了她一眼："准备剖腹自杀。"

狄英瞪了他一眼，转身离开了镜子。

罗母推门进来，手里拎着买回来的菜。她四处扫了一眼没有看到狄英。罗母问："她呢？"

罗耀辉："厕所里呢。"罗母拎着东西进了厨房。狄英手里捏着试纸从卫生间里出来，她拉了一把罗耀辉。

狄英："哎，你过来。"

罗耀辉："干嘛？"

两人进了卧室，狄英关上门。

她把湿了半截的试纸举罗耀辉眼前："你看！"

罗耀辉一脸不耐烦："什么？"

狄英："这是测试怀孕的试纸。这上面如果是一道红杠，那是没怀孕；如果出现了两道杠那就是怀孕了。"

罗耀辉看着试纸上的两道红，用手指了一下，半信半疑地看看狄英。

狄英嘴咧到了耳朵根，她凑到罗耀辉的耳边："看到了没有，两道！两道啊！傻子，我怀孕了！"

罗耀辉愣了两秒钟，跳起来在床上翻了个跟头。

他直挺挺地躺在那里喘粗气，狄英在床边上坐下。

罗耀辉看着屋顶"嘿嘿"地傻笑了一阵，一轱辘爬起来搂过来狄英，在她的脸上使劲亲了两口。

罗耀辉："我妈说，母鸡肥了不下蛋。你不瘦，年纪又比我大，别说以前生孩子伤着了，就是没伤着也怀不上。你看怎么着？还是我本事大吧？"

狄英心里"咯噔"一下："你妈这样说的？"

罗耀辉根本没有看出来狄英的脸色不对，站起来拉着狄英往外走。

罗耀辉："走，快告诉我妈去。"

罗母把做好了饭菜端上桌子。狄英沉着脸把碗筷摆在桌子上，三口人坐下来吃饭。罗耀辉把盘子推到狄英跟前："多吃点儿。"罗母白了儿子一眼。

罗耀辉笑得满脸都是牙："妈，她怀孕了！"

罗母拿筷子的手停顿了一下，她眼皮不抬、一声没吭，闷头接着吃碗里的饭。狄英满腔怒火，放下碗起身回了房间。罗耀辉夹在老婆和妈中间不知道该如何是好，他屁股在椅子上拧了两下，一咬牙站起来回了房间。

罗母不用好眼盯着卧室那扇门。

狄英坐在床上生闷气，罗耀辉在她旁边坐下。

狄英爆发了："你妈什么态度，你看她那样，眼皮都懒得抬一下。"

罗耀辉："咱妈没听见。"

狄英："别跟我咱、咱的，我没这么狠毒的妈。她是你妈！"

罗耀辉："老太太耳朵不好。"

狄英："她耳朵尖得连咱俩的体己话都能听得一个字不落，她是压根不希望我怀孕。”

罗耀辉：“你怎么把我妈说得那么狠？”

狄英：“还用我说吗？我还真没见过这样的人呢！”

罗耀辉生气了，站起来瞪着狄英。

罗耀辉：“我就没见过你这样的人，每天总是要找个理由闹一场，不闹你活不下去啊？”

狄英：“你妈这样对待我，你不说她反倒说我，你这人还有没有是非观？”

罗耀辉：“他是我妈，是长辈，长辈都是对的。”

狄英：“哪条法律上说的？”

罗耀辉：“我说的。”

狄英：“那我把我姥姥接来，她比你妈还大一辈，看看是她对，还是你妈对？”

罗耀辉：“你别不讲道理！”

狄英：“是你不讲道理？还是我不讲道理？”狄英站起来摔门走了，罗耀辉愣了片刻急忙追了出去。门“咣”地一声关上了。罗母放下筷子费力地把嘴里嚼的饭咽下去。她自言自语：“媳妇怀孕了，我的肚子一下空得没了底。这下子儿子彻底不属于我了。”

罗母怕自己哭出声来，埋着脑袋使劲地往嘴里扒拉饭，嘴里东西太满，舌头转不过来个了。

屋子里肃静下来。罗母闭着眼睛坐在椅子上，一点一点地嚼着嘴里的饭。厨房里传来窸窸窣窣的动静。罗母睁开眼睛，费力地站起来，进了厨房。

罗母眯着眼睛往里面看。一个穿黑衣服的人在里翻箱倒柜地找东西。罗母走过去一巴掌扒拉开他。罗母：“瞎翻什么？找什么跟我说，我给你找。”

黑衣人转过身来，是罗父。

罗父：“搬了家我什么也找不着了。”

罗母：“不搬家的时候，东西放在哪你也不知道啊。你找什么？”

罗父：“桂圆、红枣、红糖。”

罗母翻开柜门把东西拿出来。

罗母：“你要这些东西干什么？”

罗父："女人老了就不是女人了？女人老了年轻的时候受过的苦就该忘到脑后去？"

罗母："你这是什么话？"

罗父："你这娘们心太毒，耀辉的媳妇连命都不要了，给你怀上了孙子。你连句人话都舍不得说给她听，我要是还能作主，非给你点颜色看看。"

罗母叹了口气坐在灶台旁边。

罗父把找出来的东西一样一样地打开看："当初你怪我妈死得早，怀孩子害口都没有个人疼。现在你当婆婆了，你有个当婆婆当妈的样儿吗？"

罗父点煤气火，拧了几下都没着。

罗母站起来扒拉开他，把桂圆红枣洗干净煮上。

罗父在凳子上坐下："怀英红的时候你贫血，我记得你就是喝这个把血补上来的。"

罗母的嘴一瘪一瘪地，委屈地想哭，她用手掌抹了下眼睛。

罗父："哭啥？"

罗母："不知道！"

罗父："儿子不娶媳妇你哭，儿子娶了媳妇你还哭，你这娘们心里的潮气太重，给你把火你都烧不旺日子。"

罗母："我怀孩子时候你怎么不说这样体己的话？"

罗父："我心里有，嘴上不说。"

罗母："耀辉刚十岁你就一甩手走了，拉扯他们姐俩我受了多少罪？"

罗父："这点破事天天倒腾来倒腾去，你说着不烦，我听得都烦了。觉得委屈别干，我干！"

罗父站起来摘菜，罗母一把抢过来自己手脚利落地摘。

罗母："站着说话不腰疼，有本事你回来操持这个家，我替你到阎王爷那躺着去。"

罗父"扑哧"一声笑了，他站在罗母身边看她择菜。

罗母的语气舒缓下来："这个家让我一个人撑成这样容易吗？闺女虽然嫁得远，可是日子过得还不错。儿子你也看见了，下了岗，可也没闲着。媳妇虽然娶得不可心，不过，我也想通了，他的命他认就行，我再挣扎还能再活一个六十二岁？媳妇怀了孩子，我这颗心也就放下了。到闭眼的时候我也能理直气壮地找你去了。"

罗母边说话边干活。

一盘一盘清淡的菜端上了餐桌。

罗父一声不响地坐在桌子旁边看着她。

罗母说："尝尝看，味道鲜不鲜？"

罗父拿起来筷子夹了菜放进嘴里。

罗父："妈，真香啊！"

这一声"妈"叫得罗母把手里的筷子掉在地上。

桌子旁边坐着的老伴变成了儿子罗耀辉。

罗母拣起筷子，一只手揉搓着胸口，嘴里连声"哎呦"着。

罗母："吓死你妈了！"

罗耀辉："你没看见我进来吗？你还跟我说话了呢。"

罗母"我说啥了？"

罗耀辉："从解放前说起，老一套。妈这个菜是什么做的？味儿真好。"

罗母："肉丝炒地皮菜。"

狄英拎着一兜子菜进来，看到桌子上摆着的装满新鲜菜肴的四个碟子愣住了，她看看罗耀辉又看看罗母。

狄英："家里来客人了？"

罗母："啥客人值得我下这么大力气？咱家人自己吃。"

一股热流从狄英心底涌出来。她是个性情中人，脸上马上挂了相。

狄英红着眼圈叫了声："妈！"

罗母没抬眼皮，看都不看她。

狄英又叫了一声："妈！"

罗母："妈、妈的叫魂呢？赶紧坐下，还等着我往你嘴里喂啊？"

罗母绷着一张脸，语气却粘热得烫人："耀辉，你去厨房把砂锅端出来，那里炖了只乌鸡。"

狄英："我去吧。"

罗母伸手挡住她说："老实给我坐着，小心抻着！耀辉，从今天开始你要学着做事。她一天比一天身子重，我腿脚又不利索，这个家你得学着撑起来。"罗耀辉乐颠颠地奔向了厨房。

狄英问罗母："喜欢孙子还是孙女？"

罗母："孙子。"

狄英：“要是生了个孙女怎么办？”

罗母一下瞪起了眼睛：“你嫁到老罗家，就是来跟我作对的是不是？”

狄英“扑哧”一声笑了：“你眼睛一瞪这么大呀，咱家孩子要是能隔代遗传就好了。”

她双手合什祈祷：“老天爷保佑我儿子长一双奶奶这样漂亮的大眼睛吧，千万别随了他爸。”

罗母立刻高兴了：“耀辉小时候他爸骑车子带他出去，街上的人提醒他爸说，你儿子在后座上睡着了。他爸说，我儿子眼睛小，他睁着眼睛呢。”狄英哈哈笑。罗耀辉手里端着砂锅怔怔地看着她们。心想：“我真的不明白她们俩到底是怎么回事，出门的时候剑拔弩张，进门后没见点火加温，两块硬石头竟然糖一样地化了。从劲敌到亲爱的婆婆媳妇，没看见一点儿过程就开花结果了，这不是一个人的事，需要两个人的默契配合。”

第二天，罗母在菜市场转悠，不时地拿起来白菜萝卜看一看。

罗母画外音：“话这样说出来了，可是真的做起来心里并不十分情愿。我心疼儿子，又担心媳妇肚子里的孩子，幸亏怀胎10个月，要是这孩子在她妈的肚子里呆个三年五载的，那我可就是泡在苦海里死活游不上岸了。”

郑婉颐坐在沙发上闷头粘撕碎了的信件，电话铃响，郑婉颐立刻抓起电话：“盛誉，找到他了吗？”盛誉的声音：“找到了。”郑婉颐身子一软靠在沙发上。

盛誉说：“妈，我怎么劝，老爷子都不跟我回来。”

郑婉颐：“我知道了。”

小吃街上的摊位一个接一个，各种小吃琳琅满目，看上去十分诱人。

狄英端着一小碗凉粉边走边吃，吃了几口觉得味不对，递给了罗耀辉。

罗耀辉：“我是你装剩饭的垃圾袋吗？”

狄英买了一串糖葫芦，吃了两口，不是想象的那个意思，随手递给了罗耀辉。罗耀辉怕酸又舍不得扔，咬着牙吃完了。

过一会儿狄英把手里的甘蔗棒子塞给罗耀辉：“拿着，我去趟厕所。”

罗耀辉举着半截甘蔗棒子，站在路边等她。路上的行人很多，不时从他面前走过。罗耀辉百无聊赖地看着街景，马路对面两个看着眼熟的背影，引起了罗耀辉的注意。

傅海涛和窦宝晃晃悠悠在街上走。

窦宝发牢骚说。“这几趟车上都是没钱的主，咱们怎么不去热闹点儿的地方，弄一回是一回。”

傅海涛：“你懂个屁，这都是划了地盘儿的，到处乱窜，小心让人剁了你的手。”罗耀辉拎着半截甘蔗棒子远远地跟在他们后面。狄英从厕所里出来，找不到罗耀辉了。伸着脖子四处看，她看到了罗耀辉。罗耀辉黄花鱼一样溜着墙边鬼头鬼脑地往前游着，神态行为都极其可疑。狄英一声不响地悄悄跟在罗耀辉的身后，看他要干什么。

一个年轻的女人进了路边商店楼下的ATM机房。傅海涛冲窦宝使了个眼色，两人跟着年轻女人进了房间。

女人把卡插进ATM机上取钱。窦宝和傅海涛站在远处看着她。女人输密码，输要取的钱数。窦宝悄悄地走过去，把手里的钱包扔在地上。他用手指头尖轻轻碰了一下年轻女人的胳膊，女人回过头警惕地看着他。

女人：“干什么？”

窦宝：“是不是你的钱包？”年轻女人回头看地上的钱包。那只棕色的钱包里面鼓鼓囊囊的看上去很有诱惑力。女人迟疑着，看得出来她在跟自己做斗争。

傅海涛趁着这个空当用最快的速度拿出来ATM机插口里的那张卡，替换上他手里的那张卡。

罗耀辉扒在玻璃窗外用手机拍里面的情景。

女人深深地吸了一口气说：“不是我的钱包。”

窦宝一脸憨厚地问：“那是谁的？”

女人：“我不知道。”

女人收好钱，拔出来插口里的卡，转身出了门。

女人从罗耀辉的身边走过去。

罗耀辉叫她：“喂，你等一下！”

女人愣了一下，站在住脚看着他。

狄英远远地看着他们。

罗耀辉：“看看手里的那张卡是不是你的？”

女人翻了他一眼，既没有说话，也没有拿出来卡看，她扬着头走了。

罗耀辉跟在她身后，说："喂！你看一眼！"

狄英冲过来从后面一把揪住他的脖领子。

她大声问："她是谁？"

罗耀辉被勒得差点上不来气，他使劲挣开狄英的手。

狄英瞪着两只大眼睛，恨不得把他一口吃了："这女人跟你搞过对象是不是？"

罗耀辉一把捂住她的嘴："贼在里面。"

狄英扒在玻璃门上往里面看。傅海涛和窦宝在ATM机上取钱，傅海涛回头看，他一眼看到了狄英。狄英瞪着两只眼睛看着他。傅海涛的心一下乱了，直瞪瞪地看着她。

狄英大声喊起来："抓贼啊！"窦宝拉开门就往外跑。罗耀辉两手往前一推，窦宝踉跄几步，退回到门里面。傅海涛一膀子撞在罗耀辉身上，夺出来一条路。窦宝趁机撒腿就跑。罗耀辉回手一把，揪住他的胳膊。窦宝的手腕又干又细，"嘎巴"一声响，他叫了一声，拼命地往外挣。罗耀辉死活不撒手。狄英听见身后有动静便回头看。傅海涛挥着拳头，带着一股风朝罗耀辉的面门凿过来。罗耀辉眼前一黑，脑袋本能地往旁边一闪，拳头打在他的耳根上。耳朵里发出来一串怪响，心被从胸腔里拎到了喉咙口，罗耀辉想吐。罗耀辉身子摇晃了两下，"扑通"一声朝后倒去。一个中年男人拎着两只大塑料口袋与狄英交错而过。狄英一眼看到了塑料口袋里的几瓶啤酒。她伸手抽出来一瓶，大踏步地往前走。中年男人懵了。狄英理都不理他，她边走嘴里边高声骂道："混蛋！混蛋！"中年男人在后面追她："大白天的抢劫啊？把酒还给我！"狄英冲到离傅海涛还有两米远的地方，抡圆了啤酒瓶子狠狠地朝他飞过去。傅海涛一把接住啤酒瓶子，他没抓牢，酒瓶子往下滑。躺在地上的罗耀辉看到了瓶子底朝自己砸过来。他绷直脚背狠狠地给了那瓶子一脚。这一脚力量很大，罗耀辉的脚面疼得像断了。啤酒瓶子缓缓地升上了天空。中年男人张着嘴，痴痴地看着那只越飞越高的啤酒瓶子。狄英扑上去用手挠傅海涛的脸。傅海涛一脚踹在她的胯骨上。狄英往前冲了几步，一屁股坐在地上。罗耀辉脑袋"嗡"地一声响，他一把抓起来扔在地上的甘蔗棒子，窜起来半米高，跳到傅海涛的背上。罗耀辉两只手抡着那根甘蔗棒子死命往他的脑袋上砸。啤酒瓶子落下来，砸在罗耀辉的肩膀上，又掉在地上，瓶子骨碌到中年男人的脚跟前竟然没有碎。罗耀辉"哼"了一声，软在傅海涛的身上。傅海涛怎么抖搂，都甩不下去。狄英扑过去，两只手紧紧抱着傅海涛的一条腿。她瞪着那个中年男人扯开嗓门大声喊："他是贼！你要见义勇为啊！"

中年男人扔了手里的东西，扑过去把傅海涛按倒了。

听到喊声跑过来的行人，很快把这里围了个水泄不通。

窦宝兔子一样从人缝中钻出来逃了。

傅海涛被围上来的人们按在地上，满脸是土。

狄英两手护着肚子走过来，照着傅海涛的屁股狠狠地踢了一脚："王八蛋！这一脚是替我儿子踢的！"

她又狠狠地补上了一脚说："这一脚是替我家老爷们儿踢的！"

中年男人把地上的啤酒瓶子捡起来，擦干净上面的土，放进塑料口袋里，狄英把罗耀辉搀起来。他满头满脸都是土，看不出来他是在哭还是在笑。

盛茂林闭着眼睛靠在沙发上养神。门铃响，盛茂林睁开眼睛："我这儿一年都来不了一个人，谁呀这是？"

盛誉从厨房里出来，过去开门，盛茂林怕来人盛誉不认识，他不放心地跟在后面。郑婉颐拉着小旅行箱风尘仆仆地进来。

盛茂林大吃一惊："你怎么来了？"

郑婉颐："这是阎王殿啊？我不能来？"

盛茂林听到熟悉的腔调他忍不住笑了。

郑婉颐和盛誉在厨房里做饭。

盛茂林听着厨房里母子俩做饭的声音，温馨的家庭气氛竟然让他睡着了。盛誉蹑手蹑脚地出来，拿毛巾被给父亲盖上了。

郑婉颐在卫生间里用洗衣机洗床单被罩。

盛誉进来："妈，您歇着，我来干吧。"

郑婉颐："看你熬得眼眶都青了，赶紧睡去吧。我这没多少活儿了。"

盛开陶艺坊。工作台上摆着一个刚刚用陶泥制作着一个雕像，这是一个非常可爱的小婴儿。

盛开看着婴儿发呆。

腾跃推门进来："禅师入定呢？"

他在盛开面前坐下，一眼看到了那个小雕像："小玩意挺可爱，什么主题？"

盛开：“脆弱。”

腾跃：“怎么起了这么一个名？”

盛开眼睛不看他：“你说，男人脆弱还是女人脆弱？”

腾跃：“这种东西不分男女，爱得多的那个人更脆弱一些。”

盛开：“我现在很脆弱。”

腾跃：“你们女人真奇怪，没人爱，你觉得委屈；有人爱，你还是觉得委屈。没人爱的时候，你觉得自己被人类抛弃了，孤独寂寞。有人爱的时候，你觉得他不能顺着你的心思走，他想的永远不能达到你想的那个程度，所以你还是觉得孤独寂寞。”

盛开：“你别气我啊！”

腾跃立刻搂住她的肩膀安慰她：“你哥不是已经找到你爸了吗？你妈不是也亲自出马要押解他回来吗？你还有什么可暴躁的？”

盛开：“我怀孕了。”

腾跃脑袋“嗡”的一声，顿时傻了。

盛开：“知道你没准备好当父亲，也不喜欢孩子。我更不愿意用孩子做留住你的筹码。咱们有两个选择，一，去做人工流产。二，孩子生下来我自己抚养。现在的政策很宽松，非婚生孩子不会受歧视。”

腾跃立刻咆哮起来：“你这是什么狗屁选择？两个我一个都不要！把孩子生下来，咱们好好把他养大！”

盛誉和衣躺在床上听着外面父母的对话。

盛茂林：“我这种病整个治疗费是一笔相当大的开支，公费医疗只能解决一部分，剩下的要自费。医生说，我是中晚期，位置长得也不好。治愈的可能性非常低，我觉得没有必要花这笔冤枉钱。活到六十岁，已经够本了。命该如此，顺其自然吧。”

郑婉颐：“你这个人就是自私！只想着你自己够本不够本，从来不想我们心里的感受。”

盛茂林：“我翻来覆去想过好些日子，要是留在北京治病，肯定要拖累你们。我这一辈子没有为你们做过什么，反过来伸手要你们照顾，我还算个男人吗？”

郑婉颐声音哆嗦着骂：“盛茂林啊，盛茂林，我上辈子到底欠了你什么，你到了人生最后的时候还不忘来祸害我一下。走解决问题吗？让我怎么跟孩子们交待？二十几年前你已经走错过一回了，怎么还不接受经验教训？”

盛茂林：“人到了这把年龄就很难接受什么教训，只能一次一次地接受惩罚。我欠你们的这笔账，这辈子算是还不上了。”

郑婉颐：“旧账不用钱还，是用往来偿还的。你把我们一扔就是二十四年，我硬撑着活过来了。我们习惯了没有你的日子，你又突然回来了，硬挤回到我们家中，让我的生活离开了原来的轨道，强迫我重新习惯了你。现在你旧病复发，两手一甩又走了，你让我怎么往下过这个日子？”

盛茂林：“我离开你，就是为了让你过平静的生活。”

郑婉颐：“我的平静比你的命还重要吗？”

盛茂林叹了一口气：“人生苦短，无梦难活。可梦就是梦，现实生活中，没有一个人比命运跑得快。”

郑婉颐的眼泪掉下来：“我这一辈子，两脚踩在泥地里，心里总想着开出一朵莲花来，心比天高命比纸簿，我没那个命。盛茂林，莫非我真是你一辈子的过眼烟云吗？”

盛茂林：“你不能这么说！ 这一辈子我心里就没放下过你，我做了二十四年的准备才有勇气去北京找你们。如果……”

郑婉颐打断他的话：“生活中是没有如果的。”

盛茂林：“那我换个说法，我本来可以跟你们在一起再生活二十四年，是我亲手把这段时间葬送了。”

郑婉颐：“你还有机会跟我们在一起。”

盛茂林：“医生说，我最多还有半年的时间。”

郑婉颐泣不成声，她的眼泪掉到茶几上越集越多，她哭得头都晕了。

盛茂林：“你是哭我这个快死的人，还是哭你不如我这个快死的人？”

郑婉颐：“我哭我自己。我不如你，你想来就来，想走就走，想活就活，想死谁都留不住你，你拿得起放得下，我用什么跟你比？我比不了。”

盛茂林：“知道你是为我好，可手术不解决实际问题，只能延迟存活期。”

郑婉颐：“多活一天是一天。”

盛茂林：“你不知道这会给你和孩子们带来多大的麻烦？这可不是一天两天的事，你身体不好，孩子们都这么忙。”

郑婉颐：“你说的是人话吗？一家人有这么说话的吗？如果得病的是我，你也这么要求我？”

盛茂林急忙摇头："不会，绝对不会。"

盛誉躺在床上竖着耳朵听父母说话。

画外郑婉颐的声音："没有亲人和死了亲人是不一样的，失败不可怕，放弃才可怕。听我和孩子的，做手术吧。"

盛茂林不说话。

画外郑婉颐的声音："咱俩下一盘棋，我赢了就听我的。"

画外盛茂林的声音："这不公平，这一辈子我都没下过你。"

郑婉颐："我让你十步棋。"

盛誉立刻起身拿着棋盘棋篓出去。盛茂林看儿子在面前摆好了棋盘，知道扛不过去了。郑婉颐摆上棋子，两人下起了棋。郑婉颐和盛茂林下棋，两人下得大汗淋漓，看得出他们都拼命想赢对方。

盛誉站在旁边观棋。

郑婉颐把一颗棋子按在盛茂林的死穴上。郑婉颐语气平静地说："盛茂林你输了。"

盛茂林："一盘不能定输赢。"

盛誉开口说话了："爸！你不能总是生活在后悔当中。"

盛茂林一怔。

盛誉："先是后悔离开了我妈，又后悔二十四年没有跟我们生活在一起，现在你又后悔只剩下半年的存活时间。你为什么不能给自己一个机会，也给我们一个机会呢？"

盛茂林沉默不语。

盛誉："我和我的两个妹妹从小就过着没有父亲的日子，该接受父爱教育的时候我们是空白。我妈含辛茹苦把我们拉扯成人，不证明我们不需要你，她用加倍的母爱来抵偿我们缺失的父爱。其中的痛苦你根本就不知道。二十四年后，你突然出现在我们面前，然后又抽身离去，而且是永远的离开。你叫我们怎么想？你可以自由任性，可以不尽父责，但是不能把我们儿女为父母尽责的权力也统统拿走，你给我们心里留下了一道永远不结痂的伤口。莫非这是你打算留给我们的财富吗？莫非你也打算让我们子承父业，生活在悔恨当中吗？"

盛誉的话让盛茂林无比震撼，他站起身步履蹒跚地进了卫生间，紧紧地关上了门。

盛茂林坐在马桶上无声地落泪，终于嚎啕出声，他用手捂住了嘴。

郑婉颐的眼泪泉水一样地涌上来，她恨恨地擦去。

盛誉低着头，不让母亲看见他也在哭。

腾跃陪着盛开坐在妇科门前的椅子上候诊。

盛开和腾跃的目光全都停留在挺着肚子的孕妇身上。

护士站在候诊台前用麦克重复着就诊规则："我叫到谁，谁就到指定的诊室去，请不要大声说话……"

盛开紧张地看着腾跃："你陪我进去。"

腾跃："我当然要陪你上去。"

盛开不说话了，她紧紧抓住腾跃的手。

腾跃："手这么凉？"

盛开："我一身的冷汗。"

盛誉把行李放在后备箱里。郑婉颐和盛茂林走到车旁边。盛茂林服装整洁，他修理了头发，刮干净了胡子，看上去精神了许多。他走到儿子跟前："跟你商量个事。"

盛誉："你说。"

盛茂林："从这个院子里出去的时候我开车。"

盛誉一怔。

盛茂林："你放心，我考过驾照会开车。出了大门我就把车还给你。你要是不答应，我就不走。"郑婉颐冲盛誉使眼色示意答应他。盛誉把车钥匙递给父亲。

盛茂林腰板笔直地坐在驾驶座位上，盛誉坐在副驾驶的位置上。郑婉颐坐在后面。盛茂林发动了汽车。

汽车在大院的路上缓缓开动。盛茂林把车窗全部摇下来，让外面的人能够清楚地看见里面。提笼子溜鸟和在健身区锻炼的老人们，目光立刻全部集中在这辆车上。有人大声跟他盛茂林打招呼："老盛，买车了？呵，还是北京的牌子。"

盛茂林面带笑容不置可否。

胖老太太大声问："车里坐着的是谁呀？"

盛茂林大声回答："我儿子和他妈！"

老人们惊讶的目光全部落在盛誉和郑婉颐的脸上。盛誉和郑婉颐面露笑容向大家示意。众人用羡慕的目光送汽车缓缓开出大院。

医生给盛开做B超。腾跃瞪着眼睛看着B超屏幕。屏幕上出现了胎儿的影子。医生："这一串发亮的是脊椎骨，这是手，这是脚，这是孩子的脑袋。"

她把一个特殊的听筒放在盛开的肚子上。旁边的音箱里传出来急促的鼓点声"咚""咚""咚"。

医生："听听，这是孩子的心跳。"

"咚""咚"的声音越来越响。

腾跃喘着粗气控制着自己的情绪。

29.

腾跃、盛开和腾跃父母围坐在沙发旁边。

腾跃把手机里录下来的彩色超声波给父母看："我听见了他的心跳，跟敲鼓一样响。"

他的声音突然有些哽咽，说不下去了。

腾母抽出一张面巾纸给他。

滕父："男人当了爹该熟就得熟了。"

腾母："回家来住吧，这院子接地气。孩子落地会走了，可以四处跑着玩。"

腾跃红着眼圈看了一眼盛开。

滕父用命令的口气说："院子腾跃负责收拾，盛开喜欢啥就种啥，我这里什么种子都有。"

腾跃问："咱们做一道月季花墙怎么样？"

腾父："这得跟花圃的张师傅联系一下，我这就去。"

他站起身往外走，腾跃立刻跟着父亲出去了。

腾母："老头子一辈子不开口求人，刚才看见你们一进屋，眼睛立刻亮了，你看他走路连拐杖都忘了拿。"

盛开笑："老人家的精神状态比上次见到他好多了。"

腾母："孩子们在跟前转悠，比医生和药都好使。"

盛开笑："我妈经常叫我们回家来吃饭，煎炒烹炸她也不嫌累。"

腾母："身子累全当锻炼，心累才做病呢。盛开，我家腾跃找你真是找对人了。你把我儿子管理得不错，知道隔三差五回家看看，他爸犯倔他也不跟老爷子顶牛了。"

盛开："老人面上表现出来的，有时候根本不是心里想的。老爷子要是心里真的没有儿子，也不会跟儿子生四年的闷气。"

腾母："对呀！"

盛开："理解父母，也是一门学问呢。"

腾母："回来住吧，别担心跟我们处不好。我跟他爸都不是糊涂人，知道儿女婚姻是小两口的事，就像唱戏一样，男女各演一角。做父母的是台下的观众，不能兴致一来就上台同演，在这个问题上我们有自有分寸。"

腾跃紧紧搂着盛开的肩膀："我要跟你和孩子生活在一起。"

盛开："在我们没有确定我们之间的感情能坚持多久的情况下，千万不要提结婚这两个字。我不是覃媛，不愿意过靠孩子维持感情的日子。"

腾跃语气庄重地说："好。"

盛开把腾跃拉到桌子跟前，拿过来纸和笔："口说无凭，立个字据。"

腾跃毫不犹豫地在纸上写了一溜狂草："我不提结婚两个字。"

盛开："签上名字。"

腾跃在保证书上签了腾跃两个字。

盛开把保证书折起来，准备放进抽屉里。

腾跃："不行，还有补充条款。"

盛开把那张纸递给他。

腾跃打开仔细看了一遍，他把保证书迅速揉成团塞进嘴。

盛开倒了一杯水给他说："喝口水，别噎着。"

腾跃把嘴里的东西吐到垃圾筒里。

他一本正经地说："我警告你，你以后再用这种精神暴力残害我，我绝不饶你。"

盛开："你忽视我，我就用精神暴力对付你。"

腾跃把盛开抱在怀里说："你把我的整个人生都改变了，这时候你再抛弃我，我不把你打残了，真的对不起你。"

盛开笑。

腾跃用手比划了一下腾跃的脑袋说："上帝给你这样一副头脑，又把你生成一个女人，我能放过你吗？坚决不能！"

盛誉的汽车在公路上疾驰而去。

盛誉全神贯注地开着车。

盛茂林和郑婉颐在后面坐着，两人一声不响看着窗外。

盛誉打开了车上的音响。

立体声的喇叭里传出来罗大佑的歌曲："乌溜溜的黑眼睛和你的笑脸，怎么也难忘记你容颜的转变，轻飘飘的旧时光就这么溜走，转头回去看看时已匆匆数年。苍茫茫的天涯路是你的漂泊，寻寻觅觅长相守是我的脚步，黑漆漆的孤枕边是你的温柔，醒来的清晨里是我的哀愁，或许明日太阳西下倦鸟已归时，你将已经踏上旧时的归途，人生难得再次寻觅相知的伴侣，生命终究难舍蓝蓝的白云天……"

年轻的盛茂林和年轻的郑婉颐，两人脸对脸坐在靠窗的座位上，

他们俩的手在茶几下面悄悄地握在一起。

久远的回忆触动了郑婉颐的心，她的眼睛湿润了。盛茂林伸过手去，拉住郑婉颐的手。郑婉颐挣扎了一下，盛茂林不撒手，郑婉颐由着他拉着自己的手。盛誉在后视镜里看到母亲在落泪，他把音乐开到最大。

年轻的郑婉颐和盛茂林坐在桃树下。两人抬头往上看。满树盛开着层层叠叠的桃花。郑婉颐把脑袋靠在盛茂林的肩膀上。一阵微风刮过，桃花瓣纷纷扬扬地飘落下来。

年轻的郑婉颐坐在长途汽车的最后一排，她恋恋不舍地回头看。

年轻的盛茂林骑着自行车追紧追在汽车后面，他不停地向车里朝后看的郑婉颐挥手告别。

五十七岁的郑婉颐头靠在六十岁的盛茂林的肩膀上，两个人全都睡着了。

郑婉颐家客厅。两枚随形印章并排放在桌子上，中间一个通红的心形图案。

盛开："贼抓到了，公安局把这枚印章还给我了。"

盛茂林把两枚印章拿在手里仔细端详着。

郑婉颐："把对章卖了给你治病。"

盛茂林语气坚定地说："不卖！"

郑婉颐："当初是你死乞白咧要凑对卖掉的。"

盛茂林："当初是当初，现在是现在，把它们留给孩子做纪念吧。"

郑婉颐不愿意听了："你在留遗嘱吗？"

盛茂林笑："你这人就听不了实话。"

盛放进来："妈，做什么好吃的？"

郑婉颐："长了一张馋嘴，就知道吃。"

盛茂林："能吃多幸福啊，我想吃可是吃不进去喽。"

郑婉颐："你想吃什么？"

盛茂林想了想："白米粥，酱豆腐。"

盛放咧嘴。

盛开："我请耀辉他们两口子吃饭，您别做我那份了。"

盛放立刻喊起来："我跟你蹭吃蹭喝去。"

郑婉颐："你给我老实在家待着。"

盛茂林小声问盛放："你想吃啥？我替你要。"

盛放冲父亲做了一个鸡扇翅膀的动作。

郑婉颐："你俩嘀咕什么呢？"

盛茂林立刻说："给我做一个红烧鸡翅。"

郑婉颐家客厅。盛茂林和郑婉颐在茶几上十分专注地对着撕碎了的信件。

粘好的信纸已经有厚厚一叠了。

盛茂林粘好的一张信纸上面有一个火烧过的窟窿。

盛茂林："这一块补不上了，不知道当时写的是什么。"

郑婉颐拿过来那张残缺不全的信纸，看着上面剩下的字念道："火车票上写的那个时刻正在迅速的到来，它将限时把我的一份牵挂带到千里之外。我会遥望南天，天天唱着《何日彩云归》。一个笨拙的人给你讲了一个笨拙男人的故事的开始，虽然不很精彩，但相信他是认真的。他希望你能喜欢那故事的开端以及后续要讲下去的故事。他想给你讲一个完整的、力争不那么愚钝、令你满意的故事，也不知道能否达到预期的效果？"

盛茂林感动："这是你背下来的？"

郑婉颐："年轻的时候记忆力很好，现在不行了。"

盛茂林叹了口气："我们俩为了没发生的事情分开了。"

郑婉颐："分开是分开了，可是从来没有彻底结束。弄得伤痕累累，满腔怨恨。"

盛茂林："你说我是受到了惩罚，还是得到了回报？"

郑婉颐："你说呢？"

盛茂林思索片刻说："老天对我不薄，善始善终了。老来多健忘，唯不忘相思。我还没混到年老无用，也没忘了想要一个人的时候是什么感觉。"

郑婉颐："石头硬可它是死的，鸡蛋软它能孵出小鸡来。"

盛开领着腾跃，盛放带着谢启明开门进来。

郑婉颐立刻把茶几上的信件收起来。

盛茂林笑呵呵地跟年轻人打招呼："怎么凑这么齐？"

盛放："老妈一天一个电话，让我们别忘了你的生日。"

盛茂林一怔："今天是我的生日？"

盛开："六十大寿。"

盛茂林："我从来不过生日。"

盛放："我妈说，这个生日必须大过。"

盛茂林高兴："儿女们齐齐全全地给我过生日，死也值了。"

郑婉颐批评他："过生日呢，别死啊死的乱说。"

盛茂林笑呵呵："有生有死这是大自然的规律。"

腾跃把蛋糕和水果放在桌子上。

郑婉颐进厨房，盛开跟盛放立刻跟着母亲去了。

盛誉进来，盛茂林给他们相互介绍："这是盛誉，这是谢启明。"

谢启明："我们早就认识了。"

盛茂林："这是腾跃，盛开的男朋友。"

盛誉热情地跟腾跃和谢启明握手："我对我的两个妹妹太了解了，你们敢做她们的男朋友，第一佩服你们的眼光，第二感叹你们的勇气。"

谢启明和腾跃大笑。男人们在沙发上坐下喝茶聊天。

盛誉问："这段时间的化疗做得怎么样？"

谢启明："瘤体缩小了一些，可以做手术了。"

郑婉颐洗菜剖鱼准备做饭，盛开和盛放忙着剁馅和面。

盛开嗅到了什么气味，她抽着鼻子走到一个瓷罐跟前，打开从里面捞出来泡菜大口大口地吃起来。

郑婉颐："还没发好呢。"

盛开嚼得咯吱咯吱响："我等不了了。"

盛放看得直倒牙。

郑婉颐警惕起来，她盯着盛开的脸看："你这是什么情况？"

盛开凑到母亲跟前嬉皮笑脸地说："妈，你喜欢外孙还是外孙女？"

郑婉颐脸："别跟你妈开这种玩笑！"

盛开："没开玩笑。"

她拿出来手机调出来彩超的照片和医生诊断给母亲看。

盛放一声欢呼。

郑婉颐激动得抢过来手机往客厅跑。

她把手机举到盛茂林眼前："老盛，你看看！"

盛茂林不明白发生了什么事情："这是什么呀？"

郑婉颐："彩色超声波！你要当姥爷了，咱家盛开怀孕了！"

盛茂林一怔，随即眉开眼笑："拿酒来，拿酒来，我得跟女婿喝两杯！"

盛誉："我带酒来了。"

盛家一家人围着餐桌吃饭。

郑婉颐感慨地看着这一桌子的人："这么多年了，这张桌子第一次坐满了人。哎，盛誉家三口再凑齐了，这桌子还真坐不下了。"

盛誉连忙转话题，他站起来举杯："来，咱们全家人为老爷子的大寿干一杯！"

全家人碰杯把杯中的饮料或酒一饮而尽。

郑婉颐："这是你的两个女儿亲手包的饺子，吃吧。"

盛茂林夹起一筷子菜放进嘴里，努力地嚼着，看得出来他吃得很辛苦。

盛放夹起一个饺子放进父亲的碗里："这是我妈教我包的麦穗饺子，你一定要吃了。"

盛茂林夹起这个饺子放进嘴里，努力地嚼着。看得出来，他在克制着化疗带给他的恶心。郑婉颐担心地看着他。盛茂林用公筷给桌子上的每一个人的碗里夹了两个饺子。

盛茂林："饺子很好吃，我把这份好吃分给我的家人们。咱们一起吃，一个都不要剩下。"

郑婉颐带头把饺子吃了。

一桌人把碗里的饺子吃光了。

罗耀辉卧室。狄英慢慢地坐起来，她两手捂着肚子弓起了腰："我肚子疼。"

罗耀辉和罗母一前一后跑进了屋。狄英头顶着床，撅着屁股双膝跪在床上。罗母说："不行，不行，赶紧收拾收拾去医院吧。你扶她起来。"

罗耀辉急匆匆地往外走，他跟跑进来的盛开撞了个满怀。罗耀辉一把抓住了她，盛开才没摔倒。

两人异口同声地问："你到这儿来干什么？"

罗耀辉："狄英住院了。"

盛开："我爸也住院了。"

罗耀辉："什么病？"

盛开："肺癌，马上手术。"

罗耀辉吃了一惊好一会儿没说出话来。

盛开："狄英怎么了？"

罗耀辉："先兆性流产，保胎呢。"

盛开："怎么搞的？"

罗耀辉："可能是抻着了。"

盛开："你忙吧，我得赶紧过去了。"说完她风风火火地跑了。罗耀辉呆呆地看着她的背影："我怎么一看到她心里就又酸又疼的，这到底是怎么一回事？"

罗母急得满地走，她自言自语道："就不该让她满世界跑着干活。现在的女人就是娇气，我那个时候，挺着个大肚子什么不干？马上要生了，头天晚上还挑水呢。我不能再满地走了，这么走一晚上我也活不成了。"

她在沙发上坐下，深深地吸了一口气，拿起给婴儿做的小衣服，仔细缝起来。缝了两针做不下去了。

罗母在佛像前点了两根香，虔诚地合掌祈祷着。

郑婉颐、盛誉、盛开、盛放心事重重地坐在椅子上。

郑婉颐问："几个小时了？"

盛誉："四个小时了。"

盛开："不是说三个小时就能完吗？"

盛放："手术当中遇到麻烦了吧？"

郑婉颐："呸！呸！乌鸦嘴。"

灯灭了。

盛誉站起来："完了，手术做完了。"一家人紧张地拥在门口。手术室的门开了。医生推着盛茂林出来。盛茂林脸上戴着氧气，他难受得伸手四处抓挠。郑婉颐冲上去一把抓住他的手，她把盛茂林的手紧紧地贴在自己的脸上。

郑婉颐："老盛，我在这儿呢，孩子们也都在这儿呢。"

盛茂林意识到是和家人在一起，他平静下来。

医生跟郑婉颐说："我们打开胸前才发现情况不太好，肿瘤长的位置很难剔除，还有转移的迹象。你们家属要有个精神准备。"

郑婉颐的身子晃了两下，盛誉扶住了她。

盛放："妈！"

郑婉颐强打精神："我没事，你们都给我听好了，好好待他。咱们一家人在一起的日子不多了，我们要过好每一天。"

盛茂林躺在病床上，盛开陪在身边，她用棉棒沾着水给父亲润着嘴唇。盛茂林眼巴巴地看着女儿。盛开把耳朵凑到父亲的嘴旁边。

盛茂林嘴唇蠕动着轻声说："我这儿没事，你早点回去，别累着。"

盛茂林躺在病床上，盛誉陪在身旁，他给父亲洗脸洗脚。

盛茂林靠在病床上，盛放陪在身旁，她把新买的随身听塞进父亲的耳朵里。她站在窗前扭动着身子给父亲跳街舞。盛茂林痴痴地看着小女儿的舞姿。郑婉颐拎着保温桶进来。盛茂林眼巴巴地看着她。郑婉颐把饭盛到碗里一口一口地喂他。

郑婉颐："好吃吗？"

盛茂林："好吃。"

盛放："给我吃一口。"

郑婉颐："回家吃去。"

盛茂林："给她吃一口。"

盛放背挎包往外走："我才不吃嗟来之食呢。"

郑婉颐："长不大。"

盛茂林："跟你年轻时候一样。"

郑婉颐："你还记得我年轻的时候？"

盛茂林："你把我年轻时候忘了？"

郑婉颐："那能忘？"

盛茂林："还是的。"

郑婉颐："你想过以后吗？"

盛茂林："想过。"

郑婉颐："说说给我听。"

盛茂林："早上陪你跳扇子舞，送你回家，做饭吃饭，帮孩子们带孩子，然后我躺在病床上听你问，你想过以后吗？"

郑婉颐笑了。盛茂林疲惫地说："不吃了，我得歇一会儿。"他靠在那里闭上了眼睛。郑婉颐用毛巾给他擦干净了嘴。盛茂林躺在床上静静地睡着了。盛誉守在床边看着父亲，他的上眼皮和下眼皮打着架。

盛誉坐在地铁站台的椅子上等候列车到站。等车的人在他面前走来走去。列车轰隆隆地驶进站，年轻的盛誉和陶蕊在车窗里笑着向站台上的中年盛誉招手，陶蕊的手里拿着那个黑丑娃。

盛誉不觉一愣。

列车和站台上的人倏地消失了，只剩下盛誉孤零零第坐在椅子上，他怀疑是做梦，使劲掐自己，他觉出了疼，使劲往起一站。

盛誉的头狠狠地磕在桌子上，他醒了。

盛茂林睁着眼睛看着儿子，他满头大汗一句话也说不出来。盛誉看到心电图上的电波相当不稳，他急忙按铃。医生护士推着抢救用的器械在走廊上一溜小跑。盛茂林醒过来了，他身上挂满了各种管子。郑婉颐和孩子们围过来。盛茂林一把拉住盛放的手，声音哆嗦着说："你叫我。"

盛放哽咽着叫了声："爸！"

盛茂林："再叫一声。"

盛放泣不成声："爸！"

盛茂林答应："哎。"

盛茂林："昨天晚上我差点过去，一想你叫过我，我还没好好答应呢，说什么我得撑过去。

盛放泪如雨下。

盛茂林不说话了，他闭上眼睛。

盛誉："爸需要休息，咱们到外面去。"

盛放要走，盛茂林拉着她的手没有松开。

盛茂林闭着眼睛说："你们听着，这个世界什么都能扔下，就是不能扔你要做的事和你喜欢的那个人，那个人你不一定留得住，但是感情能留在心里。事情是你自己的，只要你努力，不论将来生活有多么艰难，你做的事最后总能救了你。"

孩子们静静地看着父亲。

盛茂林睁开眼睛："你们听明白了吗？"

孩子们："听明白了。"

郑婉颐老泪纵横。

盛放和谢启明坐在那里说话。

盛放："我长这么大从来没跟他亲近过，他拉着我的手的时候，我心里面的滋味很复杂，我想拔腿就跑，心却留在他那里动都不想动。"

谢启明："你的感情我能理解。"

盛放："这才几天的功夫他就老得不像样子了，完全像个老小孩，经常妄想我们在外面做坏事，骂我们丢了他的人。"

谢启明："癌细胞已经脑转移了。"

郑婉颐喂盛茂林饺子，盛茂林摇头表示他不吃。

郑婉颐："芹菜猪肉馅的，你最爱吃的。"

盛茂林紧闭着嘴。

郑婉颐小声问他："你疼我不疼？疼就再吃一口。"

盛茂林张开嘴吃了，他努力地嚼着。

郑婉颐："这才是个好老头。"

盛茂林："盛开呢？"

郑婉颐："去水房打水去了。"

盛茂林："盛放呢？"

郑婉颐："去药房拿药去了。"

盛茂林哭了："你骗我！她们都躲着我，再也不回来了！"

盛誉、盛开和盛放一起进门："怎么了？"

盛茂林马上不哭了，乖乖地看着他们，像什么事都没有一样。

盛誉："你们回去吧。"

盛开："晚上一直是你，我替你一天吧。"

盛誉："不用。"

盛放："让我陪一晚上吧。"

郑婉颐："你们都回家，我陪他一晚上。"

盛誉："我说不用就不用。"

盛茂林开口了，他清醒得跟刚才判若两人："让你妈陪我一晚上。"

孩子们疑惑地互相看了看。

盛誉满面倦容疲惫不堪地躺在沙发上，他瞪着眼睛看着屋顶。

他的手机收到信息的声音，盛誉拿起手机看。微信里新建了一个叫《寻找黑丑娃》的朋友圈，里面已经有十几个人。不知道是谁把他拉进去了。盛誉把手机放在了一边。

盛放：“姐，我真的特别后悔，要是他一来找咱们，咱们就认了他，他就不会憋闷出病了。”盛开的眼泪流了出来：“我也很后悔，当初真不该说那么狠的话刺激他。”

盛茂林躺在床上，郑婉颐坐在床边的椅子上，俩人低声细语地聊天。

盛茂林的精神比白天好多了。

郑婉颐：“白天的时候，你一阵清楚一阵糊涂的你知道吗？”

盛茂林：“不知道。”

郑婉颐：“这会儿心里清亮吗？”

盛茂林：“清亮。”

郑婉颐把枕头给他弄平整。

盛茂林：“我要小便。”

郑婉颐很自然地把尿壶放进被子里面给他接尿，两个人都没有不好意思。

郑婉颐走到哪儿，盛茂林的眼睛跟到哪儿。

郑婉颐给他把氧气管插好：“你睡吧，我看着你。”

盛茂林：“你也睡一会儿。”

郑婉颐：“我睡不着。”

盛茂林拍拍自己的身边：“躺这儿，我给你让点地方。”

郑婉颐有点害羞不过去。

盛茂林看着她：“你这个表情跟年轻时候一样，过来吧，都这么大岁数了有什么不好意思的？”

郑婉颐过去在他身边小心翼翼地坐下。

30.

盛开盛放姐妹俩坐在床上一页一页地翻看那本老相册。她们仔细地看着照片上年轻的父母。年轻的盛茂林推着自行车眼睛看着镜头，年轻的郑婉颐羞涩地站在他的身边。

盛茂林骑着自行车，郑婉颐坐在后面，盛茂林骑得飞快，风把郑婉颐的头发吹佛起来。

郑婉颐靠在床上怜爱地抚摸着盛茂林的身体。

郑婉颐："那时候你多壮实，腿那么粗，你看看现在瘦成麻杆了。"

盛茂林嘿嘿笑："刚结婚的时候，你的小腰才一把粗，你看看现在上下一般粗了。"

郑婉颐笑着在盛茂林的身边小心翼翼地躺下了，她怕碰到他身上插着的管子。

盛茂林："睡一会儿吧。"

郑婉颐："我睡不着。"

盛茂林："刚结婚的时候你那个能睡。星期天我值班，中午回来看见你还在睡，问你怎么还不起来做饭？你说你睡惯了单人床，双人床太大还没爬到床边就又困了。"

郑婉颐笑。

盛茂林："当时叫我那么讨厌的事，现在回忆起来都觉得有意思了。哎，好日子真是叫我自己过丢的，没给你们留下好，这时候还回来拖累你们。"

郑婉颐："你是孩子们的爸，是他们的亲人，怎么能用拖累这个词？你给我说说什么是亲人？"

盛茂林想了一下："亲人就是心尖上动一下最疼的那一块，亲人就是骨头和骨髓。"

郑婉颐："说得真好。"

盛茂林："这是二十多年来我的切身体会，因为这个我才回来找你们。要说人在哪儿都是一辈子，可人是活心，不是活人。心都死了还要这口气干什么？那不是行尸走肉吗？"

郑婉颐："有口气你就得活着，不为我你得为孩子们。你是不是嫌我老不给你好脸看跟我赌气啊？"

盛茂林摇头："我心里明白，别看咱俩老是水火不相容地吵，其实咱俩都是最关心对方的那个人。"

郑婉颐感动："老盛你是个好人，你有六不，不奸不坏不贪不乱不吹不拍。你得好好给我活着，活着给孩子们做个榜样。啊？"

盛茂林点头。

郑婉颐："刚结婚的时候特别怕跟你分开，我想将来我一定要死在你的前头，我可不愿意你死了，留下我独自一人吃饭睡觉。想想这好像是昨天的事情，怎么突然一下就老了呢？怎么就慢慢就接受老这个字了呢？"

盛茂林："我有点儿饿了。"

郑婉颐高兴："饿了？我给你弄点儿吃的。你想吃什么？"

盛茂林："给我冲碗芝黑麻糊吧。"

郑婉颐端着碗一口一口地喂盛茂林喝黑芝麻糊。

郑婉颐给他擦嘴："喝了不少，全喝完了。"

盛茂林："给我把枕头扶正，放平，我要睡了。"

郑婉颐按他的要求做了。盛茂林拉着她的手握了一下："不早了，你也睡吧。"郑婉颐很快睡着了。

盛誉和衣躺在沙发上睡着了。盛开和盛放和衣躺在母亲的床上睡着了。

郑婉颐醒了，她睁开眼睛转过脸。盛茂林熟睡着。郑婉颐自言自语："还睡得挺香，昨天晚上擦过嘴了，怎么还有芝麻糊？"她动手想给他擦擦嘴，发现他的手死死地攥着她的无名指，怎么也不撒开。她抬头再看盛茂林的脸，才发现他嘴边吐出来的是淤血。郑婉颐把手放到他的鼻子下面发现盛茂林已经没有呼吸了。

郑婉颐急忙按呼救铃。

医护人员跑进来检查脉搏呼吸。

医生："人已经走了。"

郑婉颐："怨我，都怨我，我睡得太死了。"

医生摇摇头："他知道自己大限已到，不愿意再拖累你们。你看，他自己把氧气管拔下来了。”

氧气管紧紧地捏在盛茂林的另一只手里。

郑婉颐“哇”的一声哭出来，她骂盛茂林：“你活着没样儿，死了也没样儿，连生带死都不要个样子，我叫跟孩子们怎么说？我还活什么劲儿？我活得太失败了！”

医生：“不是哭的时候，赶紧给孩子们打电话吧。”

郑婉颐一把擦干了眼泪。

三个子女站在盛茂林的遗体前，谁也没有哭，完全傻了一样。

郑婉颐轻轻说了声：“推走吧。”

盛誉推着父亲，盛开和盛放陪在旁边在走廊上默默地走着。

看守太平间的人接过推车，郑婉颐掀开白单子让孩子们再看他们的父亲一眼。盛誉、盛开泣不成声了。盛放把手伸到了单子下面拉住盛茂林的手晃了晃。盛茂林的手随着她晃了晃。盛放轻声说：“爸，咱们回家吧。”

盛茂林没有回应。

盛放：“爸，你跟我回家吧！”盛誉把她拉开。盛放又扑上去，她声嘶力竭地喊：“回家呀！爸你跟我回家呀！”盛誉死命地抱住妹妹，盛放连踢带打，盛誉咬牙忍着。

盛开紧紧地抱着母亲，郑婉颐满脸是泪。工人推着车进门，郑婉颐追过去深深地看了最后一眼。

盛茂林的白头发在单子外面闪闪发光。

盛誉“扑通”一声跪下了，两个妹妹也跟着跪下了。

郑婉颐痛不欲生。

门“咣当”一声紧紧地关上了。

郑婉颐低头整理着撕碎的信件，硬皮夹子里整理出来了厚厚的一叠。

桌子上摆着那一对紧紧靠在一起的红心印章。

盛茂林苍老的声音在画外轻轻低语着：“婉颐，你是愿意在火红的炉子旁边，坐着长命百岁？还是愿意跟着一个心爱的人让时间飞快地过去？”

郑婉颐轻轻地叹了一口气。

盛茂林苍老的声音响起：“你觉得咱俩是一时的激情，还是依偎在一起的感情？”

郑婉颐轻声反问：“你说呢？”

腾跃父母家院子。院子修整一新，篱笆墙上爬满了月季花。原来裸露的地面已经种上了绿植，看上去生意盎然。腾父坐在门口的藤椅上闭着眼睛晒太阳。腾跃和盛开从外面进来，盛开身孕已显，她穿了件宽松的衣服。

腾跃：“爸。”

腾父睁开眼睛：“票买了吗？”

腾跃：“盛开在网上订的。”

腾母从屋里出来看着盛开说：“从云南回来就搬家来住吧。”

盛开羞涩地笑。

腾跃：“妈，盛开已经答应了。”

腾父心里高兴，身子往躺椅上一靠，面带喜色地瞟了腾母一眼。

腾跃跟盛开办好了登机牌往候机大厅里走。

腾跃：“这哪叫带薪度假游，这叫带着定时炸弹游。”

盛开：“这叫溜胎，你懂不懂？现在兴这个。孩子在肚子里，我想去哪儿都行，他一出来，我就彻底被拴住了，三年内不能动窝。”

腾跃：“孩子生出来让我妈带，老太太已经踊跃报名了。”

盛开认真地说：“孩子必须咱们自己带，这样孩子才跟咱们有感情。老太太辛苦了一辈子，让她好好歇歇吧。”

腾跃：“我妈那个人，你要真让她歇着，她就该病了。”

盛开：“我妈也一样，该享福的时候，死活跟你犟。这次飞机票都给她订好了，怎么劝，她都不跟我走。”

腾跃：“如果你父母同去，她肯定满口答应。现在她一个人跟着咱俩，怎么都会觉得自己是个外人。”

盛开吃惊：“她怎么会这么想？”

腾跃：“换位思考一下，如果让你跟盛放和谢启明一起出去旅游，你去吗？”

盛开一口拒绝了：“我才不给他们当电灯泡呢。”

腾跃：“这不得了？”

盛开：“看看你给我买的皮鞋，把我脚后都磨破了，疼得我都不敢走路了。”

腾跃四周看了一下，跑到工作人员那里推了一辆轮椅过来。

腾跃命令道：“坐上去！”盛开不坐，腾跃硬把她按在轮椅上坐下。腾跃推着盛开有说有笑地往安检口。周逸伦和覃媛一前一后站在传送带上迎面过来。他们俩同时看到了轮椅上的盛开。周逸伦怔了一下，顿时神情大变。他从传送带上跳下来，追上来一把揪住了轮椅。腾跃吓了一跳。

周逸伦大声问："盛开！你的腿怎么了？"

覃媛也从传送带上下来，站在远处看着他们。

盛开刚要从轮椅上站起来，腾跃按着她坐下去。

盛开："我没事。"

周逸伦："是腰出问题了吗？我给你找医生，我认识最好的骨科医生。"

盛开："我真的没事。"

腾跃推着盛开要走，周逸伦一把抓住了轮椅。周逸伦盯着盛开，眼睛里满是焦虑。盛开心中一动，不顾腾跃的阻挠从轮椅上下来了。她抬一下脚让周逸伦看她脚上的新皮鞋："我的脚后跟被鞋磨坏了。"

周逸伦半信半疑怔怔地看着她。覃媛走过来，轻轻碰了他一下。覃媛："走吧，小心误了飞机。"

周逸伦闷着头转身走了，覃媛一溜小跑跟在他的后面。周逸伦突然回过头看。

盛开扔了轮椅，挎着腾跃的胳膊，一瘸一拐地往前走着，此刻她的身孕一览无余。周逸伦僵站在那里。

腾跃问盛开："他是谁？"

盛开："周逸伦。"

腾跃："一猜就是。"

盛开："怎么猜出来的？"

腾跃："挂相。"周逸伦坐在候机大厅给盛开发短信。覃媛落寞地看着他。

周逸伦："你去哪儿？"

盛开坐在候机大厅里给他回短信："去云南。你呢？"

周逸伦回短信："去海南度假，单位组织的。"

盛开回短信："挺好！"

周逸伦发短信："我们还能做好朋友吗？"

盛开回短信："君子不下马，各自奔前程。"

腾跃："你跟他这样来来回回地发短信，还顾及不顾及我和他老婆的情绪？"

盛开把手机递到他面前："要不你替我发？"

腾跃刚要说话，他的手机响了，腾跃拿出来手机，显示屏上写着前妻的名字。他犹豫着不知道该不该接。

盛开："接吧！接吧！就当我不在这儿。"

腾跃刚接通电话，前妻的声音从电话里传出来："腾跃你过来一下，我有事找你！你必须马上过来！"

盛开抬起头意味深长看着他说："一个关系结束了，另一个关系又开始了。"

腾跃一咬牙，他挂了电话。

店里坐满了就餐的人，罗耀辉、罗母和小张忙得四脚生烟。狄英坐在前台收账，罗母招呼就餐的客人。饭口过去，店里的工作人员围坐在一张桌子前吃饭。罗母数钞票。

罗耀辉："妈，你说到下月底咱们能不能攒下五万块钱？"

罗母说："张口就五万，你以为这是打麻将啊？"

罗耀辉突然想起来什么，从口袋里掏出来一叠钱放到母亲面前："钱交到柜上。"罗母立刻把钱收起来。狄英不爽她翻了罗耀辉一眼，转身进厨房去了。

罗耀辉低声问狄英："一眼一眼地翻我，又怎么了？"

狄英："你为什么把钱给老太太？"

罗耀辉："我从上班开始就一直是把工资交给我妈的。"

狄英："现在我是你媳妇，钱应该我管。"

罗耀辉急忙掏口袋，他从口袋里掏出来五十块钱递给狄英："给你，就剩这么多了。"

狄英："大头给你妈，剩下的仨瓜俩枣给我？你根本就没把我当你老婆，只把我当生孩子的工具。"

罗耀辉听她这样一说，急了问："我怎么没把你当老婆？"

狄英："你把我当老婆，挣了钱为什么不给我？"

罗耀辉："给咱妈不一样吗？"

狄英："当然不一样，这个家谁拿钱，谁就说了算。我冒死为你怀了孩子，连当家作主的权利都没有吗？"

罗耀辉："求求你，别闹了行不行？"

狄英："我只是躺在床上保了三个月的胎，你还就把我当残废了。"

罗耀辉："啥叫残废？"

狄英："没有腿。"

罗耀辉："泥鳅也没腿，它是残废吗？"

小张在门口叫："经理！"

罗耀辉："什么事？"

小张："你看窦宝干啥去了？"

傅海涛站在不远处。窦宝疯了一样地朝他跑过去。罗耀辉急了大声喊："窦宝，你给我回来！"窦宝扑到傅海涛身上。傅海涛两手抓住他的肩膀，咧着大嘴边笑边使劲摇晃他。两人你给我一拳我给你一脚，打打闹闹亲热无比。罗家三口吃惊地看着他们。窦宝跑回来，他脸上的笑容无比灿烂。罗耀辉板着脸问："他怎么出来的？"

窦宝："检举了一起越狱计划，被减刑释放了。我跟他说，咱家的汤包天下第一，能不能送他几个尝尝？"

罗耀辉："不给！"

窦宝晃着他的胳膊撒娇："叔！叔！"

狄英盛了一大碗汤，拿了一笼汤包："端去，吃完了赶紧打发他走。"

窦宝和傅海涛晃晃悠悠在市场里走着。

傅海涛："那小子对你怎么样？"

窦宝："好，婶对我也好，老太太还偷偷给我零钱花。"

傅海涛："这小子前妻家里有货，后妻是我喜欢的女人，王八犊子活在这个世上就是为了臊我吧？"

一只被关在笼子里的土狗冲着他们"汪""汪"叫。

傅海涛站住脚看那只狗。

店主出来："我们店里有狗肉火锅，大补！"

傅海涛扭头就走，走了几步回头看。

那狗眼泪汪汪地看着他。

傅海涛又回来，他问店主："买这只狗要多少钱？"

店主："二百块。"

傅海涛浑身上下摸了一遍也没摸出来一张钞票，他垂头丧气地转身走了。店主回饭馆去了。傅海涛站住脚，他问窦宝："你有钱吗？"

窦宝："没有。"

傅海涛捡起来一根铁棍，转身回来走到笼子前面，只一下就把锁撬开了。土狗战战兢兢地从笼子里面出来。

傅海涛朝远处指了一下，小声说："往没人的地方跑！回你主人那去！"

傍晚，腾跃和盛开在洱海旁边散步，盛开用食物逗红嘴鸥。

腾跃："郑岫岩给我发短信说，她要跟我复婚。"

盛开："别指望我会说，只要你觉得好，你就跟她复婚吧，我给她让地方。告诉你，门儿都没有！"

腾跃大笑，他两手捧着盛开的脸说："我就喜欢你这样说。"

盛开摆各种孕妇造型。腾跃用手机给她拍照片。

腾跃说："我从小喜欢考古，喜欢星球和宇宙，我特别想当一个研究宇宙的科学家，可惜我小时候不爱学习，现在再重新回去学已经晚了。我特别喜欢大自然，我觉得风比刀厉害，整个宇宙都是风雕塑出来的，你看山峦，你看丘陵，你看沙漠。岩石也是有呼吸的，有毛孔的，它们也有内在的伸展。"

腾跃带盛开进啤酒屋。

啤酒屋伙计："对不起，我们下班了。"

腾跃："还差一分钟呢。"

啤酒屋伙计："厨房已经锁了。"

腾跃拉着盛开坐下，他指着面前的桌子说："你能不能不让我们的桌子上光有这么两个杯子一个烟缸？不管什么，你再添一点儿。"

伙计被逼无奈弄来了一盆色拉和三个面包圈。

腾跃："我老婆肚子里的孩子饿了，给她煮份米线好吗？"

伙计："我们这是西餐。"

腾跃把一张大钞塞进他手里："你是中国人，这点事难不倒你，可以的话，再给我弄一根雪茄来。"盛开笑得趴在桌子上。她把白天照的照片发到朋友圈里。

盛誉打开手机看微信。盛开上传了在大理拍摄的风光和人物照片。其中一张照片引起了他的注意。

照片是一个女人在洱海边写生的背影，画面里一大群飞翔的红嘴鸥。

女人的身边放着一个挎包，挎包里露出来半个布偶的脑袋，他瞪着两只黑亮的眼睛看着镜头。盛誉一下子认出来，他是黑丑娃，

盛誉激动万分，立刻拨通了盛开的电话。

盛开："哥，妈没事吧？"

盛誉："妈很好，现在开始每天早上出去跳舞了。你挺好吧？"

盛开："我也很好，过两天就回去了，叫妈别担心我。"

盛誉："你刚才发在朋友圈里的照片，其中有一张一个女人画写生的背影，你能找到她吗？"

盛开："哥，怎么了？"

盛誉："从她那里可能能打听到我最好的朋友的消息，你一定帮我找到她。"

盛开："这里没有多大，明天我找找看。"

傅海涛在街上走，那只土狗跟在他的身后。

傅海涛轰它："回你家去！"狗眼巴巴地看着他。傅海涛转身走了，狗不离不弃地跟着他。傅海涛眼睛盯着一个男人的口袋，他刚要出手。土狗冲着他"汪""汪"叫。男人回头看。傅海涛只得收手。一个女人从傅海涛身边走过去，她背着的挎包引起傅海涛的注意。傅海涛的手刚伸到女人挎包跟前。土狗冲着他"汪""汪"叫。女人回头看。傅海涛只得罢手。傅海涛蹲在角落里吃大饼。土狗冲他使劲摇尾巴。傅海涛撕了一大块饼给狗。

盛开站在门口往里面看，她一眼看到那个在洱海边画画的女人的背影。

盛开走进去。

老板迎上前问："吃点什么？"

盛开："小锅米线。"

她在那个女人旁边的桌子旁坐下，偷眼瞄着那个女人。

女人浓密的头发披在脑后，挡住了她的半边脸。

画夹和挎包放在旁边的椅子上，黑丑娃的半个脑袋从挎包里露出来，亮晶晶的眼睛直盯着镜头。

小锅米线端上来，盛开吃了两口，对那女人说："我能用一下您桌子上

的醋吗？”

女人扭头看了盛开一眼，把醋壶递了过来。

盛开：“谢谢！”

女人闷头吃饭。

盛开没话找话：“你是画家？”

女人：“算不上，油漆匠而已。”

盛开：“我是做陶瓷工艺品的。”

女人抬起头看盛开。

盛开打开手机把里面自己研制的工艺品照片给那女人看。

女人的注意力立刻被吸引了。

她的目光停留在盛开研制的一套婴儿雕塑上：“这一套的创意非常好。”

盛开：“你的画的风格，我非常喜欢。”

女人诧异：“你什么时候看见的？”

盛开：“昨天，在洱海边。”

女人笑了：“我哪有什么风格？随便乱画。”

盛开：“表现出来的就是你的风格。”

盛誉焦虑不安地在办公室里来回走动着。

金荷在玻璃门外看着他。

盛誉拿起手机看，手机上没有任何信息。

盛开和女人坐在了露天茶馆里喝茶，两人聊得很投机。

女人给盛开看手机里她的画的照片。

盛开的目光转向女人的挎包：“你包里这个娃娃的眼神好奇特，能拿出来让我看看吗？”

女人打开挎包，把里面的娃娃拿出来递给盛开。

盛开：“这个娃娃造型太有趣了，哪买的？”

女人：“手工制作独一份，朋友买来送我的。”

盛开把手机递给她：“能给我拍一张跟他的合影吗？”

女人接过手机给她拍照。

盛开问：“你为什么要走哪儿都带着他呢？”

女人：“他跟我在一起十年了，就像我的家人一样。”

盛誉在电脑前看资料。手机一声响，有信息传过来。盛誉急忙打开微信看。盛开和黑丑娃的合影。盛誉眼前一阵发黑，好一会儿他才平静下来。盛誉回短信问：“你有她的照片吗？”盛开回微信：“我提出来照张相，被她婉拒了。”

腾跃坐在阳台上喝啤酒，盛开靠在躺椅上发微信：“我看到她在网上订了昆明××酒店的房间，她明天离开大理。”

盛誉发过来一张陶蕊穿军装照片的截图，陶蕊笑容灿烂非常甜美。

盛开一怔。立刻发微信问：“你怎么有她的照片？”

盛誉发微信：“不是她，这是我初恋女友的照片。她们很像吗？”

盛开干脆把电话打过来了：“哥，不是像，看上去完全是一个人。”

盛誉：“那是十年前的照片，如果活着，现在也接近中年了。”

盛开：“她看上去不到三十岁，跟盛放差不多。”

盛誉的声音：“会不会是她的妹妹？”

盛开：“你怎么这么肯定？”

盛誉的声音：“那个黑丑娃是十年前我送给她的。”

盛开激动得一下直起了身子。

腾跃：“怎么了？”

盛开：“我干了一件大好事！”

飞机降落在昆明机场。

盛誉拉着旅行箱快步走出机场。

司机：“去哪儿？”

盛誉：“××饭店。”

司机：“这是一个连锁店，昆明有好几个。”

盛誉：“挨个都去一遍！”

司机诧异地看了他一眼，发动了汽车。

盛誉磨服务台的工作人员。

工作人员：“对不起，你不知道房间号，我们没法给你查。”

盛誉：“这座城市里的四家××酒店，我已经跑了三家，人家都给我查了。”

工作人员：“别的店不守规矩，我管不着，我们店不能违规。”

盛誉无奈掏出身份证：“那给我订间房吧。”

开放式咖啡厅可以看到门口过往的旅客。盛誉坐在靠门口的地方喝着咖

30

啡，他的眼睛盯着过往的旅客。

罗耀辉走进院子，院子里空空荡荡的。

罗耀辉想叫却发不出声来。

想迈腿，两腿如同灌了铅。

房间门推开了，盛开从里面出来，卫生间的门开了，盛开从里面出来，院门开了，盛开从里面出来。

院子里站着四五个盛开，她们穿着打扮一模一样，难以区分。

罗耀辉急得满头大汗。

罗耀辉透不过气来，他被憋醒了，他挣扎着睁开眼睛。狄英一只胳膊胳膊勒在他的脖子上。罗耀辉伸手往下摸。狄英的一条腿跨在他的腰上。罗耀辉掰开狄英的胳膊坐了起来。狄英翻了个身摆成了一个大字，占了大半个床铺。狄英嘟囔了一句梦话。罗耀辉伸手推她："醒醒！"狄英睁开眼睛坐起来长长地伸了个懒腰问："几点了？"罗耀辉："七点。"狄英急忙下地。

狄英洗脸刷牙，罗耀辉也挤进来拿着牙刷往上面挤牙膏。狄英的眼睛落在外面的晾衣架上。她抓着罗耀辉的手把他拽出去。

晾衣架上的衣服白的成了花的，红的成了黑的。狄英指着衣服，气得说不出话来。罗耀辉解释："昨天晚上洗衣服，我忘了把深颜色和浅颜色的衣服分开洗了。"

狄英气哼哼地把晾衣架上的衣服，一件一件地揪下来扔在洗衣盆里。

她拿着一件绒线衣，简直不相信自己的眼睛。

狄英："这件你也洗了？"

罗耀辉："嗯。"

狄英："这衣服只能干洗。"

罗耀辉："水洗怎么了？这不挺好吗？"

狄英："缩水了！"

罗耀辉："缩水了？我怎么看不出来？"

狄英拿那件衣服在自己的身上比了一下，衣服小得在肚脐之上。罗耀辉在最不该笑的时候笑了出来。狄英满院子追着罗耀辉用那件绒线衫抽他。罗母从屋里走出来嗷的一嗓子："干啥呢？不吃饭了？！"狄英和罗耀辉立刻乖乖地往屋里走去。

罗耀辉进厨房拿碗筷。

盛开进厨房拧开高压锅盖子。

“砰”的一声闷响。

盛开一声惨叫，抱着脑袋趴在地上，身边是她带倒了的扫帚和拖布。

灶台上一片狼籍，几个炸碎了的猪蹄子躺在汤汤水水里。

罗耀辉抬头看屋顶。

一个猪蹄子扎在屋顶的PVC板子上。

罗耀辉拿着碗筷站在那里愣神。

罗母进来：“等你拿碗盛饭呢，你傻呵呵地站在这儿干嘛？”

罗耀辉一下醒过神来，愣愣地看着母亲：“盛开……”

罗母立刻打断他的话，压低嗓门说：“你媳妇要生孩子了，她不愿意听你提她，你就别招她生气了。”

郑婉颐家客厅。盛开伸展四肢在沙发上躺下：“妈，您看我脚肿得跟包子似的。”

郑婉颐在她旁边坐下：“你走的这几天，我的心一直拎着。”

盛开：“嗨，您怀我们的时候不是照样东跑西颠的吗？”

郑婉颐：“时代不一样了。我生你们的时候只有56天产假，一天两个小时的喂奶时间，紧跑慢跑的。现在你们也都长大成人，该自己尝尝当妈的滋味了。”

盛开：“这种苦您经历了三次。我不好意思当着您的面，把我的痛苦放大三倍，我得咬牙扛着。”

郑婉颐：“到人家家里去生活，说话办事别像在我跟前似的没深没浅的。”

盛开：“我知道。”

郑婉颐：“看你这肚子，孩子小不了。”

盛开拿手机打电话：“腾跃，你去汤包店给我打包两笼汤包回来。我想吃了。”

傅海涛站在汤包店门口跟窦宝说话，那只土狗跟在他身边。

罗耀辉生气地看着窗外。

腾跃推门进来：“忙着呢？”

罗耀辉：“稀客啊，盛开怎么没来？我有事还想找她呢。”

腾跃："什么事？"

罗耀辉指着窗外的傅海涛说："看见没有？那个人就是偷盛开钱包和印章的小偷。"

腾跃一怔："他不是进去了吗？怎么跑出来了？"

罗耀辉："检举有功，提前释放。窦宝以前跟他混，现在在我这里吃住，那混蛋天天来这里找他。我该怎么办？你给我拿个主意。"

腾跃："这事交给我吧。"

他开门出去了，罗耀辉不放心紧跟在他后面。

腾跃走到傅海涛跟前自我介绍："我叫腾跃，盛开的丈夫。"

傅海涛被他的气势压倒，怯懦地解释道："印章已经退还了，法律责任我已经负了。"

腾跃掏出钱递给罗耀辉："现蒸两笼汤包，打包送到陶艺坊。再弄四瓶啤酒，一盘卤肉放在这，我跟这哥们好好聊一聊。"

开放式咖啡厅可以看到门口过往的旅客。

盛誉坐在靠门口的地方喝咖啡吃三明治，他的眼睛盯着过往的旅客。

挎包里背着黑丑娃的女人出现了，她走进咖啡厅寻找合适的座位。

盛誉站起来，他周身发软简直要虚脱了，盛誉使劲按着身边的椅子，那把椅子被他按倒了，发出一声巨响。

女人扭头看，盛誉和女人的目光撞到一起，女人的身子不由地晃了一下。

盛誉认出来这是已经死去十年的陶蕊。

陶蕊认出来这个中年男人是盛誉，两人都怕这是一场梦，谁都不敢先开口说话。

咖啡厅里散客零星。

盛誉和陶蕊坐在咖啡厅里轻声说着话。

陶蕊："别怪当初我骗你，我得的是绝症，医生说我最多能活一年，我做过放疗化疗，吃了很多偏方，一年一个坎，我过了十个坎，总算把命保住了。左腿从膝盖往下摘除了，我是一个残疾人，而且我知道，骨癌这种病随时都有可能复发死去，我不能耽误你。"

盛誉："你一直单身？"

陶蕊："我跟谁结婚，对他都不公平。"

盛誉红着眼圈攥住了她的一只手："感谢命运让我在有生之年重新见到了你！"

陶蕊："你成家了吧？"

盛誉："七年前，我妈生了一场病重，她希望看到我能结婚生子，我是为我妈结的婚。我和她是我们的导师介绍的，她比我小一届。我俩婚结得很仓促，婚后感情不好。儿子一岁的时候，她到美国读博士去了。孩子刚四岁，她回来把他接走了。她不愿意回来，我也不愿意去，我们的婚姻关系就这么不咸不淡地放着。一晃半辈子就这么过去了。"

陶蕊两眼明亮地看着他。

盛誉："我这个人在感情上很奇怪，爱上了就不变了。"

陶蕊："我已经不是我了。生病以后我开始学画画，后来跟着老师做庙宇壁画的修缮工作。没事的时候到处走走，看山水画写生。第一次站在呼伦贝尔的大草原上，置身在这样阔大无边的环境里，觉得所有的拐杖都被收去了，所有的人文背景都隐退了，只剩下天地人，我是这么渺小，这么微不足道。一下就理解生活在草原上的人为什么信神？为什么敬畏天地？"

陶蕊的脸上闪动着神圣的光。

地上摆了六个空啤酒瓶子，腾跃和傅海涛完全喝开了，那只土狗蹲在旁边啃着一块骨头。腾跃："你说吧，你想找个什么工作？"

傅海涛："我们这样的人，有碗饭吃就不错了，不挑有啥活干啥活。"

腾跃："我有个狗场，正缺人手，要不你先去干着？"

傅海涛："工资怎么算？"

腾跃："管吃管住一个月三千，一周休息一天，知道你找到别的工作，那里就算过渡。"

傅海涛："好，我去！"

腾跃喊："老罗，到饭口了，上俩热菜呗。"

狄英上灶，窦宝给她打下手。狄英用白眼翻了一眼在外间忙活的罗耀辉。狄英小声嘀咕："偷我店里股东的钱财，绑架我老公，我还得点头哈腰地炒菜伺候他。这世道还公平吗？"

窦宝掏出来金项链递给她。

窦宝："婶，这个给你。"

狄英瞥了一眼不屑地说："十块钱一条的假项链。"

窦宝："你多给我点零花钱，我攒够了买条真的给你。"

狄英笑了："你一点都不糊涂。"

窦宝把项链戴在狄英的脖子上："婶，海涛叔说他上初中时候的暗恋对象特像你。"

狄英吃了一惊："真的？"

窦宝："嗯，别看你不给他好脸，他对你的印象老好了。他说，将来娶媳妇一定娶你这样的，中看又中用。"

狄英羞得满脸通红，照屁股给了他一脚："给我滚远点！"

罗耀辉清理一些没用的盒子，他挨个打开看。

罗母："没事你摆弄它们干什么？"

罗耀辉："找我的伤残证明，不知道让狄英给放哪去了。这里怎么全是她的东西。"

罗母："这叫耗子占地盘，它一点一点地嗑！"

罗耀辉打开一个盒子，发现里面全是照片，他拿出来一张一张地看着。

照片上盛开搂着他幸福地笑着。

罗耀辉脑子像闪电一样亮了一下，随之而来的是一阵剧痛。他闭着眼睛站在那里。

罗母问："怎么了？"

罗耀辉痛苦地睁开眼睛，把手里的照片举给母亲看，他张着嘴说不出来话。

罗母提醒他："盛开，你原来的媳妇，跟你说了多少遍，你这脑袋怎么就不开窍呢？"

罗耀辉的眼泪涌出了眼眶。罗母不解："我说狄英两句，你至于难受成这样吗？"罗耀辉痛苦地捂着脸蹲在地上。

狄英在身边熟睡，罗耀辉瞪着两眼睡不着。

他爬起来老僧入定一样面对墙坐着。

盛开穿着一身睡衣眼睛盯着电视。

罗耀辉过来坐在她身边："睡吧。"

盛开："你睡去吧。"

罗耀辉："一共就两个口人，睡觉还弄成两班倒，人为地制造困难。"

盛开赖在沙发上不动，罗耀辉抄起盛开的腿，把她往肩上一扛，大步往卧室走。

盛开：“你浑身上下连一毛钱的艺术气质都没有。”

罗耀辉：“那是我没露给你看。”

盛开：“露一手给我看看。”

罗耀辉：“咱俩来段反串。”

盛开：“怎么反串？”

罗耀辉扭了个身段，掐着半截嗓子说：“我，盛开。”

他捏着兰花指的手在盛开鼻子上点了一下：“你，罗耀辉！”

盛开笑得前仰后合。

罗耀辉一屁股狠狠地撞上了门。

盛开气急败坏，罗耀辉伸手捂住她的嘴。

盛开挣扎，罗耀辉把她死死地搂在怀里。

他在她的耳边小声叫：“祖宗！祖宗！”

温热的气息吹在盛开的脸上，盛开的身子软了一下又挺直了。

罗耀辉更紧地抱住了她，他小声央求：“媳妇！媳妇！你饶我一命好吗？”

罗耀辉面冲墙一动不动地坐着，

天渐渐地亮了。

盛开挺着大肚子在商店里晃荡着，腾跃陪在她身边。

腾跃提醒她：“抬脚，注意台阶。”

盛开在货架前一件一件地挑着婴儿的衣服。

腾跃：“你怎么净买小丫头穿的？”

盛开：“我希望生个女儿。”

腾跃：“我喜欢儿子。”

盛开故意气他：“生个儿子，我就换成女儿。”

腾跃：“你换一个看看？”

狄英坐在三轮车上，罗耀辉满头大汗地蹬着三轮车。

罗耀辉：“咱们现在有三个长期订单了，这是大活儿。”

狄英：“这三个订单就够咱们忙活大半天了，剩下的时间还能满足一些零散的客户。”

罗耀辉："你别动不动就把钱存起来，资金是水，只有流动起来才能发挥它最大的效用。它们最大的效用就是促进资金更好的流动，让别人的钱都流向自己。"

狄英："车轱辘话没完没了，有本事你凑足四个轮子，也不至于车子蹬得这么费劲。"

罗耀辉："买个二手车也就万数来块钱的事，小菜一碟。"

狄英："吹！好好吹！"

罗耀辉一眼看到跟腾跃挎着胳膊从店里走出来的盛开。

他的脚一软，蹬不动了。

狄英看到盛开隆起的肚子百感交集，她问盛开："几个月了？"

盛开："六个月。"

狄英："跟我一样。"

盛开："耀辉你怎么蔫了吧唧的？"

罗耀辉咧嘴苦笑了一下，他没有说话。

狄英："他记忆恢复了许多，恢复得越多越蔫巴，还不如就像以前那样傻着呢。"

盛开："他不习惯脑子里装那么多事，习惯了就好了。"

罗耀辉内心独白："她是我的初恋、初婚、是跟我生活了一年的老婆。我俩因为一些从来没有发生过的事情离婚了。现在她身边走着别的男人，她怀着他的孩子。"

盛开冲他笑："耀辉，嘿！你想什么呢？"

罗耀辉百感交集，嘴唇颤抖着说："我不知道这一闪而过的算不算我的人生？"

他的话叫所有的人都是一怔。

盛誉和陶蕊等候安检。

盛誉："我的飞机跟你的飞机起飞时间差两个小时，我先看着你走。这回不能误了送你。"

陶蕊："到现在我还觉得是做梦。"

盛誉："是啊。"

陶蕊："我很少想我的过去，那是不堪回首的，回去看它是需要勇气的。我经历了很多从来不愿意跟别人说的生活，无论将来发生什么，我都不能丢掉自己，即便是我死了，你都不能放弃自己，必须学会爱护自己，信任自己，学会对自己负责任，因为没有人能像你一样完全属于你自己，没有人能像你一样陪伴你一生。君子之交，其淡如水，执象之求，咫尺千里。问余何适，廓而忘言，华枝春满，天心月圆。”

盛誉紧紧地握住她的手：“不管你是怎么想的，不管你变成了什么样，我爱你是命中注定的。你到哪儿我都会追到哪儿。”

陶蕊：“会吗？”

盛誉：“不信走着瞧。”

30

31.

盛放和谢启明在街上边走边说话。

谢启明：“我跟你说件事。”

盛放：“什么事这么严肃？”

谢启明：“我们医院派我到非洲去工作一年。”

盛放一怔脸上立刻变了颜色：“谢启明，你这是故意留出来个空挡考验我。”

谢启明：“这叫什么话？我干嘛要考验你？”

盛放：“杨秉超要调到来北京工作，你心里不高兴故意跑到非洲去。”

谢启明：“你能不能讲点道理？我哪知道杨秉超要来？”

盛放：“你跟他有心灵感应。”

谢启明哭笑不得，索性反戈一击：“你要不讲理，我也可以对着来，你说，你为什么同意杨秉超来北京工作？”

盛放：“北京又不是我的，他要来北京发展我阻止得了吗？”

谢启明：“他放弃上海来北京是想重新追求你。”

盛放：“没办法，谁叫咱有魅力呢？”

谢启明：“得意什么？他不是爱你，是自己心理不平衡。不信你跟他好一个，你跟他好起来，他马上就能把你甩了。”

盛放站住脚瞪着他。

谢启明：“跟我比眼睛大小？我比不过你，甘拜下风。”

盛放：“我知道你离不开我，”

谢启明：“别以为我离不开你。”

盛放：“离得开追火车干什么？”

谢启明：“那是顺路，是你舍不得我自己从火车上跳下来的。”

盛放：“你亲我干什么？”

谢启明：“法律一惯重证据，证人呢？”

盛放气得打谢启明。

谢启明："敢打我？你不知道男人是头，女人得跟着男人走吗？"

盛放："男人是头，那女人就是脖子，脖子不动你头能扭吗？是脖子让头来回转的。"

盛放伸手拦住一辆出租车，递给司机二十块钱。

盛放："师傅，你把这个王八蛋拉到桥中间从上面把他扔河里去。"

司机摆摆手笑着把车开走了。

盛放："我指责你是第一步，修正自己是第二步。我不能一看见爱情就露出贪婪的嘴脸，有了一还想二。从今天以后我要杜绝想你这样的念头，以前也不是没有过，有了掐灭了就行。"

谢启明："你这个人一是脑子快，经常偷换概念；二是嘴快，表达得很透彻也很堵人，让我张口结舌。"

盛放："我跟自己说过很多回了，要改正自己，可是一直没改。原因就是馋嘴，老想把时间放到品尝爱情上。这样不是双赢，是双丢。"

谢启明站住脚，两手捧着盛放的脸说："看看，看看，这就是交谈带来的麻烦。"

盛放打开他的手："我讨厌你！"

谢启明看着她不知道该如何是好。

盛放："我不想你抱我，你抱我，我就会哭，哭了就停不下来。"

谢启明立刻过去紧紧抱住了她。

盛放小声说："我爱你！"

谢启明："必须的，我对你这么好。"

盛放："我恨你！"

谢启明："我也恨你，但是我不能没有你！"

盛放问："你觉得我们的幸福会很快用完吗？"

谢启明："本人造血功能强大，幸福这事难不倒我。"

盛放："你又用医学解释生活。"

谢启明："我学的就是这个，道理必须得有适合的人来讲，也必须讲给适合的人来听。你懂不懂？"

盛放："快走，电影要开演了。"

谢启明拉着盛放撒腿就跑。

堵车了，汽车在红绿灯前排起了长队。

交警在疏通交通。

陶蕊的声音："我坐火车去上海途径北京，火车在北京站停留半个小时，我在5号车厢。如果有缘，咱们站台上见。"

盛誉在汽车里急得直按喇叭。车龙一动不动。盛誉索性弃车而去。交通警察立刻在他的车上贴了一张罚单。盛誉在车流里疯狂地奔跑着，他的汗水完全湿透了衣衫。

预备开车铃声响了，关键冲上站台。

他顺着窗子跑，一眼看到了站在车厢下面的陶蕊。

盛誉跑过去一把拉住了她的手："陶蕊！"

陶蕊："你又来晚了。"

盛誉："赶上堵车了。"

陶蕊："跑来的？"

盛誉："是，估计我扔在街上的车被路障车拖走了。"

陶蕊："时间赶得正好。"

盛誉："我签了离婚协议，手续正在办理之中。"

陶蕊一愣："儿子怎么办？"

盛誉："一年有一次探视，他可以回来，我也可以去。"

陶蕊："做这个决定很难是不是？"

盛誉："我父母给我上了一课，你让我下了最后的决心。"

陶蕊："我还没有想好，能不能给你一个完整的家庭。"

盛誉："我只希望能永远爱你，你要允许我爱你，我不要求得到什么，只希望能永远守在你身边。这是我的命，我抗拒不了。"

开车铃声响了。

两个人的手被迫分开。

盛誉："我会到上海去看你，把没说完的话说给你听。"

陶蕊上车冲他挥手再见。

火车"哐当"一声动了，盛誉在下面跟着车走，他一边走一边看着陶蕊。陶蕊默默地看着他，她眼前一片模糊。

火车越开越快，陶蕊把头伸向车窗外，风把她的丝巾吹掉落在盛誉的脸上。

盛誉一把抓住丝巾站住。

陶蕊望着车外。盛誉飞快地往后退，缩成一个小黑点儿，最后什么都没有了。陶蕊的手机收到了一条短信："爱你是我的宿命，不要再拒绝我。我们一起能够用自己的力量将这个破碎的世界重新拼合在一起。"

陶蕊笑了，她的笑容非常美丽。

她回答了一个字：好！

狄英的肚子开始阵疼了，很快额头上的汗冒了出来，她两手捂着肚子弓起了腰。

狄英："罗耀辉！罗耀辉！我的肚子又开始疼了。"

罗耀辉和罗母一前一后跑进了屋。

罗母："跟昨天一样吗？"

狄英："比昨天厉害，哎呀！疼！疼死我了！"

罗母："多长时间疼一回？"

罗耀辉紧张地看着桌子上的表："十五分钟疼一回了。"

狄英头顶着床，撅着屁股双膝跪在床上。

罗母说："不行，不行，赶紧收拾收拾去医院吧。"

狄英穿戴好了，坐在床上指挥罗耀辉收拾东西："带上洗漱用具，还有沐浴液、洗发水。"

罗母："生孩子不能洗头洗澡，会落下毛病。"

狄英："不洗我活不了，不是那个瓶子！"

罗耀辉从来没有经历过这样的事，慌成了一团。

"砰"的一声，他打了暖壶。

转身的时候又用屁股撞翻了椅子。

狄英："你怎么这么没用啊！你起来吧，我干！"

她刚站起来又疼得蜷在沙发上了。

狄英："哎呦！疼死我了，别收拾了，带上钱和病例卡，赶紧送我去医院吧。"

妇产医院大门口。腾跃的汽车停在门口，他搀着盛开从车上下来，他的另一只手里拎着一大包东西。

值班医生给盛开做产前检查："预产期是哪天？"

盛开："后天。"

值班医生："现在多长时间宫缩一次？"

盛开："十分钟左右。"

值班医生："马上办手续住院吧。"

腾跃立刻跑出去办手续。

盛开在胎心监护室里做胎心监护。

医生对腾跃说："胎心乱了，羊水浑了，胎儿脐带绕颈，必须马上手术。"

腾跃一下慌了："大人要紧吗？"

盛开伸出一只手握住他的手："别慌，我没事，孩子要紧。"

狄英躺在床上十分紧张。

狄英："看着生孩子的女人鬼哭狼嚎，我神经受不了快崩溃了。我要回家。"

罗耀辉："女人不都得经过这一关吗？"

狄英："凭什么女人非得经过这一关？"

罗耀辉："我哪知道？"

狄英："你知道什么？"

罗耀辉急忙转移话题："刚才来医院的路上我看到一只狗，它在马路中间上走，根本不给汽车让道，它还会并线，屁股上就差两个刹车灯了。"

狄英："你觉得我不如一只狗吗？"

罗耀辉一怔："你这是什么话？"

狄英："我跟你说跟我性命攸关的事，你为什么提狗？"

罗耀辉："我不是想让你放松吗？"

狄英："你说狗我就放松了？"

罗耀辉："我说什么你能放松？"

狄英不说话了。

罗耀辉："你别老往不好的地方想，你想想好的地方。"

狄英："哪儿好？你领我去。"

罗耀辉："你要想把我炼成丹，我这就找太上老君借炉子去。"

狄英："借去。"

罗耀辉："我走了，谁伺候你？"

狄英翻了他一眼不说话了。

罗耀辉苦口婆心地说："这病房里谁都没你岁数大，可是你比谁都不成熟。"

狄英眼睛一瞪："你成熟？你到现在还恨不得扎在你妈怀里当学龄前儿

童呢。”

罗耀辉：“没错，我是做过学龄前儿童，我还做过男婴呢。”

狄英：“罗耀辉，我一定要生个儿子，让他亲口告诉你，他爹有多愚蠢。”

病房里的人哄堂大笑。狄英也忍俊不禁笑了。看见她的笑容，罗耀辉终于透过来一口气。罗耀辉：“父亲这两个字对我来说是理论上的，这两个字离现实越近，我就越紧张。我跟她一样，心里紧张到快要崩溃的地步了。”

狄英：“我饿了！”

罗耀辉：“你想吃什么？”

狄英：“我想下饭馆。”

罗耀辉：“这时候哪家饭馆还开门？我回去叫妈给你做。”

狄英：“你没花一分钱娶了我，没花一分钱让我给你生了孩子，请我下一顿饭馆你还找茬拒绝。罗耀辉你还算个男人吗？”

罗耀辉看见她又来劲了，连忙答应说：“明天！明天你说吃什么，我就请你吃什么！”

狄英：“别来这套，钱是我的，只是在你口袋里放着罢了。”

罗耀辉急了：“你到底让我怎么着？”

狄英：“我一脚门里一脚门外，没准生孩子的过程中就回不来了，我能把你怎么着？你跟我急眼？”

罗耀辉：“我没急眼。”

狄英：“没急眼干嘛把眼睛瞪那么大？”

罗耀辉：“我这叫大眼睛吗？”他把脸凑过来让狄英看他的小眼睛。狄英气哼哼地把他的脸推开。护士进来叫：“狄英，马上进产房。”狄英紧张死死地拽住罗耀辉的手。

罗耀辉跟几个家属等在产房门口。

罗耀辉问其中的一个男人：“你老婆进去多长时间了？”

男人甲：“三个小时了。”

罗耀辉：“还没生出来？”

男人甲：“这算什么？12号床已经生了六个小时了。”

罗耀辉：“怎么回事？”

男人乙：“谁知道？一会儿这个指标不对，一会儿那个指标不对。”

一个护士从产房里出来：“12号床家属！”

男人乙急忙过去："这儿呢。"

医生："12号床胎心音发生变化，产妇得赶紧手术。"

男人乙傻了："不手术行不行？"

医生："孩子会出危险。"

护士把手术通知单递给男人乙。

男人乙的脸白了，拿着通知单的手在抖。

医生进产房了。

男人甲："赶紧签吧，这事可耽误不得。"

罗耀辉问护士："什么样的产妇必须剖腹产？"

护士："骨盆狭窄阻碍产道；有剖腹产史；产前出血，为前置胎盘或胎盘早期剥离；妊高症或心脏病；生殖道有感染。胎儿方面：胎位不正；胎儿过大，头盆不称；胎儿宫内窘迫等等。"

护士回答得非常顺畅。男人乙在手术单上签了字。12床的女人从产房里推出来，她拉着丈夫的手不撒开。丈夫跟着她往手术室方向走了。罗耀辉心里一下紧张起来："手术通知单上都写着什么？"

男人甲："上面写着多少种可能发生的危险，哪一条摊上都能要了老婆或者孩子、甚至是老婆孩子共同的命。这个字必须得签，如果不签，医生就不给做手术。"

罗耀辉嗓子发干，他艰难地咽了一口唾沫。病房里挤满了人。护士在给盛开备皮。麻醉师："是否有过敏史。"

狄英："没有。"

腾跃跑进病房，他两个瞳孔散着，四处寻找着。

腾跃大声喊："她呢？她呢？"

躺在手术车上的盛开叫了一声："我在这儿呢。"她的脸色发暗发灰，看得出来她已经疼痛到极限。腾跃站在手术车前心疼地看着盛开。医生把一张手术单递给腾跃。腾跃的目光在手术单上浏览了两圈也没看清楚纸上的字。

医生："剖腹产是个常规手术，不会出危险。这只是做手术前必须履行的一个手续。"

腾跃拿笔在手术通知单上签字，笔怎么也不出水。医生拿过来自己的笔递给他。腾跃签字还是不出水。医生拿着笔在纸上划了两下，不但出水而且很好使。她再次把笔递给腾跃："别那么使劲，放松点儿就写出来了。"

腾跃哆哆嗦嗦地在手术书上签上了“腾跃”两个字。

盛开被推走了，腾跃紧紧地跟在手术车旁边。在电梯口，护士把他拦住了。盛开转过脸冲他微笑。腾跃心疼得眼泪差点掉下来。

助产士推开门从产房里出来，她两只手抱着一个襁褓。

助产士叫道：“十六床盛开的家属。”

腾跃走过去，他的眼睛被她怀里的襁褓吸引住了。他指了一下襁褓，激动得嘴巴里没了一点儿唾液。

助产士：“七斤二两，是个儿子。”

腾跃小心翼翼地把脸凑到襁褓跟前。

孩子脸色粉嫩，头发卷卷的。

助产士：“产妇马上就出来了。”

盛开被从手术室里推出来了，她脸色蜡黄，头发都被汗水湿透了。

腾跃立刻扑过去紧紧地握住她的一只手。

盛开问：“看到儿子了吗？”

腾跃的眼泪一下涌了出来：“看到了，看到了！”

他控制不住自己的情绪，俯身在盛开的脸上深情地亲了一口。

盛开尴尬地看看四周，护士们见怪不怪，眼神儿根本不往他们俩身上瞟。

护士推着车在走廊里走着，腾跃紧紧地跟在旁边。

腾跃不错眼珠地看着躺在推车上的女人。

腾跃的画外音：“这个勇敢的女人是我深爱着的女人，她是我儿子的妈妈。京剧《杜鹃山》中柯湘的一段唱突然在我的心里冒了出来。‘想起你，想起你力量倍增，从容镇定，从容镇定’……”

罗母慌慌张张地从他们身边跑过去，她挨个屋子看着。

终于看到了想找的人，急忙推门进去。

盛开躺在病床上输液。

腾跃守在一边，他不错眼珠地看着盛开：“你闭上眼睛睡会儿。”

盛开：“麻药让我太兴奋了，怎么也睡不着。”

腾跃：“刀口疼吗？”

盛开：“不疼。”

腾跃：“做手术的时候你害怕吗？”

盛开："不害怕，只是担心孩子，当我听到孩子的哭声，这颗心才放下。"

腾跃："我在手术室外面紧张得脑袋都快炸了，想了很多可能性，最害怕你出事。你要是有个三长两短的我可就毁了。"

盛开："你这一辈子经历了那么多事，还能被生孩子这件事撂倒？"

腾跃："咱俩现在是一条命，这件事跟我性命攸关。"

盛开："我终于当妈妈了。"

腾跃："这是一个新岗位，我得重新学习。"

盛开看了他一眼。

腾跃："别管爱情那部分，它会自己照顾自己，我说的是经验。"

郑婉颐、盛誉、盛放推门进来，手里拎着奶粉水果。

盛开冲母亲笑："妈！"

郑婉颐心疼："看看你小脸蜡黄！妈得好好给你补一补。"

盛开宣布："第一个月在娘家住，第二个月在婆家住，这样公平合理吧？"

郑婉颐："公平合理。"

盛放："这小孩长得真好看，头发还是卷的。"

盛誉："跟盛尊小时候很像。"

郑婉颐："可不是嘛！"

盛开："额头像腾跃。"

腾跃笑："总算有块像我的地方了。"

罗耀辉的卧室。狄英躺在床上，婴儿躺她身边的小床上熟睡。

罗母站在小床旁边满脸笑容地看着孙子。

罗耀辉进来，他一眼看到地上的秤，他上去称体重。

罗耀辉："三妹儿住了五天院，我整整掉了三斤肉。"

狄英："我掉了十五斤呢。"

罗耀辉："你用掉了的肉换了个儿子，我这三斤肉完全打水漂了。"

罗母："给孩子起个啥名？"

罗耀辉："大名慢慢想，小名就叫铁头吧。"

罗母："名贱好养活，就叫铁头。"

狄英觉得不满意，可她也想不出来更好的，她趴在小床旁边看着儿子。

狄英："铁头，铁头，你喜欢这个名吗？"

罗耀辉："他要是真开口说话了，咱还敢在屋里待着吗？"

罗耀辉和狄英在床上熟睡。铁头突然哭了起来。狄英一骨碌爬起来，她下地把铁头抱起来。罗耀辉没有醒。狄英喂铁头奶，铁头不吃。狄英满地走着颠孩子。铁头没完没了地啼哭着。狄英狠狠地踹了罗耀辉一脚。罗耀辉"忽"地坐起来："怎么了？怎么了？"

狄英："孩子哭成这样，你也能睡着？"

罗耀辉半闭着眼睛穿上鞋，晃晃悠悠地出去了。铁头没完没了地哭。

狄英："爸爸给你热奶去了，马上就来了。"

罗耀辉拿着奶瓶子进来。狄英接过来，在手背上试了一下温度，放到铁头嘴里。罗耀辉闭着眼睛晃荡到床边重新躺下了。铁头吐出来奶嘴又哭了起来。

狄英："不饿？"她解开襁褓给孩子换尿布："没拉没尿，这是怎么回事啊？"狄英回头看罗耀辉。罗耀辉已经睡着了。铁头声嘶力竭地哭着。狄英怒不可遏，又狠狠地踹了他一脚。

罗耀辉"忽"地坐起来，穿上鞋就往门外跑。

狄英吼了一声："你干什么去？"

罗耀辉醒过神来，无精打采地往回走："我还以为是在医院，你让我叫医生去呢。"

狄英："我抱着他晃悠半个晚上，脚后跟都走疼了，你抱一会儿。"

罗耀辉接过来孩子。狄英上床躺下。铁头在罗耀辉的怀里哭得更厉害了。狄英坐起来："你抱的姿势不对。"

罗耀辉："你抱的对，他不也照样哭吗？"

狄英心焦地看着儿子。

罗耀辉在地中间来回走着，他边走边跟铁头聊天。

罗耀辉："铁头，你知道你爹的人生理想是什么？是好好地睡一觉，俗吧？贴近生活吧？可就死活实现不了。"

铁头啼哭不止。

罗母把铁头放在床上，打开襁褓。上下仔细地检查着："你看看这屁股淹成这样能不哭吗？弄盆水来。"

罗耀辉端来一小盆水。罗母给孩子洗屁股："把香油拿来。"

罗母看了狄英一眼："孩子一哭两口子就打架，那你们就天天打吧。"

罗耀辉把香油拿来。罗母："这东西治小孩的红屁股可管用了。"铁头舒服了，马上不哭了。狄英的心放下来，一张脸马上多云转晴了。罗母把铁头包好，狄英伸手要孩子。罗母："你们俩好好睡一觉吧，今天我给带一晚上。"

罗母把孩子抱走了。

罗耀辉和狄英背对背躺在床上，两人谁都没有睡着。狄英翻了个身，盯着罗耀辉的后脑勺子，她伸手推了他一下。罗耀辉躺在那里一动不动。狄英又推了他一下。

罗耀辉还是不动。

狄英："一床破被子你叠起来了，好像我爱搭理你似的。"她赌气翻了个身转过脸去。罗耀辉直瞪瞪地看着对面的墙，眼睛好半天才眨了一下。

罗母抱着孩子坐在床上，唠唠叨叨地说着话。罗母："你白天睡晚上玩，黑白颠倒，奶奶陪你黑白颠倒，反正人老了也没啥觉。"罗母把铁头放在小床上。小床上的小挂件叮当作响。铁头很快睡着了。罗母躺在床上盯着对面的墙。墙上挂着罗父的照片，屋子很暗，照片上的人看上去模糊一片。婴儿小床上的小铃铛"叮叮当当"清脆地响了两声。

罗母扭过头。

罗父站在摇篮旁边目不转睛地看着孩子。

罗父："这小子不瘦。"

罗母说："他叫铁头。"

罗父："好名！"

罗母拍拍床："到这儿来坐，别吵着孩子。"

罗父走过来在罗母身边坐下。

罗父："你还是睡不着啊？"

罗母："猫打盹，有动静就醒。唉，困我也不愿意睡，睡一天少一天，能睁着眼睛看着他们好好过日子比睡觉强。"

门外传来一阵"哗啦""哗啦"的响声。

罗母激凌一下坐起来，身边的罗父不见了。

盛放和谢启明视频。

谢启明："你怎么样？"

盛放："不好。"

谢启明："怎么不好？"

盛放："连个吵架的人都没有。"

谢启明："我很想你！"

盛放："想我什么？"

谢启明："想念你血淋淋的笑容。渴望你像个烈士一样在我身边转悠。"

盛放哈哈大笑。

谢启明："嫁给我吧！"

盛放："这算求婚吗？"

谢启明："这是我人生第一次开口求婚。"

盛放："没跟谷玫开过口吗？"

谢启明："你每次在我面前提起她的名字，都像是拿刀捅我。你快把她的名字念成祷文了。"

盛放："那我是答应你还是不答应你呢？"

谢启明："明摆着的事，答应啊！"

盛放："好处是什么？"

谢启明："赶紧到我这里来，非洲酋长答应给咱们主持婚礼。"

盛放立刻两眼放光了："真的？"

谢启明："我什么时候骗过你？"

郑婉颐家厨房。郑婉颐在厨房里炖汤，

腾跃探头进来："妈，用我帮忙吗？"

郑婉颐满脸是笑："不用，你快去陪她们娘儿俩去吧，我这儿马上就好了。"

腾跃走了。

郑婉颐自言自语："有个孩子，要干的活多了好几倍，心里也宽敞了好几倍，我这是不是天生贱哪？"说完她自己也乐了。手机响，郑婉颐接电话："喂！"

盛放的声音："妈，我现在在飞机场，我要去非洲了。"

郑婉颐一愣："去哪儿干什么？"

盛放的声音："结婚。"

郑婉颐叫了起来："什么？"

首都机场候机口。盛放坐在椅子上等待登机："谢启明请了非洲的酋长给我们主持婚礼。妈妈，我马上就嫁出去了，您别再为我犯愁了。"

郑婉颐的眼眶潮湿了："你这孩子怎么不早说一声？终身大事，妈妈也好帮你准备准备。"

盛放："没什么准备的，人去了心去了就齐全了。"

郑婉颐："谢启明那孩子对你一心一意，你要好好待他。"

盛放："您不是常常教育我跟我姐，除了自己的孩子，不要爱任何人。您说，在这方面做母亲的没有选择。"

郑婉颐："妈妈错了。"

盛放不相信自己的耳朵，她吃惊地问："妈，您认错了？"

郑婉颐："错了就是错了。"

载着盛放的飞机起飞了，很快消失在夜幕当中。

坐月子的盛开气色很好，她在给儿子换纸尿裤。腾跃进来先把盛开紧紧搂在怀里一会儿，然后撒开，伸手去抱儿子。儿子瞪着两只黑亮的眼睛看着他。腾跃："进屋的两项工程都不能忘，否则后患无穷。"

盛开接过来孩子对孩子说："儿子，你爸爱动真格的，一整就弄出个柔肠寸断。咱娘儿俩跟他在一起过日子可得小心着点儿。"

腾跃一本正经："我还哪儿做得不对，你提出来我肯定改正。"

盛开："你告诉我判定对错的标准是什么？"

腾跃："伦理道德啊。"

盛开："噢？"

腾跃："伦理是社会告诉我怎么做。道德告诉我方向没有错。"

盛开假装顿悟："哦！原来如此！"

郑婉颐端着一碗汤进来："把这碗山药排骨汤喝了。"

盛开抗议："妈，我都被你喂得长了十五斤了。"

郑婉颐："营养不够，孩子没奶吃。"

盛开："他重要还是我重要？"

郑婉颐："你告诉我，你重要还是你妈重要？"

盛开卡壳了。

腾跃在背后偷偷冲丈母娘伸大拇指。

郑婉颐："盛放刚才给我来电话，她乘飞机去非洲了。"

盛开："是去看谢启明吧？"

郑婉颐："她去结婚！"

盛开大吃一惊。

腾跃站在屋顶上换破碎的瓦，他伸直了腰往远处看。蓝蓝的天空，鳞次栉比的灰瓦，鸽群盘旋飞舞，胖孙子在摇篮里睡着了，腾父俯身在摇篮旁边目不转睛地看着小孙子。腾母端着一盆洗好的衣服从他身边走过去。腾母把一件一件的婴儿服和褥单夹在晾衣杆上。腾跃把晾衣杆拿上屋顶插在那里。他坐在晾衣杆下面看着上面滴水的婴儿服和孩子的褥单，心中的自豪感油然而生。

鸽群带着哨音从天空上飞过来。

腾跃激动地挥起来手里的竹竿，竹竿被他像大旗一样地悠起来。

竹竿上隔一段距离拴一根长绳，一共拴了五根，每一根绳子上都系着儿子的褥单和衣物。褥单衣物随风飘舞着，色彩绚丽非常壮观。

腾跃越挥越激动，他扯着嗓子大声唱起了《英雄的赞歌》："两脚熊熊趟烈火，浑身闪闪披彩虹……"

鸽群带着悠扬的哨音飞走了。

腾跃扶着竹竿孤独地坐在空旷的屋顶上。

风把彩旗吹得飘起来又落下去。

盛开在陶艺坊里忙着接待客人，她忙得不可开交。郑婉颐推门进来，她主动帮助女儿接待客人迎来送往。盛开感激地看着母亲。郑婉颐："赶紧回去喂奶去，这里我跟小娟帮你盯着。"郑婉颐把最后一封信拼对黏合好，夹在厚厚的夹子里面。

郑婉颐打开影集，翻开他们刚刚结婚时拍的照片。

年轻漂亮的郑婉颐依偎在年轻英俊的盛茂林胸前，两人笑得甜蜜自然。

郑婉颐拿起电话拨号，桌子上盛茂林的手机响了。

郑婉颐替他接通，按免提键。

郑婉颐孤寂的声音在空荡荡的房间里响起来："茂林，这张照片是我第一次去地质队看你的时候在小镇上拍的。那天是十二月六日，我在那里待了五天，走的时候你到镇上的火车站去送我，火车只在那里停三分钟。天气很冷，你把我的手揣在你的衣服口袋里，就那么紧紧地握着。"

站台上只有零星的两三个人候车，郑婉颐和盛茂林站在站台边上，郑婉颐的手被盛茂林握着插进他的大衣口袋里。

盛茂林：“我两天两夜没舍得合眼，五天还是一眨眼过去了。”

郑婉颐：“什么时候，咱们才能永远不分开？”

盛茂林：“快了！快了！再过几年，我就能调回总部工作了。”

火车鸣叫着开走了。

郑婉颐从车窗往外看。

盛茂林追在火车后面奔跑了很久。

郑婉颐的眼泪滚落下来。

郑婉颐拿纸巾抹掉眼泪：“你在信里告诉我说，送走我，你找了个没人的地方大哭了一场。一个男人的大哭是叫人难以想象的。心里的感情没有蓄满，眼泪是掉不下来的。”

盛茂林家客厅。盛誉在摇篮里躺着，郑婉颐忙着包饺子。

郑婉颐：“盛誉出生的那年，你说你春节一定赶回来。三十晚上我的心一直怦怦乱蹦，坐不住站不住的。”

郑婉颐抬头看墙上的挂钟。

挂钟还差两分钟到半夜十二点。

门被敲响了。

郑婉颐冲过去开门。

盛茂林身穿大衣，胡子拉碴地进来，他肩膀上扛着一条冻得梆梆硬的大鱼。

钟声敲响了。盛茂林一把把郑婉颐搂在怀里：“我在火车上站了二十个小时，终于赶回来了。春节快乐！”

郑婉颐激动得连连在他的脸上亲吻。

陷入深深回忆中的郑婉颐开心地笑了，她说：“夫妻只有一条命，盛茂林我现在是替你活着。”

盛开在电脑前搞设计。腾跃忙着给儿子喂奶，哄他睡觉。盛开关了电脑伸了个懒腰，她站起来走到腾跃身边，两手搂着他的肩膀。

腾跃：“弄完了？”

盛开：“完了。”

她的眼睛盯着腾跃的脸上。

腾跃：“你这样看我，我可是有点发毛啊。”

盛开：“跟你相处得越久，发现你身上的优点越多。”

腾跃：“我有缺点，但是我接受自己的缺点。”

盛开：“我发现你连我的缺点也全盘接受了。你为什么对我这么宽容？”

腾跃：“第一因为爱，第二因为宽容也是对差异的一种尊重。”

盛开感动。

腾跃：“你从来没说过你爱我，这叫我心里没底。”

盛开：“你知道我对你了解有多少？”

腾跃：“不知道。”

盛开：“你这个人看着挺硬，其实心特别软，我特别怕你背着我做了什么错事，被哪个女人给揪住了，那就麻烦大了，所以我必须用我的有生之年看好你。你办一回错事我就打死你，我打死你也比别人勒索死你强。”

腾跃哈哈大笑：“我希望你这种霸道和排他性的占有要持续一生。”

罗耀辉开着小面包车在拥挤的马路上奔跑。

狄英坐在他的旁边，不住嘴地指导他怎么开车。

汽车开到十字路口停下来。绿灯亮了。罗耀辉再发动车发动不着了。后面的人鸣笛催促。罗耀辉越着急车越开不走。绿灯灭了，红灯亮了，红黄绿三种颜色画面中反复跳跃着。

罗耀辉急出了一身的汗。

狄英生气了，在旁边大声问：“唉！你到底喜欢什么颜色的灯？不会开！起来！”

她一掌把罗耀辉推出了车外，狠狠地关上了车门。

罗耀辉的衣服夹在车门里。

狄英发动了车，车门夹住了罗耀辉的衣服。

罗耀辉被衣服拽着跟着汽车跑，衣服被车门扒了下来。

罗耀辉穿着一件两股筋背心，追着汽车拼命地喊叫：“停下！你给我停下！”

罗耀辉越跑越快。前面突然出现了悬崖，罗耀辉收不住脚，飞了下去。他从高空往下缓缓坠落着。罗耀辉从高空往下看。

罗母、狄英、铁头还有他在房间里说话，吃饭，看上去很幸福。

飞翔中罗耀辉疑惑的脸。

罗耀辉："这是我的家，屋子里的那个幸福的男人是我。他是我，那么我又是谁呢？"

罗耀辉透不过气来，他被憋醒了，他睁开眼睛往下看。狄英一只胳膊勒在他的脖子上。罗耀辉伸手往下摸。狄英的一条腿跨在他的腰上。罗耀辉掰开狄英的胳膊坐了起来。狄英翻了个身和两个月大的儿子睡成了一大一小两个大字，占了整个的床铺。狄英嘟囔了一句梦话，她嘟着嘴样子很可爱。罗耀辉忍不住凑过去亲她的脸。狄英在睡梦中抬手给了他一巴掌，罗耀辉及时抓住了手腕。罗耀辉把铁头抱到身边挨着他躺下，他把铁头的睡姿跟他的姿势摆成一样。铁头小肚子一挺，滋了罗耀辉一脸尿，随后"哇"地一声哭了。罗母拿着灌满牛奶的奶瓶进来，她照罗耀辉的脑袋给了一巴掌。罗母："又用胡子扎我孙子了不是？打他！奶奶打他！"狄英醒了，她坐起来长长地伸了个懒腰问："几点了？"罗母："七点，太阳都晒屁股了！"

罗耀辉站在院子里伸懒腰。狄英端着一盆洗好的衣服过来晾晒。两只鸽子飞过来落在屋檐上。狄英叫起来："你看那个鸽子是不是咱家的那只？"

罗耀辉抬头看。两只鸽子亲热地相互叨着彼此的羽毛。罗耀辉激动地连声夸赞自己的那只鸽子："好鸽子！真把媳妇领回家来了！"

广场上，锣鼓唢呐声直冲云霄，吹唢呐的老头闭着眼睛，脖子上的大筋蹦起来老高，他忘我地吹着。

扇子舞队的队员穿红着绿，他们随着锣鼓声、唢呐声穿梭往返变换着队形。

领舞者郑婉颐扭得俏生活泼，举手投足充满感召力，她的身姿在鼓声唢呐声中起伏伸展着。

张连祁步步紧随，他晃着脑袋抖着扇子，水涨船高地煽动着郑婉颐的热情。

旁边的顾阿姨和另外一个妇女借换队形的空当说闲话。

妇女："郑老师跟张连祁怎么样了？"

顾阿姨："还那样，没进展，她天天把那个死了的前夫挂在嘴上，谁受的了？"

妇女："是啊，一说就是好，连一点儿缺点都没有，世界上有这样的人吗？"

郑婉颐笑容满面地扭过头来："你们说我呢吧？"

妇女："可不是在说你嘛！"

顾阿姨："以前我可从来没听你提过他。"

郑婉颐："以前他在我的心里是死的，现在他在我心里活着。"

顾阿姨："这么多年的恩恩怨怨，我不信你一点都不恨他。"

郑婉颐："我把我和他在一起的日子进行了修改，不好的都去掉，剩下的都是好。想着好，心里总是高兴的。"

2015年6月17日于北京